転生先で捨てられたので、
もふもふ達と
お料理します
～お飾り王妃はマイペースに最強です～
5
桜井悠
illust. 凪かすみ

アティアルド
エルトリア王国の
王弟。
鹿の姿に変化すること
ができる先祖返り
レティーシア・
グラムウェル
料理好きのOLだった
前世を持つ
公爵令嬢

ユリウス
レティーシアの一番上の兄で、次期公爵家当主
ベルナルト
レティーシアの二番目の兄で軍人
クロード
レティーシアの三番目の兄で、お酒と読書と怠惰な生活が大好き

グレンリード・ディ・ヴォルフヴァルト
銀狼王の異名を持つヴォルフヴァルト王国の国王
イシュナード
リングラード帝国の皇帝

転生先で捨てられたので、
もふもふ達とお料理します
～お飾り王妃はマイペースに最強です～
5
桜井悠
illust. 凪かすみ

Contents

一章　冬はもふもふの季節です

「さむっ。朝はまだまだ冷え込むわね」

言葉と共に吐息が、白く大気へと溶けていった。

呼吸するたび、白いもやが生まれては消えていく。目の前の離宮の前庭も、一面が白く雪化粧が施されていた。

厚手のドレスにマフラー、もこもことしたミトン型の手袋。防寒はばっちりでも、それでも頬や鼻先などから、じんわりと寒さが伝わってきた。

「お嬢様、追加の防寒具を持ってきましょうか？」

こちらも外套《がいとう》を着こなした従者のルシアンが尋ねてくる。吐く息が白い以外、まるで寒さを感じていない、上品できっちりとした立ち姿だった。

「これくらいなら大丈夫よ。だいぶ寒さも緩んできたもの」

冬の真ん中は抜け、積雪も徐々に減ってきている。

ヴォルフヴァルト王国で過ごす初めての冬。

故郷のエルトリア王国に比べ、この国の冬は厳しく積雪が多かった。前世と合わせても、これほどの雪を見たのは初めての気がする。

「東北、あるいは北海道よりもっと、気候的には北になるのかしら……？」

「ホッカイドウ……？」

ルシアンが小さく呟《つぶや》いている。

彼が引っかかるのも当然だ。

私、レティーシア・グラムウェルは前世の記憶を持っている。

この世界にはない、日本という国で暮らす、ごく一般的なＯＬだった「わたし」。

一年ほど前、王太子フリッツから婚約破棄を突き付けられた直後に、私は二十数年分の記憶と知識を思い出していた。

そのおかげか、婚約破棄について引きずることもなく、健やかに毎日を過ごしている。

今の私は、銀狼王《ぎんろうおう》グレンリード陛下のお飾りの王妃だ。お飾り、といっても冷遇されることはなく、陛下との関係はおおむね良好。与えられた離宮で、趣味の料理を楽しんでいる。

去年の夏から秋にかけては、天馬を駆るエルネスト殿下が来国したり、その部下が一騒動起こしたりもしたけど、冬の間は平和だった。

国土が深い雪で覆われる季節は人の行き来も控えめで、私もほとんど離宮に引きこもっていたのだ。

「ホッカイドウとは、どのあたりにあるのでしょうか？」

「今のこの大陸にはない場所よ。私も行ったことはないわ」

正確には、転生したこの体では、だけどね。イクラやカニなど、前世の旅先で食べた海鮮が美味《おい》しかったのは覚えている。

「そうでしたか。そのホッカイドウについても、書物で得られた知識なのですか?」

「ええ。だいたいそんなところよ」

誤解を訂正せず、そのまま乗っかっておく。

はっきりと前世を思い出す前も時折、私は前世の知識の欠片を口にしていた。あの頃は私自身、なにかの書物で読んだ事柄かな、程度に考えていたのだ。

一番年の近い兄弟、クロードお兄様の影響で、私も幼い頃からよく本を読んでいた。ここ数年はお妃教育も本格的になり忙しかったので、自分の持つ知識がどこから得たものか、いちいち確認する余裕もなかったのである。

あの頃に比べたら、今はとても自由でのんびりとしている。

スローライフのありがたみを噛みしめていると、さくさくと軽い足音が近づいてきた。

「にゃっ!」

首元にマフラーをまいた、庭師猫のいっちゃんだった。

二本足で立ち、とことことこちらに近づいてくる。普段は猫と同じ四足歩行だけど、前足を雪につけるのは冷たくて嫌なようだ。

後ろ脚のみで歩くと、こちらの足元へぴっとりと寄り添ってくる。

「うにゃにゃにゃにゃ……」

冬の間は、肉球が冷えてたまらないです。

とでも言いたげに、盛んに肉球をこすり合わせるいっちゃん。マフラーと自前の毛皮があっても、肉球は守備範囲外のようだった。

「いっちゃん、やっぱり手袋があった方がいいんじゃない？」

「にゃにゃなっ」

首を振り、ノー手袋を貫くいっちゃん。爪の出し入れがスムーズにできなくなるため、手袋はいらない派らしい。

代わりにいっちゃんが、くいくいとドレスの裾を引っ張る。きちんと爪は引っ込めていてくれるため、生地がほつれることはなさそうだった。

「抱っこね。よっこいしょ、っと」

腰をかがめいっちゃんを抱き上げ、苦しくないようしっかり支えてやる。

いっちゃんは少しもぞもぞすると、ベストポジションを見つけたようだ。私の胸へと体を預け、もふもふすりすりと頭を頬へとすり寄せてくる。

「ふふ、くすぐったいわね」

腕にかかる重みと、頬を撫でる柔らかな感触。

冬はいいね。

他の季節の三割増しで、いっちゃんがこちらへとくっついてきてくれる。部屋の中では湯たんぽ代わりになるし、ぐんにゃりしとした重みが愛おしかった。

グレーの縞模様の毛についた雪の欠片を落としてやっていると、いっちゃんがぴくりと耳を動かす。首を動かし、離宮と外部をつなぐ門の方を見ていた。

「あら、誰かお客様？　それとも今日は狼《おおかみ》達があっちから来るの？」

私が庭に出ていたのは狼達を待つためだ。

毎日の散歩がてら、離宮へと立ち寄ってくれる狼達だけど、いつもは門ではなく庭の横手にある森から顔を出していた。

「わふわふっ！」

「がううっ！」

来訪者は、やはり狼のようだ。

門の方から狼達の鳴き声と一緒に、しゃしゃあと耳慣れない音が近づいてくる。

「レティーシア様、こんにちはっ！」

「エドガー！　その乗り物は⁉」

びっくりとしつつ、私は手を振り返した。

犬ぞりならぬ狼ぞり。

数頭の狼達に引っ張られたそりに、エドガーが掴まりながら立っている。危なげなく狼達に指示を出し減速していき、私達のちょうど前で止まった。

「狼達、そんなこともできるのね！」

軽く興奮しつつ、しげしげと狼達を見つめる。

ハーネスで繋がれた狼達は、列を乱すこともなくきちんと立っている。はっはっと白い息を吐き出す姿は、心なしか誇らしげだ。

いっちゃんも興味を惹かれたのか、私の腕から降り狼とそりを近くで観察している。

「犬ぞりは知っていたけど、狼が引っ張るのは初めて見たわ」

「たぶん、この国でも、僕達狼番しかやってないと思います。僕もこの冬いっぱい練習して、やっと動かせるようになりました」

「すごいわ。かっこいいわね！」

　ここの狼達は人慣れしているけど、それでも犬と比べると気難しく、プライドの高い子が多いと聞いている。

　そんな狼達を統率しそりを滑走させるエドガーは、狼番に相応しい才能の持ち主のようだ。

「か、かかかかっこいいなんて僕にそんな……！」

　顔を赤くし、三角の獣耳をぱたぱたと動かすエドガー。

　狼達をまとめる手並みは見事だけど、性格は気弱で恥ずかしがりだ。

「エドガーはもっと自信を持っていいと思うわ。きちんと狼達の面倒を見てしつけたからこそ、こうして狼達も従ってくれるんだものね？」

「あおんっ！」

　答えるように、狼の一匹が吠え声を上げた。

　狼達は賢い。

　私の言葉も、なんとなく意味をわかっているのかもしれない。

「おーよしよし、よしよし。賢いわいい子ね～～」

「わふふっ！」

もふもふ、わしゃわしゃ。

狼を褒め、頭から首元を撫でていった。

手袋越しでもわかる、圧倒的でボリューミーなもふもふ。

やっぱり冬はいい。

寒さに備え、狼達は冬毛でもこもこになっている。銀褐色の毛並みの下からのぞく、ほわほわとした白い柔らかい毛の塊。ダブルコートと呼ばれる二層構造の毛皮は防寒性が高く、とてももふもふとしていた。

あぁ至福。

冬の恵みに感謝だ。

うっとりと撫でまわしていると、他の狼達も鼻を鳴らし近づいてくる。きりりとそりを引く姿と、人懐っこい様子のギャップが愛らしかった。

一頭目、二頭目、三頭目……。

そりを引いていない狼もいて、全部で二十頭ほどだ。

なでなでが一巡すると、私はじっとそりを観察した。

骨組みは木かな？

しっかりと組まれており、持ち手や底面には革のようなものが巻かれている。骨組みを保護し、摩擦を少なくするためかもしれない。

「……このそり、ゆっくりなら私も乗れるかしら？」

「レティーシア様がですか？」

「難しいかしら？　このあたりの雪は柔らかいし、深さもそれなりにあるから、転んでも大きな怪我はしないと思うわ」

犬ぞり、憧れなんだよね。

前世で映画や漫画で見てから、一度乗ってみたいと思っていた。

走らせるのは無理でも、人間が歩くくらいの速さで、乗せてもらえないかなぁ。

「雪、それに狼達も……これなら……」

エドガーが私とそり、そして狼達を順番に見つめた。

何やら考え込み、ぶつぶつと呟いている。

「……でもちょっと待て、それだと……」

「やっぱり難しいかしら？」

無理を言ってしまったかもしれない。

素人に無茶ぶりされても困るよね……。

謝るとエドガーがぶんぶんと、白い耳を揺らし頭を横へ振った。

「そ、そんなことないです乗れますっ‼　レティーシア様ならいけるはずです！」

「乗っていいの？」

「はいっ！　狼達はよくレティーシア様を信頼しています。急に暴れたりはしないはずですし、このあたりならそりから落ちても、大きな怪我はしないと思いますが……。その、ただ、そのですね……」

やけに歯切れの悪いエドガー。

ちらちらとこちらを見て、顔を赤くしている。

「私に何かあるのかしら？」

「えっとですね、その……。最初から、一人でそりに乗るのは難しいです。僕が一緒に乗らないと駄目なんですが……」

「お願いしたいわ。エドガーなら信頼できるもの」

初心者にコーチは必須だ。

乗馬を学んだ時も、何度も教師役の人と二人乗りをしている。

エドガーは狼の扱いが上手く、少し気弱だが人柄も信用できた。男女二人とはいえ双方もこもこと厚着をしているので、そちら方面の心配も不要だったけど……。

エドガーの顔は赤くなり、あからさまに体が硬くなっている。そりの乗り方を教えるのが初めてで、緊張しているのかもしれなかった。

「ごめんなさい。そりに乗るのはやめ――」

「いえやめないでください！　恐れ多いけどもったいないないですっ！」

食い気味に叫ぶエドガー。

「……もったいない？」

私が首をかしげていると、

「本音が隠せてませんね。貴重な役得の機会は逃せませんか」

なにやらルシアンが、小声だが妙に辛辣《しんらつ》な口調で、ぼそりと呟いたのだった。

◇　◇　◇

「はやーい‼　やっほーい‼」

私の叫び声が、風に巻かれ雪原へと舞った。

「へっ、へっ、へっ！」

前を行く、一群となった狼の疾走。

荒く息を吐き白い煙を置き去りに、雪を蹴り駆け抜けていた。

「寒いっ！　でも気持ちいいわね！」

ひゅうひゅうと頬を叩《たた》く寒風。凍り付きそうだが爽快感があった。

白い雪に足跡とそりの軌跡を残し、人間の小走りほどのスピードで走る狼達。そりを通し振動が伝わってくるが、走りは思った以上に安定している。初心者の私でも、転ぶことなく楽しむことができた。

一緒にそりに乗り、見守ってくれているエドガーのおかげだ。私の後ろに立ち二人乗りし、狼と私の様子に気を配ってくれている。体勢的に顔は見えないけど、指示は的確で安定していた。

「……僕の前にいるのは初めてそりに乗った初心者、ただの初心者、レティーシア様じゃなくただの初心者……」

言い聞かせるような口調で、しきりに初心者、初心者と繰り返すエドガー。私が慢心して失敗したりしないよう、注意してくれているのかもしれない。

ミスをしないよう気を付けつつ、エドガーに教えられそりを走らせる。

狼への指示の出し方は乗馬に通じるものもあって、しばらく練習するとそこそこ形になってきた……気がした。

「ありがとう！　とても楽しかったわ！」

狼達を止め、ほくほくとそりを降りる。

そりを引いてくれた狼達、そしてエドガーの伴獣であるサナを撫でていく。

「わふふっ！」

尻尾をふりふり、嬉《うれ》しそうに鳴き声をあげるサナ。私がそりに乗っている間、うっかり転んだり落ちたりして怪我をしないよう、ずっと横で走ってくれていた。私にもしもがあれば、もふもふとしたその白い毛皮で、受け止めてくれるつもりだったのだ。

「もふもふで賢くてかわいい。これは完璧すぎる存在では……？」

感謝を込めサナの頭を何度も撫でる。撫でて撫でて撫でまわした。

滑らかな毛の奥に柔らかな毛のある狼と違い、サモエド犬に似たサナの毛並みはどこまでもほわほわとしていて、まるで綿あめのようだった。

少し掌に力を加えると、毛皮に手が埋まり見えなくなっていく。気持ちいい。サナも撫でられてご機嫌なのか、笑うように目を細くしている。

狼達もほどよい運動に上機嫌でくつろいでいるけど、エドガーだけは心なしかまだ緊張した様子だった。

「お疲れ様エドガー。そりの乗り方、わかりやすくて助かったわ。また時間があったら、そりに乗せてもらえるかしら？」

「も、もちろんですありがたいで――――ひっ！」

「えっ？」

突如びくりと、体を硬直させてしまうエドガー。

何事かと思っていると狼達もやにわに、顔をあげ緊張した姿を見せた。

「狼達のこの反応は、もしかして……」

「ぐうっ」

短くも、どこか偉そうな鳴き声。

予想通りの相手、ぐー様だった。

背筋を伸ばしお座りをした狼達の間を進み、ぐー様がこちらへやってくる。

「ぐあうっ？　ぐるあうあっ？」

私を見上げ鳴くぐー様。

なんとなくだけど、怒っているような、苛《いら》ついているような、そんな鳴き声に聞こえた。

「……何か、気分を害すことでもあったでしょうか？」

声を潜めぐー様へと尋ねる。

銀色の狼にしか見えないぐー様だけど、その正体はこの国の国王であるグレンリード陛下その人だった。

陛下の機嫌を損ねては大変だ。様子を伺うも、ぐー様はそれ以上私に不満を訴える気はないらしい。その場に座り、エドガーとそりをじっと見つめていた。

「……そりが気になるの？」

「かもしれません。さっきも僕のこと、すごく凝視してました」

「それで驚いちゃったのね」

先ほどの、エドガーの悲鳴の原因はぐー様だったようだ。

驚かせて悪いと思っているのか、ぐー様は顔を反らしばつが悪そうにしている。それでもエドガーとそりへの興味は隠せないのか、横目でちらちらと見ていた。

「何がそんなに気になるのかしら？」

「……もしかしたら、ぐー様もそりを引きたかったのでは？」

「そりを……」

人間の姿である時の陛下は人々に傅かれ、移動にも馬や馬車を利用している。

……そんな陛下が、そりを引く側になりたいと思うのだろうか？

視線を向けると、ぐー様がため息をついていた。

わかる。これは私でもわかった。

『そんなことを考えるわけあるか』と。

呆れ半目になっているようだ。

「違うみたいですね。でも、だとしたらどうして僕とそりのことを……？」

エドガーが困惑を滲ませている。

ぐー様は狼の姿でも威厳たっぷり。威圧感が漏れ出している。気が弱いエドガーはぐー様に睨まれ、落ち着かないらしかった。

「あ、そうか！」

ぐー様の不機嫌に思い当たった。

きっとぐー様も、私と同じ思いを抱いてるんだ。

「ぐー様も狼ぞりに乗ってみたいんじゃないかしら？」

「えっ？」

なぜか驚くエドガー。

そんなに変なこと言ったかな？

と、思ったところで私も気が付く。

エドガー、ぐー様が陛下だって知らないよね……。

「狼のぐー様が、同じ狼の引くそりに乗りたいと思うのでしょうか……？」

しまった。

私は当然のように、陛下が人間の姿でそりに乗りやっほーいする姿を思い浮かべて……いや、陛下はそんな風にははしゃがないかな？

まぁそこは置いといて、陛下も私と同じように、そりに乗りたいのかと考えてしまっていた。

「……思うんじゃないかしら？　ほら、人間だって山車とか神輿とか、人間が引く乗り物に乗るでしょ？」

「ダシ……？　なんですか、それ？」

「えっと、山車っていうのは、お祭りの時とかに使う乗り物の一種よ」

「へぇ。レティーシア様の故郷にはそんな乗り物があるんですね」

正しくは前世の故郷だけどね。

とりあえず誤魔化せたので良しとしておく。

ぐー様をチラ見すると、眉間《みけん》に皺《しわ》を寄せていた。正体が陛下だから当たり前だけど、とても人間味あふれる表情だった。

『私は狼ぞりに乗りたいわけでもない。なぜそうなるのだ。おまえは時々局所的に、とんでもなくアホになるな……』

とでも言うように、ぐー様がこちらを見上げていたのだった。

◇◇◇

グレンリードにはここのところ、心待ちにしている時間があった。

書類が早く片付いた時や、予定が潰れ隙間が空いた時。狼の姿へと変化して、レティーシアの離宮を見に行っていたのだ。

別々に住まう王と王妃。そんな二人が先ぶれの挨拶などを交わし、正式な手順を踏み顔を合わせるには時間がかかりめんどうだった。

レティーシアにも彼女なりの予定があり、人間の姿でいきなり訪ねては迷惑なはずだ。日々のちょっとした確認で、彼女を手間取らせるのはグレンリードの本意ではなかったのである。

(だからこそこうして、狼の姿に変じて様子を見に行っているだけだ)

自らに言い聞かせるように、あるいは言い訳をするように。

グレンリードは考えながら、その日もレティーシアの元へと向かっていた。四本の脚はリズミカルに歩を刻み、どことなく浮かれた様子だ。

(……この音はもしや?)

離宮では聞きなれない地面をするような音と、狼達の鳴き声。

今のグレンリードは狼と同じか、それ以上に聴覚が鋭くなっている。疑問を覚えつつ進むと、三角の耳に高い声が飛び込んできた。

「はやーい‼　やっほーい‼」

レティーシアがはしゃいでいた。聞いている方まで、楽しくなってきそうな声色である。

グレンリードはぱたりと尾を振り上機嫌で足を早めるが、レティーシアらの姿を目にした途端、鼻先に皺が寄っていく。

（なんだそいつは……）

相手はグレンリードも知っている、狼番のエドガーだった。狼ぞりに乗るレティーシアを助け見守っているが、顔は赤く見るからに上気している。よく耳を澄ませれば、

「……僕の前にいるのは初めてそりに乗った初心者、ただの初心者、レティーシア様じゃなくただの初心者……」

と呟いているのが聞こえる。明らかにレティーシアを意識していた。

「ぐるぅぅぅぅ……」

気が付けば、グレンリードの喉からうなり声が漏れ出していた。

青にも碧にも見える瞳が鋭く、獲物を見据えるように剣呑《けんのん》な光を帯びていく。

狼の姿の時は、感情を抑えることが難しくなっている。なけなしの理性が、レティーシアの後ろに密着するように立つエドガーの姿によって、かき消されていくのがわかった。

レティーシアに好意を持つ男性が、彼女の近くにいるのが許せなかったのだ。

「――――ひっ!?」

ひきつれたようなエドガーの悲鳴に、はっと我に返るグレンリード。

怖がらせて悪かったという思いと、消えない警戒心がないまぜになり渋面になってしまった。

（エドガーは真面目で善良な性分だ。レティーシアに好意を抱いていても、自ら接近し思いを表に出すことや、彼女に迷惑をかけることはないとわかっているが……）

頭でそうわかっていても、狼の体は感情に素直だった。

「……もしかしたら、ぐー様もそりを引きたかったのでは？」

レティーシアの問いかけに、グレンリードはため息をついてしまった。

彼女は聡《さと》く察しがいい方だが、時々とても鈍くなることがある。エドガーから好かれていることは気が付いていても、好意の種類までは察していないに違いない。

（能天気というか、アホというか……）

今だってレティーシアは、エドガーへとダシとやらの説明をしていて、グレンリードの思いにまるで気が付く様子がなかった。

「では、レティーシア様。僕はもう少し狼ぞりで近くを滑って慣らしてきますね」

狼ぞりの練習を再開したエドガーへと、にこにこと笑顔を向けるレティーシア。

無邪気な笑顔が、だからこそグレンリードは少し憎らしかった。

「わぁ、すごい。私が乗せてもらった時よりずっと早く、風のように駆け抜けてるわ。エドガー、すごいです。おどおどしがちだけど、陛下から狼の世話を任されている狼番だけあって、狼の扱いはとても優秀なんですね」

「……ぐぅ」

臣下を褒められ悪い気はしないが、エドガーへと瞳を輝かせるレティーシアの姿に素直に喜べなかった。

複雑な感情を抱えるグレンリードへと、

「そのお気持ち、少しだけわかる気がいたします」

かすかな苦笑を浮かべ、ルシアンが呟いたのだった。

◇　◇　◇

狼ぞりの練習を終え、帰っていくエドガー達を見送った後。

ぐー様が右前足でたしたしと、地面を五回叩いていた。

「わかりました。あちらに参りましょう」

雪を踏みしめ私達は、離宮の横にある木組みの小屋へと向かった。

「フォン、少し失礼するわね」

「きゅあっ」

小屋の奥から、フォンが小さく声を返してきた。

グリフォンは冬眠に似た行動をする生き物だ。野生では人里から離れた高峰、気温の低い高山地帯に住まうため、冬季は活動を抑え食事も排泄もほぼ行わない、巣ごもりをするようだった。

フォンもここ二か月ほどは空を舞うこともなく、小屋の中で静かにじっとしている。足を体の下に引っ込め座る丸っこいシルエット。呼吸のたび、頭の飾り羽がぴくぴくと揺れ、折りたたまれた翼がかすかに上下していた。

体の下には木の枝や落ち葉、そして狼達の抜け毛で冬ごもり用の巣が作られている。エドガーが狼を連れ頻繁に離宮を訪れてくれるため、巣材はたっぷりとあるようだ。

小屋の中は静かで、まどろむフォォンと私、ルシアンとぐー様の呼吸の音が聞こえるだけだった。

「ぐっ！」

ぐー様の体が光に包まれ、入れ替わるように長身の姿が現れた。眩《まばゆ》い銀色の髪に、冬の湖を思わせる青みがかった碧の瞳。ぐー様と同じ色彩を持った、グレンリード陛下がそこに立っていた。

「陛下、ごきげんよう。ご足労いただきありがとうございます」

頭を下げ礼をする。

ぐー様とグレンリード陛下。同じ存在だとわかっていても、やはり外見の違いは大きい。

人間の姿の陛下とご一緒すると、今でも少し緊張してしまう。切れ長の瞳に見つめられると、かすかに心臓が騒ぐのがわかった。

何度見ても、陛下はとても麗しいお顔をしている。上の二人のお兄様のおかげで、美形には慣れているつもりだったけど、最近はなぜか人間の姿の陛下と顔を合わせると、ドキドキするようになっていた。

「本日はどのようなご用件でしょうか？」

ぐー様が右前足で五回地面を叩くのは、人間の姿で話したいことがあるサインだ。

今の陛下には急を要する用件や、私と相談が必要な国事はなかったはずだけれど……。

「エルトリア国王陛下の在位十周年の式典に、私も参加しようと考えている」

「陛下もですか？」

予想外、というほどではないけど、少し意外なお言葉だった。

今年春に行われる予定の、エルトリア国王陛下在位十周年の式典と、私の元婚約者、フリッツ王太子の結婚式。

どちらも数年から数十年に一度の大きなお祝いごとだけど、ここからでは行き来に時間がかかった。王家の有する上等な馬車でも、往復だけで一月以上が必要になるはずで、式典の前後の社交や滞在も考えると最短でも二か月弱、陛下は王都を留守にすることになる。

今の時期に、陛下が王都を長期間空けても大丈夫なのだろうか？

統治者としての陛下は優秀と評判で、銀狼王と呼ばれ敬われているが、残念ながらまだ在位期間が短く、地盤は盤石とは言えなかった。

私がこの国に嫁いできたのだって、国内の貴族から王妃を選ぶよう求められた陛下が、時間を稼ぎ風よけにするためだ。幸い、現時点で差し迫った危機や政治不和は現出していないけど、二か月も国を空けていては、不測の事態が起こるかもしれなかった。

「陛下の名代として、各種式典や外交に参加することも、王妃である私の役目であるはずです。私一人では力不足ということでしょうか？」

形だけとはいえ、私はエルトリア王国から追放同然にこの国にやってきた身の上だ。

そんな私にエルトリア王国との外交を任せるのは、陛下も不安なのかもしれない。

「いや、違う。おまえを信頼していないわけでは決してない」

はっきりと言ってくれた陛下にほっとする。陛下は腹芸もこなすが、根は誠実なお方だ。その場しのぎの嘘や慰めは、口にしないお方のはずだった。

「エルトリア王国はおまえの生まれ育った地だろう？　魔術に関しては大陸で指折りの国家であり、歴史に彩られたいくつもの名高い遺跡が残っていると聞いている。ちょうど一度、訪れてみたいと思っていたところだ」

「ふふ、お褒めいただきありがとうございます。陛下が祖国へいらした際には、私も実家の父らと共に、おもてなしをさせていただきますね」

故郷を褒められると嬉しいよね。

他国からは嫌われがちな祖国だけど、いいところもたくさんあった。フリッツ王太子の婚約者だった時、王妃教育の一環で他国の要人をもてなすために観光地についても一通り知識を入れてある。ガイド役だってお手の物だ。

私はこの国に来てから、住むところに使用人まで陛下に差配してもらっている。お返しにエルトリア王国にいらした際には、私もいいところを見せたかった。

「……ですが陛下、本当に国を空けて大丈夫なのですか？　おそらく大事になることはないかと思いますが、後顧の憂いはございませんか？」

「全くない、とは言えないが、王として国を治める限り、常に付きまとう程度であるはずだ。幸いにして最近、私は心強い味方を得たからな」

「……味方？」

誰のことを言っているのだろう？

最近、というと、次期お妃候補のイ・リエナ様のことだろうか？

去年の秋、イ・リエナ様はケルネル公爵の陰謀に巻き込まれかけていた。私と陛下が動いたことで、イ・リエナ様の派閥に属すミ・ミルシャ様が救われている。

それをイ・リエナ様は恩に感じ、陛下に忠誠を誓ったということだろうか？

確かに心強い味方だけど、それだけで安心できるかと言われると、正直怪しかった。

私が知らないところで、何かがあったのかもしれない。

「悪いが、詳しくはまだ話せないことだ。今のところは、それで納得してくれ」

「わかりました。陛下のお言葉ですものね」

勘だけど、私に不利になることではないはず……と思いたかった。

「詳しくはまだ」ということは、ゆくゆくは私も知ることができるかもしれない。

気になるけど、深追いはしないことにする。時期がくればきっと、陛下が教えてくれるはずだ。

「エルトリア行きのことなど含めて、一度まとまった時間を取り話がしたい。来週の夕方のどこかで時間は取れそうか？」

「もちろんです。来週でしたら――」

手早く予定をすり合わせ、会食の約束を結んだ。

今の陛下は仕事の合間に抜け出して来てくれている。あまり長話はできなかった。

「では陛下、来週を楽しみにしていますね」

「あぁ、待っている」

頷《うなず》き言いつつも、陛下はまだ帰られないようだった。

「どうされたのですか？　何か他に気になることでも？」

「…………」

陛下がわずかに、小屋の入り口の方へと視線を流した。入り口には人がこないか見張るルシアンが立っており、その向こうには狼達の足跡が残る庭の一角が見えていた。

「……おまえはそりが好きなのか？」

「好きです。犬や狼の引くそりに乗るのが、昔からの憧れでした」

前世と合わせると、軽く二十年分以上持ち続けていた夢だ。

「長年の夢が叶って、先ほどはついはしゃいでしまいました。もしかして、陛下もご覧になっていましたか？」

「あぁ、楽しそうに乗っていて、見ていて愉快だったぞ」

ほんの微かだけど、陛下の唇が緩んでいた。

小さな、でも一面の雪景色の中に咲く小花のような、暖かな微笑《ほほえ》みだった。

たったそれだけの変化に、私の頬もじんわりと熱くなっていく。

子供のようにはしゃぐところを見られて恥ずかし……いや、そうでもないかも？

陛下と同一人物だと気が付く前に、ぐー様の前では散々恥ずかしいことをしている。

もふもふもふもふとひたすら話しかけたり、愚痴を聞いてもらったり、即興の鼻歌を歌ってしまったり……。

……思い出すと地面を転がりたくなるので、これ以上はやめておくことにする。

今までのやらかしを思うと、今更そりに乗ってやっほーとハイになっていたところを見られたところで、恥ずかしくなんてないはずだけど……。

だとしたら、この類の熱さはなんだろう？

知りたいけど、でも知らない方がいいような気もする。

誤魔化すように、私は陛下へと話を向けた。

「陛下はぐー様の姿の時、エドガーとそりをじっと見ていました。あれは何を考えてらしたのですか？」

「……懐かしいと思っていただけだ」

「懐かしい？　陛下も狼ぞりに乗られたことがあるのですか？」

「昔な。我が王家の祖は、極寒の地を狼の引くそりで走破し、戦場へ駆けつけ勝利した伝説を持っている。その逸話にあやかるように、王家の子は狼ぞりに乗れるよう教育を受けている」

「なるほど。陛下、狼を走らせるのお上手そうですよね」

陛下は運動神経抜群だ。

ぐー様の姿の時は狼達に一目置かれているし、狼ぞりのこれ以上ない乗り手かもしれない。

「機会があれば見せてやろう。……その時はおまえも一緒に――――っ！」

陛下が鋭く息を呑《の》んだ。

すぐさま入り口へと走り、ルシアンへとすれ違いざま指示を飛ばした。

「盗み聞きだ。おまえは右手へ回れ！」

「！」

弾《はじ》かれたように、ルシアンも即座に駆け出す。

誰が盗み聞きを？

ルシアンは護衛としても優秀だし、先祖がえりである陛下の五感も鋭敏だ。

そんな二人の感知をすり抜けていたなんて、よほどの手練れに違いにない。

警戒心を最高まで跳ね上げ、すぐに護身用の魔術を唱えられるようしながら、周囲を観察していると、

「はは、参った参った。こんなに早く気が付かれるなんてな」

笑みを含んだ声が聞こえてきた。

低く滑らかな、歌うような抑揚のその声は。

「レナードさん……」

どっと気が抜けてしまった。

眉間に皺を寄せた陛下と共に、吟遊詩人のレナードさんが小屋へ入ってくる。

何を考えているかわからないけど、すぐに危ないということはないはずだった。

レナードさんの正体は、公式には死んだことになっているレオナルド王子その人だ。母親の浮気により生まれたため、実は陛下とは血が繋がっていないが、そんなこと関係なく兄として陛下をかわいがっていたらしい。

「どうして盗み聞きなんてしてたんですか？」

「たまたまさ。君のかんばせを一目見ようと、こちらの離宮に顔を出してみたら、なにやら訳ありげに小屋に入っていくのを見てしまってね。他人の秘密は蜜の味って言うだろう？」

「だからって、盗み聞きはやめてください。そもそもレナードさん、ケルネル公爵から自由になったから、ただの吟遊詩人になるって言ってましたよね？　どうして王城の敷地内にあるここへやってきたんですか？」

「ただの吟遊詩人だって、王城には足を運ぶものさ。ほらこの通り、弾き語りはどこでだってできるからね」

　いつの間に取り出したのか、レナードさんはリュートをかき鳴らしている。

　……自由人すぎない？

　私のお兄様達もかなりのマイペースだし、兄という人種はそういうものなんだろうか……。

　呆れ返り、一周回って感心していると、陛下と共に戻ってきたルシアンに領かれてしまった。

以心伝心、同じようなことを考えていたのかもしれない。

「……私は政務へ戻る。くれぐれも、レティーシアを困らせたりしないでくれ。兄上といえど、容赦はしないつもりだからな？」

　後ろ髪を引かれる様子を見せつつも、陛下はぐー様へと変化し帰っていった。このままここにいては、政務に差しさわりがあるようだ。

「くあっ？」

人間達の騒がしい雰囲気を感じ取ったのか、フォンが体を起こそうとしている。

首元に手を当て、心配ないと落ち着かせてやると、私はレナードさんへと向き直った。

「……レナードさんは今も、間諜《かんちょう》まがいの仕事を続けているんですね？」

そうでもなければ、ここにいる理由が説明できなかった。

この国の貴族の中には、レオナルド王子の顔を知っている人間がたくさんいる。王子時代とはかなり振る舞いを変えているようなので、気が付かれる可能性は低いとはいえ、王城内に顔を出している限り、レナードさんがレオナルド王子だとバレる可能性のある機会は多くなるはず。

ただの吟遊詩人として生きるつもりなら、そんなリスクを冒す必要はないはずだった。

「はは、ご明察だ。人は皆誰かにとっての、密偵であり間諜であるに違いないからね」

適当なことを言っているけど、否定しないあたり当たっているようだ。

「やっぱりそうでしたか」

「やっぱり？　君は予想していたのかい？」

「うすうすと、ですけどね。間諜を続けてるの、陛下のためなんでしょう？」

煙に巻くような言動ばかりのレナードさん。

でもなんだかんだ情は深いというか、根は真面目な気がする。

――公には死んだことになっている、王家の血を引かない王子。

レナードさんの存在は残念ながら、この国の王家にとって危険すぎた。ただの吟遊詩人として生きていくには、あまりにも過去が重く足枷《あしかせ》になってしまっている。もし万が一、どこかでレナードさんの存在が明るみに出てしまったら、陛下の弱みにもなってしまうはずだ。

「……いつ火を噴くかわからない火種を市井《しせい》に放置するより、多少の危険はあっても近くへ抱き込み見張る方が安全ですよね」

たとえ火が出たとしても、速やかに消火できるからだ。

レナードさんが陛下の下で働いている限り、レナードさんを担ぎ出し反乱の旗印にしたい人間がいたとしても、やすやすと手を出すことは不可能なはずだ。

どこまでレナードさんと陛下の間で話し合いがあったかはわからないけれど、今のレナードさんは間諜として、陛下と繋がりがあるらしかった。だからこそこうして、入場に許可が必要な王城の敷地内へ、堂々と顔を出せるに違いない。

「レナードさんにその気があれば、国を出るなりして自由に生きられるでしょう？　陛下だってきっと、レナードさんがそう望めば拒まなかったはずです」

「だろうな。俺が本気で願えば叶ったはずだ。あぁ見えて結構、あいつは甘いからな」

レナードさんの言葉はもっともだった。

……もし、政治を重視し保身のみを考え陛下が行動したとしたら。

地雷そのもののレナードさんを、さっさと殺してしまったはずだ。残酷だが確実な、最善手である選択をしなかった陛下は、確かに為政者としては甘いのかもしれない。

「……でも、陛下の甘さは優しさでもあり、優しさは時に何より強い、武器になるものだと思います」

レナードさんを殺してしまえばそれで終わり。合理的で後腐れのない選択ではあるけど……。

合理的なだけの為政者に、どこまで人がついてくるのかは怪しかった。

「陛下の甘さは、人に好まれる種類のものだと思います。レナードさんだって、そんな陛下だからこそ力になりたいと思ったのでしょう？　弟想いですよね」

「さぁな？　俺はやりたいようにやっているだけだよ」

ぽろろんと、リュートをつまびくレナードさん。

声にも表情も変わりないけど、鳴らされたリュートの音が少しだけ震えていた気がする。

照れ隠し、なのかなぁ……？

言葉も態度もいい加減で、レナードさんの考えはわかりづらかった。さすが元王子、というべきか、ここまで感情が読めない人は珍しい気がする。

「レナードさんは結局、どうして今日この離宮にやってきたんですか？　もしかして離宮の中や近くに、怪しい人物でも見つかったんですか？」

離宮にはいっちゃん達もふもふや、レレナ達使用人が暮らしている。

怪しい影があるなら、早急に対策しておきたかった。

「言っただろ？　麗しい君の姿を一目見て、語り合いたいと思ったからさ」

「……さすがにそれは、白々しすぎると思いませんか？」

ついジト目になってしまった。

知り合った当初から、レナードさんはやたらと甘い言葉を投げかけてきた。

あの頃は間諜として、私に近づくために甘い囁きをしているのだと思っていたけど……。

もろもろの事情が判明した今では、別の理由に思い至っていた。

「何度も私を口説いていたのは、お飾りとはいえグレンリード陛下の王妃となった私がどんな人間か、見定めようとしていたんじゃないですか？」

私を試していたということだ。

王妃である私が、甘い言葉に騙されうっかり道を踏み外し、陛下に害なす人間だと判断されてしまっていたら？

レナードさんが私をどうしようとしていたか、あまり考えたくなかった。

「俺はそこまでお節介焼きじゃないさ。美しい女性がいたら、口説くのは男の義務だろう？　君は美しいだけじゃなくとても面白いからな。蝶が花を求めるように、求めずにはいられないよ」

「……聞いたこともない義務ですね」

「実践者ならここにいるさ」

あぁ言えばこう言う。めげない相手だ。

レナードさんの口はどこまでも軽やかで、まるで真意が掴めなかった。

「俺の言葉を信じてもらえないのは悲しいな」

そう言いつつも、悲しそうな気配は微塵《みじん》もなく、むしろ楽しげに話すレナードさん。

「君への思いは本物だよ。証拠ならあるぞ？　さっき俺が姿を現した時、直前に陛下が口にしていた言葉を思い出してくれ。かわいい弟とはいえこいがた――――おっとっ！」

「ちっ。よけましたか」

ルシアンが舌打ちをしている。

つい一瞬前までレナードさんがいた場所に、銀のスプーンが転がっている。ナイフやフォークと違い、ふちが丸いので刺さりはしないだろうけど、当たればそれなりに痛そうだ。

「ルシアン、いきなりどうしたの？」

「先ほど、出し抜かれた借りを返そうかと思いまして」

笑顔で仕込み武器でもあるカトラリーを構えるルシアンは、完全に被っていた猫が剥がれ落ちてしまっている。

どうも、盗み聞きするレナードさんに気がつけなかったのが悔しかったようだ。以前、私の護衛をしている時にも手玉に取られかけたため、うっぷんが降り積もっていたらしい。

知的で上品で冷静。普段は従者の鑑なルシアンだけど、気が強く負けず嫌いなところがあった。

フリーダムすぎるレナードさんを前にして、猫かぶりも自重も投げ捨ててしまったようだ。

「近頃の番犬は毛皮じゃなく、従者のお仕着せを着ているんだな？」

「他の真っ当な吟遊詩人の方が迷惑でしょうから、今すぐ黙らせてあげます」

煽《あお》りあうルシアンとレナードさん。

どうしてそこまで熱くなるのかわからないけど……。

「きゅあああっ？」

フォンが、不安げに鳴き声をあげている。びしびしと殺気と敵意を飛ばしあう二人にくつろげないようで、眠気の残る瞳で二人を見ていた。

「ここはフォンの住まいよ。喧嘩をするなら外でやりましょうね？」

人間は愚かなり、なんて。

そんなことを考えながら私は、二人を外へと追いやったのだった。

◇◇◇

フォンの小屋から出たレナードさんは、そのまま帰ることにしたらしい。

「斬り合いも嫌いじゃないが、今日のところはお暇させてもらうよ」

私の制止で、興が削がれたのかもしれない。気ままにリュートをかき鳴らしながら、風のように去って行ってしまった。

とことんマイペース。猫のような人間だった。

弟である陛下はどちらかといえば犬、というか狼タイプの人間だ。兄弟で性格が正反対だからこそ補い合え、相性が良いのかもしれない。

「先ほどは、場所も考えず熱くなってしまい申し訳ありませんでした」

謝るルシアン。とは言っても、謝罪点は場所についてだけなあたり、挑発を吹っ掛けたこと自体は後悔していないようだ。

「盗み聞きされたのは私も引っかかったけど、他にレナードさんの何が、そんなに気に食わなかったの？」

「害虫の駆除は、従者の役目かと思いましたので」

穏やかに笑っているが、ルシアンの目は本気。全く笑っていなかった。

こちらへと何度も騙し討ちのようなことをしてきたレナードさんを、警戒し嫌っているようだ。

「腹立たしいことに、彼を倒すのは一筋縄ではいきそうにありません。ですが、あれくらいけん制しておけば、しばらくはお嬢様の近くに寄ってこないと思いたいです」

「うーん、それはどうなのかしら……」

苦笑し、レナードさんが去っていった方角を見やった。

レナードさん、切った張ったのやり取りや挑発合戦なんかも、スリルの一種として楽しめてしまえるタイプの気がする。間諜を続けているのも、陛下のためを思ってのことだけじゃなく、そういった生き方が性に合っているからかもしれない。

「まぁ、掴みどころのない人なのは確かだけど。私がグレンリード陛下のお飾りの王妃をやっている間は、危害を加えてくることもないだろうし、そんなに心配する相手じゃないと思うわ」

「……別の意味で心配ですよ」

「何か言った？」

「いえ、何も。それよりそろそろ、料理に手を付けた方がいい頃合いかと」

「あ、そうね。少し急ぎましょうか」

狼達との戯れの後、陛下とお話ししレナードさんを小屋から追い出し、それなりの時間が過ぎてしまっていた。

　今日のお昼は、この国に来ているクロードお兄様と一緒に食べるつもりだ。いくつかの料理を手土産に、お兄様の住まいへ向かう予定だった。

　手早く服装を整え厨房《ちゆうぼう》入りする。

　クロードお兄様はお酒が好きで、今日は休日だった。王妃となってからはイマイチ曜日感覚が薄くなっていたけど、この国も日本と同じで、五日の平日と二日の休日により一週間が構成されている。日曜日にあたる今日は、お兄様も昼間からお酒を飲むかもしれない。

「作るなら、お酒にも合う料理よね」

　食材と調理器具を確認していく。庭師猫達のおかげで、本来の収穫時期ではない食材も使え重宝していた。

　えのきにエリンギ、そしてこの国に自生するマイタケに似た、軽く反った茶色の傘を持つキノコをたっぷりと使用。汚れや石突を落としていった。

　塊のベーコンも用意し柏木切り、幅五ミリほどの四角柱形に切っていく。

　フライパンにオリーブオイルを入れ火にかけ、にんにくを炒め香りを立たせる。そこへベーコンを加え油を出し、キノコと調味料を加えさっと炒め合わせていく。調味料は胡椒を中心に、塩とレモンを加えた。

　味付けが全体に回り、キノコがほどよくしんなりしたら炒め終わりだ。

　傍らのお皿には生で食べられる、ほうれん草に似た葉物野菜が敷いてある。フライパンから中身を乗せ、粉状のチーズを振りかければ、三種キノコとベーコンのガーリックサラダの完成だ。

「うん、美味しいわ。肉厚のベーコンにキノコの食感。ベーコンの油と胡椒の味が染み込んでていいわね」

試食をして自画自賛する。胡椒がきいていて、ワインやお酒とも合いそうだ。

「あとはもう一品作って、作り置きのローストビーフも持って行って……」

お昼時に間に合うよう、テキパキと仕上げていく。ルシアンと共に料理を容器に詰め込み、馬車でお兄様の住まいへと向かった。

王城から馬車でしばらく行ったところ。やや交通の便が悪く、貴族が住むには家賃が安い区画に、お兄様は住まいを借りていた。

「あら、あれは……」

今日は建物の外に出迎えがいた。

「にゃにゃにゃにゃっ！」

キラリと金色の目を光らせる、白黒ハチワレ模様のもふもふ。お兄様の元に居ついた、庭師猫のみーちゃんだった。

「うにゃにゃ、うにゃにゃ、うにゃにゃにゃにゃっ！」

近づくとさっそく話しかけられた。猫語はわからないけど、言いたいことはよくわかる。

「ふふ、ミカンはちょっと待っててね。まずはお兄様に顔を見せてくるわ」

みーちゃんにまとわりつかれながら、建物の中へ入っていく。

「やぁレティ、よく来てくれたね」

コタツ風の紋章具に入ったまま、クロードお兄様が出迎えてくれた。朝から読書ざんまいだったのか、コタツの天板には何冊もの本が積まれ、焦げ茶の髪が何か所かぴょこんと跳ねている。寝癖を適当に直し、そのままずっと読書に没頭していたようだ。

ものぐさで無精な姿だけど、クロードお兄様は昔からこんな感じだ。私も慣れているので、挨拶をしつつコタツ風の紋章具へと足を入れた。

「ぬくぬく……。コタツっていいわよね」

「いいね」

言葉少なく、クロードお兄様と通じ合う。

寒風に晒された体にコタツのぬくもりが染みわたり、このまま住み着きたくなる。

動かないとそのまま眠ってしまいそうなので、その前に料理を楽しむことにしよう。

バスケットから料理を並べていると、新たな来客がやってきた。

「こんにちはレティーシア様。今日もお邪魔しますね」

ヘイルートさんが片手を上げ挨拶してきた。

画家のヘイルートさんはクロードお兄様の友達でもある。私の料理も気に入ってくれていて、お兄様の住まいを私が訪ねた時には、よく一緒に食事をしていた。

「今日はキノコとベーコンを炒めたものと、揚げ物を持ってきたわ」

「お、どんな揚げ物ですか？」

わくわくとするヘイルートさん。

揚げ物作りの試行錯誤に付き合ってもらって以来、ヘイルートさんは大の揚げ物好きになっていた。感謝を込め味の感想を聞くため、いくつもの揚げ物を食べてもらっている。

「これです。イモを切って揚げて、糖蜜と絡めたものよ」

使ったイモは名前こそ違ったけど、味も見た目もほぼサツマイモだ。

あく抜きをしたイモを低温の油で揚げ、砂糖と水を煮詰めた糖蜜を絡めた、いわゆる大学芋だ。

「表面がツヤツヤ輝いて綺麗《きれい》っすね」

フォークに突き刺した大学芋を、ヘイルートさんがじっと見ている。

画家であるヘイルートさんの目は信用できる。この反応なら、他の人に出しても受けが期待できそうだ。

「甘い……。揚げ物には甘いのもあるんすね」

言葉を切り、もぐもぐと咀嚼するヘイルートさん。

二つ三つと、一口大の大学芋を次々に食べていった。

「トンカツやチーズ揚げも美味しかったけど、今日のも癖になりそうっすね。カリっと香ばしい表面と、中身のこってりとした甘さ。表面にまぶされたゴマもいい味出してますね」

「ふふ、気に入ってもらえてよかったです」

相槌《あいづち》を打ちつつ、私も大学芋を食べていった。

寒い冬には、ほくほくとしたサツマイモが嬉しい。

足にはコタツ、口と胃には大学芋。

体の内側も外側も温かく、じんわりと心までほぐれそうだ。

お兄様達より一足早く満腹になりくつろいでいると、腰のあたりに何かが当たった。

「にゃにゃっ！」

みーちゃんだ。

二本足で立ち両手いっぱいにミカンを抱え、頭をこちらに押しつけアピールしている。

「コタツから出ると少し寒いわね」

名残惜しくもコタツから離れ、みーちゃんと外へと向かう。

お兄様の借りているこの建物の裏手には、極小さいながらも庭が設けられている。

まだ雪に埋もれた地面に一枚、目印の木の板を突き立ててあった。

「――――風刃」

私の手から放たれた風の魔術により、硬くなった雪が切り崩されていく。続いて風の魔術で雪をまとめて横にどけると、半透明の氷の塊が顔を出した。

「うにゃにゃっ！」

みーちゃんが興奮し、ぶんぶんゆらゆらと尻尾の先端を揺らしていた。

氷の中には数個のミカンが入っている。見たまんま、冷凍ミカンだった。

「あとは氷を割って、っと」

氷の塊は、私の魔術でミカンごと水を固めたものだった。

今の季節、雪の中に埋めておくだけでも、冷凍ミカンを作ることは可能だ。

けれどそれでは、味がぼんやりと薄くなってしまう。おそらくは冷凍の速度が緩やかかつ安定せず、時間がかかるからだ。

そんな時は魔術の出番になる。

軽く洗い水気を拭ったミカンを凍らせ、取り出し水にくぐらせもう一度氷に閉じ込め凍らせる。

二度凍らせることで、ミカンの皮の表面に二重の氷の膜ができ、うま味が抜けるのを防げるらしい。前世ではそういう仕組みだったはずだ。

冷凍ミカンは他にも、熱伝導の良い金属のバットに載せて凍らせる方法なども試しているけど、今のところは魔術を活用し氷の中に閉じ込めるのが、一番美味しく仕上がっていた。

前に来た時埋めたミカンを氷ごと発掘し、新たに冷凍ミカンを仕込んでいく。

クロードお兄様も魔術は使えるけど、得意なのは地系統の魔術で、水系統は魔力効率が悪くあまり連発はできなかった。

そのため私がここにくるたび、みーちゃんに冷凍ミカン作りをせがまれている。

ルシアンが持ってきてくれた桶にミカンを入れ、ちょうど水の真ん中あたりにくるよう桶を揺すり、タイミングよく魔術を使い水ごと凍らせ雪の上へと置いておく。

ミカンの中まで冷やすにはしばらく時間がかかるので、それまでは室内でだらだらしよう。

発掘した方の氷を魔術で割りミカンを取り出し、みーちゃんとコタツのある部屋へと戻る。

「酒臭い……」

少し離れている間に、部屋は酒盛りの場になっていた。

コタツの周りには、既に何本もの酒瓶が並んでいる。陽気にお酒を飲み干したヘイルートさんが、次の酒瓶を掴み掲げていた。

「レティーシア様も一緒に飲み比べしますか？」

「やめておくわ。酔い潰れたら困るもの、私は私のペースで楽しむわ」

苦笑しつつコタツへと入った、
クロードお兄様もヘイルートさんも、かなりお酒に強い体質だ。私もこの国では飲酒可能な年齢だけど、二人に合わせていては二日酔いになる未来しか見えなかった。

「レティーシア様はどうぞこちらを」

「ありがとう。もらうわね」

ルシアンが差し出してくれたグラスを受け取る。離宮から持ってきた赤ワインだ。

赤ワイン、料理に使ってもいいけど、飲んでもやっぱり美味しいよね。

種類としてはミディアムボディの、果実の味と酸味渋味が豊かに溶け合った味わいのものだ。

赤ワインの中でも料理と合わせやすいと言われている通り、つまみにしたキノコのガーリックサラダとも引き立てあっている。

「おーいしーい〜〜〜」

お気に入りのワインに美味しいおつまみ、ぬくぬくとしたコタツに、気心の知れたクロードお兄様達との会話。

離宮での毎日も楽しいけど、肩の力を抜ききった宅飲みもいいよね。

キノコおいしいし、お芋もいいしこれを作った私はとってもえらい。

みーちゃんもかわいくてえらいえらい。

冷凍ミカンを天板の上に積んで、ちょいちょいと手を出しては、

『つめたっ！』

と肉球を引っ込めている。おもしろかわいかった。

冷凍ミカンは氷から出してしばらくしたら食べごろだ。

今の室温なら、だいたい三十分後くらいかな？

待っている時間も食事の一部、待てば待つほど、期待と楽しみが膨らむよね。私も後で一、二個わけてもらおう。

ほんのりふわふわしながら、ほろ酔いでグラスを傾ける。

私が一杯飲む間に、ヘイルートさんは瓶を一本空けていた。

酒飲みすごいな早いなぁ。

クロードお兄様も楽しそうだ。

生まれた国も身分も違う二人だけど、今は仲良くお酒を飲み交わしていた。

「そういえば二人は……」

「何だい？」

「どうしたんすか？」

私の呟きに、耳ざとく二人がのってきた。

だいぶ飲んでいるけど、まだまだ意識ははっきりとしているらしい。

「ヘイルートさんは、この国でクロードお兄様と出会ったんですよね？　どんなきっかけで友人になったんですか？」

前から気になっていたことを聞いてみる。

性格の相性は良いようだけど、そもそもどうやって知り合ったんだろう？

「酒場で一緒に飲んだからです」

手元のお酒を飲み干したヘイルートさんが、納得の答えを返してくれた。

やはり酒飲みらしく、酒場で盛り上がり仲良くなったらしい。

「その時はお互いに最初、一人で飲んでたんですか？」

「そんなところっす。近くにいたクロード様にオレが声をかけて、その日のうちに意気投合して、今もこうして一緒に飲んでる感じですね」

「へぇ～～。そうだったんですね」

ヘイルートさんの話を聞きつつ、持ってきたローストビーフをつまんだ。

こっちもワインに合うね。

うまうまと口を動かしながら、ワインを空け料理を食べていく私だった。

◇　◇　◇

「ヘイルートさんは、この国でクロードお兄様と出会ったんですよね？　どんなきっかけで友人になったんですか？」

レティーシアから向けられた問いかけに対して。

酒場でクロード様と酒盛りをして仲良くなりました、と。

ヘイルートはすらすらと答えを返してやった。

（嘘はついていないし、疑われてる気配もなさそうっすね）

レティーシアは上機嫌で料理をつついている。

リラックスした様子で、ヘイルートに対してもそれなりに、心を許している様子だ。

（俺の正体には気が付いていない？　それとも勘づいた上で知らないフリで黙っている？　……読み切れませんが、とりあえず今のところは、いい関係を築けてそうっすね）

ヘイルートはレティーシアに好感を持っていた。

王妃としての魔術師としての有能さは疑うべくもなく、気さくで優しい、それでいて時折あっと驚くようなことをする人柄も好ましく思っている。

しかし、ヘイルートは画家であると同時に、ライオルベルン王国の王太子に忠誠を誓い働く間諜でもあった。任務では時に、直接間接問わず血を流し犠牲を出すこともある。

そんなヘイルートだが、レティーシアとは敵対したくないのが本音だ。

敵に回せば苦戦は間違いないないし、打算と感情両面で、できる限り敵対は避けたい相手だった。

（レティーシア様の敵になったら、グレンリード陛下達何人ものやっかいな相手から狙われそうですしね……）

内心苦笑しつつ、ヘイルートは正面を見た。

コタツの対面に座るクロードは、そんなやっかいな相手の一人になるはずだ。

ちびちびと酒を舐めながら、クロードと出会った日のことを、ヘイルートは思い出していた。

間章　その瞳が見るものは

「よぉ、兄さん。さっき古書店で買ったその本、オレに譲ってくれないっすか？」

二年ほど前、ヴォルフヴァルト王国のとある町にて。

小さな本を手に町はずれの寂れた道を歩く青年を、ヘイルートは呼び止めていた。

「その本、ずっと探してたんですよね。お兄さんが買った時の値段の倍出しますから、オレに譲ってもらえないっすか？」

「奇遇だね。俺もこの本を探してて、ようやく今日見つけたところだよ」

緩く笑った青年――クロードは足を止めると、顔だけを向けて答えた。

警戒心や怯えは見られなかったが、本を譲ってくれる気もなさそうな様子だ。

（さて、どうするっすかね……）

ヘイルートが求めているのは本そのものではなく、革張りの装丁と本の本体との隙間に封入された紙片だった。

他国と同様に、ヴォルフヴァルト王国内にも、各国の工作員や協力者が何人も身を潜めている。

その中の一国は、工作員同士の情報のやり取りに書物を利用していた。

何食わぬ顔で古書店に本を売り払い、数日後に仲間が購入し回収。あらかじめ、所定の古書店にその本があったら購入するように、と打ち合わせておけば、顔を合わせなくてもやり取りが成立する形だ。

　多少時間はかかるが、直接会って情報交換をするよりも安全で、やり取りにヘイルートが気付いたのもほんのささいな偶然だった。

　この幸運を逃すまいと、慎重に調査を進め工作員の身元を洗い出し、やり取りしていた二人を捕らえることに成功。『お話し』した結果、よい関係を築くことができた。

　彼らからの情報を元に、古書店から秘密情報入りの本を回収しようとしたところで。

　突如現われたのがクロードだった。

　ここしばらく古書店に通い客に注意を向けていたヘイルートだったが、クロードを見かけたのは今日が初めてだった。

　ふらりとやってきたクロードは何冊か本を見ると、紙片入りの本を選び購入してしまったのだ。偶然か、はたまた彼もまた、別の勢力に属する間諜か何かなのか。

　図りかねたまま、ヘイルートはクロードの後をつけていた。町の中心部から離れ、人気がなくなったため、声をかけ反応を伺うことにしたのだ。

「その本、そんなに欲しかったんすか？」

「読み応えがありそうだからね」

　黒い手袋に包まれた手で、クロードが本の表紙を撫でている。ゆるい笑いのまま、本を懐へとしまいこんでしまった。

「ちょっとだけ、一日だけでも貸してもらえませんか？　元値の三倍までは出せますよ」

「読みたい時に読みたい本を読む。これ以上の贅沢はないだろう？　俺が読み終えるまで、君は待っていてくれ」

会話を打ち切り、歩みを再開するクロード。

が、次の瞬間、

「危ないなぁ」

ひょいと頭を斜めへと傾けていた。

「君、画家だろう？　商売道具を粗末に扱うのは感心しないよ」

文句を言うクロードの向こう側、ほんの数秒前まで頭があった場所の延長線上にある木の幹に、黒い塊が当たり跳ね返っていた。

小指の長さほどの木炭。ヘイルートが持ち歩いている画材の一つだった。

（確定っすね、やっぱ、オレのご同業者ですか）

おそらくはそれなりの手練れだ。

不意打ちを避け動揺した様子もない以上、一般人の線は完全に消失していた。

（オレの表の顔が画家だと知ってるみたいですし、もしや前から目を付けられてたんすかね？）

あるいはただの当て推量かもしれないが、それならそれで、勘が鋭く侮れなかった。

相手が同業者なら実力行使に抵抗はない。ヘイルートは隠し持っていたナイフを握り、クロードに向け投擲《とうてき》した。

「わっ、ととっ、物騒なのはやめてほしいんだけどな」

言葉だけは気弱に、クロードはあっさりとナイフを躱していく。

ヘイルートは目を細めた。

胸へと投げたナイフが避けられるまでは想定内だが、同時に投げつけたもう一本、足狙いの本命が避けられるとは思わなかったからだ。

（いつもなら胸狙いのナイフに気を取られた相手の、足を潰して終わりなんですがね）

ヘイルートは蛇の聖獣の先祖返りだ。身体能力は人間離れしており、よほど優れた獣人でもなければ、白兵戦で勝負にならないはずだ。

なのにクロードは、一度ならず二度もヘイルートの攻撃を躱している。

これは思ったより手ごわい相手かもしれない。

どう攻めるか考える一瞬の隙に、クロードは勢いよく走りだした。

（逃がしてたまるか！）

思考と同時に攻撃を実行。

宙を切りナイフが飛ぶが、クロードの肩をかするだけに終わった。

追撃のナイフを投げようとし、ヘイルートは直前で目標を変更。寸分狂わず、クロードが投げつけてきた物体を打ち落とした。

「目くらましっ⁉」

砕けた物体から、猛烈な勢いで煙が広がっていく。

追い打ちをかけるように土煙が発生。こちらはクロードの魔術によるものだ。

煙玉と土煙。

二重の煙で視界を奪いその間に、クロードは逃げ切るつもりだ。

（足止めもばっちりっすか）

追うヘイルートの前方、地面が槍のごとく次々と、細く鋭く盛り上がった。

地系統の術式の一つ『土くれの槍』、通称土槍による攻撃だ。

「当たりません、よっと」

串刺しにしようと迫る土槍を、ヘイルートは軽く避《よ》けていった。

一本二本三本――――。

全て余裕をもって躱していく。

進む先にクロードの次の一手、魔術による落とし穴が口を開けるが、勢いよく地面を蹴り跳んで危なげなく回避に成功。

魔術による波状攻撃は、ヘイルートにかすり傷一つつけることができなかった。

（『見えている』攻撃なら、避けれて当たり前っすからね）

着地したヘイルートの瞳が金色に、縦長の瞳孔へと変わっていた。蛇の先祖返りの特性の一つ、人ならざる視覚の発動の証《あかし》だ。

金の瞳が映す視界は、熱と魔力の位置と動きをヘイルートに教えてくれた。

生きた人間は熱の塊であり、魔術の発動時には必ず魔力が動くものだ。

煙ではヘイルートのめくらましにならず、はっきりとクロードのいる場所や、魔術の発動場所が見えていた。

今だって右斜め前方、十数歩ほど先を走るクロードの体温を捕捉している。

煙で視界を奪い、その間に逃走と足止めをしようとしたクロードの企みは無意味であり、ヘイルート相手では悪手でしかなかった。

迫りくる土槍を躱し、落とし穴を飛び越えクロードのすぐ横へ着地するヘイルート。勢いのまま体を捻《ひね》り、回し蹴りを叩きこんだ。

「ぐっ⁉」

鈍い悲鳴と共に、クロードが大きく吹き飛ぶ。

（ちっ、浅かったか！）

蹴りが当たる寸前、クロードは自ら反対方向へと跳んでいた。

派手に吹き飛んだのは見た目だけ。致命傷には遠いはずだ。

クロードが体勢を立て直す前に追撃を、と走るヘイルートだったが、追いつく直前で方向転換、素早く右へと曲がった。

直後、地面が抜けるように陥没。

ヘイルートが踏むはずだった場所に落とし穴が口をあけていた。

（少しヒヤッとしたけど、おかげで相手のやり口や強みはだいたいわかったっすね）

魔術には詠唱直後ではなく、決まった時間の後に発動させる方法もあった。

遅延術式と呼ばれるやり方で、実戦においては罠《わな》の一種として使われている。相手の行動を予測しあらかじめ遅延魔術を仕掛けておくことで、不意を打つことが可能だった。

（まぁ、オレの瞳には通用しませんけどね）

遅延術式が厄介な理由は、どこに魔術が仕掛けられたかがわからないことだ。

その点、魔力を見る瞳を持つヘイルートにとっては、まるで脅威にならなかった。丸見えの罠は無力でしかない。軽々と遅延術式による攻撃を避けていった。

クロードの強み、一番の武器はおそらく、相手の行動を予測する戦術眼にある。

ヘイルートの蹴りで吹き飛んだのもおそらく策のうち。とどめを刺そうと追いすがってきたところを、遅延術式で仕留めるつもりだったのだ。

通常であればそれで決着だが、あいにくヘイルートの瞳は特別だ。

遅延術式のことごとくを回避し、反撃へと転じていった。

「そらよっと！」

「危なっ！」

クロードの腕に一筋、切れ込みが入り赤い血が舞った。

ナイフによる斬撃に投擲、蹴りに殴打、足払い。

一方的に攻めたてるも、ヘイルートはかすかな違和感を覚えた。

（向こうの魔術はかすりもせず、反対に俺の攻撃は当たっていますが……）

毎回紙一重で、直撃は避けられてしまっている。

それでもヘイルートの優位は揺らがないはずだが、何かが引っかかっていた。

(気持ち悪いっすね。魔力の残量的にも、追い詰められているのはあちらで間違いないはずなんですが……)

ヘイルートの瞳は対象の魔力量や魔力の性質についても、ある程度識別が可能だ。

クロードの魔力量は魔術師として平均以上だが、特別高いということはなく上の下、もしくは中の上程度でしかなかった。魔術の連発により既に量は当初の半分以下。おおよそ三割強というところだ。

このまま戦闘が続けば、じきに魔力が底をつくはず。

どう考えても、ヘイルートの勝ち以外ありえなかったが……。

クロードの腹を狙った投げナイフが、脇腹を浅く切り裂いただけだったのを見て、にわかにヘイルートは戦慄を覚えた。

(ちょっと待て。おかしい。そもそも普通あんなにも、オレの攻撃を捌けるはずがない！)

魔術と煙玉から生まれた煙はだいぶ薄れたとはいえ、いまだあたりを薄く漂っている。クロードの視界は良好とは言えないはずだ。

にもかかわらず、身体能力の高いヘイルートの攻撃に、ギリギリとはいえクロードは対処してしまっている。

考えてみれば最初からおかしかった。

煙がまだ立ち込めていた時にも、クロードはヘイルートの攻撃に的確に反応している。遅延術式まで使いこなしていた。まるではっきりと、ヘイルートの動きが見えているような対応だ。

（煙の中でオレが問題なく動けたのは熱と魔力が見えるおかげで、周りの地形や人間の動きを把握できるからっすけど……。あいつに同じことは不可能なはずだ）

ならばなぜ、特殊な瞳を持つヘイルートと同じように動けているのか。

答えはおそらく、クロードは全てわかっているからだ。

視界が煙で塞がれる前に、周囲の地形や状況を細部に至るまで正確に記憶しておき。

その状況からヘイルートがどう動くかまで全て予測できていたからこそ、煙の中でも対処できていたのだ。

（頭の回転の早い、勘が良い人間だとは思ってましたが……）

そんな生易しいものではなかった。

ヘイルートの推測が当たっているとしたらまるでクロードは、

「化け物だな」

告げられた言葉に、ヘイルートは瞳を見開いた。

クロードだ。

ヘイルートの心の声をそっくりそのまま、クロードが口にしていた。

「ははは……」

もう笑うしかなかった。

こうも正確に思考内容を当ててきた以上、今までのヘイルートの行動もほぼ全て、予測されていたと考えるのが自然だった。

（世の中、とんでもない人間がいるもんっすね……）

　極めて特殊な瞳を持つヘイルートだったが、クロードもなかなかにかっ飛んでいた。

　ヘイルートは乾いた笑いを漏らし、しかし今はそんなクロードと敵対しているのだと、気を引き締めナイフを油断なく構えた。

「……それであんたは、ここからどうするつもりっすか？」

　臨戦態勢を取ったまま、ヘイルートは問いを投げかけた。

　つい、クロードの化け物っぷりに気圧《けお》されてしまったが、言ってみればそれだけだった。

（いくら頭の出来が良かろうが、どうにもならないことはあるもんだ。近くに仲間がいるとか、何かオレに対して逆転の手があるなら、さっきオレが驚いて、一瞬とはいえ隙ができた時に仕掛けてきたはずっすからね）

　しかし反撃はなく、依然クロードは追い詰められたままだとヘイルートは分析していた。

「あとは俺の魔力が尽きるまで、攻撃を続けて削っていけばそれで終わりだから、だろう？」

「……人の考えていることを推測して口にするの、やめてもらえませんかね？」

「当たってるだろ？」

「だからこそ嫌なんすよ」

　軽口を叩きつつも、ヘイルートは慎重に周囲を観察した。

（よし、いけるな）

　伏兵の気配はない。

ここは町はずれの滅多に人が通らない道だ。両脇にはまばらな廃屋と木々が立っているだけ。近距離であれば、廃屋の中や木の幹の後ろに人間が隠れていたとしても、ヘイルートの熱と魔力を見る瞳は誤魔化せなかった。ざっと見た限り、近くに他の人間はいないはずだ。

未発の遅延術式も見当たらないし、今のクロードの魔力残量なら、一発逆転の目がある高位術式を使われる恐れもなさそうだ。

クロードはもう詰んでいる――。

「なんて確信を持ってしまうのは、まだ早いんじゃないかな？」

「強がり、ただの虚勢で……」

ヘイルートは耳を澄ました。

今、何かが聞こえた気がする。

足元からだ。

気が付くと同時――地面が猛烈に震えだした。

「なっ……!?」

慌てて背後へと飛びのくヘイルート。足元を追うように、地面に亀裂が広がっていく。亀裂は瞬く間に深まり、大地が割れ砕けていった。

耳がおかしくなりそうな轟音《ごうおん》。

おさまった時には、つい先ほどまでヘイルートがいた場所が、大規模な地割れを起こしぐちゃぐちゃになっていた。地面はあちこちで不規則に傾斜し、亀裂からは泥が吹き出している。まともに立つことさえ難しそうな惨状だ。

「まさかこれは……」

「このあたり一帯は、昔沼地だったんだよ」

能天気な声が聞こえる。

地割れの向こう、ヘイルートとは反対側に避難したクロードだった。追い詰めていたはずが、またもや距離を開けられてしまっている。

「町を広げようと沼を埋めてみたものの、雨が降るとあっという間にぬかるんでしまったんだ。大雨が続いた時には、上に立てた家が傾いて、緩んだ地面に沈みこんでしまうこともあったみたいでね。まともに住めた土地じゃないって、今じゃ誰も寄り付かなくなったんだよ」

教師のように、あるいは年下の兄弟に説明するように、クロードがつらつらと語っていた。

「あんたは、ここが地盤が不安定な土地だと知っていたんですね……」

クロードはわかっていて利用したということだ。

土槍や落とし穴を連発することで、地盤に衝撃を加え地割れを誘発。

ヘイルートが直前で異変に気が付き飛びのいたため、地割れの衝撃で飛んできた石つぶてが数個当たった程度ですんだが、一歩間違えれば大怪我をしていたはずだ。

今度こそ本気で肝が冷える。

クロードの魔術を捌ききっていたつもりが、本命は地割れだったのだ。

ヘイルートが熱と魔力を見ることができるように。

クロードの目には先の先まで、未来が見えているも同然らしい。ただの予測でしかないとはいえ、ここまでくると予知と大差ない気がした。

「驚いたかい？　君はなまじ見えすぎるからこそ、油断してた部分があるんだろうね」

「……どういうことっすか？」

「魔力の動き、それに熱の高低もかな？　君には見えているんだろう？」

「っ！」

一瞬頬が引きつり、ヘイルートは失敗を悟った。

これでは、クロードの推測が当たっていると認めるも同然の反応だ。

（くそっ、落ち着け。少数だが、オレの瞳の秘密を知っている人間はいる。どこからバレた？　どうやってたどり着いた？　それとももしかして、この戦闘でのオレの様子から、秘密に勘づいちまったのか？　そんなまさか、でもこいつならあるいは……）

どちらにしろ、クロードの脅威度が跳ね上がるのは間違いない。

冷や汗をかきながらも、ヘイルートは全力で思考を回した。

魔力の動きが見えてしまえば、たいていの魔術師はただのカモへ成り下がる。遠距離から不意打ちで高位術式を叩きこまれでもしない限り、ヘイルートが遅れを取ることはまずなかった。

いわばヘイルートは魔術師の天敵。なのにクロードに対しては、決定打を与えることができていなかった。

相性で優っており、身体能力もヘイルートが数段格上。圧倒的に有利なはずなのに勝ち切れない、厄介極まりない相手だった。

（どうする？　負けるとは思わないが、あいつを戦闘不能に追い込んだとしても、それなりにこっちも、痛い目にあうかもしれないな）

引くべきか、痛みを覚悟して戦闘を続けるべきか。

悩むヘイルートに、クロードがへらりと笑いかけた。

「お互い、痛い思いをするのは嫌だろう？　荒事は嫌いなんだ。読み終わったら本を渡すから、それで手打ちにしてくれないかな？　少しだけ待っていてくれ」

言うとクロードは懐から争いの元凶の本を取り出し、ぱらぱらと読み始めた。

ページが次々にめくられ、しばし無言の時が流れる。

（……これ、まさか、本気で中身を読んでるわけじゃないっすよね？）

ただの読むふり、時間稼ぎか何かだろうと思うものの、なんせクロードは化け物だった。

もしかしたらごく短時間で、一冊を読み終えてしまうのかもしれない。

「……うん、お待たせ。もういいよ。この本は渡すから、俺のことは見逃してくれ。君にとっても、悪い条件じゃあないだろう？」

「言葉だけで信用できるとでも？　本気で提案しているなら、本をこちらへ投げ渡してくれ」

「それはお断りだね」

クロードの返答に、ヘイルートは目を細めた。

提案は口から出まかせ、やはり時間稼ぎの一環でしかなかったようだ。

「いや、違う違う。本当に君に本を渡すつもりだよ」

「……ふざけてるんすか？」

「本気だよ。でも、本を投げるなんてできないだろう？　読書家の一人として、本を粗末に扱うのは許せないんだ。君が欲しがってる本はここに置いておくから、手に取って確認してくれ」

クロードがかがみ、本をそっと置いている。

土で汚れないよう、下にはハンカチを敷いたようだ。

（ご丁寧なこって。読書が好きなのは本当なのかもな）

本を手放し、クロードは後退していく。

ヘイルートは慎重に、本へと近づいていった。遅延術式など、罠が仕掛けられていないか確認しておく。本の下敷きになったハンカチも、ごくありふれたもののようだった。

クロードの動きに気を配りつつも、求めていた本を手に取る。

こちらにも罠の類はないように見えるが、ヘイルートは内心眉をしかめた。

（本体と装丁の隙間が広げられている……。これはあいつ、やっぱり一度紙片を取り出して読んでから戻したってことっすね）

古書店から後をつけていたが、クロードが角を曲がった直後などに、短時間とはいえ直接姿を見ていない時があった。その隙に手早く、紙片を取り出し中身を読んでしまったに違いない。

（まぁ今更、それについてぐだぐだ考えても仕方ないっすね）

頭を切り替え、これからなすべきことへと思考を向けた。

ヘイルートは紙片を書いた本人、この街にいた工作員を既に捕まえている。『お話し』した際に、本人が書いた他の紙類も手に入れていた。今入手した紙片についても、後でじっくりと筆跡を見比べれば、本物なのかクロードが仕込んだ偽物なのか判別できるはずだ。

本を手に考えるヘイルートだったが、そのまま無言で足を動かし、素早く右に体をずらした。

風切り音と共に、氷のつぶてがすぐ左を飛んでいった。

犯人はクロードではない。

少し離れた廃屋や木の陰にあるいくつかの熱の塊、隠れている人間によるものだ。

『お話し』をした工作員二人の言葉や態度の節々から、他にも潜んでいる同国の工作員がいると推測はできていた。

今や彼らはヘイルートらに対して、包囲網を敷きつつあるようだ。

「紙片を取り返しに来たのかな？　ずいぶんと仕事熱心みたいだね」

「……あんた、オレをはめましたね？　どこから企んでたんすか？」

平然と嘯くクロードに対し、ヘイルートの目はすわっていた。

クロードが撒いた目くらましの煙は狼煙であり、目印でもあったらしい。

人通りのまばらな町はずれとはいえ、煙に加えて地割れまで起こせば、目ざとい者は注意を払うはずだ。潜伏していた工作員らも気が付き、密かに遠巻きに様子を伺っていたに違いない。

ヘイルートの瞳は優秀だが、クロードとのやり取りの間はどうしても、周りへの注意力は落ちてしまっていた。

工作員らはその隙に乗じ身を潜め観察し、ヘイルートが仲間を捕えた張本人であることと、そして紙片入りの本を手に入れたことを知ってしまった。

弱ったヘイルートは今、クロードとの戦闘と駆け引きで、少なからず消耗している。

ヘイルートを叩き本と紙片を奪い返そうと、工作員らは監視から実力行使へと切り替えることにしたようだ。じりじりと、襲撃をかける機会をうかがっていた。

「あんたがあっさり紙片入りの本を手放したのは、あいつらの狙いをオレに集中させるためっすね？」

「俺は読み終わった本を、欲しがっている君へ渡しただけだよ」

笑顔でのたまうクロード。実に腹立たしい返答だった。

クロードはおそらく、工作員らとヘイルートがやりあう間に逃げおおせるつもりだ。あわよくば双方で潰しあって、全滅してくれと期待しているに違いない。

「さっきも言った通り、俺は荒事が嫌いなんだ。怠惰な性格でね。家に帰ってだらだらしてるから、あとは君達で存分にやるといいよ」

「……後悔しても知らないっすよ？」

ヘイルートは本へと視線を向けた。

このままではクロードの勝ち逃げも同然だ。

やられっぱなしで腹が立つため、駄目もとで脅すことにした。

「あいにくオレは、あんたみたいに本好きじゃないっすからね。工作員どもの襲撃を切り抜けるために、この本を投げつけたり盾にしたりしてぼろぼろにしても、オレの心は痛みませんよ?」

クロードに見せつけるように、ヘイルートは本を掲げた。

「それに、あんただってわかってるはずです。俺一人に工作員どもを押し付けたんじゃ、何人か取り逃すかもしれないっす。逃げ延びた工作員からは、間違いなくあんたについての情報も広がるはずだ。めんどくさいことになりそうでお気の毒です」

ヘイルートの言葉は、同情に見せかけた脅迫だった。

このままクロードが一人勝ち逃げを決め込もうとするのなら。

工作員らを全滅させず一人、二人見逃し、クロードの情報を拡散させることで、今後の彼の活動を妨害してもらうつもりだ。

もちろんその場合、ヘイルートの情報も同時に拡散してしまうが、化け物じみたクロードの行動を今後制限できることを考えれば、そう悪くない選択であるはずだった。

「君、結構いい性格してるよね」

「あんたほどじゃないっすよ。……で、どうするんですか?　ほらほら、早くしないと工作員どもが飛び掛かってきて、本が紙くずになっちゃいますよ?」

本を揺らしながら返答を迫ると、クロードが頭をかき苦笑を浮かべた。

「仕方ないな。本の安全を盾に取られたら敵わないよ。この場は協力して、工作員達を返り討ちにしていこうか」

交渉成立だ。

ひとまず二人は休戦し、工作員への対処にあたることにしたのだった。

◇　◇　◇

（――あの時はオレもてっきり、クロード様は協力するフリをしつつ、隙を見て裏切ってくるかと思ってたんすけど……）

コタツに入り酒を飲みながら、ヘイルートは過去を思い出していた。

クロードが告げた協力の約束はあくまで口先だけ。そう考えていたし、クロードが裏切り攻撃してきたら、返り討ちにしてやるつもりだったのだ。

（――けど、その後はヒヤリとする場面もなくあっさりと、クロード様との共闘で工作員どもを生け捕りにして戦闘終了。クロード様、約束は守ってくれたんすよね）

あぁ見えて根は誠実なのか、ヘイルートの隙を見つけられなかっただけなのか、はたまた何かうかがい知れない考えがあったのか。

わからなかったが、おかげでヘイルートが抱えていたクロードへの敵意と恨みは、いくぶんか和らぐことになった。

気絶させた工作員らを縛りあげつつ、腹の探り合い兼雑談をするうち話が長引き、流れで酒場に向かうことになって。

お互い酒好きだったためか思いのほか盛り上がり、その後も顔を合わせれば二人で飲むことになり、今へと至っている。

初めの頃こそ、クロードの動向に探りを入れるのが一番の目的だったが、今や立派な飲み友達になっていた。

生まれた国も身分も趣味も違う二人だが、共通点は存在している。

人ならざる瞳を持ち熱と魔力を見るヘイルートは、化け物扱いされた過去があった。

クロードもどうやら、未来を見通すがごとき頭脳のせいで、化け物扱いされていたようだ。

傷のなめあい、などと言う湿っぽいことには双方あまり興味がなかったが、やはりどこか根底に通じ合うものがあるのだった。

（……ま、一番大きいのは、お互い気を遣わず酒を飲める相手が貴重ってことなんでしょうっすけどね）

ライオルベルン王国の間諜として動いているヘイルートは、色々と隠しごとの多い生活を送っていた。クロードも似たようなものらしく、気軽に酒を飲める相手は少ないらしい。

二人とも、一人飲みもいいけど時々は誰かと楽しみたいよね、という性質だったため、時折一緒に酒杯を干しているのだった。

「あははは、みーの上にミカンがあって、更にその上にもミカンだよミカンミカン」

すっかり酔っぱらったクロードが、庭師猫のハチワレ模様の頭の上に、次々とミカンを乗っけていた。

一つ二つ三つ。

無駄な器用さを発揮したクロードによって、ミカンの塔が積み重なっていく。酔いが回っても、手先の動きはしっかりしたままのタイプだった。

「にゃにゃにゃ……」

庭師猫は飼い主の奇行には慣れているのか、

『酒が入ると、うちの下僕はとってもアホになってしまいますにゃ……』

と言いたげな半目で座っていた。諦めの境地なのかもしれない。

（確かに今のクロード様は、アホな酔っ払いそのものの無防備さで、初めて会った時の化け物じみた印象とは別人ですけど……。今だってある意味、ちゃんと周りは見てるんですよね）

ヘイルートと二人で飲んでいる時に、ここまでクロードの酔いが深まったことはなかった。

今日はレティーシアが同席している。信頼する妹である彼女が見守っているからこそ、クロードもかぱかぱと酒を飲み、無防備な姿を晒しているようだ。

駄目な兄としっかりものの妹の組み合わせのお手本みたいで絵になるなぁ、と。

ヘイルートはほろ酔いでうんうんと頷き、筆を構えるような仕草をしたのだった。

◇◇◇

ヘイルートさんが私を見て笑顔で頷き、なにやら右手を前に掲げていた。

いきなりどうしたんだろう？

酔いが頭まで回って、ぐらぐらしてきちゃったのかな？

魔術を使い水を生み出し、空のグラスへと注ぎ差し出した。

「水、酔い覚ましに飲んでおきますか？」

「ありがとうっす。でも、これくらい問題ないっすよ。オレにとって、酒こそが水みたいなもんですからね」

言うとヘイルートさんは、木でできた酒杯を飲み干していった。

美味しそうで楽しそうな、見ていて気持ちのいい飲みっぷりだ。

「ヘイルートさん、根っからのお酒好きですね」

「そうですね。オレは酒が好きですし、酒もオレのことが大好きなんですよ。ほら、あれですよあれ。なんでしたっけあれ？　お酒に強いの、いわゆる何ていうんでしたっけ？」

「ザルやワク……。もしくはウワバミですね」

酒豪の別名をあげてみると、ヘイルートさんが疑問符を浮かべた。

「ウワバミ？　なんすかそれ？」

あぁそっか。

ヘイルートさんの疑問はもっともだ。

ウワバミって表現は、前世の日本で使われてたたとえだもんね。

こちらで通じるのは、クロードお兄様とルシアンくらいだと忘れてしまっていた。酒量はほどほどにセーブしてたつもりだけど、私も結構、酔いが回ってきているのかもしれない。

私ははっきり前世の記憶が蘇る前にも断片的に日本で得た知識が頭をよぎり、口に出して説明していたことがある。昔から私と一緒にいるクロードお兄様やルシアン相手なら通じても、ヘイルートさんは知らなくて当たり前だ。

「大きな蛇のことですよ。蛇っぽいヘイルートさんにはぴったりの表現ですね」

「っ、ぐほっ⁉」

「わっ⁉」

ごほごほと、急にヘイルートさんが咳き込んでいた。

「大丈夫ですか？」

「……心配ないっす。酒が変なところに入って、むせちまっただけですよ」

ヘイルートさんが息を整えながら言った。

「どうしてオレのこと、蛇みたいだなんて思ったんですか？」

「ヘイルートさんは見るだけで、熱の高低がわかる瞳を持ってるでしょう？　蛇も同じような能力を持っていて、似てるなって思ったんです」

確か、蛇は体内にあるピット器官という場所で、温度を感知していたはずだ。

「それにヘイルートさん、寒がりなところも蛇っぽいですよね。体温が低めの体質なんでしたっけ？」

「そんなとこです。冬は嫌いですし、コタツがありがたいです」

ぶるぶると体を震わせ肩を抱いて、寒がるようなジャスチャーをするヘイルートさん。

結構な寒がりのようで、この家に来た時はいつもコタツに入っていた。

コタツの魔力に取りつかれた人間は、ちゃくちゃくとこの世界でも増えているようだ。

「しかし、酒飲みのことをなんでウワバミ……蛇にたとえたりするんすかね？」

「蛇は大きな獲物でも呑み込んでしまうでしょう？　その様子を、たくさんのお酒を飲む人間と重ねて生まれたたとえだったと思います」

「へぇ、面白い表現もあるもんですね」

ウワバミ、ウワバミ、と。

表現が気に入ったのか、ヘイルートさんが繰り返していた。

そのまま雑談をしていると、みーちゃんが籠入りの冷凍ミカンを差し出してくる。

「みにゃっ！」

皮をむいてほしいようだ。

ミカンの表面には少しだけ霜が残る状態で、ちょうど食べごろになっている。

半解凍し柔らかくなった皮をむき筋をとっていると、ヘイルートさんが話しかけてきた。

「わざわざ冬に冷たいものを食べるなんて、その猫も変わり者ですよね」

「これはこれで美味しいですよ？　私も好きだし、試しにヘイルートさんも食べてみますか？」

少しくらいなら、体が冷えることもないはずだ。

冷凍ミカンを一つ、ヘイルートさんへと差し出した。

「うーん、レティーシア様のオススメなら、意外といけるのかも……？」

ちびちびと、ヘイルートさんは皮をむいていった。

恐る恐るといった様子で、ミカンを一房口にしている。

「冷たっ！　当たり前だけど冷たいっすね！」

「その冷たさが癖になるのよ」

「癖に？　……あ、これは確かに……。コタツと合う気がしますね」

ヘイルートさんが納得している。

口の中がほどよく冷たくなるからこそ、コタツの温かさがよりありがたく感じられるのだ。

暖房のかかった部屋で食べるアイスが、やけに美味しいのと同じだよね。

筋を取り終わったミカンを、私も口へと放り込んだ。

ひんやりしょりしょり、半解凍でシャーベット状になっている。溶けるとかすかに香りが広がって、舌に爽やかな甘さを感じた。

普通、食べ物を冷やすと甘さを感じにくくなるけど、ミカンに含まれる果糖には甘さが増す性質があり美味しくなっていた。

つい何個も食べたくなるけど、体が冷えすぎないようセーブしておく。

冷凍ミカンを食べ終え、ヘイルートさんとまったり会話していると、酔い潰れていたクロードお兄様が顔を上げた。

「んんうう……。レティもヘイルートも、そろそろ帰った方がいいと思うよ」

「もうお開きですか？　今日は早いっすね」

「雪が降るからね」

「今日はよく晴れてますよ？　それにこの時期の王都は、天気が崩れるのが珍しいんじゃないでしたっけ？」

「もうすぐ吹雪いてくる。雪まみれで凍えて、風邪を引いたら大変だよ」

「にゃにゃみゃっ！」

お兄様の言葉に同意するように、みーちゃんも頷いていた。

前足を左右に振って、バイバイとお別れの挨拶をしている。

「わかったわ。へイルートさんも、今のうちに帰った方がいいですよ。お兄様の天気予報は当たるわ。私が覚えている限り、外したことはないはずよ」

「へぇ、クロード様、そんな特技があるんですね。それじゃま、今日はここらでお暇させてもらいますか。コタツ様ともさよならですね」

心底名残惜しそうに、へイルートさんがコタツから出てきた。すっかりコタツ信者の一員になっているようだ。

へイルートさんと外に出て別れ、しばらく行った場所に止めていた馬車に乗りこむ。

馬を走らせ王城の門をくぐり、離宮の馬車止まりに降り立つと、

「やっぱり降ってきたわね」

ちらほらと風にのって、雨混じりの雪が舞い降りてきた。

先ほどまで晴れていたはずが、空の端から急速に、黒雲が迫ってきている。

「レティーシア様、どうぞこちらへ」

ルシアンがさっと傘を広げた。離宮の建物まであとほんの少し。まず濡《ぬ》れない距離だけど、主人である私に対しては過保護ぎみだ。

「クロード様の天気予報、重宝いたしますが不思議です。どうやって当てているのでしょうか？」

「説明を聞いたことはあるけど、私も全部は理解できなかったわ」

お兄様曰く、過去の記録と五感から得た情報をすり合わせているだけらしいけど、それにしては的中率が異常だ。

……あぁ見えてお兄様は、頭の回転や観察力がぶっ飛んでいる。

ヘイルートさんともまた違った種類の、他人には見えないものが見える人間だった。

「クロード様、たまに得体の知れなさを感じて空恐ろしいです」

降り出した空を見上げ、ルシアンが呟きを落とした。

「そうかもね。でも、私はお兄様のことは好きよ」

ルシアンの言うこともわかるけど、お兄様は私をかわいがっていてくれるし、私もお兄様のことが大切だ。

……いくつかお兄様に関して、気になることはあったりするのだけど。

それでもこれからも兄妹仲良くやっていきたいと、そう私は願っているのだった。

二章　懐かしい料理と人達と

「今日の料理は鍋、だと？」

狼ぞりに乗り、お兄様の家でお酒を楽しんだ日の翌週。

約束通り、私は陛下のもとを訪れていた。

「鍋、とは一体なんだ？　いや、鍋を用い作る料理だということはわかるのだが……」

陛下にはピンと来ていないようだ。王都周辺生まれの貴族や上流階級の人間は、みんなで鍋を囲んで食べることもないから当然だった。

「ちょっとややこしいですけど、その場で鍋に具材を入れ煮て、みんなで食べる料理のことです。今日は豚肉や白菜を入れた鍋にしたいと思います」

ルシアンが持ってきてくれた鍋道具一式を並べていく。使うのは土鍋だ。私が『整錬』で作ったお手製。試行錯誤を繰り返し、土の配合などこだわって作ったため、保温効果が高く柔らかでぬくもりを感じる肌触りに仕上がった自慢の品だ。

ここのところ少し暖かくなってきたとはいえ、まだまだ朝晩は冷え込んでいる。鍋料理で、陛下にも暖まってもらいたかった。

「まず最初は、私が具材を並べさせてもらいますね」

陛下にお出しする料理なので、見た目にも力を入れていきたい。

鍋料理の見た目のコツは、ある程度具材を先に盛り付けてからスープを入れることだ。静かにスープを注げば、具材が散らばらず綺麗に仕上げることができる。

まずは鍋の底に、白菜を敷くように置いていく。火に近い底に入れておくことで、硬い芯の部分もしっかり火が通り、軟らかく食べやすくすることができる。白菜を土台代わりに、上に他の具材を盛っていくのもコツの一つだった。

続いて白菜の葉っぱ部分や大根やニンジン、ネギなどを全体の彩りを見ながら並べていく。根菜類は少し火が通りにくいので、事前に下ゆでをしてあった。おかげで柔らかくスープを吸いやすくなっているし、水分が出すぎて鍋の味を薄めることもないはずだ。

「そのオレンジ色の具材は人参か？」

「そうです。花の形に飾り切りにしてあります」

白菜とネギの緑に人参が映えて、花が咲いているようになっている。

「花畑のようでかわいらしいな」

陛下にも好評のようで幸いだ。

私は菜箸で具材の位置を整えると、スープを入れていった。

自家製のコンソメをベースに、塩胡椒を加えた洋風の味付けだ。陛下は今回が鍋デビューなので味付けはシンプルめに、癖が無く食べやすいようにしてある。

並べた具材が崩れないようスープを注ぎ終えると、魔術で火を出し鍋の下にある炭へと着火。ほのかに炭が赤くなり、パチパチと燃え始めた。

少し温まったらエノキなどキノコ類を投入。菜箸で具材の位置を調整しつつ煮込んでいった。ふわりと立ち込める湯気と香り。

スープがフツフツと沸騰してしばらくしたら、最後に豚バラ肉を入れていく。

「今度は薔薇の形にしてあるのだな」

「ふふ、わかっていただけ嬉しいです」

薄切りにした豚バラ肉はくるくると巻いて、薔薇のように仕上げてあった。こちらの方が、鍋からも取りやすいはずだ。陛下は箸が使えないので、スプーンとフォークでも食べやすいよう、他の具材も取りやすい形にしてあった。

「そろそろですね。肉が白くなってきました。……はい、どうぞ。火傷しないよう、少し息をふきかけてからいただいてください」

「あぁ、いただこう」

小皿にバランスよく具材を盛りつけ、陛下へと手渡す。自分の分もちゃちゃっとよそい、ふぅふぅと息をかけてから口に運んだ。

シャキシャキとした白菜に、スープの染み込んだ人参。根菜類は庭師猫達が栽培したもので、スープともよくあっている大根は透明、つやつやとスープをまとい輝いていた。

肉を噛めば肉汁とスープが口の中に広がり、私はほうと息をついた。

「熱いな。だが美味い。体の中から温まっていくな」

陛下もはふはふと、熱くなった息を吐き出しながら鍋を堪能してくれているようだ。

鍋の第二陣は、陛下の好きなよう具材を入れていってもらうことにする。茹で具合を確認し取り分け用の箸で小皿によそっていき、心ゆくまで陛下に食べてもらった。

締めはチーズを入れ味を変え、スープごと飲みごちそうさまだ。

「ふぅ、美味しかったですね」

「あぁ、鍋とはいいものだな」

「気に入ってもらえてよかったです。今度また、他の味付けの鍋もお出ししましょうか？」

「頼む。楽しみにしているぞ」

鍋を終え温かく重くなったお腹をかかえつつ、私は陛下と話し合いを始めた。

主な話題は、今度のエルトリア王国行きについてだ。具体的な日程や必要な手続きなど、陛下と相談し細部を詰めていく。

「私の周りからはルシアンと数人の侍女と護衛、それにジルバートさんを連れていく予定ですわ」

この国とエルトリア王国では、食の好みが異なっている。料理作りの参考にしたいからと、ジルバートさんも同行することになったのだった。

「それとこの国の兵士も何人か、追加の護衛としてお貸しいただけますか？」

「わかった。普段離宮の警備に当たらせている、おまえと馴染みのある兵をつけておこう」

「助かりますわ」

「当然のことだ。……万が一おまえに何かあっては、悔やんでも悔やみきれないからな」

「陛下……」

思わず胸がどきりとしてしまった。

陛下の声が、思いのほか真剣だったからだ。

嬉しい。

嬉しいけど、勘違いしてはいけなかった。

陛下は表情こそ氷のように冷ややかだが、心根は優しいお方だ。顔に出さずとも周りの人間には気を配っているし、お飾りとはいえ今の私は陛下の王妃だった。私に何かあれば、陛下のお名前も落ちてしまうため、より気にかけているということだ。

感謝しつつ、私は話を続けていった。

「さきほどの者達に加え、離宮からはいっちゃんとぴよちゃん……あ、ぴよちゃんはわかりますか？」

「おまえに随分と懐いていた、黄色のくるみ鳥のことだろう？」

「そうです。ぴよちゃんも一緒に、連れて行っても大丈夫でしょうか？」

「きちんと面倒が見られるなら問題ない」

「わかりました。注意しておきますね」

くるみ鳥の主食は魔力だ。

ぴよちゃんは私の魔力を気に入っていて、置いて行ったら暴れるか、盛大にすねるに違いない。

お腹さえ膨れていれば比較的言うことを聞いてくれるので、連れていくことに決定だ。

「おまえが連れて行くのはそれで全員か？」

「一緒に行くのは今お伝えした者達だけですが、ついでにクロードお兄様と画家のヘイルートさんも、私達のあとを追ってエルトリア王国に向かうと言っていました」

私と陛下の行く先にはお触れが出され、危ないことがないよう、野盗や盗賊の取り締まりも強化される予定だ。治安向上のおこぼれを受けようと、私たちから少し遅れて商人など、旅人が一時的に増えることになる。

お兄様は職場である蔵書局から式典に合わせ呼び出しを受けているらしいし、身軽なヘイルートさんもちょうどいいからと、エルトリア王国に向かうことにしたようだった。

「私の側からは以上ですわ。陛下の方からは何かありますか？」

「旅の途中、おまえに任せたいことがある」

「なんでしょうか？」

「イ・リエナの伴獣だ。……入ってこい」

陛下が合図をすると、控えていたメルヴィンさんが扉を開いた。

「ごきげんよう、レティーシア様。お久しぶりですわぁ」

艶《つや》やかな赤い唇に、イ・リエナ様が微笑を浮かべていた。

去年の秋に巻き込まれた陰謀の後始末のせいで、今もイ・リエナ様は忙しくしている。顔を合わせるのは一月ほどぶり。横には伴獣である、五本の尻尾を持つ二つ尾狐のフィフが座っている。

フィフは尻尾を揺らしながらこちらに近づき、腕に頭を押し付けてきた。

《レティーシア様こんにちは〜。元気にしてたー？》

小さな男の子のような声が、頭の中に直接響いてくる。

二つ尾狐は実は幻獣。魔力を使うことで、声を届ける力を持っていた。尻尾の数で力の強さが違うようで、尻尾が五本あるフィフは、触れ合った人間に声を届けることが可能だ。

《ボク、旅についていきたいんだけど、レティーシア様はいかがですか〜？》

「フィフと一緒に旅をするの、私は歓迎ですけど……」

飼い主であるイ・リエナ様に視線を向けた。

「どうかしら？　妾からもぜひお願いしたいわぁ」

「本当に私でいいのですか？」

獣人にとって伴獣は家族も同然、とても大切な存在である。

伴獣を預けることは、これ以上ない信頼の証だった。

「レティーシア様とグレンリード様だからこそよ。この意味、レティーシア様ならもちろんおわかりになるでしょう？」

身分が上の相手に、自ら伴獣を預けるということ。

それ即ち、心よりの忠誠を誓うということだった。

「ケルネル元公爵の企んでいた陰謀への鮮やかな対処、お二人共お見事でしたわぁ。もしお二人がいなかったら、妾もフィフも、こうして今王城にいられなかったかもしれないものね？」

《そうだよその通りだよ感謝してるよー》

イ・リエナ様の言葉に、フィフも同意してくる。

「あの時レティーシア様がミ・ミルシャへ告げた、厳しくも筋の通った言葉、そして今までこちらの国にこられてからの振る舞い……。他国の生まれの方であろうと信頼するに足ると、判断をするのに十分なものでしたわぁ」

イ・リエナ様が優雅に片足を引き、最上級の礼を捧げた。真似をするように、フィフも頭を下げお辞儀をしている。

「お二人に忠誠を。この国の未来のためにどうぞ、妾とフィフを役立ててくださいませ」

「あぁ、その忠誠を受け、期待させてもらおう」

陛下が鷹揚《おうよう》に頷いている。

私も頷き、イ・リエナ様へと礼を返した。

「私も陛下と同じ思いです。イ・リエナ様の忠誠に応えられるよう、旅の間フィフの面倒を見させていただきますね」

《やったー！　面倒見てもらっちゃうねー！》

フィフがパタパタと尻尾を振っている。かわいい。

「ふふ、感謝いたしますわレティーシア様。妾の代わりに、フィフをエルトリア王国で連れて行ってくれて助かりますわぁ」

イ・リエナ様はじきお妃候補の一人だ。

国内のパワーバランスを考え国外に出ることは難しいが、エルトリア王国について興味があるのかもしれない。

　フィフは人の言葉を理解するほど賢く、それでいてほとんどの人間に対しては、犬猫と同じくらいの知能だと認識されている。フィフの前でうっかり本音をこぼす人もいそうだし、情報収集役としてはなかなかに優秀な選択かもしれなかった。

「旅の間はレティーシア様達を主と思って、ちゃんと言うことを聞いておいてねぇ？」

《お任せだよ、よろしくね～。ボク、きっとレティーシア様のお役に立つよ。ニンゲンのほとんどは、ボクらの尻尾に夢中だからね～》

「ふふ、その方達の気持ち、私もよくわかりますわ」

　二つ尾狐は滑らかな金色の毛並みと、もっふりと魅力的な尻尾を持っている。国の内外問わず人気が高く、それでいてこの国の外には滅多に出てこないため、希少価値が高くなっていた。

　そんな二つ尾狐の中でも、フィフは一際立派な尻尾を持っている。

　性格は無邪気で人間の子供のような喋り方をするけど、見た目は優美かつ気品たっぷりだ。国王としての威厳溢れる陛下の隣に侍《はべ》っていても全く見劣りせず、一幅の絵画のようになっていた。

「それではレティーシア様、フィフについていくつか、気に留めていただきたいことをお伝えしておきますねぇ」

　フィフの世話の仕方を、イ・リエナ様から順番に教えてもらった。

　旅に出る前に念のためお試し期間が必要ということで、さっそく今日から離宮で、フィフを預かることになる。

《こんにちはお邪魔するねー！》

離宮に到着し馬車から降りるなり、フィフはてってってっと歩いて行った。

まだ地面には雪が残っているけど、まったく気にしていないようだ。もともと雪狐族と一緒に、ここより更に寒い地方で暮らしている生き物のため、これくらいはへっちゃららしい。

フィフは軽く庭を一周すると、玄関の前にちょこんと座った。雪のついた足で建物の中に入らないよう、イ・リエナ様がきちんと躾けているようだ。

タオルで足を拭き中に入れてやると、きょろきょろしながら廊下を歩きだした。

「ここんっ？」

すんすんと鼻を動かし、匂いを確かめるフィフ。

ぱっと顔をあげると、奥へと一目散に走りだした。

「こっきゅーーんっ！」

「ぴいっ⁉」

廊下の奥にいたぴよちゃん。

フィフはジャンプすると、ぴよちゃんの羽毛に顔を埋めきゃっきゃとしている。

「ぴぃ？　ぴぴよぴぴぴ……」

最初戸惑っていたぴよちゃんだったけど、満更でもない様子だ。フィフの尻尾が気になるのか、動きに合わせ顔を左右に向けていた。

「ぴよちゃんとは、この様子なら大丈夫そうね。……いっちゃんはどうかしら？」

後ろへと振り返り声をかける。

廊下の曲がり角から顔だけを出して、いっちゃんが様子を伺っていた。

「にゃにゃぁ……」

少し考えるようにしてから、小さく頷くいっちゃん。

肉球でフィフを、次に私を指し示してきた。

「……私がきちんと面倒を見るなら自分はそれでいい……であってるかしら？」

「にゃっ！」

いっちゃんが今度は大きく頷いている。警戒心の強い性格のいっちゃんだけど、私のことはそれなりに信用してくれていて嬉しかった。

「ありがとね、いっちゃ……あれ？」

いっちゃんがいきなり頭を引っ込めてしまった。

どうしたんだろうと思っていると、

「失礼いたしますっ！」

「きゃっ⁉」

肩に力がかかり引き寄せられた。

ルシアンだ、と気づくと同時に目の前を、ぴよちゃんとフィフが駆け抜けていった。

「きゅっこ――んっ！」

「ぴよっぴ――っ！」

ぱたぱたばたばたと、勢いよく二匹が廊下を走っていった。

二匹でじゃれあううちテンションが上がって、追いかけっこを始めたようだ。

「危ないですね。お怪我はありませんか？」

「ありがとう、大丈夫よ。……あの二匹、相性は悪くなさそうではあるけど……」

むしろ、相性が良すぎるのかもしれない。

無邪気と無邪気があわさった結果、二匹は爆走するもふもふの塊になっていた。

「……フィフの世話と躾け、しっかり頑張らないとね……」

気を引き締める私の横で、

『全くその通りですにゃ』

と言うように、いつの間にか近くにいたいっちゃんが頷いていたのだった。

◇　◇　◇

厳しかった冬も終わりが見え、積雪もだいぶ減ってきた頃。

私達は予定通り、エルトリア王国に向け出発することになった。

陛下と私、即ち国王と王妃揃っての旅路だ。随員も多く、王城の正門前には、十台以上の馬車が連なっていた。

旅程の最終確認を終え、陛下と共に馬車へと乗り込む。旅の間私は、陛下と同じ馬車に乗り進む予定だ。

「行ってくるわ。あとのことはよろしくね」

窓から顔を出し、私は見送りの人達へ手を振った。

「はっ。どうぞお気をつけていってらっしゃいませ」

私が不在の間の離宮の切り盛りは、使用人のトップであるボーガンさんに任せてあった。

ずらりと並ぶ見送りにやってきてくれた人達。地面の上だけではなく、木々の上にも見送りは溢れていた。

「にゃみゃっ！」

もふもふぎゅうぎゅうと。

枝の上に、庭師猫達が鈴なりになっている。私やジルバートさんを見送りに来てくれたようだ。

笑顔で手を振ると、庭師猫達も競うように、お手手を振り返してくれたのだった。

◇　◇　◇

「ふぅ。少し疲れましたね」

座席に身を沈め、私は軽く息をついた。

先ほどまで一時間以上、ずっと手を振っていたのだ。

馬車が出発した後も王都を出るまでは、ゆっくりと人間が歩く程度の速さで進んでいた。

自国の王が乗る豪華な馬車の見物は、王都の民達にとっての娯楽の一つだ。王家の威光を示す機会でもあり、パレードのようになっていた。

私も王都を進む間ずっと、道沿いの人達に窓から手を振っていた。力仕事でもある料理を楽しむため、それなりに体は鍛えていたけど、明日は筋肉痛になりそうだ。

腕をさすり揉み解していると、陛下の指が近くへ伸びてきた。

「陛下……？」

「少しじっとしていろ」

「あ……」

ひんやりと。

心地よい冷たさを肌に感じた。

腕を包むように、冷気の層が出来上がっている。腕を動かしてもついてきて、冷たさを提供してくれていた。

「これは、陛下の先祖返りの力ですか？」

「そうだ。人間の姿でも、これくらいの冷気なら操れるからな。筋肉を酷使した時に冷やしておくと、後の痛みが和らぐものだ。冷たすぎたりはしないか？」

「ありがとうございます。ちょうどいい冷たさだと思います。この手の処置、慣れてらっしゃるんですか？」

「昔、剣術の稽古をした時などにな」

「なるほど」

頷き、私は陛下の腕を見た。

どちらかといえば細身の陛下だけど、しっかりと筋肉はついているらしい。私と同じように、王都を進む間ずっと腕を振っていたはずが、疲れた様子は見受けられなかった。

長い指には、よく見ると剣だこらしきものがある。政務で忙しい中で時間を作り、今でも鍛えられているらしい。男性らしい骨ばった指を、なぜかじっと見つめてしまった。

「……どうしたのだ？」

「失礼いたしました」

どきりとし、さりげなく視線を引きはがした。

あまり凝視していては、気分を害してしまうかもしれない。

「私のお兄様の一人も、剣だこがあったなと思っていたんです」

「おまえの二番目の兄、ベルナルトのことか？　高名な軍人で、大変優秀だと聞いている。今回の旅の中で機会があれば、一度話してみたいものだな」

「光栄なことです。ベルナルトお兄様もきっと、大変喜ばれると思いますわ」

微笑みつつも、内心私はヒヤリとしていた。

ベルナルトお兄様、優秀だけど癖が強いからなぁ……。

陛下に対しても、なにかやらかさないかと心配なところがある。

不安を誤魔化すように、私は話を変えることにした。

「王都を抜けましたし、そろそろぐー様の姿になられますか？」

エルトリア王国行きの準備のため、ここのところ陛下はとても多忙で、ぐー様の姿になる余裕もなかったようだ。

陛下はずっと人間の姿で過ごしていると、突然ぐー様の姿になってしまう危険がある。今馬車の中にいるのは私と陛下、そして座席で丸くなっているいっちゃんだけだ。人目を気にしなくていい、絶好の機会だった。

「あぁ、そうさせてもらおう」

陛下は頷くと、光に包まれぐー様の姿へと変化していた。

ぐー様はふんふんと鼻を動かすと、青碧の瞳をこちらへと向けてきた。

「ぐぐっ！」

「……こっちに来られるんですか？」

「ぐっ！」

向かいの席の私の隣へと、ぐー様が移動してきた。

王家所有の馬車は豪華で、内側も広く作られている。座席も余裕で数人が座れるほど大きい。

ぐー様は寝そべると、私の膝の上にのっしと頭をのせていた。

「ふふ、枕にされてしまいましたね」

話しかけながら、しばらくご無沙汰していたぐー様の撫で心地を堪能していく。

陛下が人間の姿なら少し緊張するけど、ぐー様の姿なら大丈夫だった。

銀色の毛並みはどこまでも滑らかでもふもふで、窓からの光に輝いている。

車輪の音だけが響く静かな馬車の中。

膝の重みが心地よくて、もふもふが気持ち良くて。

私の瞼《まぶた》は少しずつ、下りていったのだった。

◇　◇　◇

「……これはどういうことだ？」

馬車に揺られながら、グレンリードは呟いていた。

気が付くと、人間の姿で座席に座っていたのだ。

それだけならまだ良いが、すぐ横にはレティーシアがいて、肩には頬がのせられていた。金のまつ毛は伏せられていて、静かな寝息があがっている。無防備な寝顔をじっと見てしまいそうになり、グレンリードは強引に視線を引きはがした。

（なぜこうなった……？）

狼の姿に変じ、レティーシアに撫でられていたところまではしっかり記憶があった。

その後レティーシアが舟をこぎだし、頭がぐらぐらと揺れ前後していたのも覚えている。

揺れが大きくなっていったため、支えてやるべく頭に乗せてやったあたりで、記憶が途切れてしまっていた。

（私まで、寝落ちをしてしまったということか）

ここのところ多忙続きで、疲労が蓄積していた。狼の姿になり理性が弱くなったことで、眠気に抗《あらが》えなくなったらしい。そうして眠っているうちに人の姿に戻り、そのまま今に至ったようだ。

（……珍しいこともあるものだ）

睡眠中に狼から人に、あるいは人から狼へと変わること自体は、そこまで珍しいことではなかった。理由はきっと、理性が眠っている状態であれば、変化を制御できなくて当たり前だからである。

しかしだからこそ、今のような事態は、まずありえないことだった。

（誰かの前で眠るなど、何年ぶりだろうな……）

うっかり人前で眠り、変化するところを見られてしまったら大事だ。

どれほど疲れていようと、変化のことを知っている腹心のメルヴィンの前であろうとも。

グレンリードはここ十年以上、誰かと共にいる時眠ったことはないのだった。

「……レティーシアだから、か」

思わず呟き、すぐにグレンリードは口を噤んだ。レティーシアを起こしたくなかったからだ。

（旅の準備で、こいつも忙しそうにしていたからな）

元気そうに見えても、疲れは降り積もっていたに違いない。

肩にかかる体は温かく、グレンリードより遥《はる》かに軽く華奢《きゃしゃ》だった。

（…………困るな）

寝顔から目を背けることはできても、彼女から漂ってくる、甘い香りを無視することはできなかった。

初めは異質さを感じていた香りも、今はどこまでも甘く誘うよう感じられて。

気が付けば指が、金の髪を一房すくいあげていた。

指を滑り落ち金砂のように零《こぼ》れる髪から、ほんのりと紅い柔らかな頬へと。

頬を伝い輪郭を撫で、唇へと指を伸ばして、

「ジロー……」

冷や水をかけられたように、グレンリードは硬直していた。

（何をしているのだ、私は……）

意識のない人間、しかも女性の顔を撫でるなど、褒められたものではない行いだ。

相手が自らの王妃であるレティーシアであれ例外ではない。政略によって結ばれた関係でしかなく、そして何より彼女には、他に思い人がいるからだ。

（ジロー、か……）

レティーシアがその名を呟くのを、グレンリードは狼の姿の時何度か聞いていた。

愛おしそうに、それでいて哀しそうに。

切なく呼ぶ声を、グレンリードは忘れられないでいた。

（レティーシアを王妃に迎えるにあたって、彼女の周辺については当然調べさせていたが……）

調査結果を見返してもジローという人間は見当たらず、それゆえにグレンリードは悟ってしま

った。

公には知られていない愛しい相手。

即ち秘密の恋人、ないしは思い人に違いない。

あふれるほどに愛しくて、しかし祝福されない恋であるがゆえに哀しい声色で、つい相手の名前を呟いてしまっていたのだ。

レティーシアはかつて、王太子フリッツの婚約者だった。

別の男性に恋愛感情を抱いても公にすることはできないだろうし、実際に彼女の周りに、それらしい色恋沙汰の噂《うわさ》は見つかっていなかった。

グレンリードがジローという名を知ったのだって、ぐー様がただの狼であると思っていた頃のレティーシアが呟いていたからだ。

近くに人間がいるような場所で、レティーシアがジローの名を呼ぶことはなかったに違いない。

聡い彼女は徹底的に、周囲に恋心を隠すことに成功していたのだ。ジローという名もおそらくは本名ではなく、万が一他人に呟きを聞かれても思い人が誰かバレないようにするための、あだ名か何かと考えると自然だ。

結ばれることはなく、報われないと知っていても、恋心は簡単に消えないものだと聞いている。

グレンリード本人も痛いほど実感しており、レティーシアを責める気にはなれなかった。

（レティーシアの性格的に、婚約者の他に恋人を作るとも考えにくいからな。ただひっそりと恋心を抱き、思い続けていただけだ……）

故郷を遠く離れ、形だけとはいえ結婚した後でさえ。

いまだ大切に思っている男性がいることに、グレンリードは気づいてしまっていた。

冷たくも熱く、焦げ付くようなその感情。

嫉妬の炎がグレンリードの胸に燻り、時に燃え上がるようになっていた。

(ジローというあだ名の男性、レティーシアの心を射止めた者は、きっと私とはまるで違う人柄なのだろうな)

焼けつくような思いで、冷えきった頭で、グレンリードはそう考えていた。

レティーシアは何度か、獣人の騎士キースを見つめジローの名を呟いている。おそらく、キースのどこかがジローに似ていて感情が刺激され、思いが呟きとなり零れ落ちたのだ。

キースは明るく闊達《かったつ》、感情豊かで賑やかな性格だった。

口数が少なく陽気とは言えず表情も硬いグレンリードとは、対極といっていい人柄だ。

(私のような人間は、レティーシアが恋愛感情を抱く対象ではないということだ……)

そう気が付いた時、燃え盛る嫉妬は身を切り裂くような、凍えた炎になり果てていた。

狼の聖獣の先祖返りであるグレンリードの鼻は特別だ。人の心や精神、あるいは魂と呼ばれる存在が放つものを匂いのように感じ取ることができた。相手がどのような感情を抱いているか、ある程度推察可能だった。

ゆえにわかる。わかってしまっている。

レティーシアはグレンリードに好意をもっている。

しかしその好意は恋愛的なものではないのだと、嫌でも理解してしまっていた。

（これは本当にどうしようもないな……）

ある意味、嫌われていた方がまだマシだ。

嫌悪の原因が無知や誤解であれば、改善の末に好意へと変じる可能性が存在している。

しかしレティーシアはグレンリードに好意を抱いているし、共に食事を楽しむなど交流もしている。その上で恋愛感情はないという、詰んでいるとしかいえない状態だ。

「……」

グレンリードに体を預け眠るレティーシア。

彼女が恋する相手はグレンリードではないのだと知っていてなお、レティーシアの放つ香りは異質で甘く、惹きつけられて仕方なかった。

今だって気を抜けば体に触れ、抱き寄せそうになってしまっている。

（心というのはままならないものだ……）

ため息をつくグレンリード。

自らの心が制御できず体が動いてしまうなら、他のもので抑えるしかなさそうだ。

感情を暴走させレティーシアに触れたりしないよう、グレンリードは努力することにしたのだった。

◇　◇　◇

目が覚めると陛下が凍っていた。

「……はい？」

二度見しても陛下は凍ったままだ。

体の前で組まれた両腕の肘から先、指先に至るまでが、がっつりと氷に包まれていた。

「………………」

寝ぼけているのかと瞼をこすっても、陛下は平然とした顔で、両腕を凍り付かせていた。

夢かな？

目覚めたつもりがまだ夢の中なのかと思い、試しにほっぺを引っ張ってみた。

「いひゃいわね……」

「……おまえは一人で何をしているのだ？」

氷に両腕を包まれたまま、陛下が訝しげにしている。

私が非常識なことをしているかのような反応だけど、どう考えてもおかしいのは陛下の方だ。

「その氷、幻じゃないですよね？　寒くないんですか？」

「本物だし冷たいぞ」

平然と陛下が答えた。

試しに氷に触ってみるとひんやりとしている。堅い感触が返ってきた。

「どうして氷が陛下の両腕に？　今すぐ溶かしますから、動かないでいてもらえますか？」

「案ずるな。自分の意思でやっていることだ」

「……はい？」

目が点になった。

隙間なく氷に包まれていては、しもやけどころでは済まず激痛が走っているはずだ。

なのに自分の意思でやっているということは……。

「……陛下、被虐趣味に目覚められたんですか？」

戦々恐々、ごくりと唾を呑み込み尋ねた。

世の中いろんな趣味嗜好《しこう》の人がいるのは知ってるけど、氷漬けプレイは上級者すぎた。

内心ちょっとかなり引いていると、陛下が眉を寄せた。

「やめろ。私にそんな変態趣味はない」

「えぇぇ……？」

わけがわからず、私の頭の中に疑問符が乱舞していた。

「じゃぁどうしてそんなことをして……？」

「腕が動かないよう押さえるためだ」

「？？？」

腕を凍り付かせれば動かせない、という理屈はわかるけど。

そもそもどうしてなんで、腕を動かしちゃいけないんだろうか？

困惑していると、陛下が横を向き視線をそらし呟いた。

「これは治療のためだ」

「治療？」

「そう、治療だ。私の腕も、振りすぎで実は筋肉痛になっていた。だから冷やしたということだ」

「……どう見ても冷やしすぎでは？」

かっちこっちの氷漬け。

氷の中は零度以下、凍傷一直線のはずだ。

「案ずるな。先祖返りの私は冷気に強い耐性を持っている。これくらいでちょうど良い」

「先祖返りって、そういうものなのですか……？」

「そういうものだ」

横を向いたまま、陛下が頷いている。

先祖返りってすごい。

そう感心しながら、私は陛下の横顔を眺めていたのだった。

◇　◇　◇

「グレンリード陛下、レティーシア様、ようこそお越しくださいました」

出迎えは、バーゲル伯爵夫人のにこやかな微笑みだった。

本日滞在する館の住人であり、これから会食を行う相手だ。

バーゲル伯爵領は、エルトリア王国の東部地域に位置している。雪解けと共に進んでいった旅路は、私の故郷エルトリア王国内へと到達していた。

「懐かしいですわね……」

並べられた料理を前に呟く。

……懐かしいけど嬉しくはない。

口元が引きつらないよう、私は意識して微笑を浮かべた。

「レティーシア様は美食を好むと聞いておりますわ。我が屋敷の料理人達が腕によりをかけ作った料理を、どうぞお楽しみくださいませ」

「ええ、いだだきますね」

気持ちは嬉しいけど……。

口へと押し寄せ蹂躙《じゅうりん》するのは、香辛料の暴力だった。上等の牛肉のはずが、ただただ辛く舌を痛めつける代物になっている。

香辛料は多ければ多いほどよい。

そんな風潮が、祖国の貴族の食卓を支配しているのだった。

◇　◇　◇

「うぅ……まだ舌がピリピリしてるわ……」

用意された部屋で、私は果実水を飲んでいた。

私達の訪れを歓迎するように、バーゲル伯爵夫妻のもてなしはそれはもう手厚かった。比例して使用された香辛料も多く、食材は高級だったけど、味付けがとにかく強烈だ。

「でも陛下、涼しい顔してたわね……」

鼻が良い陛下に、あの香辛料は厳しかったはずだ。けれど表情に出すことも態度がおかしくなることもなく、バーゲル伯爵夫妻との歓談をこなしていた。さすがである。

一方の私は、会食はどうにかにこやかに終えることができたけど、今は軽くグロッキー状態だ。

転生してから十七年近く、この国の料理を食べ慣れていたけど……。

慣れていても美味しいとは思えなかったし、離宮ではジルバートさん達の作ってくれた料理を楽しんでいた。そこからの落差のせいで、なおさら今日の料理はキツイ気がする。

「陛下は今も、あの辛い料理を食べられてるのかしら……」

会食の後、男性同士の社交の一環として、バーゲル伯爵らと酒を飲み交わしているはずだ。

その場で出るおつまみも十中八九辛いもの。お気の毒だった。

《ニンゲンって大変なんだねー。ボクのごはん少し食べるー？》

座る私の膝に手を乗せ、フィフが言葉を伝えてきた。フィフの食事は茹でて軽く塩を振っただけの鶏肉。いっちゃんも苺《いちご》ジャムのせのパンと、先ほど私が食べた料理よりよほど美味しそうだ。

「ありがと。でも、フィフ達がお腹を空かせてしまったら嫌だし、遠慮しておくわ」

頭を撫でてやると、フィフが自分の皿へと向かっていった。

「こきゅんっ！」

「きゅきゅきゅきゅんっ！」

フィフの隣にはもう一匹、四本の尻尾を持つ二つ尾狐がいた。

旅の間、二つ尾狐が自分だけではフィフが寂しいだろう、と。イ・リエナ様から預けられたワォスだ。まだ一歳になったばかりと若く、主人となる相手も決まっておらず身軽なため、この機会にヴォルフヴァルト王国の外を見させて、勉強させてやってくれと頼まれていた。

フィフと同じく、無邪気だが賢い性格の子だ。世話も苦にならず、もふもふの毛皮は旅の間の癒しの一つになっていた。

「ぴぴっぴ！」

ぼくもごはんちょーだい、と。

ぴよちゃんが私をくるんできた。クリームイエローの羽毛に包まれ、視界がぴよちゃんで覆われている。極上の羽毛が気持ちいいが、息がしづらく苦しくなってきた。

「ぴよちゃん、待って。ちょっと息をさせ……」

羽毛から顔をあげ、私は固まっていた。

ユリウスお兄様だ。

なぜここに⁉

窓の向こうベランダに、懐かしくも恐ろしいユリウスお兄様が立っていた。

「ぴよちゃんごめんねちょっと待ってて！」

「ぴっ⁉」

驚くぴよちゃんを引きはがし窓へ一直線。

急ぎつつもドレスは決して乱さず素早く身だしなみを整え、窓を開け礼をした。

「こんばんはユリウスお兄様、お会いできて嬉しいわ」

「あぁ、私も会えて嬉しいよ。だが七十点だ」

「うっ……。手厳しいですね」

ユリウスお兄様は私の礼儀作法の先生の一人だ。時折抜き打ちで辛らつに、私の礼儀作法の出来栄えをチェックすることがあった。

ユリウスお兄様の採点基準はとても厳しい。公爵家の人間たるものいかなる時も優雅に隙なく振る舞うべし、がモットーなスパルタ鬼教師なお兄様は、ぶっちゃけトラウマになっている。

本日は七十点。ここ数年はほぼ九十点以上を出せていたので低めだ。減点分のうち二十点ほどはおそらく、一瞬とはいえ私が驚き固まってしまったこと。残り十点分はなんなんだろう？

「気をつけろ。頭に大きな羽がついているぞ。鶏のとさかでも真似ているつもりか？　私に鶏の妹はいないはずなのだがな」

「あ……」

ぴよちゃんの羽だ。

軽く髪は整えたけど、頭のてっぺんは触れていなかった。

お小言が長くなりそうだと思っていると、ユリウスお兄様の手が頭へと伸びてくる。

「……」

無言で頭を撫でるユリウスお兄様。

久しぶりの再会のせいか、今日はちょっと長い気がする。

ユリウスお兄様は私と同じ紫の瞳をわずかに細め、やや癖のある金の髪を輝かしている。

あらためて見ると、やっぱりユリウスお兄様、すごく顔がいいなぁ。

性格は自分にも他人にも厳しく容赦ないけど、顔立ちは甘く華やかな美形だ。

家族やごく親しい相手以外の前では本性を見せず、優し気な微笑みを浮かべているため、理想の貴公子、優秀な次期公爵家当主として尊敬されていた。公爵家の紋章が薔薇であることから、『薔薇の貴公子』なんて二つ名があるくらいだ。

きらきらしいあだ名だけど、名前負けしないのがお兄様の顔面のすごいところだ。ややたれ気味の紫水晶の瞳で見つめられると、妹の私であっても、令嬢達が騒ぐのが理解できた。

「……お兄様、そろそろいいでしょうか？」

撫でられつつ声をかけると、ユリウスお兄様がはっとした。

「あぁ、そうだな。羽はきちんと取っておいたぞ」

「ふふ、ありがとうねお兄様」

お兄様の厳しさは愛情の裏返しだ。

末っ子の私のことも、昔から気にかけかわいがってくれている。だからこそ私も、スパルタ指導にめげず頑張っていた。基本手厳しくビシバシと失敗を指摘してくるけど、きちんとできれば褒めて頭を撫でてくれた。完璧な飴《あめ》と鞭《むち》の組み合わせだ。

「お兄様もここバーゲル伯爵夫妻のもとに来てたのね。教えてくれたらよかったのに」

「あらかじめ教えては意味がないだろう。久しぶりに会う妹を驚かし喜ばせてやりたい、と告げたら、バーゲル伯爵も快く協力してくれたぞ」

当然というべきか、バーゲル伯爵も一枚噛んでいたようだ。

この部屋のベランダは庭へと降りることができるようになっている。館の主人のバーゲル伯爵の協力があれば、ここまで来るのも簡単なはずだ。

「……でもお兄様は絶対、妹の抜き打ち試験のためだとは言ってないでしょう？」

「わざわざ告げるようなことでもないからな」

言いつつ長椅子へと、優雅な所作で腰かけるユリウスお兄様。

私も対面の長椅子に、いつも以上に動きを気にしつつ座った。

「お兄様がわざわざ足を運ばれたということは、バーゲル伯爵は重要な人物なのですね？」

「あぁ、近頃我が公爵家に近づいてきている。バーゲル伯爵家については当然知っているな？」

「はい。もちろんです。爵位こそ伯爵であるものの、現当主のギルタ様がやり手で――――」

つらつらと、バーゲル伯爵家についての知識を述べていく。

これもお兄様の試験の一つだ。貴族の名前と特長、領地のあらましや貴族同士の関係性なども、私はユリウスお兄様に教えられている。

この国を離れている間に私がど忘れしていないか、確認したいようだった。

「――――と言ったところでしょうか？　何か抜けている知識はありましたか？」

「おおよそ問題ない。レティは向こうでも、きちんと勉強をしているようだな？」

部屋の隅に控えるルシアンへと、ユリウスお兄様が視線で問いを投げた。

「もちろんでございます。レティーシア様はヴォルフヴァルト王国でも日々自己研鑽《けんさん》に努められ、周囲より尊敬されておりました」

ルシアンありがとう。

離宮で頑張っていたのは料理の研究です、なんて言ったらお小言フルコースは間違いない。

貴族とはかくあるべし、と理想を胸に抱き、自ら実践しているのがユリウスお兄様だ。クロードお兄様とは真逆の、真面目で誇り高い性格だった。

「そうか。上手くやれているようで重畳だ。今は祖国に帰ってきたとはいえ、グラムウェル公爵家の人間として恥ずかしくないよう、気を抜かないよう注意しておけ。……料理にのめり込むのはほどほどにしておくように」

「……はい」

あ、これバレてるわ。

釘《くぎ》を刺されてしまった。

お兄様は笑顔で威圧感を放っていて、顔が良いぶん怖さが増し増しだ。

「バーゲル伯爵について、何か気が付いたことはあるか？」

「気が付いた点、というとやはり、バーゲル伯爵はお体の具合が良くないのでしょうか？」

会食中は、にこやかに品よく振る舞っていたけれど。

なんとなく動きが精彩を欠いて見え、やけに頻繁に水を飲んでいた気がした。

「正解だ。どうも近頃、お体の調子がよろしくないようだと噂が流れている。最近になって我が公爵家に近寄ってきたのも、まだ体が動くうち我が公爵家と懇意にしておき、次期バーゲル伯爵家当主になる息子に繋いでおきたい、というのが理由の一つだろうな」

バーゲル伯爵は今年四十八歳。

この国では貴族でも寿命は六十そこそこなので、体の不調が出てくる頃合いなのかもしれない。

「バーゲル伯爵は、どのような症状を抱えられているのですか？」

「妙に疲れやすくなり、今のような肌寒い、普通ならば汗をかかない時期であっても喉が渇いてしまうそうだ。老化の一環かもしれないが、ここ数年同じような症状を訴える貴族がそれなりの数出てきている。ゆっくりと症状が進む病が密かに広がっている可能性もあると、頭の隅に入れておいた方がいい」

「ゆっくりと進行する喉が渇く病……」

それはもしかして。

前世でよく見かけた、あの病気なんじゃと思っていると。

「顔を合わせるのは初めてだな。おまえがレティーシアの兄だな？」

陛下が部屋に入ってきた。

特に驚いた様子もなく、ユリウスお兄様の来訪についてバーゲル伯爵に教えられているようだ。

「次期グラムウェル公爵家当主のユリウスと申し上げます。陛下のご高名につきましては、遠きこの地にまで届いております。お会いでき光栄に存じますことこの上ありません」

陛下にも全く億すことなく、上品かつ堂々とした笑みで告げるユリウスお兄様。

ついさっきまで私に向けていた表情とは全くの別物。さすがの切り替えの早さなのだった。

◇　◇　◇

「これがこの国の王都か」

ユリウスお兄様とお会いした数日後。

私達はついに目的地、エルトリア王国の王都エディルシアへと到着していた。

北部に鎮座する王城から放射線状に広がる石造りの町並みが、馬車の窓の外に広がっている。

王都エディルシアは歴史の長い都市だ。起源は千年以上前に遡《さかのぼ》り、今も街中や周辺には遺跡が残っている。陛下にも機会を見て、観光をしてもらうつもりだ。

「もう少し馬車を走らせると、貴族街にあるうちの屋敷に到着ですね」

長い歴史を持つ我が公爵家の屋敷は大きかった。領地にある本邸と遜色なく、王都の一等地に建っておりとても立派だ。

一か月弱の王都での滞在の間、陛下はうちの屋敷で過ごしてもらうことになる。

式典に向け各国の要人が集まってきており、国が保有する迎賓館《げいひんかん》にも余裕がないため、王妃である私の実家の屋敷を使ってもらうことになったのだ。

馬車は懐かしい町並みを進み、公爵家の屋敷へと向かっていく。

お父様、元気にしてるかな？

娘思いのお父様は私が嫁ぐ際、それはもう別れを惜しんでくれていた。

一年ぶりの再会に胸を躍らせていると、

「うにゃっ⁉」

いっちゃんの尻尾がぶわりとなっている。

なにごとかと、私と陛下はいっちゃんが見ている窓を覗《のぞ》いた。よく晴れた春の日に似つかわしくない、黒々とした威圧感を放つ存在が立っている。

「……魔王か？」

「いいえ私の父です」

見た目は完全に魔王か何かだけどね……。

目元鋭く視線だけで人を殺せそうな、そんなお顔をしている。

怖がるいっちゃんを宥めつつ、私は止まった馬車から降り立った。

「お父様、お久しぶりです。お体は変わりありませんか？」

「ここのところ調子がいいぞ。レティーシア。おまえの方もつつがないようで何よりだ」

お父様の眉間の皺が深まり瞳はより鋭く、凶悪さを増していった。

プレッシャーが半端なくて怖いが、これがお父様なりの笑顔だ。

笑うと雰囲気が和らぐどころか逆効果、悪人顔になるお父様だったけど……。

ここまで威圧感を出しているのは初めてのような？

「グレンリード陛下も、こたびは我が屋敷を滞在先に選んでいただきありがとうございます」

お父様が陛下へと顔を向けると、威圧感が五割増しになった気がする。陛下は涼しい顔をしているが、気の弱い人間なら逃げ出してしまいそうな怖さだ。

「あぁ、我が妃、レティーシアともども世話になるぞ」

我が妃、と陛下が告げたところで。

お父様の威圧感が倍プッシュ、更に強くなった。

……これはあれかな？　おまえに娘は渡さん！　的なやつっぽい？

政略結婚とはいえ私、既に陛下のもとに嫁いでるんだけどね……。

「お父様、お待ちください」

苦笑しつつ、陛下とお父様の間に入った。

「陛下はヴォルフヴァルト王国で、私にとてもよくしてくださっています。ご恩に応えるためにも、こちらに滞在される間は、快く過ごしていただきたいですわ」

「……あぁ、もちろんだ。一国の王たる陛下をお迎えする栄誉に浴すことができたのだ。グラムウェル公爵家当主として、心よりもてなさせていただこう」

　お父様の威圧感が和らいでいく。

　相変わらずお顔は怖いけど、これがお父様の平常運転だ。

　陛下とお父様、私の三人で屋敷内の応接間へ向かいお茶を楽しむ。お父様も今は威圧感をダダ洩れさせることもなく、理知的かつ威厳ある振る舞いをしている。

　陛下もお父様も、あまり笑顔は浮かべられないお人柄だけど、雰囲気は終始和やかだった。

「では、私は先に下がらせてもらおう。親子二人で積もる話もあるだろうからな」

　陛下のお心遣いをありがたく受け取り、私はお父様へと向き直った。

「お父様、あらためて。こうしてまたお会いできて嬉しいわ……！」

「私の方こそだ。向こうではどうだった？　食事はきちんととれているか？　不自由はしていないか？　いじめられたりはしていないか？　もしおまえを陥れるものがいるのならば私が――」

　矢継ぎ早にまくしたてるお父様。

　先ほどまでの威厳は消え失せ、心配そうに嬉しそうにこちらを見ている。

「もう、お父様ったら。私なら大丈夫よ。お兄様達にこってり鍛えられてるもの。やられたら倍返しだし、できるだけ私が危ない目に会わないよう、陛下もお心を配ってくださっているわ」

「できるだけ？　つまりいくらかは、危険なこともあったのか？　怪我はしていないか？」

　私の肩をつかみ首元や手を見て、怪我がないか確認するお父様。

もともと家族へのて愛情は深いお方だったけど、更に親ばかになった気がする。

国をいくつも超え嫁がせた私のことが、それほど心配だったのかもしれない。

「怪我なんかしてないわ。陛下以外にも、あちらの国でよくしてくれた方はたくさんいるもの。ちょっとした騒動に巻き込まれたくらいで、他は毎日楽しく、あらっ？」

「ガルドシア様、失礼いたします」

扉が鳴らされ、長年うちの公爵家に仕えてくれている老執事が顔を出した。室内の会話を遮る形で踏み入ってくるのは珍しく、お父様の顔が険しくなっていく。

「何事だ？」

「ご来客です。ヴェルタ殿下がいらしております」

「……そうか」

重くため息をつき、眉間の皺を深めるお父様。

「まず私が応対する。しばらく玄関でお待ちいただ────」

「御機嫌よう。グレンリード陛下はこちらかしら？」

開かれた扉から、堂々とした足取りで入ってくるヴェルタ殿下。第二王妃を母に持ち、王太子フリッツ殿下の異母姉にあたる姫君だった。

ヴェルタ殿下は金のまき毛をなびかせ、瞳と同じ青色のドレスを翻している。髪も化粧も一分の隙もなく豪奢に仕上げられており、紅い唇には勝気な笑みが浮かんでいた。

「あら、グレンリード陛下はどちらにいらっしゃるの？　この私がやってきたのよ？　早く会わせなさいよ」

「ヴェルタ殿下、お待ちください」

　お父様がたしなめるよう口を開いた。

「グレンリード陛下は、先ほど到着されたばかりでお疲れでいらっしゃいます。また日を改めて、お会いできる機会をお待ちください」

「そんなの待てないわよ。この屋敷にいるんでしょう？　さっさと会わせなさいよ」

　ヴェルタ殿下は引かない様子だ。

　自国の王族相手では強引に追い返すこともできず、お父様もやりにくいようだった。

「申し訳ありませんが、本日はお帰りくださいませ」

　代わりに私が、ヴェルタ殿下に応対することにする。

「本日、ヴェルタ殿下とグレンリード陛下がお話しする予定は入っておりません。陛下はしばらく、王都に滞在される予定です。いずれかの日にまた、お言葉を交わすことはできるはずですわ」

「私に出直せというの？」

　手に持った扇をぴしりと鳴らし、ヴェルタ殿下が不機嫌を露《あらわ》にしている。

「この私に、よくそのような口が聞けたわね？　たかが公爵家の娘が不敬よ」

「今の私は、ヴォルフヴァルト王国の王妃でもありますわ」

「王妃？　ただのお飾りでしょう？」

鼻で笑うヴェルタ殿下の青い瞳が、嗜虐的な光を輝かせた。

「追放同然にこの国を追い出され、お飾りの王妃の座にしがみつくしかない惨めな女が、よく生粋の王族たる私に意見する気になったわね？」

広げた扇の陰で、くすくすと笑うヴェルタ殿下。

私への侮辱に魔王のごとき顔になったお父様を恐れる様子が微塵もないあたり、ある意味大物だった。

「陛下との会談を望むのでしたら、手順を踏んでいただくようお願いいたしますわ。王族同士の交流であればこそ、格式と手順は守られるべきでしょう？」

「馬鹿にしてるのかしら？　たかがお飾りの王妃のあなたが、王族の心得を私に説くなんて、思い上がりも甚《はなは》だしいわ」

イライラと、ヴェルタ殿下は私への敵意を丸出しにしている。

政治上の関係と、そしてとある過去により、ヴェルタ殿下は私を嫌っていた。私からすれば理不尽極まりないことだけど、王族である以上無視も難しいのが現状だ。

「相変わらずかわいげのない、不愉快極まりない物言いね。そのように思い上がった性格だから、弟からも嫌われ捨てられたのではないかしら？」

「フリッツ王太子殿下が私を嫌っていることは、今関係ありませんわ」

「そうかしら？　あのぼんくらな弟の心ひとつ、つなぎとめることができなかったあなたなんかじゃ、グレンリード陛下にもうとましく思われているはずよ。そんなあなたが、グレンリード陛下の意思を代弁する資格なんてないでしょう？　陛下もきっと、すぐにでもあなたを王妃の座から追い出したいと思われているはずよ」

「陛下はそのような方ではございませんわ」

はっきりと断言しておく。

陛下がそのお心の底でどのように、私を思われているかはわからないけれど。

料理を喜んでくれたのは嘘ではないはずだし、王妃として尊重してくれているのは確かだった。

少なくとも目の前のヴェルタ殿下のように、個人的な感情で喚き人の扱いを決めるような方ではないはずだ。

「たかがお飾りの王妃のあなたに、グレンリード陛下の何がわかるというのかしら？」

ヴェルタ殿下が声を荒らげた。

「そこをどきなさい。グレンリード陛下と直接話をしてくるわ。陛下もきっと、あなたに嫌気がさしているにちがいな────」

「黙れ」

「ひっ⁉」

喉をひきつらし、ヴェルタ殿下が扇をとり落とした。

グレンリード陛下だ。騒ぎを聞きつけたのか、陛下がこちらへ向かってきた。

「この国の王族は、礼儀という言葉を知らないのか？」

私の斜め前、ヴェルタ殿下と相対する位置で、陛下が冷ややかに青碧の瞳を細めた。

「我が妃への侮辱を口にするとは、私もろとも敵に回すも同じと、理解しているのだろうな？」

「…………」

「私と話がしたかったのだろう？　言い訳があるならば言ってみるがいい」

陛下からは、氷の刃のごとき圧が発せられている。

凍り付いたように無言のヴェルタ殿下だったが、ぴくりと唇を動かした。

「……いいわ」

「何だと？」

「いいわよ。グレンリード陛下なら合格よ」

吊り上がる唇は挑発的で舌なめずりをするようで。

陛下を見上げる瞳には熱が灯っていた。

「獣まじりどもの上に立つ王だと聞いていたから、どんな野蛮な王かと思っていたけど……。まさかこんなに、麗しいお方だったなんてね」

「獣まじり、だと？」

獣人への蔑称に、陛下の瞳がさらに鋭くなっていく。

しかしヴェルタ殿下は気にする様子もなく、熱く語りあげていった。

「気に入ったわ。グレンリード陛下となら、私も手を組んであげてもいいわ。一緒にお話ししましょう？」

「……おまえは何を言っているのだ？」

理解できないというように、陛下が眉間に皺を刻んでいた。

「まずはレティーシアに謝るのが先だ。獣まじり、と口にするのもやめろ。人の予定も聞かず、いきなり押しかけてくるのも論外だ。私と話がしたいというなら、最低限守るべきことを果たせ」

「そんなこと、今はどうでもいいでしょう？　早くあちらへ、私と二人きりで参りよ――――」

「触るな」

伸ばされた腕を、陛下がすげなく振り払った。

ヴェルタ殿下は呆気にとられ、ついで眉を吊り上げた。

「どうして……？　私の腕を取らないなんてっ……！」

「おまえと話す気はないと言っている。これ以上すがってくるのならば容赦しないし、エルトリア国王にも抗議させてもらうぞ？」

「っ……！」

父親の国王陛下の名前を出され、ヴェルタ殿下が唇を噛みしめている。

大きく音を鳴らし扇を閉じると、びしりと私を指してきた。

「あなたねっ！　あなたに決まってるわ！　私の悪口をグレンリード陛下に吹き込んで、近づけないようにしたんでしょう⁉」

「濡れ衣ですわ」

ため息をこらえつつ答えた。これがうちの祖国の姫君なのだと思うと、本気で頭が痛くなりそうだ。ちょっと泣きたい。

「待ってなさい！　陛下もすぐに、私の素晴らしさを理解するはずよ‼」

ヴェルタ殿下は顔を赤くし言い捨て、従者を引き連れ帰っていった。馬車が屋敷の外から出ていったのを確認すると、私は陛下へと頭を下げた。

「祖国の王族が、無礼を働き申し訳ありませんでした」

「謝る必要はない。あれはどう見ても、おまえ達親子も被害者の側だろう」

「……寛大なお言葉、誠にありがたく存じ上げます」

お父様も頭を下げていた。

「グレンリード陛下が我が屋敷に滞在する予定だと知ったヴェルタ殿下は、執拗《しつよう》にグレンリード陛下との対談を望んできました。もちろん、私の一存で陛下の予定を決めることなどできず、当然断っていたのですが……」

「王族の権威を振りかざし来襲してきたということか」

「さようにございます。お恥ずかしいところをお見せしてしまい、申し訳ない限りです」

やはり、お父様もヴェルタ殿下には苦労しているようだ。

幸い、陛下もお父様を責める気はないようで助かった。

「あいつの目的は、次期国王へと名乗り出ようとするために、私および我が国を味方につけることであっているな？」

「おそらくそうかと思われます。陛下がこの国の他の勢力と手を組む前に、自陣に引き込もうと画策されているようです」

「そうか。だからこそ早い者勝ちとばかりに、私が王都に到着するやすぐやってきた、と言うのはわかるのだが……」

ヴェルタ殿下の言動を思い出したのか、陛下が不愉快そうにしている。

「あいつのあの態度、本気で我が国を味方に引き込む気があったのか？　我が妃を罵倒し、獣まじりなどと蔑称を使うなど、逆効果としか思えなかったぞ」

「……ヴェルタ殿下は、腹芸が苦手なお方ですから」

「……そうか」

苦み走ったお父様の言葉に、陛下は察するものがあったようだ。

「あのような者が王族とは、この国の人間も苦労しているようだな。正しい面会の手順も踏めず、本心を隠すこともできず、挙句に私の腕をとろうとしたのは色仕掛けのつもりか？　私にはレティーシアがいるのに、色仕掛けとは何を考えているのだ？」

思い出し不愉快になったのか、陛下が辛らつに吐き捨てている。

「ヴェルタ殿下の先ほどの陛下への振る舞いですが……おそらく素だと思います」

「なんだと？」

眉をひそめる陛下に、私はヴェルタ殿下の性質を説明していった。

「ヴェルタ殿下は、顔のよい男性を大変お好みになっています。陛下は、とても美しいお顔をしていますから……」

いわゆる面食いだ。

王宮でヴェルタ殿下は、見目麗しい男性を侍らせていた。婚約者がまだいないこともあり、盛んに恋の火遊びを楽しんでいる。お相手には他に婚約者のいる男性もいて、泣き寝入りしている令嬢も多いようだった。

「容姿を最重要視する人間なのはわかるが……。それにしても急すぎではないか？　今日会ったばかりの私にいきなり、あぁも距離を詰めてくるものか？」

「……陛下が、好みそのものだったのだと思います」

私は苦笑を浮かべた。

王妃として見慣れた私でも、陛下の整いすぎたお顔には鼓動が早まることがあるのだ。初めて陛下のお顔を目にしたヴェルタ殿下が、一目ぼれするのもわかる気がした。

「以前ヴェルタ殿下は、ベルナルトお兄様にも熱をあげたことがあります。ベルナルトお兄様は妹の私から見ても凛々《りり》しく整ったお顔の持ち主で、容姿に陛下と似たところがあります」

二人とも硬質に整った顔立ちに銀の髪がかかっていて、剣術で鍛えられた長身の持ち主だ。

そんな二人は、ヴェルタ殿下のストライクゾーンど真ん中らしかった。

「火遊びを持ち掛けてくるヴェルタ殿下に対して、ベルナルトお兄様は『悪いが、俺にはおまえより妹の方がかわいく見えるし、弟や妹と過ごしていた方が楽しい』と言ってしまったみたいで……。今もヴェルタ殿下は私を目の敵にしていますわ」

完全なとばっちりだ。

ベルナルトお兄様に悪気はなく、ヴェルタ殿下に異性としての興味もほぼなく、ただ素直な思いを伝えお断りしただけだろうけど……。

もう少しだけ、男女の関係の機微について、気を配ってもらいたかったな……。

ベルナルトお兄様、軍人としてはこの上なく優秀だけどズレまくってるからなぁ、と思いつつ。

私は陛下と、今後のヴェルタ殿下への対応を相談したのだった。

◇　◇　◇

ヴェルタ殿下の来襲の翌日。

私達はエルトリア国王陛下から招待を受け、王宮へと向かった。

「銀狼王よ、こたびは遠き地より、よくぞ儂の元へ来てくれたな」

玉座で迎えるエルトリア国王・マルディアス殿下は御年四十三歳。弟であるアティアルド殿下とは二十歳近く年が離れられていた。

金の髪には白いものが混じり始めており、以前お会いした時より痩せられている。細くなった体を豪奢な衣服とマントに包み、もたれるように玉座へ腰かけていた。

「レティーシアも久しいな。聡明なおまえであれば、あちらの国でも上手くやれているだろうな」

「私もマルディアス陛下のお顔を再び拝すことができて光栄でございます。ヴォルフヴァルト王国ではグレンリード陛下のお力もあり、日々健やかに過ごさせていただいておりますわ」

儀礼にのっとった挨拶と言葉を交わしていく。

マルディアス陛下はフリッツ殿下の尻拭いのため、私の追放同然の嫁入りを認めたお方だけど、特別険悪な関係ではなかった。

自国の国王陛下と言うことで、こちらからは敬意を払っていたし、陛下も私のことを、きちんと公爵令嬢、兼未来の王妃として扱ってくれていた。

為政者としては大きな功績はなく、五年前の戦争でも敗戦同然の結果を出しているが、それでもフリッツ殿下やヴェルタ殿下と比べたら、ずっと話の通じるお方だった。

グレンリード陛下が滞在中のおおまかな予定を伝え、当たり障りのない言葉を交わしていく。

「うむ、わかった。そちらが不自由せぬよう、儂からも取りはからっておこう。儂の子達、フリッツもヴェルタも、グレンリード殿下と一度会ってみたいと言っていたから、時間を取ってくれるかな？」

「……あぁ、そうさせてもらおう」

グレンリード陛下は私と視線を交わし頷いた。

やはりというべきか、昨日のヴェルタ殿下の襲撃同然の来襲は、マルデイアス陛下の認めたものではなかったようだ。

ヴェルタ殿下の行動は公式にはなかったことにしてくれ、と。そういうことらしかった。

グレンリード陛下としても、ことを荒立て大きな問題にはしたくないため、ヴェルタ殿下のやらかしについては目をつぶることにしたようだ。

今、この国の政治情勢は安定とは遠くなっている。グレンリード陛下も無暗に踏み込む気はないらしい。

政治情勢の悪化は、私の婚約破棄も一因だった。

フリッツ殿下は私を捨て追放したことで、大きく評判を落としている。王太子の地位こそそのままだが、それも安泰とは言えない状況だった。

対抗馬となるのは、六歳年上の異母姉であるヴェルタ殿下だ。この国では十代後半から二十歳前後が結婚適齢期とされているにもかかわらず、二十四歳のヴェルタ殿下には婚約者すらいなかった。王家から降嫁してしまえば、王位継承権はほぼ喪失となる。ヴェルタ殿下にはフリッツ殿下を蹴落として、女王にならんという野心があるからのだった。

この国は基本的に男系継承、千年を超える歴史の中でも、女王はほとんど出ていない。が、全くいないわけではなく、ヴェルタ殿下は後ろ盾も強力だ。マルディアス陛下の子で男性はフリッツ殿下しかいないため、可能性は十分あるらしい。

現にこの場にも、フリッツ殿下は同席していなかった。

マルディアス陛下が次期国王をフリッツ殿下にと決めているのならば、グレンリード陛下にもこの場で紹介していたはずだ。

なのにフリッツ殿下も、そしてヴェルタ殿下もこの場にいないということは、マルディアス陛下自身、どちらを跡継ぎにするか決めかねているようだ。

そんな不安定な状況だからこそ、昨日ヴェルタ殿下はグレンリード陛下の下へ押しかけてきたのだ。少しでも早く陛下と交流を持ち、味方につけたかったに違いない。

祖国の政治情勢を確認しつつ、マルディアス陛下との会談を終えた。

グレンリード陛下と二人、帰りの馬車へと向かっていると、横手から声をかけられた。

「グレンリード陛下、レティーシア様。マルディアス陛下との会談はいかがでしたか？」

この国の王弟、アティアルド殿下だった。深みのある茶色い髪を後ろでくくっており、黒い瞳には穏やかな知性の光がある美青年だ。王家の一員として外交を担当されており、この間まではヴォルフヴァルト王国を訪れ、私と陛下にこの国での式典の招待状を届けてくれていた。

ちょうどよい機会のため、一緒に公爵家の屋敷へと向かいお話することにしたのだけど……。

「鹿になられてしまいましたね」

馬車の中、私と陛下、アティアルド殿下だけになって間もなく、鹿の姿へと変わってしまった。

茶色の体に、長いまつ毛に囲まれた黒々とした瞳。頭の上からは一対の角が生え、枝分かれしながら上へ向かっていた。

『またやってしまった……』

そう言わんばかりに、アティアルド殿下はどんよりとしている。顔をうつむけると角が馬車の壁に当たってしまい、それに対してまた落ち込んでいるようだ。

「そんなに気にしないでください。この程度では馬車に傷はつきませんし、この場には私達しかいませんわ」

アティアルド殿下は鹿の聖獣の先祖返りであり、秘密を知る相手は限られている。今馬車の中には先祖返りを知る私達しかいないので、うっかり油断してしまったのかもしれない。

温厚で聡明と知られるアティアルド殿下だからこそ、今の失敗が辛いようだ。

顔を背け下を向き、蹄《ひづめ》で床を掘るようにしていじいじとしている。言葉がしゃべれないため推測するしかないが、それなりに精神的ダメージをくらっており声も出ないようだ。

「……そういえば、鹿ってどんな声をしてるのかしら？」

奈良で鹿せんべいをあげていた時も、声は聞いたことがない気がする。草食動物だけあって物静かで、滅多に鳴かないのかもしれない。

そんな私の呟きが耳に入ったのか、

「プゥゥゥ――――」

細く高い、笛から空気が抜けるような声を、アティアルド殿下が聞かせてくれた。

鹿、こんな声なんだね。

なんとなく見た目から、馬のいななきのような声を予想していたため意外だ。

「ありがとうございます。殿下のおかげで、疑問が一つ解けましたわ」

「ピィウゥウ――――」

お礼を言うと、どこかもの哀しい声が、馬車の中に響いたのだった。

◇◇◇

馬車が公爵邸に到着する直前に、アティアルド殿下の姿は人間へと戻っていた。

「一度ならず二度までも、見苦しい姿をお見せしてしまい申し訳ありませんでした」

屋敷内の応接間に入るや否や、アティアルド殿下は謝罪一直線だ。

「気にするな。先祖返りのままならさは、私自身よく知っているからな」

深い実感をこめ、グレンリード陛下が頷いている。

「今回も、先祖返りである私の近くに来たことで刺激され、抑えがきかなくなってしまったのだろう？　ある意味、私のせいでもあるわけだからな」

「そんな滅相もございません。悪いのは私です。先祖返りとしての純度が中途半端で、たいした力も使えないのに変化を制御することもできず、あのような情けない鹿の姿を見せてしまい申し訳ない限りです」

「そんな卑下なさらないでください。鹿のお姿の殿下も、私は素敵だと思いますわ」

慰めるも、アティアルド殿下は苦い笑みを浮かべてしまった。逆効果だったようだ。

「レティーシア様はお優しいですね……。でもいいのです、わかっております。同じ先祖返りとはいえ、私には陛下のような威厳も力もありません。恐ろしくも雄々しい、獣の頂点近くにある狼と違って、草木を食《は》む能しかない鹿ですからね……」

はぁぁ、と。

アティアルド殿下が深いため息をついている。鹿の姿は殿下にとって、コンプレックスになっているようだ。男性としてはやはり、変化先が草食動物というのは嬉しくないのかもしれない。

「鹿、綺麗な動物だと思いますわ。長い足はしなやかで力強く、先ほどの殿下のお姿だって、立派でかっこよかったですよ。もちろん、今の殿下だって麗しく魅力的ですが、鹿のお姿もいいと思いますわ」

「ありがとう。だが、それ以上はやめておいてくれ」

鹿の姿について褒められ慣れていないのか、アティアルド殿下が視線をそらしてしまった。

「狼の嫉妬は恐ろしい。馬に蹴られたくはないからね……」

小さく震え、何やら呟くアティアルド殿下。

呟きの内容が気になったが、グレンリード陛下が仕切りなおすよう咳ばらいをしてしまった。

「マルディアス殿との会談の場には、フリッツもヴェルタもいなかったが、おまえはそれについてどう考えている？」

「予想通りですね。マルディアス陛下も、跡継ぎについては悩まれているようですから」

「おまえはどうなのだ？　フリッツとヴェルタ、どちらを次期国王にと望んでいる？」

単刀直入、陛下が切り込んでいった。お互い先祖返りの秘密を知る中でもあるため、迂遠なやりとりで時間を無駄にする気はないようだ。

「私はどちらの味方にも、敵にもなる気もありませんよ。どちらが王冠を戴くのであれ、玉座に上がられた方にお仕えするだけです」

「あの二人に、仕えるだけの価値があると思っているのか？」

陛下の容赦のない質問に対して。

アティアルド殿下は少し眉を下げ、困ったように笑っている。

「王に仕えることは国に身を捧げるということ。私も王家の生まれですので、この身は国に尽くすべきだと考えています」

「真に国のことを思うのならば、あの二人よりおまえの方が、よほど次期国王に相応しいと思うぞ？」

陛下はヴェルタ殿下の失礼な行いを直接目にしてしまい、無視はできないようだ。

アティアルド殿下は笑みに自嘲を浮かべ、ため息をこぼすように言った。

「私は、王の器ではありませんよ。気が弱く肝心な部分で意気地がなく、失敗を重ねてばかりです。先ほどだって無様に、鹿の姿に変わってしまったのをご覧になったでしょう？」

「おまえは外交を担い、聡明と謳われているだろう？　致命的な場面で、鹿に変化してしまったこともない。失敗があるにせよ多くはなく、王族としての務めを果たしているはずだ」

「たまたま、幸運の賜物《たまもの》ですよ。陛下にお褒《ほ》め戴くほどのことではありません」

「ならば私も幸運なだけだぞ？　私だって時には、意に添わず狼の姿に変化してしまうことがある。それに先祖返りの体質は厄介だが、それだけでもないはずだろう？」

陛下が探るように見定めるように、アティアルド殿下を見ている。

狼の聖獣の先祖返りである陛下は、氷を操る力と特殊な鼻を持っていた。アティアルド殿下にも何か、特別な力があるのかもしれない。

「それこそ買いかぶりですよ。私は人間としての器も先祖返りの純度も、グレンリード陛下とはあまりに違いすぎています。伝説にある聖なる鹿のように草木を自在に操る力は持たず、ただ鹿の姿になれるというだけ。それすらも完全には制御がきかず、醜態をさらしてしまう有様ですよ」

アティアルド殿下はゆるく首を振っている。

諦観の滲《にじ》む微笑みで、唇を持ち上げていた。

「王たるものに必要な覇気も能力も実績も、全く私には足りていません。若くして銀狼王の名を持つグレンリード陛下のお姿を見ていると、あらためて強く実感しますよ」

「……そうか。おまえはそういう考えなのだな」

陛下も、これ以上突っ込んで尋ねる気はないようだ。

元より、フリッツ殿下、ヴェルタ殿下のどちらの派閥の人間に聞かれてもよくない危うい話だ。深追いせず、ここらで切り上げることにしたらしい。

その後は当たり障りない会話を続け、アティアルド殿下は帰っていったのだった。

「この服にもう一度、袖を通すことになるなんてね」

姿見の前で軽く一回転。おかしなところがないか確認していく。

着ているのは王立エルトリア学院の制服だ。国の名を冠した学院は国内随一の名門校であり、制服も上品かつかわいらしくデザインされている。

白のボレロに、ふわりと広がるワンピース。胸元のリボンがアクセントになっていた。

腰回りや丈など、サイズがずれていないか侍女が確認していく。ほんのりと化粧を施し、頭の後ろでリボンを仕上げたら完成だ。

「ではお父様、行ってまいりますね」

「あぁ、気を付けて行ってこい」

書斎のお父様の元に顔を出し、ルシアンと共に馬車へと乗り込む。

今日から何度か、私は学院に通う予定だ。理由は卒業試験を受けるのに、必要な講義を取るためだった。

昨年の冬、学院の二年生の時に、私は婚約破棄され国を出ている。その際、退学ではなく休学扱いにしてもらっているため、卒業試験を受ける資格があった。

この国の貴族の多く、特に上位の貴族や王族のほとんどは学院を卒業している。私も学歴をつけておいて損はないということで、卒業試験を受けさせてもらうことにした。

　通常、結婚するにせよ爵位を継ぐにせよ、学院の卒業後に行うものだ。が、なんらかの理由で在学中に学院を離れる生徒もいるため、そんな場合は在学期間が一年を超えていれば、いくつかの特別講義を取り卒業試験を受けることが可能だ。

　ただしあくまで資格があるというだけで、受ける試験は他の生徒と同じものだ。毎年三割ほどは落とされるため、きちんと勉強しなければいけない。

「私の場合は、ユリウスお兄様のスパルタ教育のおかげでどうにかなりそうだけどね……」

　鬼教官、もといユリウスお兄様との楽しいお勉強の時間を思い出し遠い目になる。

　卒業試験で問われるのは貴族としての礼儀作法に地理に語学、そして魔術の知識と実践だ。いずれも私はお兄様達に叩きこまれているし、王妃教育が復習になっていた。よほど大ポカをやらかさない限り、まず合格できるはずだ。

　私が特別講義と卒業試験を受ける間、グレンリード陛下とは別行動となっている。長引かせては申し訳ないため、速やかにやるべきことをこなしていきたい。

　馬車は懐かしの門をくぐり、大理石造りの校舎へと近づいていく。

　停車場でルシアンを残し馬車から降りると、ひそやかなざわめきが耳へ届いた。

「よく学院に顔を出せましたわね」

「あの方が、噂のレティーシア様ね」

「王太子殿下に捨てられ国から追放されたのでしょう？　私なら耐えられませんわ」

ひそひそざわざわと。

うん、空気が悪いね。わかってたけど。

この国の貴族は長い歴史を持つ自国に誇りを持っている。持ちすぎてしまっている。

国外追放は死も同然の屈辱、しかも追放先が獣人の住まうヴォルフヴァルト王国ときたら、私は哀れみと嘲笑の対象でしかなかった。

いちいち構っていてはキリがないため、笑顔で通り過ぎようとしたけど、

「野蛮な獣まじりの国に染まって帰ってき――――ひっ⁉」

獣まじり、と。

聞き流せない蔑称を口にした相手に、お父様譲りの笑顔で威圧しておく。

仲間内でこそこそ言うならともかく、こんな場所で聞こえるように蔑称を呼ぶ人間にロクな者はいないに決まっている。あれは確か、ロキシー子爵家の三男だ。あとでお父様にも報告して、ロキシー子爵家には注意しておいてもらおう。

静かになった生徒の間を歩いていると、横から声がかけられた。

「レティーシア様、久しぶり。今日も笑顔がいかしてますね」

「エルシャも元気そうね」

学院での私の数少ない友人の一人、黒髪の伯爵令嬢エルシャだった。本を何冊も抱えた見慣れた姿で歩いている。エルシャは彼女の兄ともども大の読書家だ。もともと兄同士が友人で、その縁で仲良くなっていた。

「ヴォルフヴァルト王国には、何か面白い本はありましたか？」

「何冊か見繕って、お土産に持ってきてるわ。今度クロードお兄様と一緒に、そちらの屋敷に持って行こうと思っていたのだけど……」

隣を歩くエルシャをじっと見た。

「さっき『今日も笑顔がいかしてますね』って言ったわよね？　もしかして私の笑顔が悪役顔なの、前から知っていたの？」

「当たり前じゃないですか。もしかしてレティーシア様、気が付いてなかったんですか？」

「…………」

ノーコメントを貫く。

つい一年前まで、私は気合を入れて作った笑顔がお父様そっくりなことを知らなかった。

思い返してみれば、気が付けそうなタイミングは何度もあったけど、当時はお妃教育でいっぱいいっぱいだったからね……。

「ぷ。くふふ……。わざとやってるかと思ったら、あれ無自覚だったんですね、ふふふふふ」

「ちょっと、笑いすぎじゃない？」

「ふふ、これは笑いますよ。レティーシア様、意外と抜けたとこありますよね」

「もう。知ってたならもっと早く言ってほしかったわ」

「いやいやまさか、ふふ、気が付いてないなんて思わないじゃないですか、くふふふっ」

ツボに入ったのか笑い続けるエルシャと共に学院の廊下を進んでいく。

和やかな時間は、しかし長くは続かなかった。

「レティーシアっ！」

呼び止められ足を止めた。

金色の髪に水色の瞳の、元婚約者であり王太子でもあるフリッツ殿下だった。

「なぜおまえが、またこの学院に顔を出しているっ⁉」

「卒業試験のためです。きちんと許可は取っていますわ」

振り返り社交用の笑顔を浮かべ答えた。

一時は将来を誓った婚約者であり、同時に私を追放した張本人でもあるフリッツ殿下だけど。

愛情も憎しみもなく、心がざわめくことは既になかった。一番近いのはきっと、やたらと吠える犬に絡まれてしまった時の心境だ。

「無駄なことをするな。一年以上、おまえはこの国から追放されていたんだぞ？　卒業試験の難しさを知らないのか？　受けたところで恥をさらすだけだぞ」

「きちんと合格できるよう準備していますわ。殿下の方も、勉強は進まれていますか？」

「……っ！　うるさいっ！」

苦々しげに、顔を歪め吐き捨てるフリッツ殿下。

……これ、もしかして、卒試合格危ないんじゃ？

合格率七割とはいえ、王族にはたいてい、専属の家庭教師がつき指導にあたっている。そのため過去の王族で卒試に滑ったのはほんの数人。体調不良などやむにやまれない理由がほとんどだ。

王族の、しかも王太子が卒試浪人はまずい気がする。

「レティーシアっ！　これも全部おまえのせいだっ！」

「はい？」

何を言っているのだろう？

本気でわからなくて、思わずぽかんとしてしまいそうになる。

「殿下の勉強の進捗具合に、私は無関係のはずですが？」

「無関係なわけがあるか！　僕の成績が下がったのは、おまえが出て行ってからだ。母上からの小言が増え周りにやっかいごとが増えたのも、全部おまえと婚約破棄してからだ！　どうせ僕とスミアの幸せを妬《ねた》んで、おまえが嫌がらせをしていたんだろう⁉」

「……なぜそうなるのですか」

呆れ返ってしまいそうになり、意識して表情を維持する。

私との婚約は、フリッツ殿下の母である第三王妃様も望まれて結ばれていた。一方的に婚約を破棄したあげく私を国外追放したフリッツ殿下が、小言を言われるのは当然のことだ。

「私はこの一年、ずっとヴォルフヴァルト王国で過ごしていました。そんな私が、この学院で嫌がらせを行うことは不可能ですわ」

「人に命じてやらしたんだろう？　でなければこうも、僕の周りでやっかいごとが増えるわけがない」

「証拠もなく、人のせいにするのはおやめください」

私は嫌がらせなんてしていないし、おそらくはフリッツ殿下の自業自得だ。

在学中、フリッツ殿下の婚約者であった私は、殿下とお話をしたいと望む生徒をまとめて取り次いだり、学院内の人間関係に目を光らせていた。

王妃教育に忙しく、もちろん完璧とはいかず婚約破棄につながったスミアの件もあるわけだけど、それでもある程度学院内を平和に保ち、フリッツ殿下にかかる負荷を分担していたのが私だ。

そんな私がいなくなった分の負担が、フリッツ殿下へとのしかかっているというだけ。

あちらから婚約破棄を叩きつけられた以上、私にはどうにもできないし、どうにかしなければいけない義務も存在しないはずだ。

「では殿下、特別講義の時間が迫ってきているので、失礼いたしますね」

「待てっ！　逃げるのか!?」

罵声を置き去りに、目的の教室へと歩き出す。

早くも学院生活に立ち込める暗雲にため息をつくと、横を歩くエルシャが肩を叩き慰めてくれたのだった。

◇◇◇

予想していたとはいえ、学院での私への風当たりは強かった。

今、この国の貴族達の多くは、フリッツ殿下派とヴェルタ殿下派に分かれ対立している。

私のように実家が中立派の生徒もいるが、彼ら彼女らは静かに嵐をやり過ごそうと静かにしているのがほとんどだ。

必然、目立つのは他の二派閥となり、学院では同じ敷地内にいて取り入りやすいフリッツ殿下についている生徒が比較的多いようだ。

授業の合間やちょっとした時に、フリッツ殿下に嫌われている私をあざ笑う声が聞こえた。私の悪口を言うことで、少しでもフリッツ殿下の心証をよくしたいようだ。

「あさはかというか、度胸があるというか……」

お飾りとはいえ、私はヴォルフヴァルト王国の王妃だ。他国の王妃に対し公然と陰口を叩く生徒は他国のことを軽んじすぎだし、そんな彼らをたしなめるどころか焚きつけるフリッツ殿下も同類だ。ぶっちゃけ王太子として、不安しかない人間である。

ため息をつき昼食へと向かおうとしたところで、正面から新たな襲撃者がやってきた。

「レティーシア様、話があるから来てくれ」

王立騎士団長の三男、赤毛のダスティンだった。フリッツ殿下の取り巻きでありスミアに惚《ほ》れていて、かつて私を噴水に突き落とした張本人だ。

またもや腕力に訴えるつもりかと、すぐにでも魔術を撃てるよう準備しておく。

「ま、待てっ！　落ち着けっ！　暴力はよくないぞ！」

「どの口が言っているのかしら？　噴水に落とされたこと、私忘れてないわよ」

「あれはスミアを守るため、じゃなくてっ………悪かったと思ってはいる」

ばつが悪そうに、ぼりぼりと頭をかくダスティン。

意外だ。てっきり開き直って、こちらを罵ってくるかと思っていたのに……。

どうやら多少反省したらしい。私に対しても呼び捨てでなく、敬称をつけて呼んでいた。

「……俺だって、あの後冷静になったんだよ。レティーシア様はおっかないけど、それでも女だからな。腕力で優る男の俺がいきなり暴力に訴えるのは良くないって、俺に教えてくれた人がいたんだ」

「そう。まともな人が近くにいてよかったわね」

「あぁ、俺もありがたいと――ってちょっと待て！　俺の話はまだ終わってないぞ！」

「私に話したいことはないわ」

「俺にはあるっ！　待てよ‼」

すたすたと歩くが、すぐに追いつかれてしまった。

「何かしら？　私、お昼を食べに行きたいのだけど？」

「スミアへの嫌がらせについてだ。スミアを階段から突き落としたのは――――」

「ダスティン様っ⁉」

高く甘い声に、ダスティンがびくりと体を固まらせた。

フリッツ殿下の婚約者であるスミアが、栗色の髪を揺らし走ってくる。

「ダスティン様、どうしてレティーシア様と一緒にいるんですか⁉　危ないです早くこちらに来てくださいっ！」

スミアに危険人物扱いされてしまった。

たぶん、彼女の結界に閉じ込められた時、彼女の髪ごと魔術で結界を切り裂いてしまったのが原因だ。スミアはまだ長さの戻り切らない髪で、顔を青くしてこちらを見ている。

「スミア、落ち着け。レティーシア様はいきなり、暴れるような奴じゃないはずだ」

「何を言ってるんですか酷いです‼　私よりレティーシア様を信用するんですか⁉」

スミアは体を震わせ怯えつつも、苛立ちを滲ませていた。

ダスティンが私の傍を離れようとしないのが気に食わないらしい。

当のダスティンはスミアの様子におろおろとするばかりで、置物のようになっている。

「スミア、こんなところにいたのかっ！」

騒ぎを聞きつけ、フリッツ殿下の取り巻きその二、眼鏡をかけたイリウスがやってきた。

スミアに眉を顰めこちらを見ると、何やら複雑そうな顔をしている。

「……久しぶりだな。追放されたわりにずいぶんと元気なようでよか、ごほほっ、やはり図太いようだな」

途中で咳が出てもやめることなく、最後まで嫌味を言いきるイリウス。

相変わらずいい性格をしていた。

「御機嫌よう、イリウス様。……陰険眼鏡なの、今も変わってないのね」

後半は小声で、近づいてきたイリウスにだけ聞こえるよう言ってやる。

もともと私とイリウスは、座学のトップ争いをしていたライバルだ。友人ではないがそれなりに交流はあって、被っている猫を引っぺがし穏やかに罵りあう関係だった。

懐かしいやり取りに少し笑うと、イリウスがなぜか眼鏡の奥で丸く瞳を見開いている。

「……人前でそんな風に笑えるようになったんだな」

何やら小声で呟くイリウス。

どうせ嫌味か皮肉だろうし、無視して話を進めた。

「スミアに用があるならどうぞ。勉強させるつもりなんでしょう？」

「……あぁ、その通りだ。スミアにはまだまだ、勉強が足りないからな」

ため息をつくイリウス。

卒業試験が迫ってきているのはスミアも同じだ。男爵家の庶子、ではなく実は平民だったスミアは、貴族の常識も知識も付け焼刃。きっちり勉強し追い上げなければ、合格は危ういはずだ。

「スミア、行こう。殿下の婚約者として恥ずかしくないよう、私が教えてあげます」

「嫌よ！　勉強勉強勉強って、もう私うんざりよ！」

スミアはイリウスの手を振り払うと、ぐいぐいとダスティンへとくっついた。

「スミア……」

「ダスティン様、行きましょう。ここにはレティーシア様にイリウス様もいて、私に意地悪する人ばかりで嫌です」

ダスティンの腕を取り、私から引きはがそうとするスミア。

密着する体に、ダスティンは顔を赤面させている。軍人家系で男ばかりの中で育ったため、年頃の女性に免疫がないらしかった。

「スミア、わがままを言わないでください。ほら、行きますよ」

「やめなさい！　殿下に言いつけるわよ!?」

喚くスミアを、イリウスが引きずるようにして連れて行った。言葉こそ丁寧だが、実力行使に戸惑いがないあたり、似たようなやり取りを何度もしていそうだ。

「……スミアは、変わっちまった」

筋肉に包まれた体を萎れさせるように小さくし、ダスティンが呟いていた。

「たぶん、レティーシア様がいなくなった後あたりからだ。フリッツ殿下には今も甘えているけど、他の人間には少しずつ、刺々しく感情的な態度が多くなってる」

「フリッツ殿下の婚約者の座に収まって、猫を被り続ける必要を感じなくなったのよ」

元より同性の女子や、男子でも鋭い人は、スミアが被る猫に気がついていた。ダスティンもいい加減、目が覚めてきたようだ。

「俺が好きだったスミアは、もうどこにもいないってことか……」

肩を落としうなだれるダスティン。

初恋を散らす姿に、少し気の毒になってしまう。

「……スミアはレティーシア様がいなくなった後、何度も階段から落とされたり、いじめを受けていると殿下に訴えるようになったんだ」

「証拠や証人は？」

「……なかった」

ダスティンが力なく頭を振っていた。

スミアは私を追い出したことで味を占めたらしい。嘘をつき被害者になることで、気に食わない相手をフリッツ殿下の権力で叩いていたようだ。

「数回目で、俺もおかしいと思ったんだ。スミアが被害を訴えた中には、今までいじめをしたことがない人間が何人もいた。だから、おかしいと思って……。レティーシア様に階段から突き落とされたってのも、嘘だったってことなのか？」

「私はやってないわ。前から言ってるように、私がしたのはスミアの失礼な態度に注意を入れていたくらいよ。誓って階段から突き落としたり、いじめたりはしていないわ」

「そうか……。悪かった。謝らせてくれ。やっぱりベルナルト様の言うように、レティーシア様はやってなかったんだな」

「ベルナルトお兄様……？」

急に出てきた名前に少し戸惑う。

「あぁ、俺、ベルナルト様を尊敬してるんだ。この国の軍人や軍人志望の多くは、ベルナルト様に憧れてるだろ？」

頷いておく。

ベルナルトお兄様、ちょっと性格はアレだけど、軍人としては文句なしに優秀だし、勇敢で筋が通った人柄をしている。容姿が極めて整っていることもあり、軍神扱いする人も多いらしく、特にダスティンのような軍人志望からは、崇拝に近い尊敬を集めているようだった。

「そんなベルナルト様の妹であるレティーシア様が、嫌がらせで人を階段から突き落とすような人間なのが許せなくて信じられなくて……。顔を合わせた時、レティーシア様のことをどう思っているか、去年隣国より帰国されたベルナルト様に尋ねてみたんだ」

「ベルナルトお兄様はなんと答えたの？」

「『レティーシアがスミアとやらをどう思い何を考えていたかはわからん。だが妹は、いくら敵対する相手であれそのような卑怯な真似はしないはずだ』と、仰っていた」

「ベルナルトお兄様らしい言葉ね」

私の考えはわからないと言いつつも、いぜいめはやっていないはずと信用してくれている。

まっすぐすぎて不器用なところがある、ベルナルトお兄様らしい回答だ。

「それでダスティン様も納得したのね？」

「いや、その時の俺はそれだけじゃ納得できなくて、食い下がって……。模擬戦をやることになったんだ」

「……そうだったのね」

なぜその流れで模擬戦に？

と言いかけ、ベルナルトお兄様の性質を思い出し納得した。

いわゆる戦闘狂。

白兵戦であれ軍団戦であれ、強敵との戦いを好んでいるし、見込みのある相手にビシバシと訓練をつけるのも大好きだ。私もすごくすごーく、とってもお世話になったもんね……。

少しげんなりする私に対し、ダスティンはキラキラと目を輝かし語っている。

「『おまえはレティーシアを噴水に突き落としたと聞いている。腕力で優る男のおまえが、いきなり暴力に訴えるのはよくない。おまえが力に酔ってしまわないよう、ここで性根を叩きなおしてやろう』と言って、俺と模擬戦をしてくれたんだ」

「結果は？」

わかりきっているけど、答えを一応聞いておく。

「俺の惨敗だ」

負けたにもかかわらず、ダスティンはこれ以上ないほどいい笑顔をしている。

「俺、学院の模擬戦では負け知らずだったけど……。ベルナルト様はそんな俺の思い上がりを粉々にしてくれたんだ。あれはすごい、すごすぎるぞ強すぎる、とにかくすごかったんだ……！」

語彙が乏しくなるダスティン。思い出し興奮しているようだ。ベルナルトお兄様は着々と、ファンを増やしているらしかった。

「あんなすごいベルナルト様が信用しているレティーシア様のことを、俺も信じてみようかと思ったんだ。……そうして見てみると、スミアにおかしいところが見えてきて……。今度はスミアのことを、疑わずにはいられなくなったんだ」

ベルナルトお兄様のことを語るはしゃいだ表情から一転、ダスティンがしゅんとしている。

「スミアのことが、最近は恐ろしくなっている。女は怖いって、兄貴や父上が言っていたのがよくわかるぞ……」

「そのわりには、まだスミアの傍にいるのね？」

そう噂で聞いていたし、現にさっきもスミアはダスティンに頼っていた。

一度は恋した相手だ。恐ろしく思いつつも、距離を置くことはできないのかもしれない。

「今でもスミアに笑いかけられたり、くっつかれるとドキッとすることがある。あるけど、それだけが理由じゃないぞ。俺がスミアの近く、フリッツ殿下のお傍にいるのは、父上やお爺様の望みでもあるからな」

「……なるほど」

貴族の勢力図を思い出す。

フリッツ殿下を支持しているのは、フリッツ殿下の母方のフランベル侯爵家とイリウスの実家イレガー公爵家ら、文官を多く輩出する貴族の勢力であり。

ヴェルタ殿下の後ろ盾になっているのは、母方の実家でありダスティンの家でもあるダルタン公爵家だ。ダルタン公爵家を中心とした軍部上層部を占める貴族達が、ヴェルタ殿下の支持基盤だった。

ダスティンが実家とは異なる勢力についているのは、スミアへの恋心だけではなかったらしい。

親兄弟で別の勢力に分かれておくことで、どちらの勢力が勝利しても血筋を残すことができる。

ある種の保険であり生存戦略。確か、戦国時代の真田《さなだ》家の犬伏《いぬぶし》の別れが、そんな感じの生存戦略でもあると解釈されていたはず。

この国の貴族の親子兄弟間でも、同じようなことが時たま実践されているらしかった。

「レティーシア様ならもうわかってるだろうが、俺は実家にとっては、ヴェルタ殿下が政争で負けられた時の保険みたいなもんだ」

「……家のこと、話してくれてありがとね」

ダスティンがここまで手の内を明かしてくれたのは、私への罪悪感があったからかもしれない。

貴族の立ち回りとしては下策なのかもしれないけど、その誠実さは好ましかった。

「家のため保険のため、これからもスミア達の傍にいなきゃいけないのは大変ね」

「あぁ、それだったらもう心配ないぞ」

「どういうこと？」

好きになれない相手と共に過ごす。それを家のためだからと割り切れるほど、ダスティンは器用な性格をしていないはずだけど……。

「スミアやフリッツ殿下の傍にいるのはもう終わりだ。これから俺は学院では、レティーシア様についていくつもりだ」

「……はい？」

いきなり何を言い出すんだろう？

疑問を込めて問い返すと、ダスティンがにかりと笑った。

「俺はダルタン公爵家の保険だ。お爺様達とは別の、勝ちの目がある勢力につけと言われてる。

だから俺はレティーシア様達につこうと思うんだ」

「私もグラムウェル公爵家も、フリッツ殿下とヴェルタ殿下、どちらの派閥にもつかないわよ？」

「現時点では、だろ？　グラムウェル公爵家がどちらの派閥につくにせよ、俺はそちらの派閥が勝利すると見てる。ベルナルト様は素晴らしいお方だし、そんなベルナルト様が信用されてるレティーシア様も、すごい奴だと思うからな」

混じりけのない尊敬の瞳が、きらきらとこちらへと向けられた。

「思い出すとレティーシア様、婚約破棄を突き付けられて周りが敵だらけの時も、全くビビってなかったもんな。肝がすわってるし、ヴォルフヴァルト王国でも活躍してるんだろ？」

「褒めてくれて嬉しいけど……」

敵意を収め歩み寄ってくれるのは嬉しいが、私は腑に落ちなかった。

いくらなんでも、敵意から好意へのふり幅が大きすぎるような……？

「それにな、俺、聞いたんだ！　レティーシア様、何回も模擬戦で、あのベルナルト様を魔術でぶっ飛ばしたことがあるんだろ？　尊敬するしかないじゃねーか俺とも模擬戦してくれ！」

ぐっと拳を握り、ダスティンが力説してきた。

……これはあれだ。ベルナルトお兄様と同じタイプだ。

戦いと訓練と力試しが大好きな、戦闘狂予備軍だった。

「お願いだレティーシア様！　一回でいいから模擬戦頼むよ！」

「無理無理。お断りよ。模擬戦については他の人を当たってちょうだい」

ベルナルトお兄様と違って、私は戦いも痛いのも嫌いだ。

魔術主体の模擬戦ならともかく、剣術にも優れたダスティンの相手は面倒だった。

全力で身を引き逃走を開始。しかしダスティンは諦めず、鍛えられた体ですやすやとついてきてしまった。

「模擬戦！　模擬戦！　模擬戦！」

「付きまといで訴えるわよ⁉」

半ば本気で叫ぶも、ダスティンに諦める気配は無い。

敵が減り厄介な味方ができお昼ご飯を食べ損ね、私は空腹を抱えることになったのだった。

◇　◇　◇

「もういやっ！　さっさと私をここから出して！」

スミアの叫びに、イリウスは何度目かわからないため息を吐き出していた。

「聞き分けのないことを言わないでください。逃げても泣いても叫んでも、こなすべき勉強は減りませんよ」

苛立ちを抑えつつ、丁寧な口調を心掛け諭していく。

本音を言えば今すぐでも、スミアを机に縛り付けてやりたかった。

しかしここは王立学院の図書館横、自習のための部屋だ。他の生徒は遠慮して出て行っているとはいえ、いつ誰が通りかかるかわからない状態では、イリウスも被っている猫を外すことができなかった。

（くそっ、どうして俺がこんなことに、時間を取られなきゃいけないんだ。あれもこれも、フリッツ殿下がスミアを甘やかすからだ……！）

フリッツも勉強が捗っておらず、同じく勉強嫌いのスミアと一緒にしておくと、二人ともサボる有様だ。そのためここ数日はスミアをフリッツと引き離すために、授業が終わるとすぐ、自習室へと放り込んでいた。

「ひどいっ！　明日殿下に言いつけてやるわ！」

「殿下も今、専属の教師達に卒試対策の知識を詰め込まれているところです。卒試を終えるまで自由になる時間も、スミアの願いを聞く余裕もほぼありませんよ」

イリウスとしても、フリッツの勉強事情は頭が痛いところだ。

前から賢い王太子ではなかったが、ここ一年は特に酷かった。

このままでは卒試不合格の恐れもあり、胃がキリキリと痛くなってくる。胃痛を紛らわせるよう、イリウスは眼鏡のツルを押し上げた。

「スミアだって、卒試に落ちてしまっては大変です。どうか冷静になってください。スミアはやればできるはずです。たった数年で貴族としての教養を、付け焼刃とはいえ身に着けた自分を思い出してください」

数年前、平民だったスミアに貴族の基礎を教えたのはイリウスだ。読み書きさえできなかった状態からの学習成果はたいしたもので、暗記力も悪くないはずだった。

「これ以上私に勉強しろって言うの⁉　もう嫌よこりごりよ！　なんで殿下の婚約者になったのに、あんたに命令されて勉強しなきゃいけないのよ⁉」

「殿下の婚約者、だからこそですよ」

スミアの知識は貴族としてとりあえず形になった程度であり、王太子妃に求められる教養や品格はまるで足りていなかった。これで卒試に落ちてしまえば、対立陣営のヴェルタ達から、それ見たことかと糾弾を受けるはずだ。

「殿下の足を引っ張らないよう、せめてレティーシア様の半分でも知識を――うおっ⁉」

イリウスは慌てて頭を下に引っ込め、勢いで眼鏡をずらしていた。

光魔術による光線だ。

カーテンにぶち当たり、ぶすぶすと煙をあげている。

「いきなり何をするんですかっ⁉」

「悪いのはそっちよ！　レティーシア様ならできた、レティーシア様を見習えてって、今日だけで周りから、何回言われたと思ってるの⁉」

金切り声をあげ、スミアが不満をぶちまけていた。

学院内も全員が、スミアとフリッツを祝福しているわけで決してなかった。ヴェルタ陣営の生徒はあれこれとスミアを馬鹿にしていたし、よくスミアの前の婚約者だったレティーシアを引き合いに出しあざ笑っている。

（当然といえば当然だが、レティーシアが在学していた時より、スミアへの風当たりも強くなっているからな）

レティーシアはスミアの貴族らしからぬ振る舞いに注意を入れるくらいで、いじめは行っていなかった。公爵令嬢でありフリッツの婚約者、即ち令嬢達の力関係の頂点にあるレティーシアが穏健だったため、他の生徒もスミアを苛めようとはしなかったのだ。

しかしスミアは、恩を仇でかえすようにレティーシアを追い出し、婚約者の座に収まっている。

周りからの好感度が落ちるのは当たり前で、今もスミアにいい顔をしているのは、フリッツ陣営の生徒達だけだ。もっともその中でさえ、最近はスミアを避けている生徒も多く、陣営の結束力そのものにひびが入りかねない状況だった。

「……いい加減にしろ」

イリウスは耐えきれず、被っていた猫を少しはずすことにした。

「あんな形で、レティーシアから殿下の婚約者の座を奪った以上、こうなるのはわかりきってたことだろう？」

怒りと焦燥、落胆がないまぜになった言葉が、唇から漏れ出し止まらなかった。

あのような婚約破棄に至ったこと自体、今でもイリウスは腹立たしく思っている。

スミアは貴重な光属性の魔力の持ち主だ。男爵家の令嬢と偽りこの学院へと入れたのも、在学中にフリッツとの仲を育ませ、数年後に穏便に婚約者の座を射止めさせるためだった。

駄目で元々、黒幕であるイリウスの父親でさえ、成功はそこまで期待していなかった計画だ。

しかしイリウス達の予想は外れ、計画は最悪とも言える形で成功してしまった。

（まさかフリッツ殿下が、あそこまで考えなしだとは思わなかったからな……）

あの時は折り悪く、王太子であるフリッツをいさめられる国王は体調を崩しており、母親の第三王妃も国王の代理などにかかりきりで、フリッツから注意がそれてしまっていた。

イリウス自身運悪く忙しくしており、レティーシアも同じくだった。彼女の上二人の兄は優秀で、彼女のことを見守っていたが、こちらも偶然、王都を離れてしまっていた。

他にも、いくつもの偶然が悪い方向に重なってしまった結果。

公衆の面前での婚約破棄と、レティーシアへの国外追放の宣告がなされてしまったのだ。

当初想定していた穏やかな婚約者交代とはほど遠く、多くの予定が狂ってしまっていた。

フリッツの愚かさを見限り離れていく貴族は多く、そのせいで弱小だったヴェルタ陣営が力をつけ、今や拮抗するほどになっている。

スミアに関しても、婚約破棄は悪い影響を与えていた。

フリッツの婚約者になったことで慢心し、かつての向上心と学習意欲は消失。手に入れたフリッツの寵愛《ちようあい》と権力に酔い、高価な品をねだり気に入らない相手は陥れるようになっていた。

「いい加減気が付け！　殿下もおまえもこのままだと落ちぶれるぞ!?　この先も今の贅沢な暮らしを続けたいなら、勉強ぐらいきちんとこなしておけ！」

ぜぇはぁと息を荒げイリウスは叫んだ。怒鳴るのは慣れておらず息が苦しいが、叫ばずにはいられなかった。

　心の底よりの怒りであり忠告だったが、スミアはぽかんとしたままだ。

「何よ、それ、怒鳴るなんて……。私はもうすぐ王太子妃、この国で二番目に偉い女性になるのよ？　そんな私が落ちぶれるなんて、そんなことあるわけないでしょう？」

「っ、はぁ、はっ、勘違いするなっ。っ、おまえには、わからないかもしれないが……」

　スミアは元平民だ。

　いくら貴族として暮らし王太子の婚約者にまで上り詰めようと、根の感覚は貴族と異なっているのだろうと、今更ながらにイリウスは痛感していた。

「王太子もその妃も、おまえが思うような盤石な地位じゃないんだ。勉強し歴史を紐解《ひもと》けばわかることだが――――」

「何よまた勉強⁉　もう嫌よ黙って！」

「やめろっ！」

　激高したスミアが、今度は魔術ではなく手元の教本を投げつけ攻撃してくる。

　危うく回避したイリウスだったが、

「うわっ、いたたた……」

　代わりに背後にいた人間が、本を受け止めることになったようだ。

　頭にぶつかったらしく、片手でさすりもう片方の手で本を受け止めていた。

「あなたは……」

「本を粗末に扱うの、俺は良くないと思うよ」

レティーシアの兄、クロードだった。

どうしてこんなところに、というイリウスの疑問に答えるように、クロードが口を開いた。

「最近王都に戻ってきたから、この部屋の隣の図書室に足を運んだんだ。ここ、王都でも一二を争うくらい、たくさんの本が収められてるからね。卒業した後も、たまに読みに来てるんだよ」

言うとクロードは、スミアが投げた本をペラペラとめくっている。

「あぁ、この本。書いてある事柄自体は悪くないけど、説明がちょっと癖があるんだよね。例えばこのページのここ、一人で読んでても、わかりづらかったんじゃないかな？」

スミアの前へと本を差し出すクロード。

自然な動作だったためか、あるいは部外者であるクロードに本をぶつけてしまいさすがにまずいと思ったのか、スミアも大人しく説明を聞いていた。

「――――で、この文章については、少し前のこととここを頭に置いて読んで――――」

「……なるほど！」

クロードの説明に、スミアは頷いていた。

イリウスから見てもクロードの教えはわかりやすく、要点を押さえ聞きやすいものだ。

どこか抜けた雰囲気の持ち主のため、初対面であるスミアも緊張することなく、自然と集中できているようだった。

「――――うん。この章に関してはこれで終わりかな。あとは復習したら身につくはずだよ」

「あ、ありがとうっ！　帰って復習してくるわ！」

がたりと椅子を引いて立ち、スミアがそそくさと部屋を出ていった。

なんとなく流れでクロードに教えられていたが、元々はイリウスから逃げようとしていたのを思い出したようだ。

残されたイリウスは眼鏡を直すフリで表情を隠しつつ、クロードへと問いを向けた。

「何が目的で、ここへやってきたんですか？」

「さっきも言っただろ？　図書室に行こうとしたら、隣のここから叫び声が聞こえたから、気になって覗いただけだよ」

肩をすくめクロードが答えた。

特におかしいところはなかったが、イリウスは警戒を解かなかった。以前に顔を合わせた時にも感じたが、抜けているようで得体が知れないような、そんな気がする相手だ。

「だとしてもなぜ、スミアに勉強を教えたんですか？　私達の会話を聞いていたなら彼女がスミアだと、レティーシア様を婚約破棄に追いやった相手だと、当然知っていたはずでしょう？　クロード様は妹のことを、大変かわいがられていると聞いています。なのにどうしてスミアの勉強を、助けるようなことをしたんですか？」

「深い意味はないよ。妹と同じ年頃の子が困っていると、無視しにくくてね。妹だってこの程度のことに対して、敵に塩を送っただなんて怒らないだろうから問題ないよ」

「敵に塩を送る……？」

「妹が教えてくれた、とある国の故事だよ。敵を手助けする、というような意味らしいね」

塩は大切だからね、と。

クロードはへらりと笑いつつ、スミアが読んでいた教本に軽く目を落としていた。言いたいことを言い自分のペースを崩さない人間だった。

「……ずいぶんと、人にものを教えるのに慣れてるんですね。レティーシア様にもかつて、手ほどきをしてたんですか？」

「あぁ、してたよ。初めはレティーシア相手で、その後の学生時代は本代を稼ぐために、同級生や後輩に勉強を教えていたからね」

「そのような小銭稼ぎをしなくても、公爵家なら本ぐらい買えたんじゃないですか？」

「父上はともかく、ユリウス兄上の目を誤魔化すのは難しいよ。本の購入を求めたら求めた分だけ、こき使われる未来が待ってるからね。ユリウス兄上の無茶ぶりをこなすくらいなら、家庭教師の真似事をした方がわりが良かったたって話さ。他にも試験の山をまとめて一夜漬け指南書を作って売ったり、本代のためには頑張っていたよ」

学生時代の思い出を語るクロードに、イリウスは軽く呆れていた。

（やはり、警戒するほどでもない相手なのか……？）

クロードは三男とはいえ公爵家の出だ。その気になれば家庭教師もどきなどより遥かに実入りのいい仕事ができるだろうに、本人にやる気がなくては始まらなかった。

（レティーシアの上二人の兄は優秀だ。社交界で引く手あまた、『薔薇の貴公子』と呼ばれ次期公爵として期待されているユリウス様に、若くして軍功を立て『雷槍』の二つ名を持つ軍人ベルナルト様。この二人に比べるとクロード様は……）

地味の一言だった。

頭は悪くないようだが、上二人の兄と、そしてレティーシアと比べるとあまりに凡庸《ぼんよう》だった。

学院卒業後も貴族男子の義務である従軍をこなした程度で、職場も蔵書局と閑職である。

（……俺は、クロード様のようになりたくはないな）

イリウスもクロードも、公爵家の三男として生まれている。

エルトリア王国では母親が同じ子の場合、長男の相続が基本となっており次男は予備、三男は予備の予備という扱いだった。

貴族男子の従軍義務が免除されるのは跡継ぎと、予備であるもう一人だけ。イリウスにはこのまま何もしなければ二年間の従軍義務と、公爵家を継ぐこともできない未来が待っていた。

（冗談じゃない。軍は五年前の隣国との戦争の負債が祟《たた》って弱体化している上に、南からは帝国が勢力を伸ばして来てるんだ。今の時期、軍人なんてやってたら、生きて帰れるかすら怪しいぞ）

イリウスは自分の性質を、ある程度正確に理解している。

座学に優れ頭の回転に自信はあるが、戦場で生き残れる自信はない。多少頭が回る程度では確実に戦場で生き残れないと、歴史書を読めば嫌でもわかってしまったからだ。

だからこそイリウスは、早く何らかの功績を立て、二人の兄を押しのけ公爵家の跡継ぎの座を手に入れなければならなかった。

スミアをフリッツの婚約者に、という父親の計画に協力したのも、それが理由の一つだ。

慢心したスミアが変貌し計画が怪しくなっても、今更簡単に降りることはできないのだった。

「失礼します。私も帰らせてもらいますね」

軽く礼をして、イリウスは扉へと向かった。

のん気なクロードと違い、やるべきことはいくらでもあり忙しかった。

（クロード様からレティーシアに情報が伝わる可能性があるから、明日から自習室は使えないな。レティーシアが無暗に手を出してくるとも思えないが、念のためスミアの勉強場所は変更することにして――――）

今後の予定を考え足を早めるイリウスを、クロードは少しの間だけ見ていたのだった。

◇◇◇

「エルトリア国王陛下との晩餐会への参加、ですか？」

「ジルバートさんもどうかしら？」

参加について問うと、ジルバートさんが眉を下げ困惑しつつ目を輝かせるという、器用なことをやってのけていた。

「本当に、私がいいのですか？　これ以上ない光栄な機会ですが、私は平民です」

「あちら側から料理人を連れてきたらどうか、と提案があったのよ」

招待状の主は、フリッツ殿下の母である第三王妃様だ。

私がフリッツ殿下の婚約者だった時、第三王妃様とは交流があった。それなりに気に入っていただいているようで、王都に来てからは手紙のやり取りもしている。

今回の招待は、ある種のご機嫌取りだと私は踏んでいる。

私がヴォルフヴァルト王国で、料理に熱中していたことはこの国でもぼちぼち噂になっている。そんな私を、王家の晩餐会という貴重な機会に招くことで、機嫌を取ろうとしているのかもしれない。私を敵に回すのはよくないと、第三王妃様は考えているのだ。

婚約破棄と追放という理不尽な仕打ちをしたフリッツ殿下の陣営と、手を結ぶつもりは私にもお父様にもなかった。が、敵対まではする気もなく、話がわかる第三王妃殿下との関係は、今以上に悪化させず保っておきたかった。

「この国の王家の晩餐会では、たくさんの料理が用意されるの。ある種のもてなしの一種ね」

こんなにもたくさん、食べきれないほどの料理を用意しておきました、という厚意と財力のアピールだった。

「当然、招待客達だけじゃ食べきれないから、直接料理に手を付けた部分は取り除いて、残りは下の人間に分けられるわ。ジルバートさんも晩餐会に参加すれば、料理を口にできるはずよ」

お下がりとはいえ、王族と同じ料理を食べられる機会は貴重で、ありがたいことだと認識されている。料理人であるジルバートさんにとっては、見逃せない機会のはずだ。

「はい！　是非とも参加したいです！　粗相がないよう、精一杯頑張りたいと思います……！」

緊張に体を震わせながらも、ジルバートさんが気合を入れていたのだった。

◇　◇　◇

「こたびは儂の晩餐会に、よくぞ集まってくれた。宮廷料理人が腕によりをかけた料理の数々を、どうか楽しんでいってくれ」

上座に座るマルディアス陛下が、招待客達を見回し告げた。

長いテーブルには、この国の王族達が並んでいる。フリッツ殿下にヴェルタ殿下も座っていた。両方を招待することで、マルディアス陛下は贔屓《ひいき》が発生しないようにしたらしい。

テーブルの後方、壁際にはずらりと、招待客達の従者や宮廷料理人達が控えていた。ジルバートさんも立っており、料理を遠目で真剣に観察している。

私も料理をざっと見ると、横に座るグレンリード陛下と共に味わっていった。

温野菜の付け合わせに鴨の詰め物、川魚のソース掛け……。

王家の晩餐だけあり、どの料理も手が込んでいて見た目にも凝っているが、香辛料まみれなのが残念だ。濃いなりに味付けは整えられていて食べられないほどじゃないけど、この素材なら絶対にもっと私好みの味にできそうで残念さがあった。

品よく優雅に見えるようカトラリーを操りつつ、周りの様子を観察しておく。

マルディアス陛下は思ったより、食が進んでいないようだ。食べることはお好きなはずで、以前はふくよかな体型をされていたけど、いくらか痩せられた気がする。

王弟であるアティアルド殿下も、今日は食が細いようだった。あからさまに料理を嫌がっているわけではないとはいえ、成人男性としては食べている量がかなり控えめだ。グレンリード陛下と同じ先祖返りだから、香辛料たっぷりの料理がきついのかもしれない。

「グレンリード陛下は、どのような料理がお好きかしら？」

ヴェルタ殿下は何度も、グレンリード陛下へ熱を込めた視線と声を送っていた。グレンリード陛下もこのような場で無視することはできず、淡々と答えているようだ。

「……ちっ」

食事の音にまぎれるようにして、舌打ちを発したのはフリッツ殿下だ。私のことを憎々しげにチラ見しては、苛立ちを叩きつけるようにカトラリーを鳴らしていた。

みっともないな、と思いつつも、もう私は婚約者ではないし、わざわざ指摘するほどの非礼ではないため放置一択だ。第三王妃様は時折わずかに顔をこわばらせていたようだが、息子の非礼をこの場で咎《とが》めれば、政敵のヴェルタ殿下が嬉々として便乗してくるのが予想できるため、後で叱《しか》ることにしたようだった。

表面上だけは和やかに、何事もなく晩餐会は終了。料理が取り下げられていく。

いくらか歓談をこなし、グレンリード陛下とアティアルド殿下と帰ることになった。午後はアティアルド殿下とお話しする予定なので、このまま一緒に対談場所まで向かうつもりだ。

馬車へと乗り込むと、どこかほっとしたようにアティアルド殿下が息をついていた。

「アティアルド殿下も、先ほどの料理はあまり好みではありませんでしたか？」

「私『も』？　ということはもしやレティーシア様も、あのような料理は苦手なのですか？」

「えぇ、残念ながらそうです。ふんだんに香辛料を使っていただきありがたいのですが、舌に合わないようでして」

こちらの食の好みを知られても、アティアルド殿下なら悪用しないはずだ。この国の王侯貴族の料理を苦手にする人間同士、シンパシーを感じていた。

「アティアルド殿下はヴォルフヴァルト王国での晩餐会では、もっと料理を食べられていました。食事に関しては、あちらの方が合っていたのかもしれませんね」

ヴォルフヴァルト王国内でも味付けに地域差はあるけど、グレンリード陛下のおわす本城では、私にとってほどよい味付けの料理が出されていた。

「えぇ、とても美味しかったです。外交のために訪れた土地とはいえ、このまま住み着いてしまいたいと、半ば本気で思ったほどです」

お世辞と、そしておそらくはいくらかの本音を混ぜ、アティアルド殿下が笑みを浮かべた。

食の合う合わないって大きいもんね。

「ふふ、それほどまで気に入っていただけ良かったです。各地の料理を味わえるのは、外交に携わる人間の役得ですものね」

「役得、ですか。確かにそうですね。私が外交を担当するようになったのも、食が理由の一つです」

　笑みを苦笑に変え、アティアルド殿下が窓の向こうの王城を見やった。

「恥ずかしながら私は昔から、王城で出される料理が苦手でした。宮廷料理人の用意する香辛料をきかせた料理が苦手で、でも正面切って意見する勇気もなく、だから外交担当を志すことにしたんです。王城から離れ自分好みの料理を食べるために仕事をするなんて、褒められたことではないですがね」

「そんな卑下なさらないでください。アティアルド殿下のお気持ち、私もよくわかりますわ」

　心から同意しておく。

　婚約破棄され国外追放されても私があまり落ち込まなかったのは、料理も理由の一つだ。

　香辛料塗れの料理から解放され、自由に料理を楽しむことができる。ヴォルフヴァルト王国がそんな国だったからこそ、私は追放に関して、早い段階から感謝さえしていた。

「レティーシア様は立派ですね。追放されても王家を恨むこともなく、新たな地で絆《きずな》を育み、料理を初め自ら周りを変えています。私では、とても真似できませんよ」

　目を伏せるアティアルド殿下。

　……前からそんな気はしてたけど、自己評価が低すぎる気がした。

「アティアルド殿下もご立派ですよ。アティアルド殿下がいなかったら、この国の外交事情はもっと悪化していたはずです。間違いなく、胸を張って誇れることですわ」

「それくらいしか、私にはできないからですよ」

「それくらいしか……？」

外交は国の要だ。

確かに、他国を下に見がちなこの国の貴族には軽視されがちだけど、貴族でも上の方に行くほど、政治中枢に近しい人間であればあるほど、外交の重要性を理解している人間は多いはずだ。

アティアルド殿下は聡明と知られているし、貴族達からもおおむね好意的に見られている。

ただし、次期王位争いに参加する気はないようで、巧妙にフリッツ殿下の陣営ともヴェルタ殿下の陣営とも距離を置いていた。その立ち周りも、優れた観察力や政治的なバランス感覚がなければできないことのはずだ。

「今のこの国の王家の方の中で、アティアルド殿下ほど優秀な方はなかなかいないよう、私には思えますわ。お言葉ですが、もう少し自信を持たれても良ろしいのではないでしょうか？」

「買いかぶりすぎですよ。……私が本当に優秀だったら、今ここにいないでしょうしね」

どういう意味だろうか？

気になるが、ちょうど馬車が目的地、アティアルド殿下の別邸に到着し降りることになった。

小さな疑問を残しながらも、私とグレンリード陛下は応接間へと向かったのだった。

◇◇◇

「アティアルド殿下、かなりのやり手だったわね……」

公爵邸の自室に戻り、私は肩をもみ解していた。

話し合いの目的は、今後の二国間の外交や交易などについての探り合いと大枠の形成だ。先はどの話し合いの内容を元にそれぞれの国の中枢部や文官と協議を重ね、具体的な政策に落とし込んでいくことになる。

この国の外交の多くを任されているだけあり、アティアルド殿下はやはり有能だった。

穏やかで控えめとも言える物腰ながら話術は巧みで、少しでも油断するとアティアルド殿下の望む方向へ話が誘導されていた。地理や周辺各国の政治情勢に関する知識も豊富でグレンリード陛下も苦戦しており、手ごわくも尊敬できるアティアルド殿下へと称賛を送っていた。

「なのにどうしてあんなにも、自己評価が低いのかしら……？」

謎だ。

いくつか理由は思いつくけど、確信は持てないでいる。

ぼんやり考えていると、ルシアンがジルバートさんの訪れを告げた。

「どうぞ入って。晩餐の料理はどうだったかしら？　私には味付けが濃すぎたけど、ジルバートさんはどうかしら？　料理人から見て、何か気になる点はあった？」

尋ねると、ジルバートさんが真剣な顔で口を開いた。

「先ほどいただいた料理について、いくつかお尋ねしたいことがございます――」

◇　◇　◇

「レティーシア大丈夫か？　昨晩はよく眠れたか？　試験道具は全て持ったな？」

卒業試験当日。

お父様が何度も何度も、私に確認をしてきた。

卒試を受ける私よりずっと、お父様は緊張しているようだ。

「ふふ、そんな心配なさらないでください。準備はしっかりしてありますし体調も万全です。不合格になる方が難しいですわ」

ダスティンに模擬戦を迫られた日以降も数回登校し、必要な特別講義は取り終えている。卒試の対策も十分で、まず落ちることはないはずだった。

それでもお父様は落ち着かないようではらはらしている。あまりの気の張りっぷりに、逆に私が落ち着いてきたくらいだ。

念のため試験開始時刻のずっと前、朝早くに到着するよう馬車を走らせた。

学院に到着すると、既にちらほらと生徒の姿がある。万が一にも遅刻しないよう、早め早めにやってきたようだ。

試験会場となる大教室へ向かっていると、数人の女生徒が近寄ってくる。フリッツ殿下の派閥に属し、スミアにゴマをすっていた令嬢達だ。

「ごきげんよう、レティーシア様。本日はお一人で？」

「えぇ。そうですが何か？」

「これが何か、おわかりになられますか？」

差し出されたのは紙製の栞《しおり》。読書家のエルシャが持ち歩く愛用品だ。

「……どういうことかしら？」

「レティーシア様の貴重なご学友でしょう？　どうも彼女、今日の試験に遅刻するみたいですわ」

「遅刻させるつもり、の間違いでしょう？」

お父様譲りの笑顔で圧力をかけてやる。

女生徒はびくりとしたが、それでも引く気はないようだった。

「そのような顔で脅しても無駄ですわ！　レティーシア様は賢くていらっしゃるのでしょう？　このまま試験を受けに行けばエルシャがどうなるか、よぉくおわかりになるはずですわ」

エルシャを人質に、こちらを脅迫したいようだ。

さすがに伯爵令嬢であるエルシャに大きな怪我をさせることはしないだろうけど、どこかに閉じ込めておき、卒業試験を受けられなくするくらいはやるかもしれない。

それが嫌ならエルシャではなく私が、卒業試験の受験を辞退しろということのようだ。

「こんなやり方が、本当に正しいと思っているの？　こちらの足を引っ張っても、スミアの点数は上がらないわよ」

「正しいかどうかは、スミア様やフリッツ殿下がお決めになることですわ。私も早く試験会場に行きたいので、さっさとどうするか決めていただけませんか？」

見せつけるように栞を前に出し、選択を迫る女生徒。

「……わかったわ。遅刻は私がするわ。その代わり約束してちょうだい。エルシャの解放を、見届けさせてくれるわよね？」

「もちろんです。快いお返事いただけ嬉しいですわ」

どうぞこちらへ、と。

校舎のはじ、人気のない方向へと連れていかれた。

物置として使われているらしき部屋の前で、女生徒は足を止めている。

「ここです。試験が終わるまで、レティーシア様はこの部屋にいてくださいませ」

「エルシャはどこ？　解放してくるのよね？」

「こちらでやっておきますわ。試験時間が終わったら、ご自由に会いに行ってくださいませ」

女生徒が鼻で笑うように言った。

約束を守る気など、まるで見受けられない様子だ。

「……良かったわ」

息を吐き呟きを落とした。

へこんだ様子のない私に、女生徒らが眉をひそめている。

「何が良いのですか？　レティーシア様は試験を受けられず、惨めに不合格を晒すのですよ？」

「ふふ、酷い言い草ね。でも、だからこそちょうどいいわ。……良心が痛まなそうだもの」

この誘拐もどき、スミアの命令で嫌々やらされているなら、女生徒達も気の毒だと思っていたけど……。

おそらくはスミアに取り入るため、積極的に誘拐もどきに加担しているに違いない。

ならば罪悪感なく、やり返すことができそうだ。

『──焔の尖兵をここに！』

「きゃあっ⁉」

切り詰めた短縮詠唱により炎の矢が出現。

女生徒の一人の鼻先をかすめ飛んでいった。

「なにをしっ、きゃあ⁉　やめなさいよっ！」

「やったらやり返される。当たり前のことでしょう？」

二発三発と、立て続けに炎の矢を打ち込んでいく。

女生徒達も魔術で反撃しようとするが、全て先回りして潰していく。お兄様達と模擬戦で鍛えたおかげで楽勝だった。

「なによこれ五対一よ⁉　なのにどうして、ひゃああっ⁉」

髪を炎がかすめ、ぶすぶすと煙を上げている。

女生徒は慌てて髪をはたいていた。

「動かない方がいいわよ？　狙いがズレたらごめんあそばせ」

「っ……！」

女生徒達が固まっている。

よしよし、きちんと脅しは効いているようだ。

火傷までさせる気はないけど、やられっぱなしは癪なので盛大に怖がらせておいた。

「っ……！　こんなことしてっ、エルシャがどうなってもいいの!?」

「問題ないわ。エルシャは無事みたいよ」

視界のはし、物陰に隠れるいっちゃんの姿を、私はしっかり確認している。

卒業試験当日に向け、生徒の一部に怪しい動きがあることは把握していた。あからさまに私やエルシャの周りに張り付く影があったため、知り合いの生徒に探りを入れ情報を集めていたのだ。

学院の生徒は貴族として教育を受けているとはいえまだ十代、やっていいことと悪いことの区別がつかない人間もいる。

そんな彼女らも、私に最初から手を出すのには気おくれがあったはずだ。まずは私の周りの弱い部分、弱点になりうる相手を狙おうと考えたようだった。

幸か不幸か、この学院に私の大切な相手は少なかった。エルシャが狙われるのも自然で、私は彼女に事情を伝え協力を頼んでいる。

私からも護衛代わりに、いっちゃんにエルシャについてもらっていた。猫にしか見えないいっちゃんなら、相手に気が付かれることなくエルシャの近くにいることが可能だ。

エルシャの誘拐先をいっちゃんが確認し助けを呼ぶことで、救出に成功したようだった。

「レティーシア様、頼み通り、エルシャを連れてきたぞ」

エルシャを連れダスティンがやってくる。

二人とも怪我もないようでほっとした。

「ありがとう。頼りになるわね」

「おうよ。これで約束通り、模擬戦やってくれるんだろ？　早くやろうぜ！」

「はいはい……。それについてはまた後でね」

ダスティンの協力の報酬は模擬戦の約束だ。いっちゃんの報酬はいちごジャムを瓶四つ分なので、私的にそこそこ痛かったりした。

「……まぁ、おかげで助かったわけだけど」

今日は卒業試験当日で部外者の出入りが制限されている。あまり大事にはしたくなかったため、ダスティンといっちゃんの協力はありがたかった。

「にしてもおまえら、卑劣にもほどがあるな。やってること最低だぞ？　恥ずかしいと思わなかったのか？」

「っ……！」

ダスティンの容赦ない罵倒に、女生徒達は唇を噛みしめている。

卑怯な手段に出て失敗した以上、どうしようもないと理解はできているらしい。私一人の証言ならまだ誤魔化せると思っていたのかもしれないけど、王立騎士団長の息子であるダスティンまで証言者に加わってしまっては言い逃れは不可能だった。

「レティーシア様、そんな周りを見回してどうしたんだ？」

「たぶん、元凶もこのあたりにいるはずだと思うのよね」

注意しつつ周囲を見ていると、いっちゃんが動くのが見えた。

物陰に入りにゃあと鳴くと、スミアが飛び出してくる。

「きゃあっあ⁉」

スミアの足には平行な三本の傷が小さく走っている。いっちゃんにひっかかれ、隠れ場所から炙《あぶ》りだされたようだ。

「やっぱり、スミアもここに来てたのね」

スミアは強力な光の魔力の持ち主だ。女生徒達に何かあったら魔術で援護するつもりだったのかもしれないけど、私の魔術連発に出てくる隙もなかったようだった。

「スミア……。本当におまえも、この誘拐もどきに関わってたんだな……」

ダスティンの声が失望に染まっていた。まだ心のどこかで、かつて恋をしたスミアを信じていたからこそ辛いのかもしれない。

落胆し消沈するダスティンに、スミアが目を吊り上げている。

「なんでダスティン様がそこにっ⁉　私を裏切ったの⁉　酷いわっ‼」

罵倒するスミアに、言葉もないダスティン。

見ていられなくて、私は口をはさんだ。

「先に裏切ったのはスミアの方よ。フリッツ殿下の婚約者になってから、我慢せずやりたい放題やってたんでしょう？」

「それの何が悪いのよ⁉　王太子の婚約者なんだからそれくらい当然でしょ⁉」

「ダスティン様にとっては、それは当然ではなかったということよ」

「っ……！　偉そうにっ……‼」

言い返せなくなったのか、スミアがこちらを睨みつけてきた。

眉は吊り上がり瞳は見開かれ、かわいらしい顔が台なしだ。

「あんたは、あんたはどうしてっ……！」

地を這うような声が、スミアの唇から割って出た。

「あんたはどうしてそうなのよっ⁉　偉そうにしてるだけのくせに愛されてチヤホヤされて褒められて、優しいお兄ちゃんだっていて幸せそうなのに、どうして私の邪魔をしてくるのよ⁉」

「そちらが先に、手を出してきたからよ」

平民から王太子妃になったスミアが、苦労しているのは知っている。

でもそれは、私から奪い取った立場なわけで、八つ当たりされる理由はさらさらない。

「うるさいっ！　うるさいうるさい黙って‼」

スミアにはもはや言葉は届かないようだ。

髪を振り乱し、こちらへ殺意を向けてきた。

『軛《くびき》を放つは――――』

呪文の詠唱、でも。

「きゃっ⁉」

私の方が早かった。

スミアが悲鳴をあげ詠唱を中断。

後の先、高速の短縮詠唱により、こちらの水属性の魔術が先に発動していた。

圧縮された水による攻撃。ウォーターカッターがスミアの右の首筋、皮膚一枚と髪の束を切り飛ばしていた。

「あ、あ、あ……」

トラウマが蘇《よみがえ》ったのか、がたがたとスミアが震えている。

「これ、前にも見せたことあったわよね？」

婚約破棄された数日後、スミアに呼び出された私は攻撃を受け、反撃にこのウォーターカッター魔術を使っていた。

「あの時は当てるつもりはなくて、あなたの髪を切り飛ばしたのは狙いが甘かったからだけど……。今のは狙い通りよ？　あれから練習を重ねているもの。お望みなら反対側の左の髪や、目でも足でも腕でも心臓でも、どこだって当ててあげられるわ」

「ひっ⁉」

狙いを定めるよう人差し指を向けると、スミアにへたりこまれてしまった。

腰を抜かしながらも、私から遠ざかろうとしている。心が完全に折れているようだ。

「おっかねーけどさすがだな……。俄然《がぜん》模擬戦が楽しみになってきたぞ！」

横で何やらダスティンが言っているが無視する。

これくらい脅しておけばたぶん、少なくとも私がこの国から去るまでの間は、スミアも大人しくしているはずだ。

間もなくやってきた、ダスティンが呼んだ学院の警備兵にスミア達を引き渡すと、私とエルンャは揃って、卒業試験の会場に向かったのだった。

◇◇◇

「あなたには本当に、心の底から失望しているわ」

言葉と同じく冷え切った声が、スミアの鼓膜を叩いていた。

第三王妃、フリッツの母親がスミアへと、面のような白い顔を向けている。

「あなたがやらかしたことをどうにか大事にせず収めてもらうために、私とフリッツがどれだけ奔走し借りを作ったかわかっているかしら？」

「……すみませんでした」

スミアの謝罪は言葉だけ。

心の欠片もこもっていない謝罪に、第三王妃は奥歯を噛みしめた。

「どんな形であれフリッツが選んだ子だからと、不出来さには幾度も目をつぶってきたけど……。反省すらできないなんて、どうしてあなたなんかを、フリッツは選んでしまったんでしょうね」

嘆く第三王妃に、スミアは皮肉気な笑みを浮かべた。

被害者ぶっているが、フリッツを育てたのは目の前の第三王妃だ。

フリッツがスミアを選び第三王妃も認めた以上、彼女に被害者ぶる資格はないはずだった。

「……なによその笑いは？　あなた、自分が何をやらかしたか、まだ理解できてないの？」

「レティーシア様をちょっと驚かせようとしただけです」

「ちょっと驚かせようとですって⁉」

第三王妃の眉が鋭く跳ね上がった。

「公爵家の令嬢で、今は他国の王妃でもあるあの子を害することが何を意味するのか、あなたはそんなことすらわからないの⁉」

「結局、レティーシア様は傷一つ負ってないじゃないですか」

「それはあの子が、これ以上ないほど賢明に動いていたからよ！　あぁもうどうして、あの子と違ってあなたは、こんなにも出来が悪いのかしら……？」

レティーシアと比べ詰る言葉に、スミアはうつむき唇を噛みしめた。

（なんで、なんでみんなみんな、私を馬鹿にするのよ⁉　私は平民から殿下の婚約者まで成りあがったのよ？　ただ公爵家に生まれただけのレティーシアより、何十倍も努力しているわ……！）

スミアから見て、レティーシアは恵まれすぎていた。

金髪紫眼の美貌に公爵家令嬢という身分、魔力だってスミアほどじゃないが恵まれていて、おおよそ人が望む全てを、生まれながらに手にしているような令嬢だった。

人間関係だって、レティーシアはとんでもなく恵まれている。忠実な従者に少数だが気の置けない友人、愛し守ってくれる父親。

貧しさにあえぎ売るも同然に娘を手放した、スミアの両親とは大違いだった。

（ずるいわ。そんなの酷すぎるじゃない……！）

レティーシアの兄、クロードの姿が脳をよぎる。

スミアの嫉妬は、クロードと会ったことでより激しさを増していた。

自習室でのクロードのわかりやすく親身な教え方に、スミアは好感を抱いていたのだ。自分に兄がいたらこんな感じかな、と思っていたからこそ。彼がレティーシアの兄だと知り、スミアは頭を殴られたような衝撃を感じてしまった。

（どうしてよ!?　レティーシアには優しいお兄さんまでいるのに、どうして私はこんなに、辛い目に合わなきゃいけないのよ!?）

苛立ちが加速してとまらなくなって、ますます勉強に集中できなくなっていた。

自分が苦しんでいるのに、レティーシアが幸せそうなのが許せなくて、卒業試験の日に嫌がらせをしたのだ。

「スミア、私には、あなたが何を考えているか理解できないし、理解したいとも思わないけど……。事実としてあなたは、せっかく受けることができた卒業試験にも落ちてしまっているわ」

第三王妃が深くため息をついていた。

スミアが卒試を受験できず、更に逆恨みを募らされては迷惑だ、と。

レティーシア側も譲歩してくれたため、事件の本格的な取り調べと処分は卒試の後に回され、スミアも卒試を受けていた。

しかし結果は惨敗。

ただでさえ学力が怪しかったところに、レティーシアに返り討ちにあい精神面も絶不調だったのだ。誘拐もどきを共に行った女生徒五人のうち三人も、精神面の不調のためか卒試に落ちており、スミアは彼女と彼女らの親からも恨みを買っていた。

「あなたに失望しているのは私だけじゃないわ。貴族達の多くはあなたを嘲笑し、フリッツのことまで馬鹿にする始末よ。こんな状況で、とてもじゃないけど婚姻は認められないわ。十日後の結婚式についても無期限に延期よ」

「そんなっ……！」

スミアが勢いよく顔をあげた。

終わってしまった卒業試験のことはもうどうでもいい。

けど、結婚式の中止は耐えられなかった。

フリッツと結婚し祝福された幸せな姿を、レティーシアに見せつけ鬱憤を晴らす。

そうして初めて、スミアはレティーシアに完全に勝利し、更なる幸せへと進めるはずだった。

「嫌です！　準備を進めて、結婚式の招待状だって、もうとっくに送ってしまったんですよ!?」

「だから何だというの？　卒業試験すら合格できず、王太子妃に相応しいとはとても言えないあなたとの結婚式を行っても、恥の上塗りにしかならないわ」

長く長く、第三王妃がため息を吐き出していた。

「幸いといっていいのか、各国の王族も出席する陛下の在位十周年の式典と違って、それより規模の小さい結婚式の招待客の多くは国内の貴族よ。国外からは外交官が十数人、それとあなたが強く招待したいと望んだ、グレンリード陛下達だけだもの。嫌な予感がして、国外の王族への招待状は出さないでおいた私の勘は、残念ながら正解だったみたいね……」

第三王妃は愚痴をこぼすと、スミアへと冷えた瞳を向けた。

「陛下の在位十周年式典が終わり国内が静かになるまで、あなたはここでじっとしていなさい」

スミアがいるここは豪華な、しかし窓のない部屋だ。

王城の目立たない区域にある、問題行動を起こした王族を閉じ込めておくための場所だった。

暗い顔で去っていこうとする第三王妃へと、スミアは必死で追いすがった。

「待って！　待ってください！　嫌です考え直してください！」

「しつこいわ。これは陛下も、そしてフリッツも同意した事柄よ」

「……え？」

スミアの動きが、ぴしりと音を立てるようにして止まっていた。

「フリッツ殿下が、私を見捨てた……？」

「いい加減フリッツも、愛想がつきたのでしょうね」

「うそ……、嘘嘘嘘よっ！」

スミアはただ、否定する言葉ばかりを繰り返していた。

フリッツからの寵愛は今のスミアの全ての大前提だ。卒試を控えていた最近は険悪な空気になることもあったが、すぐ仲直りはできていたはずだ。

「そうよでたらめよ！　フリッツ殿下が本当に私のことを嫌いになったのなら、レティーシア様にしたように婚約を破棄するはずよ！」

現実から目を背けわずかな希望に縋り付くスミアに、第三王妃は頭痛を覚えてしまった。

「寝言は寝てから言いなさい。王族があのような一方的な婚約破棄をするなど、本来は認められないことよ。あなたのことが気に食わなくなったからといって、そんな簡単に婚約は破棄できないわ。本当にどこまでも、頭の中身が残念な子ね」

「……え？」

怒りを通り越し哀れみを浮かべた第三王妃に見つめられ、スミアの背筋は冷えていた。

「レティーシアに続いて、二連続で一方的な婚約破棄するわけにもいかないって、それくらいはあなたにもわかるでしょう？　あなたを婚約者の座から下すのは、もう少し時間がかかるということよ」

「あ……」

言葉をなくし、表情もなくし、ただ黙り込んでしまうスミア。

第三王妃も唇を再び開くことなく、無言で部屋から去っていったのだった。

四章　豹は檻の中に

「かーーーーっ！　負けた負けた！　俺の完敗だ！　レティーシア様、やっぱ強いな‼」

手にした剣を地面へと突き立て、ダスティンが降伏宣言をした。

王都から馬車で少しの距離にある、なだらかな丘陵地。グラムウェル公爵家領の飛び地には模擬戦などにも使用できる、開けた土地があった。

卒業試験を無事合格した私は、約束通りダスティンと模擬戦を行っていたところだ。

「ダスティン様、そこから動けそう？」

「おぅよ。これくらいいけるいけ――――うぉっ⁉」

言ったそばから、ダスティンがよろけてしまっていた。

剣が突き立てられた地面は大雨の後のようにぬかるんでおり、まともに歩けそうにない。

見渡す限りざっと五十メートル四方ほどの地面が、ぐずぐずの沼のようになっている。もちろん、私の魔術の仕業だった。

魔力量も魔術の技術も、私の方がダスティンより遥か上だ。

一方、身体能力や剣術などは私が劣っているので、近距離戦闘に持ち込まれると厳しかった。

そうなると戦術は、初手最大魔術による遠距離からの封殺一択。

大きな怪我をさせるのはまずいため、地面の広範囲をぬかるみに変え封じ込めに成功。ついで上空から、氷の粒を降らせていく。怪我をさせないよう粒は小さくしてあったが、その気になれば大型化させ押しつぶすことが可能だ。ダスティンもそれに気が付いたようで、早々と白旗をあげたのだった。

負けを認めたダスティンは、突然生まれたぬかるみに苦戦しているようだ。片足を抜いてはずぼり、もう片足もずぶずぶ、と。足をとられ動けていなかった。

「ダスティン様、少しその場でじっとしててもらえますか？」

「何するんだ？」

「足元を固めます」

使うのは火系統の魔術の応用だ。

大規模、かつきちんとした範囲指定が必要なため、短縮せずきちんと詠唱していく。得意な火系統だけあって、二十秒ほどで詠唱は完了だ。

『――――地へと降れ、熱き腕の口づけよ！』

上空より猛烈な熱風が発生。

ぬかるみへと吹き落ち、みるみる間に乾燥させていく。

一分弱の魔術効果が切れると、すっかりぬかるみは消え乾ききっている。ダスティンの周囲一メートルほどを除き、地面はすっかりと様変わりしていた。

「大雨の後から、日照りの後みたいになっちまってすげーな」

軽く剣先で地面を叩きながら、ダスティンがこちらに近づいてきた。

「これなら国でも両手の指の数どころか、余裕で五指に入るんじゃねーのか？」

「どういたしまして。これで満足かしら？」

模擬戦も後始末もこれで終了だ。

しかしダスティンは、ぐぬぬと口を結んでいた。

「俺は負けたのは認める。けど、あれは遠距離から一方的にやられて終わりで、模擬戦とは言えないんじゃねーか？」

「自分の強みを活かしただけよ。どんな模擬戦だろうと、一回は一回でしょう？」

「ぐっ、それはそうだが……。もう一回だけ、もう一回だけ、な？　頼むよ。今度は近距離から開始で、もう一戦だけやらないか？」

「嫌よ。ダスティン様と一対一で近距離戦とか、か弱い私に死ねと言うの？」

じっとりとした目で見てやるも、堪えた様子はないようだ。

「か弱い……？　レティーシア様ならそれくらいいけるいける。だってまだ余裕あるだろ？」

どうやら、ダスティンは勘がいいようだ。

指摘の通り、私にも近距離戦の備えはあるけど、怪我の恐れもありごめんだった。

「この余裕はいざという時に使うためのもので、今は使い時じゃないわ」

「奥の手って奴か！　かっこいいな！」

ダスティンはなかなか引き下がらなかった。

人懐っこい大型犬みたいで悪い人じゃないと思うけど、思い込んだら一直線な性格だ。

このままでは延々付きまとわれそうな勢いだったため、妥協して魔術でトレーニング用の地形を作ることにする。

山あり谷あり落とし穴もあり。

土系統の魔術を中心に地面を変形させ、即席のトレーニング場を作っていく。スケールの大きい砂遊びみたいで楽しい。調子に乗って坂道やトンネルも作成だ。

「よし、でき、たっと！」

全体のバランスを整え完成。魔術、便利すぎるよね。

こちらの世界のトレーニングは走り込みや、平地でできる簡単な運動が中心だ。アスレチックのようになったトレーニング場は新鮮なようで、ダスティンは元気に駆け回っていた。

「うお――――っ⁉　こんなところにぬかるみが⁉」

悲鳴ごと、ダスティンが落とし穴へ落ちていった。

トレーニング場内には、いくつも遅延術式によるトラップが仕掛けてある。走り慣れてきたところで発動するよう術式を調整してあり、ダスティンも見事はまってくれてようだ。

「ふふふ、クロードお兄様直伝の沼ドボン戦術、綺麗にはまると楽しいわよね」

小さな木の下、ルシアンの用意してくれた敷物に座り、走り回るダスティンと沼ドボン戦術の戦果を眺める。

春の昼下がり、木漏《こも》れ日が美しく風が心地よかった。

卒業試験を終え、陛下と共にめぼしい貴族達との交流もあらかた終えている。あとは式典間近にやってくる各国の貴賓と顔をつなぎ、陛下の在位十周年の式典に参加すればやることは完了だ。

「ダスティン様、元気ね……」

何度も沼ドボンしたせいで全身泥まみれだけど、気にすることもなく楽しそうだ。

……前世で飼い犬のジローを、初めてドッグランに連れて行った時を思い出す。

ジロー、すごくはしゃいでたのに、二回目以降は別の犬みたいに静かになっていたのを覚えている。熱しやすく飽きやすくおもちゃの好き嫌いも大きい。ジローはそんな柴犬だった。

「ジロー……」

日本で元気にしてるかな？

転生後の生活も楽しいけど、たまにジローを思いだし哀しくなってしまう。

おじいちゃん犬で、でもまだまだエサやおやつの音には敏感で。ジローのことを考えると、愛しさと切なさが止まらなかった。

「ぐぅぅぅ」

不機嫌そうな鳴き声。

振り返ると木の陰に、うなり声をあげるぐー様が座っていた。

「ぐー様、どうしてここに？」

今は別行動で屋敷にいて、今回の旅行で知己を得た相手との手紙や情報を整理していたはずだ。

仕事が早く終わって、抜け出してきたのだろうか？

「もしかして、私がダスティン様と模擬戦をするから、怪我をしてないか見に来てくれたんですか？」

「っぐるっぐぅ」

　ぐー様が頷いていている。

『妃であるおまえに怪我をさせては、私の名折れだからな』と。

　そう告げているようだった。

「ふふ、ありがとうございます。私はこの通り、かすり傷一つないから大丈夫ですよ。むしろぐー様の方こそ、ここまでよく無事で来れましたね？」

　銀色の毛をなびかせる、ぐー様の姿をじっと見た。

　前にヴォルフヴァルト王国の街中にぐー様がやってきた時も疑問だったけど、この姿、目立ちすぎる気がする。他の狼と比べても大型のぐー様は、立ち上がると小型の馬ぐらいの大きさがあった。街中ではどう見ても目立つし、ここに来るまで王都の中を駆けている時、追いかけまわされたりしていそうだ。

「ぐー様、もしかして追いかけてくる相手を返り討ちにして……？」

「があぁんっ？」

『誰がそんな野蛮なことをするか』と。

　ぐー様は軽くお怒りのようだ。何やらダスティンの方を見て、トレーニングに夢中でこちらに注意が向いてないのを確認していた。

「ぐぐっ！」

「わっ⁉」

鳴き声と共に一瞬、光に包まれるぐー様。

光が消えると、子犬ほどの大きさのもふもふが座っていた。

「ぐー様、ですよね……？」

「くきゅっ！」

高い声が返ってきた。

毛の色も瞳の色もそのままだし、ぐー様が小さくなったようだ。

「ぐー様、そんなこともできるんですね。確かにその大きさなら、目立たずここまでくることができそうです」

感心しつつ、ゆるゆると頬が緩んできた。

かわいい。かわゆすぎる。

すらしとしていた手足は短く、マズルも短く、体に対し頭が大きくなっている。

ただサイズが小さくなったのではなく、仔狼そっくりの姿になっていた。

瞳の鋭さはそのままだけど、むしろそこがイイ。

「わきゅきゅ⁉」

もふもふもふもふ。

撫でやすいよう膝に乗せ、思う存分仔ぐー様を愛でていく。

いつもに比べ毛並みも体も柔らかで、あちこちがほわほわとしている。

丸っこい頭に肉厚の三角のお耳。

両手に収まるほどの小さな体が愛らしく語彙が溶けていった。

「あーかわいいかわいいーかわいすぎ――――わっ⁉」

再びの光に目を閉じると。

隣にグレンリード陛下が、しかめっつらをして座っていた。

「……申し訳ありませんでした」

仔狼はぐー様で、ぐー様はグレンリード陛下で。

うっかり忘れたまま、夢中で撫でまわしてしまっていた。

許してもらえるかな……？

恐る恐るグレンリード陛下の様子を伺った。

「かわいい、などと連呼するのはやめろ」

「えっ？」

お怒りポイントが、私の予想とは違っていた。

グレンリード陛下はむっとした顔で、こちらを見下ろしている。

「私は男だ。かわいい、などと言われても嬉しくないぞ」

「そうでしたか……。確かに今のお姿の陛下は、とてもかっこいいですものね。つい見とれそうになってしまいます」

素直な感想を伝えると、グレンリード陛下の眉間の皺が深くなっていた。

「……わざとか？　いや違う、素で言っているのかこれは……」

「陛下？」

何やら小声で呟く陛下に首をかしげていると、ダスティンがこちらへやってきた。

「グレンリード陛下？　いつの間にこちらへ？」

「おまえが鍛錬に夢中になっていた間に馬車を寄らせおろしてもらっただけだ」

陛下が誤魔化しつつ、ダスティンを観察するようにしている。

何か気になることでもあるのだろうか？

ほぼ初対面、間近で言葉を交わすのは初めてのはずだけど、妙に陛下の機嫌が悪いような、そんな気がしたのだった。

◇◇◇

「私は男だ。かわいい、などと言われても嬉しくないぞ」

仔狼から人間の姿に戻り告げたグレンリードだったが、

「そうでしたか……。確かに今のお姿の陛下は、とてもかっこいいですものね。つい見とれそうになってしまいます」

レティーシアの反応に不意打ちを受けることになった。

（見とれる？　レティーシアが私に？）

唇がゆるみそうになり、グレンリードはすぐさま気を引き締めた。

勘違いしてはいけない。

レティーシアはグレンリードに対し、恋愛感情は持っていないのだ。

わざとではなくただの素、思ったことを口に出しただけなのだと、グレンリードは気がついてしまった。

「陛下?」

レティーシアの呼びかけに答えようとしたところで、ダスティンが近づいてくることに気が付き、素早くここにいる言い訳を考え説明していく。堂々としていれば、意外にばれないものだ。

ダスティンは軽く会話をすると、鍛錬へと戻っていった。明るく騒がしく感情が表に出やすい、グレンリードとは似ても似つかない性格の持ち主のようだ。

(あいつはキースと似ている。……そしておそらく、ジローにも似ているのだろうな)

つまり、レティーシアの恋愛的な好みの相手だ。

先ほどレティーシアはまたもや、切なくジローの名を呟いていた、視線の先にいたのはダスティンだ。おかげでグレンリードはどうしてもダスティンを、そしてまだ見ぬジローと呼ばれる人物を意識してしまっていた。鈍い痛みが胸に燻り続けている。

「じゃあな、レティーシア様。また模擬戦やろうな!」

「もう、やらないわよ。またね」

ダスティンはしばらく鍛錬を続けると、予定があるからと名残惜しそうに帰っていった。レテイーシアとも軽口を叩いており、仲は悪くなさそうな様子だ。

「ダスティンはかつて、おまえに辛く当たったと聞いていたが、今は気に入っているのだな」

「気に入っている、というほどじゃありませんが、憎めない相手だと思いますわ。年も実家の爵位も同じで性格もわかりやすいので遠慮する必要もありませんし、話しやすい相手ですね」

「……そうか」

やはり、ダスティンのことを悪くは思っていないようだ。

グレンリードの鼻にも、まだ薄いがレティーシアからダスティンへの好意を示す匂いが感じられた。このまま二人が順調に仲を深めていけば、いずれは相思相愛の恋仲になるのかもしれない。

「……妬けるな」

溢《あふ》れた思いが、言葉になりこぼれてしまった。

幸い、レティーシアの耳には届かなかったようだが、嫉妬の炎は消えなかった。

（レティーシアはお飾りの王妃だ。あと一年と少ししたら、私の元を去ることになる……）

許せなかった。

許せなかったが、恋仲でもないグレンリードに、レティーシアを引きとどめる資格なぞない。

国王としての権力を振りかざし、あるいは優しいレティーシアの情に訴えれば、自分の元を去らず留まってくれるのかもしれないが、そんなことをしてしまったら、グレンリードは自分のことをこそ、二度と許せなくなりそうだ。

「陛下、どうされたのですか？　先ほどから少し、様子がおかしい気がするのですが」

いけない。

レティーシアに心配をかけてしまったようだ。

「久しぶりに仔狼の姿になったせいで、調子が狂っているのかもしれん。少しすれば治るから問題ない」

「そうですか？　ですが念のため、陛下はこの木陰で休んでいてください。私はその間に周りを見て回って、ダスティン様のために形を変えた地面を元に戻してきますね」

そう告げ歩いて行き、魔術を使うレティーシアの様子を、グレンリードは見守っていた。

軽く目を伏せ詠唱を行う姿はどこか厳かで、普段とはまた違い魅力的だ。

長く続いた詠唱が佳境に入った時、グレンリードは瞳を見開いた。

「左手だ！　魔術が来る‼」

叫ぶと同時に疾走。

先祖返りの身体能力を全開にしレティーシアへ走った。

「きゃっ⁉」

抱き寄せつつ、疾走の勢いのまま数歩進む。

そのすぐ後、レティーシアをいた場所を水の塊が通過していった。

「何者だっ⁉」

レティーシアを腕の中に守りつつ、グレンリードは誰何《すいか》の声をあげたのだった。

◇　◇　◇

「何者だっ⁉」

誰何の声をあげる陛下の腕の中で、私は目を白黒させていた。

近い。近すぎる。

間近から陛下の声が響いて、体も心も震えていた。

背中へと回された腕は力強く、頬には堅い胸板。見上げれば陛下のお顔だ。心臓の鼓動がうるさくて、密着する陛下にも聞こえてしまいそうだった。

「襲撃者に心当たりはあるか？」

私を抱きしめつつ、陛下が鋭く周りを見回している。

真剣な様子に、私は申し訳なくなってしまった。

「たぶん、ベルナルトお兄様ですわ」

「……なんだと？」

陛下は信じられないようだった。

「おまえとベルナルトの兄妹関係は良好ではなかったのか？」

「仲が良いからこそだからで、これは訓練の一種です」

かわいい妹が不意打ちで害されてはいけない、と。

たまにお兄様が、攻撃をしかけてくることがあったのだ。

「そろそろベルナルトお兄様の不意打ちが来るかな、とは思っていました。驚かせてしまい申し訳ありませんでした」

「本当におまえの兄の仕業なのか？　訓練のためとはいえやりすぎの気がするが……」

「間違いないと思います。こっちに向かってきた水球も、濡れて冷たいくらいで怪我はしないよう威力が調節されているように見えました」

当たったところで痛くはなく、お兄様達からのお小言が増えるだけのはずだ。私が詠唱を終える直前、一番周りへの注意が疎かになっていたところを狙ってきたところといい、容赦ないベルナルトお兄様らしかった。

私の予想を裏付けるように、ベルナルトお兄様が水球の飛んできた方角からやってくる。

「レティーシア、久しぶりだな」

銀の髪に紫の瞳、整いすぎたお顔。

すらりと伸びた長身が見上げるようなベルナルトお兄様だ。

半年ほど前に隣国ライオルベルンへの派遣から帰国していたが、その後も忙しくしていたため、顔を合わせたのは二年以上ぶりになる。

「グレンリード陛下だな？　お初にお目にかかる、レティーシアの兄のベルナルトだ。出会い頭に私達兄妹の鍛錬に巻き込んでしまい、申し訳ないと思っているが……」

ベルナルトお兄様の紫眼が陛下に向けられ、すいと細められている。

「先ほどのレティーシアを守らんとする身のこなし、非の打ちどころもなく見事なものだった。是非一度、私と手合わせをしてもらえないだろうか？」

正面から陛下を見て、挑戦を叩きつけるベルナルトお兄様。

あぁぁぁ……。

ベルナルトお兄様、完全に本性が出てしまっていた。

軍人としての名声を欲しいままにするベルナルトお兄様の本質は戦闘狂だ。お父様とユリウスお兄様が必死に矯正したおかげでマシになってはいるけど、今でも時々暴走している。暴走しつつも、その恵まれまくった才能で上手いことやってしまう。それがベルナルトお兄様だった。

「お兄様が迷惑をおかけしてしまい、本当に本当に申し訳ありません……！」

「……苦労しているのだな」

「悪い方ではないのですけどね……」

ベルナルトお兄様に悪気があるわけではなく、むしろ私のことはかわいがってくれている。ビシバシと訓練をつけてくれたおかげで、スミア相手でもビビることなく対処できたし、お兄様には感謝しているけど……。

それはそれとして癖が強く、数々の訓練はトラウマになっていた。

「……ところで陛下、そろそろ放してもらっても？」

いつまでも密着した体勢は辛い。主に私が、だ。

陛下は涼しい顔をしているけど、こうもくっつくと私は意識してしまった。

「……わかった。ベルナルトと手合わせをしてくるから、おまえはここにいてくれ」

「手合わせを受けるのですか？」

「そのつもりだ。……手ごたえのある相手と手合わせをすれば、胸の中の炎もまぎれるだろうから丁度いい」

何やら小声で呟くと、陛下は護身用に佩いていた剣を確認している。

なぜだかベルナルトお兄様と手合わせをする気になった陛下を、私は見送ったのだった。

◇◇◇

「っふっ！」

「そうくるかっ！」

鋭い息が吐き出され、銀の軌跡が交差し煌《きら》めく。

がきん、きん、と。

刃を交わし、陛下とベルナルトお兄様が斬り合っていた。

双方、大きな怪我はさせないよう気遣っているはずだが、それでもかなりの迫力だ。

「お二人ともとんでもないですね」

背後のルシアンの言葉に、私も全くの同意だった。

剣術に詳しくない私でもわかる。これは圧倒的な強者同士の手合わせだ。ダスティンと比べても格が数段違っていて、見ているだけでびりびりと痺《しび》れそうだ。

「……でも、陛下も楽しそうでよかったわ」

普段なかなか同じレベルの使い手に出会えないため、存分に剣を振るえる機会に出会え嬉しいのかもしれない。

陛下、真面目な分、ストレス溜めてそうだものね……。

ベルナルトお兄様は手合わせできて満足、陛下もストレス解消できて上々。

ついでにこれだけ二人でやりあってくれれば、ベルナルトお兄様が私に訓練をつける余力はなくなるはずで、私もラッキーだった。

……などと油断していたのが悪かったのか、第二陣がやってきてしまった。

「レティーシア、ただ観戦するだけではつまらないだろう？　私が相手になってやろう」

「うっ……」

ユリウスお兄様だった。

公爵家の紋章が掲げられた馬車からは、クロードお兄様も降りてくる。ユリウスお兄様にさからいきれず連れてこられたようで、目が死んでしまっていた。

ユリウスお兄様の登場に陛下達も手合わせをやめ、こちらへと向かってくる。

「おまえ達も、レティーシアの訓練のためにやってきたのか？」

「そのつもりです。数年ぶりに兄弟四人が揃いましたので、互いの実力を確認しておこうと思います」

「そうか。ならば、私は一足先に帰ることにしよう」

そろそろ、陛下も自分の仕事に戻られる頃合いのようだ。

残された私へと、クロードお兄様がため息をつきつつ笑った。

「レティ、がんばろう。俺、この訓練が終わったら、読みたい本があるんだ……」

さっくりと死亡フラグを立てるクロードお兄様と供に、私はひきつった笑みを浮かべていた。

一番上のユリウスお兄様はスパルタ、二番目のベルナルトお兄様は戦闘マニア。

そんな二人にクロードお兄様と私の二人はみっちりしごかれ、トラウマになっているのだった。

◇◇◇

炎に雷、飛び交う魔術に、剣を手に突っ込んでくるベルナルトお兄様。

訓練は白熱し、何度も体のすぐ横を魔術がかすっていった。

「夢に見そうね……」

馬車に揺られながら、私はぐったりと呟いていた。

容赦ない訓練を終えへロへロ。二台に分かれた馬車の同乗者、クロードお兄様も向かいの席で屍《しかばね》のようになっていた。

途中から上のお兄様二人に集中狙いされ、必死に逃げ回っていたのだ。沼ドボン戦術を駆使しどうにか逃げ延びていたけど、代償に精魂尽き果ててしまったらしい。

「クロードお兄様、なにかユリウスお兄様達を怒らせるようなことでもしたの？」

「……心当たりがありすぎて困るよ」

真面目とはほど遠いクロードお兄様には、よくユリウスお兄様も小言を飛ばしていた。

もっと貴族としての誇りを持て、酒はほどほどにしろ、やればできるのだからきちんとしろ、と。散々言われつつも、自分のやりたいようにやっているクロードお兄様は、なかなかに図太く我が強いのだった。

「……でも、クロードお兄様、なんだかんだお兄様達のことも好きよね」

ユリウスお兄様もベルナルトお兄様も個性的で、お互いにあまりにも性格が違いすぎるため、一周回って上手くいっている部分もある。

ユリウスお兄様は立派な貴族たらんと望み、ベルナルトお兄様は軍人としての権限と栄達を望み、クロードお兄様は怠惰な生活を望んでいるため、お互いの望みがかち合うこともなく平和なのかもしれない。

……この先もずっと、兄弟で争うこともなく生きていけたらいいな、と。

グロッキーなクロードお兄様を見ながら、あらためて私は願ったのだった。

◇◇◇

《レティーシア様だいじょーぶー？　顔がすごく疲れてるよー？》

公爵邸の自室で私を出迎えてくれたのは、きつね色のもふもふ達だった。
《ほらほら元気出して。ボクの尻尾を撫でなよー》
《ワタシの尻尾もどうぞですー》
……天国かな？
フィフとフォスが体をくっつけ、もっふりとした尻尾で包んでくれていた。
右を見てももふもふ、左を見てももふもふ。
合計九本の尻尾が優しく肌を撫で、疲れを掃《はら》ってくれていた。
「はぁぁ〜〜〜〜〜」
温泉に浸かった時のような声が漏れる。癒やし効果は温泉以上かもしれなかった。
「フィフもフォスもありがとう。すごく癒やされたわ」
《よかったー》
《お安いごようだよー》
誇らしそうにぱたぱたと、フィフ達が尻尾を振っている。お礼に頭と首筋を撫でマッサージし、尻尾とはまた少し違ったもふもふの感触を堪能した。
《気持ちよかったですー。また来るねー》
《またねー》
フィフ達も満足したのか、ルンルンと歩いて行った。
二匹はもっぱら、公爵邸で過ごしてもらっている。気が向いた時には私や陛下の外出に随伴し、イ・リエナ様のためにもこの国の情報を集めているようだった。

「……夕飯まで、まだ少し時間があるわね」

フィフ達のおかげで元気になったし、気になることを確認しておこう。

部屋を出ると気の回るルシアンが、執事を呼んできたくれたところだった。

執事へと事情を説明し、宝物庫の鍵を受け取る。目的は中にある紋章具、魔力量を計測できる装置だった。

ルシアンが手渡してくれた小刀で小指の腹を小さく切り、痛みと共に血が滲んだのを確認する。滴る血をぽたりと、赤ん坊の頭ほどもある大きな水晶玉へ落としていく。

水晶玉にぴかりと光が宿り、接続された金属板も光っていった。

しばらくすると光は弱まり、金属板にぼんやりと数字が浮かんでくる。

「三万五千……」

予想通りの、でもとんでもない数字だった。

国内で上から十番以内に入るユリウスお兄様の魔力量が七千五百ほど、一万超えは大陸全土で数えられるほどなのに対し、まさかの三万五千である。

「この数値じゃ、一般的な計測器はもたなくて当たり前よね……」

以前私は、ヴォルフヴァルト王国で魔力を計測した際、紋章具を壊してしまっている。私の魔力量が紋章具の許容量を超えていたため、誤作動と暴走を引き起こしてしまったのだ。

今、目の前にある紋章具は、ヴォルフヴァルト王国のものより上等だった。魔術強国であるエルトリア王国の、代々続く公爵家が所有する紋章具だけあり性能は折り紙付きだ。お値段の方も、特殊な素材をこれでもかと使っているため、かなり高額で希少価値が高くなっている。

そんな貴重な紋章具でさえ、精密な計測範囲は二万まで。それ以上の魔力量はまず人間ではありえないから、と。大雑把な数字しか出ないようになっていた。三万五千、という数字も、どこまで正確か怪しいところだ。

「………………変わらないわね」

もう一度確認しても、数字は三万五千のままだ。信じられないけれど、私にも思い当たる点はいくつもあった。

今日私は魔術でダスティンを封殺し、トレーニング場を作り、その後に更に、国内上位の魔力量を持つユリウスお兄様とも魔術を撃ち合っている。

にもかかわらず、私の魔力量は底が見えていなかった。

ユリウスお兄様の訓練による精神的な疲労があるだけで、魔力量はまだまだ余裕だ。規格外としか言えない、恐ろしいまでの魔力量だった。

……原因はおそらく、前世の記憶を思い出したことだ。

それより前、同じくこの紋章具で計測した時は、魔力量は七千五百ほどだった。たった一年ちょっとで魔力量が倍以上に増え三万を突破するなんて、普通ならまず考えられないことだ。

ありえない事態に、私は小さく身を震わせた。

数日前にも私は、同じ紋章具を使い魔力量を測定している。念のため日を分け二回計測しても結果が変わらなかった以上、誤作動の可能性も低かった。

「……それに、おそらくこっちも」

もう一つ別の紋章具、細長いガラス瓶の底に円形の金属板が取り付けられたものを使用する。

血を数滴、ガラス瓶へ垂らし入れしばらくすると、底から円形の金属板の一部へと流れていく。

金属板は七つに仕切られていて、七つの魔術属性に対応している。

私の血はそのうちの一つ、《空》属性を示す部分へも流れていっていた。

「やっぱり、こっちも変わらないわね」

ほとんどの人間は、地、水、火、風の四つが混じりあった魔力を持っている。個々で四種それぞれの占める割合こそ違っても、四種の魔力を宿し生まれる人間が九割五分以上を占めているのはどの国も同じようだ。

残りの少数の人間は、他の人間にはない属性の魔力を持っていた。闇属性に光属性、そしてもっとも数が少なく、滅多に世に出てこないのが空属性だ。

あまりにも持ち主が少ないため研究がほぼ進んでおらず、まともな術式一つない有様だった。

何ができるのか、どんな性質を帯びているのか。

それすらわかっていない、まるきり未知の属性なのだ。

「……………」

前世の記憶に目覚める前、私の中に空属性の魔力は存在していなかった。魔力量といい属性といい、ここまで異常が続くと、前世関連が原因としか思えなくなってくるけど……。

わかるのはそこまでだ。

この世界の魔術は魂だとか前世だとか、そういった事柄には対応していなかった。もしかしたら、空属性の魔術が魂や転生に関係しているのかもしれないけど、調べようにも手段がまるで不明で、行き詰まってしまっていた。

「うーん、結局、何もわからないことがわかっただけなのよね……」

苦笑しつつ、紋章具についた血を専用の布で拭っていった。

幸い今のところ、魔力量が増えた恩恵があるだけで、困ったことは起こっていなかった。焦ったところで答えが見つかるとも思えなかったし、気長に調べることにしよう。

きちんと片付け宝物庫を出ると、向こうからぴよちゃんがやってきた。

「ちっちぴよっぴ！」

「よしよし。ご飯が欲しいのね」

クリームイエローの羽毛を撫で、ぴよちゃんのやりたいようにくるませてやる。

視界が羽毛に覆われ、ぴよちゃんが食事を始めたようだ。

「ちゅいちゅい、ぴぴぴぴ……」

レティーシア様の魔力美味しいです！

と言うようにぴよちゃんが鳴いていた。

ぴよちゃんは変わったくるみ鳥で、私に出会うまで、他の人の魔力ではイマイチ満足できなかったらしい。

そんなえり好みの理由も、私の魔力属性を知ると納得だった。

ぴよちゃんはきっと、空属性の魔力を好んで食べている。滅多に空属性の魔力の持ち主はいないため、満足できていなかったのだ。

「ねぇぴよちゃん、ぴよちゃんが大好きな、空属性の魔力ってどんなものなの？」

問いかけるとぴよちゃんが、

『よくわかんないけど、美味しいんじゃないかな？』

と言うように首を捻ったのだった。

◇◇◇

「フィフ、フォス、どこー？」

夕食を食べ終えた後、私は二匹を探していた。

二匹にご飯をあげ、聞きたいことがあったからだ。

「いつもなら、ご飯の時間にはやってくるのに……」

今日は何をしてるんだろう？

めぼしい場所を探し回るうち、残りは陛下のお部屋だけになった。夫婦とはいえお飾りだから、とお父様が主張したこともあり、この公爵邸では私と部屋が別になっている。

「陛下、今入ってもよろしいでしょうか？」

ノックして問いかけると、問題ないと陛下の声が返ってきた。
「あ、ここにいたのね」
フィフとフォスの二匹とも、陛下のもとにいたようだ。
よく見ると尻尾がぼんやりと光っている。魔力を使った証。触れ合った陛下へと声を届け、何かお話しをしていたようだ。
「フィフ、フォス、今少し時間いいかしら？」
陛下に近づき、二匹へと触れた。
《いいよー》
《なーにー？》
「明日招待されている夜会に一緒に来てもらいたいのだけど、招待主がちょっと訳ありなの。リミエル伯爵って知ってる？」
《しらなーい》
《なまえだけは、聞いたことがあるよーな？》
二匹へと、軽く紹介をすることにした。
「ザミエル伯爵は、珍しい動物や幻獣の蒐集家として有名よ。私と陛下が、国からあなた達二尾狐を連れてきたと知って、ぜひ夜会に連れてきてくれって頼まれたのよ」
《しゅうしゅうか？　ってどんな人なのー？》
少し難しい言葉だったのか、フィフが首を傾げていた。

「蒐集家っていうのは、幻獣や動物を集めてる人のことよ」
《なるほどー。ワタシ達みたいな幻獣が好きな人なんだねー》
「……好き、ではあるのだろうけど、フォスの考えているのとは、ちょっと違うかもしれないわ。ザミエル伯爵は噂を聞いた限り、幻獣を珍しい『もの』として愛しているみたいなの。イ・リエナ様や獣人の人達とは、愛し方が違う気がするわ」

いわばコレクターだ。

動物に対する接し方の一つだとは思うけど、個人的に好きになれなかった。前世の記憶が戻る前から、なんとなくザミエル伯爵とは合わないと思っていて、特に交流も持っていなかったのだ。

《ふーん、人間、いろんな人がいるもんねー》
「フィフ達は気にならない？　大丈夫かしら？」
《たぶんだいじょーぶだよー。他人は他人、ボク達はボク達だって、そう思うからねー》

フィフ、賢いなぁ。

言葉遣いが子供っぽいだけで、知能は普通の人間と同じくらいなのかもしれない。

「それじゃあフィフかフォス、どっちかが明日、私達と一緒に来てもらえるかしら？」
《いいよー。お任せあれー！》
《フィフに任せたよー》

引き受けてもらえたようだ。

お礼を言い、ルシアンから茹でた鶏肉を受け取り与えていった。

フィフ達は小さく飛び跳ね、鶏肉へとかぶりつていていている。

《おいしかったー》

《おなかいっぱい。遊んでくるねー》

きゃいきゃいとじゃれながら、フィフ達が走っていった。途中でぴよちゃんと合流したのか、ぴぃぴぃこんこんと鳴きながら遊んでいるようだ。

「ふふ、かわいいですね。あの二匹、仲良しで兄妹みたいで和みます」

「……兄妹、か」

陛下が読んでいた本から顔を上げていた。

「その本は？　何を読まれてるんです？」

「今日、ベルナルトから勧められた本だ。戦場での魔術運用について、新しい切り口での考察が記されているらしい。ちょうどこの公爵邸の書庫にあったから、借りて読んでいるところだ」

「面白いですか？」

「まだ途中だが、興味深く読めている。あのベルナルトが勧めただけあって当たりのようだな。また機会があったら、この本の内容などについて語り合ってみたいぞ」

「良かったです。お兄様もきっと、光栄に思われますわ」

ほっとした。

出会いがちょっとアレだったけど、陛下とベルナルトお兄様との相性は悪くないようだ。

「おまえ達兄弟は、貴族には珍しく仲がいいのだな」

「私はクロードお兄様によく面倒をみてもらってましたし、お兄様達もお互いのことは、大切に思っていますね」

「良いことだ。王侯貴族にとって、仲の良い兄弟と共にあれることは、得難い幸運だからな」

陛下が目を細めていた。

去年、レナードさんと再会できたとはいえ、公に会うことはできない関係に、思うところがあるようだ。

「はい。私もそう思います。お兄様達がいたからこその、今の私ですものね」

「だろうな。今のおまえと出会えたことに、私もおまえの兄達に感謝している。三人とも妹思いで、そして優秀なようだが……」

途中で陛下が、何やら言葉を途切れさせてしまった。

「陛下のお気持ちはわかります。お兄様達は間違いなく優秀ではあるのですが、三人とも個性的というか、癖が強いですからね。手放しで褒められないのも、ちょっとわかる気がします」

「いや、そういうわけではない。ただ、少し不思議に思ったのだ」

「何がでしょうか？」

「……おまえの婚約破棄についてだ」

陛下が少し言い難そうにしている。私のことを気遣ってくれたようだ。

「フリッツ殿下との婚約破棄については、もう過去のこととして捉えていますわ」

「そうか……。なら言うが、おまえの婚約破棄は本来、まず起こりえなかったはずだ。フリッツがかなりの愚者だったこと、他にもいくつも偶然が重なってのことなのだろうと思っていたが……。おまえの兄や父の優秀さを知った今、いくら不運が続いてしまったとはいえ、婚約破棄を防げなかったのは不思議だな、と。少しそう思ったのだ」

「……さようでございましたか」

陸下の言葉に、肯定も否定も示すことはなく。

私は笑みを返したのだった。

◇◇◇

翌日のザミエル伯爵の開いた夜会は、会場の見た目からして異彩を放っていた。

「わぁ！　綺麗ですね」

夜会のホールはシャンデリアの光と、蝶達により彩られていた。

薄い翅《はね》は目の覚めるようなブルーで、鱗粉《りんぷん》により艶やかな光沢を纏《まと》っている。羽ばたきのたび光の加減で繊細に色を変え、見ていて飽きなかった。

グレンリード陛下と二人ホールへと入ると、蝶達がこちらへ集まってくる。

「寄ってくる数が多いな」

「魔力蝶です。魔力の強い人間に、惹かれ集まってくる性質だと聞いています」

本で見たことのある幻獣の一種だ。

ぴよちゃんの蝶々版、といったところで、魔力を食べ生きているらしい。

私の体から漏れる微量の魔力も、小さな蝶達にとってはご馳走だ。ひらひらと集まってきて、私の周りを舞う魔力蝶。幻獣の名に恥じず、視界を埋めるように舞う青い蝶は幻想的だ。

「こきゅっ、きゅきゅきゅんっ！」

一方、フィフは楽しそうに、魔力蝶を追いかけ遊んでいた。

「あ、待って。食べちゃダ――――消えた？」

ぱくりとフィフが捕まえた途端、魔力蝶が煙のように消失。

驚き見ていると、横から助け船がきた。

「魔力蝶は生き物というより、魔力が蝶の形をしている、といった存在らしいですね」

アティアルド殿下だ。

十数羽の蝶を周りに舞わせ、優雅な足運びでこちらへとやってきた。

「ごきげんよう。アティアルド殿下、詳しいのですね」

「私もつい最近、説明を受けたからですよ。魔力蝶はザミエル伯爵が王都に持ち込んだ幻獣です。今日の夜会に先んじて、王族への贈り物として各々に数匹ずつ渡していましたよ」

「へぇ。では今アティアルド殿下の周りを舞っている魔力蝶も？」

「先日もらったものです。魔力蝶を籠に入れ数日間魔力を与えると、その相手の魔力しか摂取できなくなるようで、籠から出しても後をついてくるようになります。夜会での装飾品にちょうどいいだろう、と。そう言ってザミエル伯爵から贈られています」

アティアルド殿下が掌を差し出すと、魔力蝶がとまり翅を休めている。愛着がわいているのか、慈しむように青い翅を見つめていた。

「魔力蝶は不思議な生き物です。強い衝撃を受けると魔力へと変化し拡散してしまい、最初からいなかったかのように消えてしまいます。与える魔力の性質によって、翅の形や色味、大きさも変化するようで興味深いです」

アティアルド殿下の言葉に頷く。

最初、ぴよちゃんと似たような幻獣かと思ったけど、全然違うのかもしれない。

しっかりと肉体があり意思もあるぴよちゃんと違って、魔力蝶には自我があるかもわからなかった。魔力が蝶の形になったもの、という表現がしっくりくる不思議生物だ。

「こんな不思議な幻獣、よくザミエル伯爵も捕まえられましたね」

幻獣に興味を持ち調べたこともある私でも、魔力蝶の生態については知らないことばかりだ。

この国の人里近くに生息する幻獣ではないだろうし、どこからつれてきたんだろう？

気になりつつ、陛下とホールを回り挨拶と社交をこなしていった。

「レティーシア様、ごきげんよう。あちらの部屋にいる、雲上馬はもうご覧になりましたか？」

「雲上馬？」

顔見知りの子爵夫人が告げたのは、私も知らない名前だ。

珍しい幻獣なのだろうか？

「あちらです。あの部屋ですわ」

「ありがとうございます」

せっかく教えてもらったので、陛下と見に行くことにした。

小部屋の中、檻の向こうにいたのは、

「……キリン」

キリン、この世界にも存在してたんだね。

名前こそ違うけど、長い首に細い足、体の網目模様はどう見てもキリンだ。

「窮屈そうね……」

天井が高い部屋だけど、キリンにはまだ不足している。檻の中に入れられ首を折りたたむようにしていて、寛げていなさそうだ。

「おや、そちらはグレンリード陛下とレティーシア様ですかな？」

檻の中のキリンを見ていると、背後から初老の男性がやってきた。

「ごきげんよう。ザミエル伯爵ですね？」

「おや、レティーシア様にご存知いただいているとは、恐悦至極でございますね」

貴族らしく滑らかに挨拶を口にするザミエルだったけど、視線は一点、私の隣のフィフへと向けられ離れなかった。

「美しい……！　見事な毛並みですね。少しでいいです、触らせてもらえませんか？」

申し出に、私はそっとフィフを撫でた。

《できたらやだなー。この人、あんまボク好きじゃないかもー》

　フィフは気が進まないようだ。

「ごめんなさい。この子、夜会の華やかさにあてられて、少し疲れているみたいですわ」

「そうですか……。残念ですが、ぜひ私の蒐集物に加えたい美しさです。気が変わりましたら、いつでも仰ってくださいね」

　ザミエル伯爵はそう言いつつも、諦めきれないのかフィフをチラ見している。

　もふもふに惹かれる気持ちはよくわかるけど……。

　フィフを蒐集物と言ったり、キリンの扱いだったり、もふもふ好きでもやっぱり私とは合わないタイプな気がした。

「この雲上馬は、南方大陸から連れてきた生き物ですか？」

「はい、その通りです。まだこちらの大陸ではほとんど飼われていない、とても珍しい種類ですが、さすが博識でおられますね」

　キリンそっくりだし、温かいところが生息地かな、と思ったら当たりらしい。見た目と同じように、生態もキリンそっくりなのかもしれない。

「この雲上馬、首が曲がっていて窮屈そうですが、普段は外で放し飼いにしてるのですか？」

「いえ、檻の中ですよ。これは首だけでなく足も長いでしょう？　外に出したが最後、壁も柵も乗り越えて、あっという間に逃げ出してしまいますよ」

「……そうですね」

　キリンが気の毒だった。

エサはもらえているのだろうけど、こんな狭い檻では病気になってしまいそうだ。

「おやレティーシア様、キリンはあまりお気に召しませんか？　では、とっておきがこちらにあります。あれならきっとレティーシア様も、満足していただけるに違いありません」

ザミエル伯爵がキリンの檻を離れ、また別の部屋へと歩き先導していった。

「ご覧ください！　これが新しく手に入れた、私の自慢の一品です！」

「……この子はもしや、雪山猫？」

有名な幻獣だ。

指さされた檻の中には、一匹の白いもふもふが伏せていた。

白の毛皮にダークグレーのヒョウ柄が散っていて、見た目はユキヒョウによく似ている。全身の毛は長くもこもこもふもふとしていて、尻尾も長くボリューミーだった。

「ええその通り雪山猫です！　美しいでしょう？　凛々しいでしょう？　とても希少な、本日の夜会の目玉にふさわしい幻獣です‼」

ご自慢の幻獣を前に、ザミエル伯爵が饒舌《じょうぜつ》になっていた。

「雪山猫は、とても強い魔力を持っています。だからこその有名、だからこその希少さですね。吐息は吹雪で爪痕は凍り付く、恐ろしい力の持ち主です。手練れの魔術師複数が相手でも、容易に蹴散らされてしまいますよ」

幻獣の中でも、危険性が高い種類のようだ。

草木を育てる力はあっても戦闘力はほぼ猫な庭師猫や、そもそも闘争本能そのものがなさそうなぴよちゃん達くるみ鳥と違って、平均的な人間よりもはるかに強い幻獣らしかった。

「ですが、この雪山猫は安全、思う存分鑑賞することが可能です。首輪と檻が特別性でしてね。鎖《さ》鉄《てつ》を混ぜてありますから魔力を吸収し、幻獣たる証の力を封じ込めています」

「鎖鉄製の首輪ですか……」

魔力を吸収する性質を持つ特殊な物質だ。魔術師の犯罪者を捕える際の手《て》枷《かせ》首枷にも使われているけど、同じ重さの金より高価だと言われるほどの貴重さだった。

「鎖鉄製の首輪だけでなく檻もなんて、よく手に入りましたね」

「おや、偽物かと疑われますか？　でしたらどうぞ触れてみてください。触れた個所から、魔力が吸われるのを実感できますすよ」

「……失礼いたします」

檻へと手を触れると、冷たいような温かいような、不思議な手触りと共にほんのりと檻が発光し、魔力を吸収される感覚があった。

「本物ですね。この檻といい雪山猫といい、それに魔力蝶もどこで手に入れられたのですか？今日が初のお披露目ということは、最近手に入れられたのですよね？」

「はは、それは秘密ですな。入手方法を教えてしまっては、私以外の人間も皆、蒐集家として目覚め取り合いになってしまうかもしれませんからね」

やっぱりそこは秘密かぁ。

大金をはたいたのは間違いないだろうけど、お金を積めば簡単に手に入るわけでもないはずだ。

気になるけど、あまり仲良くなりたい相手でもないし、踏み込むことはやめにしておこう。

ザミエル伯爵から、雪山猫へと視線を向けた。

首輪の重みがうっとうしいのか、頭を檻の底に載せ伏せている。金の瞳は鋭く油断なく周りを見ていて、喉からは不機嫌そうな声が漏れていた。本来の生息地から無理やり引き離され連れてこられて、人間に心を閉ざしているようだ。知能も高いと聞いているし、自分の現状が理解できる分辛いのかもしれない。

「……フィフ?」

檻の隙間から覗き込むようにして、フィフが鼻先を突っ込んでいた。

噛まれるのではとハラハラしたけど、雪山猫に向かって小さく鳴き、雪山猫もそれに応えるように鳴いていた。

もしかして、種族が違っても言葉がわかるのかも？

非常に気になるが、人目のあるここでフィフに言葉をかけることはできなかった。

後で尋ねることにして、ザミエル伯爵と別れ他の相手との社交を再開することにする。

「――久しいな、レティーシア」

「エルネスト殿下？　こちらに来られてたんですね」

黒髪のウィルダム翼皇国の王太子だ。

自慢の天馬の機動力まで、この国までやってきたらしい。

「おまえがもたらしたチョコレート、持ち帰った俺の国でも大層評判が良かったぞ。次はいつ食べられるのかと、父上からもせがまれるくらいだ」

「国王陛下まで？　ありがたいですわ」

チョコレートから話が広がり、再会を喜び話し込んでいると、

「レティーシア、そろそろいくぞ。あちらにも、おまえと話したそうな人間がいる」

「あ、わかりました。ではエルネスト殿下、失礼いたしますね」

陛下に引っ張られ、体の向きを変えた。

つい懐かしい顔に、話が長くなってしまっていたようだ。

「……相変わらず、余裕のないことだな」

唇の端をわずかに吊り上げ、何ごとか呟くエルネスト殿下から、次の相手へ意識を向ける。

「お初にお目にかかります。リングラード帝国で皇帝陛下より外交の一端を任せられている、フランベルと申し上げます」

少し珍しい国の人間だった。

近年急力に勢力を強めているリングラード帝国だが、この国とは水と油の関係で、国交もほとんどなかった。長い歴史を誇り貴族主義が根強いこの国と、実力主義を掲げる若き皇帝に率いられるリングラード帝国は、互いを馬鹿にして見下に見がちだからだ。

目の前のフランベルさんからも慇懃《いんぎん》無礼《ぶれい》というか、なんとなくこちらを軽んじている気配がする。ただの勘だけど、この手の勘はバカにならないことがあった。

互いに探り合うようなフランベルさんとの会話を終え、他に会話をしておくべき相手がいない

かホールを見渡す。

「……フリッツ殿下も、やっぱり招待されてたのね」

ザミエル伯爵から贈られた魔力蝶を周りに舞わせながら、不機嫌そうにしている。フリッツ殿下はギリギリ卒試に合格したらしいけど、スミアは落ちてしまっている。結婚式も延期になったため、苛立ちを募らせているらしかった。

不機嫌オーラをまき散らすフリッツ殿下にザミエル伯爵が近づき、機嫌を取っているのが見えた。ザミエル伯爵はフリッツ殿下の陣営に所属している。今更鞍替えすることもできず、フリッツ殿下をこのまま支持し続けるつもりなのかもしれない。

ザミエル伯爵はフリッツ殿下と別れると、ひっそりと息をついていた。フリッツ殿下への対応に苦労しているようで、私も同情を覚えた。

「フリッツ殿下だけでなく、ヴェルタ殿下もいらっしゃってるのね」

ザミエル伯爵とは対立する陣営のトップであるとはいえ、ヴェルタ殿下は王族だ。彼女を無視しては非礼だとケチをつけられかねないため、ザミエル伯爵もやむなく招待することにしたのかもしれないと推測する。

そんな風に遠くから近くから、夜会の参加者を観察していると、

「レティーシア」

鋭くグレンリード陛下に名前を呼ばれた。

「警戒しろ。向こうで悲鳴らしきものが聞こえた」

「悲鳴……？」

私にはさっぱりだけど、先祖返りの陛下は聴覚も優れていた。陛下が視線で示した夜会のホールの反対側、雪山猫の檻がある小部屋へ繋がるあたりを見つめる。

「きゃあぁっ⁉」

「くそっ！　逃げろ‼」

今度は私にも聞こえた。

蟻の子を散らすように招待客達が逃げてくる。悲鳴を追いかけるように、白い影が飛び出してきた。

「雪山猫⁉　檻はどうなったの⁉」

見たところ首輪は外れていて、白い毛皮にはところどころ赤いものが散っていた。

まずい。危険だ。既にけが人が出ているらしい。

雪山猫は逃げ惑う人間は追わず、きょろきょろとホールを見回していた。

「きゃあぁっ⁉」

次に獲物として目を付けられたのはヴェルタ殿下だ。

しなやかな後ろ脚をたわめ解放し、雪山猫が飛び掛かった。

『────槌よ吹け！』

雪山猫に向け、魔術の風の塊をぶつける。

しかし直前で気がつかれ、不意打ちなのに完全に避けられてしまった。

え、空中で方向転換⁉

驚きつつ見ると、雪山猫の足元に氷があった。魔力で生み出した氷を即席の足場にして、空中で鮮やかに方向転換をしたらしかった。

手ごわい。

連続して風の魔術を撃ちこむが、全て回避されてしまった。機動力が半端ない相手だ。

ヴェルタ殿下や逃げる人から遠ざけることはできたが、雪山猫はまだピンピンとしている。

「ぎゃぅぅ……」

雪山猫は私を睨みつけると反対方向へ、更にはホールの出口へと走っていく。嵐が去るように出て行ってしまったが、念のため身構え、いつでも魔術を撃てるようにしておいた。

「……よくやった。勇敢だったぞ」

労う陛下の声に、そっと緊張をゆるめかけた時、

「おいレティーシア！　なぜ攻撃をやめるんだ⁉　早くあいつを追いかけ殺してこい！」

喚きながら、フリッツ殿下が前へ出てきた。

「フリッツ殿下、ご無事でしたか？」

「誰が無事なものか！　危うく死にかけたんだぞ⁉　あの獣、僕が近くにいる時に檻を抜け出したんだ！　さっさとあいつを追いかけて、報いを受けさせてやれ！」

私を指さし、フリッツ殿下が言い募ってきた。

「そんなことを言われましても……。あとは会場の警備の責任者にお任せしますわ」

「何を言ってるんだ⁉　おまえはこの前、スミアを返り討ちにしたんだろう⁉　その時と同じように、さっさとあいつを殺せばいいだろう！」

「フリッツ殿下……」

卒業試験当日のスミアとの件は、第三王妃様との相談もあり、秘密裏に手うちにしている。

なのになぜわざわざ、フリッツ殿下の方から話を蒸し返し大声で喚きたてるんだ……。

危険な目に会い錯乱しているからだろうけど、完全な自爆だった。

「おいレティーシア、聞こえているのか⁉　この僕が頼ってやってるんだ！　おまえの働き次第で、婚約者に戻してやってもいいんだぞ⁉」

「……はい？」

思わず絶句してしまった。

私が、再び、殿下の、婚約者に……？

……ない。絶対にないない。

わけがわからず戸惑っていると、グレンリード陛下が口を開いた。

「黙れ。レティーシアは私の妃だ。人の妃に婚約を申し込むなど、おまえは何を考えているのだ？」

「ひっ⁉」

グレンリード陛下は、珍しく本気で怒っているようだ。殺気にも似た威圧感にあてられ、フリッツ殿下が硬直している。他の招待客も黙り込み、ホールに沈黙が訪れていた。

「……っ、私はお暇せてもらいますわ！　こんな危険なところ、これ以上いられませんわ！」

静寂を破ったのはヴェルタ殿下だ。取り巻きを引き連れ、そそくさと帰っていった。

ヴェルタ殿下に続くように、次々と招待客が出口へと流れていく。いつさっきの雪山猫が帰ってくるかわからないため、押し合いへし合い、軽くパニック状態になっていた。

「陛下、私達も帰りますか？　これ以上ここにいても、またフリッツ殿下が絡んでくるかもしれませんわ」

「あぁ、そうしよう。だがその前に、雪山猫のいた檻を見ておきたい」

「私もです。行きましょう」

人波とは逆方向へ進んでいく。陛下のおかげで、自然と人が避けてくれるから楽だ。

雪山猫の檻の前には血が飛び散っていて、檻の一部が曲がり隙間ができていた。魔力を吸収する性質を持つ鎖鉄であっても、物理的に壊されてしまうことはある。老朽化ないし不手際による事故……ではなくおそらくはわざとだ。檻だけではなく、首輪も壊れ転がっていた。

「ザミエル伯爵、これはどういうことですか？　あなたがわざと、雪山猫を脱走させたの？」

檻の傍、呆然と立つザミエル伯爵を尋問する。

「違う……私じゃない。私はきちんと、鎖鉄の檻と首輪で、雪山猫を閉じ込めていたんだ……」

なのにどうして、と。

ザミエル伯爵はただくり返していたのだった。

五章　王の器と蝶の羽ばたき

「アティアルド殿下が怪我を負われ臥《ふ》せっている？」

雪山猫の脱走の翌日。

お父様が集めてきた情報を、私はルシアンと聞いていた。

「昨晩、雪山猫は檻を出てすぐ、アティアルド殿下を襲ったそうだ。何人も目撃者がいるし、現場にはアティアルド殿下の血が飛び散っていたと聞いている」

「あの血が……」

アティアルド殿下のものだったのだ。

心配になる。血痕の量からしても、かすり傷では済まなかったに違いない。

「アティアルド殿下は、どれほどの傷を負われたのですか？」

「残念ながら浅くはなかったようだが、詳細は不明だ。アティアルド殿下が怪我で意識を失われている間に、ヴェルタ殿下の手のものが避難させてしまったからな」

「今もヴェルタ殿下の配下のもとに？」

「そのようだ。ヴェルタ殿下は怪我こそないが、たいへんお怒りになられているらしい。今回の雪山猫の脱走は自分とアティアルド殿下を殺さんとして、ザミエル伯爵およびフリッツ殿下が仕組んだものだと主張している。昨晩おまえも、雪山猫が他の招待客を無視しヴェルタ殿下を襲うところを見ているのだろう？」

「はい。この目で見ました」

雪山猫の動きは、ヴェルタ殿下を狙っているように見えた。

おかしいと思ってはいたけれど……。

「雪山猫は賢く強力な力を持つ幻獣らしいな。ザミエル伯爵が、ヴェルタ殿下とアティアルド殿下を狙うよう雪山猫を調教していたのだと、ヴェルタ殿下は考えられているようだ。脱走した雪山猫による事故に見せかけ、王位継承権の高いヴェルタ殿下とアティアルド殿下をまとめて葬ることで、自らが擁するフリッツ殿下の王太子の座を盤石のものにしようとした計画だ、と主張されている」

「なるほど。筋は一応、通る気がいたしますが……」

少し考えをまとめ、私は口を開いた。

「私は逆だと思います。フリッツ殿下およびその陣営に濡れ衣を着せるため、ヴェルタ殿下が黒幕として動かれているのではないでしょうか？」

雪山猫の暴走による事故に見せかけたとしても、ザミエル伯爵の責任は免れないはずだ。そんなリスクの高い計画に、ザミエル伯爵が加担すると考えるのは苦しかった。

「あぁ、同感だ。ヴェルタ殿下はやけに手際よく、アティアルド殿下の保護を名目に身柄を押さえてしまっている。おおかたフリッツ殿下とアティアルド殿下、二人を表舞台から排除した間に、次期国王の座を射止めようとしているのだろうな」

私も同意見だった。

ただそうすると、どうやってヴェルタ殿下が、ザミエル伯爵の飼っていた雪山猫を動かせたのか不明なのがネックになってくる。証拠もなく王族であるヴェルタ殿下を糾弾すれば、公爵であるお父様でもタダではすまなかった。

「私はユリウスと共に、アティアルド殿下の軟禁場所がどこかなど、情報収集にあたるつもりだ。おまえも何か気が付いたことがあったら教えてくれ」

「はい、わかりましたわ。お父様もお気をつけてください」

配下に指示を出しに行くお父様を見送る。

部屋に戻ると、フィフが大きく欠伸《あくび》をしていた。昨日は夜会の人込みと雪山猫の脱走騒動に疲れてしまったようで、部屋に帰るや否や眠ってしまっており、今ようやく目を覚ましたようだ。

《よく寝たよおはよー》

くしくしと前足で顔を洗うようにして、フィフが毛づくろいをしていた。

「おはようフィフ、さっそくだけど、教えてほしいことがあるわ。フィフは昨日、雪山猫の檻を覗き込んでたけど、もしかして、雪山猫と話すことができたの？」

《んー、お話はできなかったよー。ボク達、種族が違うから言葉は通じないよー》

こてりと、フィフが首を傾げていた。

「そう……。じゃあどうして、雪山猫のことを見てたの？　何か気になることがあったの？」

《こどもだよ。あの雪山猫、こどもを呼んでたんだよ》

「子供を……？　雪山猫が何を言っているか、フィフはわからないはずじゃ？」

《言葉はわからなくても、大切なことはなんとなく伝わるよー。ボク、まだこどもはいないけど、お父さんやお母さんにとって、こどもがすごく大切なものなのは知ってるよー。あの雪山猫も必死で、こどもはどこだ、こどもを返してくれって言ってたよー》

「……そういうことだったのね」

フィフからの情報で、いくつかのピースがはまっていった。

あの雪山猫は子供を人質に取られ、黒幕に動かされていたようだ。賢い幻獣であるならば、人質という概念も理解でき従わざるを得ないはずだった。

「そうなると、ザミエル伯爵に雪山猫を売りつけた人間もきっと共犯ね」

きっとその売り手はザミエル伯爵へ鎖鉄の檻と首輪とセットで、雪山猫を売りつけたのだ。

首輪と檻で戒められ、売り手に襲い掛かることができないでいた雪山猫の姿に、ザミエル伯爵も安心して購入を決めたはずだ。

しかしそれは罠で、雪山猫が売り手を襲わなかったのは、子供を人質に取られ従わざるをなかったからでしかなかった。実は首輪も檻も形だけの戒《いまし》めにすぎず、雪山猫がその気になったらすぐに壊れてしまうよう、何か細工がしてあったに違いない。

「だとしたら、雪山猫の売り手が誰か突き止めるのが最優先かしら……？　それともやっぱり、ヴェルタ殿下の周りに探りを入れる方がいいのかも……？」

どう動くにせよ、アティアルド殿下の身柄を押さえられているのが痛かった。

下手にヴェルタ殿下達を追い詰めると、アティアルド殿下の身に危険が及ぶかもしれない。

厄介な状況に考え込んでいると、ふいにこんこんと、何かが窓を叩く音が聞こえた。

「誰……？」

「私が見てまいります」

ルシアンが警戒しつつ、窓の外を確認している。

「これは……。レティーシア様、見てください」

「……痛そう……」

左前脚を引きずり、脇腹に血を滲ませた鹿が立っていた。

窓を叩いていたのは鹿の角。

鹿へと変化した、アティアルド殿下だった。

◇　◇　◇

「レティーシア様のおかげで助かりました」

鹿から人間の姿へと。

変化したアティアルド殿下が、力のない笑みを浮かべていた。

左腕と脇腹、鹿の姿の時に怪我をしていた場所には、血の滲んだ包帯がまかれている。

……鹿の姿になってる時、服や包帯はどこにいってたんだろう？

どうでもいいことに気を取られつつも、私はアティアルド殿下に話を聞いていった。

「ヴェルタ殿下の手の者に監禁されていたところを、逃げ出してこられたのですか？」

「えぇ、その通りです。見張は何重にもいて警備は厳重でしたが、さすがに私が鹿になって脱走するとは思っていなかったようで、どうにか抜け出すことができました」

「先祖返りの有効活用、お見事ですね」

アティアルド殿下が自力で逃げ出してくれたおかげで、一気に厄介ごとが解消しそうだ。

「でも、どうして私の元へ？　この国の国王であるマルディアス陛下なら、先祖返りについてもご存じで、鹿の姿で助けを求めても、保護なさってくれたんじゃないでしょうか？」

「……マルディアス陛下も、既に囚《とら》われの身になっています」

「！」

思った以上に、事態は深刻なのかもしれない。

まさかの急展開だった。

「本当にマルデイアス陛下が囚われてしまったんですか？　いくら昨日今日と慌ただしく警備の隙ができがちとはいえ、こんな短期間であっさりと、精強な衛兵に守られたマルディアス陛下の御身を押さえられるとは考えにくいのですが……」

「私のせいですよ」

掌を額に当て顔を覆い、懺悔《ざんげ》するようにアティアルド殿下が言った。

「私を殺されたくなければ抵抗はするな、と。そう脅されたマルディアス陛下は、従わざるをえないはずです」

「そんなこと、ありえるのですか……？」

普通なら考えられないことだ。

国王であるマルディアス陛下の身柄より、王弟であるアティアルド殿下の安全が優先されるなどまずありえないことだった。

「私が先祖返りだからです」

「……？」

なぜそこに話が飛ぶのか理解できず、アティアルド殿下の話の続きを聞いていく。

「先祖返りは聖なる鹿の力の継承者であり、できる限り血を絶やさないようすべし、と。代々の王と先祖返りにはそう伝えられています。マルディアス陛下も当然ご存知ですし、ヴェルタ殿下もおそらく知っています。……ヴェルタ殿下の場合は言い伝えの詳細や、私が鹿に変化できることまでは知らないようでしたが、マルディアス陛下が言い伝えを守るために私を見捨てられないことは、勘づいていたのだと思います……」

深く長く、アティアルド殿下が息を吐き出した。

「悪いのは全て私です。先祖返りのくせにたいした力もなくどんくさく、雪山猫の襲撃もかわせず囚われの身になってしまいました。そのせいでマルディアス陛下まで捕らえられてしまったんです。もうどうしたらいいのか、どうしたら償えるのかわかりませんよ……」

「殿下……」

先祖返りの、負の側面とでもいうものに。

アティアルド殿下は足を取られ翻弄され、雁字搦《がんじがら》めになっているようだ。

「悲観し諦めるには早いはずです。ヴェルタ殿下がマルディアス陛下の御身を押さえてなお、まだ王位の譲位通告も勝利宣言もなされていない以上、必ず逆転の目はあります。きっとヴェルタ殿下は、アティアルド殿下を恐れているんですわ」

「王位の譲位は時間の問題ですよ」

「だとしたら尚更、早く動く必要があります。ヴェルタ殿下は軍部を味方につけているとはいえ、軍部全てを掌握されてはいないはずです。軍部以外からの支持は少ないですし、マルディアス陛下さえ取り返えせれば、ヴェルタ殿下の陣営は潰れるはずですわ」

まだ十分勝機はあり、やれることはあるはずだ。

あのヴェルタ殿下が国王になるなんて、到底見逃せるわけがなかった。

「逆転の手を打つためには、アティアルド殿下の存在が不可欠ですわ。どうか力をお貸しください」

「無理ですよ」

ため息をつくように、すげなく協力を拒否されてしまった。

アティアルド殿下はうなだれたままだ。

「私では、レティーシア様の期待に応えることは不可能です」

「……なぜですか？」

私は疑問を告げた。

今だけではなく、以前からたびたび思っていたことだ。

「なぜアティアルド殿下はそんなにも、自身を卑下してらっしゃるのですか？　王族の一員として恥ずかしくない振る舞いをし、外交でも手腕を発揮されているのに、何がそんなに気にかかっていらっしゃるのですか？」

「……以前私が『私が本当に優秀だったら、今ここにいないでしょうしね』と言ったのは覚えていますか？」

私が頷くと、アティアルド殿下は瞼を伏せ語りだした。

「あれはそのままの意味です……。レティーシア様だってきっと、薄々勘づかれているはずです。フリッツ殿下もヴェルタ殿下も、王族として以前に人間として、あまりにも愚かだと思いませんか？」

「それは……」

答えられず言いよどんでしまった。

素直に答えれば、不敬罪間違いなしの言葉を、私は吐いてしまう自信があった。

「大丈夫です。無理に答えてくれなくても、レティーシア様の考えはわかります。フリッツ殿下もヴェルタ殿下も愚かすぎます。……でもだからこそ今まで、命をつないでこられたんですよ」

「…………」

闇だ。王家の闇が、アティアルド殿下の言葉で語られていく。

「王は愚かであればあるほど御しやすいと考える貴族達、自らの子を玉座に付けんと欲し、他の妃の子を蹴落とそうとする妃達……。彼ら彼女らにとって、出来の良い王家の子など邪魔なだけ。まだ幼く十分な権力を得ていないうちに、さっさと排除してしまうに限るということです」

終わらない足の引っ張り合い。

不毛なことこの上ないけど、それがこの国の王家の実態のようだった。

「私の三人の兄と二人の姉、一人の弟は賢く優秀でしたが、それゆえに全員二十を超えず命を落としてしまっています。私が生き残れたのは先祖返りであったこと、そして他の落命した兄弟達に比べ無能だったからに他なりませんよ。レティーシア様だって、私の無能さはよくわかっているでしょう？　私はレティーシア様の兄のベルナルト様とクロード様とはそれぞれ一歳と二歳差ですが、優秀さには大きな差があります。彼らと比べたら私なんか、みすぼらしくてかすんでしまいますよ」

疲れ切った顔で、アティアルド殿下が笑っていた。

私のお兄様達は優秀だからこそ、正負どちらにしろ周りに大きな影響を与えがちだ。アティアルド殿下が自己評価をここまで下げ、こじらせてしまっているのも、同国内で身分が近く年も近い二人のお兄様と比べてしまったからかもしれない。

「私のお兄様達は優秀ですが、私はアティアルド殿下にしかできないことも多いと思います」

「何がですか？　彼らに比べれば私は能力も人格も、光るもののない無能ですよ」

「無能、とは違うと思います。目がくらむほどに鮮烈な才覚を持つお兄様達と違って、アティアルド殿下は穏やかな光を放っています。その光をこそ、尊くありがたく思う人間は多いはずです。だからこそ外交先で相手と上手く付き合い、関係を築けているのではないでしょうか？」

ヴォルフヴァルト王国でも、アティアルド殿下は温厚な人柄で獣人達にも受け入れられていた。

確かに私のお兄様達や、それにグレンリード陛下と比べたら、アティアルド殿下は地味で一見目立たないかもしれない。でもそれは、決して悪いことばかりではないはずだ。

「王族であっても驕《おご》らず、自分のできることを誠実に積み重ねるアティアルド殿下にこそ好感を持ち、信頼を寄せる方は多いのだと思います」

「ありがとうございます。……ですが、私は自国の王家や政治に関わることが嫌になって、外交を立て前に他国に赴き過ごすようにしていただけ。つまりはただ、嫌なことから、逃げ続けた結果でしかありません。そんな逃げてばかりの私に、今更この事態をどうにかするなんて――」

「できますよ」

アティアルド殿下の言葉に被せるように、私は断言していた。

「できます。始まりが逃げであったとしても、今のアティアルド殿下は立派に外交の任務を果たされています。無能どころか、一握りの人間にしかなしえない偉業ですわ」

「それはたまたま、運に恵まれていただけで……」

「運を活かすのにも相応の下地が必要ですし、そもそもアティアルド殿下は、諦めていらっしゃらないと思います」

「私が諦めていない……？」

復唱し、アティアルド殿下が瞳をまたたかせていた。どこまで自覚があるかわからないけど、アティアルド殿下にも、確かに譲れないものがあるはずだ。

「そうです。たんに王家や政治に関わることが嫌になっただけなら、引きこもるか閑職につけばそれでよかったはずです。ですがアティアルド殿下は外交という難しい仕事を引き受け、何年も働いてらっしゃいます。国を愛し、自分なりにできることを諦めなかったのが、アティアルド殿下なのだと思いますわ」

自らを卑下しながらも、できることを誠実にこなしていく。

それがアティアルド殿下の在り方だと、私には感じられた。

「今だってきっと、アティアルド殿下は諦めていないはずです。本当に全てを諦めどうにもならないと思っているなら、鹿の姿になってまで脱走し、私のもとに来なかったんじゃないですか?」

「それは……」

アティアルド殿下は言いよどんだ。

きっとそれが、何よりの答えだった。

「……あぁ、そうですね。その通りです。私は結局、諦められないのでしょうね……」

苦笑するアティアルド殿下だったけど、

「死んでいった兄達のような優秀さも、クロード様のような化け物じみた頭脳も、同じ先祖返りであるグレンリード陛下のような強さも私にはありませんが……。それでも諦めの悪さだけは、

私も持っているようです」

黒の瞳には強い光が宿っていたのだった。

◇　◇　◇

「レティーシアが使者を出し、私に対談を申し込んできた、ですって？」

拠点の屋敷で受け取った報告に、ヴェルタは眉を跳ね上げていた。

雪山猫の脱走事件の翌々日の今、次期王位争いの趨勢《すうせい》は大きくヴェルタ陣営へと傾きつつある。

レティーシアもヴェルタ陣営の有利を悟り、媚《こび》を売ろうとしているのかもしれない。

「今更ね。私に取り入り勝ち馬に乗りたいのでしょうけど遅すぎるわ。見る目のない、愚かで哀れな女ね」

ヴェルタは鼻で笑っていた。この二日間で続々と、日和見を決め込んでいた貴族達がヴェルタ陣営に参入している。レティーシアの実家、グラムウェル公爵家の助力などなくとも、十分に上手くやれるはずだ。

「追い返しなさい。今はそんなことより、アティアルド叔父上の行方を探す方が先よ」

既にヴェルタは国王マルディアスの身柄を押さえている。対立するフリッツの陣営は度重なる失態に人心が離れ半ば壊滅状態。もはやヴェルタ達の敵ではないはずだ。

あとは一度は身柄を確保しながらも脱走を許してしまったアティアルドを再度確保し、周りへの根回しをすればそれで終わりだ。

「ヴェルタ殿下、でしたらやはり、レティーシア様と対談をなさった方がよいかと思います」

「どうしてよ？」

「使者によれば、アティアルド殿下は今、レティーシア様達の元にいるようです」

「……なんですって？」

聞き逃せない言葉にヴェルタは顔をしかめ、報告を持ってきた青年貴族へ振り向いた。

美しい容姿を持つお気に入りの青年だが、今は彼の口にした報告の不快感の方が優っている。

「どうしてアティアルド叔父上がそんなところに？　レティーシアやグラムウェル公爵邸の周りには、監視の人員を配置してたはずよね？」

まさか監視に不手際があったのか、と。

ヴェルタは閉じた扇を掌に打ち付け、青年貴族を睨みつけた。

「は、はい！　もちろん、監視はきちんと行わせていました。アティアルド殿下らしき人物の出入りはなかったはずですが、どこかに隠し通路があるか、私達も知らない隠れ家があるのかもしれません」

「なら、ただの出まかせじゃないの？　私との対談にこじつけようと、それらしい嘘をついているだけじゃないの？」

「はっ。もちろん、ヴェルタ殿下のお考えの通りかもしれませんが……。レティーシア様は対談の場にアティアルド殿下と共に向かってもよいと、使者を通し告げてきています」

「あら、あの女にしては、ずいぶん気の利いたことをするのね」

赤い唇を、ヴェルタは弧を描くように吊り上げていた。

アティアルドの身柄さえ押さえればこっちのものだ。わざわざレティーシアがアティアルドを連れてきてくれると言うのなら、喜んで会ってやることにしよう。

「明日、こちらの指定した場所で対談に応じると伝えておきなさい。それで詰み。私たちの勝ちが決定的になるわ。ふふ、ふふふ、おほほほほ……！」

じきに手に入る勝利の美酒の味に、早くもヴェルタは酔い笑い声をあげたのだった。

◇　◇　◇

約束の刻限に、ヴェルタ殿下との対談の場に向かったところ。

予想通り、対談の行われる屋敷の周りは物々しい警備で固められており、ヴェルタ殿下の陣営の軍人達が立ち並んでいた。こちらとの交渉が決裂した場合、おそらく実力行使に出るつもりだ。

目的の部屋へとたどり着き、優雅にドレスの裾を引き挨拶をした。

「ごきげんよう、ヴェルタ殿下。対談を受け入れていただき感謝いたしますわ」

「……そ、そう。良く来たわね。そこに座りなさい」

ヴェルタ殿下の挨拶は少し遅れて帰ってきた。

青い瞳はちらちらと、私の背後にいるベルナルトお兄様を見ている。

ベルナルトお兄様の顔はヴェルタ殿下の好みど真ん中だ。過去にばっさりとふられているとはいえ、まだ未練があるのかもしれない。

そわそわとしたヴェルタ殿下だったが、私の隣のアティアルド殿下を見て正気に戻ったようだ。

「アティアルド叔父上、どうして私達の元から、勝手にいなくなってしまったのかしら？　怪我の治療もまだ、終わっていなかったわよね？」

「私の怪我の治療より、優先すべきことがあったからですよ。マルディアス陛下を、今すぐ解放してください」

アティアルド殿下に、ヴェルタ殿下は扇を広げ、わざとらしく眉を下げていた。

「叔父上、酷いわ。どうしてそんなことを言うの？　私はただ、お父様のことを守ろうとしているだけよ。私や叔父上を殺そうとしたフリッツが、乱心のままいつお父様に刃を向けるかわからないし、王都には今、脱走した恐ろしい雪山猫も徘徊《はいかい》しているのよ？　こんな状態でお父様をお守りできるのは、私くらいしかいませんわ。叔父様のことだって、私はとても心配しているのよ？　どうぞ私の手を取って、こちらにいらしてくれない？」

白々しい言葉だ。

差し出されたヴェルタ殿下の手を、アティアルド殿下は無視している。

「どのような理由があれ、マルディアス陛下を拘束し、自由をお奪いしてよい理由にはなりませんよ。今ならまだ私が取りなすことで、これ以上大事にしないようすることが可能です。マルディアス陛下は、今どこにいらっしゃるのですか？」

「あくまで、私どもに協力する気はないと?」

「私は国のために動いているだけです」

「そう……。叔父上の考えはわかったわ」

ぱちりと扇を掌に打ち付けると、ヴェルタ殿下はがらりと表情を変え、傲慢さを滲ませた。茶番を終わらせる気になったようだ。

「残念ね。叔父上は怪我の痛みで錯乱しているのよ。丁重に、私が保護して差し上げますわ。レティーシア、叔父上の自由を奪い確保なさい」

「お断りします」

間髪を容れず拒絶すると、ヴェルタ殿下が目を細めていた。

「……聞き違いかしら? 早く叔父上を縛り上げてちょうだい。あなたに選択権はないわ。叔父上の確保に協力してくれるなら、こちらの陣営に加わる際、働きを考慮して多少の美味しい思いはさせてあげるわ。あなたも私達の陣営につくために、こうしてここへやってきたのでしょう?」

「違います。私はただ、マルディアス陛下がご無事か確認するために、こうして参ったのですわ」

ヴェルタ殿下へと、にっこりと笑ってやった。

「どういうこと? 次期国王となる私に、遅まきながら媚を売りに来たんじゃないのかしら?」

「今のこの国の王はマルディアス陛下ですわ」

「……頭の悪い女ね」

ヴェルタ殿下が眉をしかめ、扇をばさりと開いた。

それが合図だったようで、周りに立つ軍人達が武器に手をかけていく。

「おまえ達、この私を敵に回すつもりか？」

緊迫した場に、ベルナルトお兄様の静かな声が響いた。

それだけでびくりと、軍人の何人かが体を震わせている。

ベルナルトお兄様は軍人として文句なしの天才だ。ヴェルタ殿下の派閥が上層部の多くを占める軍部にあっても、知るかとばかりに軍功を重ね出世している。そんなお兄様を敵に回す恐ろしさは、同じ軍人だからこそ身に染みてわかっているようだ。

「アティアルド殿下とレティーシアに危害を加えるのなら私も容赦しないぞ？『雷槍』の二つ名、その身で味わってみるか？」

一歩も引くことなく、凛然と告げるベルナルトお兄様。

戦闘狂でズレてるけど、こうしているとかっこよくて、とても頼りがいがあるのだった。

「っ……！　このっ！」

面食いのヴェルタ殿下もつい見とれてしまったのか、顔を赤くして扇を握りしめていた。

「私に逆らうっていうの⁉　許さないわ！　だったら跪《ひざまず》かせて許しを請わせて――」

「お待ちくださいヴェルタ殿下！　ベルナルト様を敵に回すのはまずいです！」

側近らしき顔のいい青年が、必死になってヴェルタ殿下を宥めている。

あの人顔採用なのかなぁと思いつつ見ていると、ヴェルタ殿下も少し落ち着いたようだ。

「……あなた達わかっているの？　お父様の身柄は今、私の手の中にあるのよ。もしこの場で私に何かしたら、お父様はどうなると思うかしら？」

脅しだ。

マルディアス陛下の身柄という、強力なカードをあちらは持っていた。

「そんな脅しは無駄です。今、貴族の多くが事態を静観しているのは、マルディアス陛下が人質となっているからです。もしマルディアス陛下を害し弑《しい》してしまったら、ヴェルタ殿下に敵対する者達がフリッツ殿下を旗印に集結し攻勢に出てきますわ」

「あのぼんくらな弟に、貴族達が従うわけがないわ」

「ぼんくらでも、国王殺しの罪人よりはマシですわ」

「っ、生意気ねっ……！」

ぎりりと、ヴェルタ殿下が唇を噛みしめている。

マルディアス陛下の身柄を押さえているとはいえ、一歩間違えれば敵を増やすことになってしまうのだ。おそらくは最悪の場合、マルディアス陛下を弑し強引にでも王位を手に入れようとするだろうけど、それはあちらにとっても選びたくない選択肢のはずだ。

「何が望みよ⁉　私に従うつもりがないなら、どうしてここにやってきたのよ⁉」

「国のために決まっていますわ。私だって、ヴェルタ殿下とフリッツ殿下が国を割って、内乱を起こすことは望んでいませんもの。マルディアス陛下がヴェルタ殿下を次期国王にと選ばれるなら、そのお言葉に従うのもやぶさかではありませんわ。どうかマルディアス陛下と一度、直接お話をさせてもらえませんか？」

「ふざけないでくれる？　どうせお父様の身柄をこちらから奪うのが目的でしょう？　あなたの浅知恵なんてお見通しよ！」

「そんなつもりではありませんわ。私はただ、マルディアス陛下のお考えを直接伺いたいだけです。不安があるなら、こちらを私に使っていただけたらと思います」

「それは……？」

ルシアンが素早く差し出したのは、飾り気のない金属の首輪だった。

「鎖鉄を混ぜて作った首輪です。マルディアス陛下に会わせていただけるなら、私はこれをはめようと思います。鎖鉄の特性はご存知でしょう？　魔力を吸われ魔術を使うことのできない私は、ただのか弱い女性でしかありません。軍人の方にはまるで敵いませんし、マルディアス陛下をお連れして、逃げることなど到底不可能になりますわ」

私は言うとルシアンから首輪を受け取り、ヴェルタ殿下の前の机へと置いた。

「細工の類を心配なさっているなら、どうぞ確認なさってください。ひとたび装着すれば鍵なしでは外せませんし、魔力吸収の効果は抜群です。……ヴェルタ殿下は王家の血筋により、この国でも指折りの魔力を誇っておられるでしょう？」

「いきなり何よ？　私が優秀なのは当たり前よ」

「でしたら試しに、ヴェルタ殿下が魔力を首輪に流してみてください。それで壊れないなら、私が首輪を、どうにかできるわけがありませんわ。鎖鉄を壊すには剣などで斬りつけるか、規定量以上の魔力を一度に流すことです。ヴェルタ殿下の魔力量で無理なら、私が自力でこの首輪を外すことは不可能ですわ」

「……そうね」

首輪に魔力を流し問題ないことを確認したヴェルタ殿下が、しばし考え込んでいた。

「いいわ。お父様に会わせてあげる。その首輪、使わせてもらうわよ」

片手で首輪を弄《もてあそ》びながら、ヴェルタ殿下は笑みを浮かべたのだった。

◇◇◇

「待ちなさい。その獣もついてくるつもり？」

対談を終え、アティアルド殿下とベルナルトお兄様が帰った後。

ヴェルタ殿下の用意した馬車に向かおうというところで、フィフへと文句が入ってしまった。

「この子はグレンリード陛下より私が世話をするよう頼まれています。私がこちらの国にいる間、この子と共にいるところを、たくさんの方が目撃されているはずです。私一人では心細いですし、この子も連れていきます。……何か問題がおありですか？」

「……わかったわ。連れて行きなさい」

横目でフィフを見つつ、ヴェルタ殿下が許可を出した。

腹の中で何を考えているにせよ、表向きは私をマルディアス陛下のもとへ連れて行くと約束しているのだ。フィフを拒む、それらしい理由は見つけられないようだった。

フィフと共に部屋の出口へと向かおうとしたところで、ヴェルタ殿下が前に立ちふさがった。

「待ちなさい。お父様に会いたいのなら、その首輪をはめてからよ」

「もちろんそのつもりですわ。ですがまだ、マルディアス陛下のお姿を、私は欠片も目にしていませんわ。約束を破られては困るでしょう？　首輪を装着するのは、遠目でも構いませんから、マルディアス陛下のお姿を一目見てからと決めていますわ」

何か問題ありますか？　と。

笑顔で聞いてやると、ヴェルタ殿下が顔をしかめていた。

「相変わらず生意気で小賢しい女ね。……まぁいいわ。来なさい。お父様のところに案内してあげるわ」

周りを軍人達に囲まれながら、ヴェルタ殿下の後をついていく。

案内されたのは窓のない馬車だ。尾行をさ避けるためか、途中何度か馬車を乗り換えさせられ、最後に一軒の屋敷へと案内された。

「マルディアス陛下！　ご無事でしたのですね！」

屋敷に入ると廊下の奥に、マルディアス陛下が連れてこられていた。左右を何人もの軍人に囲まれ、首輪をはめられている。魔術による脱走を防ぐための、おそらくは鎖鉄製のものだ。

首輪以外は拘束もなく、怪我もないようで安心だ。最悪、既に弑されてしまっている可能性もあっただけに、胸を撫でおろしたい気分だった。

「約束よ。首輪をつけるわ。じっとしていなさい」

ヴェルタ殿下の言葉に逆らわず動きを止める。

一瞬、この場で暴れることも考えたけど、マルディアス陛下を人質に取られる可能性が高いため却下だ。大人しく首輪をはめられることにする。

鍵が回されずしりと重さが首筋にかかる。首輪が密着しはめられていた。

「ふふ、いいざまね」

「きゃっ⁉」

ヴェルタ殿下が扇で勢いよく頬を叩いてくる。

自分から頬を横に振ったおかげでたいして痛くないけど、屈辱的な扱いだった。

「何をするのですかっ⁉」

「生意気なあなたに、罰を与えてあげただけよ」

くすくすと笑いながら、ヴェルタ殿下が指示を出した。

「お父様を向こうへ連れて行きなさい」

「やめてください！　約束と違います！」

「あなたとの約束なんて、守るわけがないでしょう？　愚かにも、こうして私の手元に首輪付きで飛び込んでくれたんだもの。利用しなきゃ損でしょう？」

馬鹿な子、と。

ヴェルタ殿下に嘲笑われながら、マルディアス陛下と引き離されてしまったのだった。

◇　◇　◇

「……まぁ、予想通りの展開よね」

放り込まれた監禁部屋で、私は呟きを落としていた。

首輪に加え、両手首をつなぎ手枷をはめられてしまっている。手枷はただの金属製だけど、私の腕力では引きちぎれそうになかった。

部屋は二十メートル四方ほど、見張りは中と外に二人ずつ。ばっちりとした監禁体制だ。

「きゅこんっ?」

少し不安そうな鳴き声が響く。

フィフは後ろ足を、鎖で壁へと繋がれていた。ヴェルタ殿下達には、フィフはグレンリード陛下にとっても大切な存在だと伝えている。私と引き離すと暴れる、とも言ったところ、同じ部屋に監禁されることになったのだ。どうせ私ともども、グレンリード陛下への人質として使うつもりに違いない。

「わかってたけど、ヴェルタ殿下達、ロクでもないことしか考えてないわよね……」

ため息をつくと、見張りの一人がぎろりと睨みつけてくる。

私は怖がるように震え、よろよろと寝台に腰かけた。

あと少しの辛抱、じきに準備が整うはずだ。

怯えたフリを続け待っていると――――。

「なんだっ⁉」

にわかに響く轟音。

見張の視線がそれた隙に、一気に魔力を放出した。

私の魔力量は規格外、ヴェルタ殿下の軽く数倍だ。

鎖鉄の吸収量を遥かに上回る魔力を叩きつけ無力化。びしりとヒビが走り壊れたのを確認し、魔術を素早く行使していく。

「ぐおっ⁉」

見張二人を風の魔術で昏倒させ、フィフを鎖から解放。なにごとかと部屋に入ってきた、外の見張二人を返り討ちにして脱走だ。

轟音の発生源へと向かっていくと、フィフが横手の廊下へと顔を向けた。

「レティーシア、無事だな⁉」

「陛下！」

呼び止められ立ち止まると、グレンリード陛下がフォスと共に走り寄ってくる。

私を見て息をつき、しかしすぐに瞳を鋭くしてしまった。

「その頬はどうした？　ヴェルタや兵士に殴られたのか？」

「大丈夫です。明日には消えていますわ」

私は慌てて陛下を宥めた。

陛下は怒りのあまりか、うっすらと冷気を漏らしている。先祖返りの力の一端だ。私を心配してくれて嬉しいけど、ここで先祖返りの力を披露するのはまずかった。

「私は大丈夫です。マルディアス陛下の方はどうですか？」

話を変えると、陛下も少し落ち着かれたのか冷気が消えていった。

「……確保できている。大きな怪我もないようだ」

「よかったです……」

ほっと胸を撫でおろした。

計画通りとはいえ、無事に進んでいるようで何よりだ。

《どうー？　ボク、お役にたったでしょー？》

「ええ、フィフのおかげよ」

掌に頭をこすりつけてきたフィフを撫でてやる。

今回の功労者であるフィフを労わりながら、私は忙しかったこの二日間を思い返したのだった。

◇　◇　◇

「私は反対だ。おまえに危険が多すぎる」

グレンリード陛下が、断固とした声色で告げてきた。

アティアルド殿下の身柄を餌《えさ》にヴェルタ殿下との対談を取り付け、鎖鉄製の首輪をはめてみせることで油断させ、マルディアス陛下の監禁場所を突き止める。

私が考えた計画をグレンリード陛下に告げたところ、猛反対にあってしまっていた。

「多少の危険はありますが、私に関してはそこまで危ないことはないはずですわ。向こうだっていたずらに私を傷めつければ公爵家やヴォルフヴァルト王国を敵に回すことはわかっているでしょうし、あまり手荒には扱えないはずです。それにもし本格的に危なくなりそうだったら、首輪を壊し逃げ出すつもりですわ。そうなる前にきっと、お兄様達は私の乗せられた馬車の行き先を突き止め、監禁場所を見つけられると思います。いっちゃん達庭師猫にも協力を頼んでいますし、私が乗せられた馬車を見失うことはないはずです」

「にゃっ！」

応えるように、いっちゃんが一声鳴き声をあげていた。

ヴォルフヴァルト王国からは、いっちゃん以外にも数匹の庭師猫がついてきている、目的は飼い主探しと土探しだ。育てている植物がヴォルフヴァルト王国の土にあっていなかったり、料理を作ってくれる飼い主を見つけられていない庭師猫数匹が、新天地を求め馬車に乗っていたのだ。

「向こうも当然、尾行対策はしているでしょうが、町の中で庭師猫達の追跡を振り切るのは難しいはずです。信用して任せていただけませんか？」

「おまえを信用していないわけではないが……」

陛下はそう言いつつも、簡単には私の計画には賛同できないようだ。

「こきゅんっ？」

考え込む陛下へと、フィフが近づいていく。

ぼんやりと尻尾が光り、何か陛下へと伝えているようだ。

「……それは、だが……」

「どうされたのですか？」

尋ねると陛下がフィフを見て、そして私を見つめた。

「フィフも力を貸してくれると言っている」

「フィフが？　……どういうことでしょうか？　触れた人に声を届ける力が、今回の計画で活かせるとは思わないのですが……」

「その通りだ。だがな、二つ尾狐の持つ力はそれだけではない。……フィフに触ってみてくれ」

どういうことだろう？

疑問を覚えつつも、陛下の指示通りフィフへと手を触れたところ、

《ごきげんよう。妾の声、聞こえていますかぁ？》

「なっ⁉」

イ・リエナ様の声が聞こえた。

気のせいじゃなく、今だってはっきりと、イ・リエナ様の声が脳内に響いている。

《妾の声が聞こえていたら、お返事いただけると嬉しいですわぁ。レティーシア様、いかがですかぁ？》

「は、はい。聞こえていますが、これはいったい……？」

きょろきょろと上下左右を周囲を見回すが、当然イ・リエナ様の姿は見当たらない。ここから遠く離れた、ヴォルフヴァルト王国の王都にいるはずだった。

《ふふ、驚いていただけよかったですわぁ。これも二つ尾狐の力ですの。二つ尾狐の中でも尻尾が四本以上ある子は、離れた場所にいる二つ尾狐に声を飛ばすことができるわ。自分の声はもちろん、触れた人の声も可能よぉ》

「そんなことが……」

《できるわ。びっくりよねぇ》

イ・リエナ様の声にくすくすと笑いが混じった。

まるですぐ近く、フィフと共にこの場にいるかのように、はっきりと聞こえている。

《だからこそ妾は、陛下達にフィフを預けたのよ。もし何かあっても、フィフを介してこうして声のやり取りができるからこそ、陛下も今回、エルトリア王国行きを選択されたのよねぇ》

「あ……。そう言うことだったんですね」

イ・リエナ様の言葉に思い当たることがあった。

ヴォルフヴァルト王国を出る前、グレンリード陛下は『最近、心強い味方を得た』と言っていた。あの時はてっきり、イ・リエナ様を味方につけたことかと思っていたけど……。

陛下はどうやら、二つ尾狐のことを言っていたようだ。

「確かにこの二つ尾狐の、遠隔会話能力はすごいですね……」

電話などは発明されておらず、早馬や狼煙による情報伝達がせいぜいといったこの大陸で、二つ尾狐の持つ力は強力すぎる。大々的に知られたが最後、乱獲が待っていそうだ。

「だからこそこの力については、私にも秘密にされていたのですね？」

思えば、二つ尾狐についてはイ・リエナ様達雪狐族の伴獣とはいえ、妙に扱いが厳重だった。触れた人に声を届ける力を秘密にしているから、と説明があったけど、本命はこちらの、遠隔会話能力について隠していたのかもしれない。

《そうよぉ。二つ尾狐の中でも一部の子しか使えない能力でもあるもの。知っているのは雪狐族とヴォルフヴァルト王国の上層部の一部よぉ》

「なるほど……」

思い出せばかつてケルネル公爵も、大きな騒ぎを起こし二つ尾狐を手に入れようとしていた。あの時は他の目的のついでかと思っていたけど、遠隔会話能力を知った今だと、熱心に二つ尾狐を求める気持ちもわかる。

《こうして今、遠隔会話能力についてお教したのは、妾からの信頼の証ですわぁ。レティーシア様なら悪用することなく、上手く使ってくれると思っていますもの》

「……ありがとうございます！」

信頼の証、という言葉を噛みしめつつ、私はフィフを見つめた。

確かに陛下の言う通りだ。

フィフが協力してくれれば、今回の私の計画も、もっと成功率を上げられるはずだった。

――私がフィフと共にマルディアス陛下の元に向かい、グレンリード陛下にはフォスといてもらう。フィフからフォスへと、遠隔会話能力を使ってもらうつもりだ。

遠隔会話能力は声の内容だけではなく、その声が発せられたおおよその方角もわかるらしく、今回の計画にはぴったりなのだった。

◇◇◇

「――フィフ、お疲れ様。大活躍だったわね」

《へへへーボクかっこよかったでしょー?》

えっへん、と。

胸を張るフィフを撫でつつ、私は陛下とフォスと共に廊下を進んでいった。

この屋敷を突き止めた陛下は、私のお兄様達とも協力して、すぐさま兵を連れてやってきてくれたらしい。既にこの屋敷内はほぼ制圧されているようで、今は救出されたマルディアス陛下のところへ向かっているところだ。

「レティーシア様、よかった。ご無事でしたね」

廊下の向こうからやってきたのはアティアルド殿下だ。私の計画に賛同し動いてくれている。

「そちらはどうでしたか?」

この屋敷が監禁場所であると突き止められても、マルディアス陛下が具体的に屋敷内のどこにいるのかわからなくては、強襲をかけても逃げられ無駄になる可能性があった。そこでアティアルド殿下が鹿の姿へ変化し協力をしてくれていたのだ。

「計画通り強襲前に、マルディアス陛下がどの部屋に監禁されているか、当たりをつけることができました。レティーシア様の考えと、この魔力蝶のおかげですね」

アティアルド殿下が片手に持ちあげた小さな錬鉄製の籠の中、青い翅をもつ魔力蝶が数羽、ゆるく羽ばたいている。魔力蝶達は籠が動いても、一定の方向を向き続けていた。そちらの方角にちょうど今、マルディアス陛下がいらっしゃるはずだ。

「ザミエル伯爵がマルディアス陛下に贈った魔力蝶が、陛下のお部屋にそのまま残されていて幸運でしたわ。人間にはわからないほどの微量の魔力でも、魔力蝶は感知できますものね」

マルディアス陛下の監禁場所特定方法を考えていた時、私は魔力蝶の生態を思い出したのだ。

魔力蝶は特定の人物が一定期間魔力を与え続けると、その魔力しか食べられなくなり、その人物を追いかける習性があった。

ザミエル伯爵が王家の人間のご機嫌うかがいにと贈った魔力蝶に、マルディアス陛下も魔力を与えていてくれたおかげで、その魔力蝶は今、マルディアス陛下の居場所を示す生きたコンパスになっていたのだ。アティアルド殿下には魔力蝶入りの籠を携えこの屋敷の周りを密かに周り、マルディアス陛下が屋敷のどのあたりにいるか突きとめてもらっている。

グレンリード陛下が仔狼の姿になれるように、アティアルド殿下は小さな仔鹿の姿にもなれるのだ。おかげでヴェルタ殿下の元からも脱出できたし、今回も見張りに見つかることなく、魔力蝶入りの籠をくわえてこの屋敷の近くを調査することができたらしかった。

「魔力蝶がレティーシア様と私を、マルディアス陛下へと導いてくれました。役目も終えましたし、解放してやりますね」

ずっと籠に閉じ込められ利用される魔力蝶を哀れに思ったのか、アティアルド殿下が籠のふたを開けていた。

ひらり、ひらり。

自由を得た魔力蝶が翅を広げ、マルディアス陛下の元へ舞っていく。

食料を求め進んでいく、儚くも力強い羽ばたきを見ながら、アティアルド殿下が口を開いた。

「……今回は本当にありがとうございました。レティーシア様がいなかったらマルディアス陛下をお助けできなかったですし、それに――」

小さく声を潜め、周りには聞こえないようにして。

――私なんかの先祖返りの力でも役に立つことがある、私にもできることがあるのだと、自信を持つことができました、と。

そう言ってくれたアティアルド殿下は少しだけ、自分の力を認められたようだった。

◇◇◇

アティアルド殿下とグレンリード陛下、それに魔力蝶とフィフ達の協力もあり、無事にマルディアス陛下はお助けすることができた。

が、残念ながら、ヴェルタ殿下には逃げられてしまったようだ。マルディアス陛下と私の安全を優先して動いてもらったので仕方ないが、やはり気にかかった。

救出されたマルディアス陛下には、念のため不調がないかしっかりと確認するため、アティアルド殿下らと共に先に王城へ戻っていただいている。この場に残された私はヴェルタ殿下の行方の手がかりを求め、屋敷の中を探し回っていた。

「うーん、やっぱり、そう簡単には見つからないわね」

ルシアンと共に屋敷の隅々まで確認し、今は庭を調べていたが、それらしいものは見つからなかった。

「魔力蝶も貸してもらったけど、これは空振りかもね」

屋敷の中にはひらひらと、たくさんの魔力蝶が舞っていた。

王家の個人に贈られたものではなく、雪山猫の監督不行き届きで捕縛されていたザミエル伯爵から押収した魔力蝶を貸してもらった形だ。

この魔力蝶達は、特定の個人の魔力を求めるような性質がないため、自由気ままに魔力を求め飛び回ることになる。

ヴェルタ殿下は王家の血筋らしく、高い魔力量を誇っていた。もし隠し部屋などがあり潜んでいるとしたら、魔力蝶達がそこへ集まるはずだったけど……。

「うーん、蝶だらけね、私」

魔力蝶の多くは、私の傍にまとわりつくように飛ぶばかりだ。他の蝶もバラバラに飛んでいて、ヴェルタ殿下が潜んでいそうな様子はない。

そろそろ調査を諦めて帰るかというところで、ぐー様の小さなうなり声が聞こえた。

「ぐるるるる……」

ついで聞こえる、敵意と威嚇《いかく》をはらんだうなり声。

雪山猫がこちらを、毛を逆立て睨みつけている。背後を見ると少し離れた場所の壁が、不自然にズレ人一人が通れるほどの穴が開いていた。

「隠し部屋はなかったけど、隠し通路はあったってことね」

ヴェルタ殿下が、わざわざマルディアス陛下の監禁に使っていた屋敷だ。隠し通路があるのも予想していた。そこを使って、ヴェルタ殿下は雪山猫をけしかけてきたようだ。

雪山猫の襲来も、予想の範囲内だった。

ヴェルタ殿下は破滅が秒読みで、私のことを深く恨んでいるに違いない。せめて私を道連れに、と、何かしかけてくるのを警戒していたのだ。

「がるるるる……」

牙の間から冷気を漏らしながら、雪山猫はこちらを威嚇するばかりだ。

庭にはぐー様が潜んでいる。グレンリード陛下には帰ったふりをしてもらい、ぐー様の姿で戻ってきてもらっていた。私の守りが手薄と判断し襲ってくる敵を、返り討ちにしてもらうためだ。

ぐー様の気配と圧力を、雪山猫は獣の勘でわかっているらしい。

私は夜会の日に魔術で雪山猫を追い払っている。そんな私にぐー様のプレッシャーも加わり、雪山猫はこちらに近寄れなくなっているようだ。

雪山猫はヴェルタ殿下達に、子供を人質に取られ動かされていた。

おそらく今も、隠し通路の奥にでも潜んだヴェルタ殿下の配下が、雪山猫に指示を出している。子供のために、雪山猫は逃げることができなかった。追い詰められた表情で、しかし体をかがめ、こちらに襲い掛かろうとしている。

雪山猫は優れた機動力と高い殺傷能力の持ち主だ。ぐー様がいて私の魔術があっても、無傷での無力化は難しい。油断すれば、こちらが痛手を被るはずだ。

今にも飛び掛かってきそうな雪山猫へ、攻撃魔術を詠唱しようとしたところで、

「お待たせ。間に合ったかな？」

呑気な声と共に、クロードお兄様がやってきた。手にした金属の籠の中には、猫に似た姿で白い毛皮にグレーのヒョウ柄の、雪山猫の子供が入っている。

「ぐるみにゃあっ！」

「ぴにゃっ？　うにゃにゃ！」

親の雪山猫が鳴きかけると、子供が甘えるような鳴き声を出した。声はきちんと出ているし、見たところ小さな体には怪我もなさそうで安心だ。

「もう大丈夫よ。あなたの子供は、私達が保護したわ」

優しくゆっくりと語り掛ける。

どこまで言葉を理解できたのかはわからないけど、こちらの思いは伝わったようだ。

雪山猫は一声礼を告げるよう鳴くと、隠し通路へと駆け込んでいった。

「うわぁっ⁉」

何かがぶつかるような音と短い悲鳴が隠し通路から聞こえた。

雪山猫がずるずると、男性を引きずり出してくる。雪山猫に指示をだしていた人間に違いない。

血は流れていないが、両足は膝から先が凍らされ、氷で固められていた。

「賢いね。雪山猫は肉の鮮度を落とさないために、できるだけ血を流さないよう獲物を生け捕りにして、氷で動きを封じ生きたまま巣に持ち帰る習性がある……って読んだことがあるけど、本当だったみたいだね」

マイペースなクロードお兄様の声を聞き流しつつ、念のため男性を捕縛しておく。ルシアンが手早く猿轡《さるぐつわ》をかませ、両手足を縛りあげた。これで氷が溶けても逃げられないはずだ。

捕縛を終えたルシアンへと、雪山猫の子供入りの籠を渡したクロードお兄様が、手首をぶらぶらとさせていた。

「雪山猫の子供、かわいいけど運ぶと重いね。今日明日は重たい本が読みにくくなりそうだよ」

「ご苦労様。クロードお兄様のところが、やっぱり当たりだったのね」

調査の結果、雪山猫の子供が捕らえられていた場所は、ヴェルタ殿下陣営の所有する建物のいくつかに絞り込まれていた。

しかし、これという証拠や目撃情報はなく、全てに踏み込むことは難しかったため、それぞれに人をやり監視することに留めていたのだ。

クロードお兄様はそのうちの一か所を「たぶんここだね」と言い監視してくれていた。そこでなんらかの証拠を掴み、雪山猫の子供を救出してくれたようだ。

「……クロードお兄様はやっぱり、最初からわかっていたのね」

小さくため息を吐き出し、クロードお兄様を見つめる。

常緑樹の色の瞳は優しく私へ向けられていても、その奥の考えは読めなかった。

クロードお兄様の頭脳は飛びぬけている。

未来を見てきたかのごとく天気を当てるように。今だって深い緑の瞳には、私や他の人には見えないものが見えているはずだ。

「レティが言う最初から、ってのはどこからかな？」

「初めの初めからよ。私がフリッツ殿下に婚約破棄されることだって、お兄様はわかっていたんでしょう？」

以前から、疑問に思っていたことを吐き出していく。

私があのような形で婚約破棄と追放を受けることは、まずあり得ないことだった。

フリッツ王太子が非常識な行動をとろうとしても、普通ならあそこまで大事になる前のどこかの段階で、誰かが待ったをかけたはずだ。

「でも、あの婚約破棄の直前、マルディアス陛下は体調を崩されていて、第三王妃様も陛下の代理で多忙で、フリッツ殿下から目が離れてしまっていた。学院でのお目付け役のイリウスもちょうど忙しかったし、私も婚約破棄の前数日間はバタバタしていたわ。……揃いも揃って、フリッツ殿下の歯止めとなれる人間が機能していなかったの、少しおかしいと思っていたのよね」

もっとも、ここまでならまだ、偶然としてありうる範疇だ。

不幸な偶然。私も婚約破棄当初はそう思っていたけど、落ち着くにつれ疑問が出てきたのだ。

「フリッツ殿下が何かやらかすかもしれないって、婚約破棄の前から、ある程度お父様達は警戒していたわ。だからこそお父様もユリウスお兄様もベルナルトお兄様もみんな、フリッツ殿下に注意とそれとない圧力をかけていたもの。そんなお父様達が偶然、あの時は別の案件に忙殺されていたり、王都を離れていたりしていた……。これ全部、クロードお兄様の仕業でしょ？」

「……待て。おまえは何を言っているのだ？」

私の問いかけに、グレンリード陛下が声をあげた。いつの間にか、物陰でぐー様から人間の姿に戻りやってきたようだ。わざわざ口を挟み質問せずにはいられないくらい、私達の話す内容が気になったのかもしれない。

「おまえの推測には無理が多すぎるように思える。おまえの父やユリウス、ベルナルトらはクロードにとっても身内だ。ならばその行動をある程度左右できるだろうが、対象はそれだけではないのだろう？　フリッツやスミアらの行動までも、制御することはできないはずだ」

グレンリード陛下のお言葉はもっともだけど……。

クロードお兄様に関しては、一般論が通じなかった。

「できるはずですわ。クロードお兄様なら、きっとそれくらいはできますもの」

妹である私は断言できた。

確信をもって、グレンリード陛下へと語っていく。

「昔、クロードお兄様は学院に在籍していた時、嫌がらせを受けていたことがありました」

原因はベルナルトお兄様への嫉妬だ。

ベルナルトお兄様はまだ十代の頃から才覚を発揮していて、学院でも優れた成績を収めていた。

当然、嫉妬を向ける人間は多かったけど、ベルナルトお兄様はあの強さだ。敵わないと見た人間は、代わりに弟である、クロードお兄様に嫌がらせをしていた。

「クロードお兄様はあの性格ですから、嫌がらせも気にせず本を読んで過ごしていましたが……。クロードお兄様への嫌がらせが効果なしと知った人達が、私に嫌がらせ対象を変えようとした途端、容赦なく全員を排除しました」

「排除、ということはやり返したのか？　それとも公爵家の権力を使い、これ以上の嫌がらせは許さないと通告したということか？」

グレンリード陛下の問いかけに、私は首を横へ振った。

「いいえ、違います。嫌がらせを行っていた人間が今まで隠していた悪事が明るみに出たり、実家との関係が悪化したり、婚約者が問題を抱え奔走するはめになったり……。それぞれ理由は違いましたが、全員が嫌がらせどころではなくなっていました」

「そんな都合のよいことが……」

「普通はありえないと、当時の私も思いましたわ。だからクロードお兄様に聞いたら、こう答えてくれたんです。『全員、嫌がらせなんかをする余裕がないようにしたから安心していいよ』と。クロードお兄様は言っていました。……そうよね？」

「あぁ、言ったね」

話を向けると、クロードお兄様が頷いた。

「なんでもかんでも先回りして動くのは趣味じゃないけど、俺のせいでレティに嫌がらせが向くのは、さすがに見逃せなかったからね。兄として、どうにかしなきゃって思ったんだよ」

「……その気持ちはわかるが、具体的におまえは何をしたのだ？」

グレンリード陛下の問いに、クロードお兄様は肩をすくめた。

「特別なことはしていませんよ。いじめっ子やその関係者、更に関係者の事情や人柄を調べて、こうすればきっといじめっ子が忙しくなって、レティに構う余裕もなくなるだろうな、ってことをやっただけです。いじめっ子の悪事に気が付きそうな人間を誘導したり、親子関係にヒビが入りそうな話題が目に入るようにしたり……。細かくは色々とやりましたけど、大雑把にまとめると『蝶の羽ばたき効果』って感じですね」

「『蝶の羽ばたき効果』……？」

「昔、私が本で知った言葉ですわ」

前世で使われていた表現だ。

はっきりと前世の記憶を思い出す前から、私は時折、断片的な知識を思い出していた。

クロードお兄様がいじめっ子に対してやったことを聞いた時、そういえば似たような話があったな、と。『蝶の羽ばたき効果』を思い出したのだ。

「かなり我流の解釈が入りますが……『蝶の羽ばたき効果』とは、一見無関係な些細なことが、巡り巡って大きな出来事を巻き起こすことですわ」

言いつつ、私は周囲を舞う魔力蝶へ視線を向けた。

「蝶の翅は軽く、羽ばたきはごく小さな空気の動きを起こすだけですが……。ごく微量でも確かに動きがある以上、それが連鎖的に大きな変化を引き起こすことは、極めて低確率とはいえありえないことではないでしょう？」

蝶の羽ばたきが世界の裏側で嵐を巻き起こす。

あくまでたとえ話だけど、まるきりありえない話ではないと私は思っている。

日本には風が吹くと桶屋がもうかる、なんてたとええもあったし、一見何の関係もないような些細なことが、回りまわって思いもよらない影響を与えることはあるはずだ。

「蝶の羽ばたきが他国で嵐を巻き起こすのは、ただの偶然の積み重ねでしかありませんが……。クロードお兄様の場合はある程度人為的に、狙って似たようなことができるのよね？」

他人から見たら偶然の連鎖でも、クロードお兄様からしたら狙い通りに違いない。

どう蝶を羽ばたかせれば、嵐が起きるのかがわかってしまうということ。

蝶の羽ばたきの描く未来の軌跡が、クロードお兄様にはあらかじめ見えているのだ。

「そうよね、お兄様？　私の言ってること、当たっているでしょ？」

「あぁ、できるよ。めんどくさいけど、似たようなことはできるからね」

再びの私の問いかけに、クロードお兄様は穏やかに笑っている。

わずかに目を伏せ、魔力蝶の一羽へと指先を伸ばしていた。

「レティーシアの言葉を疑うわけではないが……本当にそんなことができるものなのか？　そんなことができるとしたら……」

言葉を濁しつつも、グレンリード陛下が疑問を口にした。

クロードお兄様を見定めるように、青碧の瞳を鋭くしている。

「嘘はついてませんよ。そうですね、たとえば……そこの雪山猫の子供を見てください」

「何をするつもりだ？」

「あくびをします」

クロードお兄様が言い終えると同時に。

くわぁ、と。雪山猫の子供が大きく口をあげあくびをしていた。

「なっ……!?」

グレンリード陛下が驚愕に一瞬、瞳を見開いていた。

信じがたいが信じるしかない、といった様子で、クロードお兄様を見ている。

「まさか、本当に……？　さきほど魔力蝶に指を伸ばしたことで雪山猫にあくびを……？　それとも他に何か、あくびを誘発させる動きがあったということか……？」

「……クロードお兄様、教えてください」

絶句するグレンリード陛下に代わり、私はクロードお兄様へと問いを向けた。

「卒業試験の少し前、お兄様はスミアに軽く勉強を教えていたと、イリウスが言っていました。そしてその数日後に、スミアは暴走して私を襲ってきたわ。……これ、偶然なんかじゃなくて、クロードお兄様の狙い通りでしょう？」

「あぁ、その通りだよ。俺がやったのは、元々精神的に追い詰められていたスミアへの、最後の一押し程度だけどね」

あっさりと、クロードお兄様は自分の仕業だと認めていた。

――――スミアの暴走があのタイミングで起こらなかった場合のことを想像する。

スミアは卒試に合格したかもしれないし、そうすれば現実ほどにはスミアの評判は落ちず、婚約者であるフリッツ殿下の評判も落ちないはずだ。

そうなればヴェルタ殿下も、雪山猫の脱走に始まる、今回の一連の陰謀を実行しなかったんじゃないだろうか？

フリッツ殿下の求心力が十分に低下しきっていない状況で大きくことを動かせば、反撃を食らいヴェルタ殿下の陣営に深刻なダメージが出る可能性があったからだ。

そして、更に先へと思考を進めると、ヴェルタ殿下が雪山猫の事件を起こさなければ、ヴェルタ殿下が破滅することもなく、フリッツ殿下とヴェルタ殿下の対立はこの先も長引き、いずれは国を割って争う未来もあり得たはずだった。

「……つまりおまえは、国のためにと先回りして動いたということか？」

グレンリード陛下も、私と同じ思考に至ったようだけど……。

「たぶん、それは違うと思います。クロードお兄様は基本的にものぐさです。国のために率先して動こうとするほど、やる気や愛国心の持ち合わせはありませんわ。……そうでしょう、クロードお兄様？」

問いかける私に、クロードお兄様は微笑んでいる。

「あぁ、正解だよ。国のために「も」とは思ったけど、一番の目的はそれじゃないよ」

「……やっぱりそうだったのね……」

脱力と共に、クロードお兄様はそういう人だと私は納得していた。

本気で国のためを思っているなら、貴族としてきちんと仕事をするとか、あるいは軍部に入ってベルナルトお兄様と共に活躍するとか、いくらでもありようはあったのだ。

なのに閑職に甘んじて何やら暗躍しているあたり、国益のために動いてるわけじゃないのはほぼ確定だった。

「どういうことだ……？　先ほどおまえは、レティーシアの婚約破棄にも関わっていると言ったな？　レティーシアのことをかわいがっているなら、なぜそんなことをしたのだ？」

わけがわからないぞ、と。

陛下が眉間に皺を刻み、クロードお兄様を睨みつけるようにしていた。

「それとも、婚約破棄さえ、レティーシアのためにと誘導したのか？　フリッツと結ばれてもレティーシアが幸福になることはありえないと考え、婚約破棄へと導いたということか？」

「少し違いますね」

陛下の眼光に怯むことなく、クロードお兄様が魔力蝶を指先へと止まらせていた。

「俺はレティとフリッツ殿下の婚約は歓迎していませんでしたし、レティがフリッツ殿下と幸せになれるとも思っていませんでしたが……。婚約はレティや父上が選択したことです。気に食わないからという理由だけで婚約破棄のために動くほど、俺は傲慢でも勤勉でもありませんよ。そもそも、本気であの婚約を潰すことだけが目的なら、こんな大事にはしなかったでしょうしね」

めんどくさいことは嫌いですからね、と。

クロードお兄様は呟いていた。

「……つまり、レティーシアの婚約破棄は目的ではなく通過点、他に望みがあるということか？おまえは一体、何を目的に動いている？」

グレンリード陛下の声が、刃のような鋭さでクロードお兄様へと向けられていた。

クロードお兄様の能力とやってきたことを知った今、完全に警戒対象になったようだ。

「答えろ。おまえの目的は、妹であるレティーシアにも言えないような類のものということか？」

「さぁ？　どうでしょうね？　俺はそんなたいそれた望みは抱いていませんよ。誰でも、とまでは言いませんが多くの人が持っている、ありふれた望みでしかありませんよ」

肩をすくめ、力を抜き笑うクロードお兄様。

妹の勘で嘘はついていない気はするけど、これ以上詳しくは話してくれなそうだ。

「そのような言葉、信じられると思うのか？」

「信じられないでしょうね。でも、一つだけ言えるのは、俺も陛下と同じように、レティの幸せを祈っています。レティを不幸にするようなことは、できる限りしないつもりですよ」

「お兄様……」

クロードお兄様の言葉には嘘がない。嘘はないと思いたかったけど……。

私にすら自分の目的を教えてくれないのは心配だ。

クロードお兄様は転生後に一番長く一緒にいた相手だけど、ここ数年は別々に行動することが多くなっている。私が王妃教育に忙しくなった頃か、あるいはその前、従軍義務で戦場に派遣された時か、あるいはそれよりもっと前なのか。今のクロードお兄様の行動を決定づける何かが、私の知らない間にあったようだ。

兄妹といえど別の人間だから当たり前だけど、やはり心配だし寂しかった。

「何をしようとしているかわからないけど……。あまり危ないことはしないでね？」

腕を伸ばし手を握ると、クロードお兄様が握り返してきて、

「努力はするよ。それじゃね、レティ。しばらく会えなくなりそうだから、再会を楽しみにしているよ」

そのまま手を放すと優しい笑顔のまま、私の前から去っていったのだった。

陛下の在位十周年式典が三日後に迫っている中、私とレンリード陛下は王城へ招かれていた。

晩餐には当然、ヴェルタ殿下の席は用意されていない。結局あの後、ベルナルトお兄様達の指揮する兵によって、ヴェルタ殿下は捕らえられていた。ユリウスお兄様がヴェルタ殿下陣営の切り崩し工作を行っていたこともあり、表立ってヴェルタ殿下を庇う人間もいなくなっていた。

生涯の幽閉と形だけの結婚が、ヴェルタ殿下へと与えられた罰だ。形式上のみの婚姻により王家の籍からは抜け、王位継承権は消滅。この先一生を、狭い塔の中で過ごすことになるようだ。

ヴェルタ殿下の脱落により、次期国王はフリッツ殿下に決定。

そうフリッツ殿下は思っていたようだが、マルディアス陛下のお心は違うようだ。

「父上、ご冗談ですよね？　僕を王太子から降ろすなんて、そんなの冗談ですよね？」

「冗談ではない。真だ。次期国王は、アティアルドに託すと決めておる。三日後の式典にて正式に発表し、式典のちょうど一年後には戴冠式を行う予定だ」

「そんなっ……！」

「父上、今なんと仰ったのですか？」

人払いのなされた晩餐の間に、フリッツ殿下のひきつった声が響いた。

マルディアス陛下の救出から数日。

取りつく島もないマルデイアス陛下の言葉に、フリッツ殿下が拳を震わせていた。

「スミアですか⁉　スミアのことなら、婚約関係はじき解消する手はずです！　不出来なスミアさえいなくなれば、僕の足を引っ張るものは何もないはずです！」

「スミアだけの問題ではない。おまえがおまえである限り、とても王位は渡せないと、ようやく儂も気づいたということだ」

「何故ですか⁉　僕はヴェルタのように父上を害そうとしたこともありません！　なのに王太子から下すなんて、どうしてそうなるんですかっ⁉」

「確かに、おまえは儂を害そうとはしなかった。が、それだけだ。儂がヴェルタに囚われている間、おまえは何をしていた？　儂のため、そして国のために動いていたのはアティアルドとレァィーシアらだ。おまえは何もせず、ただ怯え引きこもっていただけだろう」

否定を許さない眼光で、マルディアス陛下がフリッツ殿下を射貫いていた。

「そ、それはっ……！　父上の無事をお祈りしていてっ……！」

「祈るだけしかできぬ人間に、おまえは玉座を渡せると思うか？……連れていけ」

「父上っ⁉　嫌ですお待ちくださいっ！」

マルディアス陛下の合図でやってきた衛兵が、フリッツ殿下を引きずり出していく。

遠ざかっていく喚き声に、マルディアス陛下は深いため息を落とされている。

「我が王家に生まれた聡き子は間引かれ、残るは凡愚のみ……。頭の痛いことだ」

「陛下……」

王家の子、その一人であるアティアルド殿下が声を上げた。

「なんだ？　言いたいことがあるのなら言えばいい」

「……私が本当に、次期国王でいいのでしょうか？　陛下の仰る通り、私より聡い者は臣下にもいくらでもおりますし……。陛下だって私のことは、お嫌いになっていたでしょう？」

「あぁ、嫌いだ。そんなの当たり前だろう？」

マルディアス陛下が、どろりと言葉を吐きだしていく。

「おまえは先祖返りだ。だからこそ、凡愚でなくともこの王家で生き延びられている。先代国王である儂の父も、おまえだけは殺してはいけないと、周囲に厳命していたからな……。他の兄弟が儚く命を落とし、儂もいくどか落命しかけていた中、父に守られていたおまえのことを、好きになれるわけがないだろう？」

「……仰る通りです」

アティアルド殿下は唇を噛みしめていた。

ぶつけられる憎悪にただ耐える姿に、マルディアス陛下が小さく舌打ちした。

「それだ。そういう部分がおまえの嫌いなところだ。なぜ耐える？　なぜ反抗しようとしない？　おまえは先祖返りで、頭脳にも恵まれている。その気になれば儂を追い落とし、今の王家の惨状を変えることとてできたかもしれないのに、なぜそうも卑屈なのだ……」

「申し訳ありま――」

「謝るな。国王となる人間が、簡単に謝るのはもうやめにしろ」

マルディアス陛下の、アティアルド殿下への当たりは辛らつだ。

しかしそれはどこか、期待の裏返しの気がした。

憎く思っているのも嫌っているのも本当。だが、それでもマルディアス陛下は、アティアルド殿下を次期国王にと選び、おそらくは期待している。

アティアルド殿下が人質にされた時、マルディアス陛下は見捨ててもおかしくなかったはずだ。先祖返りの人間を守ることが王家のしきたりだとしても、現国王の身を危険にしてまでしきたりを守っては本末転倒。アティアルド殿下を切り捨てる選択肢も、十分ありえたはずだった。

なのにアティアルド殿下の安全をマルディアス陛下が優先したのは、きっと期待していたからだ。次期国王に相応しいのは、フリッツ殿下でもヴェルタ殿下でもなくアティアルド殿下だと考えていたからこそ、見捨てられなかったに違いない。

「儂に王位が転がり込んできたのは間引かれぬ程度に愚かで、そして当時おまえに王位を望む気概がなかったからにすぎん。レティーシアのおかげでおまえもようやく少しは、覇気というものが出てきたのだろう？　ならばせいぜい死ぬ気で、玉座にしがみつきなすべきことをするがいい」

罵倒にも似た祝福。

アティアルド殿下は拳を握り、震えながらも唇を開いた。

「陛下と死んでいった兄弟達、そして民の期待に恥じぬよう……王冠を、受け取らせていただきたいと思います」

「ふん、言うではないか。その言葉、たがえぬように期待しておこう」

マルディアス陛下は鼻を鳴らすと、ぱんぱんと手を打ち叫んだ。

「内々の話は終わりだ！　料理だ！　料理を持ってこい！」

「ははっ！」

ぞろぞろと宮廷料理人と、そしてジルバートさんが入室してくる。

「料理はこちらでございます。本当に、私どもが同席してもよろしいのでしょうか？」

料理を捧げ持つ宮廷料理長が、小声でマルディアス陛下に尋ねていた。

「かまわぬ。今日の主賓はおまえ達だ」

「えっ……？」

困惑を浮かべる宮廷料理長。

構うことなく、マルディアス陛下はジルバートさんを呼んだ。

「準備させたぞ。食べるがよい」

「はっ。失礼いたしますね」

ジルバートさんが青い顔で、震えを隠し頷いている。

頼りない姿だったけど、皿の前にくると一変。真摯《しんし》なまなざしを肉料理へと注ぎ、肉を口に運びゆっくりと味わっていた。

数種類の料理を少量ずつ味見するように食べると、ジルバートさんは二枚の皿を指さした。

「この二つです。この二つに、前のと同じ毒が入れられています」

「なっ⁉」

　毒、の一言に、宮廷料理長がいきり立っている。

「でたらめを言うなっ！　毒見の済まされたこの料理に、毒が入っているわけがない！」

「少量ならば症状が出ない種類の毒です。一口二口なら問題なくても、毎日たくさん食べ続ければ体に障りがでます」

「何を根拠に言っている⁉　口から出まかせは今すぐやめろっ！」

「根拠ならありますわ」

　ジルバートさんを庇《かば》うように、私は立ち上がり前へ進み出た。

「以前出された料理をネズミに与えたところ、ふらつきなどが出現しました。体の小さな動物は、微量の毒でも症状が出ますわ」

　かわいそうなことをしてしまったけど、おかげで確信が持てた。アティアルド殿下に頼み持ってきてもらった、宮廷料理人達の作る料理の何割かに、毒が含まれていたのだ。

「使われた毒は無味無臭のもののようですが……。毒自体に味はなくとも、異物が混入すればその分、どうしても料理全体の味は変わってしまいます。香辛料が強くわかりにくいですが、私の料理人は気が付いてくれました」

　ジルバートさん様様だった。

　料理に情熱を注ぎすぎた結果、ジルバートさんは毒物の味見にも手を出していた。料理に毒物が混入していた際に気が付けるように、という理由は建前で、好奇心によるもののようだ。

ちょっと引くけど、後遺症が残るものは一応避けていたらしいし、おかげで今回の毒に気が付くこともできたのだ。毒そのものに味はなくても、他の食材にほんの少しだけ独特な苦みが出てくる……らしい。確かめる気にはなれないけどね。

「この場にいない怪しい料理人も捕縛するよう命じてある。おまえ達も抵抗はするなよ？」

陛下が睨みをきかすと、料理人のうち数人が体を震わせていたのだった。

◇◇◇

――――調査の結果、宮廷料理人の中でも上位の数人が、毒の投与に関わっていたことが判明。

宮廷料理人達の後ろで糸を引いていたのは、フリッツ殿下の母方の実家だったようだ。

私に婚約破棄を突き付けた際の失態から、マルディアス陛下は本格的に、フリッツ殿下を王太子から降ろすべきか悩んでいたらしい。

フリッツが王太子ではなくなる前に、マルディアス陛下を玉座から降ろさなければならない。そう考え、マルディアス陛下の料理に少しずつ、毒を盛ることにしたらしい。ここのところマルディアス陛下が痩せられたのも、毒の影響だったようだ。

国王に毒を盛る、許されざる大罪。

フリッツ殿下の母親、第三王妃様本人は関わっていなかったものの、実家の暴走を止められなかったこともあり、本人も悔いていたため、マルディアス陛下との離婚が成立。

後ろ盾を失い、とうに人心も離れていったフリッツ殿下は、その後政治の場にて、いないものとして扱われるようになったのだった。

◇◇◇

「レティーシア、準備はいいな？」

「はい。参りましょう」

紫のドレスを翻し、私は陛下と共に馬車へと乗り込んだ。

マルディアス陛下の在位十周年記念式典当日。祝いの場にふさわしいよう、私は着飾っていた。

瞳の色と合わせた紫の生地に、可憐《かれん》に重ねられた白レース。刺繍《ししゅう》は繊細で、光により模様を浮かび上がらせていた。少し動きにくいけど、その分華やかで美しいデザインになっている。

「良く晴れたいい天気ですね」

多くの招待客が訪れるため、式典会場は外になっている。この時期の王都は雨が少なく、若葉が美しい季節にさしかかっていた。

窓からの景色を楽しんでいると、やがて会場の入り口が見えてくる。招待客を確認してから中へと入れているため、少し列ができているようだ。

「陛下、どうします？　すぐに出て並ぶか、列がはけるのを見計らって馬車から出ますか？」

「まだ時間はある。少し待つとしよう」

「わかりました。フィフも待っててね？」

《了解だよー！》

私の横で寝そべっていたフィフが声を伝えてきた。式典は各国の貴賓が集まる貴重な場だ。フィフも見ておきたいらしく、連れてくることになった。

《待ってる間、ときときしてくれませんかー？》

「わかったわ。待ってて」

陛下と私が乗り回しているこの馬車には、各種ブラシが常備されている。いっちゃんやぴよちゃん達もふもふが一緒に乗ることも多いので、馬車の中に置いておくことにしたのだ。

《いいかんじいいかんじー》

ぐねぐねと気持ちよさそうなフィフの背中から腰、そして尻尾をすいていってやる。

もっふりとした五本の尻尾を持つフィフは、その分毛づくろいも大変らしく、とかして整えてもらうのが好きだった。

綺麗に毛流れを整えていると、陛下がじっと私の手元を見ていた。

「今度ぐー様の姿になった時、とかしましょうか？」

「……おまえのしたいようすればい――」

言葉の途中、陛下が天井を見上げた。

「この羽音は飛竜か？」

「飛竜？」

憧れの幻獣の一つに、私は立ち上がった。生で見るべく、馬車を降り外へ立つ。

上空を見ると赤黒い翼が力強き羽ばたき、角の生えた頭部が風を切っている。飛竜は金色の瞳で地上を睥睨すると滑空し、馬車から少しのところに着陸してきた。

騎乗しているのは、マントを羽織った男性だ。炎のような赤い髪を背に流し、地面に降り立っている。

「……！」

視線が合い、切れ長のグレーの瞳がこちらを捕捉し、薄い唇に笑みが刻まれた。

……すごい美形だ。

彫刻がそのまま動いているような圧倒的な造形美を持ち、背後に飛竜を従える男性。

リングラード帝国が皇帝イシュナード。

目の前の男性こそが皇帝その人なのだろうと、全身から放たれる存在感に私は確信していた。

「おまえがレティーシアだな？」

低く滑らかな声が響いた。

周りには何組もの招待客がいたが、気圧されて黙り込んでしまっている。

静寂の中、私は微笑を浮かべ礼をした。

「ヴォルフヴァルト王国が王妃レティーシア。イシュナード陛下にお会いでき光栄ですわ」

優雅に滑らかに上品に。隙など見せないよう振る舞う。

ヴェルタ殿下の陰謀に利用されていた雪山猫。その入手経路は、リングラード帝国に繋がっていた。ザミエル伯爵が入手経路をぼかしていたのも、この国と関係がいいとは言えない、リングラード帝国が関係しているせいだったらしい。

これ即ち、目の前のイシュナード陛下こそが、ヴェルタ殿下の陰謀の大本かもしれなかった。

リングラード帝国は軍事強国として領土を増やしているが、戦争の始まる前の手腕も巧妙だ。

敵対勢力内での対立を煽り分裂を引き起こし、弱ったところを一挙に攻め込み陥落させるのを得意としている。

この国ではヴェルタ殿下を焚きつけることで、あわよくば内乱に持ち込もうとしていたはずだ。

アティアルド殿下のおかげで内乱に発展することは防げたが、リングラード帝国がこの件に関わっていたことを示す決定的な証拠は未入手だ。ザミエル伯爵に雪山猫を売りつけた商人は今や煙のように消えており、残された証拠はごくわずかだった。

そんなリングラード帝国の皇帝陛下が、わざわざ私達の馬車の近くへやってきたのだ。偶然かもしれないけど、馬車の外側の紋章を見て、飛竜を着陸させた可能性もありそうだった。

イシュナード陛下は今日の式典の出席者のため、姿くらいは確認できるだろうと思っていたら、向こうから近づいてきた形だ。

私の思考をよそに、イシュナード陛下は唇に不敵な笑みを刻み、華やかな威圧感を放ち立っている。狙いは何かと考えつつ微笑を浮かべていると、

「チョコレートとやら、美味しかったぞ」

いきなり感想を伝えられてしまった。

……どういうことだろう？

確かにエルネスト殿下に贈って以来、ちょくちょく貴族や知り合いに、チョコレートを贈ったりはしていた。それが巡り巡ってイシュナード陛下の口に入ってもおかしくはないけど……。

今言うことだろうか？

意図が読めないでいると、イシュナード陛下が愉快気に笑っていた。

「いずれ私の国にも、おまえの好きな料理を携えやってくるといい。その時は歓迎してやろう」

「嬉しいお言葉ですわ」

「来るのは一年後でどうだ？」

「……さぁ。どうでしょうか」

一年後。つまり私の、お飾りの王妃期間が終わる時だ。

わざとか、それともたまたまなのか。

図りかねたままいると、イシュナード陛下が踵《きびす》を返し颯爽と歩いていった。言いたいことだけを告げ去っていく、掴みどころのない相手だ。

「お噂に聞く通りの、一代で帝国を発展させたのも納得の覇気のあるお方でしたわね」

傍らに立つグレンリード陛下へと問いかけると、

「……あぁ、そうだな」

どこか固い、かすれた声が返ってきたのだった。

◇　◇　◇

――――イシュナードが近づいてきた時。

グレンリードは静かに衝撃を受けていた。

驚きつつもイシュナードを観察し、そしてますます疑問を深めることになる。

(同じだ……)

目の前に立つイシュナードから漂う香りと。

隣から香るレティーシアの香りは。

全くの別人なのにどうしてか、よく似ている部分があるのだった。

◇　◇　◇

「やっと帰ってきたわね！」

馬車の中から、うきうきと私は外を見ていた。

マルディアス陛下の在位十周年式典を終え、馬車で帰路を走破して。

おおよそ二か月ぶりの、懐かしいヴォルフヴァルト王国の王都が近づいてきていた。

「みぎゃうっ？」

窓に手をかけた私の下からぴょこん、と。

小さな頭が飛び出し窓を覗こうとしている。

「どう？　クルルがこれから住む場所よ」

「ぴにゃっ！」

雪山猫の子供、クルルへと窓を譲ってやる。

クルルは丸っこい耳をぴくぴくとさせ、興味深そうに外を見ていた。

「くにゃにゃっ！　みぎゃうにゃっ！」

初めて見る王都に興奮し、クルルが母親のウィンテルへと鳴いている。窓の景色と母親とを交互に見る姿は、遠足や旅行ではしゃぐ人間の子供そっくりだった。

ザミエル伯爵が飼っていた二匹の雪山猫。彼らに罪はないが、次期国王であるアティアルド殿下に大けがを負わせてしまったこともあり、エルトリア王国内には置いておきにくいということで、ヴォルフヴァルト王国で引き取ることになったのだ。

馬車の旅の中で、クルルはネコ科の幻獣仲間のいっちゃんと仲良くなり、いっちゃんの飼い主である私にも懐いてくれていた。親猫のウィンテルの方も私を恩人と認定しているみたいで、馬車の中で寛いでいる。

「やっぱり二匹には、私の離宮で暮らしてもらうのが一番いいでしょうか？」

「……あぁ、そうだな」

陛下からそっけない返事が返ってきた。

長旅でお疲れなのか、あるいは何か考えごとをしていたところだったのか。

イシュナード陛下と会った後あたりから、グレンリード陛下は一人思考に耽《ふけ》ることが多くなった気がする。ヴォルフヴァルト王国と国境は接していないとはいえ、リングラード帝国は無視できない存在になってきていた。今後どう対処すべきか、陛下なりに沈思黙考しているようだ。

グレンリード陛下の考えごとを邪魔しないよう、無言で窓から外を見る。

――――帰ってきた。

胸の内から何度も、そんな言葉が沸き上がってくる。

初めて来たのはほんの一年前だけど、もう王都は、そして離宮は、私の帰る場所になっていた。

「みぎゃっ？」

窓に手を当ててると、クルルがこちらを見上げてきた。丸い金色の目で、ぱちくりと瞬きしている。あやすように丸い頭を撫でると、機嫌よくくるると喉を鳴らした。

「ここはいいところよ。もふもふがいて、料理もおいしくて、周りの人たちも優しくて、クルルもきっと楽しく過ごせるはずよ」

クルルも離宮を気に入ってくれたらいいな、と。

そう考えながら私は、丸い頭を撫で続けたのだった。

Extra edition

「クロード様、気味が悪いです」

使用人の青年の愚痴が、通りすがりの本人、庭を歩くクロードの耳をかすめた。

「一人で本を読んでると思ったら、突然わけのわからないことを言い出して気持ち悪いです」

「やめろ。まだ七歳のクロード様相手に何を言ってるんだ」

窓の向こう、中年男性の声が、使用人の青年をたしなめるように言った。

「子供だとか関係ないですよ。昨日だって『明日は雨が降るから洗濯は少なめにした方がいいよ』と言っていて、昨日は今の季節、この快晴でそれはないだろって思ってたのに、今朝はご覧のどんよりとした曇り空ですよ？　クロード様の天気予報は外れませんし、他にもいくつも未来を当てています。俺達とは別のものが見えてるみたいで怖いです」

「そんなの当たり前だろう。俺達平民と違ってクロード様はこの公爵家の三男だ。奥様旦那様共に聡明であられるし、お二人の血を継がれているだけだろう」

「いや、あれはそんなかわいいもんじゃありませんよ。他にも――――」

使用人の青年の口から次々にこぼれる愚痴に、クロードは抗議することもなく足を進めていく。

彼が自分のことを気味悪がっているのは知っていた。屋敷の使用人のうち六人が同じような愚痴を言っていたし、口にせずとも十七名が、同じようなことを考えているのも知っている。

知っているが、それだけ。わざわざ時間を割いて、やめさせようとは思わなかった。

何を考えていようが相手の自由だし、クロードには他にもっと、やるべきことがあるからだ。

（……でも、今の人は駄目だな。執事に言って、他の家への紹介状を書いてもらおう）

今後使用人の青年はクロードを恐れるあまり手元が狂い、高価な食器を割ることになる。

それは青年にとってもこの家にとっても良くないから、別の家で働いてもらった方がいい。

クロードは考えつつ目的地へ、仕事中の庭師の老人の元へ向かった。

「おや、クロード様。お求めはこの子ですな？　雨が降り出す前にこられて良かったですね」

この子、と庭師の老人が指し示したのは大輪の純白の薔薇だった。老人がよく手入れしている
おかげで、虫食いや傷みもなく美しく花弁を広げている。

「そうです。何本かもらえませんか？」

「どうぞ持って行ってくだされ。奥様も喜ばれますよ」

老人が差し出した白薔薇を受け取ると、クロードは足早に母の元へと向かった。

この白薔薇は父親が求婚の際、母親へ贈った品種だ。母親は毎年、咲くのを楽しみにしている。

屋敷内へ戻り母親の部屋へ向かうと、あたたかな笑顔が迎えてくれた。

「ふふ、今年も綺麗に咲いたのね。ありがとう、嬉しいわ」

香りを楽しむように、母親のセリーナが刺抜きされた薔薇を顔に近づけていた。

穏やかに微笑んでいるが顔色は悪く、寝台から起き上がることもできず金の髪が広がっている。

（母上、更に手首が細くなってる……）

クロードは拳を握り絞めた。

セリーナはレティーシアを産んだものの産後の肥立ちが悪く、ここ一年寝込んだままだ。クロードら子供達には変わらぬ愛情を注いでくれているが、日に日に会話をできる時間も減っていた。

そんなセリーナの体を元に戻したくて方法を探して、クロードは図書室の住人になっている。

「気持ちは嬉しいけど、あまり根を詰めすぎないでね？」

クロードの考えを読み、セリーナが少し困ったような顔をしている。セリーナはとても察しの良い人間だったし、息子の性質もよく理解していた。

「私の体のことで暗い顔をするより、クロードには笑っていてほしいわ。ユリウスやベルナルトと遊んで、たまにはお父様に甘えて、健康に育ってくれればそれで十分よ」

ほっそりとした手が、クロードの頭を優しく撫でた。

（嫌だ。母上がいなくなって、撫でてもらうことも話をすることもできなくなるなんて……）

クロードには耐えられなかったのだ。

日々痩せ細っていくセリーナを見るのが辛くて、どうにか治療法を見つけたくて。

医師に首を横に振られても諦められず、書庫で治療法を探し半ばこもりきりになっている。

読書量は大人と比べても遥かに多く、専門家でも解読に苦労する本を何百冊と読破していた。

そのせいもあり、使用人達には気味悪がられているが、クロードはただ必死だ。セリーナに元気になってもらう方法を知るために、朝から晩まで読書に没頭していた。

「うぁうぁぁ？」

セリーナの寝台の隣、揺りかごに入ったレティーシアが、クロードの方へと手を伸ばしていた。

「あらあら、クロードが落ち込んでいるから、慰めようとしているみたいね」

「レティ……」

ぷくぷくとした小さな手を、クロードはそっと握った。

レティーシアをあやす姿に、セリーナは柔らかに目を細める。

「この子は優しい子よ。この先きっと、大変なこともたくさんあるだろうけど……。幸せになれると信じているわ。クロードもレティのことをかわいがって、たくさん笑いかけてあげてね？」

子供らの幸福を願うセリーナだったが。

その後体調が戻ることなく、次の薔薇の見ごろを迎えることはできなかった。

母を亡くし、クロードは深い悲しみと共に、いくつものことを知ることになる。

自分は普通の人間より多くが見え考えられるが、どうにもならないことはあるということ。

どれほど望み努力しようが、叶わない願いはあるということ。

そして読書は楽しいものだと、そう知ることになったのだった。

セリーナの治療法を探していた時は、義務的に内容を確認していただけで好きも嫌いもなかったが、読み直すと新たな発見や面白さがあり夢中になっている。

今日も父親と兄から課せられた勉強を最短で終わらせ、本を積み上げ準備は万端だった。

「おにーた、また、おほんよんでうの？」

隣に座り人形遊びをしていたレティーシアが、しげしげと本の山を見ている。

喋れる言葉が増えてきた妹を撫でると、きゃっきゃと笑い紫の瞳がクロードを映した。

（レティは金の髪も顔立ちも母上に似ている。でも、瞳の色は父上譲りの紫だ。母上とは違う人間だけど、もう母上はいないけど、それでも、全てがなくなったわけじゃないんだ……）

人は死ぬ。どれほど賢かろうと希《こいねが》おうと、どうにもならない摂理は存在している。

しかしそれで終わりではなく残るものがあるのだと、今のクロードは知っていた。

（レティはどんな子に育つかな？　母上のように明るい性格か、父上のように真面目か、それとも兄上達みたいになるのか楽しみだ。できたら、本を好きになってくれたら嬉しいな）

死んだ人間の代わりはいなくとも、新たな相手と関係を育んでいくことはできるのだと。

若干八歳にして、クロードは悟っていたのだった。

◇◇◇

「クロード様はいったい、何が目的なんすか？」

呼び止めてきたヘイルートの声に、クロードは背後を振り返った。

国王マルディアスがヴェルタの元から、レティーシアらにより助け出されたその日。

クロードは妹より早くエルトリア王国を離れようと、王都を出る馬車へ向かっていた。

「蔵書局の上司に各国に飛ばされている、なんで言ってましたが、どうせ全部掌の上でしょう？」

「ヘイルートの想像にお任せするよ」

ゆるく笑い、クロードは肩をすくめた。

確かに目当ての国に行けるよう動いてはいるが、派遣はあくまで上からの命令という形になっている。疑念を持たれることはあっても、大っぴらに妨害されることはないはずだ。

「ヘイルートもじきにこの国を離れるんだろう？　お仕事ご苦労様だね」

「オレは趣味も兼ねてますから、そう苦にはなりませんよ。……でもクロード様は違うでしょ？」

ヘイルートの瞳が、ひたとクロードを見据えた。間諜であり画家でもあるヘイルートは観察眼に非常に長けている。クロードの内心を、わずかかん変化から読み取ろうとしているようだ。

「最初、クロード様もオレと同じように、雇い主のために動いてるのかと思いましたよ。でも違うと、今回の動きを見ていたらわかりました。クロード様は国や王族、ないしは実家のグラムツェル公爵家から指示を受ける間諜ってわけじゃないですよね？」

ヘイルートは優秀な間諜だ。クロードの行動を調べ、推測を積み重ねているようだった。

「目的こそはっきりしませんが、クロード様は自分のために動いている。違いますか？」

「正解だよ。俺は自分勝手な人間だからね」

「……で、何が目的なんすか？　結構な厄ネタだったりしません？　クロード様はオレとも白兵戦で渡り合っていましたが、本領発揮は権力を握り人を立ち動かすことのはずです。三男とはいえ公爵家の生まれでその頭があるなら、政治中枢に食い込むなり軍人として栄達するなり、いくらだってやりようはあるはずです。なのになぜ、間諜の真似事みたいなことしてるんすか？」

「過大評価だよ。俺みたいな性格じゃどっちも合わないし出世は遠いよ」

「演技する、周りに合わせさせる。クロード様ならいくらだってできるはずです。初めて会った時、オレの動きを読み切って思考誘導してはめてきたの、きっちり覚えてますからね？」

ヘイルートが瞳を細めている。

過去にやりあったクロードに恨みはなくとも、今も決して油断はしていないようだった。

「なのにクロード様が一人で動いているのは、その目的が周りに理解されない、歓迎されないものであるから。国と対立し国益を損ねかねないから。……違いますか？」

「国のため他人のために生きるっていう、真面目さに縁がないだけだよ」

「誤魔化さないでください。……いったい何を企んでるんすか？」

半ば尋問のようなヘイルートの言葉に、クロードは苦笑を浮かべた。

「グレンリード陛下といいやけに俺の目的を気にするけど、そんなたいそれたものじゃないよ」

「ならどうして目的を隠して裏で動いてるんすか？　レティーシア様のことだってだまし――」

切り込んでくるヘイルートだったが、

「リンゴ好きの彼女は、君のやってることを知っているのかい？」

クロードの言葉にほんの一瞬、殺気にも似た敵意を浮かべた。

「……どうして彼女のことを知ってて、って、クロード様に聞いても無駄ですね……」

ヘイルートは脱力していた。クロードがその気になったら、自分の経歴や抱えている思いでさえ、丸裸にできるのだろうと思い至ったからだ。

リンゴが好物のとある努力家の少女に、ヘイルートは恋をしていた。失恋してしまったものの大切に思っているのは変わらず、今も心の奥底の一角を占めているのだ。

「君だって彼女にたいしては、間諜としての詳しい活動については教えていない口だろう？　俺だった、レティへ抱えている思いの種類は別でも似たようなものだよ」

クロードの言葉は脅しだ。もし、クロードのやっていることに無暗に踏み込み邪魔をする、あるいはレティーシアに不要な告げ口をするようなら、リンゴ好きの彼女に同じことをするぞ、と。

言外の意味を悟ってしまい、ヘイルートは深くため息をついた。

「わかりましたよ。後ろ暗いところのあるご同類として、オレに責める資格もありませんしね」

「話が早くて助かるよ」

「何考えてるのか目的は知りませんが、レティーシア様のことは泣かせないでくださいよ？　レティーシア様のことは、オレも気に入ってますからね」

「レティを気に入るその気持ちよくわかるよ。今度語り合わないかい？」

「今日も兄バカですね……。お供に美味しいお酒があればやぶさかじゃありませんが……」

ヘイルートは頭をかきながら、一つ問いを投げかけた。

「オレと酒飲み友達になったのも、オレがレティーシア様と出会ったのも、全部クロード様の目的のためだったりしません？」

「どうだろうね？　でも……」

ヘイルートと気が合って、友情を感じているのは本当だよ、と。

クロードは肩に載っていた、白黒ハチワレ模様の庭師猫を撫で笑ったのだった。

「それではお父様、ユリウスお兄様、行って参りますね」

グレンリードと共に馬車の前に立つレティーシアが、ユリウス達へと挨拶をしている。

行き先は遠く離れたヴォルフヴァルト王国であり、次はいつ会えるかわからない別れだ。父親のガルドシアは寂しさを隠し切れていなかったが、それでも快くレティーシアを見送っている。

(父上は、だいぶグレンリード陛下を気に入られたようだな)

ユリウスは『薔薇の貴公子』と評された笑顔のまま、グレンリードをひそかに観察していた。

――レティーシアが婚約破棄された後、結婚相手として持ち上がったグレンリード。

異国の王であり、女嫌いとの噂もあり気になっていたが、レティーシアとの仲は良好のようだ。

誠実な性格だが王として腹芸もこなせる賢さを備えており、頭の回転もは速く個人の武勇にも優れている文武両道っぷりで、ユリウスはグレンリード個人のことも今や高く評価していた。

「何か気になることでもあるのか?」

グレンリードはユリウスへ視線を向けてきた。

(鋭いな。私の視線、表情におかしいところはなかったはずだが)

更に一段、グレンリードの評価を高くした方が良さそうだ。ユリウスは冷静に考えつつ、口を同時に動かしていた。

「グレンリード陛下になら、レティーシアを安心してお任せできるなと思っておりました。ベルナルトも陛下のことを、とても尊敬しておりましたよ」

ユリウスの弟、ベルナルトは強い人間が好きだ。天才であるがゆえに並び立ってくれる相手が滅多にいないため、ベルナルトと同格以上の強さのグレンリードのことを大変気に入っていた。

この見送りの場にベルナルトは来ていないが、それは仕方のないこと。

王女ヴェルタが失脚し、後ろ盾だったダルタン公爵家にも影響が出ている。軍部上層部を牛耳っていたダルタン公爵家と派閥の人間が何人も失職、降格しており、その穴を埋めるためにもベルナルトは精力的に軍務に当たっていた。元より若くして英雄と呼ばれていただけあり、今後ますます、軍部でのベルナルトの発言力は大きくなっていくはずだ。

（私の弟達は異常なほど優秀だからな……）

ガルドシアとグレンリードの会話を聞きながら、ユリウスはもう一人の弟、クロードへと思いを馳せていた。彼は少し前に国を出ているが、その動きにユリウスは注意を割いていた。

（蔵書局の上司の命令だと言っていたが、どこまで本当か怪しいものだ）

以前よりクロードは、独自に何やら動いている気配があった。公爵家や国の利益を損ねることはしないので深くは問わないでいたが、レティーシアの婚約破棄を導いたことに気が付いた時には、さすがにユリウスも無視できず詰問していた。

それに対しクロードは困ったような笑顔を浮かべるだけで、詳細に関しては頑として沈黙。

怠け者でいい加減なようで我は強く、頭もずば抜けて回るクロードの口を割らせることはユリウスにもできず、依然として婚約破棄を画策した動機や目的は不明のままだ。

クロードへのもどかしくも腹が立つ思いは、ベルナルトも同じらしい。それゆえ、先日の訓練の際には苛立ちを叩きつけるように二人で、クロードに容赦なく攻撃を加えていた。

『無理無理無理無理っ！　視界いっぱいがユリウス兄上の炎で、更に炎の陰からベルナルト兄上が突っ込んでくるとかどうしろと⁉　助けて頼むよレティーシア！』

『クロードお兄様、それだけ喋れるなら大丈夫でしょ。本当にまずくなったら無言よね？　まだ行けますほらほら頑張ってください』

クロードが助けを求めたレティーシアは、あっさりとすげなく対応していた。クロードならこのくらいの攻撃は捌けるだろうという信頼と共に、婚約破棄の真実を薄々察し、クロードへの対応がやや雑になっていたのかもしれない。

『レティが冷たいっ⁉　悲しいんだが泣いていいかな⁉』

見捨てられたクロードだったが、その後もレティーシアの言葉通り攻撃に当たる事もなく逃げ延びている。国内屈指の魔力量を持つユリウスと優秀な軍人のベルナルトの二人相手に、勝てずとも負けないという、なかなかに驚異的な訓練結果なのである。

だからこそ、ユリウスは腹立たしかった。

婚約破棄の件だけではない。クロードが真面目に働けば、国にも公爵家にも大きな利益をもたらせるはずだ。なのに本人は酒を飲み本に溺《おぼ》れ何やら暗躍しているだけで、ユリウスには歯がゆくもったいなく、そして心配と嫉妬を感じてしまっていた。

(昔は私も、自分が特別な人間だと思っていたのだが……)

同年代の貴族の子息と比べユリウスは物覚えが良く、大人に褒められることも多かったのだ。自分はとても優れた人間だと思っていたが、弟達が長じるにつれユリウスの認識は変わっていくことになる。ベルナルトは文武に優れた天才で、学院の卒業試験の結果を初めいくつもの記録を塗り替え、軍の実戦でも活躍している。クロードは勉強も貴族同士の社交も好きではなかったが、一を聞いて十を知る、どころか百も二百も理解し自在に応用する頭を持っていた。

(私はベルナルトやクロードとは違い少し優秀なだけの凡人。秀才でしかないからな)

だからこそ、弟達に置いて行かれないためにも必死に学び公爵家の跡継ぎとして頑張っていたのだ。おかげで周りからは『薔薇の貴公子』と褒められ尊敬されているが、ユリウス自身は自分のことを、環境に恵まれた秀才に過ぎないと認識していた。

(そしてレティーシアも、幼い頃は私と同じ、秀才止まりの人間だと思っていたのだが)

やがてユリウスは気が付く。

レティーシアもまた、弟達と種類こそ違うが特別な人間だ。秀才でしかないユリウスでは思いつかないようなことをやってのけるし、何よりレティーシアには、周りの人間を惹きつける得難い才能があった。

(弟達は天才と化け物だが、私達の兄弟で一番の大物はレティーシアかもしれないな)

遠く故郷を離れるレティーシアのことを思うと寂しかったけれど。

あの妹ならばきっと向こうでも楽しくやれるはずだと、ユリウスは笑顔で見送ったのだった。

書き下ろし番外編③　年越しのお祭りを陛下と

「わぁ、すごい人ですね」

馬車から降りしばらく歩き大通りへ出ると、道には人が溢れていた。

歩きやすいよう除雪がされた道を人間と獣人が、がやがやと歩いて行っている。

「王都の年越しのお祭りは毎年賑わうと聞いていましたが、予想以上ですね」

今年も残すところあと三日になっている。

私は今日グレンリード陛下と一緒に、お祭りを回ることになったのだ。お忍び、というほどじゃないけれど、目立たないよう格好は地味にしフードを深く被り、お触れなども出さないでもらっている。知り合い以外には、どこかの貴族が出歩いているように見えるはずだ。

「今も人が多いが、明日と明後日は更に人が増えるはずだ。年越しの日は夜通し大通りの明かりが灯されていて、とても華やかで賑やかだからな」

「今日以上に混むんですね。楽しいけど大変そうです」

今だって、右を見ても左を見ても人、人、人な状態だ。

厚く着込んだ人達は家族や友人と一緒に、夜でも昼のように明るい大通りを歩いている。道の両脇には屋台や出し物をする芸人達が並び、人々から小銭を回収していた。

屋台の間には旗飾りが揺れ、大通りに面した家々の軒先には、灯りと共に狼の形を象《かたど》った木彫りの人形が吊るされている。狼はこの国の王家の象徴であり、ありがたがられている存在だ。暖色の光に木彫りの狼が浮かび上がり、雪へゆらゆらと影を落としていた。

「あ、屋台でも狼の飾りが売られてるんですね」

ずらりと並べられた狼達は、木のぬくもりが愛らしかった。小さいながらもきちんと四本足で立っていて、ちょこんと鼻を前に向けている。

「かわいいですね。一つ買っていこうか——えっ？」

木彫りの狼に伸ばした手が、陛下に掴まれてしまっていた。

「どうされたんですか……？」

「……おまえにはもう狼がいるだろう」

尋ねると、ぷいと陛下に顔を逸らされてしまった。

「おまえの狼は私……と離宮に来る狼達だろう。知らない狼を増やすと、嫉妬されるに違いない」

「嫉妬……確かにあの子達ならしそうですね」

狼番が連れてくる狼達はとても賢かった。木彫りの人形とはいえ、見知らぬ狼を私がかわいがるのはいい気がしないのかもしれない。

「なんだいお嬢ちゃん、買わないのかい？」

小声で陛下と話していると、店番をしていた男性が声をかけてきた。

「フードで見えなかったけど、お嬢ちゃん美人だねぇ。目の保養をあんがとな。お礼に割引してやるから、隣の恋人のお兄ちゃんに一つ買ってもらったらどうだい？」

「……私達は恋人などではないぞ」

男性の売り込みの言葉へと、陛下が突っ込んでいた。

私達は夫婦であり、政略結婚のため恋愛関係はなく恋人でないのはその通りだ。

なぜか少し寂しくなるが、陛下のお言葉は間違っていなかった。

「……おまえが恋をしているのは私ではない。ジローがいるのだからな」

陛下が何やら呟いていたが、

「そうだったのかい。勘違いしてごめんな。二人が仲良く寄り添って見えたから、つい恋人かと思っちまったよ。二人は兄妹……でもなさそうだし、お友達かい？」

店番の男性の声が重なり、陛下の声は聞こえなかった。

「……そんなところです。木彫りの狼、三つほどもらえませんか？」

これ以上店番の男性に質問されないためにも、私は木彫りの狼を買うことにした。春にエルトリア王国に向かう時の、お父様と二人のお兄様へのお土産用だ。他にもいくつかお土産を用意しているけど、こういう素朴な工芸品も喜んでくれるかもしれない。

「この狼の口は、その年にあった嫌なことを食べてくれると考えられているんでしたっけ？」

木彫りの狼を受け取り、陛下と大通りを歩いて行く。屋台にはぽんやりと湯気を漂わせる食べ物屋もあり、通りかかるとお腹が鳴りそうだ。

「あぁ、そのはずだ。そして四本の脚は翌年の幸運へ――」

「見ろ！　狼達が来るぞ！」

陛下の解説を聞いていると、周りの人々が歓声をあげ盛り上がり始めた。

人波が左右へと割れ、その間を豪華な首輪をつけた狼達が、狼番に連れられ歩いてくる。

狼番に飼われている狼達はこの国の人達の憧れの的だ。普段は滅多に王城内から出てこないけど、お祭りの日にはこうして、王都をパレードのように練り歩いているらしい。

「わふふっ⁉」

「こら、横見しちゃだめだぞ」

狼達が私を見て嬉しそうに声を上げ、しかし注意されすぐ顔を前へ戻した。

注意をしたのは私も知っている狼番のエドガーだ。気が弱くおどおどしているところもあるけど、今は立派に狼達を統率している。狼達ももっふりとした冬毛で、お行儀よく行進をしていた。

「狼達、耳をピンと立てて、いつもよりお澄ましして いましたね」

「見物客らから称賛の視線を浴びているとわかるのだろうな。――――また知り合いか来るぞ」

狼達を見送りしばらく歩いていると、横から華やいだ声がかけられた。

「レティーシア様と陛下も、お祭りにやってこられてたんですね」

しっかりと着込んだ次期お妃候補のケイト様だ。同じく次期お妃候補のナタリー様も隣にいた。

周りを確認すると私達同様、警護の兵がそれとなく立っているのが見える。このあたりはお祭り会場の中でも、貴族や富裕層向けに価格帯の高い店の並んだ区域だ。今年親交を深めた二人は、一緒にお祭りに遊びにきていたようだった。

「レティーシア様はもう屋台で何か買われましたか？」

「木彫りの狼を買いましたわ。ナタリー様は何か屋台で？」

「いえ、私達はまだです。今まで雪合戦を見物していました」

ヴォルフヴァルト王国の冬の名物、雪合戦。娯楽が少ない季節であるために盛り上がりやすく、祭りでは会場のはずれの方に雪合戦のための試合場も設けられ、賭《か》けも認められていた。

「レティーシア様、雪合戦はできますか？」

ケイト様がにやりと笑い聞いてきた。

「昔お兄様達とやったことがあるわ」

「ならちょうどいいわ。私とナタリー様と一緒に雪合戦しましょう」

「えぇっ⁉」

自由奔放なケイト様の提案に、ナタリー様が戸惑っている。

「そんな無理ですよ！　私、雪合戦したことありませんわ」

「ええ、聞いたわ。ご両親が厳しくて、遊ばせてもらったことないんでしょ？　未経験と言いつつ、雪合戦をする人たちを、さっき羨ましそうに見てたじゃない。物は試しでやってみるといいわよ」

ぐいぐいと話を進めるケイト様。押しが強いけど、ナタリー様は戸惑いつつもそわそわとしている。どうも雪合戦が気になるらしい。控えめなナタリー様と気が強いケイト様は、性格が違うからこそ噛み合い相性がいいようだった。

「私は山猫族だから、人間は二人がかりが普通ね。レティーシア様とナタリー様の二人でちょうどいいわ」

ケイト様は雪合戦に自信ありげだ。この国では貴族にとっても、雪合戦は冬季の遊びの一つだった。獣人の中には雪合戦に熱中するガチ勢も多いらしく、ケイト様もその一人のようだ。

「私がレティーシア様と組んで⁉　足を引っ張ってしまうに決まってます‼」

「誰だって初心者の時はあるから気にしないわ」

「そうそう、やってみると楽しかったりするわよ？　お祭りには有料の雪合戦の試合場がいくつも用意されてて、代金が高いところは至れり尽くせたりよ。足元の雪は転んでも痛くないよう柔らかくならされてるし、雪玉も怪我をしない硬さで用意されているわ。雪を固めた壁なんかも建てられてて戦略性もあって面白いし、早くやってみましょうよ！」

雪合戦ガチ勢のケイト様はうんうんと頷くと、雪合戦の会場へと向かっていったのだった。

◇◇◇

「びっくりよ！　レティーシア様、他国のしかも人間なのに強すぎるわ！」

雪合戦の結果。敗者となったケイト様は猫耳に雪をつけ驚いていた。

「ふふふ、こう見えてお兄様達に鍛えられてますからね」

祖国エルトリアでも雪が降るたび、訓練の一環ということで雪合戦をしていたのだ。魔術で大量の雪玉を一斉掃射してくるユリウスお兄様、前世はゴリラだったんじゃ？　って剛速球を連投してくるベルナルトお兄様に、フェイントを駆使し逃げ回りつつも罠にはめてくるクロードお兄様。三者三様に手ごわく、私の雪合戦スキルも無駄にガンガンと上がっている。

ケイト様は山猫族なだけあり運動神経は抜群だけど、素直な性格が出て動きが読みやすかった。ナタリー様の筋が良く私とも相性が良かったおかげで、勝利を手にすることができたのだ。

「うぅ、悔しい‼　今度は絶対負けないわよ！」

ケイト様はびしりと宣言すると、雪合戦の試合場の受付へと向かっていった。

置いて行かれたナタリー様が、戸惑いを顔に表している。

「ケイト様は何をされに行かれたんですか？　もしや今からもう一戦しようと……？」

「負けて残念でした賞をもらいに行ってるんですよ」

「残念でした賞……？　あ、あれですか？」

ケイト様が小さな袋を手に戻ってきた。

袋を開くと、甘い香りが漂ってくる。

「これは、チョコレート入りのクッキー……？」

「そうよ。ナタリー様もチョコは好きでしょう？　一枚あげるわ」

「わっ、いいんですか？」

「ナタリー様の初めての雪合戦記念よ」

仲良くクッキーを分けあうナタリー様とケイト様。

雪合戦はどうしても人間が獣人に勝つのは難しく、及び腰になることが多かった。そこで私は、雪合戦を通して人間と獣人の交流が進むように、負けてもいいことがあるようにしたのだ。

先ほど雪合戦をした試合会場の運営には、私も一枚噛ませてもらい離宮で作ったお菓子をいくらか提供している。今日お祭りにきたのは、試合場への反応を見るためでもあった。

試合場の使用代金は相場より少し高めだけど、その分負けてもお菓子がもらえるし、四連勝すると奮闘を称えより豪華なお菓子が貰える仕組みにしてある。既に試合場の周りには雪合戦ガチ勢が、雪だらけになりつつも連勝賞を目指しているようだ。

「このぶんだと、滑りだしは上手くいきそうですね」

「あぁ、そうだな。……連勝すればおまえの菓子が食えるなら、私も参加したくなるな」

「ふふ、陛下じゃ誰も相手にならず試合を荒らしてしまいますわ。お菓子ならこれをどうぞ」

私は懐から、綺麗にラッピングした小箱を取り出した。

年越しのお祭りでは、その年お世話になった人にちょっとしたものを贈る習慣がある。

「今年一年ありがとうございました。チョコを使った、フォンダンショコラというお菓子です。温めると、とろりとしたチョコが出てくるのですが、さっそく今から味わってみますか？」

私の魔術の火で、温め具合も陛下のお望みのままだ。

とろとろとしたチョコが甘く濃厚な、冬にぴったりのお菓子だった。

「あぁ、おまえの菓子も魅力的が……。少しだけじっとしていてくれ」

何だろうか？

陛下を見上げ待っていると、

「あっ……！」

「おまえには私も感謝している。これが私の気持ちだ」

首元にふわりと、ぐー様の毛並みを連想させる、白銀のマフラーがかけられている。

陛下は長い指でどこか不器用に、私の首にマフラーを巻いてくれた。

「おまえは他国から来た人間だ。寒さには弱いかと思いこれを用意したのだが……」

「……すごく温かいです」

私はお礼を言うと、マフラーを引き上げていった。

ゆるむ唇を隠すように、マフラーで口元を覆っていく。

「陛下、ありがとうございます。今年は色々ありましたが……。陛下とお会いできて、本当に良かったと思っています」

「……あぁ、私もだ」

そう言って笑う陛下へと私は。

――来年も一緒にいられたらいいな、と。

寄り添い願っていたのだった。

転生先で捨てられたので、
もふもふ達と
お料理します
～お飾り王妃はマイペースに最強です～

本書に対するご意見、ご感想をお寄せください。

あて先

〒162-8540 東京都新宿区東五軒町3-28
双葉社　Mノベルス f 編集部
「桜井悠先生」係／「凪かすみ先生」係
もしくは monster@futabasha.co.jp まで

ノベルス

転生先《てんせいさき》で捨《す》てられたので、もふもふ達《たち》とお料理《りょうり》します～お飾《かざ》り王妃《おうひ》はマイペースに最強《さいきょう》です～⑤

2021年12月18日　第1刷発行

著　者　桜井《さくらい》悠《ゆう》

発行者　島野浩二

発行所　株式会社双葉社

〒162-8540　東京都新宿区東五軒町3番28号

［電話］03-5261-4818（営業）　03-5261-4851（編集）

http://www.futabasha.co.jp/（双葉社の書籍・コミック・ムックが買えます）

印刷・製本所　三晃印刷株式会社

［電話］03-5261-4822（製作部）

ISBN 978-4-575-24474-8 C0093

風と雅《みやび》の帝《みかど》

荒山徹
Arayama Toru

PHP

風と雅《みやび》の帝《みかど》

目次

序ノ章　野風はげしみ

よもや弓射《きゆうしや》の標的にされる日が来ようとは思わなかった。暁闇《ぎようあん》を縫って飛び来たった矢は、まごうことなくわたしの左腕に突き立った。周囲でどよめきが起こり、警固の武士たちが色をなして駆けつける。矢はすぐに引き抜かれた。血が音をたてる勢いで噴き出し、袖を重く浸《ひた》していった。このとき矢が突き破ったのは肌肉だけではない。わたしの未熟な心にも容赦《ようしや》なく穴を穿《うが》ち、胸の奥底に封じ込められたものをも解き放ったのだ。

馬から降りるのを拒《こば》み、頑是《がんぜ》ない子供のように手綱《たづな》から手を離さなかった。手当は馬上で受けた。戦場を住処《すみか》とする武士たちは応急措置に長じていた。塗り薬をたっぷり載せた太い指先が矢疵《やきず》の上を幾度《いくど》か往復し、するすると布が巻かれてゆく。何とも手馴れたものだった。その短い時間のうちにも周囲は次第に明るくなっていった。武士たちは弓をつがえ、さらなる襲撃に備えて辺りを警戒していた。

なすすべもなくこちらを見上げる四条隆蔭《しじようたかかげ》と六条有光《ろくじようありみつ》に気づいた。うなずき返してみせるだけの気力は残っていた。案ずるな、と。両人ともに気死《きし》せんばかりの顔色だった。神竜忽ち《しんりゆうたちま》に釣者《ちようしや》の網《あみ》にかかる——あってはならないことが起きたのだ。隊列の前方から急ぎ引き返してくる北条《ほうじよう》仲時《なかとき》の姿が目に入る。わたしを認めるや、死人のように強張《こわば》った表情がわずかながらもゆるんだ。主上《しゆじよう》が射られたと聞き、北条時益《ときます》の最期を想起しなかったはずがない。鎧《よろい》の音も高く鞍《くら》から飛び降りると、かしこまって片膝をついた。

「我らがお護《まも》りしておりながら、かような――」

「大事ない」

左腕をかかげてみせた。鋭い痛みが疾《はし》る。だが、耐えた。仲時の顔は疲労の色が濃い。この程度の疵で煩《わずら》わせてはならなかった。

なおも言葉を続けようとする仲時のもとへ、新たな武士たちが走り寄った。いいえ、それが誰も見当たりませぬ、おそらく流れ矢ではないかと――報告の声が断片的に耳に入る。わたしを射た者を探し出しに行き、むなしく戻ってきたものらしい。

勧修寺経顕《かじゅうじつねあき》が直衣《のうし》の袖を翻し、こけつまろびつ前方から駆《か》けてきた。

「ご、ご無事で――」

今度は左腕を上げる代わりに、布が巻かれた肱《ひじ》を右手で指し示した。経顕は声を呑んだ。表情がみるみる険《けわ》しさを増す。

「卿《けい》らが扈従《こしょう》しておりながら、何たる失態ぞ」

隆蔭と有光を一喝《いっかつ》し、さらには仲時にも舌鋒《ぜっぽう》が向かう。

「越後《えちご》どの、かかることの――」

「重々承知。面目次第もござりませぬ。二度とかようなことのなきよう努めまする」

仲時は深々と頭を下げると、声を張り上げて下知《げち》した。

「者ども、出発いたす！　急げ！　追っ手に先を越されてはならぬ！」

わたしが射られたのは、休息のため隊列が動きを止めた、まさにその時だった。苦集滅道《くずめじ》という名の山道を夜通し駆け続けて、体力も気力も尽き果てかけていた頃である。

経顕が眉根を寄せた。

「はて――先を越される、とは？」

「野伏《のぶせり》どもでござる。獣《けもの》の如《ごと》く間道を縫うは、きゃつらの得意とするところなれば」

「野伏どもが――」

「こたびの争いに乗じ、利あるほうに付こうとの魂胆《こんたん》でありましょうぞ」

仲時は、わたしへの警固をいっそう厳重にするよう武士たちに命ずると、馬に飛び乗り、前方へ馬首を返した。その動きには日頃の彼らしいキレが感じられなかった。

隊列が再び動きはじめた。経顕に言った。

「父上と叔父上に、よしなに伝えよ。量仁《かずひと》はほんのかすり疵だと」

経顕はうなずき、仲時の後を追うように前方へ戻っていった。

夜が明けていた。たなびく朝霧がゆるゆる晴れてゆく。視線の先に、小高く盛り上がった緑濃い山があった。

「逢坂山《おうさかやま》にございます。あれを越せば近江国《おうみのくに》」

隆蔭が教えてくれた。

――人知れず身は急げども年を経てなど越えがたき逢坂《おうさか》の関《せき》
あの歌枕の、という感慨は一抹《いちまつ》も浮かびはしなかった。それどころではなかった。まもなく隊列が止まった。改めて休息をとるためではない。など越えがたき――すでに敵が山に陣取っていたからだ。地中から湧き出した虫の群れのように斜面に蠢《うごめ》いていた。

あれが野伏なのか。わたしは息を呑む思いで、遠目にもはっきりとわかる彼らの異様な風体《ふうてい》を見つめた。恐ろしげな獣面をかぶった者、ざんばら髪を風になびかす者、棘《とげ》をつけた奇怪な具足をまとう者、その数は五百を超えると思われた。毒々しく彩色した盾《たて》を巡らし、弓を向けていた。

仲時は臆《おく》さなかった。ただちに合戦が始まった。彼我《ひが》の間で矢が飛び交い、六波羅《ろくはら》勢は鎌倉武士の名に恥じぬ勇敢な突撃を行なった。戦《いくさ》を目《ま》の当たりにするのは、これが初めてである。死をも恐れぬ六波羅勢の勇猛《ゆうもう》さに目を見張り、彼らがいる限りは、と心強さを覚えた。短時間で野伏の一団は蹴散《けち》らされた。ほどなく無事に逢坂山を越えることができた。

「あっさり引きおったわ。野伏どもめ、われらを疲れさせようとてか」

警固の武士の一人が、そう歯がみする声が耳に入った。

近江国に入り、しばらく進むと、目の前に渺々《びょうびょう》たる水の連なり広がった。見渡す限りの水面。琵琶湖《びわこ》だ。近づくにつれ岸辺に打ち寄せる波音が大きくなった。瀬田《せた》の橋を渡っていると、有光が古歌をつぶやくのが聞こえた。

「真木《まき》の板も苔《こけ》むすばかりなりにけり幾世《いくよ》経ぬらむ瀬田の長橋」

幾世経ぬらむ――その言葉がわたしに歴史を思い出させた。去《い》んぬる六百五十年以上も前、今と同じく皇位を賭けての争乱が起きた。大海人皇子《おおあまのおうじ》と大友《おおとも》皇子、叔父と甥《おい》の間で争われた。双方の軍が激闘を繰り広げ、その最終決戦地となったのが、まさに此処《ここ》、瀬田の長橋だった。敗れたのは大友皇子の軍。史書に記された短い一節が稲光のように脳裏に甦《よみがえ》る。その忌《い》まわしい箇所を忘れずにいたとは、よほど印象深かったものか。

――大友皇子、走ゲテ入《に》ラム所無シ。乃《すなは》チ還《かえ》リテ山前ニ隠レテ、自ラ縊《くび》レヌ。

皇子は父の天智帝《てんじ》から位を譲られ、すでに即位の身だったとも伝わる。自縊《じい》――こともあろうに天皇が首をくくる。自死を択《えら》ぶ。大友の悲運に我が身を重ねてしまいそうになる甘美な誘惑の織手《せんしゅ》を、わたしは頭を振って必死に払いのけた。矢を受けた直後の強がりは一時的なものでしかなかった。興奮が冷めると、また元の自分に戻っていた。脆弱《ぜいじゃく》で、意気地なし、自己というものを持たない、従順なだけが取り柄の、いつものわたしに。

大友皇子もそのような人間だったか。山中で首に縄をかけ、なぜこんなことにと自問しただろうか。こうして矢疵を被り、みじめに落ち延びてゆく今のわたしが、なぜだ、こんなはずではなかったのに、と胸の中でめそめそと自問の泣き言を繰り返しているように。

「主上！」

隆蔭の強い調子の呼び声で我に返った。ここはどこだ。琵琶湖が、見えなくなっている。いつしか隊列は野原の中を進んでいた。

「お加減、芳《かんば》しからざるようにお見受けいたします。疵が痛みますので？」

有光も案ずる目を向けていた。

「お気を確かに。我らは落人《おちうど》に非《あら》ず、鎌倉へ向かうのです。かの地にて援軍を得て、一気に巻き返しを謀《はか》る、その壮途《そうと》に在り」

「まさしく。鎌倉まで今しばらくの辛抱《しんぼう》でございます」

鎌倉、鎌倉――その響きが、わたしを正気づかせた。俄然《がぜん》、元気が湧くようだった。鎌倉には一度行ってみたいと仲時に言ったことがあったのを思い出した。そうか、それが今こういう形ではあれ実現しつつあるのではないか。ならば、わたしは敗者の大友皇子ではない。勝者の大海人皇子だ。吉野に逃れて再起を果たした大海人のように、わたしは鎌倉に下って形勢を挽回《ばんかい》するのだ。だからか。それだから仲時は、わたしを鎌倉に具してゆかんとするのか――。

「尼《あま》ぜ」

その声はすぐ耳元でした。陰々《いんいん》とした波の音を伴っていた。思わずわたしは周囲を見回した。琵琶湖を離れていることを確認した。それでも幽冥《ゆうめい》の波音は止まなかった。声に続きがあった。

「われをば、いづちへ具してゆかむとするぞ」

幼子《おさなご》の声だ。

声の主が誰か、すぐにもわかった。これは自分一人の耳にしか聞こえない声だ、ということも。

しかし、そんなことが――。わたしは手綱を強く握りしめた。左肱の疵が激しく疼《うず》き、その強烈な痛みが声も浪の音も遠ざけてくれたようだった。

幸いなことに、その日はもう野伏の襲撃も待ち伏せもなかった。時間は東山道《とうさんどう》を進むことにのみ費やされた。琵琶湖の東岸をひたすら北上する。地名は隆蔭がその都度知らせてくれた。草津《くさつ》、三宅《みやけ》、篠原《しのはら》、鏡山《かがみやま》、武佐《むさ》、そして老蘇《おいそ》と過ぎ、観音寺山麓《かんのんじさんろく》で野宿となった。

わたしは父と叔父のもとに足を運び、輿《こし》の上に力なく横たわった二人に、矢疵が大事に至らなかったことを自ら伝えた。疲れきった彼らは、わずかに愁眉《しゅうび》を開いたようだった。

翌日の出発は夜明け前だった。仲時は急いでいた。夜のうちに脱落者が続出し、出発時に二十人余を数えたはずの六波羅勢は減じて今や七百人たらずに。

禍々《まがまが》しいほどに明るく輝く金星を仰ぎながらわたしは馬の背に乗った。愛智川《えちがわ》、四十九院《しじゅうくいん》、小野《おの》と進み、摺針峠《すりはり》を越え、番場《ばんば》を目前にしてもまだ昼過ぎだった。このままゆけば今日のうちにも美濃国《みののくに》へ入れるかと思われた。わたしの心は弾んだ。それだけ鎌倉が近づく。

突然、隊列が停止した。

越えてきた摺針峠では眼前に伊吹山《いぶきやま》の雄大な姿が望まれたが、その山麓から無数の野伏たちが押し出し、この先の街道を扼《やく》している、という。

番場の宿に「蓮花寺《れんげじ》」の扁額《へんがく》を掲げた寺があった。前進を中止した仲時は、そこに六波羅勢を導き入れた。広い境内は七百人近い武士で溢れ返った。彼らは何やら議論を始めた。この先どうすべきかを——。

父、叔父、わたし、そして扈従の七公卿たちは本堂に入った。みな疲れ果てていた。二日前の夜半に六波羅を脱出してから屋根の下に憩《いこ》うのはこれが初めてである。経顕と日野資明《ひのすけあき》が本堂を幾度も降りては境内の様子をうかがい、武士たちの議する内容を逐一《ちくいち》報告してくれた。どれもこれも芳しいものではないらしかった。

やがて仲時が本堂に姿を見せた。驚いたことに鎧を脱ぎ、直垂《ひたたれ》姿になっていた。父と叔父に一揖《いちゆう》してから、わたしの前に進み、両手をつくと破顔した。初めて会ったときと同じ笑顔だった。仲時は穏やかな口調で言った。

「量仁さま、もはやこれまででございます」

薫風《くんぷう》ノ章　ゆきてかよふ夢てふものの

天皇家という、この国で唯一無二の家に生まれたことを、いわば自身の抗《あらが》えぬ運命、宿命として、いつ意識し、どう受け容れたか——わたしははっきりと明確な記憶を持たない。おそらく、それなる自覚は年齢を刻むにつれて少しずつ確乎《かっこ》たるものとなっていったのだろう。

わたしは正和《しょうわ》二年（一三一三）七月九日に、この世に生を受けた。桓武《かんむ》大帝の平安遷都《せんと》から五百十九年めのことで、ときに父の胤仁《たねひと》は二十六歳。天皇を退位して十二年が経過し、待望の嫡男《ちゃくなん》誕生だった。わたしは量仁《かずひと》と名付けられた。翌月には早くも親王宣下《しんのうせんげ》を受けた。嫡男であるからには、単なる天皇家の子、一皇族というにとどまらず、父の後継として天皇になることを期待されての出生だった。無念の退位を強いられた父の——。あえて宿命と言った由縁《ゆえん》である。

住まいは持明院殿《じみょういんどの》という名の広大な屋敷で、平安京を少しく北に外れたところに位置した。上皇《じょうこう》となった父は、自身の父から譲り受けた屋敷を引き続き仙洞御所《せんとうごしょ》とした。わたしはこの持明院殿で父と母の手により生育した。わたしのような立場の人間にとって、これは異例中の異例だった。それというのも皇族の子は家臣か乳父《めのと》の家に出されて育つのが通例だからである。事実、兄弟姉妹がいるのを知ったのは、ずいぶんと後になってからのことだ。弟の豊仁《とよひと》が生まれたのは十歳の時で、わたしは兄になれる喜びで興奮していたが、今小路殿でのお産を終えた母は一人で戻ってきた。弟は日野《ひの》家で育てられるという。わたしの気落ちはなかなか回復しなかった。

長い間、わたしは三人家族だとばかり思って育ったのだ。幼い頃の思い出はおぼろげであり、かつ断片的ではあるものの、それでも父と母に温かく可愛《かわい》がられた幸福な記憶ばかりで満たされている。今でもよく憶《おぼ》えているのは栗拾いだ。屋敷の一角に鬱蒼《うっそう》と枝を伸ばした栗の巨木《きょぼく》があった。秋になるとその下の地面は茶色く色づいた毬栗《いがぐり》の群れで敷き詰められた。持明院殿が仙洞御所となったのは祖父の時分だが、屋敷それ自体の歴史は古く、今の規模に拡充されてからも二百年近くが経過しているとのことで、敷地内の植生も古木が多く、植え人知らずの栗の巨木もその一つだった。

年端《としは》もゆかぬわたしは、棘《とげ》がびっしりと生えた毬栗の奇怪な造形にまず魅せられ、裂け目からのぞく艶《つや》を帯びた栗を子供心に愛《め》でた。素手《すで》で触れ得ぬながらも、それを愛しいもの、美しいものと感じた。

「気をつけるのだよ、量仁」

革手袋をはめた父が毬栗を笊《ざる》に盛ってゆく隣で、わたしも小さな革手袋でおっかなびっくり取り上げる。子供の手に毬栗はとても大きく、ずしりと持ち重りがした。力加減によっては革越しにも毬の鋭さが感じられ、痛みを覚えるのだった。

母は女官たちをしたがえ、わたしたち父子が栗を拾うのを微笑《びしょう》を浮かべて見守っていた。邸《やしき》に戻り、待つこと暫《しば》し、甘く香ばしい匂いがどこからともなく漂い流れ、やがて女官たちが山盛りの焼き栗の皿を持って現われる。口に入れたときの、その温かさ、甘さといったら。今も思い出せるのは、そうした光景であり味覚の幸福な記憶だ。

栗拾いのほかにも、父はわたしのためにさまざまな楽しみを企画した。屋敷に傀儡師《くぐつし》の一行を呼び入れ、幾度《いくど》となく品玉《しなだま》の興行を見物させてくれた。自ら率先して狗楽遊《こまあそ》びや人形遊びを仕掛けることもたびたびだった。そのいずれも、幼いわたしは我を忘れて夢中になった。

天皇の座を奪われたも同然の父は、その無限の怨念《おんねん》に生きる人ではあったが、こと我が子に対してはその片鱗《へんりん》も見せることなく、どこまでも優しく、温和な、つとめて理解のある、子煩悩《こぼんのう》の父親であり、よき家庭人だった。口辺に微笑を絶やさぬ父は本質的に風流人であって、わたしは子供心に父を満開の桜の木に重ね合わせていた。

父に関しての幼年時の記憶をさらに追えば、その背中である。初雪が庭に積もったある朝、父はわたしを庭に連れ出し、雪遊びに誘った。途中からわたしは頭がふらふらし、雪の中にうずくまった。額がやわらかな手で覆われ、父の驚きの声を聴いた。

「熱があるじゃないか」

わたしは父に負ぶわれ、その背にしがみついた。父はわたしを邸に運び入れ、自室に横たえた。その時、父がいかに慌てふためいていたかを後に母は折に触れておかしそうに語ったが、そのたびにわたしは父の背中の温かさを思い出したものだ。

母は名を寧子《やすこ》といい、西園寺《さいおんじ》家の娘で父より四歳下。十五歳で父に嫁ぎ、二十二歳でわたしを生んだ。口数は少なく、毅然《きぜん》とした顔立ちは冷たいといえるほどのものだったが、その瞳には慈愛《じあい》の色が常にあった。わたしは母の目を見ずとも、その視線を感じただけで安心することができた。

祖父についての記憶はほぼない。院政を敷いていた祖父は、わたしが生まれると治天《ちてん》の君の座を父に譲り、出家して法皇になった。持明院殿を去って、余生を洛南伏見《らくなんふしみ》の御殿《ごてん》で過ごした。崩御《ほうぎょ》したのはわたしが五歳の時だから、憶えていないのも当然だろう。

伏見と諡号《しごう》された祖父の死は、父と母とわたしの三人家族に新たに二人の増員をもたらした。まずは祖母である。伴侶《はんりょ》を亡くした祖母は伏見御殿を出て、持明院殿に戻ってきた。西園寺家の出身で、祖父の正式な皇后《こうごう》——中宮《ちゅうぐう》だった。同じ一族である母には叔母《おば》にあたる人だが、わたしと直接の血のつながりはない。父は、祖父の側室《そくしつ》である五辻《いつつじ》家の姫君が生んだ子だからだ。

もう一人は、父の弟だった。十六歳年上の富仁《とみひと》叔父である。わたしが生まれてこのかた、天皇の座にはずっと叔父が即《つ》いていたが、柱石《ちゆうせき》であった祖父の死で政界の力関係に変動が起き、譲位を余儀なくされたのだった。

この時まで、わたしは父と母の愛情をたっぷりと注がれて育ったが、それはけっして甘やかされていたわけではなかった。まもなく七歳になると、父は富仁叔父にわたしへの学問の教育係を命じた。父は以前から叔父のことを「学問天皇」「学問帝」と呼んでいた。その響きに揶揄《やゆ》は一毫《いちごう》もなく、むしろ素直に畏怖《いふ》、畏敬《いけい》の念が聴き取れた。兄が弟を敬するほど富仁叔父が学問に優れ、学問に情熱を傾けていたということである。居候《いそうろう》の立場にあった叔父はこれを肯《うべな》い、わたしに対する帝王教育がいよいよ始まった。

「天皇とは、最高の徳を備えた存在でなくてはならないんだよ、量仁」

二十三歳、若き上皇の叔父は、七歳になったばかりのわたしにそう語りかけた。

「徳とは何か。答えは儒学《じゆがく》にある。儒学の経典《きようてん》を熟読玩味《じゆくどくがんみ》してこそ、徳を体得し得るんだ。そして経典を読むためには、文字を知らなければ話にならない」

何を言われたのか理解できようはずもなかったが、とにかく文字を知ることから学問教育の第一歩は始まった。漢字の訓《よ》み、韻《いん》、声《せい》を、一つ一つ学んでいった。来る日も来る日も漢字の学習だった。一年が過ぎ、二年が過ぎ、十歳になると同年配の少年たちが集められて、番が結成された。いずれも公卿の子供たちである。学友とでもいうべきものをわたしは得た。とはいえ叔父の指導は厳しく、遊びたい盛りのわたしたちは、その時間も与えられぬまま勉学に切磋琢磨《せつさたくま》しなければならなかった。

叔父は同学の士を募って経書の講読会を開いていた。わたしはそれへの出席も命ぜられた。まだ文字が充分に読めるか読めないかの段階で『尚書《しょうしょ》』『論語』について大人が口々に解釈するのを聞かされた。

帝王教育は儒学の学習だけではなく、ほかにも音楽、和歌があり、その三本立てから成っていた。それら三つの才芸を均《ひと》しく備えてこそ理想の天皇になれるというのが、わたしに期待する大人たちにおしなべて共通する考えだった。

音楽は父が手ずから琵琶《びわ》を教えてくれた。琵琶こそは天皇が習得すべき楽器であるという。父は、師から秘曲伝授を受けた当代随一《ずいいち》の琵琶の弾き手としてその名を鳴り響かせていた。

和歌の師は祖母が務めた。祖母は、夫の伏見帝が下命《かめい》した勅撰《ちょくせん》和歌集『玉葉集《ぎょくようしゅう》』に四十九首も入選したほどの歌人だった。『玉葉集』成立はわたしの生まれる前年で、和歌の世界に新風を吹き込もうと革新を志《こころざ》した祖父伏見帝、そして、その寵臣《ちょうしん》で盟友でもある京極為兼《きょうごくためかね》が力を注いで完成した。伏見帝も為兼も既《すで》にこの世を去り、彼らの和歌刷新の遺志は祖母が受け継ぐところとなった。その祖母が師であるからには、彼らの志は祖母を経て、この先わたしが引き継ぐことが期待されているわけだった。

しかし祖母は期待の顔をわたしに向けなかった。教育を急がなかった。彼女が教えてくれたのは、この世界の見方、感じ方だった。雲や霧《きり》、霜《しも》や露《つゆ》といった天象《てんしょう》、日常の道具、部屋のありよう、そうしたことどもをやさしく平易《へいい》に語ることから始めた。一首の和歌にも触れないまま終わることもしばしばだった。祖母の話は時に新鮮、時に退屈だったが、叔父の儒学教育の息苦しさを癒《い》やす時間になってくれたことは確かである。それとて彼女の狙いのうちだったに違いない。情操をはぐくむ——いつしかわたしは彼女の手に載せられ、歌人の才を自分のうちに掘り当ててゆくことになったのだから。

　そうではあれ、わたしは苦労知らずの御曹司《おんぞうし》として大切に大切に育てられた従順な生徒であった。素直で、反抗するということを知らなかった。大人たちに捏《こ》ねられるがままの、粘土のような少年だった。——あれは九歳の時だったか、風邪を引いて身体が熱っぽかったのに、それでも教えを受けに叔父の元へと赴《おもむ》いた。休むということができなかった。ために発熱はひどくなり、翌日からは起き上がれず、学習をしばらく中断する羽目になった。そんな子供だった。

　何かの席で、蠟燭《ろうそく》三寸のうちに十首の和歌を詠出《えいしゅつ》せよとの課題を祖母が出したことがある。父も叔父も余裕で提出したが、わたしは八首めに苦しみ、そのうち炎は消えた。

　十首のうち七首——つまり七分。それは和歌だけに限ったことではない。すべてにおいて、わたしは七分だった。七分丈の子供だった。学友の中には恐るべき神童がい、彼らは十分であり、十二分であり、それ以上の才をも見せつけた。わたしは和歌でも琵琶でも儒学でも七分に到達するのがやっと。おそらく天皇になっても、七分丈の天皇にとどまるに違いない。自分でもそう理解できたし、教えている祖母にも父にも叔父にもそうとわかっていたはずだ。けれども、彼らはわたしという粘土を捏ねあげ、彼らの理想とする天皇像の鋳型《いがた》にぴったりはめ込もうと躍起《やっき》になった。そうしなければならないだけの理由があったからだ。

　この国で唯一無二の家——先にはそう言ったが、このとき天皇家は一つではなかった。一つであるべきものが、二つに分裂していた。父から子へ、さらにその子へ一系で連綿《れんめん》と繋いで九十代近く、それがある時から二つの流れにわかれ、交互に天皇を出し合う状況に変じた。天皇家は二つ存在しているのだ。

　なぜ、かくも変則的なことになったのか。最初に聞かされた時は、その複雑怪奇な事情が幼い頭ですんなりわかるはずもなく、年齢があがるごとに折りに触れては訊ねかえし、徐々に理解していったものだ。

それは曾祖父《そうそふ》の時に端を発した。曾祖父は四歳で第八十九代天皇に即位し、その父の後嵯峨《ごさが》上皇が院政を敷いた。十三年後、後嵯峨院は曾祖父を譲位させ、十一歳の弟を新たな天皇に即《つ》けた。なぜ兄から弟へと交替させたのか、その理由は伝わっていない。弟帝は十五年間皇位にあり、後嵯峨院が崩御するや位《くらい》を自分の息子に譲って上皇となり、院政を敷いた。

嫡流でありながら弟に皇統《こうとう》を奪われた形となった曾祖父は悲嘆に暮れた。絶望して世をはかなんだ。これを聞いた鎌倉の執権北条時宗《しっけんほうじょうときむね》が皇位継承に介入し、曾祖父の子――わたしの祖父を次なる天皇に指名したのだという。祖父は天皇位にあること十一年、次の位を息子、つまりわたしの父に譲って院政を開始した。こうして皇統は、兄たる曾祖父の嫡系に復し、本来の一系相続に戻ったかに思われた。

ところが、どこにどういう政治的力学が働いたものか、わずか三年後、父は不意討ちも同然に位から引きずり下ろされた。新たに天皇になったのは曾祖父の弟のほうの孫だった。鎌倉が今度はあちらを支持したのだ。皇位は兄流から再び弟流に移ったわけだが、新帝は七年後に病で早逝《そうせい》する。後を襲ったのが父の弟、富仁叔父で、これがわたしの生まれる五年前のことだ。それから十年を経て、あちらからまたも強烈な横槍《よこやり》が入り、爾今《じこん》は兄流と弟流から十年を目途《めど》に交互に天皇を出し合うという和談なる美名の下に妥協が成立した結果、叔父は譲位を余儀なくされ、早逝した先帝の弟が即位した。

――以上の流れを簡単にまとめれば、万世一系の天皇家は曾祖父の代に兄流と弟流の二家に分裂し、虎視眈々《こしたんたん》、一つしかない皇位を互いに争奪し合うという異常な事態に陥《おちい》っている次第だった。

十一歳で即位し、早くも十四歳で上皇となることを強《し》いられた父は、先帝早逝で順番がこちらに回ってきた好機に子がなく、苦肉の策で五歳の弟を天皇に立てざるを得なかった。弟への皇位継承がどれほど分裂への危険を孕《はら》むか、曾祖父とその弟の例を見ればわかる。幸いにも富仁叔父は一代限りの中継ぎの天皇であることを承服し、大事には至らなかったけれども。そんな父にとっては、後継たる嫡男の誕生こそ何が何でも実現しなければならない喫緊《きっきん》の最重要課題であり、その期待に応えるべく生まれたのが、このわたしなのである。

巷《ちまた》では、こなた兄流の皇統を「持明院統《とう》」と、あなた弟流の皇統を「大覚寺統《だいかくじ》」と呼びならわしているらしかった。持明院、大覚寺ともに双方の屋敷の名称である。当然ながら、わたしたちは自らを持明院統などとは呼ばず、弟流に対しても単に「あちら」あるいは「亀山《かめやま》のほう」と称していた。亀山とは、曾祖父の弟帝の追号《ついごう》である。

「いいかね、量仁」

と父はよく言ったものだ。

「富仁が位を降りて、亀山のほうから尊治《たかはる》が即位したとき、和談の取り決めによって皇太子になるのは順当におまえであるべきはずだった。だのに尊治の甥《おい》——早死にした先々帝の遺児《いじ》が立坊《りつぼう》した。時が我らに味方しなかった。こちらの大黒柱だった父上が亡くなって、亀山と鎌倉に強引に押し切られてしまったからだ」

若くして当主の座についたばかりゆえ、対手《たいしゅ》にねじ伏せられ、わたしを皇太子に即けられなかったという屈託《くったく》——あえていえば恨みまで父は抱え込んでいた。

分裂しこそすれ、自分たちが天皇家嫡流、すなわち正統だと自負する父たちにとって、わたしは期待の星であり、さらには父の個人的な恨みを晴らすための手駒《てごま》でもあるのだった。わたしに入念な帝王教育を施し、ゆくゆくは即位の上、理想的な君主に仕上がったわたしの光り輝く存在感を以《もっ》てして、あちらを圧倒してやろうというのが、父の、ひいては叔父、祖母の目論見《もくろみ》、戦略なのだ。

畢竟《ひっきょう》すべては政治というべきか、ともかく、そういった事情が薄々と理解されてゆくにつれ、わたしは期待に押し潰されそうな不安とともに、胸中の疑問が膨らみはじめるのを禁じ得なかった。いずれ天皇になる身と聞かされて育ち、では天皇とは何かと問えば、この国のあるじだと答えが返る。なのに天皇の上には、治天の君と称される上皇がいて、院政なる政治を執《と》り、さらには上皇のそのまた上に鎌倉なるものが存在する。これはどういうことなのか。

院政については、それが生じ、定着していった経緯がどうであれ天皇の父が執政するという政治形態はまだ理解が及ばないではなかった。叔父が教える儒学の孝、もしくは長幼《ちょうよう》の序という考えでわたしは納得した。――だが、鎌倉は？

京都に朝廷あり、鎌倉に幕府あり。天皇を決めるのは天皇ではなく、朝廷でもなく、幕府であるという。ならば幕府とは何か。誰に訊ねても言葉を濁《にご》した。今はそういうことになって落ち着いている、そうなるにいたるには長い歴史の経緯がある、いずれわかってくることだ、とばかり。京都を東に隔《へだ》たること百里の僻地《へきち》に、東夷《とうい》と蔑称《べっしょう》される武士たちの牙城《がじょう》があって、その鎌倉の権ノが京都朝廷にまで及んでいるらしい、という漠然《ばくぜん》とした風景のようなものが幼いわたしの頭に像を結んだだけだ。

はっきりとした答えを教えてくれたのは叔父で、あれは十一歳の秋だった。正確なところを知っておくべき年齢に達したと判断されたのだろう。その日、叔父は勉学の合間にわたしを釣殿《つりどの》へと誘った。

「ここはひとつ気分を換えて歴史の講釈を一席つかまつろうか。おまえは歴史が好きだろう、量仁」

いかにもわたしは歴史を好んだ。まだ史書は読めぬ年齢ながら、侍講役《じこう》の大人たちが時に話してくれる史話、人物譚《たん》に夢中で耳を傾けた。遠い唐《とう》の歴史、我が国の歴史を問わなかった。自分から話をせがむこともあった。

持明院殿の中庭には恐ろしく広い池が掘られていた。こと夏日など涼を求めて舟遊びを楽しんだものだが、晩秋の一日、舟は一艘《いっそう》残らず引き揚げられ、水面はどんより曇った空の色を映して暗鬱《あんうつ》だった。さざ波を立てて池を吹き渡る風は冷たく、しかしすぐにわたしは寒さなど忘れて叔父が物語るところに聞き入った。

「さて、まずは源平《げんぺい》の争乱なんだが――」

叔父の話はそこから始まった。藤原摂関家《ふじわらせっかん》は武門の源氏《げんじ》を手兵《しゅへい》として世に憚《はばか》ったが、その専横《せんおう》を面白く思わない白河《しらかわ》上皇は、権力を天皇家に取り戻すべく、源氏に対抗して平氏を手駒として重用した。やがて源平は相争い、源氏は敗れて没落した。すると本来は手駒、飼い犬であった平氏の力が増し、そこは兵事が本分であるだけに武力を嵩《かさ》に天皇家を圧倒するようになった。時の後白河《ごしらかわ》法皇は各地に逼塞《ひっそく》していた源氏の残党に院宣《いんぜん》を与えて蹶起《けっき》を、平氏打倒を促《うなが》した。蜂起《ほうき》した源氏は京都から平氏を追い落とし、本州島西端の海上である壇《だん》ノ浦《うら》の舟戦で滅ぼした。この功績を盾《たて》に、源氏の棟梁《とうりょう》源頼朝《みなもとのよりとも》は朝廷から征夷大将軍《せいいたいしょうぐん》職を与えられ、本拠地である東国相模《さがみ》の鎌倉に幕府を開いた。

「幕府とは武家の政権のことをいう。頼朝と主従関係を結んだ御家人《ごけにん》たちは幕府の支配下に入り、朝廷の命に従わぬ存在となった。武士たちのあるじは将軍になった。これがどういうことだかわかるかい、量仁。もはや天皇は彼らにとってあるじではなくなったということだよ。この国に天皇を主君と仰《あお》がない者、それも兵事、武力をことととする者が生まれたのだ、大量にね」

わかるようで、しかし、わからない。わたしは首をひねって訊ねた。

「でも、叔父上、将軍を任命するのは天皇なんでしょ？　天皇のほうが将軍より上なんでしょ？　だったら――」

「うむ、そこさ。そこが理屈通りにはゆかぬところだ」

なぜ理屈通りではないのか。だが、それ以上の突っ込んだ説明はせず、叔父は話を進めた。

「頼朝亡き後、源氏は二代続いた。第三代将軍実朝《さねとも》が甥によって暗殺されると、時の後鳥羽《ごとば》院は幕府を滅ぼす絶好の機会と見なし、一躍《いちやく》倒幕の宣旨《せんじ》を下した。しかし、将軍不在ながら幕府の統制権を握った執権職の北条氏が反撃の軍を起こした。朝廷側は連敗を喫したあげくの果てに降伏、責めを負わされた後鳥羽院は隠岐《おき》へと流され、その地で崩じた――」

要するに天皇家の暗黒史だった。わたしは釣殿の寒風に吹きさらされながら、まんじりともせずに叔父の語るところに耳を傾け続けた。

「鎮定《ちんてい》後、幕府は朝廷に二度とこのようなことを起こさせまいとした。遠く鎌倉から京都の動向に目配りするのは至難《しなん》のわざだ。だから洛東六波羅《ろくはら》の地に探題《たんだい》を置いた」

探題のことはわたしも聞き知っていた。六波羅の東夷《あずまえびす》ども、皆はそう呼んでいた。朝廷を監視するために設置されたのだとは初めて知った。

「さらには、天皇選びに口出しするようになった。後鳥羽院のような人を即位させないためにね」

わたしは何かを言いかけた。言わねばならぬと思った。が、なかなか言葉にならなかった。叔父はわたしの表情を読んだ。

「おまえの言わんとすることはわかる。だが北条氏にしても天皇は必要欠くべからざる存在なのだよ。征夷大将軍にもなれぬほど身分の低い彼らにとって、執権という立場を保証するのは天皇の権威《けんい》だけなのだから」

叔父の話はそのあたりで終わった。天皇家と北条氏、京都と鎌倉、朝廷と幕府。わたしが生まれる百年ほど前に後鳥羽院が起こした争乱により、両者の相克《そうこく》と共生、持ちつ持たれつの関係が始まり、そのうちに天皇家が二つに分かれ、今に至る。「そうなるにいたるには長い歴史の経緯がある」とは以上のようなことだったのだ。

――それでよいのですか。

わたしが叔父に対して言いたくて言えなかったのは、その単純な思いだ。子供心にもおよそ不自然かつ理不尽な、ましてや天皇家に生まれた子供、それも将来皇位に即くべく生を受けた子供の目に、かくも奇怪極まりなく映じる倒錯《とうさく》した共生共存の関係を、それが現実だからと認めたままでよいのでしょうか、と。

そう言えなかったのは、思いを剝《む》き出しのまま口にするのが、なぜだか恥ずかしいことのように感ぜられたからである。直情を穏当な言葉の甘皮で包むすべをわたしはまだ知らなかった。ともあれ、天皇とは何かを考え始めたのは確かにこの時がきっかけだった。

本来は臣下であるべきはずの幕府が権力の、国権の頂点に君臨し、その次に院がいて、天皇はさらにその下の第三位に甘んじている――この歪《いびつ》な序列を、認めぬ人がいた。断乎《だんこ》として受け容れぬ人がいた。

その人は、今上《きんじょう》――当代の天皇だった。父が「尊治」と諱《いみな》で呼んだ人である。

天皇が密かに倒幕を企《くわだ》て、しかしその計画は露見《ろけん》して、流産という無残な結果に終わったのは、叔父の話の翌年、わたしが十二歳の時だった。

正確な日付は九月十九日。ほどなく北野祭《きたのまつり》が始まろうという頃で、わたしは心待ちにしていた。毎年お忍びで連れていってもらっていた。天神《てんじん》さまこと菅原道真《すがわらのみちざね》を祀《まつ》った北野天満宮《てんまんぐう》は二十二社の一に数えられ、洛中の崇敬《すうけい》を集めている――ということなどより、祭礼の盛大な規模、人出のにぎやかなこと、華やかな数々の行事がわたしを魅了《みりよう》した。

その日はいつも通り儒学の講義や和歌の実習、琵琶の練習などがびっしりと組み込まれていた。しかし、そうはならなかった。目覚めると、屋敷内のただならぬ雰囲気がすぐに感知された。駆け回る足音、大きな話し声は常にないことだった。まもなく今日の予定はすべて取り消すゆえ自習しているようにと叔父が言って寄越《よこ》した。

「何か起きたの」

叔父の言葉を取り次いだ女官に訊ねた。

「洛中のどこかで何やら小競《こぜ》り合《あ》いが生じているとの由《よし》にございます」

女官はわたしを落ち着かせようとさりげない口調で言ったが、その顔には不安の色が濃く刷《は》かれ、小競り合い程度のはずがなく、大変な騒動が持ち上がったと察せられた。

わたしは女官の手を振り切って父の元へ急いだ。父の部屋には叔父のほかにも常日頃から出入りしている公卿たちが詰めかけていた。新たに駆け込んで来る者、出て行く者でごった返しているといってよかった。

父と並んで報告を受けていた叔父が真っ先にわたしに気づき、立ち上がった。歩み寄り、手を取って、やんわり部屋の外に押し出した。

「何が起こったのですか」

「まだよくわからないのだ。わたしの言いつけを聞かなかったのかね。さあ、部屋に戻って勉学に励むのだよ。詳しいことがわかったら、きちんと話してやろう」

不承不承《ふしょうぶしょう》わたしは従った。まだあの席に加えてもらえる年齢ではないのだと思った。自室へ戻る途中、広縁《ひろえん》で立ち止まり、何とはなしに空を仰いだ。秋空は青く深く澄み渡り、地上の異変を何一つ映してはいなかった。

まだよくわからないのだ――あの時点で叔父がそう言ったことに嘘偽りはなかった。この日払暁《ふつぎょう》、探題が突如兵を動かし、錦小路高倉《にしきこうじたかくら》の多治見国長《たじみくになが》と三条堀河《さんじょうほりかわ》の土岐頼兼《ときよりかね》の邸をそれぞれ囲んだが、国長と頼兼は捕縛《ほばく》を拒んで激しく抵抗し、その時刻はまさに攻防の真っ最中だったからである。洛北にある持明院殿までは高倉からも三条からも遠く、乱戦の音が伝わるはずもなかったが。

数日を経て、事態がある程度は沈静化してから、叔父はわたしを呼んで、起こったことを話してくれた。それによれば今上が謀叛《むほん》を企《たくら》んだという。今上の意を受けた寵臣の日野資朝《すけとも》と日野俊基《としもと》が御家人の多治見国長と土岐頼兼を口説き落とし、味方に引き入れた。挙兵決行は九月二十三日、北野祭の当日である。大きな喧嘩が起きるのが例年のことで、それを鎮めに探題の武士が出動するのも通例になっていた。探題の本拠地が手薄になるその隙《すき》を衝いて六波羅に襲撃を敢行するのが謀叛の第一段階だったという。しかし密告者があって、ことは事前に洩《も》れた。国長と頼兼は抗戦の末に討ち死にし、資朝と俊基は探題に拘束されて、目下厳しい詮議《せんぎ》を受けているとのことだった。

「それが帝のお企みというのは確かなことなのでしょうか」

「証拠はないがね」

わたしの問いに叔父は腕組みをした。

「資朝も俊基も頑《がん》と否認しているやに聞く。密告したのは土岐頼兼の縁者で、頼兼から聞いたことをそのまま探題に告げた。つまりは又聞き、伝聞だ。張本人の頼兼が死んだ以上、その真偽を確かめるすべはもはやない。資朝、俊基に抱き込まれたということ、さらに両人は帝の意を受けているということの真偽をだ。まさに死人に口なし」

「では――」

「しかし、わたしはさよう思うのだよ。これは帝の企み、帝の謀叛だと。伝え聞くところによれば、帝はこれまで幾たびも倒幕の意志を周囲に漏らしてきたという」

わたしは微妙なわだかまりを感じた。帝の謀叛だと叔父は何度も、しかも当然の如《ごと》く口にするが、謀叛とはそもそも下位の者が上に背《そむ》くことをいうのではないか。

「考えを同じくする公卿たちは多い。大事にならなければいいのだがね」

案ずるように言いながらも、どこか「大事」に期待するような響きがあるのをわたしの耳は聞き取った。

結果を言えば、大事にはならなかった。天皇はお咎《とが》めなしの裁定を鎌倉は下した。日野資朝ひとりが責めを被り、佐渡《さど》へと流罪になった。いっぽうの日野俊基は無罪放免、晴れて京都に戻ってきた。それで一件落着だった。資朝は叔父が主宰する経書の講読会の常連で、言葉を交わしたことこそなけれ顔見知りではあった。わたしが受けた衝撃というか動揺は、自分の知る公家《くげ》が佐渡に島流しになったという、そんな程度の個人的な事由によるものでしかなかった。資朝は、その父も兄弟も皆、わたしたちの家の支持者だったが、彼一人は叛逆《はんぎやく》して亀山流の今上に馳せ参じ、寵臣にまでなっていた。天皇家の分裂は、公家にも一家相克をもたらしているのだった。

ともかくも幕府は資朝をいわば身代わりにして天皇を許したわけであり、そのような穏便な形で事態を収束させた理由については、叔父からも父からもはっきりした説明を聞けなかった。たぶん彼らにもわからなかったのだろう。何にせよ、この裁定は過《あやま》ちだった。致命的なまでに間違っていた。もしも幕府が天皇の責任を深く追及し、明確に認定、断罪し、退位を強いていたならば、あのような——少なくともわたし個人に関する限り、左腕を矢で射られるということなどは起こりえなかったはずなのだから。

幕府の寛大《かんだい》で意外な裁定に、父も叔父も失望の色を隠さなかった。言葉にこそ出さね、彼らは期待していた。幕府によって今上が譲位に追い込まれるという「大事」を。そうなれば皇太子の邦良《くによし》親王が即位し、以前の和談による取り決めに従って量仁親王、すなわちこのわたしが皇太子となる。それこそ彼らが密かに描いていた図面であり、その実現の流れたがゆえの失望だった。

しかし正直に言うと、自身が当事者の一人なのだという意識は薄かった。所詮はまだ十二歳でしかなかった。いつしか勉学の日々が再開され、これまでと変わらぬ忙しい毎日を送るうち、帝の謀叛という凶事《きようじ》も、皇太子になれなかった落胆も次第に遠いものになっていった。どちらも、そもそもにしてからが、わたしには深刻に受け止められていたものではなかったのだ。

そんなわたしに物足りないものを感じたのだろうか、ある時、講書の合間に叔父は顔色をことさら厳粛《げんしゆく》なものに改め、こう言い聞かせたものだ。

「ゆめゆめ帝謀叛の一件を忘れてはならない。心に留めておくのだよ。一度失敗したからといって、それで諦めるとは限らないのだから」

わたしは驚いた。帝は倒幕の宿志《しゆくし》を捨てていない、むしろなお強固に持ち続けていると見るべき——そう叔父は指摘する。のみか、それを非常に警戒してもいるようだった。以前、叔父の口から今上の政治手腕を褒《ほ》める言葉を聞いたことが少なからずあった。だが、今や一転して、懸念《けねん》の、疑惑の目を向けている。

「そもそも帝が兵乱を起こすなどあってはならないことなのだ。たとえばの話だが、顔回《がんかい》が悪政を正そうと挙兵したとしたら、量仁、おまえはそれをどう考えるかな」

叔父が孔子の愛弟子《まなでし》を例にとったのは、ちょうど手元の書が『論語』だったからだろう。

「顔回ほどの聖賢《せいけん》が兵を挙げるからには――」

わたしは考え考え答えた。

「応じる人は多いはず。企ては成功して、悪政は正されるでしょう」

「だめだ、そうではない。結果がどうであれ、挙兵には犠牲《ぎせい》がつきものだ。そして、犠牲になるのは常に弱き者、民だ。悪政是正を口実にして無辜《むこ》の民に犠牲を強いてはならない。挙兵は天子《てんし》、聖賢の用いるところではないのだよ」

有無を言わせぬ口調だった。これほど厳しい叔父の声を聞いたのは初めてのことである。

「古《いにしえ》の天皇は自ら兵を率いて天下を平定した。そういう時代はもはや終わって久しい。自ら徳を積んで政《まつりごと》を正す、それが当節の天皇の務め、ありようというものだ。そのこと以外にない。後鳥羽院はそれを忘れ、往世の天皇に自らを重ねるという時代錯誤を敢《あ》えてした。その結果が如何《いか》なるものとなったか、以前に語った通りだ。こたびの謀叛未遂は、後鳥羽院の愚《ぐ》をまたしてもなぞろうというものだ。愚の愚だ。おまえもゆくゆくは天皇になる身、しかと心得おくがよい」

反論は許さぬ――叔父はそれだけの気迫をにじませていた。わたしはうなずくばかりだった。

以前のわたしだったら、内心のもやもやを抱え込んだまま鬱屈《うつくつ》していただろう。ますます内向してゆくばかりだったはず。しかし、この頃には正親町三条実継《おおぎまちさんじょうさねつぐ》の存在があった。思いを包み隠さず打ち明けられる親しい友になっていた。

「ほんとうのところはどうなんだろうな」

わたしは実継に訊いた。

実継は先の権大納言《ごんだいなごん》正親町三条公秀《きんひで》の嫡男で、最初、講書における相伴衆《しょうばんしゅう》の一人としてわたしの前に現われた。彼ら学友たちは、おしなべて年配者が択《えら》ばれ、既に大人び、君臣の分を厳と弁《わきま》えた態度でわたしに接した。よそよそしく。そこには目に見えぬ壁のようなものが感じられた。実継はその透明な壁をすんなりと透《とお》り抜けてきた。まんまるに太っていて、よく弾《はず》む鞠《まり》を思わせた。講書が終わると、年上の学友たちは慇懃《いんぎん》な態度で持明院殿を退出してゆくのに、実継はだらだら、ぐずぐずと居残り、遊びの後で忘れ去られた用済みの鞠のように部屋の隅にいつまでも転がっていた。女官たちは誰もそれをとがめなかった。不思議なやつだという思いは、同じ年の生まれと知って親近感に変わり、急速に打ち解けていった。持明院殿という限られた世界しか知らず、限られた人としか接しないわたしにとって、実継は外の世界について知らせてくれる貴重な情報源でもあった。

「ほんとうのところ？」

実継は訊き返した。講書の後、裏庭で二人して蹴鞠《けまり》を楽しんだ。夕食までの短い時間、女官たちの目の届かない、わたしたちのお気に入りの場所だった。どちらも蹴り疲れて、着衣が汚れるのもかまわず土の上に座り込み、袖で額の汗をぬぐい、はあはあ息をついているうちに、口走るように言葉が飛び出したのだ。

「うん、今上はほんとうに倒幕なんか企てたんだろうか」

「そのことでしたか。帝は本気だろうって父は言ってます。父だけではありません、誰に聞いても同じ答えが返ってくる。どうして幕府が不問に付したのかは不明ですけど」

では、叔父の言っていたことは正しかったのか。

「帝の本心はわかりませんよ。洩れ伝わってくるところによれば、の話です。でも、いずれにせよ幕府には敵《かな》いませんから」

「敵わない、か」

「敵うものですか。後鳥羽院の故事はご存じでしょうか、親王さま」

実継はおそるおそるといった態《てい》で訊き、わたしがうなずくのを見て、語をついだ。

「今上は自前の兵士をお持ちではない。赤子のように丸裸《まるはだか》です。それで何がおできになるというのです。後鳥羽院には武力がありました。当時の朝廷にはそれだけの力があったのです。幕府を倒せると考えることも、あながち無謀《むぼう》ではなかった。その後鳥羽院でさえお敗れあそばした。合戦をこととする武士たちには敵わなかったのです」

実継はそう言い切り、あわてて、

「もちろん武力ではってことですけれど」

と付け加えた。

後鳥羽院への批判、これも叔父と同じだ。

「では、何なら敵うのだろう」

徳を積め、と叔父は言う。何度もそう言う、徳、徳、徳、と。しかし徳でなら幕府に敵う、武力に勝てる、とまでは言わない。

実継がため息をついた。

「ほんと、何だったら敵うんでしょうねえ」

一時は都を騒然とさせた事変ながら、今上はそのまま在位をつづけ、まるで何事も起こらなかったかのように日々は過ぎていった。

事態が急転したのは二年後だ。十四歳になった年の三月二十日、皇太子が急死した。病死と伝えられた。享年二十七。

皇太子は、若死した先々代の天皇の嫡男で、本来なら疾《と》うに即位しているところが、当時まだ幼かったことから、叔父の今上が中継ぎとして代わりに立ったという経緯があった。父子二代つづいての早逝は、元来身体が丈夫でないわたしに恐怖心を植えつけずにはおかなかった。

それはともかく、よもやの空位となった皇太子の座をめぐって争いがはじまった。今度はわたしも我がこととして充分に意識せざるを得ない年齢に達していた。かつての和談の取り決めに従えば、次なる皇太子はわたしのはずだった。しかし、厳密を期せば、それなる取り決めは、あくまでも皇太子が即位した場合であって、その死を想定したものではなかった。あちらはその主張を盾に候補者を押し立ててきた。それも三人だ。一人目は亡き皇太子の遺児、二人目は皇太子の弟、そして三人目は今上の子である。何と中継ぎの立場で即位したはずの今上は、その拘束を平然と反故《ほご》にして豹変《ひょうへん》し、我が子に皇統を継がせる意志を露《あら》わにした。かくて、あちら亀山流は三つの流れに分かれ、同じ流内で三つ巴《どもえ》の争いを展開するに到った。皇太子を決めるのも幕府である。その意を得べく三陣営は鎌倉に懇願《こんがん》の使者を相次いで派遣した。

「何という恥知らずなんだ！」

叔父は嘆きの声をあげた。

「世上は、以てこれを東海道《とうかいどう》競馬場と称し、嘲《あざけ》り笑っているやに聞く。やれやれ、もはや嘆息《たんそく》する以外にないな」

しかし、かくいうこちらでも早馬を仕立てて幾度となく東海道を往還させていたのだから、叔父の嘆きは自嘲《じちょう》の類《たぐ》いにこそ属すべきだった。

かたや、父の意気込みたるや相当なものがあった。わたしの立太子を祈願《きがん》すべく寺社に捧げる告《こう》文《もん》・願文《がんもん》を連日にわたって書き続けた。伊勢神宮《いせじんぐう》、石清水八幡宮《いわしみずはちまんぐう》、賀茂社《かも》、日吉社《ひよし》、春日社《かすが》、北野社、長谷寺《はせでら》、熊野《くまの》――奉納使《ほうのうし》たちが次々と旅立っていった。

幸いなことに幕府の裁定はわたしに下った。その吉左右《きっそう》に持明院殿は沸き返った。喜びを爆発させた父の様子といったら尋常《じんじょう》ではなく、春が来たという言葉は、この時の父のためにあったようなものだ。わたしの勉学は一時的に中断を余儀なくされた。朝廷で執り行なわれる立太子《りったいし》の節会《せちえ》の準備にとりかからなければならない。公の儀式に臨《のぞ》むのは今回が初めてだ。式次第、立ち居振る舞い、言葉遣い、装束の稽古が入念につけられた。来る日も来る日も稽古、稽古、稽古に明け暮れた。

節会は七月二十四日に行なわれた。皇太子の死から四か月余りが経過していた。場所は二条富小路《にじょうとみのこうじ》の内裏《だいり》である。わたしは近習《きんじゅう》の者たちにかしづかれ、一人で牛車《ぎっしゃ》に乗り込んだ。父も叔父も同行しなかった。治天の君に非《あら》ざる上皇は、公式の場とは無縁の存在なのである。ちなみに亡き祖父が皇太子になったのは十一歳の時、父は何と二歳、叔父にしても五歳だった。当然、父も叔父も立太子の節会の記憶はないという。

いやというほど稽古を重ね、目隠しをされても式を乗り切れるほどにまでなっていたのに、そうした自信にもかかわらず、わたしは一点の不安を感じていた。不安の因《もと》は今上だった。倒幕の意志を持つという今上。叔父によればその望みを捨ててはいないらしい。どのような人物だろうか。さらに言えば、我が子にと望んだ皇太子の座を奪ったわたしをどう見るのか。それを思うと、気後れを感じた。

けれども、案ずるより産むが易《やす》しとはこのことだった。儀式の場で今上の前の御簾《みす》は終始引き降ろされ、一度も掲げられることがなかった。わたしは安堵《あんど》した。

「……現神《あきつかみ》と大八洲《おほやしま》にしろしめす天皇《すめら》が詔《おほみこと》らまとのりたまふ勅命《おほみこと》を、親王《みこ》たち、諸王《おほぎみ》、諸臣《おみ》・百官人《もものつかさのひとども》等、天下公民もろもろ聞こし召せと宣《の》る、法のままに有るべく政として、量仁親王を立て皇太子《ひつぎのみこ》と定め賜《たま》う、かれ此《かく》の状《さま》を……」

宣命《せんみょう》が厳かに読み上げられ、関白、左大臣、右大臣、内大臣、大納言、権大納言、中納言、権中納言、参議――公卿廷臣が居並ぶ中、わたしは稽古通りの作法を完璧に披瀝《ひれき》した。立太子の節会に臨む新しい皇太子、という己の役柄を忠実に演じきった。下げられた御簾の向こう側の存在のことなどいつしか忘れていた。

節会が終了すると、わたしは再び牛車に乗り込み持明院殿に戻った。引き続いて祝賀の宴《うたげ》に出なければならなかった。宴には、関白、左右内大臣、大中納言、参議がそっくり顔を揃えた。二条富小路内裏で行なわれた節会の顔ぶれがそのまま移ってきていた。その他の公家たちも延々続々と引きも切らず詰めかけた。屋敷内は華やかさで溢《あふ》れかえらんばかりだ。宴の真の主役はわたしでなく父だった。父は宿願に一歩を進めた。渦巻く歓喜の中心に父がいて、わたしはその渦に巻き込まれるどころか、逆流に押し流されるようにして外縁へ、外縁へと向かった。それはさして気にならなかった。立太子の節会を無事にこなし、疲れを感じていた。できることなら、このまま部屋に行って横になりたかったくらいだ。わたしをその場に引き留めたのは、おざなりな祝いの言葉をかけただけで、すぐに父のほうへ行ってしまう公家たちではなく、久しぶりに会う同母の姉と弟の存在だった。こういう席でもないと、離れて暮らす彼らと顔を会わせる機会はない。

姉の珣子《たまこ》は常磐井殿《ときわいどの》で生まれ育った。この時は十六歳で、会うのは一年ぶりだったろうか、美しさが馥郁《ふくいく》と香る美女に変貌《へんぼう》していて、わたしの目を瞠《みは》らせた。母の美しさをそのまま受け継いでいた。その一方で、勝ち気で男勝りな性格もこれまた母譲りだと思う。通りいっぺんの祝辞は口にせず、わたしの疲れを気遣《きづか》ってくれた。

「しばらくはゆっくり休むことね、豊仁。誰も怠《なま》けてるなんて思わないわよ。自分の身体《からだ》を大切にいたわってあげて」

姉の率直な言葉に緊張がほぐれ、わたしは甘えたことを言った。

「それが、さっそく明日から講書を再開するって、叔父上が仰せなんです。節会の準備でずっと、その時間がなかったからって――」

「そうら。そんなふうに真面目すぎるのが、あなたのよくないところよ。富仁叔父さまみたいな本の虫になってはだめ」

わたしは声をあげて笑った。徳の伝道師《でんどうし》たる叔父も、姉にかかっては形無しだった。生来の性格もあろうが、外の世界でのびのびと育っているらしい姉がうらやましかった。わたしは持明院殿しか知らない。生活に堅苦しさを感じたことはないが、来る日も来る日も勉学ばかりでは息苦しさを感じる時もないではなかった。

「兄上、こたびは立太子、おめでとうございます。豊仁もうれしうございます」

弟は練習してきたであろう言葉をけなげに口にして、作法通りに頭を下げた。まだ六歳。あどけなく、人形のようだった。八歳年下の豊仁は日野家で養育されている。会ったのは数度きりだ。

「うまくしゃべれるようになったね、豊仁」

声をかけてやると、弟はうれしそうに笑顔を返した。そうか、兄なのだ、わたしはこの子の兄なのだという、日頃は感じることのない新鮮な思いが胸にこみあげ、じんわり温かくひろがって、こちらまでうれしくなったことだった。

皇太子になって生活は一変した。まず、わたしのために東宮坊《とうぐうぼう》なるものが組織された。東宮坊なわち皇太子に仕える家政機関《かせい》だが、一挙手一投足を東宮坊に出仕する役人たちに監視されるも同然の立場となり、窮屈《きゆうくつ》なことこのうえもない。皇太子教育も彼らの務めで、わたしは朝廷のしきたり、有職故実《ゆうそくこじつ》についてたっぷりと学ばなければならなかった。持明院殿を気ままに走り回れる暮らしとのお別れだった。これが大人になるということなのだと、悲しみと諦めにも似た気持ちで自分の新たな立場を自身に納得させた。二歳で立太子した父、五歳の時だった叔父と違い、わたしの場合、皇太子になるとは大人になる自覚と同義だったのである。

外出についても「行啓《ぎようけい》」なる特別な呼称が与えられた。皇太子は公的な立場であって、御座所《ござしよ》を出ることとさえ公式行事と見なされる。立太子の翌月、晴れて東宮となったことを報告すべく土御門《つちみ》東洞院《かどひがしのとういん》殿に住まう陽徳門院《ようとくもんいん》の元へと向かった。陽徳門院は曾祖父の娘媖子《ようこ》内親王のことで、祖父の妹、わたしには大叔母に当たる人だ。これまでにも何度かご機嫌伺いに赴いたことがあった。いずれの時もわずかな供回りを連れての通常の外出だったのに、今度ばかりはことさらに「行啓始《はじめ》」と銘打《めいう》たれた。しかも東宮坊の役人や持明院殿の殿上人が多数供奉《ぐぶ》する華やかな行列が構成されての。沿道の人々に皇太子の雅《みやび》やかな存在を訴えかける効果を狙ったものだ。そう、わたしは政治的存在となったのだ。

政治といえば、国内の政治情勢にも、もはや無関心ではいられなかった。ある日、父のもとに呼ばれて出向くと、鎌倉の最高権力者である北条相模守高時《さがみのかみたかとき》が執権職を辞して出家した、との最新情報を伝えられた。そうしたことも知っていなければならない身となったのだ。その場で父に報告していたのは西園寺公宗《きんむね》だった。母の甥で、つまりわたしとは従兄弟《いとこ》同士の間柄にある。父の実衡《さねひら》が病に伏《ふ》し、関東申次《かんとうもうしつぎ》職を代行中だった。関東申次とは幕府との連絡にあたる西園寺家代々の家職である。東宮坊の長官としても多忙な公宗は、わたしより三歳年上とは思えないほど大人びた風貌を見せつけていた。

北条高時はまだ二十四歳、執権となっても十年という。わたしは訊いた。

「どうして職を辞したのか」

「さても闘犬三昧《ざんまい》と聞き及びますれば」

「闘犬？」

「犬同士を闘わせる見世物興行のことでございます。これが鎌倉では大流行り。さらには田楽《でんがく》、飲酒にも耽溺《たんでき》し、若くして政治に倦《う》んだやに聞いております。武家の権力者も代を経《へ》れば、そのようなうつけが出現するのですな」

公宗はしたり顔で答えたが、そんな単純な理由でなかったことをわたしは後になって知った。関東申次の情報収集能力は代を経るごとに劣化していったわけで、公宗に高時を嘲笑《あざわら》う資格などなかったのだ。わたしはわたしで、その時は、これは他山の石としなければと生真面目にも思っただけだったが。

そうした一方で、学問の師たる叔父は勉学の手綱《たづな》をゆるめなかった。わたしへの学問教育は七歳の時に始まった。が、あくまで助走であり、本格的には十五歳からと叔父は考えていたようだ。立太子の翌年が、まさにその志学の齢《とし》だった。助走期間を終えたわたしに叔父は本腰を入れて儒教の経典を読ませていった。『論語』を再読することに始まり、『春秋左氏伝《しゆんじゆうさしでん》』『毛詩《もうし》』『書経《しよきよう》』『礼記《らいき》』『孝経《こうきよう》』『孟子《もうし》』『史記《しき》』『漢書《かんじよ》』『後漢書《ごかんじよ》』『南北史《なんぼくし》』『資治通鑑《しじつがん》』『老子《ろうし》』『荘子《そうじ》』『淮南子《えなんじ》』『貞観政要《じようがんせいよう》』『帝鑑図説《ていかんずせつ》』『文選《もんぜん》』などをじっくりと講読させられた。いずれも目的はただ一つ、徳を知るためである。

漢籍《かんせき》以外には本朝の書籍も読まされた。皇太子たる者、朝廷の制度、典礼《てんれい》に通じていなければならない。歴代の天皇の御記《ぎょき》——一条《いちじょう》天皇『寛弘《かんこう》御記』、後冷泉《ごれいぜい》天皇『康平《こうへい》御記』『治暦《ちれき》御記』、順徳《じゅんとく》天皇『人左記《じんさき》』、宇多《うだ》天皇『寛平《かんぴょう》御記』、村上《むらかみ》天皇『天暦《てんりゃく》御記』、さらには臣下の諸日記、そして源高明《みなもとのたかあきら》『西宮記《さいぐうき》』、藤原公任《きんとう》『北山抄《ほくざんしょう》』を読み進め、公事の学の習得に努めた。これらは東宮坊の侍講たちの指導にゆだねた。

史書の講読も彼らの担当だった。『日本書紀《にほんしょき》』『続日本紀《しょくにほんぎ》』『日本後紀《にほんこうき》』『続日本後紀《しょくにほんこうき》』『文徳実録《もんとくじつろく》』『三代実録《さんだいじつろく》』の六国史《りっこくし》を読み、『本朝世紀《ほんちょうせいき》』『大鏡《おおかがみ》』にも手を伸ばした。

ことに、わたしは『日本書紀』を好んだ。そこには天皇の天皇たるべき明確な由縁が記されていたからだ。高天原《たかまがはら》にいます天照大神《あまてらすおおみかみ》が孫の天津彦彦火瓊瓊杵尊《あまつひこひこほのににぎのみこと》に神勅《しんちょく》を下す——。

「葦原《あしはら》ノ千五百秋《ちいほあき》ノ瑞穂《みつほ》ノ国ハ、是《これ》、吾《あ》ガ子孫《うみのこ》ノ王《きみ》タルベキ地《くに》ナリ。爾皇孫《いましすめみま》、就《い》デマシテ治《しら》セ。行矣《さきくませ》。宝祚《あまのひつぎ》ノ隆《さか》エマサムコト、当《まさ》ニ天壌《あめつち》ト窮《きはま》リ無ケム」

——地上の国は、わたしの子孫が王たるべき国である。皇孫のあなたが行って治めよ。さあ、ゆけ。宝祚の栄えることは、天地と共に窮まりがないであろう。

天照大神の下した神勅によって天皇の地位は保証されているのだった。その天照大神から先を遡《さかのぼ》れば、伊弉諾尊《いざなきのみこと》、伊弉冉尊《いざなみのみこと》を経て、国常立尊《くにのとこたちのみこと》に至る。『日本書紀』の冒頭はこう始まる。

「古《いにしへ》ニ天地《あめつち》未《いま》ダ剖《わか》レズ……天先《ま》ヅ成《な》リテ地後《のち》ニ定マル……開闢《あめつちひら》クル初《はじめ》ニ、洲壌《くにつち》ノ浮レ漂ヘルコト、譬《たと》ヘバ游魚《あそぶいを》ノ水上《みづのうへ》ニ浮ケルガ猶《ごと》シ。時ニ、天地ノ中ニ一物《ひとつのもの》生《な》レリ。状《かたち》葦牙《あしかび》ノ如シ。便《すなは》チ神ト化為《な》ル。国常立尊ト号《まう》ス」

国常立尊こそは最初の、原初の、始原の神であり、天皇はこの始原神に端を発する。皇統の末端にいるわたしも国常立尊へとゆきつく。

——国常立尊

——天照大神

この二柱の神に、わたしは心に強い印象を刻まれた。国常立尊は名前だけの登場だが、そこは何といっても最初の神である。すべてはこの神から始まる。天照大神は女神でありながら天上の最高神、太陽神であって、乱暴者の弟神が現われた時には男装、武装して勇敢に立ち向かった。天石《あめのいわ》屋戸《やと》開きの挿話も、おそらくは死と復活の象徴だろうが、示唆《しさ》に富むものとして受け止めた。天照大神から天壌《てんじょう》無窮《むきゅう》の神勅を授けられた孫、天津彦彦火瓊瓊杵尊の曾孫《そうそん》が初代神武《じんむ》天皇だ。こうして神統譜は滑《なめ》らかに皇統譜に接続される。国常立尊から、このわたしへと。

神武天皇は、その諡号の示すとおり武力の天皇である。東征譚《とうせいたん》は興趣《きょうしゅ》あふれる物語として愉《たの》しんだ。

「……金色《こがね》ノ霊《あや》シキ鵄《とび》有リテ、飛ビ来《きた》リテ皇弓《みゆみ》ノ弭《はず》ニ止《とま》レリ。其《そ》の鵄光リ曄煜《てりかがや》キテ、状《かたち》流電《いなびかり》ノ如《ごと》シ。是《これ》ニ由《よ》リテ、長髄彦《ながすねびこ》ガ軍卒《いくさのひとども》、皆迷《みなまど》ヒ眩《まぎ》エテ、復力《またきは》メ戦《たたか》ハズ……皇軍《みいくさ》、鵄ノ瑞《みつ》ヲ得《う》ル……」

敵将長髄彦の軍に苦戦したとき一羽の霊鵄《れいし》が飛来して天皇の弓弭に止まり、鵄の放つ金色の光を浴びて敵軍が戦意を喪失、天皇は危機を脱する——その場面など、見たことのない古代の光景が脳《のう》裏《り》に鮮やかに映じたものだ。蹴鞠と並んで小弓を嗜《たしな》むようになったのも、この一節の影響であったに違いない。

蹴鞠と小弓——この二つは、窮屈な皇太子生活のつかの間の慰《なぐさ》めとなってくれた。体質は虚弱《きょじゃく》だったのに、いや虚弱であるがゆえか、わたしは身体を動かすことを好んだ。汗をかくのが気持ちよかった。時間があればずっと蹴鞠と小弓にだけ没頭していたかったが、そうもいかなかった。もっとも、全面的には禁止されず、時間限定的に勉学の息抜きとしての効果を叔父が認めてくれたのは幸いだったが。

ともあれ、こうして政治的立場の自覚、儒学の勉強、有職故実の学習、本朝史書への耽読、合間を縫《ぬ》っての蹴鞠と小弓、もちろん祖母による和歌の指南と、父が手ずから教える琵琶の習得も続けられるうち、三年の歳月などまたたくまに過ぎ去って、わたしは十七歳になった。

倒幕未遂事件から五年、今上は譲位のことなどおくびにも出さず、なお依然《いぜん》として玉座に居座り続けていた。鎌倉からも何か言ってくる気配はなかった。父は今上の譲位を促す使者を幕府に折に触れて遣わしたものの、色よい答えを得られずにいた。

「和談によれば、十年を目途に代替わりするはずぞ。十年は疾《と》うに過ぎた」

父の言い分はそれだった。今上は在位十一年を迎えていた。苛立《いらだ》ちを募らせた父は、いつぞやの願文奉納の鬼に戻った。わたしの即位の一日も早い実現を綿々《めんめん》とつづった祈願文を連日のように書き、諸寺社に奉納した。それらを一つ一つ見せられるのは、わたしにとって苦痛の種以外の何物でもなかった。父の執念《しゅうねん》が怖くもあった。

ある日、賀茂社に奉納するのだと言って見せられた願文の一節がわたしの目を引いた。これまでにはなかった文章が記されていた。

——身のためにして世を傾くるにあらずや。天の下は一人の天の下にあらず。天の下の天の下なり。

わたしは訊いた。

「身のためとは、今上が天下を我が物にしようとするつもりだ、ということでしょうか?」

「その通りだ。尊治にしてみれば、天下は天皇のものだから、自分の思い通りの政治をしたい、していい、しなければならぬ、というわけだ。そのためには世の中を変えねばならないが、当然それは世を乱すことにつながる」

わたしが驚いたのは、その言い前の当否、是非ではなかった。花鳥風月《かちょうふうげつ》を愛で、四季の移ろいを繊細な和歌に詠《えい》じ、月下に琵琶の雅な音色を奏で、宴席では堂々たる主宰者を演じ、そんな風流人、そして執念の人とばかり思ってきた父が、意外にも極めて政治的な感覚の持ち主だと知ったからである。退位して上皇となった今も、天皇のありようを、天皇としての責務を、なお保持し続けていようとは。それは父の胸の奥底に熱く脈々と秘められてあったものなのだろう。

「ですが父上、天皇とは、この国のあるじなのではありませんか？　でしたら――」

「あるじ？　あるじだという驕《おご》り、主人面《づら》が世を乱す。国のため、世のため、民のためにあってこその天皇ではないか。天皇は、この世界のすべてに責任を負う。そうした存在なのだよ。おまえ、これまで富仁から何を学んできたのだね」

父は厳しい顔色になり、叱責《しっせき》するように言ったが、すぐに穏やかさを取り戻した。

「世を乱すであろう尊治を一刻も早く退位させる。これこそ天下のためだ。おまえの即位を急ぐのは、一にも二にも、その理由からである」

わたしは自分を羞《は》じた。これまで父の何を見てきたのだろう。

わたしの即位――それを阻《はば》む障害が、実はわたしの側にも一つだけあった。十七歳にもなって元服を迎えていなかったことである。しかるべき年齢に達しながら元服していない者が天皇になる資格はない。元服をあげなければ即位も何もあったものではなかった。本来ならば立坊した十四歳より前に元服をすませておくべきだった。だが、先の皇太子の死があまりに突然だったのと、それに続く後継者選定競争で誰もが頭に血を上らせ、わたしの元服のことは顧《かえり》みられないまま置き去りにされてしまった。そして皇太子となった以上、元服の儀は公式の行事でなければならないという制約が足枷《あしかせ》となった。内裏にて執り行なわれるがゆえに催行《さいこう》の可否は天皇の権限に属し、この三年間、今上は言を左右にして、のらりくらり先延ばしを図ってきた。父と叔父が何度となく強硬な申し入れを行なったにもかかわらず、馬耳東風《ばじとうふう》、聞く耳を持たず「いずれ」「近く」の答えを返すばかりで、二人を切歯扼腕《せっしやくわん》させ続けた。

今上の卑劣《ひれつ》ともいえる遅延戦術に、二上皇以上に怒ったのが従兄《いとこ》の西園寺公宗だった。公宗は三年前に父を亡くして西園寺家の当主となり、関東申次を襲職《しゅうしょく》した。もともと西園寺家は、分裂した天皇家に対し、ある時はわたしたちの側につき、ある時はあちら亀山流を支持することで巧みに権力の海を泳ぎわたり、その力を増してきた。即位は鎌倉の一存で決まり、その鎌倉と京都の間をとりもつのが関東申次なのである。しかし五年前に起きた今上の謀叛未遂事件以降は、わたしたちの側に与力《よりき》する姿勢を鮮明にしていた。公宗がわたしの東宮大夫《たいふ》に就任したのもその一環だが、元服の件でも口添え役を買って出た。それはそうであろう。関東申次の権力は鎌倉あってのものだ。幕府という大樹、虎の威を倒そうという今上の姿勢は、西園寺家の存立を危うからしめる。公宗としては一日も早く今上を譲位させ、従弟《いとこ》のわたしの即位を実現させたいはずだった。

そんな公宗には、そして父にも叔父にも悪いと思うが、わたしは自分の置かれた宙ぶらりんの状況が少しでも長く続けばいいと願っていた。十七歳——大人の男の入り口に立ち、気力、体力も充実して、毎日が楽しくてならない。理解力が向上したことで学問もようやく面白く感じられ始めた。しっかりと身を入れて学ぶようになった。ではあれ、東宮になったからには来るべき即位に向けて備えねばの自覚、気負い、逸《はや》り、昂《たかぶ》り、発奮といったものとは無縁だった。

——この世界のすべてに責任を負う。

天皇について父はそう言ったが、そうした存在に果たして自分などなれるのか。なる資格があるのだろうか。なるべく考えないようにした。元服したいと思うのは、鏡に自分を映して如何にも角髪《みずら》が似合わなくなったと恥ずかしさを感じる時ぐらいのものだった。

公宗の奮闘《ふんとう》の甲斐《かい》あってか、初冬十月、東宮元服の儀を年内に執行すべしとの沙汰《さた》が鎌倉から届いた。幕府の「命令」とあっては、さすがに今上も拒むことはできない。十二月二十八日に執り行なう旨、内裏から申し渡してきた。

「年内のぎりぎりまで先延ばしするとは、尊治め、この期に及んで面憎《つらにく》い所業だが、しかし何はともあれ、これで一安心だ」

父はほっとした表情でわたしに告げた。

その日から、儀式での作法、進退について練習に次ぐ練習を課された。儀式の式次第に則って予行演習することを「習礼《しゅうらい》」と称するが、習礼は十一月二十九日、十二月二日、二十四日、二十五日と、四度にわたって本番さながらに行なわれた。宮廷行事ゆえ父も叔父も出席できないのは三年前の立太子の節会の時と同じで、父としては、大袈裟《おおげさ》にいえば我が子を敵地に単身送り出す心境だったろう。わたしは一点の失態も犯さないよう求められた。うんざりするような二か月だった。大好きな蹴鞠に興じる時間も消えてしまった。

当日は、夜になるのを待って、牛車に乗り、持明院殿を出た。行く先は三年前と同じく二条富小路の内裏である。行列の規模は立派で華やかだった。星空の下をゆっくりと進んだ。数日もすれば年が改まり、暦の上では春となる。日中はそれなりの陽射しが届いたが、夜ともなれば季節通りの寒さが忍び寄り、わたしは小さく身震いした。一抹《いちまつ》の心細さも覚えていた。立太子の節会の時は、自分をめぐる周囲の状況も思惑《おもわく》も、それどころか皇太子になるということすらも自分自身よく呑みこめず、ひたすら物珍しさ、無邪気さ、興味などの感情が先に立っていたが、今はどこかひるむものを感じずにはいられなかった。ひるんだのは、自分の運命に対してか。それとも――。

三年ぶりの内裏参上である。あれ以来、皇太子として公事に呼ばれることは一度もなかった。今上から遠ざけられることの、かくも露骨《ろこつ》だったといえる。控室の安福殿《あんぷくでん》に入った時、扈従《こしょう》していたのは乳母の藤原冬子《ふゆこ》はじめ三人の女官に過ぎなかった。

儀式の場である萩戸《はぎのと》には一人で渡った。清涼殿《せいりょうでん》の東北隅、弘徽殿上御局《こきでんのうえのみつぼね》と黒戸《くろど》廊に挟まれた一間である。東庭《とうてい》に面していた。

正面の御簾が下ろされたままであるのを看て取り、わたしは安堵した。ひるむ思いが溶け去ってゆくのを感じた。ところが、着座してまもなく今上の出御《しゅつぎょ》が告げられ、不動と思われた御簾がするすると巻き上げられていった。立太子の節会の際は一度として上がらなかった御簾が。

わたしは動揺した。動顚のあまり失態を犯さなかったのは、四度に及んだ習礼の賜物《たまもの》というほかはない。遮《さえぎ》るものがなくなっても御座所の内部が薄暗いままであるのも幸いした。今上の容貌《ようぼう》ははっきりとしなかった。わたしはすぐに気を取り直し、以後はそちらに注意を奪われることなく儀式の流れに身を委《ゆだ》ねられた。これは五度目の習礼なのだと自分に言い聞かせながら。

権中納言の大炊御門冬信《おおいのみかどふゆのぶ》の手によって髪が切られ、右大臣の近衛経忠《このえつねただ》が加冠《かかん》したが、習礼でも本人がその役を務めたから、さほど緊張しなかった。関白二条道平《みちひら》、左大臣鷹司冬教《たかつかさふゆのり》以下の廷臣たちが厳粛に見守る中、儀式は滞《とどこお》りなく進行し、無事に終わった。

「少し話そうか」

その声を聞いたのは、退出すべく腰を浮かしかけた時だった。さりげなくも、穏やかで、くだけた声音。今上の声だと悟ったのは、関白が御座所に向かって、

「さりながら、それは――」

と畏《かしこ》まったからである。面上には意外の色が刷かれていた。式次第にないことであり、三年前の

立太子の節会でも一言も交わすことなくそれぞれ退席したのだ。

「よいではないか。天皇たる朕《ちん》が東宮と話すに何ぞ差《さ》し障《さわ》りやある」

穏やかながらも有無を言わせぬ響き。

二条道平は一礼すると、立ち上がった。すぐに鷹司冬教が続き、列席の廷臣たちも次々と萩戸から退出していった。わたしだけが残された。

「近《ちこ》う――いや、こちらから参ろう」

思いがけずも今上は御座所を出ると、歩み寄ってきた。目の前にどっかと腰をおろした。ふくよかな体軀《たいく》。垂纓冠《すいえいかん》に青色袍《あおいろほう》という姿だった。

「さてさて、格式張った儀式は朕の好むところに非ず。他には誰もおらぬ。ざっくばらんに話そうではないか。ふむ――」

わたしの顔にじっと目を向けて、小さくうなずき、

「まずは祝着至極《しゆうちやくしごく》。大きくなられた。三年前は角髪が似合って可愛げであったが」

にっと笑顔を作った。親愛の笑みか、あるいは余裕の笑みか。わたしは声が出せずにいた。臆《おく》していた。圧倒されていた。こんな状況への対処は習礼になかった。ただただ今上の顔に見入った。視線を逸《そ》らすことはできなかった。豊かな髭《ひげ》を蓄えた顔は引き締まって精悍《せいかん》で、目には今にも紫電《しでん》を発しそうな力がこもっている。龍顔《りようがん》という唐風の言葉を連想した。

「存じてもいようが、そなたの父とこの尊治とは又従兄弟の間柄。生まれた年も同じ」

それだけ言って言葉を切った。こちらの反応を求めているようだった。

「存じあげております」

緊張で声がかすれた。迂闊《うかつ》な答えは返せないぞと、かろうじて自戒《じかい》する。わたしが相対している

のは父と叔父がそろって警戒の目を向ける男なのだ。

「さのみか、そなたの父の生母と朕の生母は姪《めい》と叔母――というわけで、父方母方ともに案外と近しい、濃い間柄になるわけだな、朕と東宮とは。格別の親しさを覚える由縁である。――さても十七歳か」

なおも今上は笑顔を絶やさない。

――さても四十二歳か。こちらも反射的に思う。父と同年生まれなら、その年齢だ。ただし父は二歳で立太子し、十一歳で即位、わずか三年で退位に追い込まれた。目の前の今上は、男盛りの年齢で天皇位に君臨する者ならではの、相応の力量と風格、覇気《はき》をむんむんと滲《にじ》み出させている。父からは感じられないものだ。

「朕は二十一歳で立太子したが、十七歳の時には己が東宮になれるなどと考えてもいなかった。その二年前まで親王でさえなかったのだからな。それを思えば、過分な幸運に恵まれた身だとは言えようか。して、東宮はどのような天皇になろうとお思いかな」

あまりにも単刀直入に訊かれ、わたしは答えに窮した。

「言うなれば抱負だ、天皇になる抱負」

「……………」

「それなりの抱負があろう。即位した暁《あかつき》にはこのようなことをしたい、天皇としてよりよき世を治めてみせたいという抱負が」

気がつくと今上の眼光は鋭くなっていた。その目に射すくめられるがまま、わたしは自らを急かすように必死に考えを巡らせた。抱負、抱負――自分にどんな抱負があるんだろう。

叔父が常々口にする言葉が脳裏に明滅《めいめつ》する。天皇は徳がなくてはならぬ、というあの言葉。それを答えればいいのか。こんなふうにもっともらしく。

――はい、わたしは徳のある天皇になりたく思っております。

いいや、叔父の訓示は、実を言えば、今ひとつ呑みこめていなかった。納得しきれないものがあるのだ。徳。徳ある天皇。そんな心にもないことを答えたところで、たちまち見抜かれてしまうだろう。それほどの今上の鋭い眼光だった。

答えあぐねるわたしを促すつもりか、今上は自分について語り始めた。

「諡号とは死後につけられるものだが、朕は己の諡号を自分でもう考えてあるのだ。公言もしている。後醍醐《ごだいご》と言うのだよ。醍醐帝は摂関を置かず、親《みずか》ら政治を執った。天皇親政により世は泰平に治まり、その年号に因《ちな》んで延喜《えんぎ》の治と後にたたえられた。朕はそれに憧れ、あやかりたいものと熱望し、後醍醐を自身の諡号とした。思いついたのは東宮時代のことだ。後醍醐天皇――これこそ東宮尊治の抱負であった。晴れて天皇となった今は、その抱負を実現すべく力を傾けている。さて、そなたの抱負を聞こうか」

緊張が頂点に達した次の瞬間、不意に肩の力が抜けた。どうでもいいか。儀式は終わった。これは単に付けたしに過ぎないんだ。

「特には――考えておりません」

「何と」

「その時になって考えればいい、そう思っています」

わたしは本心を口にした。実に素直に、軽やかに、滑らかに言葉は転がり出たものだ。

「…………」

今上――後醍醐の口辺から笑みが消え、探るような目の色になったが、それは一瞬に過ぎず、すぐに鷹揚《おうよう》な笑顔が甦《よみがえ》った。

「さよう――その考えにも一理あろう。朕は気負うほうでな、何かにつけ。ま、東宮とは要するに、天皇になるための修行期間のようなものゆえ、ゆるりと構えるのも可であろう。仄聞《そくぶん》するところでは、いろいろとお学びの由。何が得意かな」

「蹴鞠でしょうか」

「は？」

「得意なものは蹴鞠です」

これまた本心だった。反射的に答えていた。習礼のため蹴鞠をする時間が奪われ、わたしは欲求不満に陥っていたのだろう。肩の力が抜けすぎた余り、父や叔父には口が裂けても言えない本音を打ち明けてしまっていいという気分になってもいたようだ。

後醍醐は笑い声をひびかせた。安堵の響きが如実、というか露骨だった。心の底から笑っていた。

「いや、これはすまぬ。朕にもな、蹴鞠を好む息子があって、そのことを思い出したのだ。そなたより五つ年上にもなろうか。蹴鞠だけでなく、あやつの場合は、皇子にあるまじきことに武芸全般が好きでな。学問よりも武芸にばかり精を出し、朕がいくら誡《いまし》めても耳を貸さぬ。それが今や比叡《ひえい》山《ざん》の座主《ざす》というのだから、ふふ、人間とはわからぬものではないか。結構であるな、蹴鞠が得意とは大いに結構」

後醍醐は愉快そうに言葉を紡ぎ出したが、こちらに対する関心が急速に、そして決定的に薄れていったのが感じられた。紫電のような眼光の強さが一瞬でかき消え、顔がやわらぎ、弛《ゆる》んだ。今上のほうでも緊張していたのだということに、ようやく気づいた。悠揚《ゆうよう》迫らざる気配は、とってつけた拵《こしら》えもの――演技だったのだ、と。

後醍醐は機嫌よく言った。

「さて、お引き止めして悪かった。我が又従兄弟どのは、さぞ首を長くしてお待ちであろう。お帰りあそばされよ。お父上には宜《よろ》しくお伝えありたい」

わたしは一礼して腰をあげた。退出口に進みかけ、臆するものを払い捨てて振り返った。やはり訊いておきたかった。こちらは逆に、向こうに対する関心が膨らんでいた。自ら不遜《ふそん》にも後醍醐と諡号するに足る風格と威厳、鷹揚さが備わっている。風流貴公子の権化《ごんげ》のような父とは、部屋にこもって書物ばかり読んでいる叔父とは別種の生き物だった。思えば、わたしは天皇だった人物を身近に知っているが、当今《とうぎん》――まさにいま現在天皇である人には初めて接したのだ。

「お訊ねいたします。天皇とは何でしょうか」

わたしの単刀直入な問いに、後醍醐は弛緩《しかん》した表情のまま、何だ、そんなことかと言わんばかりの調子で、さながら目の前を飛ぶ羽虫を無意識に払いのけるように答えてくれた。

「日本国のあるじぞ」

元服してすぐ年が明けた。わたしは十八歳になった。懸案《けんあん》の加冠を果たし終えた慶賀《けいが》に加えて正月の恒例行事が重なり、持明院殿は華やぎの中にあった。もはや即位への障碍《しょうがい》は取り除かれた。後は幕府からの沙汰を待つだけ。誰もが喜びに顔を輝かせていた。ただ一人――叔父を除いては。

叔父の表情は日に日に厳しさを増してゆく。わたしの学業は、うち続く祝賀行事により疎《おろそ》かになっていた。屋敷内の軽佻《けいちょう》な雰囲気に影響され、いささか浮かれていたことは認めざるを得ない。叔父はそれを深刻に案じていた。二月に入って、長い文章をわたしに与えた。

『誡太子書《かいたいしのしょ》』

そう標題されていた。手渡すにあたり叔父は二つの無用を言い渡した。他見無用と問答無用。前者はわかる。しかし問答無用とは——。

「答えは自分の頭で考えるのだ。わたしは全身全霊を傾けて筆を走らせた。一字一句に意味がある。濫《みだ》りな問いは受けつけないよ」

心して読め、いや、服せということか。

『余聞く、天は蒸民《じょうみん》を生じ、之れに君を樹《た》て、司牧《しぼく》するは、人物を利するゆえんなり』

書き出しの一文を目にするや、あっと驚きの声が出た。天皇は日本国のあるじではない、民も天皇の所有物ではない——叔父はそう宣言する。元服の儀の後にわたしが伝えた後醍醐の「あるじ発言」に対する真っ向からの否定だった。天皇とは民の司牧、民を利するものだと、その役割を冒頭に掲げているのである。

『……苟《いやしく》も其《そ》の才無くんば、其の位に処《を》るべからず』

と続き、皇太子たるわたしへの容赦《ようしゃ》のない指摘が並べられる。

『……而《しか》るに太子は宮人の手に長じ、未だ民の急を知らず。常に綺羅《きら》の服飾を衣《き》て、織紡の労役を思ふこと無し。鎮《とこしな》に稲粱《とうりょう》の珍膳《ちんぜん》に飽き、未だ稼穡《かしょく》の艱難《かんなん》を弁《わきま》へず』

国に功もなく、民に恵みもない。皇子に生まれただけで天皇になるというのは、厳しく戒められるべきことだ。

『……請《こ》ふらくは太子自ら省《かえり》みよ』

そのうえで論述は本朝の歴史へと踏み込んでゆく。

『……中古以来、兵革連綿として、皇威遂に衰《おとろ》ふること豈《あ》に悲しまざらんや。太子宜しく熟《つらつ》ら前代の興廃する所以《ゆえん》を観察せよ』

我が国は皇胤一統《こういんいっとう》なのだから亡国の危機はない、と思うのは誤りである。平時なら凡庸《ぼんよう》な天皇でも務まろうが、平時こそ乱世を招かぬよう徳を積んで備えるべきなのだ。

『……今時未だ大乱に及ばずと雖《いへど》も、乱の勢ひ萌《きざ》すこと已《すで》に久し。一朝一夕の漸に非ず。聖主位に在らば則《すなは》ち無為に帰すべし、賢主国に当たらば則ち乱無からん。若《も》し主、聖賢に非ざれば、則ち乱、恐らくは唯《た》だ数年の後に起こらん。……庸主《ようしゅ》此の運に鍾《あた》らば、則ち国は日に衰え、政は日に乱れ、勢《いきおい》必ずや土崩瓦解《どほうがかい》に至らん』

土崩瓦解――激烈にもほどがある言葉にわたしは絶句した。大乱が起きる、叔父はそう予言しているのだ。それも数年後と期限を切って。庸主とは誰だ、このわたしを指すのか。続く一文に明記があった。

『……太子登極《とうきょく》するの日、此の衰乱《すいらん》の時運に当たらんか』

――量仁よ、おまえが即位する時こそは未曾有《みぞう》の大乱の起きる、まさにその時であろう。おまえに残された時間は多くないぞ。

深更《しんこう》の自室で独り読み進めていたわたしの脳内に叔父の肉声が生々しく響き渡るようだった。しかし絶句はしたものの戦慄《せんりつ》はしなかった。麗《うら》らかな春の気分を満喫するかのような持明院殿にあって、数年後に大乱が起きる、という予言は何ら現実感を伴《ともな》うものではなかった。叔父の目には何が映っているのだろう。むしろ、そちらを恠《あや》しむ気持ちが勝《まさ》っていたくらいだ。

では、乱世にどう立ち向かうのか。叔父は後段でそれを縷々《るる》つづっていた。

『……内に哲明の叡聡《えいそう》有り、外に通方の神策有るに非ざれば、則ち乱国に立つことを得ざらん。是れ朕強《し》ひて学を勧《すす》むる所以なり』

哲明の叡聡と通方の神策――それは学問に励むことによってのみ成る。

『……夜を以て日に継ぎ、宜しく研精《けんせい》すべし……思ひて学び、学びて思ひ、経書に精通し……凡《およ》そ学の要たる、周物の智を備へ、未萌《みぼう》の先を知り、天命の終始を達し、時運の窮通《きゆうつう》を弁《わきま》ふ……』

『……典籍を学び、徳義を成して、王道を興《おこ》さん……若《も》し学功立ち、徳義成らば、ただに帝業を当年に盛んにし、また即ち美名を末葉に貽《のこ》すのみに匪《あら》ず、上は大孝《たいこう》を累祖《るいそ》に致し、下は厚徳《こうとく》を百姓に加へん』

学問によって徳を身につけ、聖賢の天皇たれ。叔父が常々口にしていることの羅列《られつ》だった。平たく言えば、学問天皇こそがこれからの天皇のあり方だ、ということになるだろうか。

上は大孝を累祖に致し――前段では皇胤一統を全面的には肯定していないようでいて、叔父は一系の皇統が続くことの大切さをやはり力説する。

『……不孝の甚《はなは》だしきは祀を絶つに如《し》かず。慎まざるべけんや、恐れざるべけんや』

『……宗廟《そうびょう》祀を絶たざるは宜《よろ》しく太子の徳に在るべし』

皇統の継承は、量仁、おまえの徳にかかっているのだぞ――そう言い渡されていた。

「――ふううぅ」

読み終わって、長い長いため息が出た。全身全霊を傾けて筆を走らせたという叔父の言葉は嘘ではなかった。練りに練られた達意《たつい》の文章だった。わたしを有徳の学問天皇に育て上げようと、叔父は天命ともいうべき使命感を背負って、これを書いたものに違いない。

振り返ってみて、まさしく土崩瓦解という惨憺《さんたん》たる近い未来を、この時点で正確に見通していたのは叔父ただ一人だった。その目に、十八歳のわたしはどう見えていたのだろう。幼い頃から一流の学者が師となり、よってたかって一流の学問を仕込まれたが、それだけに、苦労知らずに育ったひ弱さがあり、幼さからも脱しきってはいないのでは――そのように映じていたからこそ、この

『誡太子書』を書かずにいられなかったのではないか。

しかし、この書は当時のわたしに荷が勝ちすぎた。親しい実継にこっそりと見せて意見を求めたいという欲求だけはかろうじて抑えた。他見無用の約束を破ることはできなかった。自分の頭で考えよと言われた通り、何度も読み返し、頭をふりしぼって真剣に考えた。だが、いくら熟考しても叔父の洞察を本気で共にすることなどできはしなかった。乱世など来るはずもないと、わたしは高《たか》を括《くく》っていた。戦乱の黒雲を呼ぶ張本人と会っていながら、それに気づかなかった。

かくするうちにも日常が戻ってきた。元服を終えた皇太子として、これまで通り勉学に明け暮れる日々が過ぎていった。即位の沙汰は依然としてなかった。後醍醐のほうでも引き続き積極的に政《しょう》務《まい》に取り組んでいるようだった。洛中の米価、酒価を公定し、飢饉《ききん》救済のため兵庫など諸関の升米を停止、二条町に公設の市を立てて商人に米の定価販売を強制するなどの新たな政策を矢継ぎ早に打ち出した。その合間を縫って南都《なんと》、日吉社、延暦寺《えんりやくじ》に行幸したとも伝わった。その動静に接するたび、事もなげに「日本国のあるじぞ」と言ってのけた龍顔が脳裏に甦った。

春、夏、秋と過ぎ、初冬のある日、西園寺公宗が来訪した。東宮大夫として公宗は足繁く持明院殿を訪れるが、この時はわたしだけでなく二上皇の列席も求めた。父と叔父は足取りも軽く、期待の色を面上に隠さず現われた。

「本日は、人事を報ずべく罷《まか》り越した次第にございます」

人事――関東申次の公宗が言うからには、幕府の人事に決まっている。四年前、北条高時の執権辞職と出家の一報も公宗の口から伝えられた。瞬間、父と叔父の顔を失望の色がかすめた。二人が聞きたかったのは別の報《しら》せだった。

「近く探題が交替いたします」

血風《けっぷう》ノ章　身こそあらめ

「この七月に赴任して参ったばかりではないか」

そんなことかと声に苛立ちをにじませる父を、公宗《きんむね》は柳に風と受け流す。

「いいえ、こたびは北方のほうの交替で。現職の駿河守範貞《するがのかみのりさだ》に替えて越後守仲時《えちごのかみなかとき》なる者が赴任いたす由に」

仲時——北条《ほうじょう》仲時の名をわたしが耳にしたのはこれが初めてだった。もっとも、その時は気に留めもしなかったのだが。

叔父が肩を落としながらも、気を取り直すようにやんわりと言った。

「そうか。駿河守は長かったな。朕《ちん》が譲位してからの着任ではあったと思うが」

「九年になりましょう。確かに長いほうで。四、五年の在任が通例ですから。ちなみに越後守仲時は、かつて探題《たんだい》北方を務めた左馬助基時《さまのすけもととき》めの息子とのことにございます」

父と叔父は顔を見合わせた。どちらの記憶にも基時の名はないらしい。探題を父子で襲職《しゅうしょく》するのは珍しいことではなく、七月に新たな探題南方に就いた北条時益《ときます》も、就任の挨拶に来訪した際、父時敦《ときあつ》が範貞の前の探題北方を務めたと、自慢げに述べていたものだ。

「基時は鎌倉に帰った後、執権《しっけん》職を短いながらも務めています。執権は幕府の最上級職。新任の北方はそれなりの家筋の者にございます」

公宗は補足したが、父と叔父が心を動かされた様子はなかった。わたしとて同じことだった。それなりの家筋の者――北条仲時が持明院殿《じみょういんどの》にやってきたのは、探題職に着任した翌日、十二月二十八日のことだった。わたしが一年前に元服したのと奇《く》しくも同じ日である。内裏に参内した後に持明院殿に姿を見せた。謁見《えっけん》の間に一人の従者も連れてこず、近くに待たせている気配もない。案内役として公宗が付き添うのみだ。

仲時は狩衣《かりぎぬ》に指貫《さしぬき》、立烏帽子《たちえぼし》を着用していた。一目見るなり、わたしは強い印象を受けた。五か月前に時益に接した時にはなかったことだ。所作がきびきびとしている。それでいて時益のように武張《ぶば》ったところが微塵《みじん》も感じられない。鋭利な鑿《のみ》で抉《えぐ》り込んだように彫りが深い顔に、穏やかな微笑を絶やさずにいる。年齢はわたしより七歳上とのことだ。

――このような武士もいるのか。

空気の澱《よど》んだ室内に、にわかに新鮮な風が吹き込むような感覚を覚えた。風、鎌倉の風か。公家社会に生まれ育ったわたしにとって、年に数度も接触する機会のない鎌倉武士とは、常に新鮮な生き物ではあった。まず以《もっ》て衣服が違う、佇《たたず》まいが違う、さらには目つきも、表情も、言葉遣いも、一挙手一投足すべてが異なる別種とさえ感じる。そこには、わたしが生きる日常世界の住人である京都の公家たちが持っていない好ましさもあるにはあったにせよ、種を異にするという違和感は去ることがなかった。眼前《がんぜん》の仲時は公家と武士の高度融合物といったらいいか、初めて発見した新種の生き物としてわたしの目に映じた。潑剌《はつらつ》という言葉を体現したような男。天皇なる鋳型《いがた》に無理やり押し込まれようとしていたわたしには、彼ののびやかさが眩《まぶ》しくも羨《うらや》ましかったに違いない。

謁見の儀は短時間で終わった。父と叔父は御座《ござ》を離れた。わたしは腰をあげず、退出しようとする仲時を呼び止めた。そして御簾《みす》を掲げ、御座を出ていた。この時のわたしは、元服の儀の後の後《ご》醍醐《だいご》の行動を無意識のうちに真似《まね》ていたのだと思うが、かつてないことをしている、突飛《とっぴ》で途方もないことをしている、皇太子にあるまじきことをしている、とだけは微《かす》かに感じた。胸の鼓動が聞こえそうなくらい高鳴っていた。後方で目を剝《む》く公宗の顔が目の隅に入った。気にせず仲時の前に進み、腰をおろした。仲時は顔色ひとつ変えなかった。わたしの行動に驚いたはずだが、固くもならず、微笑みを浮かべたまま、礼に則《のっと》って視線をやや下にさげた。

わたしが何を言い、仲時がどう答えたか、ほとんど憶えていない。それほど頭に血がのぼっていた、自分のしていることに興奮していた。記憶にあるのは、

「弓を教えてはくれないか、越後守」

とわたしが乞《こ》い、

「それがしでよければ」

と仲時が即答したこと、そして日頃のしかつめらしさはどこへやったか、口をあんぐりと開けた公宗の顔だけだ。

それでも公宗は仲時との橋渡し役を務めるべく積極的に動いてくれた。東宮《とうぐう》が幕府の若き要職者と私的な好誼《こうぎ》、個人的な友好関係を結んでおくのは関東申次《かんとうもうしつぎ》としても利があると判断してのことだったろう。遠からずわたしは天皇になり、仲時もその父がそうであったように執権職に就《つ》くかも知れない。となれば、かつてない緊密な公武関係が実現し、両者の間は安定する。それを取り持つのが公宗、という図式だ。ではあれ幕府の探題職が東宮の射芸の師となるなど前代未聞の珍事であろう。珍事どころか、知られてはならない秘事だ。稽古の場は持明院殿でも、探題のある六波羅《ろくはら》でもいけなかった。公宗は彼の持ち家を一つ提供してくれた。隠れ家とでもいうべきものを洛中に幾つか所持しているとのことだった。

仲時と出会ってからすぐに年が明け、わたしは十九歳になった。皇太子としては六年目を迎える。後醍醐の在位は通算十三年を数えたか。

年明け早々、鎌倉、幕府、北条氏について近侍《きんじ》の者たちに訊ねてまわった。知りたかったのは仲時のことだけだったが、それのみ一点集中で訊ねるのは気恥ずかしくて躊躇《ためら》われた。

相模国《さがみのくに》鎌倉はそもそも平氏の所領《しょりょう》だったという。三百年ばかり昔、正確に言えば御堂《みどう》関白こと藤原道長《みちなが》が歿《ぼっ》した翌年、房総《ぼうそう》で平忠常《たいらのただつね》という豪族が大規模な反乱を起こした。追討使《ついとうし》に任ぜられた平直方《なおかた》は独力では討伐《とうばつ》できず、源頼信《よりのぶ》・頼義《よりよし》父子の与力を得てようやく平定し得たとも、あるいは更迭《こうてつ》された直方に代わった頼信が頼家とともに忠常を降伏させたとも伝わるが、直方はこれを嘉《よみ》し、娘を頼義に娶《めあわ》せ、生まれた外孫の八幡太郎義家《はちまんたろうよしいえ》に所領である鎌倉の地を譲った。こうして鎌倉は代々源氏の所有となり、義家の玄孫《やしゃご》である頼朝が征夷大将軍に就いて同地に幕府を開いた。

だが、開府からわずか三十年足らずで三代将軍実朝《さねとも》が暗殺され、源氏宗家の血は断絶、以来、幕府の実権は執権を世襲《せしゅう》する北条氏の握るところとなり、摂関家、さらには天皇家から名目の征夷大将軍を迎え、百年余りを閲《けみ》して今に至る。

北条氏は、頼朝の岳父《がくふ》だった時政《ときまさ》が初代執権に就任し、子の義時《よしとき》、孫の泰時《やすとき》と襲職する嫡流を以て得宗家《とくそうけ》と称するそうだが、分家が幾つかある。泰時の弟に重時《しげとき》なる者がいて、探題北方として在職すること十七年間。歌人としても知られ、定家卿《さだいえ》とも親交を結んだとか。重時の四男に業時《なりとき》があり、仲時はその曾孫であるとのことだった。それなりの家筋とは、なるほど誇張《こちょう》ではなかった。

とにかくこれで仲時を巡ってだいたいの輪郭《りんかく》はつかめた。朝幕関係の再勉強にもなった。わたしはそんなふうにして時を過ごしながら、じりじりと公宗からの連絡を待っていた。待ち焦がれた。

準備が整ったと公宗から言って寄越したのは二月も終わろうかという頃だ。夜が択《えら》ばれたのは人目を避けるためである。わたしは供回り役を実継《さねつぐ》に頼んだ。彼なら信頼が置けた。秘事が洩れる恐れはない。

「でも、よりにもよって、どうして採題なんです。弓を教わりたいのでしたら、北面にだって適材がいるでしょうに」

実継は最初、難色《なんしょく》を示した。

「わたしは東宮なんだ。武家とはいえそれなりの地位の相手から手ほどきを受けたい。北面なんかに教わってみろ、噂はすぐに広まってしまう」

小弓と大弓は似て非なるもの。小弓は遊具、大弓は武具だ。皇族、公家が武具に手を出すのは禁忌《きんき》である。それで実継はすぐに納得した。

皇太子の外出は行啓と呼ばれる公事だが、微行《びこう》という名の抜け道、奥の手が用意されている。今夜は公宗の元へ微行する旨を告げると、父も叔父もあれこれ問わず即座に承諾した。二人にしても覚えのあることだし、それに何といっても公宗は東宮大夫《とうぐうだいぶ》であり、わたしの従兄でもあるのだ。ただし、行く先が西園寺家の豪壮《ごうそう》な邸宅のある北山《きたやま》でなく、公宗の隠れ家の一つだとは二人の知る由もないことではあったけれど。

夜道は梅が微かに香った。下弦の月が昇るには早く、空に蒔《ま》かれた金砂銀砂《きんしゃぎんしゃ》の星明かりが行く先をほの明るく照らし出している。そんな仲春《ちゅうしゅん》の夜の風情《ふぜい》を感じる暇もなく、わたしはこれからのことで胸をときめかせて歩を進めた。

公宗の用意してくれた屋敷は三条油小路《あぶらのこうじ》の一画にあった。正門をくぐって庭を進む。邸内に人の気配はない。常住の者がいるにせよ、公宗はこの夜のため立ち退《の》かせたに違いない。中庭に篝《かがり》火《び》が焚《た》かれ、準備はすべて整っていた。張り巡らされた幔幕《まんまく》、並べられた床几《しょうぎ》、立てかけられた標的、そして大弓を片手に仲時が立っていた。細身の直垂《ひたたれ》、同色同紋の袴《はかま》も細身。襷《たすき》を掛け、袖口を絞っている。垂直に中天を指す大弓の弭《はず》に金鵄《きんし》が天空を翔《か》け来《き》たって止まれば、古代の神武《じんむ》天皇もかくやという姿だった。仲時一人が篝火に照らされている。従者の武士たちは炎の明かりが届かぬ辺りに控えているのだろう。公宗と実継も闇の中へと退き、わたしたちを二人だけにした。

短く言葉を交わした。かつて我が祖先は甲冑《かっちゅう》を身に帯び、弓箭《きゅうせん》を事として、山川を跋渉《ばっしょう》し、敵を征し、服し、平らげた。そのように大弓を引いてみたい――わたしはそう言った。されば男児の本懐《ほんかい》お叶えあそばされよ、と仲時は応じた。

仲時は次々と矢を射ていった。弦が引き絞られると、大弓は実にまろやかに半月を描き、弦音も高く矢が放たれる。鏃《やじり》が夜気を裂く風音、的を貫く鈍い音が、一連の調べの如く連続する。自分もそのように矢を射たいという気持ちが充溢《じゅういつ》し、一気に頂点に達した時、仲時から弓を渡された。予想外の重さに、わたしはまごついた。小弓の比でないことは容易に予想されたが、ここまで重いものだったとは――。

「まずはお構えを。そして存分に弦をお引きなされよ」

仲時の言葉に従って、わたしは見よう見まねで左手に大弓を握った。右手で弦を引いた――いや、引こうとした。だが弓も弦も固くて微動《びどう》だにしない。石ででもできているかのようだ。いくら力を入れようと大弓の形状に寸分の変化もない。

「お気になさいますな。初めて弓を手にする者は、大方そのように――貴賤《きせん》を問わず」

「どうすれば引けるようになる」

「さて、まずはこちらへ――」

仲時はわたしの手から弓を取り戻し、幔幕の隅に立てかけると、先導して屋敷にあがった。

驚いたことに、一室に酒肴《しゅこう》が用意されていた。燭台《しょくだい》には蠟燭の炎がゆらぎ、膳に並べられた皿からは湯気が上がっている。深閑《しんかん》として人の気配こそ感じられないが、その実、仲時の指揮ですべてのお膳立てが整えられているのだろう。なみなみならぬ配慮が感じられた。

「東宮さま。何ゆえ、それがしなどをご指名でございましたか？」

「風だ。鎌倉の風に吹かれてみたいと思った」

わたしが口にしたのは感覚だ。周りに停滞する重い空気を吹き払ってほしい。よほどわたしは型にはまりきった日常にうんざりしていたに違いない。振り返ってみて、よくぞここまで素直に自分の気持ちを仲時に打ち明けたものと思う。やはり運命的な出会いだったという他はない。

「風？」

仲時は小首をかしげた。

「これはこれは――お戯《たわむ》れを」

「戯れに非ず。越後守に会うて、京都の淀《よど》みから抜け出したいと願った。なぜかは自分でもわからないが、そういうことなんだ」

「ないものねだり、でしょうか。いや、かく申すそれがしも都の風に吹かれてみたいと念願して参りました。鎌倉は小そうございますから」

「小さい？　武家の都が？」

「北東西の三方を山に囲まれた地形は京都と同じながら、土地の広さたるや較《くら》べるのも恥ずかしいほど狭うございます。ただし鎌倉には海あり。その先に何があるとも知れぬ渺々《びょうびょう》たる大海原が」

わたしは箸を手に取るのも忘れて仲時の繰り出す鎌倉の話に聞き入った。武士の心構え、武士の考え方、武士の暮らし――仲時の話こそは何にも代えがたい新鮮な酒肴だった。

「扨《さて》そこで、でございます。東宮さまが弓弦をお引きになれなかったのは、他でもなく――」

どういう脈絡《みゃくらく》であったか、話が大弓へと戻っていった。その頃には、弓が扱えなかったことなど忘れていた。

「――力のなさが原因であることは申すまでもありませぬが、力は筋肉より発します」

「筋肉？」

わたしは訊き返した。もとより言葉としては知っていたが、あまり耳馴染《なじ》みがない。

「さよう。肌の下に軟《やわ》らかな肉あり、そのさらに下、骨との間に筋張《すじば》った硬《かた》き肉が走っております。この筋肉こそがすべての力の源泉。時として気力の源《みなもと》となることさえあります。大弓を思いのままに引こうとすれば、まず筋肉の鍛錬《たんれん》、筋肉を育てるに如《し》かず」

「筋肉を育てる？　筋肉が育つのか？」

「育ちまする」

「どうやって育てる？」

「――御免《ごめん》」

仲時は立ち上がると、帯に手をかけた。水干《すいかん》、袴《はかま》をするすると脱いでゆき、烏帽子《えぼし》も外し、たちまち下帯一つの裸身《らしん》となった。

わたしはあっけにとられて見守っていたが、やがて現われ出でた半裸の肉体に目を瞠《みは》り、息を呑んだ。まさしく筋骨隆々《りゅうりゅう》という言葉はこの七歳年上の男のためにあるようなものだった。胸板は高々と盛り上がり、腹は畝《うね》の如く縦横に深く割れ、手足は凹凸《おうとつ》して肉の岩石を思わせた。それでいて全身引き締まり、鋭さを感じさせる。二月のまだ寒い夜気のなかで白い湯気が肌から立ち上っているのが見えた。わたしが大弓を引けなかった答えは一目瞭然《いちもくりょうぜん》だった。

「どうしたら、そなたのようになれる？　武士は皆そなたのような身体をしているものなのか？」

叫ぶように訊いていた。

「皆が皆というわけではありませぬ。わが家には秘伝がございまして」

「秘伝？」

「太祖《たいそ》重時は子孫を誡《いまし》めるため数篇の家訓を遺しました。その中に身体の鍛練法を教示した一篇あり。重時が父祖より受け継ぎ、また自ら工夫考案した方法の数々が図解されております。東宮さまご所望とあらば、不肖《ふしょう》仲時、この身を以てご披露いたすのを吝《お》しむものではございませぬ」

「頼む」

「されば――」

うなずいた仲時は、やや後方に後ずさると、腹這《はらば》いになった。掌《てのひら》を床に着いて両腕を垂直に立て、上体を浮かせる。これは基本姿勢だった。そこから腕をゆっくり曲げ、胸腹が床に触れんばかりのところで身体を支える。そして再び腕を伸ばして基本姿勢に戻る。伏す、立てる、伏す、立てる。その一連の動作を二百回、楽々と繰り返してみせた。

「名付けて乾坤《けんこん》――これにて腕の筋肉、胸の筋肉が育ちまする。回数を重ねるほど効果が出るのは申すまでもございませぬ。――如何《いかが》」

「やってみよう」

わたしは直衣《のうし》を脱ぎ捨てた。同じく下帯ひとつの半裸になった。肌寒さを感知したのは一瞬にすぎなかった。同じようにやろうとして、何ということか、二回が限度だった。

「……なぜなんだ」

「最初は誰でもそういうものです。焦らず、挫《くじ》けず、一日おきに続ければ、そのうちに筋肉が育ち、回数を重ねられるようになります」

「毎日でなくてよいのか？」

「育てんと欲すれば休まするこそ肝要《かんよう》なれ――さよう重時家訓には書かれており申す」

さらに仲時は教授してくれた。仰向《あおむ》けになって両膝を立てる。両腕を後頭部に添えて上体を引き起こす。

「これは山嵐《やまあらし》と申します。さほど大きく起こさずとも、まずは両肩が床を離れれば、それで充分に腹の筋肉の鍛錬となります」

あるいは両足を肩幅ほどに開いて佇立《ちょりつ》。姿勢を崩さず腰を落としてゆき、また立ち上がる。「衝天《しょうてん》」という名称で、足腰の鍛錬になるという。弓を射るには上体だけでなく、下半身の筋肉も大切と諭《さと》された。

他の部位の鍛錬方法も教わった。いずれも一、二回しかできず、蹴鞠《けまり》とは違って単調で苦しかったが、身体が汗にまみれても、やめようという気にはならなかった。肉体をこのように動かすという初めての体験にわたしは我を忘れて没頭し、時間の経つのも忘れて楽しんでいた。

翌日は大変だった。全身が痛みに襲われた。身体を少しでも動かすと悲鳴をあげそうになる。怪しまれないよう慎重のうえにも慎重に、かつ神妙《しんみょう》な振る舞いを心がけた。痛みは消えず、次の日まで持ち越し、よほど止めようかと逡巡《しゅんじゅん》したものの、焦らず、挫けず――仲時の言葉を思い出して自分を叱咤《しった》した。歯をくいしばり、こっそり自室で鍛錬に励んだ。これは強いられた勉学ではない、皇族の義務として課せられた和歌、琵琶でもない。自分自身で出会い、択んだものなのだからと、強く言い聞かせて。欠かすことなく一日おきの鍛錬は続いた。

三月、四月と、三条油小路の屋敷での会合は行なわれた。引き続き公宗がわたしの望み通り取り計らってくれた。弓場の設営は二月の初回限りだった。わたしのほうから申し入れた。大弓への関心は失せていた。武具は武士に任せてこそ。憑《つ》きものが落ちたようにそう思った。いっぽうで肉体鍛錬、筋力増強への思いは高まっていた。根気よく続けたから、こなせる回数は次第に上がっていった。持明院殿の自室での一人練習は、言ってみれば「自習」であり、月に一度の会合は「面接指導」とでもいうべきものだった。まず仲時が手本を見せ、次にわたしが行なうのを指南してくれる。体勢の微妙な崩れなど至らぬ点があれば容赦なく指摘された。三月は晩春、四月は初夏である。汗みどろになって鍛錬が終わると、用意された酒肴を口に運んで歓談した。わたしたちは東宮と探題ではなく、十九歳と二十六歳の青年として腹蔵《ふくぞう》なく語り合った。

五月に入って都に激震が走った。鎌倉から急派された使者の密命で探題が動き、右中弁《うちゅうべん》の日野《ひの》俊基《としもと》、醍醐《だいご》寺の文観僧正《もんかんそうじょう》、法勝寺《ほっしょうじ》の円観《えんかん》、浄土寺《じょうどじ》の忠円《ちゅうえん》らが捕縛されたのである。俊基といえば七年前に捕らえられたものの無罪放免になった後醍醐最側近の一人だ。ほどなく公宗が齎《もたら》した情報によれば、文観以下の僧侶たちも朝廷に足繁《あししげ》く出入りする寵僧だといい、具体的には、朝廷の某重臣より鎌倉に密告があって、俊基が倒幕の計画を練り、文観らは幕府調伏の祈禱《きとう》を行なっているという。真偽のほどは明らかでないが、俊基らは訊問を受けるべく鎌倉へ連行されていった。

七年前と違い、わたしは皇太子として事態を深刻に受けとめた。後醍醐は倒幕の意志を諦めていないはずと言った叔父の推測が今更ながらに思い起こされる。その言葉は果たして真実を穿《うが》っていたのか。幕府は後醍醐を不問にしたが、今回、累はどこまで及ぶのか。誰しもが息を潜めて次なる展開を待った。後醍醐から表立った反応はなく、幕府もそれ以上の動きを見せなかった。沈黙のうちに不穏な膠着《こうちゃく》状態が継続して、暑い夏が過ぎていった。

当然のことながら仲時との会合は五月、六月、七月と三か月連続で中止になった。先方から公宗を通じて遺憾《いかん》ながらと申し入れがあり、是非ないことと受け容れた。仲時は職務上、朝廷への探索で忙殺されているに違いないのだ。わたしは坦々《たんたん》と「自習」を続けた。

八月に入ってまもなく改元があった。元徳《げんとく》三年は元弘《げんこう》元年となった。その二十五日早朝、女官の声で起こされた。

「東宮さまっ、院が至急お呼びにございます」

女官は日野名子《なこ》だった。もともとは父の女房として出仕していたが、二年前の元服の儀に付き添いを命じられたのを機に、わたし付きの女官に横滑りした。齢が近く――向こうのほうが三歳上だが、気安く話せる相手だった。ではあれ才色兼備の女傑《じょけつ》で、わたしは密かに「今清少納言《いませいしょうなごん》」の仇《あだ》名《な》を奉っている。本人の前でそう呼んだことはないが。

「どうしたんだ、名子。何が起きた」

「大変な――いいえ、院にお訊きくださいませ」

名子は答えた。張りつめた表情だった。

後醍醐のことに違いない。そう直感された。ついに事態は動いたのだ、と。手早く直衣に着替えて父の部屋に急ぐと、已《すで》に叔父と公宗が同席していた。

「昨夜遅くのことだが、内裏に探題の捕吏が踏み込んだ」

わたしの着座を待つのももどかしげに、父は公宗からのものであろう情報を自ら単刀直入に伝えた。やはりそうか。直感的中だ。とはいえ改めて父の口から告げられると戦慄《せんりつ》を禁じ得ない。

「では――」

「しかるに内裏は蛻《もぬけ》の殼《から》であった」

「え？」

「今上《きんじよう》は間一髪の差で脱出した」

「どちらに」

「行方は杳《よう》として知れぬそうだ」

父が公宗を見やる。代わって公宗の口が開かれた。詳細が伝えられる。

「探題は目下、南北総力を挙げて今上の御行先《おんいきさき》を追っております。捕縛されて六波羅に連行される側近たちも少なからず。万里小路《までのこうじ》大納言、侍従中納言、検非違使別当《けびいしべつとう》、参議成輔《さんぎなりすけ》——ともかく洛中は大混乱に陥っていると申しましても過言ではございませぬ」

天皇が行方をくらましたのだ。それも捕縛の手を逃れて。破天荒にして、古今未曾有の事態と言わなければならない。

報告を終え、公宗は慌ただしく退出した。さらなる情報収集にあたるのが関東申次としての職務だった。

「量仁《かずひと》」

父が重々しい声でわたしを呼んだ。

「いよいよかも知れぬ。心しておくのだ」

言わんとするところは即座に理解された。事態がどう転ぶにせよ、後醍醐は終わった。天皇としての命脈が尽きた。となれば——。

その時、今ではもう読み返すことも少なくなっていた『誡太子書《かいたいしのしよ》』の一節が、突如として脳裏に奔騰《ほんとう》した。

——太子登極《とうきよく》するの日、此の衰乱の時運に当たらんか……庸主《ようしゆ》此の運に鍾《あた》らば、則ち国は日に衰え、政《まつりごと》は日に乱れ、勢必ずや土崩瓦解《どほうがかい》に至らん。

わたしは叔父を見やった。腕組みして終始無言の叔父は、こちらを静かに見返してきた。

その日、すべての日程が取り止めになり、わたしは自室で『誡太子書』を読み直した。だが、これからのことに気もそぞろで、目は字面を上滑りするばかりだった。持明院殿には、こちらに味方する公卿たちがひっきりなしに駆けつけ、その応接にも追われた。

後醍醐の行方は翌二十六日に知れた。比叡山延暦寺《ひえいざんえんりやくじ》に潜んでいるという。いや、延暦寺は窮鳥《きゆうちよう》となった天皇をただ匿《かくま》っているどころか、何と後醍醐を擁《よう》し、全山を挙げて倒幕の一大気勢《きせい》を示しているとのことだった。比叡山の尊雲《そんうん》前座主は後醍醐の皇子だ。元服の儀の後の座談で「皇子にあるまじきことに武芸全般が好きでな」と言及のあった大塔宮護良《おおとうのみやもりよし》親王が今もなお隠然《いんぜん》たる勢力を保持している。してみれば、自前の兵力を持たぬ後醍醐は、予《かね》てより延暦寺の兵力を当てにしており、比叡山に奔《はし》ったのは、捕縛を逃れてというよりも、所定の行動だったのではないか、などと穿った見方をする公家も少なくなかった。対して探題はただちに追討の大軍を進発させたとも聞いた。山法師《やまぼうし》と称される比叡山の僧兵の実力は誰もが知るところだ。比叡山が戦場になれば、至近の距離にある都が戦火にかかることは充分に危惧《きぐ》される。

平素は風流貴公子ながら急場に臨んで父の決断は素早かった。その日のうちにわたしたちは持明院殿を出て、六条西洞院《にしのとういん》の六条殿へ移った。後白河院以来の仙洞として使われていた別邸である。探題の位置する六波羅に近いというのが理由だった。いざとなれば探題に頼るしかない。が、そこすらも父は不安視し、翌二十七日、探題そのものに避難することに決した。これに応じて探題からは護衛の武士数百騎が遣わされてきた。

清水寺《きよみずでら》の塔を前方に望みつつ五条橋を渡ると、そこは洛外——六波羅である。かつて平氏が宏壮《こうそう》かつ広大な屋敷群を築いたこの地に、幕府は後鳥羽院を隠岐に流した後、京都監視の機構として探題を置いた。探題の武士らに警固され、そこに逃げ込むも同然に庇護《ひご》されに行くのだから皮肉もいいところだが、その時のわたしの頭にそうした思いは微塵《みじん》もなかった。

探題は二つに分かれて交々《こもごも》業務をとる。北方、南方というのは屋敷の位置から来た呼称だ。わたしたち一行は北方の奥にある檜皮葺《ひわだぶき》の殿舎に入り、ここを仮の仙洞および東宮御所とした。六十余年前、わたしの曾祖父の兄にあたる宗尊《むねたか》親王が征夷大将軍職を解任され、鎌倉を追われて帰京した際、迎えるべく造営された建物とのことだった。

それにしても数か月間も会えなかった仲時の居場所に来てしまったとは。その偶然をわたしは奇としたが、仲時本人は終日顔を見せなかった。その日、琵琶《びわ》湖西岸の坂本の地で大規模な戦闘が行なわれ、探題軍は延暦寺の僧兵軍団の前に慮外《りよがい》の大敗北を喫していた。探題の最高指揮官の一人として対策に追われる仲時が、二上皇と東宮であれ、わたしたちの臨行を自ら迎える余裕のあろうはずもなかった。

事態はさらに意外な展開を見せていった。初戦に勝利し、洛中に攻め入る勢いだった比叡山側が撤兵した。というのも後醍醐だと思われた人物は実は尹大納言花山院師賢《いんだいなごんかざんいんもろかた》の演じる替え玉で、比叡山は陽動作戦に使われたのだった。それが判明したことで当然ながら士気は一気に低下した。

本物の後醍醐は都の南、笠置山《かさぎやま》にいた。大和国《やまとのくに》との国境に近い相楽郡の山寺を拠点に天皇挙兵を全国に高らかに布告した。第二次比叡山攻撃を準備中だった探題軍はいったん六波羅に引き揚げ、編成を変更しなければならなかった。八月はすぐに終わった。九月二日、再編成を終えた探題軍数万は笠置山を目指して進発した。鎌倉では同じくこの日、鎮定の大軍を京都に向かわせる旨の大号令が発せられていた。——そうした推移をわたしたちは公宗の口から伝えられるだけだった。兵士たちが笠置山へと出払ってしまうと、六波羅は急に静かになった。往復する伝令の蹄《ひづめ》の音は引きも切らなかったが。

九月の半ば、鎮定軍の着到に先駆けて、鎌倉からの使者、安達高景《あだちたかかげ》と二階堂貞藤《にかいどうさだふじ》が入洛した。後醍醐の退位と、東宮の践祚《せんそ》を奏請するのが両使の使命だった。手回しのいい父は已にわたしの践祚の準備を公然と進めていた。あとは正式の使者が到着するのを待つだけとなっていたが、待望のそれがやって来たのだ。二十日、わたしはすみやかに探題を出て、旧内裏の土御門《つちみかど》東洞院殿《ひがしのとういんどの》へと入った。この頃には、六波羅の軍勢に加え鎌倉から大挙して上ってきた二十万とも聞く幕府軍が笠置山を包囲し、後醍醐の兵力が洛中に押し寄せる危険性は消え失せていた。土御門東洞院殿は、後醍醐が内裏とする二条富小路殿のやや北に位置し、父と叔父の内裏はここであった。

九月二十日、わたしは土御門東洞院殿にて践祚した。登極の証として三種の神器が先帝から譲り渡されるのが践祚での慣例だが、やんぬるかな、宝剣も神璽《しんじ》も後醍醐とともに笠置山にある。是非もなく父の院宣による践祚となった。院宣での践祚は異例だが、後鳥羽《ごとば》天皇が祖父後白河上皇の詔《みことのり》を以て登極した先例があるという。当時、三種の神器は安徳《あんとく》天皇を擁し奉って西竄《せいざん》した平氏により持ち去られていた。わたしは後鳥羽帝の轍《てつ》を踏んだわけである。

日野名子は典侍《ないしのすけ》に昇格し、三十人の女房を指揮して践祚の儀を補佐してくれた。

こうしてわたしは初代神武帝より数えて通算九十六代目の天皇となった。

宿願を成就して父も叔父も手放しの歓びようだった。しかし当の本人であるわたしは、天皇になったという実感が湧いてこなかった。天皇となるべく生を受け、天皇たるべく育てられてきた。それなりの達成感は感じていいはずなのに、なぜなのだ。状況が状況だったからか。何といっても後醍醐は今だ抗戦中だ。退位を肯《がえ》んじるはずもなく、つまり天下には目下、二人の天皇が並び立っていることになる。迭立《てつりつ》どころか、これは並立である。鬱屈というか、どこかすっきりした気持ちになれないのは、多分にそのためかもしれなかった。

天皇の並立は史上前例がある。木曽義仲《きそよしなか》に敗れて都落ちする平氏が、平清盛を外祖父に持つ安徳天皇を連れ去った。天皇なしで上皇は院政を敷けず、窮した後白河上皇は、もう一人の孫を院宣によって即位させた。後鳥羽天皇である。時に安徳は六歳、後鳥羽は四歳——どちらも幼帝だった。

その並立状態は一年八か月に及んだが、わたしと後醍醐の場合はものの十日ばかりの間にすぎなかった。践祚から八日後には笠置が陥落、捕らえられた後醍醐は十月四日に京都に護送され、探題南方に幽囚《ゆうしゅう》された。河内では楠木正成《くすのきまさしげ》という土豪が後醍醐に味方して挙兵したものの鎮圧軍に敗れ、いずこへか落ち延びていったとの報告があった。かくして今上の謀叛《むほん》は終熄《しゅうそく》し、これを以て二帝並立、二朝併存という異常事態は解消された——としていいはずだった。事実、周囲では安堵の気配が満ちた。わたし自身も、再び読み返していた『誡太子書』をまたもや省みなくなった。

叔父はわたしに厳しく警告していた。

——太子登極の日、此の衰乱の時運に当たらんか。

——此の運に鐘らば、則ち国は日に衰え、政は日に乱れ、勢必ずや土崩瓦解に至らん。

予言は見事に外れた、と言わざるを得ないだろう。わたしの登極によって、後醍醐の起こした乱は収束、これまで通りの安泰が取り戻されたのだから。土崩瓦解など一片の兆《きざ》しも感じ取れなかった。にもかかわらず、わたしの微かな鬱屈は解消されることがなかった。依然として落ち着かなさが続いた。自分が後醍醐の暴発、敗北、自壊という異常事によって天皇になったという後ろめたさのせいだったか——。

敗者に対する幕府の処置は苛烈《かれつ》だった。後醍醐に与して捕らえられた公卿たちの中で主立った重罪の者を列挙すれば、北畠具行《きたばたけともゆき》、平成輔《たいらのなりすけ》、日野俊基らが斬罪され、日野資朝《すけとも》も流刑先の佐渡《さど》で斬られたと聞いた。洞院公敏《とういんきんとし》、花山院師賢、万里小路藤房《ふじふさ》と季房《すえふさ》の兄弟、僧の円観、仲円は遠流に処せられた。果ては僧の聖尋《しょうじん》、俊雅《としまさ》まで遠島になった。皇子では尊良《たかよし》親王が土佐に流された。宗良《むねよし》親王は讃岐《さぬき》へと。そして首謀者の後醍醐が隠岐《おき》へ流罪になったのが翌年三月のことである。わたしは二十歳になっていた。

隠岐と聞き、不穏なものを覚えた。後鳥羽の配流先ではないか。これまでは後醍醐が安徳帝で、わたしが後鳥羽帝という役回りだった。それが後醍醐の隠岐配流により、後鳥羽は後醍醐が擬《もど》くことになった——そう感じられた。なれば役どころは交換されて、わたしが安徳帝ということになるのでは……。

——愚かなことは考えるな。

わたしは自分を笑った。実際、後醍醐が都からいなくなると、そうした奇妙なことは考えなくなった。

その間にも天皇としての日々は積み重ねられていった。践祚した土御門東洞院殿ではなく、あえて後醍醐の二条富小路殿《にじょうとみのこうじどの》を引き継いで内裏としたのは、先帝の正統な後継者であることを示すためだ。わたしの一日は祈りから始まる。祈りが一日のすべてであるといっても過言ではない。祈る。朝な夕なに祈る。天皇とは祈る存在である。起床し、身を清めると、石灰壇《いしばいのだん》にこもり、神に祈りを捧げる。国中平らかに安らけく、年穀豊かに稔《みの》り、上下を覆寿いて、諸民を救わん——国安かれ、民安かれと祈る。国のため、民のため、ひたすらに祈る。

順徳《じゅんとく》天皇の『禁秘抄《きんぴしょう》』にはこう書かれている。

——オヨソ宮中ノ作法ハ、神事ヲ先ニシ、他事ヲ後ニス。朝夕ニ敬神ノ叡慮《えいりょ》懈怠《けたい》ナシ。

すべての宮中行事は、神に祈ることが最優先であり、その他のことは後回しである。天皇たるもの、朝から晩まで神への敬いを怠けてはならぬ。

祈り、すなわち祭祀の他には儀式があり、この二つが天皇としての公務だった。政治は天皇の手を離れていた。当然のように院政が敷かれ、父が仙洞御所に択んだ常磐井殿《ときわいどの》こそが政治の中心舞台となったからである。仙洞で開催される院評定《いんのひょうじょう》が最高決定機関であって、天皇たるわたしの主宰する朝廷――太政大臣、左右大臣以下から構成される朝廷など有名無実、あってなきが如しの存在だった。いわば実質的な天皇は父であり、このわたしは天皇見習いのようなものである。院政という、この不思議な仕組みは白河上皇に淵源《えんげん》するそうだ。藤原摂関家から権力を取り戻すべく、白河院は院政なる形態を発案した。旧来の天皇親政に戻す労を避け、既存現行の摂政関白を上皇で代置しようという発想だった。そうするほうが手っ取り早かったのだろうが、その安易な政権構造が二百五十年近くも続いて、今に至っている。

「天皇見習い――結構ではありませぬか。大いにお見習いあそばされるが宜しい」

胸中のもやもやを吐露したわたしに、そう応じてくれたのは仲時だった。

後醍醐が隠岐へ流されたのを区切りに、京都は以前の平穏を取り戻し、仲時は長く煩瑣《はんさ》な戦後処理から解放された。月に一度の二人の会合も復活した。自身の拠点を構えたわたしは、もう公宗に場所をお膳立てしてもらう必要はなかった。仲時のほうから二条富小路殿に微行してきた。

天皇になってもわたしは肉体の鍛錬を欠かさなかった。大弓を引くためという目的は疾うに抛棄《ほうき》した代わり、筋肉を増やすこと自体が楽しくてならなくなっていた。仲時に教えられた乾坤、山嵐、衝天などで汗を流すと、肉体にかかる負荷の辛さが心の雑念を流し去ってくれる。心身ともに爽快になれた。健康にもなった。以前はよく風邪を引き、発熱したのが嘘のようになくなった。仲時の指導で一汗かいた後の歓談がまた楽しみだった。二人とも酒は少量だが、話は毎回大いに弾んだ。

「見習いが結構なことだって？」

「実は、この仲時めも、今は見習いと気を引き締めて、目下の採題職に臨んでおります」

「何の見習いなんだ」

「ふふ、執権の見習いにございますよ」

仲時はさわやかな口ぶりで己が政治的野心をさらりと明かした。

「探題で組織の長として積んだ苦労は、必ずや執権職となって活かされましょう。それがし、そう固く信じているのです。すなわち今は将来の執権へ向けての見習い期間、その心づもりで日々研鑽《けんさん》を重ねておりまする。執権は幕府の実質的な最高職。本来ならば得宗家《とくそうけ》の世襲ですが、例外はある。現に、得宗家の高時に代わって、目下のところ分家の守時《もりとき》が執権に就任しております。それがしの父基時も、探題北方を終えて鎌倉に戻った後、執権を拝命しました。であれば、この仲時にも可能性はなきにしもあらず」

「だが、なぜ執権になりたいんだ」

「なりたいと申すより、ならねばならぬのです。幕政を改革するために」

「幕政改革？」

仲時は手にした盃《さかずき》を膳に戻した。室内にはわたしたち二人だけだったが、改めて周囲を見回した。顔色が改まったように見えた。

「大納言さまからお聞き及びのこととは存じますが、幕府の権力は前内管領《うちかんれい》の長崎円喜《ながさきえんき》、その子で現内管領の高資《たかすけ》に奪われてしまっております。高時さまはこれを正すべく努力したものの、命の危険を感じて執権をご辞職なされた。世の嘲けりを浴びても闘犬に耽溺《たんでき》しているのは、高時さまなりの護身策というべきもの」

大納言とは公宗のことだが、まったく買い被られたものだ。仲時の語る高時の引退、出家の真相は、公宗の以前の報告とまったく違っていた。仲時によれば、幕府に仕える武士は御家人《ごけにん》、得宗家に仕える武士は御内人《みうちびと》と呼ばれ、得宗家の専制強化によって御内人の力が御家人を凌《しの》ぐようになった。御内人の筆頭が内管領である。内管領の長崎父子が、主君である高時を封じるほどの権力を手中に収めている。それが今の幕府の内実であるという。背筋に戦慄が走った。鎌倉がそのような状況に陥っていようとは。そしてまた、臣下である藤原氏に天皇が権力を奪われていった過程とあまりに酷似しているとも思った。わたしはそれを仲時に言った。

仲時はうなずいた。

「権力とは所詮そのようなものと言えばそれまでやも。なれど、正しきこととは思われませぬ。執権は御家人の統括に全責任を負う存在です。内管領は御内人の利益しか考えていない。自分たちだけで甘い汁を吸うことに汲々《きゆうきゆう》としている。鎌倉は何をしているのだ、不公平だと、全国の御家人の不満は高まる一方ですが、彼らは耳をふさいだままだ。今がよければそれでよいとばかりに。このままでは幕府の存立が危うい」

だから仲時は自らが執権になって内管領に立ち向かおうと遠大な志を抱いているのだった。幕府を守るために、立て直すために。仲時は為政者《いせいしや》だった。為政者たる覚悟ができていた。その心構えはわたしの心を強く打った。それにひきかえ、量仁、おまえはどうなのだ、と。天皇は院政の蚊帳《かや》の外に置かれた存在ではあったが、仲時の志を知ってからは院評定が開かれるたびに仙洞に微行し、内々に出席することを自分に課した。

足利高氏《あしかがたかうじ》の名を初めて耳にしたのは、六月に入ってまもなくの院評定の席上だった。高氏を従五位上《じゆごいのじよう》に叙されたいとの幕府の申し入れが公宗によって取り次がれた。笠置山討伐に関東から駆けつけた武士たちへの論功行賞なら先月の春の除目《じもく》で完了していた。それに高氏が洩れたので改めて、ということのようだった。異例といっていい。

　父が小首を傾げて訊いた。

「幕府がそこまで気を遣う足利とは何者か」

「そのお答えにつきましては、格好の者を召しております」

　呼ばれて入室したのは三十代半ばと見える僧侶だった。公宗が紹介した。

「亡き俊光《としみつ》卿の子息にて、賢俊《けんしゅん》と申します」

「権大納言の――では」

　父が僧侶から評定衆に視線を移したのは、その中に賢俊の兄たちが居並んでいたからだ。日野資《すけ》名《な》と日野資明《すけあき》。確かに弟めにございます、と肯んじるように二人は父にうなずき返した。

　権大納言日野俊光は父の側近だった。わたしを東宮に指名するよう働きかけるため派遣された鎌倉で病に倒れ客死《かくし》した。同行していた賢俊は、父の死後も鎌倉にとどまった。知己を増やし、伝手《つて》を得るためだった。そうこうするうち足利高氏に目をかけられるようになったのだという。

「足利は清和源氏《せいわげんじ》にございます」

　賢俊は朗々とした声音で言った。

　一瞬、父は亡霊を目にした表情になった。

「されど、源氏は――」

「確かに三代将軍実朝の横死《おうし》を以て嫡流は断絶いたしましたが、分家が残っております」

　賢俊は説明を始めた。足利の祖は、かの八幡太郎義家《はちまんたろうよしいえ》の孫義康《よしやす》で、足利の通称は本拠地である下《しも》野国足利庄《つけのくにあしかがしよう》の地名に因《ちな》む。分家の筆頭格と言っていい名門で、幕府内では無役ながらも重きをなしてきた。代々北条家と姻戚関係を結び、高氏も現執権の妹を正室に迎えている、云々。

「いや、もうよい」

父が賢俊の話を途中で制した。その顔からは興味の色が失われていた。

「従五位上に、とのことであったか。しかるべく取り計らうがよかろう」

うなずく評定衆たちの顔色も父と同じようなものだった。鎌倉の風下に立ち、その鼻息をうかがいながらも、武人というものを彼らは生理的に忌避《きひ》、嫌悪していた。

その点、わたしは例外だったといえるだろう。その素地は、武の天皇である神武帝への憧れではなかったかと思うが、それについての是非はともかくも、武人の仲時から受けた影響は大きく、他にもさまざまなことを学んだ。天皇と幕府探題がここまで打ち解けて胸襟《きょうきん》を開き合う間柄になっていたと余人が知ったら、驚き、かつ疑うだろう。わたし自身、振り返って、かかる交誼《こうぎ》を結べたことに感嘆と感謝の念を禁じ得ないのである。二人きりになった時は量仁と諱《いみな》で呼んでほしいとまで言い、仲時はさすがにそれだけはと首を横に振り続けたものだった。

禅《ぜん》に親昵《しんじつ》するようになったのも、彼との対話を通じてだ。ある時、話題が仏教に及んだ。国常《くにのとこ》立尊《たちのみこと》と天照大神《あまてらすおおみかみ》の子孫を強く自認するわたしにとって、仏を信じるというのは微妙に棘《とげ》を孕《はら》む問題だった。遠ざけるとまではいかないものの、僧侶を積極的に近づけることはなかった。それを聞いて仲時は、自分は禅宗に傾倒していると言った。

「それがしだけではございませぬぞ。鎌倉は禅を信じる者が数多くおりまする。武士には禅、そう申しても宜しいほどに」

禅には叔父も深く興味を示していた。叔父が招いた禅僧の講話を以前わたしは何度も拝聴させられた。禅問答とも言われる公案の理屈が腑に落ちず、使われる術語も難解極まりなく、近寄り難いと思っただけだったが。

「武士には禅――それ、どういう意味なんだ」

「成仏《じょうぶつ》、あるいは極楽への往生を願って釈迦仏《しゃかぶつ》や阿弥陀仏《あみだぶつ》に祈るのではございません。自身が修行して仏にならんとするのが禅というもの。既成の仏教が死ぬるための仏教なら、禅は生くるための仏教かと。戦いが生業《なりわい》である武士が第一とするのは、勝つこと、すなわち生きることでございます。よりよく生きること、禅はそれを教えてくれまする」

仏とは、不可思議な力を持つ超越の存在ではなく自身が目指すものだ、という。その考えは、わたしの祖先神信仰と相反しないように思われた。

「生きるための、か。ならば、武士は死をどう考えている？」

「武士にとって死ぬことに格別の意味などございませぬ。武士たる者、生死を超えて、名誉を重んじますれば。名誉こそが唯一無二。名誉を失えば死を択ぶ、そのための死、死とはそれだけのことに過ぎませぬ」

何やら禅問答のような答えが返ってきた。まこと武士という生き物の新鮮さ、面白さだった。

「鎌倉に行ってみたいな」

そう何度か口にしたものだ。

そのたびに仲時は応じた。

「お越しあれ、鎌倉に。その時は、この仲時がご案内つかまつりましょう。いいえ、鎌倉だけでなく日本六十六州をお巡りあそばされませ」

「うん、古の天皇は広く世の中を見るために各地を巡幸《じゅんこう》したという。その例に倣《なら》おう」

いずれわたしが親政し、必ずや仲時が執権となって、手を取り合い、この国をよい方向に進めてゆこう。酔いに任せ二人はそのような甘い夢を語り合い、誓い合った。ともに若く、そして――ともに迂闊《うかつ》だった。

その年の十一月、わたしは大嘗会《だいじようえ》に臨み、天照大神と天神地祇《てんじんちぎ》に新穀《しんこく》を供えた。天皇が即位後に初めて行なう新嘗会《しんじようえ》であり、一代一度の大礼である。大役を終えて安堵したのも束の間、護良親王が吉野で倒幕活動を再開したという驚愕《きようがく》の一報が伝わった。親王は一年前の笠置陥落以後、幕府の捕縛の手を逃れて行方を晦《くら》ましていたが、今や公然と姿を現わしたのだ。さらには河内《かわち》の土豪楠木正成も再び倒幕の兵を挙げたという。天下は静謐《せいひつ》に帰《き》したと信じきっていたわたしには、まさに青天の霹靂《へきれき》であった。父と叔父の顔は曇りがちとなり、誰もが不安の色を隠さない。御所を警衛する武士たちは鎧直垂を着用した。仲時は対策に追われ、内裏への微行を控えた。

年が明け、天皇となって三年目、二十一歳を迎えた。一年前の元旦と較べて何という変わりようだったことか。昨年は雅やかで華やかな光に満ち溢れ、まさに春の到来だった。今年は前途に暗雲が垂れ込めているように、重苦しいものが周囲を覆っていた。風雲急を告げる事態に対処すべく仲時と探題南方の北条時益は、楠木討伐の武士団を河内に送り込んだ。しかし正成の奇抜な戦術に翻《ほん》弄《ろう》され、天王寺《てんのうじ》まで押し戻される為体《ていたらく》だった。正成は金剛山《こんごうさん》に赤坂城《あかさかじよう》と千早城《ちはやじよう》の二城を構え、徹底抗戦の構えをとった。ようやく鎌倉が重い腰を上げた。一昨年の笠置攻略の時のように大軍を送り込んできた。大挙して金剛山に向かった遠征軍は、赤坂城を落としはしたものの、正成は千早城に拠《よ》って抵抗を続けた。馴れぬ土地で未知の山岳戦に苦戦する幕府軍の武士たちは戦意が低下するばかりだという。

一月下旬には播磨国《はりまのくに》で赤松則村《あかまつのりむら》なる武将が護良親王の令旨《りようじ》に応じ叛旗《はんき》を翻《ひるがえ》した。正成のような素性不明な土豪ではない。地頭の息子というからには御家人である。ついに御家人から叛乱者が出たのだ。事態の深刻さは正成ごとき悪党の再挙の比ではなかった。

──全国の御家人の不満は高まる一方ですが、彼らは耳をふさいだままだ。今がよければそれでよいとばかりに。このままでは幕府の存立が危うい。

仲時の危惧の言葉が現実感を伴って生々しく思い出された。幕府に不満を抱く幕府内の者が、後醍醐の倒幕の志を継ぐ護良親王に、あたかも吸引されるように呼応しているのである。

閏《うるう》二月の末、当の後醍醐が隠岐を脱出したという衝撃的な報せが齎《もたら》された。寝耳に水とはこのことだった。誰が思っただろう、後鳥羽帝の轍《てつ》を踏んで島守として虚《むな》しく果てるはずだった男が元の世界に戻ってこようとは。対岸の伯耆国《ほうきのくに》に上陸した後醍醐は、土地の武将に奉戴《ほうたい》され、船上山《せんじようさん》に立て籠もっているという。隠岐での監視はどうなっていたのか。幕府のお粗末な手抜かりというほかはない。西国の武将、土豪、悪党らの中に後醍醐の発する倒幕の綸旨《りんじ》に応じる者が続出し始めた、とも伝わった。綸旨──わたしは苦々しい思いでその報告を聞いた。後醍醐は今なお天皇を以て自らを任じているのだ。

仲時と時益は、幕府の上洛軍に楠木討伐を委ね、麾下《きか》の兵力を播磨に差し向けた。だが、探題軍は赤松則村に連戦連敗を喫した。三月十二日、赤松軍はよもやの京都攻めを敢行した。内裏に駆け込んできた日野資名の急報によって、わたしは危急を知った。内裏を守る武士たちは赤松軍に対処するためか一人残らず姿を消していた。無防備もいいところだった。

「ここは危のうございます」

資名は六波羅への御幸《みゆき》を促した。仙洞御所には弟の資明が手配に回っているという。わたしは肯んじるよりなかった。探題への避難は後醍醐が笠置山で挙兵した二年前に経験済みだが、今回はそれどころではない。目下、桂川《かつらがわ》方面から侵入してきた赤松軍によって洛中が蹂躪《じゆうりん》されている最中なのである。

「お供いたします」

居合わせた実継が申し出たが、わたしは首を横に振った。

「おまえには秀子《ひでこ》を頼みたい」

「ですが――」

「守ってやってくれ。わたしになったつもりで秀子を守るんだ。いいね、実継」

奥手のわたしは秀子を愛し始めたばかりだった。生まれて初めて心を動かされた女性が秀子だ。実継の二歳上の姉でもあった。しかし、わたしの心がどうあれ、並みいる女房の一人にすぎない中流公家の娘をことさら六波羅に伴うわけにはいかない。それに探題は牙城《がじょう》ではあったが、敵の標的でもある。実家に身を潜めているほうがよほど安全というものだった。

わたしは実継に秀子を託し、鳳輦《ほうれん》に乗った。六波羅まで鴨川《かもがわ》の河原を南下したが、西の空には放火によるものと思《おぼ》しい禍々《まがまが》しい黒煙が幾筋も立ち上り、鬨《とき》の声、矢叫びの音が風に乗って思いのほか間近に聞こえてきた。

落ち着いたのは前と同じく探題北方の檜皮葺きの殿舎だ。父と叔父も仙洞御所から避難してきた。付き従う公卿たちで広い殿舎はあふれた。前回にはなかったことであり、事態の深刻さを物語っていた。わたしは連日、仲時のもとへ赴き、これから戦場に向かう、あるいは疵《ねぎら》を負い疲労困憊《こんぱい》して合戦から戻ってきた血まみれの兵士たちの接見に立ち会った。励ましの言葉、労いの言葉をかけもした。天子の列席が少しでも彼らを鼓舞《こぶ》し、士気を上げることになればと願ってのことだった。何か力にならずにはいられなかった。

赤松軍は幾度も洛中侵入を企図したが、探題軍は奮闘し、戦況は一進一退の攻防を繰り返した。

一時避難のつもりが、これでは内裏に戻るどころではなかった。四月も半ばを過ぎ、仲時の要請に応じて援軍が鎌倉から到着した。総大将は二人。北条一門の名越尾張守高家《なごえおわりのかみたかいえ》と、無官ながら従五位上の足利高氏だった。名越軍七千六百余騎は山陽道《さんようどう》を、足利軍五千余騎は山陰道《さんいんどう》を進撃し、後醍醐の立て籠もる船上山を挟撃《きょうげき》するという。出撃に先立ち両将は六波羅に参じた。仲時と時益の両探題が出迎え、上皇と天皇、父とわたしも御簾を上げて臨席した。

——これが八幡太郎義家の裔《えい》か。

わたしの目は高氏に集中した。決然としたものを色濃く漂わせる高家に較べ、高氏は茫洋《ぼうよう》とした表情の持ち主だった。武将らしさをさほど感じさせない。鎧直垂姿だったが、公家装束のほうが似合いそうなおっとりとした印象を与えた。父が治天の君として労いと期待の言葉をかけると、高家が声高く応じたのに対し、

「ははぁ」

高氏は畏《かしこ》まったように平伏した。

「どことのう頼りない男であるな。あれで総大将が務まるのであろうか」

殿舎に戻り、父は不安げな声を出した。父の不安は別の意味で的中する。

四月二十七日早朝、名越軍と足利軍が進発した。高家は山陽道へ、高氏は山陰道へと。悲報は夕刻になって飛び込んできた。高家が討ち死にしたという。まずは山崎を目指した名越軍は、その手前の久我畷《こがなわて》という湿地帯で赤松則村、千種忠顕《ちぐさただあき》、結城親光《ゆうきちかみつ》ら後醍醐方の武将の迎撃を受けた。高家が弓で射られて戦死したことから総崩れになったという。血気盛ん、闘志の塊のような高家の相貌を思い返し、わたしは戦の無情さに震え上がった。鎌倉からの援軍の大将がこうもあっけなく落命するとは信じられない思いだった。

信じられない事態はさらに重なった。高氏が丹波国篠村《たんばのくにしのむら》で行軍を止めた。当初、高家の戦死を知っての進撃逡巡かと解釈されたが、そうではなかった。高氏は裏切ったのである。後醍醐の綸旨を拝命したのがいつのことだったかは些細《ささい》な問題にすぎない。足利軍は篠村から反転し、赤松軍、千種軍と同盟を組んだ。赤松の軍勢を相手にするだけでも精一杯だった探題軍は、倍に膨れ上がった敵に対抗するすべを持たなかった。

五月七日、敵軍は一気に京都突入を図った。時間の経過と共に、不気味な喊声《かんせい》がここにまで、洛東の外れに位置する六波羅にまで聞こえてくるようになった。探題軍がじりじりと押されているのだ。手傷を負って撤退してくる兵士たちの数が目立って増え始めた。城郭の敷地内には混乱が生じていた。事ここに至っては、わたしになすすべはなかった。陽が傾き、わたしたちも同じく斜陽の身だった。夕闇が忍び寄り、敵も迫った。合戦につきものの鬨の声、矢叫びは、高く頑丈に築かれた城壁のすぐ外で聞こえた。探題は包囲されつつあった。

何もかもが騒然とする中を仲時が現われた。父の前に片膝をついた。

「かくなるうえは六波羅を捨て去り、潔《いさぎよ》く撤退するしかございませぬ。ひとまず鎌倉に下り、兵を整えたうえで、京都を奪回するに如《し》かず」

「朕らは――」

「鎌倉まで御奉じつかまつります」

「――鎌倉か」

父は呟くように言い、叔父を見やった。半眼になった叔父の頭が小さく縦に振られた。次にわたしを見た。わたしもうなずいた。

「是非もなきか。では武家に任せよう」

父は決心を固めた。鎌倉へ、そう一決した。治天の君が決断した以上、異を唱える者はいなかった。こともあろうに天皇と二上皇が関東へ落ちのびる――その異常さを正しく認識するには事態はあまりにも切迫していた。急ぎ出立の準備がはじまった。まず女性たちを退去させた。別れの悲嘆に暮れている時間などなかった。都落ちを肯んじない公家たちも一人、二人と目立たぬよう姿を消していた。結局、残ったのは日野資名、日野資明、坊城俊実《ぼうじょうとしざね》、勧修寺経顕《かじゅうじつねあき》、冷泉頼定《れいぜいよりさだ》、四条隆蔭《しじょうたかかげ》、六条有光《ろくじょうありみつ》の七人と、その家人、従者たち。それに父と叔父、わたし――以上が総勢だった。

急なことで鳳輦《ほうれん》が二台しか整わず、わたしは躊躇わず馬に乗った。

ほとんどの大臣たちが姿を消した、つまりわたしを見捨てた。その中にあって残った七人こそは忠臣というべきだった。後にわたしは「蓮花寺《れんげじ》の七本扇」と称した。時の官位を記しておく。

日野資名　　正二位権大納言
日野資明　　正三位権中納言
坊城俊実　　従二位権中納言
勧修寺経顕　正三位権中納言兼右衛門督《うえもんのかみ》
冷泉頼定　　従二位前権中納言
四条隆蔭　　従三位参議兼右兵衛督
六条有光

三歳年上と年齢が近い有光だけが当時はまだ無位無官だった。父の輦《てぐるま》を資名と俊実が、叔父の輦を資明と頼定が供奉《ぐぶ》し、騎行するわたしには隆蔭と有光が侍《はべ》った。経顕は三者間の連絡役を務める。我先にと脱出に逸《はや》る武士たちは、整然と隊列を組むどころか、乱流、急流、奔流状態を呈していて、わたしたちはそれに巻き込まれたも同然だったからである。

已《すで》に夜半だった。探題の城郭は三方を敵兵にすっかり囲まれていたが、どういうことなのか東側に包囲のわずかな隙《すき》があった。そこが脱出路だった。押し出されるようにして逃れ出た。そこかしこで深夜にあるまじき怒号、悲鳴、喧噪が渦を巻いていた。どこかに火が放たれたのか、パチパチと木の爆《は》ぜる音がし、灰色の煙が漂い流れてきた。しかし周囲の状況をつぶさに観察している余裕はなかった。少しの遅れが死につながるという思いに皆が急きたてられていた。ある意味、楽だったといえるかもしれない。ただ奔流に身を任せていればよかったのだから。

清水寺の南、清閑寺《せいかんじ》の山麓を苦集滅道《くずめじ》という名の街道が東西に走っている。逃避の奔流は苦集滅道を東に向かった。山科《やましな》を経て逢坂山《おうさかやま》を越えれば、その先は近江国《おうみのくに》である。わたしは無我夢中だった。十四、五町も進んだろうか、ようやく人心地がついて、馬上、夜空を仰いだ。期待を裏切って分厚い雲が敷きつめられ、真夏の星々が競っているはずの光の饗宴《きようえん》を覆い隠していた。

「主上、あれを――」

有光に促されて背後を振り返ると、暗闇の中にひときわ明るい深紅の大火焔《だいかえん》が遠望された。偉容《いよう》を誇った探題の巨大城郭が北方も南方も双《ふた》つながら炎に包まれている。噴き上がる火の手は、妖《あや》しく催眠的に揺らめき、わたしを過去へといざなった。かつて六波羅の地には平氏の宏壮な屋敷が軒を連ねていた。都落ちにあたって火をかけられ、三日三夜燃え上がって灰燼《かいじん》に帰したという。時を超えて今、同じことが繰り返されている。それをわたしは目の当たりにしている。平氏は安徳天皇を連れて西へ逃れた。今、平氏の傍流《ぼうりゆう》である北条氏は今上天皇を連れて東へ潰走《かいそう》している。安徳幼帝を待っていた運命は――。

わたしは身震いした。

「お気を確かに」

傍らに野太い声を聞いて、我に返った。探題南方の北条時益が馬を並べていた。道は緩やかな上り坂になっている。右手は下り斜面、左手は鬱蒼とした茂みに覆われていた。

「御免――」

時益は一声かけると、すぐに馬を進めた。近習の者たちが後を追う。後方から来た時益は武士たちを叱咤激励してまわっていた。隊列を整えるためだ。六波羅から遠ざかり、ようやくそうする余裕ができていた。仲時はどこにいるのだろう。ぼんやりとした頭で考えた時、先をゆく時益の上体が不自然に硬直した。と思うや、後方にゆっくり傾いてゆくのが見えた。異変が起きて――大きく仰《の》け反《ぞ》った時益は馬の臀部《でんぶ》に背中を預け、二本の脚が鋏《はさみ》のように天空に向かって垂直に倒立した。全身が上下逆さになったと見るうちに、ずるずると馬上から転落していった。首の両端を長い矢が貫いていた。

「ご覧あそばしてはなりませぬ」

隆蔭が言ったが、遅きに失した。わたしは一部始終を目におさめていた。時益に従っていた郎党たちがわっと叫んで主君の動かぬ身体に取り縋《すが》る。刀を抜いて茂みの中に飛び込んでゆく者も。矢はそちらから飛来したものか。

「野伏《のぶせり》どもでございましょう。我らを落ち武者と見做《みな》しての仕業かと」

有光が硬い声を出した。落ち武者――わたしは唇を嚙みしめた。いずれ追っ手が後方から迫るのは必至だ。さらには野伏なる異形のものまで相手にしなければならないとは。六波羅を脱出して安堵したのも束の間、前途に暗雲が垂れ込めた思いだった。

隊列は停止しなかった。疾《と》うに仲時の元には僚将《りょうしょう》の悲報が届いているであろうに、停止命令は出されない。探題という、いわば総大将の一人を射殺されながら、弔《とむら》うでもなく、仇を討つでもなく、応射するでもない。何事も起こらなかったように誰も歩みを止めない。むしろ矢に追い立てられて歩速があがったようだ。時益の横死は主従間だけの私的な問題と処理すべし、そう暗黙の了解が得られているかのようだった。死者は見捨てられ、生者は先を急ぐのみ――敗残の身の今はそれよりないのだ。

かくいうわたしに矢が射かけられたのは、それからまもなくのこと。隊列が峠を越して山科の盆地に降り、四宮河原《しのみやかわら》を抜け、ほどなく夜が明けようとする頃だった。わたしを狙い射たというより何かの流れ矢だったろうか、勢いは失われていて、しかも左肱《ひじ》に突き立ったのは不幸中の幸いとしなければならない。時益の後を追っていたとして不思議ではないのだから。

その朝、わたしは天皇になって初めて早朝の神事、拝礼を欠いた。六波羅の探題に避難してからも、筋肉鍛錬は欠かせど、神事ヲ先ニシ、他事ヲ後ニス――朝拝は毎日続けてきた。だが、この時は馬上にあってそれどころではなかった。そのために行進を止めることはできない。已《や》むなく、敬神ノ叡慮懈怠アリ、となった。

逢坂山の斜面を埋めんばかりに現した奇怪な野伏の群れを、敗残の探題軍が鎧袖一触《がいしゅういっしょく》したことは、わたしの目を瞠らせた。気力を取り戻す思いだった。だが、瀬田《せた》の長橋《ながはし》の故事に大友皇子の悲惨な最期を想起させられ、再び気は滅入った。一睡もしておらず、疲れは限界に近づいていた。それにつけ込むように安徳天皇の亡霊はわたしに憑依《ひょうい》したのだ。いや、そんなはずのあるものか。疲労が昂じての単なる幻聴現象であったろう、あの声は。あるいは自己暗示というべきか。さなきだに悲劇の幼帝を自分に擬《なぞら》えるなどという愚かなことをしていたのだから。

鎌倉にゆく――その一念だけが支えだった。そればかりではない。自分の身を案じるほかにも、父と叔父の心配もしなければならなかった。二人の憔悴《しょうすい》ぶりは、こちら以上に酷いものだった。

その夜の野営地となった観音寺《かんのんじ》山麓で、二人が輦の上に崩れるように横たわるや忽《たちま》ち眠りに引き込まれてゆく哀れな姿をわたしは茫然と見やった。上皇が二人、揃いもそろって野宿を強いられている。なぜだ、なぜこんなことに。いいや――強く頭を振った。努めてそれは考えないようにした。こちらも眠らなくては。輦を持たない身としては、大木の根元にでも上体を凭《もた》せかけて目を閉じるよりほかにない。辺りを見回せば、早くも傾きかけた上弦の月に照らされて、隆蔭と有光が土の上に直衣姿のまま長々と横たわっていた。着の身着のままはわたしとて同じだ。父も叔父も、皆がそうだった。

適当な樹木を見つけて腰をおろすと、近づいてくる鎧の音を聞いた。

「こちらでございましたか」

仲時が歩み寄り、両膝をついた。

わたしたちは無言で互いを見つめ合った。仲時の顔は疲れが濃かったが、持ち前の涼やかさ、のびやかさは失われてはおらず、幾分かほっとさせられた。話したいこと、訊かねばならぬことはいくらもあった。この先どうなるのか。重ねて援軍は来るのか来ないのか。後醍醐の隠岐脱出、さらには高氏の裏切りについて――わたしは、しかし一切を口にしなかった。自制した。今は鎌倉にたどり着くことが何よりの優先事項だ。仲時が総指揮を執っている。時益亡き後、すべてはその双肩《そうけん》にかかっている。煩わせてはならなかった。

「疵《きず》のお手当に参上つかまつりました」

「そのようなこと。手当はしてもらった。無用だよ。もう痛みはないんだ」

本当は疼《うず》きが続いていたが、わたしは強がりを言った。

仲時は腰に下げた革袋の中から胡桃《くるみ》ほどの小さな陶製の壺《つぼ》を取り出した。

「わが家には、重時公ゆかりの秘伝の塗り薬がございますれば」

もっともらしく言って、わたしの左腕を恭《うやうや》しく取ると、疵に巻かれた布を解き去った。痛みが顔に出ないようこらえる。壺の蓋《ふた》が外され、中身がたっぷり掬《すく》い取られた。どろりとした膠《にかわじょう》状の溶液が仲時の指によって疵口に巧みに塗り込まれてゆく。最後に、真新しい晒布《さらし》で巻かれて終了した。

「明夜、またお取り替えいたします」

仲時は壺を革袋に戻した。

「清涼感がある」

わたしは感想を口にした。実際、疵口に滞っていた熱がすうっと引いてゆくようだった。

「なるほど、如何にも秘伝の薬だな。鎌倉に着く頃には癒《い》えているだろうか?」

「何の。二、三日で痛みはなくなりましょう」

一礼すると、歩み去った。

わたしは背を大木の幹に凭《もた》せかけ、目を閉じた。眠りはなかなか訪れない。身体は疲れきっているのに頭は逆に冴えざえとしていた。これが今のわたしか。天皇というものなのか。現実だとは受け容れ難かった。この国のあるじが何という有様だろう。九重《ここのえ》の中にいるべき身でありながら、こうして星空の下、布団の一枚だになく、吹き晒しの地べたで、惨めに眠らなければならぬ、とは。玉体に受くべからざる矢疵を負い、替えの召し物すらない。直衣は埃《ほこり》に汚れ、泥に塗《まみ》れ、おまけに汗臭い。梅雨の最中ではあったが、ここまで雨の一粒も落ちて来ずにいるのが唯一、天の配慮だとは言えた。

久我畷で討ち死にしたという高家、そして目の前で首を矢に貫かれて絶命した時益へと、思いが飛んだ。何とはかないものだろうか、戦場に身を晒《さら》す武士の命とは。いや、武士だけに限るまい。人の命そのものが、かくもあっけないものなのだ。時益の死でそれを如実に実見した。

不意に、秀子の顔が浮かんだ。愛しい秀子の白い顔。無事だろうか。実継は彼女を守ってくれているだろうか。わずか二か月前まで、わたしは二条富小路の内裏にいて、天皇としての務めを日々果たし、秀子との愛を育んでいた。この先も続くと信じて疑わなかった。何という変転、暗転。なぜこうなったのか。決定的なのは、足利高氏の裏切りだった。後醍醐討伐《とうばつ》の幕命を受けた当の本人が寝返ろうとは。それさえなければ、今も六波羅にいて、伯耆から届くはずの高氏の吉左右を待っていただろうに。

いつのまにか秀子の顔が消え、高氏の茫洋とした相貌に取って代わっていた。なにゆえ裏切ったか――高氏の顔は答えない。わたしなど眼中にないとばかりに、あらぬ方角を無表情に見つめているばかりだ。

何はともあれ鎌倉だ、とわたしは縋《すが》るように思った。六波羅を陥落させ気勢をあげているであろう追っ手を引き離し、一日も早く鎌倉へとたどり着かなければならない。そして仲時の言う通り京都を奪回するのだ。神武帝は東征したが、わたしは西征する。そうだ、形ばかりでも大弓を持とう。引けなくてもよい。わたしが弓を持てば、必ずや金鵄が翔け来たって、その弭に止まってくれるだろうから。そして――願望と妄想が朦朧《もうろう》と綯《な》い交《ま》ぜになって、ようやく眠りの沼に引きずり込まれていった。

隆蔭の声で起こされた。まばゆく輝く金色の光が視界に飛び込み、夢うつつのわたしは金鵄の飛来かと目を瞠った。それは明星《みようじよう》だった。夜空は暗く、周囲は闇に包まれている。

「まだ夜明け前ではないか」

「出発の由にございます」

隆蔭が強張った口調で言った。喧《やかま》しい音から察するに、行軍はもう始まっているようだ。隆蔭の傍らでは、有光が直衣から泥を手で叩き落としている。思いきって立ち上がり、有光に倣《なら》った。寝汗と夜露を吸って直衣はしっとりと重い。

「お加減はいかがでございますか」

わたしの左肱に視線を向けて有光が訊いた。

「ほとんど痛まぬ」

秘伝の薬という言葉に偽りはなかった。一晩のうちに疼痛《とうつう》は消えていた。腕を動かすと鈍い痛みが走ることには変わりがないが。

経顕が糒《ほしいい》を持って現われた。手早く食し、馬に乗る。隊列に占めるわたしの位置は、今朝はもはや殿《しんがり》といっていいくらい後方だ。前後を囲む警固の兵士はわずかな数。夜が明け、辺りが明るくなると、すぐ先をゆく父と叔父の輦が見えてきた。二人は昨日もっと前方を進んでいた。武士たちに追い抜かれ、ここまで下がってきたものらしい。仲時は昨日にもまして先を急いでいるようだ。

馬上は見晴らしが利く。わたしは目を疑い、愕然《がくぜん》とした。前方へと続く隊列が異様に短いことに気づいたのだ。数が減じている！　三倍はいたはずだ。昨夜のうち闇に乗じて夥《おびただ》しい数の武士たちが逃亡したのだ。残っているのは、ざっと見積もって七百人ばかり。しかも彼らの後ろ姿には志気が、覇気が、闘志が感じられない。まさに敗残兵そのもの——両肩を落とし、背を丸め、足を引きずっている。無理からぬことか。昨年末から河内、摂津で楠木正成軍と戦い、年が明けると播磨でも赤松則村の叛乱軍への対処を余儀なくされた。加えて足利高氏の慮外の裏切りにより、六波羅の探題から落ち延びざるを得なかった。この半年、身体を休める時間などなかったであろう。それなる少人数で鎌倉を目指すというのか。わたしは暗然となった。

早朝神事は、この日も叶わなかった。が、自分を叱咤《しった》し、馬上でひそかに目を閉じて短い祈りを捧げた。形式張らなくてもよい、天皇としての務めは果たさなければならない。

愛智川《えちがわ》、四十九院《しじゅうくいん》、小野《おの》と進む。途中、隊列は幾度か止まった。というより、わたしたちだけが停止を余儀なくされた。その都度、経顕が列の先へと駆け去り、戻ってきては報告した。内容はいつも決まって同じだ。

「またも野伏の待ち伏せだそうで。目下、交戦中の由にございます」

仲時は、次々と前に立ちはだかる野伏たちを撃破しながら進んでいるのだった。隊列が動き出すたびに、ほっと安堵した。

昼過ぎ、伊吹山《いぶきやま》の偉容を望みつつ摺針峠《すりはりとうげ》を越えた。その先の番場宿《ばんばしゅく》を過ぎれば美濃国《みののくに》という。

番場を目前にして隊列は停止した。様子を窺ってきた経顕が例によって報告した。

「またも野伏の待ち伏せだそうで」

伊吹山の麓《ふもと》に、幾千とも数を知らない野伏どもが蝟集《いしゅう》し、街道を扼《やく》しているという。だが、今回は交戦中ではなかった。

「武士たちは寺へ入ってゆくやに見えまする」

言いながら経顕は首を傾げた。やがて、わたしたちも続いた。街道をわずかに外れ、小高い丘陵を背に、それなりの規模を有する寺院が位置していた。

『蓮華寺』

と読める扁額《へんがく》を掲げた山門をくぐる。

境内を武士たちが埋めつくしていた。その傍らを過ぎる。こちらに目を向ける者は一人としてない。彼らは黙って座り込み、肩を落とし、肩で息をし、首を折って俯《うつむ》いている。あるいは呆然と空を仰いでいる。わたしはぞくりとした。それだけの人数が集まりながら、境内は死のような静寂に満ちている。風は――絶えていた。

先をゆく二台の輦が、警固の武士の指示で本堂に横付けされた。ここで休ませようという配慮だろうか。わたしも馬を下りた。本堂にあがってゆくと、外陣に腰を下ろした父と叔父が、辛《かろ》うじてうなずいて寄越《よこ》した。声を出す気力はないらしい。どちらも憔悴しきっている。本堂の空気は蒸していた。二日前の夜半に六波羅を脱出してから屋根の下に憩うのはこれが初めてだと気づき、わたしは一息つく思いだった。資名、資明、頼定、俊実、経顕、隆蔭、有光の七卿も疲れ果てた顔を晒している。しばらくの間、誰も口を開かなかった。それぞれの思いに沈んでいるように見えた。

「……これからどうなるのでしょうか」

有光が不安げな声をあげた。

「武士どもは、こんなところでいったい……」

ぴしゃり――鋭い音が有光の言葉を遮った。

経顕が、懐中から取り出した扇の先で床を弾いた音だった。

「知りたくば、自ら聞きにゆくに如《し》かず」

立ち上がって、本堂を出ていった。

「同意至極であるな」

資明が有光にちらりと目を呉《く》れて、経顕の後を追った。経顕と資明はいずれも権中納言で、年齢は一歳違い。将来を嘱望《しょくぼう》された逸材と自他ともに認める間柄で、わたしの見るところ、それだけに少しでも相手の上に立とうと競争心を燃やしているようだった。有光はつられて立ちかけたが、がっくりと腰を元におろした。その肩を隆蔭が、気にするなというように軽く叩いた。

経顕と資明は境内の様子を窺い、代わる代わる戻ってきては報告した。境内の武士たちは衆議しているという。進むべきか、退《しりぞ》くべきか、留まるべきか——容易には一決し難いらしい。

「——行く手を塞ぐ野伏どもは、五辻宮《いつつじのみや》なる親王を旗頭に担いでいるそうにございます。先帝の五の宮だとか」

三度目に経顕はそう報告した。

叔父が首を傾げた。

「五辻宮？　先帝にそのような親王がいるとは聞いたことがない……兄上、何ぞお心あたりはございますか？」

こちらも首をひねりながら父が応じる。

「亀山帝《かめやまてい》の皇子ならば五辻宮守良《もりよし》親王あり。尊治《たかはる》には叔父に当たるお方だ。確か、伊吹山中の某寺に隠棲とか……しかし、もはやご高齢のはずの守良親王がなにゆえ——」

「おそらくは佐々木道誉《ささきどうよ》が背後で糸を引いているのでございましょう」

本堂の階段を上がってきた仲時が言った。わたしは声を呑んだ。仲時は直垂姿だった。その場に両膝を折り、両手をついた。背後に資明が追いついた。何を聞いてきたものか資明の顔色は蒼白に変じている。

父が訊ねた。

「佐々木道誉とな？」

「近江北部の地頭職《じとう》。美濃へ越境して伊吹山麓までは道誉の支配下にあります。かの者、高氏の盟友にて、策士としても知られておりますれば、高氏が裏切れば道誉も裏切る道理。両者の間には密約が結ばれておりましょう。それに気づくのが遅れたのは、越後守仲時、一生の不覚に存じます」

「されど、守良親王は——」

「道誉としては、窮鼠《きゅうそ》猫を嚙《か》むの譬《たと》えに照らしても、自前の家臣団だけでわたしたちを阻《はば》む自信がない。そこで悪党、強盗、あぶれ者、修験者どもをかき集めるべく、その旗印に、領内にご隠棲《いんせい》中の五辻宮さまを動かしたに違いありませぬ。親王さまとて甥である先帝のためとあらば、道誉に手をお貸しになるのを惜しまぬはず。ともあれ、道誉は少なく見積もっても三千を超す兵力で前方を塞いでおります。我らは七百足らず。やんぬるかな、もはや勝負はついたも同然と見做《みな》さねばなりませぬ」

仲時は父と叔父に一揖《いちゆう》すると、わたしの前にするする膝行《しっこう》した。

「量仁さま、もはやこれまででございます」

初めて会った時と同じ爽やかな笑顔、穏やかな口ぶりで言った。

「お覚えあそばしますや、武士たる者、生死を超えて、名誉を重んじる。名誉こそが唯一無二。名誉を失えば死を択ぶ——そう申し上げたことを。今その時が参った次第にございます」

「何を、何を言っている、仲時」

「我ら一同、衆議一決してござる、鎌倉武士、鎌倉男児なれば。鎌倉をご案内つかまつる、その約束を果たせずして逝《い》く仲時めを何卒《なにとぞ》お赦しくださいませ。——これを」

袖の中から取りだしたのは、昨夜の薬壺だった。床の上に置き、わたしの前に進めた。

「——御免」

深々と下げた頭を振り起こすと、決然と立ち上がり、身を翻すように本堂の階段を駆け下りていった。

「待て、仲時」

わたしは後を追った。

「なりませぬ、主上――」

「お戻りを――」

背後に声を聞いたが、足を止めなかった。階段を降りた。仲時は座り込んだ武士たちの間を足早に進んでゆく。武士たちの様子が変わっていた。背筋を伸ばし、仲時を振り仰ぎ、食い入るように見つめている。

「主上、どうかお戻りください」

隆蔭と有光が追いつき、挟み込むように左右に並んだ時、仲時が足を止めた。わたしを待ったのではなかった。そこが彼の座所だったからだ。仲時は振り返らなかった。近くに控えていた強面《こわもて》の武士が、わたしをちらと見た。すぐに視線を外し、仲時に言った。

「――越後守さまっ、恐れながら、かくなるうえは仙洞を害し奉り、おのおの自害つかまつるべきかと存じまするが、如何っ」

咄嗟《とっさ》には、その言葉の意味するところが理解できなかった。わたしの意識は仲時にだけ向いていた。隆蔭と有光が激しく身体を震わせるのが伝わった。それでも二人はわたしをかばって前に出た。武士の発言に応じるように、周囲の武士たちが揃ってうなずく。一斉に振られる数百の頭の動きは浪《なみ》のうねりのようだった。

「その通りでござるぞっ。主君を敵に渡してはなりませぬっ」

「武士の名折れでござるわっ」

そんな声が相次ぎ、わたしはようやく自分の置かれた立場を悟った。振り返ると、来た道は武士たちによって閉じられていた。

「黙れ、勘違いいたすな」

仲時は大喝《だいかつ》した。

「我ら、生きながらにして君を敵に奪われるは恥なれど、命を捨てて後は何事かあるべき」

腰から脇差《わきざし》を抜き、自分の腹に突き立てた。あまりに自然で無造作な所作だった。仲時の腰のやや上辺りから血塗られた刃が突き出してくるのを、わたしは目の当たりに見た。身体はゆっくりと横倒しになってゆく。

「お見事っ。死出《しで》の山のお供申し候《そうら》わん」

強面の武士が、倒れた仲時の腹から短刀を引き抜いた。主君の血を吸った刃で自身の腹を掻《か》っ捌《さば》き、その膝に抱きついた。もはやわたしのほうなど見向きもしなかった。

それを皮切りに、境内を埋めた武士たちの集団自害が始まった。

そこかしこで白刃《はくじん》がキラキラときらめいた。苦悶《くもん》の唸《うな》り声が上がり、鈍色《にびいろ》の梅雨空に深紅の血流が虹のような円弧《えんこ》を描く。隆蔭と有光はわたしを連れ出そうと焦ったが、足を踏み入れる隙などこにもなかった。武士たちは我先にと、縺《もつ》れ合うようにして己が腹を次々と切ってゆく。あるいは互いに刺し違えていた。下手にその間に分け入っては不慮の刃を浴びないとも限らず、自害の邪魔をするなとばかりに斬りつけられる恐れもあった。

わたしたち三人の周囲は、先んじて腹を切った者たちの屍《しかばね》が打ち重なって二重、三重に壁を、山をなしていた。流れ出す血が音をたてて打ち寄せ、足首までを洗った。血の奔流にのって生首が滑るように幾つも転がってきた。それでも、死者の山、屍の垣根の中に大人しく籠《こも》っているほうが、よほど無事というものだった――。

疾風《しっぷう》ノ章　わたりえぬ道ぞ

炎天の下、額に流れ落ちる汗を汚れた袖口で拭いながら、わたしは急峻《きゅうしゅん》な山道を登っていた。いや、登らされていた。蓮華寺《れんげじ》の大惨事の翌日。虜囚《りょしゅう》の身だった。

父と叔父《おじ》は輦《てぐるま》から粗末な網代《あじろ》の輿《こし》に移し替えられ、肩を落とし、うずくまるように運ばれてゆく。わたしも同じく輿を強《し》いられたが、きっぱり断った。それなりの待遇どころか、如何《いか》にも囚人めいた扱いに思え、耐えられなかった。七卿《きょう》とともに自らの足で自分を運ぶことを択《えら》んだ。

鎧《よろい》武者たちに取り囲まれている状況は前日までと同じだ。しかし、彼らは六波羅《ろくはら》の探題《たんだい》軍ではない。誇り高き鎌倉武士は全員が潔《いさぎよ》く腹を切った。探題軍は番場《ばんば》の地で潰滅《かいめつ》した。瞬時にして全滅した。この世から消え去ってしまった。呪文を唱えると事物が一瞬でかき消える奇異の験術にかかりでもしたかのように。

周囲の鎧武者の一団は、わたしたちを護衛するのではなく連行している。五辻宮守良《いつつじのみやもりよし》親王の隠《いん》棲《せい》先だという太平護国寺《たいへいごこくじ》へ。先帝に与力《よりき》せよという親王の令旨《りょうじ》に応じ馳せ参じた者たちとの由だが、山立《やまだち》、強盗、あぶれ者、悪党にしては身なりが整い過ぎている。武者絵から抜け出してきたようだ。逢坂山《おうさかやま》で待ち伏せていた異形の者どもとは明らかに類を異にしている。佐々木道誉《ささきどうよ》の家臣団ではないか、というのが経顕《つねあき》と資明《すけあき》の見立てだった。

坂道はきつく、七卿は次々と音をあげた。梅雨《つゆ》は明けたと見えて、仲夏《ちゅうか》五月の強い陽射しが斜面の岩肌を焦がすように照りつけている。樹木の少ない道だった。

「主上、ご健脚でおわしますなあ」

いちばん年の若い有光《ありみつ》が、息を喘《あえ》がせ、感に堪《た》えたように言った。

「そなたより年下なんだ。当然だろうさ」

そう応じたが、年齢ばかりではなかったろう。わたしがさほど苦にならなかったのは、仲時《なかとき》が伝授してくれた「衝天《しょうてん》」によって足腰を鍛えてきたからに違いなかった。

仲時——率先して、何ともあっさりと死出《しで》の旅路についたものだ。あの後、わたしと隆蔭《たかかげ》、有光の三人は、夥《おびただ》しい数の屍《しかばね》の中に埋もれて身動きもならず、揃《そろ》って気死同然の状態にあった。しばらくの間、そこかしこであがっていた武士たちの断末魔《だんまつま》の声もやがて途絶え、ひっそりと静まりかえった。目に映るのは血まみれの死体、死体、死体——それはかりだった。血と汚物の臭いも耐えがたかった。

こらえきれず頭上を仰げば、いつしか雲が払われて、青空に輪を描いて飛ぶ鳶《とび》ののどかな鳴き声が聞こえて——。

わたしたちを救い出したのは、皮肉なことに蓮華寺に押し寄せた五辻宮の軍勢だった。武士にはとても見えない風体《ふうてい》の荒くれ者たちが死体の山をかき分けて現われた。父と叔父をはじめ本堂にいた者たちは彼らの制圧下に置かれていた。生け捕りにした獲物《えもの》の素性《すじょう》が知れるや、異形の者たちは潮が引くように後景に下がり、鎧兜《かぶと》も真新しい武士団に取って代わった。守良親王の家臣団を名乗り、わたしたちを引き立てた。

番場の先の醒ヶ井《さめがい》で一夜を明かし、早朝に出立、柏原《かしわばら》の手前で中山道《なかせんどう》を外れ、こうして伊吹山《いぶきやま》への山道を登っている。仲時も死出の山を越えている頃だろうか。

死と伊吹山といえば、ここは日本武尊《やまとたけるのみこと》が致命傷を被った伝説の地だった。伊吹の神を取りひしぐと豪語した日本武尊は、怒った神の降らせる大氷雨《だいひょうう》を浴び、瀕死《ひんし》の重傷を負う。何とか下山し、伊勢《いせ》までは辿り着くも、力尽きた。古代の英雄のそんな忌《い》まわしい最期を思い返すともなく頭に浮かべているうちに、陽は西に傾き、空が濃い茜色に染まる頃、ようやく目的地に到着した。

巨大な山塊《さんかい》の中腹が高原になっている。そこに数十の堂宇《どうう》を擁する広い寺域があった。こんな高地に、これほどの規模の寺が、と驚くばかりの大きな寺院だ。古来、修験の修行地として発展してきたのだという。

「御所《ごしょ》にございます」

一団を統率する年配の武士が告げた。なるほど、御所か。わたしたちを閉じ込めておく牢獄御所というわけだ。

堂宇の一つが御所として割り当てられた。柵《さく》も格子《こうし》もないが、これが獄舎《ごくしゃ》であることに変わりはない。一歩外に出れば、僧侶や武士という獄卒《ごくそつ》たちが油断のない目を向けてくる。何よりも当地の天嶮《てんけん》こそが天然の柵であり格子だ。急峻な山道を蜿蜒《えんえん》と下って逃げ切れるものではない。

しかし獄舎とは言え、落ち着く場所を得たことは確かだった。敵軍に包囲された六波羅の探題から脱出したのがわずか三日前のことだとは信じられない。徹夜の行軍、野宿、野伏《のぶせり》の襲撃、相次ぐ逃亡者、時益《ときます》は射殺され、わたしの左肱《ひじ》には矢が突き立ち、そして番場の蓮華寺で数百人の鎌倉武士が一斉に集団自殺を遂げた——その地獄を経巡《へめぐ》ってきた精神的な衝撃が、わたしだけでなく他の誰をも肉体の疲労以上に打ちのめしていた。特に父の打ちひしがれようは、目を離せないほどだった。黙りこくり、供される食事も辛《かろ》うじて口に運ぶばかり。叔父の様子も似たようなものだ。

ようやく早朝の神事ができるようになったことが、わずかばかりの慰《なぐさ》めだった。神事の執行は天皇の責務である。言い換えると、神事を務めていれば、わたしは天皇だということだ。だから天皇のわたしがいる限り、ここは獄舎ではあれ、確かに御所でもあった。伊吹山行宮《あんぐう》、そう自分に言い聞かせた。

囚われの身のまま日々は過ぎていった。五辻宮なる人物は顔も見せなかった。そんなことよりも、わたしたちが共通して抱える不安は、これからどうなるのか、にあった。情報はまったく遮断《しゃだん》されていた。目下、京都はどのような情勢にあるのか、伯耆《ほうき》にいる後醍醐《ごだいご》の動静、河内《かわち》で楠木正成《くすのきまさしげ》を攻めている鎌倉勢の状況は如何、そして鎌倉の幕府はどう出る——。

経顕と資明の二人が、いわば渉外係となって情報収集に努めた。佐々木道誉の配下と粘《ねば》り強く交渉し、待遇の改善を要求し、できる限り下界の様子を知ろうと連日奮闘を続けた。

「お気を確かにお聞きくださいませ、主上」

経顕がそんな前置きをして、仕入れてきた最新の情報を告げたのは、太平護国寺に軟禁されて十日ほどが経った頃だった。

「伯耆国船上山《せんじょうさん》の先帝より詔命《しょうめい》が京都に届き、これより還幸《かんこう》するとの由にございます」

それは彼らが聞き出した伝聞ではなく、わたしたちに厳しく告げ知らせるべく申し渡されたものだという。

「何、還幸であると？」

即座に反応したのは叔父だった。

「つまり尊治《たかはる》は——天皇のまま京都に戻る、ということであるか、復位するのではなく？」

「御意。重祚《ちょうそ》ではございませぬ」

「莫迦《ばか》な。で、では、量仁《かずひと》は——いや、今上《きんじょう》の立場はどうなる」

経顕は視線をわたしに戻し、しかし、それ以上は辛いとばかり項垂《うなだ》れた。代わって傍《かたわ》らの資明が引き継いだ。

「御教書には、元弘《げんこう》三年と記されてあり――」

「元弘！」

叔父は絶句した。その唇《くちびる》はわななくばかりとなった。

「尊治め」

父の顔色も変わっていた。ようやくわたしにも後醍醐の意図《いと》が理解された。年号は昨年、すなわち元弘二年の四月、正慶《しょうきょう》に改まっている。わたしの即位にともなう代始《だいはじめ》の改元だ。よって今年は正慶二年。それが元弘三年ということは――。

叔父と同じことをわたしも実は案じていた。おそらくは父もそうだったろう。後醍醐はわたしを廃位し、再び天皇に復位する、と。皇極《こうぎょく》女帝が弟の孝徳《こうとく》天皇を難波京《なんばきょう》に置き去りにして死なせたのちに斉明《さいめい》天皇として重祚し、孝謙《こうけん》女帝が淳仁《じゅんにん》天皇を淡路島《あわじしま》に配流して称徳《しょうとく》天皇に返り咲いたように。

しかし、そうではなかった。その程度のものではなかった。わたしたちの懸念《けねん》など嘲笑《あざわら》うかのように、後醍醐の黒い思惑《おもわく》はその遙か上を行っていた。隠岐《おき》に身を置いていた間も自分は天皇であった、という宣言なのだ。天皇はずっと自分である、我が治世は絶えてはおらぬ、今なお継続している、と。

翻《ひるがえ》っていえば、わたしなど偽《にせ》の天皇、偽帝《ぎてい》だった――そう決めつけていることになる。

「綸旨《りんじ》によれば、現行の任官、叙位はことごとく停止とのことにて――」

資明が声を絞り出すようにして続けたが、わたしの耳にはうつろに聞こえるばかりだった。

さらに悲報は続く。鎌倉の幕府が滅んだとの一報が数日後に伝えられた。新田義貞《にったよしさだ》なる者の率いる軍勢によって攻め落とされ、北条《ほうじょう》氏代々の墓所である東勝寺《とうしょうじ》にて北条高時《たかとき》以下、一族郎党八百七十余人が腹を切ったという。

——何というあっけなさだ！

わたしは虚空《こくう》を仰いだ。たとえ仲時とともに鎌倉に無事に辿《たど》り着けていたとしても、この結末を迎えたのは必至だったろうか。頼るべき大本のものがこの世から消え失せた。突如、足元の大地が崩れ去る感覚に見舞われた。土崩瓦解《どほうがかい》——その四文字が電撃的に脳裏を打つ。

——庸主《ようしゅ》、此《こ》の運に鐘《あた》らば、則《すなは》ち国は日に衰え、政《まつりごと》は日に乱れ、勢必ずや土崩瓦解に至らん。

これがそうなのか、まさに今が、と思った。叔父は間違っていなかった。恐るべきその予言を、わたしは何と軽く、甘く見ていたものだろう。

その日は食事が喉《のど》を通らなかった。

それでもわたしは毎朝の神事を欠かさなかった。後醍醐が何を宣告しようが天皇はわたしだ。わたしが天皇だ。そう自分に言い聞かせた。であれば天皇の責務、祈りを捧《ささ》げなければならない。内裏《だいり》には、祈るために天皇が独り籠もる小空間が設けられている。石灰壇《いしばいのだん》という。ここでは狭い納戸をそれに当てていた。

幕府消滅の悲報に接した翌朝、祈りを終えて納戸を出ると、皆のいる広間には戻らず、堂宇の外に出た。空は朝焼けの薔薇《ばら》色に染まっていた。夜の間に大気はやや冷え、さわやかな涼気が境内に漂っている。

「やっ、なりませぬぞ」

目敏《めざと》くこちらに気づいた武士が二人、目の前に立ち塞がり、両腕を広げた。

わたしは静かに告げた。

「琵琶湖《びわこ》が見たい」

二人は顔を見合わせた。

「見るだけだ。案内せよ」

虜囚のわたしの声にどれだけの力があったというのか、武士の表情にさっと畏怖《いふ》の色が刷《は》かれ、態度から高圧的なものが消えた。

「さ、されば、こちらでございます」

一人が先導し、もう一人は後からついてくる。寺の西外れが格好の場所だった。この太平護国寺に連行された日、わたしは茜色の空を映す琵琶湖を一望した。その時は気もそぞろで、心を奪われはしなかった。だが、景観は目に焼きつき、もう一度目にしたいという思いが日を追って膨らんでいった。今はただ、大きなものが見たかった。途方もなく大きなものを目におさめたくてならなかった。

吸い上げられるように天空を仰いだ。何という空の近さだろうか。手を伸ばせば撫《な》でられるかと思われる。こんな高みに登ったことはない。空中に浮かんでいるようだ。視点を下げれば、巨大な湖面が滔々《とうとう》と水をたたえて視界におさまりきらない。南北に長々と列《つら》なっている。湖岸にはところどころ白い朝靄《あさもや》がたゆたっている。目の前には比叡《ひえい》、比良《ひら》の連山が峨々《がが》と聳《そび》え立っている。雄大で、神秘で、時間を超越している。ふと、わたしは国生みを見ているような感覚に見舞われた。国土が創成されたその直後を目の当《ま》たりにしている、と。瞬間、わたしの日々の祈りは、この壮大な光景と一体のものなのだと直観のように感じられた。景と祈りは一つなり。

京都へ戻るように命じられたのは、その翌日のことだった。

五月二十八日夕刻、わたしたちは京都に到着した。番場から太平護国寺に向かった道行きと同様に、武装した敵兵によって厳重に囲まれての屈辱《くつじょく》的な帰洛《きらく》だった。醒ヶ井《さめがい》、番場、瀬田《せた》、逢坂山、山科と、来た道を逆に辿り直して洛中に入ると、物見高い京の町衆は、打ちひしがれたわたしたちの惨憺《さんたん》たる姿に、残忍で好奇を隠さない目を露骨に向けた。

「見ろ、先帝を隠岐に流した報いを受けて、あの態《ざま》よ」

「三年と経たずに報いが来たか」

そんな声も浴びた。それでも喜ばねばならぬことだった。誰の頭にも抜き難くあった懸念——配《はい》流《る》、遠島《えんとう》、最悪の場合には死罪という不安の種は除かれたのだから。わたしたちは不問に付された。天皇と二上皇は探題軍に人質として強制的に連れ去られた、そう解釈されたのかもしれない。ともあれ七日の夜更けに六波羅を脱出してから、ほぼ二十日間の長きにわたった地獄巡りは終わった。護送兵が囲みを解き、苦難を共にした七卿は、それぞれの屋敷へと去っていった。疲れた足を引きずりながらも、表情には安堵《あんど》があった。

わたしが帰るべき場所は二条富小路《にじょうとみのこうじ》内裏のはずだった。皇居である。そここそが天皇の居場所なのだから。しかし七卿を解放した武士たちが父、叔父、わたしを連行した先は、生まれ育った持《じ》明院殿《みょういんどの》であった。探題軍と後醍醐軍の合戦で洛中のあちこちが戦火にかかり無残な姿をさらしていたが、幸いなことに我が懐かしの家屋敷は何一つ変わらず無事だった。

祖母の永福門院《えいふくもんいん》、母、典侍《ないしのすけ》の日野名子《なこ》ら不在を守っていた女たちに迎えられた。涙の再会が終わると、入浴して全身の汚れを落とした。さっぱりした召し物に着替え、帰還を祝うささやかな宴が催された。

身内だけのささやかな祝宴――それだけだった。わたしたちは逼塞《ひっそく》した。何のことはない、伊吹山の太平護国寺での幽閉状態が、持明院殿での閉門、謹慎生活に変わっただけのことだ。

六月五日、後醍醐が帰洛し、当然のように二条富小路内裏に入ったと伝えられた。長期に及んだ遠方の行幸から戻って来た、という形が踏まれたそうだ。念の入ったことをするものだ。従う足利《あしかが》高氏《たかうじ》の軍団が威風辺りを払って行進したというきらびやかな還御《かんぎょ》の行列は、七日前のわたしたちの惨《みじ》めな帰洛とさぞや対照的に町衆の目には映ったことだろう。数多《あまた》の公卿たちが雪崩《なだれ》を打つように出迎えたとも聞いた。後醍醐は何事もなかったかの如く再び親政を開始した――。

持明院殿に顔を出す者はごく僅かだった。

何という変わりようか。わたしは底なし沼に陥ったような無力感に襲われた。鬱屈《うっくつ》し、屈託した。鎌倉武士の集団自決の有様を思い出すと、恐怖で身がすくみ、冷や汗にまみれる。それだけではない。そもそも今のわたしは何なのか。天皇ではない。天皇を退位した者というのでもない。即位しなかったことになっているのだから。

ならば、わたしが天皇として祈りを捧げた一年九か月の歳月はどうなるのか。手順を踏んで行なわれた践祚《せんそ》、即位の儀式、神聖な大嘗会《だいじょうえ》、あれらはすべて偽りだったというのか。わたしのやってきたことは無意味だったのか。それは取りも直さずわたし自身が意味のない存在だということではないのか。

食欲がわかず、食べても味気なく、横になっても眠れず、悶々《もんもん》とする日が続いた。この先もそれが永遠に続くかのようだった。そんなわたしに、

「あなたは、この屋敷のあるじ。その自覚をお持ちなさい、量仁」

母が目を吊り上げ、気丈な口調で、厳しく諭すようになった。わたしにでもそうと言うしかな

い、父の哀れな打ちひしがれようなのである。夫の無残な姿に、陰で母は泣いていたと思う。

結局のところ、その月の終わり頃、父は出家した。覇気をなくし、自分から萎《な》え、凋《しぼ》んでいって、ずぶずぶと潰れるように剃髪《ていはつ》を択んだ。

「おまえたちもどうか」

見守る叔父とわたしを弱々しく促したが、わたしは黙って首を横に振った。だめだ、父のようになってはいけない――その思いだけが、わたしを支えていた。叔父は、そのわたしの目をのぞき込んでから、

「……ふむ、次はわたしですが……兄上に倣《なら》うのはいずれまた……ということにしておきましょうか、今は」

と、噛み締めるように口にした。

「そろそろよい頃かと参上いたした次第です」

実継《さねつぐ》がわたしの待望の人を連れて持明院殿の門をくぐったのは、父の剃髪の少し前、後醍醐帰還の報《しら》せを聞いてまもなくのことだった。まん丸い弟の身体の背後に身を縮めるようにして、実継の姉が、わたしの愛する秀子《ひでこ》が、目にいっぱいの涙をためて、こちらを見つめていた。その思いつめた表情を見ただけで、わたしは胸が溢れそうになった。実継はわたしとの約束を守って、動乱の最中、秀子を実家である正親町三条《おおぎまちさんじょう》邸の奥深くに匿《かくま》ってくれていた。

秀子は、実継と姉弟だとは信じられないほど華奢《きやしゃ》な身体をしていて、侍女たちの中で抜きん出たといえるほどの美貌《びぼう》ではない。だが、わたしは古風とも見える優しい深秘《しんぴ》の笑みに一瞬で心をとらわれて、拙《つたな》い歌を贈った。

――人を思ふ世にふりざらむことのはの君にはじめていはましきを

あなたに一番はじめに言いたいんだ、「わたしはあなたを思っている」という不滅の言葉を。和歌には不調法なのでと断って、秀子は『万葉集《まんようしゅう》』の一首を返してきた。

――隼人《はやひと》の名に負ふ夜声《よごゑ》いちしろくわが名は告《の》りつ妻と恃《たの》ませ

隼人の大きな夜警の声のようにはっきりとわたしは名を告げたのです、妻としてわたしを頼りにしてくださいと。

育みはじめたばかりの二人の愛を、時期的には足利高氏の裏切りが引き裂いたとは言えようが、皮肉なものだ、もしも鎌倉に到達していたら、こうして再会することはなかったはずなのだから。

その夜、わたしたちは同衾《どうきん》して、互いの思いを確かめ合った。

翌朝、持明院殿に秀子のための局《つぼね》を設ける旨を宣言すると、母は正親町三条家がさほど高い家柄でないことに不満の色を仄《ほの》見せながらも、

「いいでしょう、あの子なら。それに、あなたがこの屋敷のあるじなのですもの」

と、うなずいた。

常に人の言うことに従順だったわたしの、これが実に最初の決然とした意志表示であり、だから父が出家を勧めるのを撥《は》ねつけたのは二度目ということになる。

秀子を迎えたのがまるで呼び水となったかのように、それから少しずつ家族が増えていった。まずは弟だった。八歳齢の離れた豊仁《とよひと》が養育先の日野家から戻ってきた。母の懇請《こんせい》によるものだ。母としては、夫があのようなふがいない為体《ていたらく》に陥ったことで、実の息子をもう一人手元に置き、より安心したいと念願したに違いない。打ち沈んだ状態のわたしだけでは頼りなく思ったのだろう。立《りっ》太子《たいし》の時、たどたどしい口調で兄のわたしに祝いの言葉を述べた六歳の幼児は、腕白盛りの十三歳

の少年に成長していた。

資名《すけな》が当代の家主を務める日野家は代々、儒学を以て家職とする家柄だが、そんな堅苦しい環境で養育されたとは思えないほど元気溌剌《はつらつ》と豊仁はしていた。嫡男《ちやくなん》に生まれなければ、わたしも豊仁のように育ったろうか。学問より身体を動かすことが好きなのですと、わたしが口が裂けても言えなかった本音を臆面《おくめん》もなく言い放ち、事実、蹴鞠《けまり》が巧みで、良き相手となってくれた。

「兄者《あにじや》、今のは上手うございました」

「それそれ、その調子で」

「もっと足首の近くでお蹴りになったら、より弾みはしませんか、兄者」

時に指導者役を買って出ることすらある。小憎らしいというよりは天真爛漫《てんしんらんまん》、まったくの無邪気によるもので、少しも腹が立たない。「兄者」という呼びかけは、町衆の子供たちと付き合って口癖になったという。兄者と口にしては、その都度、兄上、兄さま、兄上さまなどと慌てて訂正するのが、こちらとしては可愛《かわい》らしくも煩《わずら》わしく、兄者でいいと申し渡した。以来、兄者で定着した。

「わっ、兄者、いったい何をあそばしておいでです」

ある夜、部屋に入ってきた豊仁がびっくりした声をあげた。わたしは下帯ひとつの裸身《らしん》になり、山嵐《やまあらし》に汗を流しているところだった。

「鍛えているんだ、筋肉を」

「筋肉？　筋肉って何です、兄者」

「皮と骨の間に筋張った硬い肉があるだろう。これが力の源泉だ。育てると、力がより強くなる」

仲時に教えられたことをそのまま伝えた。

「育つって、えーと、筋肉は育つの？」

弟は、わたしが仲時の微笑《びしょう》を誘ったのと同じ訊ね方をした。わたしは頬《ほお》がゆるむのを覚え、山嵐の他にも、乾坤《けんこん》、衝天《しょうてん》を演じてみせた。

「さる者に教わったんだ。以来、欠かさず続けている」

嘘だ。欠かしていた、実をいうと。二条富小路内裏を出てからずっと。探題北方の手狭な避難所では人目が気になり、太平護国寺では動顛《どうてん》のあまり、そして持明院殿に戻ってからも無気力感に陥って、ますます筋肉鍛錬から遠ざかっていた。

そんなある日、秀子が布団の中でわたしの脇腹を摘まみながら言ったのだ。

「ああ、以前とは別人のよう。あの引き締まったお身体はいったいどこにいってしまいですの。このままでは弟のようになってしまわないかと、秀子は心配でなりません」

ぎょっとなってその顔をのぞき込むと、古風で深秘の微笑を返してきた。わたしもつられて笑い声をあげたが、深く羞《は》じるものがあった。亡き仲時に対する後ろめたい気持ちが頭を擡《もた》げた。それで再開したが、少し経つと、怠《なま》けているうちについた醜《みにく》い弛《たる》み肉は落ち、以前の体型、盛り上がった筋肉が戻ってきた。今、そのわたしの身体を見て弟は目を輝かせる。

「兄者のようになりたい！」

「一緒にやるかい、豊仁」

「お願いします」

こうして弟は蹴鞠の相手だけでなく筋肉鍛錬の仲間、同志になった。独り坦々《たんたん》と続けるのとは違って回数を競い合う楽しさがあり、わたしの身体はいっそう逞《たくま》しく、頑健になっていった。筋肉の鍛錬に汗を流している間は、現実の辛さから逃れることができた。肉体が直截に感じとる辛さのほうが先に立つからだろうか。

弟の次に迎え入れることとなったのは、秀子の腹の中に宿ったわたしの子供だ。来年の四月には生まれると医師は見立てた。秀子が懐妊《かいにん》したことは、暗く冷たい水底に沈んでいたも同然の持明院殿に久しぶりの陽光を射し込ませた。母は何かと秀子を気にかけるようになり、豊仁も、兄のわたしが父に、自分が叔父になるということに興奮している様子だった。父だけが変わらぬ憂《うれ》いの海原を漂流していた。

「孫か」

わたしから吉報を伝えても、表情を変えず、ぽつりと一言口にしたのが唯一の反応だった。

「父上、歌をお詠《よ》みあそばしませぬか」

いい機会と、気になっていたことを思いきって訊ねてみた。以前なら、たちどころに慶祝《けいしゅく》の一首をものしていただろう。持明院殿に帰ってきてから父は一首も作ってはいなかった。

「歌など——歌で天地を動かせようか。猛《たけ》き武士の心を歌などで慰《なぐさ》められようか」

返す言葉にわたしは窮《きゅう》した。

秀子、豊仁、これから生まれてくる我が子、そしてまもなく姉が——珣子《たまこ》内親王が、さらなる家族として加わった。母の実家である西園寺《さいおんじ》家の別邸、常磐井殿《ときわいどの》から移ってきた。呼び寄せたのはまたも母で、とかく沈みがちな日々に絶えきれず、女同士、心を分かち合える相手が欲しかったのだろう。血を分けた娘の存在こそは、その格好の相手だった。

姉の登場で持明院殿は明るさを増した。母に加え、もう一つの太陽が新たな陽射しを降り注いだ感じで、女官たちの顔も陽を浴びたように自然と浮き立ち、絶えがちだった華やかな笑い声が聞かれるようになった。もっとも、さすがに父の心を開かせるまではいかなかったけれど。

「身体をいたわってあげるのよ、量仁」

姉はわたしを諱《いみな》で呼ぶ数少ない一人だ。秀子の懐妊を寿《ことほ》いでくれた。

「これが初めての出産なのですからね――って、わたしったら何よ、利《き》いたふうな口をきいているものだわ。まだ独り身だっていうのに」

「姉上のお相手はまだ、その」

「お母様はいろいろ当たってみてはくださっていらっしゃるのだけれど――」

姉の輝くばかりの美貌に翳《かげ》りが射す。二年前、わたしが即位し、父が院政を開始すると姉の元には数え切れないほどの求婚が殺到した。誇り高い母は――悪く言えば、名門西園寺家の出身であることを鼻にかけた母は、よりよい家筋の公達《きんだち》、あちらの御曹司《おんぞうし》よりはこちらの貴公子とえり好みを繰り返し、じっくり時間をかけて天秤《てんびん》にかけるうち、今回の逆転劇が起こって――その結果は、言わずもがなだ。

「姉上ならいい人が現われますとも、きっと」

気休めではなく心から言った。そう、誰が放ってなどおくものか。その美しさは、弟のわたしの目から見てもまぶしいくらいだ。

姉は放ってはおかれなかった。それからまもなく、この動乱の年も終わろうとする十二月に、輿《こし》入《い》れしていった。娶《めと》ったのは最悪の相手だった。

姉を奪われるまで、わたしは現実と向き合うことを避けていた。天皇であったことを否定され、存在が抹消され、無になった。自分を見舞った理不尽な運命を現実として受け止められなかった。だから持明院殿という小宇宙に引き籠もり、秀子との愛に溺《おぼ》れ、弟や姉との絆に安らぎと慰めを見出していた。生まれてくる子の父親になるという目先の希望に縋《すが》りつこうとしていた。

そんなわたしに痛撃を喰らわせたのが、姉を中宮《ちゅうぐう》に、という後醍醐からの申し入れ――勅命《ちょくめい》だ。

後醍醐は二か月前に長年連れ添った中宮を亡くした。その喪《も》がまだ明けないうちの何とも性急な要求だった。

父は卒倒し、寝込んだ。

「わたしのせいで、こんなことに――」

母はさめざめと泣き、姉に何度も謝った。

勅命とあってはなすすべもなく、持明院殿は再び冷暗の水底に沈んだ。

「量仁、あの男の魂胆《こんたん》がわかって?」

姉は気丈だった。

「嫡系のわたしたちを消し去ろうというのよ。だってそうでしょ。中宮のわたしがあの男の男児を産んだら、当然その子が次の天皇ということになるわ。分裂していた二つの天皇家が統合した、その象徴《しょうちょう》という位置づけの天皇に」

後醍醐と亡き中宮の間には、一人の男児も生まれてはいなかった。

「そして以後は、その子孫が代々天皇位を受け継いでゆく。あなたも、生まれてくるあなたの子も、もはや皇位から遠い存在になってしまう。それがあの男の狙いなんだわ。だから――」

姉の顔が一瞬、この世のものではない――鬼女《きじょ》めいたものに変じた。

「だから、わたしはあの男の子は生まない。生むとしても、娘ばかり生んでやるわ。絶対に息子を生んだりなどするものですか」

そんなことが現実に可能なのか、とは訊けないほどの姉の気迫だった。決意の炎が全身から噴き出し、その炎に包まれて胎児《たいじ》が焼き殺される幻影をわたしは一瞬だが見た。

十二月七日、小雪がちらつく鈍色《にびいろ》の空の下、姉を乗せた輦が二条富小路内裏へ向けて出発するのを暗澹《あんたん》たる気持ちで見送った。

わたしたち嫡系を消し去ろうという後醍醐の魂胆は、さらに入念で悪辣《あくらつ》なものだった。すぐに後醍醐は、亡き中宮との間に生まれた娘、懽子《よしこ》内親王をわたしの正室に送り込んできた。これも勅命であり、拒絶できなかった。彼女との間に男児が生まれれば当然その子がこの家を継ぐ。母親の格で秀子は太刀打《たちう》ちできない。相手は皇女だ。その子の外祖父は後醍醐だから、わたしたちがいくら嫡系を主張しようが、その血には後醍醐の血が入っており、純然たる嫡系とは言い難い。血は混ぜられ、練り合わされ、曖昧《あいまい》なものとなる。まさに、割れても末に合わんとぞ思う、だ。後醍醐に吸収される形で両統は統合し、もはや嫡系うんぬんは無意味な主張に堕《だ》す。

今のわたしは天皇でなかった男だ。無意味な存在にしたのは当の後醍醐だが、そんな男に娘を輿入れさせるのは父親としてさすがに忍びなかったとみえ、わたしを太上天皇《だじようてんのう》──上皇にするという詔書《しようしよ》を発した。懽子内親王は上皇妃となる。それが、いわば嫁入りの持参金だった。

しかし、上皇とは退位した天皇に贈られる尊号ではないか。天皇ではなかった者が上皇になれるのか。何と、先例があった。それも三百年の昔に。

時の権力者藤原道長《ふじわらのみちなが》は、娘の中宮彰子《しようし》が生んだ皇子を次なる天皇とすべく、時の皇太子だった敦明《あつあきら》親王を圧迫した。親王は耐えきれず皇太子の座を降りた。道長はこれを嘉《よみ》し、代償として親王を上皇に准ずる待遇としたという。

この小一条院《こいちじよういん》がわたしの先例として適用された。してみれば、後醍醐の理屈だと、隠岐にあっても自分が天皇であり続けていた以上は、このわたしも今なお皇太子であり続けているということになるらしい。現実はともかくも、後醍醐の観念の世界ではそうだ。

かくて、わたしは皇太子から天皇を経ずに上皇に准ずる待遇となった小一条院の先例を踏んで上皇になり、院と呼ばれることになった。

何にせよ、姉が後醍醐の男児を生み、だめ押し的に懽子内親王がわたしの男児を生めば、それでわたしたちの嫡系は嫡系たる意味を失い、姉の言う通り「消し去られる」運命なのだった。


「うーん、三百年前の特殊な事例を持ち出すなんて。まさに、この世をば、のお気持ちなんでしょうねえ、今上は」

実継は、無力感から抜け出せないわたしに代わって憤り、嘆いてくれた。

「しかしですね、帝」

帝――そう今も言ってくれる。後醍醐は今上で、わたしは帝と。

「いいえ、これからは敢《あ》えて院、上皇さまとお呼びしますが、院号を手に入れたことは満更《まんざら》でもないかもしれませんよ」

「そうだろうか」

「そうですとも。ともかく、これで地位は公式に確定したんです、上皇と。しかも重要なのは、今上の詔勅《しょうちょく》で確定したってことです。綸言《りんげん》であるからには、誰にも否定できませんからね。当の今上にだって」

「でも、だから何だというんだ。三人目の院が新たに追加されたに過ぎないじゃないか」

父、叔父、わたし――三人の院。治天《ちてん》の君《きみ》ではない上皇に、どんな意味がある。かつての天皇、天皇退位者というだけではないか。いや、わたしなどは皇太子あがりの上皇という位置づけだ。院は院でも半端な院だ。

「今はそうとしかお思いになれないかもしれませんが、院は院です。れっきとした院であらせられることにお変わりはございません。今上の保証つきなんです。しかとご自覚あそばされませ」

後醍醐の皇女を正室に迎えることは、わたし以上に秀子にとって辛い報《しら》せだった。身重の彼女は涙を一筋流し、うなずき、そして出産のための里帰りにはまだ間があるのに、早々に実家へと退《しりぞ》いていった。

「必ず二人で戻っておいで、秀子。赤子はここで育てよう。かつてわたしがそうであったように」

そう声をかけるのが、わたしにできる精一杯のことだった。

懽子内親王に愛情は湧かなかった。父の政略の具になったことを不憫《ふびん》と思っただけだった。彼女のほうでも、わたしと目を合わせようともしない。わたしへの軽侮《けいぶ》に近い無関心と、そのような男に嫁がされた自己憐憫《じこれんびん》が感じられた。

しかし、そんな二人でも身体を交えねばならなかった。後醍醐が課した義務だ。拋棄《ほうき》はできない。懽子に扈従《こしょう》してきた女官たちは報告を命ぜられているはず。二人は身体を交わし、その証として赤子を誕生させなければならない。男児が生まれれば、わたしは完全に終わる。破滅だ。後醍醐の血が入った嫡男がこの持明院の系統を継ぐことで、嫡系という主張は意味を失うのだから。懽子にしても、男児を生むようにと父後醍醐の意を受けているであろう。生まれてくるのは、どうか娘であってほしいとわたしは祈った。

――娘ばかり生んでやるわ。絶対に息子を生んだりするものですか。

姉の言葉を思い出す。姉は姉で、今もそのような思いで後醍醐に抱かれているのだろうか。

男児を生ませてしまうかもしれないという恐怖を感じながら、わたしは魂の抜け殻のようになって懽子を抱く。屍《しかばね》が女と交わっている――わたしの魂は肉体を離脱して中空に浮かび、男と女の空虚で滑稽《こっけい》な交わりをうつろに見下ろす。

年が明けた。空位となっていた皇太子の座に——道長が敦明親王を逐《お》って自らの外孫を据えたように——後醍醐の皇子、恒良《つねよし》親王が立太子した。いずれ姉が男児を生めば、すげ替えるつもりだろう。皇女を母とする弟皇子に恒良が太刀打ちできるはずもない。そして六日後の正月二十九日、年号が建武《けんむ》と改められた。建武。漢を再興した光武帝《こうぶてい》と同じ年号だ。武力で天皇に復位した後醍醐に相応《ふさわ》しいといえば相応しい。

まるで濠《ほり》が次々と埋められてゆく感覚だった。愛する秀子が去り、後醍醐の娘にまで乗り込まれてしまった持明院殿で、わたしが精神的に崩れてしまわなかったのは、ひとえに筋力鍛錬のおかげだった。仲時の置き土産といっていい。やる気が起こらない時には、豊仁が手を引っ張ってくれた。

四月になり、秀子が無事出産したとの報せが伝えられた。男の子だという。わたしはすぐさま迎えの使いを出した。ほどなくして秀子は戻ってきた。今度は、弟の実継の後ろに隠れるようにしてではなく、彼を従者の如《ごと》くに引き連れ、満面の笑みで。その胸元には産着《うぶぎ》に包まれた赤子を抱いていた。

秀子から赤子を受け取った時、胸の中で何かが目覚め、起き上がる感覚があった。

——この子に受け継がせなければならぬ。

強くそう思った。

——受け継がせるって、何をだ。おまえはそれに値するものを、もう何も持ってはいないじゃないか。

嘲《あざけ》るような自問の声を聞く。確かにその通りだ。それでも、わたしは受け継がせたいと念じたのだ。持っていなければ、持てばいい、これから――と。

これからのことなど、ここに逼塞《ひっそく》して以来、思ったこともなかった。この先は絶望しかないと打ちひしがれていた。そうだ、これからだ。赤子は未来への希望だった。

興仁《おきひと》と名づけた。興、すなわち「起き」に、再起、再興の望みを込めた。また、今のわたしの境遇は、身は京都にあっても、後醍醐に代わって隠岐に配流されたも同然の精神状態であったから、その意味での「おき」でもある。

わたしは決然と『誡太子書《かいたいしのしょ》』を再び手にした。丹念に読み込んでいった。幾度も幾度も、数百回と読み返した。一字一句、諳《そら》んじてしまった。その書名の示す通り、いずれ天皇になるわたしを誡《いまし》めるために叔父が書いてくれたものだ。今のわたしは天皇でもなければ皇太子でもない。しかし今こそ、その内容を理解し、身を処していかなければならないと思った。「土崩瓦解」を言い当てた予言者の語るところなのだ。

「内に哲明の叡聡《えいそう》有り、外に通方の神策有るに非ざれば、則ち乱国に立つことを得ざらん、是れ朕強ひて学を勧むる所以《ゆえん》なり」

「凡《およ》そ学の要たる、周物の智を備へ、未萌《みぼう》の先を知り、天命の終始を達し、時運の窮通《きゅうつう》を弁《わきま》ふ、古に稽《なら》へ、先代廃興の迹《あと》を斟酌《しんしゃく》する若《ごと》きは変化窮《きわま》ること無き者なり」

「典籍を学び、徳義を成して、王道を興さんことを欲《ねが》ふ」

「若《も》し学功立ち、徳義成らば、啻《ただ》に帝業を当年に盛んにし、亦《ま》た即《すなは》ち美名を来葉に貽《のこ》すのみに匪《あら》ず、上は大孝を累祖《るいそ》に致し、下は厚徳を百姓に加へん」

学問をし、徳を積む――。天皇でなくなった今、それがどのような役に立つかわからない。しかし、これからのために、今のわたしにできることはそれしかないと思った。叔父の元へ足を運び、以前のように学問の師となってくれるよう頭を下げた。

「つらいだろうに、量仁」

それが叔父の第一声だった。穏やかな声で続けた。

「わたしがそなたの立場だったら、学問をし直すなどと、とてもそのような気にはなれない。兄上の——そなたの父上のように、一切の未練を断って、出家していたはずだ」

「叔父上も出家をお拒みあそばしたではございませんか」

「最初は兄上に倣うつもりでいたんだよ。だが、そなたが拒んだ。未練が、思い残すことが、期するところがあったからであろう。ならば、わたしも踏みとどまり、そなたの助けにならねば、と思い直したのだ。そなたはわたしの甥であり、可愛い弟子だ。七つの頃から指導してきた。いくらでも力になろう。量仁、わたしを訊ねてきてくれて、こんなにうれしいことはない。この時が来るのを待っていた」

「叔父上」

思いがけない言葉に、わたしは目頭が熱くなるのを覚えた。

「ついては、学ぶに当たって心得ておいてほしいことがある」

「何でしょうか」

「天皇としての心構えで学ぶことだ」

「でも、わたしは——」

「天皇ではないと言いたいのだろう。だが、それは尊治が一方的に宣言したことだ。自分は天皇である、これは天皇の学問だ、そう信じて学んでほしいのだ」

「さよう心得おきます」

　叔父の指示はわたしの胸の中に小さな炎を起こした。

「改めて言うが、天皇は、この世界のすべてに責任を負う存在だ。その責任を担保するものこそ徳である。それを尊治は権力だと考えている。だが、考えてもご覧。天皇の権力なんてものは、四百年以上も昔に、藤原摂関家によって奪われてしまっているのだ。それでずっとやってきた。やがて武士というものが擡頭《たいとう》し、力を得て、権力を奪った。天皇からではない。藤原摂関家と、それを頂点とする公家社会から奪ったのだ。ここが肝腎《かんじん》なところだ。武家が権力を握ったのは時代の流れだ。時代の流れには逆らえぬ。天皇は、権力からも時代の流れからも超越していなければならない。超然とした存在でいなければならない。そのために必要なのが徳だ。権力ではない、武力でもない。徳なのだ。天皇は徳を以て超越し、武力、政治権力の上に君臨しなければならぬ。そこにこそ天皇の存在理由はある。平たく言えば、世のため、民のためだ」

「天は蒸民《じょうみん》を生じ、これに君を樹《た》て、司牧《しぼく》するは、人物を利する所以なり――ですね」

　叔父は微笑した。

「その通りだ。尊治は天皇のための世、天皇のための民と考えている。量仁、そなたこそは世のための天皇、民のための天皇たれ」

　天皇の心構えで学問するなどという、およそ非現実的なことができたのも、仲時から教わった筋肉鍛錬を併《あわ》せ行なっていたからこそだと思う。頭を使うだけでは狂気の世界に落ち入ってしまったかもしれない。

　興仁の誕生から月が改まると五月だった。あれから早くも一年が過ぎたのだ、と嘆息する。すべては元に戻らない。戻せない。だが、生きてゆくしかない。仲時を独り静かに偲《しの》んだ。

学問だけでなく、社会の現実、実相を知ることも自分に課した。逼塞するわたしの目となり、耳となったのは実継だった。興仁の叔父でもある彼は、今や誰憚《はばか》ることなく、前にもまして足繁く持明院殿を訪れ、今何が起きているのかを報告してくれた。

意外や、後醍醐の親政は上手くいっていないのだという。鳴り物入りで次々と新しい施策を行なうものの、ことごとく裏目に出て、実をあげない。その背景には戦功を巡っての不公平があるらしいとのことだ。幕府を滅ぼし、後醍醐親政を実現させたのは自分たちだと自負する武士たちは、恩賞の薄さに不満をたぎらせている、と実継は説く。

「それが具体的には、護良《もりよし》親王と足利尊氏《たかうじ》の対立となって表面化しているんです」

高氏は後醍醐から諱尊治の「尊」字を偏諱《へんき》として与えられ尊氏と改名していた。実継によれば、武闘派の護良親王はすべての武力を握ろうとし、その傘下《さんか》に入ることを潔《いさぎよ》しとしない尊氏が激しく反発しているそうだ。

「源氏の血を引く尊氏には、自分こそは武門の棟梁《とうりよう》だとの思いがあるんだろうな」

かつて賢俊《けんしゆん》から聞かされた尊氏の出自を思い出し、わたしは相槌《あいづち》を打った。

「武士の大半は尊氏に付いています。播磨《はりま》の赤松則村《あかまつのりむら》も。護良親王を支持しているのは、新田義貞、楠木正成、名和長年《なわながとし》といったあたりかと。少数派です。これには今上も手を焼いているっていうことです」

後醍醐は結局、尊氏を択ぶことで事態に決着をつけた。護良親王は謀叛《むほん》の容疑で捕縛され、尊氏の弟直義《ただよし》が守る鎌倉に護送、幽閉《ゆうへい》されたという。十月から翌月にかけてのことだ。わたしは唖然《あぜん》とした。実の息子に縄をかけるとは。倒幕の功労者だった護良親王は父によって使い棄《す》てられたに等しい。

「それだけ尊氏の勢力が大きくなっているんです。自分を征夷大将軍《せいいたいしょうぐん》にするよう今上に要求しているって噂もありますし」

事実とすれば、後醍醐には断じて呑めないはずだ。征夷大将軍になれば幕府を開くことができる。それでは何のために鎌倉を滅ぼしたか、という話だ。

親政の二年目もまもなく終わり、年が改まってわたしも一つ齢をとった。二十三歳。もう二十三歳か、まだ二十三歳か。自分は何をしている。何のために生きている。すべては無駄、徒爾《とじ》、徒労ではないのか――時として虚無の暗黒に吸い込まれそうになる。そのたびに弟と山嵐、乾坤、衝天に汗を流し、息子の興仁をあやして、何とか乗りきる。かろうじて生きている、危うく生きている、との自覚がある。これからを唱えながら、未来はまったく見えてこようとはしない。ないのかもしれない、これからなど。

三月十四日、姉が出産した。昨年十月、着帯《ちゃくたい》の儀があって妊娠が公になって以来、わたしは祈り続けてきた。祈りは叶えられた。生まれたのは女の子だった。まずは一安心といったところだ。だが五月、姉の抱えていた不安が今度はわたしのものとして降りかかる。懽子内親王の懐妊だ。出産予定は五か月先という。恐れていたものがついに現実になったことにわたしは戦慄《せんりつ》した。

六月も下旬に入ると、しかし、それに思い煩《わずら》わされるばかりではいられなくなった。

息せき切って駆けつけた実継から、西園寺公宗《きんむね》が捕縛されたと知らされたのは二十二日のことだった。幕府が滅びたことで関東申次《かんとうもうしつぎ》職も自然消滅し、公宗は権力の源泉を失った。幕府と朝廷をとりもつことで羽振りを利かせていた公宗を後醍醐が快く思うはずもない。出仕を停止され、失墜して、北山第《きたやまてい》に逼塞の身となった。持明院殿を訪れてくることも絶えていた。

「捕縛だと？　いったい何をしたというんだ、公宗は？」

「幕府の再興に力を貸していたらしいと」

実継の話によれば、公宗は北条高時の弟泰家《やすいえ》を別邸に匿《かくま》い、京都で挙兵する計画を進めていた。それを知った弟の公重《きんしげ》が密告したとのことだった。別邸と聞いて、仲時との出会いの場を公宗が提供してくれたことが一瞬、ちらりと頭をかすめた。

「泰家は？　そちらも捕まったんだろう？」

「捕まったどころか、奇妙なことに、誰も泰家なる者を見てはいないんです」

「何だって。そんな莫迦《ばか》な話があるものか」

「ですから――」

でっちあげではないか、と実継は言う。関東申次に煮え湯を飲まされてきた後醍醐としては、これを口実に積年の恨みを晴らそうとしたものか。

わたしは日野名子を思いやった。典侍を務めていた彼女は、公宗のもとに嫁いでいた。さぞ夫の身を案じていることだろう。上皇とは名のみ、何の力にもなってやれない自分が歯がゆい。

七月になると、北条高時の遺児時行《ときゆき》が信濃《しなの》で挙兵したとの急報が齎《もた》らされた。幕府再興を呼号しているという。何ということか。またも戦乱の狼煙《のろし》があがったのだ、わずか二年にして。時行はまだ少年と聞いているから、遺臣たちに担がれたのだろう。あるいは、叔父にあたる泰家が裏で支えているのかもしれない。そう考えると、公宗が泰家を匿ったという嫌疑が単に濡れ衣ではなく、あるいは事実かとも思えてくる。信濃と京都の二か所で挙兵するつもりだったのか。

事態は悪化の一途を辿る。時行を大将とする幕府の残党は信濃から進軍して、足利尊氏の弟直義《ただよし》が守る鎌倉を陥落《かんらく》させたという。彼らからすれば故地を奪回したと言うべきか。直義は東海道《とうかいどう》を三河《みかわ》に敗走したとのことだった。

実継は毎日のように持明院殿を訪れ、目まぐるしく移り変わる最新情勢を伝えてくれた。時行討伐のため出撃する尊氏は征夷大将軍の拝命を求めた。後醍醐は許さない。尊氏は勅許を得ることなく勝手に進発を準備――。

「今上にとっては抗命も同然かと」

実継は深刻な声で言い、わたしは即座に同意した。尊氏には二年前に手ひどく裏切られている。抗命と裏切りは紙一重の差でしかない。

八月二日、実継は朝夕の二度、持明院殿に駆け込んできた。朝には尊氏が京都を発したことを、夕には公宗が処刑されたことを知らせるために。西園寺家は弟の公重が継ぐことになるという。兄と弟の間は険悪で、公重は以前から後醍醐に取り入っていた。真相は推して知るべしだろう。

八月下旬、尊氏が叛乱を平定したとの報せが伝わった。時行は行方をくらませたが、鎌倉は無事に回復されたという。朗報と受けとめた。これ以上戦乱が拡大するのは望まない、それだけのことだ。尊氏に対し含むものがないわけではなく、会ったこともない時行が仲時の縁故と思えば淡い親近の情が湧かないでもないが、そうした個人的な感情は、しかし一切棄て去って、ひたすら平安を祈るのが上皇の立場であり責務というものだ。

しかし、わたしの祈りは叶えられそうになかった。情勢は新たな不穏の貌《かお》を見せ始めた。時行の乱を平定した尊氏は、鎌倉にとどまり続け、戦功のあった武士たちに勝手に恩賞を与えているとの報せが伝わった。恩賞は本来、朝廷に属する。あってはならないことだ。ただちに上京するよう後醍醐が命じても従わないという。それのみか、

「新田義貞を追討《ついとう》するよう奏上してきたというんです」

と実継が伝えた。

「なぜ義貞を？」

「武力を独り占めしたいのでしょう。それに新田も源氏ということですから、両雄並び立たずで、尊氏にとって義貞は何かと目障りな存在のはず。つまりは今上を自分の意のままに動かそうという魂胆なのでは」

「幕府を開きたい、と」

「おそらくは」

鎌倉を動かない尊氏は自らを頼朝《よりとも》に擬えているのだろうか。ともかく京都と鎌倉、東西対峙の構図が復活したの感があった。その最中の十月、懽子が出産した。女の子だった。わたしは安堵し、思わず彼女に感謝の念を抱いたほどだ。今はそんなことに煩わされるわけにはいかない。それどころではない。時代が動いている。表舞台から引きずり降ろされ、傍観者《ぼうかんしゃ》に過ぎなくなった無力な存在のわたしだが、固唾《かたず》を呑んで時代の動きを見守り続けなくてはならない。

「興廃する所以を観察せよ」

叔父が『誡太子書』で説諭した通りだ。今こそその時、そう確信した。

十一月になって尊氏は再度、義貞誅伐《ちゆうばつ》を奏上した。直義は諸国に兵を募ったという。

事ここに至って後醍醐はついに決断した。十九日、勅命を受けた義貞が尊氏を討伐するため鎌倉に向かって進発した。後醍醐と尊氏の決裂――事情に通じない傍観者には信じられない展開だ。後醍醐は尊氏を裏切らせることで復権を遂げたものの、結局のところ、その尊氏を御《ぎよ》しきれなかった。尊氏にすれば、後醍醐に揺さぶりをかけることで、自らの幕府を持とうという魂胆《こんたん》だろうか。

北条時行の乱とは桁《けた》違いの動乱となるだろう。そんな重く暗い予感がした。だからこそ興廃する所以をしかと観察してゆかねば。

三日後、叔父が出家した。まったく何ということか。こともあろうに、かかる危急の時も時に。叔父はわたしの支えだった。何もかもが動いている。常ではいてくれない。叔父までもが。なのに、わたしにはなすすべがない。脱力感に見舞われるばかり。拠り所が崩れ、ささやかな平穏すらも消えてしまう。

「なぜなのです、叔父上。よりにもよってこんな時に――」

「すまぬな、量仁」

僧形であることを別にすれば、いつもと変わらぬ叔父の穏やかな声だった。

「そなたを置いて自分だけ仏門に逃げ込む卑怯《ひきよう》な振る舞いだけはするまい、そう念じてきたのだが、もう限界だ。持明院のことは頼んだぞ」

「ですから、どうして」

「限界と申したではないか。耐えきれなくなったのだ、俗世の乱れように。まさに濁世《じよくせ》だ、あまりに理不尽すぎる。そのうえ公宗の無惨な最期を聞いて、心の梁《はり》が折れてしまったのだな。それでも迷いに迷って、ようやく決断したよ」

叔父の晴れやかな表情を見ると胸が詰まり、何も言えなくなった。すでに俗世を棄てた人になってしまっている。自ら決意し、人間であろうとすることの重い荷を降ろした、世棄て人ならではの奇妙なすがすがしさがあった。

そうか、こんな時にではなく、こんな時だからこそなのか。叔父に頼りきり、その心の弱りように思いが至らなかった。慚愧《ざんぎ》に耐えない。思えばこの人は父が嫡男を得るまで、すなわちわたしがこの世に生まれてくるまで、中継ぎの天皇という不本意な役を全《まっと》うしてくださった方なのだ。学問の師でもあり、父の出家後は父の代役を務めてもいただいた。気がつくと、わたしは両手をつかえていた。

「富仁《とみひと》の叔父上、量仁は心より御礼を申し上げます。これまで未熟なわたしをお導きくださり、ありがとうございました」

「おお、そう言ってくれるか。すまぬ」

「いいえ、心置きなく仏道修行にお励みくださいい。量仁は、叔父上より頂戴した誡《いまし》めの書を心の鎧として、この濁世を乗りきって参りますゆえ」

そう、わたしには『誡太子書』がある。

強くならねば。

持明院は、天皇家の嫡系は、わたしの双肩《そうけん》に託されたのだ。この先、何が起きようと、わたし一人で立ち向かわなければならない。どんなに乱れ、どれほどの濁世で、どれだけ理不尽であろうとも矢面《やおもて》に立つのは、わたしだ。

矢面。左の袖を捲《まく》り上げた。肱に目をやる。肉の引き攣《つ》れた醜い疵痕《きずあと》。なるほど、矢疵ならもう受けている、か。

ならば立つまでだ、また矢面に——。


京都の耳目《じもく》は新田義貞軍の進撃に集中した。尊良《たかよし》親王を帯同した義貞軍は、錦《にしき》の御旗《みはた》を掲げる官軍だった。尊氏は賊軍となった。

十一月二十五日、義貞は三河矢作川《みかわやはぎがわ》で尊氏の宿将高師泰《こうのもろやす》を敗退させたとの一報が入った。緒戦の勝利に京都は沸き立った。後醍醐は尊氏の官位を剝奪《はくだつ》する旨の綸旨を下した。

さらに十二月五日、義貞は駿河手越河原《するがてごしかわら》で直義を破った。まさに破竹の快進撃だった。

それらの捷報《しょうほう》を、わたしは実継だけでなく勧修寺経顕《かじゅうじつねあき》、日野資明、四条隆蔭《しじょうたかかげ》、六条有光らからも伝えられた。後醍醐の親政下で不遇をかこつ彼らは、以前のように我が屋敷に出入りするようになっていた。流動的な情況への不安が、彼ら持明院の忠臣たちを再び結束させたのだ。

「義貞が尊氏を倒すのは確実でございましょう。何しろ武都鎌倉を陥落させた猛将ですからな。ご安心なさいませ、院」

直義を退けた義貞が勝利の勢いに乗じ、相模《さがみ》鎌倉に向かって進撃を続けているとの最新情報を披露して、資明が言う。

「そうなればなったで、次は義貞めが調子づかぬか懸念されまする」

四条隆蔭が先の先のことを口にした。

「それでございますよ」

有光が我が意を得たりとばかりにうなずいて、

「後白河院《ごしらかわいん》を幽閉した清盛《きよもり》、幕府などというものを作り上げた頼朝、後鳥羽院を隠岐に流した義《よし》時《とき》、だれもかれもやりたい放題だ。まったく武士というものは弁《わきま》えを知らぬ。この世に武士というもののなかりせば、我の心はのどけからまし」

「げにもげにも。武士なかりせば――そのことを誰よりも痛感しておわす今上が、こたびの事態をお招きあそばしたとは。護良親王はこうなることをこそ憂えておいででした。今更ながらご賢察ぶりが偲ばれまする」

隆蔭が湿った口調になった。親王は七月、足利直義の指示により殺されたという。時行の乱で鎌倉が大混乱に陥っている最中の手違いによるものと伝わったが、真相は不明だ。

「いや、まだ安心はできぬかと」

それまで黙って彼らの談義を聞いていた経顕が異議を挟んだ。

「師泰、直義と、どちらも尊氏麾下《きか》の部将に過ぎませぬゆえ。鎌倉にいる総大将の尊氏が義貞を迎え撃てば、あるいは義貞が敗れるということになるやもしれませぬ」

果然《はたせるかな》、情報収集と状況分析に長《た》けた経顕の見立ては的中した。鎌倉を出撃した尊氏が箱根竹ノ下《はこねたけのした》に義貞を破ったのは、それから数日後のことだった。敗れた義貞が東海道を西上し、尊氏は追撃して京都に向かっているとの悲報に京都の空気は一気に重くなった。敗走ではなく、西国で尊氏に与する動きが頻発しているのを懸念した後醍醐が義貞に帰京を命じたとの話もあり、情報は錯綜《さくそう》していた。しかし、形勢が後醍醐不利に傾いたことだけは間違いなかった。

「まったく承久《じょうきゅう》の再現だ」

一人で来訪した経顕にわたしは嘆いた。鎌倉から京都へ進撃──百十年ほど前の北条泰時の役を、今また足利尊氏が演じている。まさに歴史は繰り返す、と。

「さて、それはどうでしょうか」

今回も経顕は慎重だった。

「後鳥羽院はろくな武士をお持ちではなかった。対して今上には新田義貞、楠木正成がおります。先だって資明も申しましたように、義貞は鎌倉を落とした猛将です。正成には奇兵の才ありと聞き及びます。尊氏の思惑通りにゆくかどうかは……確実に申せますのは、このまま年を越すということだけで」

このまま年を──振り返れば後醍醐の新政にほころびが生じ、事態が一気に動き始めた年だった。公宗が北条再興の陰謀《いんぼう》に加担したとして捕縛、処刑され、時行が叛乱を起こして鎌倉を占拠、それを平定した尊氏が一転して賊軍の烙印《らくいん》を押され、鎮圧に向かった官軍がよもやの敗北を喫して逃げ帰り、追撃して尊氏は京都に迫ろうとしている。

そのような情勢で年は暮れたのだ。明けて建武三年、正月を祝うどころではなかった。宮中でもすべての行事が取り止めになったと聞いた。わたしは自分が二十四歳になったことさえ意識せずにいた。

正月八日、尊氏が八幡山《はちまんやま》に布陣。都は騒然となった。淀川を越えれば京都なのである。

翌日には、尊氏に呼応して四国から攻め上ってきた足利一族の細川定禅《ほそかわじょうぜん》率いる部隊が乱入、洛中の戦火はついに現実のものとなった。三年前、探題軍と後醍醐勢が攻防を繰り広げて以来のことだ。

後醍醐配下の武士団が持明院殿に押し入るようにして現われたのは十日早朝のことだった。身の安全確保のため比叡山へ連れてゆくという。それを勅命した後醍醐も二条富小路内裏を発し、避難の途を急いでいるとのことだった。

拒むことはできなかった。父、叔父、わたし、弟、生まれて二年足らずの興仁までもが乳母に抱かれて輦《てぐるま》に載せられた。懽子内親王は、後醍醐の皇女であるにもかかわらず、避難者の名簿に洩《も》れていた。実継らに急ぎ使いを出したものの、彼らが駆けつけて来る前に出発を強いられた。運行も同然だった。秀子と別れを惜しむ余裕さえも与えられなかった。

避難――これで二度目だ。三年前は後醍醐の誘いに尊氏が応じたことにより、今回はその両者が敵対したことで。事情は違うが同じ二人が関与している。遠ざかってゆく持明院殿を幾度となく振り返るうち、初めて後醍醐への怒りが滾《たぎ》るように沸いた。天皇親政を標榜《ひょうぼう》しながら、結局は戦乱を呼んだだけか、あなたは。畢竟《ひっきょう》そんなことのために隠岐から帰ってきたのか、と。

奇妙にも、それまでわたしは後醍醐に怒りを覚えたことは一度もなかった。怒りと憎しみの感情は、尊氏一人に集中していた。尊氏が仲時を裏切りさえしなければ番場蓮華寺の惨劇はなかったのだ、と。では、どうしてそれを後醍醐には向けなかったのか。

輦の上で揺られながら、わたしは自分の心の中に分け入っていた。奥深く封印していたもの、見たくないと目を背けてきた心の深層と、今こそ向き合わなければならない。

天皇はこの国のあるじ、平然とそう言ってのけた男に、心のどこかで期待するものがあったのだと思う。憧れるものがあったのだと思う。幕府を倒すと公言し、一度は惨めに挫折しながらも、ついには有言実行、滅ぼしてしまった。わたしなどは夢にも思わなかった。幕府は盤石不動であって、この世から消滅するなどあり得ないと信じていた。

後醍醐は絶海の孤島である隠岐を脱出し、天皇に返り咲いた。後鳥羽上皇もできなかった奇蹟をやってのけた。まさに神の御業《みわざ》と言っていい。わたしにはとてもできない。ああ、この人には敵わないと気後れした。そう、怯《ひる》みだ。元服の儀で声をかけられて以来ずっと後醍醐に対して怯み、臆し、萎縮《いしゅく》するものがあった。縷々《るる》その感情を持ち続けてきた。

念願の倒幕に成功し、院政も敷かず、摂関も置かず、天皇親政を始めた後醍醐。見てみたい、この人がどのような手並みを発揮するか——そのような心理が作用していたのだと思う。無用になった人間、終わった人間のわたしだが、後醍醐の手腕を傍観するぐらいは咎《とが》め立てされまい。叔父の説く学問天皇という理想に対し、いわば権力天皇を志向する後醍醐が、どのような剛腕《ごうわん》で政治を展開し、この国を富まし、民を豊かにするか、見てみたかった。

だが、後醍醐の親政が上手くいっていないと知って、わたしの心は揺れだしたのだ。徳を積む学問天皇の出番も、もしやあるのではないか。それは後醍醐への対抗心だった。わたしを地獄に、不本意な上皇という境遇に突き落とした男への。ようやくそれが芽生え始めていた。興仁が生まれたことも大きかったろう。わたしから奪われた夢を嫡系の興仁に受け継がせたい。それでもまだ対抗心が芽吹いたという程度には留まっていた。

まさに今、思いがけずも後醍醐への怒りが、延《ひ》いては憎しみが、勃然《ぼつぜん》と頭を擡《もた》げたのは、戦乱への忌避ゆえだろう。蓮華寺でわたしは戦乱が齎《もたら》す究極の地獄に立ち会った。広い境内を埋めつくした数百の屍の山。今回、後醍醐は尊氏という虎を使いこなせず、自らの手で不要の戦乱を引き起こしてしまった。その結果が、今のわたしたちの叡山逃避行だ。

戦乱を招いておいて、何が国のあるじだ――。

己の心をのぞき込んでいるうち、輦は洛中を出て、渡り終えた鴨川をも遠く後にしていた。ふと、波音が聞こえた。それも耳元で。

「尼《あま》ぜ」

あの声だった。わたしは総毛立った。

「尼ぜ、われをば、いづちへ具《ぐ》してゆかむとするぞ」

辺りを見回すまでもない。わたしにしか聞こえない声なのだから。してみれば、まだ取り憑《つ》いているのか。比叡山の頂きへと続く峻険《しゅんけん》な山道を進みながら、輦の上で全身汗にまみれて硬直しているよりほかなかった。

山頂の広大な領域に豪壮華麗《ごうそうかれい》な伽藍《がらん》群の王城の如くに列なる比叡山延暦寺。名もない古い一堂宇がわたしたちの宿舎に当てられた。興仁と乳母は、近くの坊に寝泊まりすることとなった。その身が案じられたが、秀子が世話係として差し向けた女官たちがほどなく到着したことで、わたしは愁眉《しゅうび》を開いた。

「嘆かわしきことよ。伊吹山の、あの寺が思い出されますな」

後を追って現われた有光が、堂宇の中を見回し、思い出したくもないことを口にした。力なくうずくまる父と叔父を見れば、確かに太平護国寺の再現と認めるしかない。有光だけでなく、急を知って駆けつけた経顕、資明、隆蔭の姿もあるから猶更《なおさら》だ。このような時にも扈従《こしょう》してくれる彼らには感謝の念を禁じ得ない。蓮華寺の七卿のうち三人を欠くのは、坊城俊実《ぼうじようとしざね》と冷泉頼定《れいぜいよりさだ》は病に伏し、資明の兄の資名は公宗の陰謀への連座《れんざ》を疑われて謹慎中の身だからだ。

「滅多《めった》なことを申すでないわ」

隆蔭が珍しく有光を叱責するように言った。

「あそこでは囚人だった。今は、さにあらず。今上と共に一時的に乱を避くる身である」

そうかもしれない。だが、そうでない者はどうなる。わたしは秀子を思った。そして母を、祖母を。残してきた者たちを。持明院殿に寄った経顕と資明からは、実継が差配してまずは無事と聞き、ほっとしたものの、この先の不安は拭えない。避難というが、わたしは強引に連れ去られたのだ。愛する秀子も、母も祖母も守ってやれない。そばにいてやることさえできない。情けなさと悔しさに、この戦乱を引き起こした者への怒りが、後醍醐へのいっそうの怒りがかき立てられる。

その時、部屋の片隅で念仏を小声で唱える叔父に視線を向けたのは、

——そもそも帝が兵乱を起こすなどあってはならないことなのだ。

ふと叔父の言葉が甦《よみがえ》ったからだ。

——自ら徳を積んで政を正す、それが当節の天皇の務め、ありようというものだ。そのこと以外にない。

——結果がどうであれ、挙兵には犠牲がつきものだ。常に犠牲になるのは弱き者、民だ。悪政是《あくせいぜ》

正《せい》を口実にして無辜《むこ》の民に犠牲を強いてはならない。挙兵は天子、聖賢《せいけん》の用いるところではないのだ。

後醍醐の謀叛未遂事件に際して叔父はわたしをそんな言葉で諭《さと》した。かすかな反発を覚えたことを記憶している。だが、叔父こそ正しかった。後醍醐という男を見抜いていた。十二年も前に今日のこの事態を予測していた。まさに予言者だ。今は念仏三昧《ざんまい》の人になってしまったが。

その叔父は説諭の最後に何と言ったか。

――おまえもゆくゆくは天皇になる身、しかと心得おくがよい。

確かにわたしは天皇になった。なりはした。だが、しかと心得おかなかった。こんなところにいるのは、その無為にして無惨な結果だ。もう天皇ではない。何もできない。どうすることもできない。ここで何をしている。自分は何者なのか。何のために生きているのだろう――。

わたしは堂宇を出た。このまま室内にいると底無しの虚無に陥ってしまいそうだった。強くならねば。叔父の出家に当たって、そう自分に誓ったはずなのに。

「新院、どちらへお渡りでございます?」

顔色からわたしの状態を察したか、隆蔭がそっと従った。

「琵琶湖が見たいんだ」

「おお、されば、ご案内つかまつります」

寺域には僧兵が溢れていた。長刀《なぎなた》を持ち、殺気立っている。だが太平護国寺の時のように見とがめられ前途を塞がれることはなかった。

隆蔭が導いてくれた小高い場所からは琵琶湖が眼下に一望された。太平護国寺から望んだときは払暁《ふつぎょう》だったが、今は夕刻である。湖面は黒々として、ところどころに立った波が夕陽を反射し黄金色に輝く。見つめていると、国土創成の神代を想起したあの朝のように心が次第に澄み、平らかになっていくのを感じた。古代の天皇は、高みに登り、四方を見渡し、国土の守護と民の太平を祈ったそうだ。国見《くにみ》という。

わたしは天皇ではなくなった。なくなりはしたが、しかしこれは国見なのだという不可思議な確信があった。今、わたしは国見をしている。それも再度の国見を。

対岸のやや北、大地を抜きん出て聳《そび》え立つ巨大な山塊に目を吸い寄せられた。

「あれが――」

「はい。まさしく伊吹山にございます。太平護国寺はあの辺りかと」

隆蔭が右手を伸ばして指し示した。

「太平護国――」

浄土寺だの、法勝寺だの、妙輪寺《みょうりんじ》だのと、そんな如何《いか》にも仏教的な名称ではなかったのだと、いま初めて意識が向いた。蓮華寺での地獄の後、日本武尊伝承の残る伊吹山中に築かれた、その名も太平護国寺で初めての国見をした。これは何かの暗示だろうか。太平護国、太平護国とわたしは口の中で何度もつぶやいた。


堂宇に宿泊する中に、一人だけ太平護国寺にはいなかった顔があった。そして、その者だけがこの深刻な状況を平然と受け止めて、仔犬のように元気だった。

「兄者、ここでは筋肉を鍛えられそうにありませんね」

豊仁はわたしの耳に口を寄せ、如何にも残念そうに小声で言った。

「鍛錬を欠かすと落ちるんですよね、あれって。いやだなあ、そうなるのは」

「おまえの悩みはそれか」

わたしは吹き出した。呆れたのではない。その天真爛漫さが羨《うらや》ましくもありがたかった。苦しい時には、彼のような存在がこうも支えになってくれるものか。

「でも、まあいいか。山の神秘の空気を思う存分に吸って、汗をかくまで駆け回るとしよう。一度来てみたかったんです、叡山には」


翌十一日、尊氏が兵を率いて洛中に侵入したと伝えられた。天皇は比叡山に蒙塵《もうじん》中の身だ。京都は尊氏の手に落ちたかに見えたが、その背後を衝《つ》く者があった。鎮守府《ちんじゅふ》の軍団を率いて北畠《きたばたけ》顕家《あきいえ》が遠く陸奥《むつ》から長征してきたという。

「顕家だって？　まだ子供じゃないか」

わたしは思わず口走った。顕家は後醍醐の理論的支柱ともいうべき寵臣北畠親房《ちかふさ》の嫡男で、齢はわたしの五つ下のはず。わたしが天皇だった頃、宮中のある節会《せちえ》で見事な舞いを披露したが、その顔は美少女のようにあどけなかった。今は鎮守府将軍を兼ねる陸奥守として当地に赴任中と聞いていた。あの齢と顔で将軍かと、驚いた記憶が鮮明である。すると、新田義貞を追撃する尊氏を、さらに顕家が追撃していたわけだ。

資明が首を横に振って応じた。

「いいえ、もう十九になりましょう」

そうか、二十四歳か、と自分の年齢に思い至ったのは、この時だった。

「親房卿は我が子を武人として育て上げたと耳にいたします」

その顕家を加え、義貞、正成らは京都を奪還すべく洛中に突入した。攻防戦が始まった。やんぬるかな、戦火はいよいよ拡大しよう。逃げ惑い、逃げ遅れ、火の手に巻かれる民の姿が目に浮かんだ。蓮華寺の地獄以上の惨禍《さんか》が京都では起こるだろう。和睦《わぼく》の道はないのか。これを引き起こした張本人の後醍醐は事態をどう見ているのか。焦り、怯え、戦《おのの》いているのか、尊氏を除去する好機《こうき》とほくそ笑んでいるのか。

——一旦乱に及べば則ち、縦《たと》へ賢哲《けんてつ》の英主と雖《いへど》も期月にして治むべからず、必ず数年を待たん。

『誡太子書』の一節だ。しかも何をか言わん、乱を起こしたのが「賢哲の英主」その人だとは。

戦いの様子は遠望できるとのことだった。比叡山は東に琵琶湖、西に洛中を眼下に収める。しかし数百、数千の黒煙があがり、合戦はそれに遮られて細切れにしか見えないらしい。それでも経顕たちは情況を知るために、代わる代わる観望に出かけていった。

わたし自身はそうしなかった。ひたすら戦乱の終熄《しゅうそく》を祈った。祈ることしかできない。いや、祈ることならできた、そう言おう。祈ることこそ天皇の務めだ。ともすれば虚無感に陥りそうな自分を励まし、叱咤《しった》し、わたしは朝な夕なにひたすら祈り続けた。

一進一退の攻防が続いたが、次第に尊氏側の形勢不利となった。京都占領から半月後の二十七日、足利軍は洛中を後に丹波《たんば》へ敗退していったと伝わった。捷報はまたたくまに全山を駆け巡り、誰もが勝利の喜びに沸き立った。

市中を掃討して安全を確認するのに一両日が費やされ、そのうえで後醍醐が還幸したのが月も終わろうとする三十日のことだ。内裏の二条富小路邸は灰燼に帰し、臨時の御所には花山院《かざんいん》が当てられたと聞いた。わたしたちも下山が叶った。持明院殿は今度も無事だった。屋敷も人も。乳母の手から興仁を奪うように抱き取った秀子の顔は輝かんばかりだった。

「何事もなくてよかった。おまえのおかげだ、礼を言う」

留守を預かってくれた実継をねぎらった。

「いいえ、何かしたというほどのことは。内裏が燃え上がった時は肝を潰しましたが。このお屋敷は洛外にあるのが幸いしているようですねえ」

そうは言うものの、実継の顔には疲労の色が隠せなかった。戦闘は連日行なわれていた。いつ飛び火するかもしれない。気の休まる暇などなかったろう。

唯一の痛恨事は、予《かね》てより体調の思わしくなかった父が比叡山往復の強行軍で身体を壊し、寝込んでしまったことだ。母の顔から喜びの色がすぐにも消えた。

その夜、久しぶりの筋肉鍛錬だと大張りきりの豊仁にほどほど付き合ってやり、わたしは秀子の局へ急いだ。


月が改まり、日常は戻ってきたが、しかし戦火がおさまったとはとても言えない情況だった。何も終わっていない。尊氏は丹波に健在で、降伏の申し出も、恭順の色を示すこともなく、和睦の申し入れすらなかった。占拠した洛中を手放して敗退を余儀なくされたとも言えるし、いったんは洛外に後退しただけでもあるような情勢だ。いまだ戦中、戦時下に京都はある。

二月三日、尊氏が丹波から動いた。すわ京都再侵かと洛中は一時騒然となったが、南下して兵庫を目指しているらしいとの続報が入り、騒ぎは落ち着いた。誰もが不安で浮き足立っていた。

後醍醐は兵庫に義貞、正成、顕家らを差し向けた。尊氏は摂津打出浜《せっつうちではま》で、次に西宮浜《にしのみやはま》で、さらには豊島河原《てしまがわら》でと三連敗を喫し、海路九州を目指して落ち延びていったという。この捷報を告げに来た資明たちの顔には一様に安堵の色があった。尊氏は討死したのでも降伏したのでもなかったが、京都の目と鼻の先に居座られるのと、遠い九州に縮こまっているのとでは安心感が違う。いい機会と、わたしは酒肴《しゅこう》の支度をさせた。

「海に乗り出していったのが兵庫から、というところが、さてもさても意味深長でありまするな」

酔って饒舌《じょうぜつ》になった資明が笑みを含んで言うと、有光が赤みの射した顔を傾げて訊いた。

「そは、如何なる意味にて？」

「わからぬかな。兵庫を開いたのは平清盛。清盛の死後、都落ちした平氏の一族郎党はその辺りから船に乗って西走した」

「なあるほど、尊氏は平氏を擬《もど》いていると。ならば尊氏を待つ運命は壇《だん》ノ浦《うら》ということに」

「いやはや、足利は源氏にてはござらぬか。尊氏は源氏の棟梁を以《もっ》て自認していると聞き及びます。源氏が平氏を擬《ぎ》するとは、実に皮肉なものでござるなあ」

隆蔭が手を打った。

「尊氏を海へ叩き出した義貞もまた同じく源氏というのが興味深い」

資明の擬《もど》き論はさらに続く。

「尊氏は木曽義仲、義貞は九郎判官義経《くろうほうがんよしつね》という役回りか。足利源氏と新田源氏――源氏が二つに分かれて相争うておる。こんな見物はまたとないわ」

二つに分かれて相争っている天皇家の一方の当主としては実に耳に痛い言葉だが、わたしのことは特に資明の念頭にはなかったようで、

「平氏は一族の結束が固かった。かたや源氏は同族争いがお家芸というべきか。九郎判官も結局は兄頼朝によって命を奪われたことでもあるしな」

「今上は義貞をご信頼あそばしておいでだが、あれも源氏ゆえ、この先、何をしでかすかわかったものではない」

と、隆蔭がまたも先読みし、

「所詮、武士などという類いは――」

顔の赤みがますます募る有光も、例の、のどけからましの戯《たわむ》れ歌を朗々とした声音で響かせる。

「それ、勧修寺の」

黙々と盃《さかずき》を運んでばかりの経顕に資明が声をかけた。

「黙ってばかりおらぬで、何かござれ」

「座をしらけさせぬため口に緘《かん》しておる。わしの気遣いを無にするな」

「や、それは聞き捨てならぬ」

「臣《しん》経顕、思んみまするに――」

経顕は資明にとりあわず、わたしに向き直った。盃を重ねていたはずだが、少しも酔っている目ではなかった。

「尊氏は近く反撃して参りましょう。平氏に擬くのは愚かかと」

「経顕は、なぜそう思うか」

「聞けば、九州へ落ち延びる尊氏の後を追って、官軍の中からも追随者《ついずいしゃ》が出たとか。それも夥《おびただ》しい数の。勝者が敗走者を慕う、これは尋常のことではございませぬ。尊氏が必ず逆転すると見込んでいればこそでございましょう」

「しかし、勧修寺の。それら端武者どもは――」

反論しかける資明を、

「端武者ばかりではない。赤松則村も京都を引き払い、播磨の居城に籠もったというではないか。尊氏に与したのだ。まだまだ戦乱は続くぞ」

経顕は一蹴し、

「酒など飲んでいる場合ではない。しかし、そういう場合に呑んでこそ酒は美味——というのも真理でござるな」

手にした盃を一気に呑み干した。


酒宴の翌日、賢俊《けんしゅん》が持明院殿を訪れた。俗名、日野賢俊。資名、資明の弟で、諱がそのまま法名である。鎌倉が、当時は「高氏」だった尊氏の叙位について異例の申し入れを行なった時、尊氏について語ってくれたのが賢俊だった。在位中、幾度か兄に連れられて参内したことがあるが、天皇でなくなってから顔を見せるのはこれが初めてだ。尊氏と親しい間柄だから、後ろめたいものを感じているのだろうか。わたしは尊氏の寝返りによって天皇位も親友も生き甲斐も、すべてを失った。だからといって、賢俊に対して含むものは皆無だ。忠臣である資名、資明の弟という位置づけでしかない。今は醍醐《だいご》寺三宝院の僧正という高位にあると聞いていた。

賢俊は人払いを求めた。さして気に留めることなく応じ、彼を奥間へと通した。

「お久しゅうございます、新院さま」

四年ぶりに見る賢俊は、頬が削げ、より精悍《せいかん》さを増していた。僧衣よりも鎧兜のほうが似合いそうだ。

「息災そうで何より。資明は？」

「兄は、わたしが京にいることを知りませぬ」

「ん？」

その時になって、衣が灰色なのは埃にまみれているからだと気づいた。賢俊は旅装だった。

「御坊、どちらから参られた」

「兵庫からにございます」

「何」

わたしはわずかばかり身を引き締めた。兵庫といえば足利尊氏敗走の地ではないか。まして昨日の今日である。

「そうか。よく無事に逃れて参った。戦いは三度にも及んだと聞くが――」

「いいえ」

意味ありげに賢俊は首を横に振った。

「逃げ戻ったのではございませぬ。遣わされて参上つかまつった次第」

「遣わされた？　――何者にか？」

「従二位征東将軍足利尊氏卿より遣わされましてございます」

わたしは薄く笑った。後醍醐に剝奪《はくだつ》された位官を仰々《ぎょうぎょう》しくも冠《かん》した言いぶりがおかしかったのではない。単に聞き違えたと思ったのだ。聞き違えるにしろ尊氏とは、と。

「いま尊氏の名を聞いた気がするが」

「さよう申し上げました。拙僧、醍醐寺におりましたが、洛中より撤退する尊氏卿に懇請《こんせい》されて従軍に応じ、丹波から三草山《みくさやま》を越え、兵庫にまで到った次第にございます」

賢俊は一字一句を区切るように言った。

「尊氏が、そなたをわたしに遣わした？　何の戯《たわむ》れだ？」

「戯れではございませぬ。賢俊は密命を帯びておりまする。尊氏卿の密使として馳せ参じました」

「密命？」

「はい。尊氏卿は院宣《いんぜん》をお望みです。新田義貞を討てとの新院さまの院宣を」

「血迷ったんだな、賢俊」

わたしは立ち上がった。その先を聞く気は失せていた。尊氏の走狗《そうく》に成り下がった賢俊を憐《あわ》れんだ。というよりは立腹していた。

「お待ちをっ、お待ちくださいませっ。お気持ちはお察し申し上げまする。賢俊も心苦しうございます。しかし、お退きあそばすにしても、せめて拙僧の語るところをお聞きになってからになさいますよう、伏して、伏してお願い奉りまする」

賢俊はにじり寄った。

「復位を——尊氏卿は、新院さまのご復位をお考えなのです」

「なるほどな、復位で院宣を購《あがな》おうと」

笑い声がとめられなかった。

「面白いな。いや、実に面白い。甘い餌《えさ》のつもりだろうが、忘れたか、尊氏はわたしを天皇から引きずりおろした男だ。復位などどうして信じられよう」

「尊氏卿は本気です。ご復位ということは、つまりは今上のご退位——目指すところは、そこでございます」

「退位、廃位なら、あの男はお手のものだな。それを言うならば復位もか。三年前、尊氏はわたしを廃位し、後醍醐を復位させた。今度はその逆をやろうという。元に戻すくらいなら、やらなければよかったのだ」

「尊氏卿が今上ご廃位をやむなしとするのは、幕府を開くのが望みだからです。武士のことは武士にしかわからない。武力を押さえるには武力、そのためには武士を束ねる者、武門の棟梁が必要だ、と。武門の棟梁が天皇に仕えるという形でこそあるべきだ、そうすれば世の中は上手くおさまる、今は武士の世なのだからと」

「……………」

「しかし今上はお許しにならない。そのうちに北条時行の叛乱が起きて、なし崩し的にこのような事態に——双方ともに引き返せない、収まりのつかない事態になってしまった。こうなった以上は、突き進むしかない、と」

「……………」

「拙僧は従軍して目の当たりにいたしました。足利の兵は強い。新田、楠木ごときは敵ではありませぬ。目下の形勢が振るわないのは、あくまでも立場が賊軍だからです。院宣を拝受すれば、尊氏卿も官軍に——ここでございまする」

「……………」

「武士たちは賊軍の汚名を被ることなく晴れ晴れと戦える。さすれば、新田、楠木ら君側《くんそく》の奸《かん》を撃破し得て、今上にはご退位を願い、新院さまを返り咲かせ奉って、自らは武門の棟梁として、征夷大将軍として、朝廷にお仕えする所存——尊氏卿はそうお考えなのです」

「官軍対官軍か」

　わたしは知らず知らず反応していた。官軍対官軍、それは取りも直さず後醍醐とわたしの戦《いくさ》いに持ち込まれるということだ。尊氏とわたしではなく、後醍醐とわたし——。

　息苦しさを覚えた。何と、息を止めていた。わたしは喘《あえ》ぎ、大きく息を吸い込んだ。賢俊がこちらの一挙手一投足に食い入るような視線を注いでいる。

「ここで——」

しゃがれた声が出た。

「ここにて、賢俊、しばし待て」

「時間の猶予《ゆうよ》がございませぬ。尊氏卿は備中鞆《びっちゅうとも》の浦で拙僧の帰りを待っております。留まっていられるのは数日足らずかと」

「しばし、と言った」

その場に賢俊を残し、わたしは自室に戻った。

凄風《せいふう》ノ章　朽《く》ちてのちしも

——さて、どうする、量仁《かずひと》。

蠟燭《ろうそく》の炎を見つめ、自分に問いかける。

頭の中は沸騰《ふっとう》でもしたかのように熱い。ぐつぐつ、ぐつぐつと音をたてて煮立っている感じだ。

よもや尊氏《たかうじ》からの誘いがあろうとは。まず、そのこと自体が不潔《ふけつ》に感ぜられた。義貞《よしさだ》追討の院宣を出せ、しからば後醍醐《ごだいご》を退位させ、復位させてやろう——思ってもみなかったことだ。莫迦《ばか》げている。いったい尊氏は正気か。わたしに何をしたか忘れたのか、卑劣漢《ひれつかん》め。しかし、それほどまでに切羽詰まっているということであろう。ならばいい気味だ。わたしがおまえの恥知らずな誘いを受けると本気で考えたか。今こそ思い知れ、自分のした仕打ちを。

仮に、要求に応じて院宣を出してやれば、尊氏は感涙にむせぶだろうか。あり得ない。表向きは頭を下げ、内心では、してやったり、策は当たった、我がこと成れり、とほくそ笑むだろう。天皇位が欲しさに、嬉々として、待ってましたと、ようも受け容れたものよ、そう呵々大笑《かかたいしょう》するに決まっている。他の者も同じはずだ。尊氏に裏切られながら、その好餌《こうじ》に飛びついた間抜けだと。さこそ卑劣漢だと。だめだ、院宣など出せるわけがないではないか。

——いいや、これではいけない！

わたしは激しく首を横に振った。

――冷静になれ、量仁。感情的になるな。今の頭では何も考えられない。感情に引きずられるだけで、正常な判断などできっこない。まずは頭を冷やすことだ。
立ち上がり、直衣《のうし》を脱ぎ捨てた。下帯ひとつの半裸になった。山嵐《やまあらし》、衝天《しょうてん》、乾坤《けんこん》をそれぞれ五百回ずつ行なおう。仲春《ちゅうしゅん》二月の夜はまだ寒いが、すぐに汗が流れ始める。身体をいじめれば、余計なことなど考えなくなる。これまでにもそうして精神的な苦境を切り抜けてきた。頭を冷やすにはこれがいちばんだ。
すべてをこなした。ごろりと床に横たわり、荒い呼吸を整える。やがて正常に近づくと、深く息を吸い、短く止め、ゆっくり吐き出す。それを幾度も幾度も繰り返した。
直衣を着込む。正座し、燭台《しょくだい》に対峙する。賢俊《けんしゅん》の話はいっさい頭の中から払いのけた。心も無にする。眼前の蠟燭の炎を、静かに揺れる燈《ひ》を見つめる。つくづくと凝視する。かつて燈に想を得て幾首か詠んだことがあったのを思い出した。一首ずつ口ずさんでみる。
――さ夜ふくる窓の燈つくづくと　かげもしづけし我もしづけし
――むかひなす心に物やあはれなる　あはれにもあらじ燈のかげ
――ふくる夜の燈のかげをおのづから　物のあはれにむかひなしぬる
――過ぎにし世いまゆくさきと思ひうつる　心よいづらともし火の本
――ともし火に我もむかはず燈も　われにむかはずおのがまにまに
おのがまにまに――さなり、これぞ、これぞ。尊氏には尊氏の理屈があり、わたしにはわたしの言い分があるのだ。おのがまにまに、それだけのことだ、それでいい。おのがまにまに接点が合致すればそれで。
ようやくにして頭の熱が冷めたと感じる。心は、澄みきった。今ならば尊氏の提案を冷静に吟味《ぎんみ》できるはず。

まず考えるべきは、尊氏はわたしを欺《あざむ》いているか否か、だ。何しろ名うての裏切り者だ。後醍醐に寝返り、後醍醐を裏切った。復位など知らぬと、素知らぬ顔で言い張るのでは——。

熟考に熟考を重ねる。

いや、それはあるまい、と結論した。院宣を聞いて武士たちは奮い立ち、尊氏のもとに馳せ参じるのだ。尊氏ではなく院宣を信じるからだ。よって院宣は尊氏を拘束する。わたしは院宣を出すことで、あくまでも形の上ではあるけれど、尊氏を膝下《しっか》に組み込むことができるのだ。敗走する足利《あしかが》勢を官軍化してやった者をそれなりに遇しないようでは、その者の権威で出された院宣は反古《ほご》も同然、尊氏は武士たちを欺《だま》したことになってしまう。それに、後醍醐を追放すれば、空位になった座に誰かをすえねばならない。後鳥羽《ごとば》をはじめ三上皇一天皇を逐《お》った北条義時《ほうじようよしとき》が、亡き高倉《たかくら》天皇の孫を擢《ぬ》いて践祚《せんそ》せしめた前例のように。ならば院宣を出した者こそが、それに相応《ふさわ》しいのは衆目の認めるところとなろう。よって尊氏は約を違《たが》えまい、わたしの復位は間違いない——まずはよし、吟味にとりかかる大前提がこれで成立した。

されば、わたしの持つ選択肢は二つ。尊氏の欲する院宣を下すか下さないか。その結果が、やはりこれも二つ——それで尊氏は勝つか、それでも敗れるか。考えられる組み合わせは唯《ただ》の四つだ。
一、院宣は下さぬ。それで尊氏は敗れる。
二、院宣は下さぬ。それでも尊氏は勝つ。
三、院宣は下す。それで尊氏は勝つ。
四、院宣は下す。それでも尊氏は敗れる。
改めて心を落ち着け、一つ一つを順に考えていった。

まず「一」。ここに、わたしの出番はない。まったくない。完全な傍観者として終始する。まさに今のわたしだ。今のわたしそのままだ。いてもいなくても同じ。終わった存在、不要な人間。

――しかし、おまえは今のままでいたくないから、こうして考えに考えているのではないか。そうだろう、量仁。

尊氏が敗れれば、後醍醐の親政は続く。戦乱の収まることはない。武士団という不安定要因を直截抱え込んでいるのだから。隆蔭《たかかげ》が常々懸念しているように、この先、新田《にった》義貞あたりが第二の尊氏ともなりかねない。であるからには後醍醐政権の継続となる「一」は迷うことなく退けられるべき。

次に「二」だ。わたしの出番がないことでは同じだが、尊氏が勝つと、すべては尊氏の思うがままになる。後醍醐は退位を強いられ、尊氏の担ぎ出す者が天皇となろう。かつて北条義時は、皇位の継承から遙かに遠かった高倉帝の孫を天皇にすることで朝廷を膝下に置き、意のままに操った。尊氏もそうするだろう。征夷大将軍となって幕府を開き、天皇を屈服させる。わたしが択《えら》ばれる可能性は限りなく低い。要求に応じなかった者を尊氏が相手にするわけがないからだ。

それはそれでいいか。わたしでなくとも誰であれ天皇がこの先も続くならば。最も怖れるのは、尊氏が義時を範《はん》とするのではなく、新皇を称した平将門《たいらのまさかど》に倣《なら》うこと。つまり尊氏が天皇に代わることだ。源氏は清和《せいわ》天皇の末裔《まつえい》ということを楯に、権力を握ったからには、どんな横車でも押し通すだろう。しかし、それは新王朝の誕生であり、皇統の断絶を意味する。天皇家は国常立尊《くにのとこたちのみこと》に始まり、天照大神《あまてらすおおみかみ》の天壌無窮《てんじょうむきゅう》の詔勅《しょうちょく》によって代々続いている。その伝統が破壊されてはならない。絶対に阻止すべき。叔父も『誡太子書《かいたいしのしょ》』で学問天皇を説きつつも「不孝の甚《はなは》だしき祀を絶つに如《し》かず」と皇統継続の大切さを訴えていたではないか。

尊氏が勝つ以上は、やはりこのわたしが尊氏の勝因に与《あずか》っていたい。そうでなければならぬ。その唯一の方法が院宣だ。尊氏の欲しているものだ。わたしの院宣によって尊氏は勝てたということにしたい。皇統の断絶は無論のこと、幕府に屈服するだけの天皇であっても、やはりだめなのだ。義時によって践祚した後堀河《ごほりかわ》天皇、その子の四条《しじょう》天皇、そしてその次の後嵯峨《ごさが》天皇は弱い天皇だった。後嵯峨はわたしの高祖父だが、天皇位に即《つ》かせた二人の息子のうちどちらを正嫡とするか決断できず、裁定を幕府に委ねたまま崩御《ほうぎょ》し、その結果、天皇家が二つに分裂する悪しき結果を招来した。天皇はますます弱体化した。

となれば院宣を出さないという選択は、もはやあり得ないように思われる。

では「三」か。院宣を出し、尊氏が勝つ。それが賢俊を密使として送ってきた尊氏の思い描く図式である。わたしの私的な遺恨《いこん》を脇に置きさえすれば、これが最も望ましいと認めざるを得ない。尊氏を征夷大将軍に任命し、幕府を開かせてやる。何の異存もない。後醍醐でさえ武士は統制できなかった。況《いわ》んや、このわたしにおいてをや、だ。そもそも後醍醐が隠岐を脱出するまで、この世には征夷大将軍も幕府も存在したのだ。何のことはない、三年前に復するだけだ。征夷大将軍と幕府は別物に置き換わるが、ただそれだけのことだ。

復位したわたしは幕府と共存してゆくことになる。幕府との共存――後白河《ごしらかわ》法皇以来、百五十年近く連綿と続いてきた、いわばそれが現状であり常態だった。後醍醐はその現状を、常態を破壊し、古《いにしえ》に復することを企てた。予言者たる叔父は、かつてそれを時代錯誤だと断定したものだ。時代錯誤を強引に推し進めた結果、後醍醐は戦乱に次ぐ戦乱を連鎖的に引き起こしている。「三」こそが戦乱を終熄させ、現状に復するものといえるのだ。

そうなれば、院宣を出して尊氏を勝利に導いたわたしは強い立場になれる。後堀河天皇以後の弱い天皇ではなく、後白河、後鳥羽の初期朝幕関係、源氏三代の頼朝《よりとも》時代のような力関係ほどにまでは戻すことも可能かもしれない。

では、院宣を出しても尊氏が敗北を喫したらどうか。最後の「四」がそれだが、後醍醐からの報復は必至だろう。わたしは賊軍の将に通じた恥知らずの上皇として罰を受けることになる。それがいやなら、出さなければいい、院宣など。

でも――それでも、やはり出さねばならない。この身はどうなってもいい。後醍醐の戦乱を終熄させることが何よりだ。後醍醐を止めることが。げに身体を張るということだ。

尊氏には勝ってもらわなければならない。勝つにしても、院宣なき勝利か、院宣を得ての勝利か、どちらが望ましいかといったら考えるまでもない。

勝たせるのだ、尊氏を。このわたしの院宣で。

『誡太子書』にはこう記されてあった。

「内に哲明の叡聡《えいそう》有り、外に通方の神策有るに非《あら》ざれば、則《すなは》ち乱国に立つことを得ざらん」

今の場合、院宣を出すことが「通方の神策」であるに違いない。

もはや心は決まった。

それにしても、思いがけずも院宣とは。院宣が出せるのは上皇なればこその特権だ。

『院号を手に入れたことは満更でもないかもしれませんよ』

実継《さねつぐ》の言葉が思い出される。当時は院号を無価値、有名無実として顧みなかった。わたしは間違っていた。実継にしてもここまでを見通してのことではなかったろうが、真理は突いていた。

懽子《よしこ》内親王のため、娘可愛さでわたしを上皇にしたことは致命的な誤算だったと、いずれ後醍醐は悔いることになるだろう。そうなってあれかしだ。

紙と墨を用意し、筆を執った時、ふと、仲時の面影が胸に浮かび上がった。

——許せ。わたしは裏切り者と手を結ぶよ。おまえたちを自死へと追いやった者と。これしか手はないんだ。今は後醍醐を逐《お》うことが何よりも優先する。そのためには、どんな汚名でも着るつもりだ。わかってくれ、仲時。

うなずきもせず、かといって首を横に振りもせず、次の瞬間、仲時の姿はふっとかき消えた。

そう、これは尊氏とわたしの問題ではない。後醍醐とわたしの戦いだ。天皇対天皇の一戦だ。尊氏が勝つのではなく、わたしが勝たなければならない、後醍醐に。

後醍醐への個人的な恨みからではないか？　わたしに天皇復位の野心はないか？　寸毫《すんごう》でもありはしないか？　最後に今一度、心の中を検《あらた》める。

ない。そう断言できる。後醍醐を除こうとするのは、あくまで戦乱を終熄するためだ。それだけだ。その至誠に不純なものは、ない。でなければ尊氏と結びなどしない。——誓えるか、量仁。

わたしは神に誓い、自分に誓った。

筆先に墨を含ませ、紙の上に走らせた。院宣を書きながらさらに自分に問う。

案ずるに、尊氏は天性の裏切り者だろう。自分を利するものに平気で付く。尊氏と結んで、この先、いつまた裏切られるかもしれない。その報いを受ける覚悟はあるか、責任を引き受ける覚悟はあるのか、どうだ量仁。

ある、とわたしは答える。そうか、あればいい。悪いのは、ここで何もしないことだ。なすすべもなく傍観することだ。仏教者は諸行は無常だといっていればいい。わたしは神の子孫だ。この国と民に責任を持つ天皇だった。今一度、天皇たろうとするからには——。

一人で決めた。自分だけで決断した。誰かに諮《はか》ることもなく即断即決した。それで果たしてよかったのか。病床の父はともかくも、出家したとはいえ法皇ではある叔父に、あるいは実継に、経顕《つねあき》や資明《すけあき》らに意見を求めるべきではないか。――最後に思ったのはそのことだった。しかし、考えは変わらなかった。

――すべての責任は、わたし一人で負おう。

一気呵成《いっきかせい》に院宣を書き終えた時、耳元に水の、いや波の音を聴いた。

「尼《あま》ぜ」

あの声だった。甘えるような、それでいて不安げな幼子の声。

「われをば、いづちへ具してゆかむと――」

さなり、わたしを幾度か怯えさせた声。だが今度は最後まで言わせなかった。

幼帝の頑是《がんぜ》ないその問いかけに、尼ぜ――外祖母で、平清盛《たいらのきよもり》未亡人の二位尼こと平時子《ときこ》は「浪のしたにも都のさぶらふぞ」と答えて孫を道連れに入水自殺したと伝わる。

「ないよ、浪の下に都など」

わたしは初めて声に応じた。それも笑って。苦笑だった。

「いいかい、言仁《ときひと》。都というものは、天皇たらんとする者の決意の下にあるんだ」

幼帝ではわかるまい。言い聞かせるようにそう口にしたその瞬間、久しく憑依していた言仁――安徳《あんとく》天皇の怨霊がわたしから離れていくのを感じた。

息をひそめる思いで九州の情勢が報じられるのを待った。しかし、尊氏に関する情報は一向に届かない。耳にするのは、尊氏討伐の軍勢が続々と京を進発してゆくというものばかり。密使の賢俊は院宣を尊氏に無事、渡せただろうか。それすらわからないのが、何とももどかしかった。かくするうちに父の病勢が次第に悪化し、恢復《かいふく》を祈る母は御髪《おぐし》を下ろした。

月が改まり、三月も中旬に入ろうかという頃、ようやく尊氏の動静が伝えられた。筑前多々良浜《ちくぜんたたらはま》で菊池武敏《きくちたけとし》の軍を破ったという。菊池党は九州最大の後醍醐支持勢力とのこと。朗報には違いない。だが、それきりとなった。またも情報は途絶えた。

わたしには祈ることしかできなかった。『般若心経《はんにゃしんぎょう》』を書写し、伊勢大神宮《いせだいじんぐう》、石清水八幡宮《いわしみずはちまんぐう》、春日大社《かすがたいしゃ》に奉納した。「願わくは一巻書写の功徳《くどく》を以て、三界流転《さんがいるてん》の衆生《しゅじょう》を救わしめん」と奥付に記した。わたしの究極の願いは戦乱に苦しむ民を救うことなのだから。

祈りを歌に込めもした。

――国やたれ民やすからぬすゐの世も　神かみならはたゝしおさめよ

――神にいのる我ねき事のいさゝかも我ためならは神とかめたまへ

こうした歌を日吉山王七社《ひよしさんのうしちしゃ》に供えた。二首目は、かつて父が後醍醐を指弾《しだん》した「身のためにして世を傾くるにあらずや」の文句を思い出してのものだ。わたしの祈りは我が身のためではない。少しでもそうなら、神よ、咎《とが》めたまえ、と。

その父が四月六日、崩御した。享年四十九。後伏見《ごふしみ》と追号された。病み衰え、口もきけず、目も見えず、最後は眠るように逝った。かつて満開の花を咲かせて人の目も心をも奪った桜の名木が、盛りを過ぎて花を散らし、葉も落とし、枝さえ折れ、細りに細って朽ち倒れる、そんな最期とわたしには思われてならなかった。父は死ぬ日まで番場蓮華寺《ばんばれんげじ》の衝撃から立ち直れなかったのだ。

尊氏が博多を進発し、海路、東に向かっているとの情報が齎《もたら》されたのは、父がこの世を去ったまさにその日のことだ。弟の直義《ただよし》は山陽道を東進しているという。悲報と朗報が二つながらに飛び込んだ日だった。

父の死を悲しみながら、わたしは足利軍の出発を愁眉《しゅうび》を開く思いで聞いた。迎え撃つ後醍醐軍の情勢についていえば、北畠顕家《きたばたけあきいえ》は早くも先月奥州へ軍を返し、楠木正成《くすのきまさしげ》は内裏守護で京都を離れず、尊氏討伐を命ぜられた新田義貞は、一気に九州へ攻め入るはずが、途中の播州白旗城《ばんしゅうしらはたじょう》に籠もる赤松則村《あかまつのりむら》の攻略に手こずっている。則村は尊氏を討つはずの義貞軍を一か月以上も足止めしたことになる。

この先どうなるかはわからない。しかし足利軍は西走しはしたものの、壇ノ浦で滅んだ平氏のようにならなかったことだけは確かだ。尊氏は〝東征〟の途に就いたのである。

父の葬儀は持明院殿《じみょういんどの》でささやかに執り行なわれた。逼塞《ひっそく》した法皇の死、所詮はそういうことでしかない。さなきだに京都は今、戦時下にあり、しかも足利軍が迫るとあって混乱を極めた。弔《ちょう》問《もん》の公卿たちの数は思った以上に少なかった。

その中に洞院公賢《とういんきんかた》の顔を見つけて、わたしは驚いた。公賢は名門洞院家の当主で、齢はわたしと二十二歳離れている。後醍醐の皇太子邦良《くによし》親王の東宮大夫《とうぐうたいふ》を務め、隠岐に流される前の後醍醐の朝廷では内大臣に任じられたが、わたしが天皇になっても父の院政のもとで院執事として活躍した。どちらの側からも引き合いのある有能な男だった。賢人、そう評されている。

二人だけで話した。彼のほうから目顔で密談を求めてきた。人払いをしたが、それでも公賢は声をひそめて言った。

「尊氏めが、新院さまの院宣を得て兵を募っているやに仄聞《そくぶん》いたしました」

「そう問うは、今上《きんじょう》の意向かな」

問いを返した。その通りだと肯定できるはずもない。

「さにあらず。新院さまのご決断に、公賢、いささか驚いております」

「院宣を出したとは認めていないが」

「そういうことで宜《よろ》しゅうござる。真偽を問題にする気はござりませぬゆえ。ですが、是非は論《あげつら》いとう存じまする」

公賢は鋭くわたしを凝視した。その目は左右に離れ、いわゆる藪睨《やぶにら》みだ。眼光は強く、ただ者ではないと誰でもすぐわかる。

「これまでの行きがかりを詮じまするに、この一件、新院さまがお持ちかけあそばすはずもなし。とすれば尊氏のほうより願い出たること。で、新院さまはご応じになった。さぞ、お迷いあそばされたでありましょう。応じず尊氏が負ければ、戦乱は一時的には収まりましょうが、この先も続く。応じず尊氏が勝てば、天下は尊氏のものに。ゆえに応じざるべからず、と。尊氏との遺恨を振り払い、天下国家の行く末をご案じあそばす、実に見事なものでございます」

舌を巻いた。さすがは賢人と評されるだけのことはある。公賢はわたしの思考の軌跡《きせき》を的確になぞっている。声に皮肉の響きはない。

「されど、応じて尊氏が勝てばよし、負ければ自らの破滅を招く。にもかかわらず応じるとご決断あそばした。それもこれも、我が身の無事よりは、戦乱をおさめることが国のため、民のためと思《おぼ》し召されたからかと。僭越《せんえつ》ながら公賢、新院さまのご成長を拝見する思いにございます」

尊氏がわたしの院宣で兵を募っているという情報であれば、これまでに資明、経顕らからも齎されていた。真偽を問い糾《ただ》され、わたしの下した院宣だと肯定すると、彼らはいちように驚く。驚いたうえで納得しはするものの、公賢のように、わたしの思いを端から言い当てた者は初めてだ。ましてやそれが、現下、後醍醐の朝廷にあって従一位右大臣を務める男だというにおいてをや。

「成長だって？」

「以て瞑《めい》すべし、本院さまは安心して黄泉路《よみじ》をお下りになれましょう」

「何が言いたい、公賢」

「畏《おそ》れ多いことではござりますが、君の器《うつわ》を量るのも臣たる者の務め」

「器？」

「御意。君には君の、臣には臣の処すべき道あり。君に盲従するばかりが臣の道に非ず」

「………」

君と臣はおのがまにまに――。それが公賢の政治信条というわけか。

「公賢は、それを我が目で確かめに参ったのでござる。ご安心のほどを。院宣の件、今上は尊氏が捏造《ねつぞう》した偽院宣とお思いでございますれば」


暦は五月に入った。

十八日、真夏の陸路を進撃する直義の軍は備中福山城《ふくやまじょう》を抜いて播磨に迫りつつあるという。してみれば海路を併進しているに違いない尊氏は、播磨灘の辺りを航行中だろうか。赤松則村の白旗城攻めに執拗《しつよう》に拘《こだわ》り続けていた義貞が、さすがに窮地を悟って退却したとも伝わった。兵庫を離岸した尊氏敗走から僅か三か月余り。近く反撃して参りましょうという経顕の読みは、かくも正しく現実のものとなった。

七日後の二十五日に尊氏は敗走の地である兵庫に雪辱の再上陸を果たし、山陽道を進んできた直義の軍と合勢した。布陣していた義貞は防ぎきれず、敗れて京都に撤退、正成は湊川《みなとがわ》に戦って死んだとのことだ。京都を一時的に抛棄《ほうき》し、足利軍を誘い出したうえで雌雄を決するという献策が後醍醐の用いるところとならず、実は覚悟の自決だったとの噂が流れた。

二十六日、興仁《おきひと》と秀子《ひでこ》を実継に委ねた。幾たびか戦火に巻き込まれた経験が、わたしの中に先見の明とでもいうべきものを育《はぐく》んでいた。生まれて二年余りの興仁は、実継が手を引いて持明院殿を後にする秀子の胸に抱かれ、見送りに出たわたしに愛くるしい笑顔を向けて、夜目にも白い小さな手を懸命に振った。事情を知るはずもないが、けなげにも父を励ましているように思え、目頭が熱くなった。

太田判官全職《おおたほうがんたけもと》と名告《なの》る鍾馗髭《しょうきひげ》を生やした部将が手勢を率いて持明院に乗り込んできたのは、その翌日早朝だった。今上はすでに比叡山にお向かいあそばした、ついては両院、両親王とも身の安全のためお連れせよとの勅命である、と。滑稽《こっけい》なまでに四か月前の茶番劇の再演だった。身の安全と言うが、命令口調で怒鳴り立てる高圧的な態度に接すれば、力ずくの連行を意図していることが一目瞭然だ。

「幼き親王さまはいずこにおわす」

全職の手の者は興仁を求めて屋敷を駆け回った。だが見つけ得ず、よほど時間が気になるのだろう、結局は諦めた。叔父、わたし、弟の三人が輦《てぐるま》へと追い立てられた。屋敷に居合わせた実継と日野資名が供奉《ぐぶ》した。実継は秀子と興仁を父公秀の許に預け、その報告も兼ねて持明院殿に戻ってきていたところだった。資名は謹慎中の身を押して昨夜から駆けつけてくれていた。

出発は卯《う》の刻《こく》だった。幾度こういう愚かなことが繰り返されるのだろう。自分に何の力もないことが腹立たしかった。上皇とは名ばかりの……いや、己の無力さを嘆くばかりでは何も始まらない。わたしから行動を起こさねば。

仲夏五月二十七日の空は真っ青に澄み渡り、烈しく照りつける朝陽に入道雲が純白の輝きを放っている。地上の地獄絵図を毫《ごう》も映していない眩《まぶ》しい夏空だ。番場蓮華寺の惨劇も、まさしく五月だった。いつも運ばれる身だ、と思った。運ばれてばかり。三年前は仲時《なかとき》に、四か月前の今年一月は後醍醐によって、そして今また――。

　同じく運ばれる身の叔父は輦の上で念仏を唱え続けている。後続のわたしの目に入るのは背中だが、表情はいつものように穏やかだろう。

「兄者、だからさ、あれほど我らもいずれかへと申したに」

　後方から弟が不貞腐《ふてくさ》れたような声音で不満を鳴らした。

　振り返ってたしなめる。

「口を慎《つつし》め、豊仁《とよひと》。親王らしい振る舞いを心がけよ」

　昨夜遅くから後醍醐配下と思しい者たちが持明院殿の出入りに厳しい警戒の目を注ぎ始めた。秀子と興仁は辛うじてその前に逃がし得たが、その後は、わたしたちが同じことをするのは不可能になっていた。

「早う、早う、もっと早う」

　全職は一行を急がせる。彼のみが騎乗、十人ばかりの配下は歩行だ。しきりと後ろを気にする様子を見れば、今にも足利勢が現われはしまいかと焦っているらしい。彼が懸念するのも実はもっともだった。西、南の方角からすでに幾筋もの黒煙が上がり出していた。洛中に突入した足利軍先鋒との間で戦闘が始まっているのだ。

　まもなく鴨川の白い流れが見えてきた。一月のあの日と同じ風景。前方に、より緑の濃さを増した比叡の夏山が大きく立ちはだかる。渡河すれば北白川。法勝寺《ほっしょうじ》の巨大な八角九重塔が目に入る。天空を衝《つ》くようにそそり立っている光景も変わらない。だが一つだけ、あの時と大きく異なる状況がある。わたしと尊氏は同志だということだ。今上は尊氏が捏造した偽院宣とお思い――先月そう公賢は言ったが、さすがに疑いを持ち始めている頃だろう。

　このまま比叡山に着いてしまっては万事休す。行動だ。運ばれるのではなく、運ぶ側にならなければ。運ぶのは自分。自らの運命を自らで運ぶのだ。わたしは心を決めた。脇腹を押さえ、大仰《おおぎょう》な呻《うめ》き声をあげた。ぎょとした顔で鐘馗髭の全職が振り返る。

「輦を、輦を降ろせ。少し、休みたいのだ」

　痛苦の声をいよいよ激しくした。担ぎ手は皆、持明院殿の家人である。主人の下命に即座に反応した。輦は停まり、路上に降ろされる。後続する豊仁の輦が同じ動きを見せ、前方をゆく叔父の輦も停止した。

　全職が噛みつくような声を飛ばした。

「新院さま、何事でござる」

「見てわからぬか、腹痛ぞ。しばし朕《ちん》を休ませよ」

　わたしは前のめりの姿勢から、転げ落ちるようにして輦より道端に降りた。腹を押さえてうずくまり、嘔吐《おうと》寸前のふりを繰り返す。

「上皇さまっ」

　扈従《こしょう》する資名と実継が背中をさすった。

「兄者」

「大丈夫か、量仁」

　弟と叔父も輦から降りて駆け寄った。

「ええい、一刻を争うこんな時に」

　全職が黒煙に目を走らせ、焦《じ》れたように足摺《あしず》りした。

「判官よ、さまで急ぐなら先にゆけ。新院の恢復《かいふく》を待って後を追うゆえ」

豊仁が先ほどとは打って変わって、親王ならではの気品と風格を見せて全職に対峙した。

全職の顔に焦りと苛立ちの色が刷《は》かれた。

「では本院と親王だけでも、すぐ輦にお戻りあそばされい」

「お苦しみの新院を棄てておけと申すのだな」

豊仁も負けてはいない。

「太田とやら、事の次第は、きっちり今上に申し上げるゆえ、そのつもりでいよ」

「ううむ……」

躊躇《ためら》いの色が全職の顔面に上塗りされる。

「しばしお待ちいたさん。なおもご恢復のなき時は、無理強いにもお連れ申すのみ」

休憩の時間は半刻と与えられなかった。その短い間にも青空に縞模様を描く黒煙の数は増し、紅色の炎の舌も見えるようになった。家屋の焼ける臭いが漂い流れ、干戈《かんか》の響きも伝わってきた。

「もはや待てぬ。方々、輦にお戻りあれ。うぬら、新院さまを輦へお乗せ奉るのだ」

全職が焦れたように命じ、武士たちが威嚇《いかく》のため抜刀して、わたしの周りから従者を追い払おうとした時、蹄《ひづめ》の音が聴こえた。ここまで辿ってきた方角からだった。数百の蹄の蹴立てる厚い土煙が街道の端にあがって、純白の入道雲に泥を塗るようだった。煙幕の中から騎馬武者の一団が出現した。その数はゆうに百を超す。こちらは十数人。彼我《ひが》の差は比較するも愚かだ。

「足利軍だっ」

誰が叫んだか、その戦《おのの》く声が全職以下を一気に恐慌に叩き込んだ。彼らは騎馬武者とわたしたちを交互に見た。そして、我先にと走り出した。全職の馬はすでに遙かその先を駆け去っていた。

取り残されたわたしたちの前に騎馬隊が停止した。二ツ引両《ふたつびきりょう》――足利の笠験《かさじるし》を染め出した幟《のぼり》が彼らの背に勇壮に翻《ひるがえ》っている。先頭の馬に乗っていた男は鎧兜ではなく墨染めの僧衣姿だ。僧侶らしからぬ軽快な身のこなしで地上に降り立った。

「新院さま、遅ればせながら、お迎えに参上つかまつりました。これらの騎馬武者、尊氏卿が遣わせし足利の精鋭《せいえい》どもにございます。己が手足の如くお使いあそばしませとのご伝言です。持明院殿に向かいましたところが、一足違いでございましたゆえ、急ぎ追って参った次第に。いやはや、間一髪でございましたな」

わたしは身を起こした。

「よく戻ってきた、賢俊」

もう痛苦を偽《いつわ》る必要はない。平静な声音に戻して言った。

「兄者」

豊仁が満面の笑みをこちらに向けた。

足利尊氏と対面したのは、数日を経た六月三日のことだった。場所は、尊氏が本陣を置く石清水八幡宮である。わたしの知る清らかで静謐《せいひつ》な神域とは様相が一変していた。あちこちに幔幕《まんまく》が巡らされ、ものものしく武装した隊列の出入りが引きも切らない。兵士たちの表情は硬く、目に闘志の光を漲《みなぎ》らせている。命令、復唱、点呼、怒鳴り声、馬の嘶《いなな》きが渾然《こんぜん》一体となって耳を聾《ろう》する。

――またこのようなところに来てしまったか。

六波羅の探題に避難した三年前の光景が頭をよぎる。しかし今回は避難ではない。戦うため、わたしはここに来た。

賢俊が追いついたことで辛くも窮地を脱し得た後、足利の精兵に護衛され、まずは六条殿《ろくじょうどの》の長講堂《ちょうこうどう》に腰を落ち着けた。洛外の持明院殿には戻らなかった。いずれは帰還を果たすつもりだが、今のわたしは戦いの途上にいる。後醍醐と戦うために転戦は覚悟のうえだった。

足利の兵を擁して洛中の六条殿に入ったことは、わたしが後醍醐に敵対する意志を満天下に闡明《せんめい》した。京都を棄てて比叡山に避難中の天皇と、足利の兵を率いて洛中に君臨する上皇という対決の構図、それを公然と見せつけた。股肱《ここう》の臣である勧修寺《かじゅうじ》経顕、日野資明、四条《しじょう》隆蔭、六条有光《ろくじょうありみつ》らが急ぎ六条殿に駆けつけた。後醍醐の叡山避難に同行しなかった近臣たちの中からも供奉を願い出る者が少なからず現われた。後醍醐ではなく、わたしを択んだ公卿たちだった。

六月に入り、わたしは叔父、弟、扈従する公卿らを連れて船で淀川《よどがわ》を渡った。洛中《らくちゅう》の交戦が激化したため、石清水八幡宮の本陣にお移りありたいという尊氏の要望に応えたのだ。

淀川を挟んで北方の天王山と対峙する男山《おとこやま》、その頂きに石清水八幡宮は建つ。国家鎮護の社《やしろ》だが、源氏は八幡神を氏神として結縁した。勇猛な八幡太郎義家《はちまんたろうよしいえ》の名はこの社に因み、鎌倉八幡宮はこの神を勧請《かんじょう》したものである。源氏の嫡流を誇る足利尊氏は、まさに源氏に深い縁のある石清水八幡宮に布陣していた。

境内にある檜皮葺《ひわだぶ》きの建物が御座所に当てられた。尊氏との対面はその大広間で行なわれた。左右に公卿が居並ぶ中、従えてきた直垂《ひたたれ》姿の部将たちを庭に残し、一人昇殿を許された尊氏は、静かな足取りで床をわたしの前に進んだ。他の者たちのように武士の衣装でよいものを、完璧な衣冠束帯姿であるのは、後醍醐に授けられ、後醍醐に剝奪された従二位の官位をことさら誇示するつもりからか。三年前、名越高家《なごえたかいえ》と並んで亡き父の前で拝謁《はいえつ》した時、公家装束のほうが似合いそうだと感じたが、そのおっとりとした印象はそのままだった。ややうつむけた顔に浮かぶ茫洋《ぼうよう》とした表情も変わっていない。

「どことのう頼りない男であるな。あれで総大将が務まるのであろうか」

父の言葉がふと思い出された。その頼りない男が、よもやの裏切りを行ない、今また二度目の裏切りに手を染めている。一度目はわたしを裏切って後醍醐を担《かつ》ぎ、二度目は後醍醐を裏切ってわたしを担ぐ。それが目の前の、父の目にどこか頼りなげに映った男だ。しかし何にせよ、今回の戦いは後醍醐対尊氏であってはいけない。後醍醐と、このわたしとの戦いにしなくてはならない。世間に、延《ひ》いては歴史に、そう認識させねばならない。

わたしの心中は複雑だった。尊氏は、天皇位に在ったわたしを一転、無用、不必要な存在に貶《おとし》めた。そして自分の立場が危うくなると今度は有用、必要な存在に引き上げた。何とも勝手な男だった。そういうわたしも、戦火を鎮めるため、つまり後醍醐を退けるため、そんな尊氏を必要とせざるを得ない。まさに、おのがまにまにだ。裏切り者と結んだわたしも同じく、勝手で、私欲に走った、恥知らずの上皇と世間は見做《みな》すだろう。それはいい。気にしないつもりだった。しかし、いざ実物の尊氏に接すると心が波立つ。

わたしの心を知るや知らずや、尊氏は作法に適《かな》った平伏をし、礼を述べた。戦いを有利に進められるのは院宣のおかげである、と。意外や朗々《ろうろう》と響く声は、広間の公卿たちだけでなく、庭先に畏《かしこ》まる彼の部将たちの耳にも届いたはずだ。

「尊氏よ」

わたしは言った。よい機会だ。尊氏が院宣の拘束下にあることを、ことさらに強く印象づけておかねばならない。

「ははっ」

上げかけた顔が慌てて元に戻った。

「何を手間取っている。早う逆賊《ぎやくぞく》義貞を討て。朕《ちん》の心を安んぜしめよ」

「ははああっ」

額が床にこすりつけられた。


足利軍は洛中での戦闘を優位に展開しているらしかった。二日後の六月五日には直義が比叡山攻めを始めたとの報が届けられた。それを受け、本陣をさらに進める必要があることから、尊氏は陣頭指揮を執るべく石清水八幡宮を出発していった。わたしのもとに参じる公卿の数が日を追って増え始めたことは足利有利を証明する何よりのものと言えた。

六月十四日になって、わたしたちは再び淀川を渡った。今度は南から北へ。そして、尊氏が新たな本陣を置いた東寺に迎えられた。

羅城門《らじようもん》が近づき、鳳輦《ほうれん》から遠望して、あそこには確か東寺《とうじ》があったはずと目を凝《こ》らし、近づいてみれば東寺が完全に要塞化されてしまっているのに驚愕《きようがく》した。もとより羅城門の東側に建立《こんりゆう》された東寺は王城鎮護《ちんご》、国家鎮護の性格を担わされているが、寺自体が城郭に改造されたかのようだった。塀にはさらに高い壁がぐるりと張り巡らされ、その上には弓兵が配置されている。周囲には大小幾つもの櫓《やぐら》が構築され、攻め寄せる敵を効果的に迎え撃てる設計になっているらしかった。境内に入れば、そこは石清水八幡宮がそうであったように鎧兜の武者、雑兵《ぞうひよう》、兵馬、荷駄が混沌と犇《ひし》めく純然たる軍事基地だった。

数ある堂宇のうち灌頂堂《かんじようどう》が御所に当てられた。わたしは院宣を発給した。まずは高野山金剛峯寺《こうやさんこんごうぶじ》の旧領を安堵したり、東大寺別当を補任したりすることから始めた。この国のあるじは比叡山に難を避けているあの男ではなく、東寺にいる上皇こそ今や治天の君なのだと、ここぞと天下に示さなければならなかった。言うまでもないことながら、院宣の発給とは公然たる政務である。

数日後、比叡山の攻略にかかっていた直義が、半月間に及んだ猛攻の末、結局は攻め落とせずに東寺へと退却してきた。尊氏が直義を連れてわたしのもとに祗候《しこう》した。

「弟の直義にございます」

そう告げる尊氏の傍らで殊勝《しゅしょう》に頭を下げる青年武将の姿に、わたしは胸を衝かれた。

「顔をあげよ、直義」

直義はさっと顔を振り上げた。

やはり似ている、仲時に――そう思った。造作一つ一つは別物だが、涼やかさ、爽やかさは仲時その人かと息を呑むほどだった。もちろん兄弟、それも同母の兄弟だから尊氏のほうに似ているのは言うまでもない。しかし、輪郭も造作もどこか漠然としている兄に較べ、似た造作ながら端然《たんぜん》と彫刻されているかのような直義の顔貌は、やはり仲時の再現を思わせた。

「義貞は強いか？」

わたしは訊かずもがなのことを訊いた。直義の畏《かしこ》まった顔に微笑《びしょう》がそよいだ。そんな反応も仲時に似ていた。

「山城を落とすのは兵糧《ひょうろうぜ》攻めに如《し》かずでございます。わたしの役目は、足利め、攻めきれなかったではないかと義貞を慢心《まんしん》させ、油断させることにありました」

「とは？」

「利ありと見た義貞は必ず山を下りて決戦を挑んで参りましょう。そこからが我が兄尊氏の出番にございます」

尊氏をちらと見やった直義の顔には信頼と敬愛の色が見えた。直義の視線に応じる尊氏の目に温かな色が浮かんだ。思いのほか強い絆で結ばれた兄弟のようだった。いつもの尊氏とはどこか違う、活力らしきものがあると感じられたが、今わかった、直義の存在ゆえだったのだ。

尊氏は胸を張り、朗々とした声音で断言した。

「ご安心あそばしませ、新院さま。秋の深まるまでに、我ら兄弟、義貞めを降《くだ》してご覧に入れまする」

義貞は必ず山を下りて決戦を挑んで参りましょう――直義の言葉は当たった。再び洛中が戦場になる日が来た。

六月三十日――。

夏越《なごし》の祓《はらえ》どころではなかった。いつの間にか大きくなった鬨《とき》の声、剣戟《けんげき》の音、馬蹄の響き、弓弦のどよもし、矢音がなどがあちこちの方角で渦を巻いて入り乱れ、近づき、もはや止むことなく間断なく続くようになった。灌頂堂にいても間近で聞こえるほどだった。

「東寺は包囲されてしまったようにございます」

経顕が報告した。経顕は例によって灌頂堂に出入りを繰り返し、刻々と移り変わる状況を逐一伝えてくれていた。経顕を始めとして資名、資明、隆蔭、有光らが他の公卿たちより落ち着いた顔色なのは、六波羅脱出という地獄の経験を経ているからだろう。他に泰然としているのは念仏を唱えている叔父ぐらいのものだ。

わたしも肝を据えてかかっていた。院宣は尊氏を拘束したが、こちらも院宣に拘束される身だ。つまり尊氏とわたしは院宣を通じて一蓮托生《いちれんたくしょう》。勝てばよし、負ければ共に滅ぶ運命にある。結果がどうなろうと運命を甘受するしかない。この事態を招いたのは、畢竟《ひっきょう》わたしが尊氏に院宣を下したことによる。わたしが起こした戦い、わたしの戦いだ。ならば尊氏ではなく、わたしこそが総大将を務めねばならない。総大将の使命は一つ、自軍を勝利に導くことだ。改めてそのことに思いを致す。

後醍醐もそう考えているだろうか。自分の戦いだと。義貞ではなく、自分が総大将なのだと。そうに違いない。であればこそ不屈の意志で隠岐を脱出し、尊氏という獅子身中《しんちゅう》の虫を決然と切り捨て、今なお忍耐強く比叡に籠城している。逃げ隠れしているのではない、総大将として戦っているのだ。そう考えて、わたしは戦慄した。こちらも自分が総大将だという自覚、気概、気迫がなければ後醍醐に敗れる。総大将が負ければ、自軍は敗北となる。天皇は祈る存在だ。だから天皇と天皇の戦いは祈りの戦いとなる。後醍醐は義貞の勝利を祈るのだろう。わたしは、違う。

灌頂堂の広間を抜け出して、ひとり奥の一室に入った。石灰壇《いしばいのだん》として代用している上皇専用の部屋だ。毎朝、ここで祈っている。わたし以外は扉を開けぬよう厳しく言い渡してあった。

「あ、兄者」

下帯ひとつの豊仁が山嵐の真っ最中だった。どれぐらい前から続けているのか、もう全身が汗みずくだ。

「すまぬ、勝手にここを使わせてもらって。何しろ身体がなまってなまって——」

「豊仁、そなたも祈れ」

「祈る？　何を？」

「わたしたちが祈るといえば、ただ一つ。国と民の安泰《あんたい》だ」

「そりゃそうだが、でも、なぜ今——」

「つべこべ言わず、さあ、祈れ」

わたしは両膝をつき、合掌した。手早く直衣を着込んだ豊仁がしぶしぶ倣う。

「朕《ちん》も入れてもらおう」

扉が開き、狭い室内にひらりと身を入れたのは叔父だった。

「念仏三昧も飽きが来たでな」

わたしたちはひたすら祈り続けた。

どれほどの時間が経過したか、やがて干戈《かんか》の音は潮が引くように静かになっていった。足利軍の勝利に終わった。新田勢は洛中から撃退された。


それからも小規模な侵入は幾度となく繰り返されたが、尊氏の兵はその都度、義貞の兵を比叡山へと撤退させた。

洛中の戦いが一進一退の攻防を繰り返すうちにも、わたしのもとに馳せ参じる公卿の数は徐々に増えていった。機を見るに敏な彼らの選択眼は、それなりに時局、時勢を反映するものだったといえるだろう。

中でも大物は後醍醐朝廷の一員である二条良基《にじょうよしもと》だった。まだ十七歳、位官も従二位権大納言だが、父は昨年に急逝《きゅうせい》した従一位左大臣二条道平《みちひら》。五摂家を構成する二条家の若き当主が、こともあろうに扈従の列を離れ、比叡山を下りて、堂々と東寺に祗候《しこう》した。後醍醐を見限ったのだ。

「それがしをお好きなようにお使いくださいい。仕え甲斐のある君には、この良基、誰よりも有用な臣と存じます」

ぬけぬけと、そう言ったものだ。

良基の大胆な行動は他の公卿たちにも影響を与えずにはおかなかった。東寺の行在所は次第ににぎやかさを増した。彼らの目は、わたしの次なる行動に向けられていた。復位の布告はいつになるのか、と。

七月のある夜、わたしのために用意された湯殿に豊仁も誘った。十六歳の弟の筋肉量は、見た目にも兄のわたしを凌《しの》いでいた。

「ほう、見事なものだな」

「兄者ほど怠ってはいないからな」

生意気な口をきいた。

わたしたちは湯船に入り、肩まで沈め、鍛錬方法を論じ合った。弟によれば、まだまだ鍛えるべき筋肉はあり、それが今後の課題だという。また、既存の山嵐、乾坤、衝天にも改良の余地があり、その案を幾《いく》つか口にした。わたしはそれにいちいち応じながら、最後にさりげなく言った。

「天皇になれ、豊仁」

弟は一瞬、ぽかんと口を開け、

「……おいおい、戯れも度が過ぎるぞ、兄者」

天真爛漫な笑い声をあげた。

「このおれがさ、天皇という柄かよ」

「戯れなどではない」

「…………」

口元からすうっと笑みが消え、一気に両眼が見開かれた。

「いやいや、待てよ、ほ、本気なのか。おれはてっきり兄者が天皇になって――」

「院政を敷こうと思うのだ。わたしの院宣で尊氏は動いた。であれば、その継続というのが自然だろう。後醍醐は親政を択んで失敗したのだし、上皇が政《まつりごと》を執るという従来の方式を踏襲《とうしゅう》するのがよいと考える」

「兄者が、治天《ちてん》の君ということか」

「わたしが天皇だった時、亡き父上が院政をお敷きになった。それを今度、わたしとそなた、兄弟二人でやるんだ。ただし――」

「わかってる。おれは中継ぎの天皇だっていうのだろう。興仁はまだ幼いから。しかし、いずれ天皇位は興仁に」

「そういうことだ」

「叔父上の立場だな。兄者が生まれるまで中継ぎをお引き受けあそばした」

「院政とはいえ、この激動の時だ、天皇も存在感を発揮しなければならない。幼帝ではそれが務まらない。そなたが必要なんだ。太田判官に立ち向かった時の態度には目を瞠《みは》った。治天の君としてわたしがほしいのは、いざという時、ああいう力を発揮できる天皇だ。中継ぎということは、本当に申し訳なく思う。すまぬ」

「気にするな、兄者。中継ぎのほうがいっそ気が楽だ。言ったとおり、おれは天皇っていう柄ではない」

「では、諾《うべな》ってくれるんだな」

「その時がきたら、いつでも言ってくれ。おれは喜んで重荷を下ろす。すぐ興仁に譲るよ」

「心強い。ありがとう」

わたしは安堵した。弟の協力が得られるのは何よりだ。あらゆるものが壊され、ねじ曲げられた現状にあって、旧に復すべきは旧に復し、新たにすべきは新たにして、よりよい世の中を築いていかねばならない。わたしの力だけではできないことだ。そして何よりも、これを好機に、分裂していた天皇家を一つに戻したかった。中継ぎの豊仁、次はわたしの息子興仁、さらには興仁の嫡男が天皇位を継いでゆけばよい。わたしが復位するより豊仁が天皇になるほうが、その布石になるはずだった。

「兄者、おれは喜んでいるんだよ、兄者が復活したのを。あいつに、後醍醐にいいようにされて、このまま終わる兄者でなんかあってほしくはなかった。兄者は天皇になるべくして生まれ、育てられた貴種の中の貴種なんだから」

豊仁は熱い口調で言った。

「兄者の口から泣き言や自嘲や絶望の言葉を聞いたことはない。一度もない。ないが、それだけにさぞ無念だったろうと思う。傍らにいながら、おれにはどうすることもできなかった。せめて兄者を笑わせようと、戯《ふざ》けることがせいいっぱいだった。弟として不甲斐なかった。そんなおれに出番を与えてくれて、こちらこそ礼を言わねばならない。これからは兄者の影法師となって、兄者を支えて参る。いくらでも頼ってくれ」

「豊仁」

鼻の奥がつーんとなった。わたしが差し出した手を、弟は強く握り返した。

弟を天皇にして院政を執るという案を尊氏はすんなり受け容れた。頼朝が鎌倉に幕府を開く以前から院政は始まっていた。京都の政治と言えば院政しか武家は知らない。幕政と院政とは共存してきた。それで百五十年近くもの間、両者は上手くやってきた。尊氏にしても政治は素人だ。旧例に則《のっと》るのが好ましいことはいうまでもあるまい。結局、尊氏はわたしの復位を欲したのではなかった。後醍醐という天皇に対抗し得る天皇、いわば尊氏側の天皇が欲しかっただけだ。わたしでなくともよかったのだ。

公卿たちからも特に異論は出なかった。彼らにとっても院政こそが馴染みである。比叡山を下りてきた公卿たちなどは双手《もろて》を挙げて賛成したほどだ。後醍醐の親政に皆こりごりだった。

後醍醐という今上がいながら、新たに天皇を立てる——。

この図式は五年前とそっくり同じだ。笠置山に籠城中の後醍醐に対し、わたしが立った。今回、後醍醐は比叡山に籠城中で、豊仁が践祚するというわけだ。二人の天皇の並立である。そもそもわたしの時にしてからが、安徳天皇に対して高倉天皇が立てられた前例を踏襲したものだから、今回が都合三例目ということになる。二度目までは悲劇だが、三度目ともなれば、もはや喜劇と言わざるを得ない。

まったく乱れきった世界だ。秩序が失われ、狂ってしまっている。まさに土崩瓦解《どほうがかい》である。しかし笑っている余裕はない。嘆くばかりでもいけない。ましてや諸行無常とうそぶいてなどいられない。地の底に落ちたからこそ、そこから何とかして這い上がり、新たな秩序を造ってゆかなければならない。その重責を担うのがわたしなのだ。

かくして八月十五日、我が弟豊仁親王が践祚して天皇となった。院宣を以ての践祚だった。践祚の場は二条家の押小路《おしのこうじ》烏丸《からすまる》第を借用した。良基が申し出たのを受けた。二条富小路内裏をはじめとして主だった屋敷は皆戦火にかかっていた。豊仁が今上になったことで後醍醐は自動的に廃位された。わたしは引き続き上皇として、しかし、いよいよ政務を見る身となった。

後醍醐は、己の座すべき洛中を比叡山の頂きから見下ろして、今回の推移をどう考えているのだろう。無念か。いや、自分が廃位されたと認めるはずもなく、依然自分こそが天皇だと思っているだろう。むしろ、いっそうの闘志を燃やしたのではないか。

それを思うと晴れがましさはこれっぽっちもなかった。豊仁もそうだったろう。後醍醐が比叡山にある限り、戦乱はまだおさまってはいないのだから。これからの多事多難を考えれば、むしろめまいがしそうだった。

しかし、足利軍の優勢は揺るがずにいる。後醍醐が五年前と同じ運命をたどるのは確実だ。それが早いか遅いか、今となっては時間の問題に過ぎない。だからわたしは戦局に一喜一憂するのは止めにした。この先の治世にのみ、思いを致す。

実際、自分が治天の君になってみると、時代が激しく動いているという実感をより強くせざるを得ない。これまでの治天の君は、旧例に則っていればよかった。鎌倉との間は関東申次の西園寺家が連絡役として取り仕切っていた。尊氏は未知数だ。どう扱えばいいか、どういう関係を築いてゆくか、わたしはそこから始めねばならない。重圧を感じはしたが、押し拉《ひし》がれるわけにはいかなかった。

幼い頃より帝王教育を受けてきたのは、今この時のためなのだ。そう自分に言い聞かせた。この乱れた世、狂った世を引き受けるため、わたしは生まれてきた。それが畢竟わたしの運命、宿命なのだ、と。

それにしても、それなりに継続してきた旧例がどこで破綻したものか――。

「太子宜しく熟《つらつ》ら前代の興廃する所以を観察せよ」

『誡太子書』の一節だ。またもわたしは叔父が六年前に与えてくれた貴重な書をじっくり何度も読み直し始めた。今こそ、ああ、今こそ、この書がわたしには必要だった。「温柔敦厚《おんじゅうとんこう》の教え」「疎《そ》通知遠《つうちえん》の道」など、政を執る者が体すべき事柄が満ちている。

そうだ、わたしは『誡太子書』を亀鑑《きかん》として治天の君たらねばならない。豊仁にも熟読と実践を命じた。遅いということはない。現に、もはや太子でもなく天皇でもないわたしがそうではないか。興仁が成長した暁には、父であるわたしが自らこの書を教えるつもりだ。興仁からその子へ、さらに孫へと、この国に天皇が続く限り代々受け継がれてゆくべき価値ある書であろう。

その意味で『誡太子書』こそは、第二の天壌無窮の詔勅だった。


「世上では……その、大果報人《だいかほうにん》と呼び奉っておる由にございます」

言いにくそうに隆蔭が報告した。彼には、市中の声を報じよと命じていた。どんな悪評であろうと洩《も》れなく拾い集めてきてほしいと。

「果報人か」

「御意。院宣一つで位を得たと申して——」

「事実だ。是非もない」

「院、口さがない下司《げす》どもの、実にたわいもなき僻事《ひがごと》、雑言《ぞうごん》の一つに過ぎませぬ。どうかお気になさいませぬよう」

「気になどするものか」

そういう評判になるであろうことは、院宣を下す決意を固めた時点で織り込み済みだった。自分に納得させていた。戦乱をおさめられるなら、いくらでも汚名に塗《まみ》れてかまわない。

悪評は、三年前にも浴びている。

『先帝を隠岐に流した報いを受けて、あの態よ』

『三年と立たずに報いが来たか』

太平護国寺からの帰途、町衆の好奇の目に晒されながら、そんな無理解な嘲弄《ちょうろう》を直接この耳で聞いた。

院宣一つ、というのは、今さら誰に言われるまでもなく、まさにその通りだ。当の本人であるわたしがいちばんそれを自覚している。わたしは自分で一軍を率いて、後醍醐が擁する義貞や正成の軍と戦ったわけではない。居ながらにして院宣を一つ下しただけだ。提案したのも、わたしではなく尊氏のほうからだ。わたしは唯それに応じ、求められるがまま筆を走らせた。それだけだ。さもしくも復権したさに院宣を下した——世人の目にそう映じているのであればそれでいい。

さもあらばあれ——。

わたしは院宣を下したと言うより、決断を下したのだ。その決断の重みは、わたしだけが知ればいいことだ。その存念あるのみ。


戦火はなおも続いた。敵は豊仁の践祚に反発するように仕掛けてきた。後醍醐としては、三年前にわたしに与えたのと同じ仕打ちを返されたと憤激《ふんげき》しているのかもしれない。もっとも、こちらとしては後醍醐の在位を否定までするつもりはなかった。比叡山を降り、恭順し、退位を自ら認めてくればそれでよかった。その流れが最も望ましい。そうするより後醍醐に残された道はあるまいに。

豊仁の践祚から八日後の八月二十三日、洛東阿弥陀ヶ峰《あみだがみね》に布陣した義貞の軍が山を駆け下り、賀茂《かも》糺河原《ただすがわら》で合戦となった。六月三十日の洛中侵攻以来、約二か月ぶりの大規模な軍事行動だ。今や楠木正成は亡く、名和長年、千種忠顕、結城親光ら後醍醐方の名だたる勇将は皆戦死して、残るは義貞だけだった。この日、義貞は撃退され、二十八日にも再戦を挑んできたが、またも成果を上げ得ず、それが最後の力を振り絞ったものだったのか、以後、義貞軍の洛中奪還攻撃は、絶えた。

後醍醐が比叡山を下りて帰洛の途についたのは十月十日である。この日が来るのをずっと待ち望んでいた。院宣を下して以来、いいや、六波羅を脱出してから三年余り、長い間垂れ込めていた暗雲が一気に取り払われたような吉報だった。目の前が急に明るくなった。

後醍醐は即日、花山院《かざんいん》に入って恭順したとのことだ。尊氏が隠密裡《おんみつり》に仕掛けた秘密交渉に応じての下山と聞く。さすれば花山院に落ち着いたのも尊氏の手配によるものか。というのも、一連の経緯についての詳しい説明は尊氏から何もなかったからだ。ただ先帝下山と花山院入りを朝廷に告げて寄越しただけだった。何やら尊氏が後醍醐の問題を独占しようとしているように感じられ、わたしは一抹《いちまつ》の不愉快さを禁じ得なかった。

「こう口説いた次第にございまする」

数日後、東寺のわたしのもとに祗候して交渉の詳細を審《つまび》らかにしてくれたのは自他共に賢人と認める洞院公賢だった。公賢は最後まで比叡山に供奉し、後醍醐の下山に従ったという。となれば良基と違い忠誠は尽くしたことになる。尽くしたからには以後は顔を上げ、公明正大、正々堂々とわたしに仕えることができる。その公式な表明が今回の来訪だ。つまり公賢は、この東寺祗候がわたしへの出仕始めと考えているのだ。

むろん、わたしとしても公賢を受け容れるつもりである。拒む理由がないどころか、公賢のような有能な廷臣が手に入るのは幸いなことだ。よく来てくれたと言うしかない。わたしの院政にその手腕を大いに活かしてもらわねばならない。

「尊氏が言うには、自分は今上に取り立てていただいた恩義がある。非はあくまで新田義貞にあり。今上の罪を問う気は毛頭ない。それのみか供奉した廷臣、武士の責任も不問にする、と」

「罪は問わない――それを後醍醐は信じたというのか？　前回は隠岐に流された。今回は同じく隠岐か、それ以上の罪が科されるとは考えなかったのか」

わたしは驚いた。不問などと尊氏が本気でそう言うはずがない。後醍醐もそれを信じるはずがない。誰の目にも、これが甘言であることは見え透いているではないか。

「そこまで追いつめられておわしたのです、あのお方は。と申すより――」

あのお方――公賢は、自分の言葉としては今上の語を用いなかった。

「このまま比叡山にいても結果は目に見えている。ここは尊氏の条件にだまされたふりをして、いったんは下山し、これからの戦略を練る。起死回生を狙う。そういう腹づもりかと。実にあのお方らしい考え方であり、身の処し方と申せましょうな」

「そのやり方で、これまでやってきたというのだな」

「御意。院は今、甘言と仰せになりましたが、あのお方の罪を不問にするという尊氏の条件、ひょっとすると本気であるやも」

「まさか」

「現に、最後まで扈従したこの公賢が、これこの通り、どこへゆこうが自由の身でございます」

「では先帝も自由に？」

「さあ、そこまではさすがの尊氏も認めますまい。このまま花山院に幽閉、出家というあたりでしょうか」

確かに尊氏が求め、応じたわたしが院宣に記したのは、あくまでも義貞の追討だ。後醍醐の駆逐ではなかった。公賢の見通しには憮然《ぶぜん》とせざるを得ない。

しかし、すぐに安堵した。天皇はもはや豊仁であって、後醍醐ではない。いま自分で口にした如く、後醍醐は先帝なのだ。

「それはそうと、よく義貞が肯《がえ》んじたものだな」

新田軍は越前《えちぜん》へと落ち延びていったとのことだった。

「一問着《ひともんちゃく》はございましてね」

公賢の口元に皮肉な笑みがそよいだ。誰を嘲ったのか、何を弄《ろう》したのか、実に意味ありげな笑いだった。

「あのお方は、義貞に内緒で下山なさろうとしたのです」

「………」

啞然《あぜん》として言葉が出ない。さなきだに下山は義貞に対する裏切り行為だ。これまで終始一貫、自分を支え、自分のために死力を尽くして戦い続けてくれた忠臣を、あろうことか尊氏の甘言と引き換えに見捨てようとは。況してやそれを秘密裏に行なおうとは。

「ふふ、実に恐ろしいお方ですな。自分のために他人を利用することしかお考えでない」

――身のためにして世を傾くるにあらずや。

父の言葉が甦る。父は言い当てていたのだ、後醍醐の――本性を。

「で、一問着とは?」

「こっそり下山しようとしたものの、義貞の知るところとなったのです」

「何と」

「当然、裏切られたと義貞は激怒した。この公賢、あのお方の傍らですべて目にし、すべてを耳にしておりましたとも。義貞の怒りときたら、それはもう凄まじい剣幕でございましたぞ。これまで命をかけて仕えてきたそれがしを何とお思いか。今上が尊氏のもとへ奔《はし》れば、それこそ我らが朝敵となるではございませぬか、と」

「さもあらん」

「そこで先帝は、尊氏の和睦に応じるのは時間稼ぎのための偽計《ぎけい》なりと仰せになり、ただちにその場で皇太子の恒良《つねよし》親王に譲位あそばして、新たな天皇を奉じて越前で抗戦し続けるよう義貞にお命じになったのございます」

「そのようなこと……では、今の後醍醐は天皇でないと自ら認めているわけか」

「さあ、それはどうでございましょう。案外、義貞をなだめるための、それこそ時間稼ぎだったということも。あのお方が容易《たやす》く帝位を手放すとは思われませぬから」

「………」

　わたしが連想したのは蜥蜴《とかげ》だった。敵の手にかかると蜥蜴はあっさりと素早く尻尾を切り離して逃走する。後醍醐は蜥蜴の尻尾の如く義貞を、息子の恒良親王さえも見限った。自分を守るために。いや、今に始まったことではないだろう。最初の蹶起《けっき》未遂事件では知らぬ存ぜぬを押し通して忠臣の日野資朝《すけとも》を生け贄《にえ》に差し出した。親政下で尊氏と護良親王の対立が激化すると、父のため討幕運動に身を捧げてきた息子より、土壇場で幕府に返り忠をなした裏切り男のほうを択んだ。親王の末路は、鎌倉の土牢に幽閉され、北条時行の乱に際して斬られる悲惨なものだったと聞いている。そして今度の義貞であり、恒良親王である。

　ここまでとは思わなかった。もはや冷酷とか非情とかいう言葉は当てはまらない。魔性めいたものを後醍醐には感じずにはいられなかった。

わたしは改めて確信した。この男は戦乱しか呼べぬ男だと。天皇はこの国のあるじであり、この世は自分の所有物だと考えている男に、安寧《あんねい》安泰が実現できるとは思えない。後醍醐は敵だ。この男と戦うため尊氏に院宣を下した我が決断は間違っていなかった、と。

「しかし、そのような詐術《さじゅつ》めいたものに義貞が肯んじたとは思われないが」

「それが新田義貞という男にございます。主命に愚直《ぐちょく》に従う硬骨漢《こうこつかん》。命ぜられた以上は必ず遂行して止まんとする熱血漢。まことに惜しむべし、この公賢の見るところ、仕えるべき主を間違った悲劇としか言いようがありませぬ。先の楠木正成といい、こたびの義貞といい」

「………」

言葉を呑みこんだ。わたしを見つめる藪睨みの目が、果たして目の前の男は仕えるに値する主君なのかと値踏みしているようだ。

何はともあれ戦乱の中核である後醍醐の身柄が確保されたことにより、争いは去ったと見てよかった。もちろん当面は、であるが。越前には義貞がいる。奥州には北畠顕家が。義貞はともかく、足利軍を撃破した顕家の実力は無視できない。他にも、帰順を潔しとしない北畠親房《ちかふさ》、四条隆資《たかすけ》らの忠臣公卿たちが再起のため伊勢《いせ》、吉野《よしの》、河内《かわち》、紀伊《きい》などに散ったと伝えられていた。吉野、紀伊はかつて護良《もりよし》親王が後醍醐支持の勢力を育てた因縁の地であり、河内は正成亡き後も楠木一族が後醍醐支持の旗を翻し続けている。彼らの動向も侮れない。

しかし後醍醐がこちらの手にある以上、如何ともし難いはずだ。尊氏は後醍醐を配流にしようとはしなかった。隠岐脱出の二の舞を演じられぬよう、目の届くところに置いて監視しようということだろうか。

わたしは後醍醐に太上天皇の尊号を贈った。退位を公式に布告したわけだ。後醍醐がわたしにやったように、在位をなかったことにはしなかった。花山院に軟禁中の後醍醐がこれをどう受け取ったかはわからない。

十二月十日、わたしたちはほぼ半年ぶりに東寺を出た。東寺が行在所、臨時の仙洞御所《せんとうごしょ》である非常の時は終わった。豊仁は一条室町第《いちじょうむろまちてい》を内裏とした。新たな朝廷で内大臣に叙任した一条経通《つねみち》の屋敷である。僧体の叔父も同行した。東宮を経ないまま天皇になった豊仁の、いわば遅まきの教育係だった。わたしを育て上げてくれた叔父の手腕に期待した。とりわけ『誡太子書』を豊仁に体せしめてくれるよう依頼した。

「任せておけ。朕も中継ぎの天皇だった。おまえの弟がどのように振る舞えばよいか、朕がすべて教えてやろう」

叔父の言葉は頼もしかった。

わたしは持明院殿に戻った。太田判官全職に連行されるも同然に後にした時は、名ばかりの上皇だったが、今は晴れて治天の君としての帰還である。祖母が、母が、涙と笑顔で迎えてくれた。そして秀子と興仁も。二人は実継が気を利かせ、わたしが帰る前に屋敷に連れ戻してくれていた。正室である懽子内親王はわたしを避けた。後醍醐を父とする彼女には辛い現実だったことだろう。

当夜、秀子の局を訪れるのに何の躊躇いが要《い》っただろうか。

「よくお戻りあそばしくださいました。うれしゅうございます。量仁さまと二度もお別れするなんて。もう秀子をお離しにならないで」

わたしの腕の中で秀子は幾度もそう言って甘え、涙を流した。幸せの涙だった。実家の正親町三条《おおぎまちさんじょう》邸の奥深く身を隠しながら、興仁を手ずから育てることで気を紛らわせていたと訴える姿が愛おしかった。わたしは心を込めて秀子を連夜抱いた。秀子と一つになっている間だけ、わたしは太上天皇から人間に戻れた。個人的には、こうして秀子と夜を共に過ごせることこそが安寧安泰の実感であり、証《あかし》だった。秀子と離れている間に起こったことといえば、六波羅脱出、番場蓮華寺の惨劇、太平護国寺での幽囚であったり、今回の東寺包囲戦であったりしたのだから。

「別れるものか。離すものか。いつまでも秀子とこうしていたい」

わたしは甘くささやいた。

この幸福な夜を絶やさぬためにも、構えて戦乱は起こさせぬ覚悟を固めた。

興仁は半年間見ないうちにぐんと成長していた。わたしは秀子を実家に帰さず、興仁と共に持明院殿に置いて、家族三人で過ごすことにした。父がわたしにしてくれたことに倣《なら》ったのだ。興仁をあやすのは楽しみだった。辛い現実を忘れさせてくれる。興仁を抱き上げ、膝の上で遊ばせ、こぼれる笑い声を聞いていると、父もこういう気持ちだったのかと思う。亡き父のことが今更ながら懐かしく偲ばれる。幼かった頃の思い出が甦り、胸が熱くなった。父がしてくれたことを興仁にしてやろう。毬栗《いがぐり》拾いや雪遊びや、それから——。

わたしは持明院殿から動かぬことにした。かくて、ここが仙洞御所となった。すなわち院政の中枢《ちゅうすう》である。

わたしは院政の整備を進めていった。最高決定機関である院評定《いんのひょうじょう》の評定衆には、摂関家から近衛基嗣《このえもとつぐ》と九条道教《くじょうみちのり》を、摂関家に準じる清華家《せいがけ》から久我長通《こがながみち》と洞院公賢を、さらには忠臣であり腹心でもある勧修寺経顕、日野資明、四条隆蔭、葉室長光《はむろながみつ》らを擢《ひきぬ》いた。経顕、資明、隆蔭、長光の四人には伝奏も兼ねさせた。この伝奏が、さまざまな事案をわたしに直接奏聞《そうもん》し、わたしの命令を下達する。言うなれば手足となってくれる役回りだ。そのうえ事案審議の担当責任者ともなる。

わたしに政治の経験はない。即位していた間は父が治天の君として院政を敷いていた。その点では、さしもの叔父も頼りにはならなかった。十二歳の若さで天皇になった叔父は、二十二歳で退位するまで、前半はその父が、後半はその兄つまりわたしの父が院政を行なった。とはいえ、わたしは父の主宰する院評定には努めて参席するように心がけていた。まるっきり何も知らないままの出発というわけではなかった。公賢や経顕、資明たちは廷臣として有能で経験も豊富だったから、さほど不安は感じなかった。

後醍醐が花山院から姿を消したという一報が齎されたのは、このように満を持してわたしが院政を開始した矢先のことだった。

まったく五年前の二番煎じだ。あの時、後醍醐は探題に急襲される直前に内裏を脱出した。今回は軟禁中の花山院から——これを聞き、逃亡と直観しなかった者は皆無だろう。前回、後醍醐は比叡山に登ったと見せかけて時間稼ぎをし、笠置山《かさぎやま》で挙兵した。今度はいずこへ。尊氏たちが全力で捜索を繰り広げているとのことだった。その成果を待つしかない。逃がしてはならない男なのだ。

やがて後醍醐の行き先は判明した。吉野に逃れたという。亡き護良親王が倒幕勢力を扶植した地だ。後醍醐は双手を挙げて迎えられたに違いない。吉野は捲土重来の地でもある。近江大津宮《おうみおおつのみや》を脱出して吉野に逃れ、兵を挙げ、甥の大友皇子《おおとものおうじ》を破って即位した天武《てんむ》天皇の故事が思い出される。後醍醐は天武天皇にあやかろうというのだろうか。果たせるかな、自らの皇位の回復を宣言したとの続報がすぐに伝わった。

しかるに——。

何と尊氏は吉野に追撃の兵を差し向けなかった。このまま事態を静観するという。吉野は京都から遠く、討伐軍を送るのは得策ではない。こちらの労力をいたずらに減じるばかり。しばらく相手の出方を待つに如かず、ということだった。

「何ということだ」

わたしは歯がみした。

「ご宸襟《しんきん》、お察し申し上げまする」

かかる時、語るに足る相手は何といっても公賢だ。わたしの周囲では最も後醍醐を知悉《ちしつ》する男であり、その新政に廷臣として参与したから尊氏をも知っている。すぐにも公賢を召して憤懣《ふんまん》をぶちまけ――いや、事態の収拾策を問うた。

「吉野には兵を出さぬという。尊氏の本音は何だろうか」

「下山交渉の際、尊氏は恩義を口にいたしましたが、あれはあれで本気でそう思っているのやもしれませぬ。討伐するには忍びない、と。その一方で先帝の力を見くびってもいる。吉野に逃れたところで何ができよう。自分で自分を配流したようなものだと、まあそんなところでしょうか」

「後醍醐を見くびるなど、とんでもないことだ」

「まさしく仰せの通りでございます」

うなずく公賢の頰は硬い。わたしに追随しての首肯《しゆこう》ではなかった。後醍醐も尊氏も知る彼は、賢人ならではの聡明な頭脳で先の展開を見通しているのだろう。明るくない展開であることは、深刻な表情を見ればわかる。

「先帝は天皇親政の旗を降ろさぬはず。その旗を翻し続けるため吉野に逃れたのです。先帝の理想に共鳴する者たちは多い。現実を見ない決死の理想主義者どもがこれから続々と吉野に結集するでしょう。かく申すそれがしの愚息実世《さねよ》も吉野潜幸《せんこう》を知って先帝の後を追った一人でございます」

「…………」

「実に——ああ、実にやっかいな事態となりました。吉野の狙いは京都奪還です。あるいは、持明院統を滅ぼすこと。力を蓄え、いずれ必ず京都に侵攻して参りましょう」

「何か対策はないか」

公賢は力なく首を横に振った。

「ございませぬ」

足利直義が拝謁《はいえつ》を求めてきたのは公賢と語らった翌日だった。

「先帝の吉野潜幸は我ら武家の手落ち。弁解の余地もございませぬ」

直義は声に苦渋の滴をにじませ、ひたすら頭を下げつづける。

「予期はしなかったのか。ある時は内裏から、ある時は絶海の孤島から——相手は名うての脱出名人ぞ」

「仰せの通りにございます。もっと厳重にご監視申し上げていて然《しか》るべきでございました。その旨、兄には何度も意見したのですが、それでは先帝が罪人のようでおいたわし過ぎると申して譲らず、警固は必要最小限の数にとどまったのです」

罪人のようでおいたわし過ぎる——確かに我が院宣に従えば罪人と呼べるのは新田義貞だけということになる。

「なぜ吉野に兵を出さぬ」

「それも兄に進言いたしました。されど、戦乱が長引くだけだと申しまして、いっかな首を縦に振ろうといたしませぬ」

わたしは一瞬、返す言葉に窮した。戦乱を長引かせたくないのはこちらも同じだ。

「しかし、吉野は禍根《かこん》となる。禍根は断たねばならない。でなければ、より大きな戦乱を呼ぶだろう。討つなら、禍根がまだ小さな今のうちではないか」

「それも兄に――」

とまで言いかけて、直義はいったん言葉を切った。

「――何にせよ、吉野が事を起こせば、わたしたち武家は即座に対応いたしますゆえ、院におかれましては、どうぞ心やすく政をお執りあそばしますよう」

「しかし――」

「兄としては吉野より越前のほうを気にかけているようです。義貞が生きている限り、先帝の命を奉じて京都を狙って参りましょうから」

もはや言葉もない。義貞、義貞、義貞――そう、わたしの院宣は、所詮は義貞の討伐《とうばつ》を允可《いんか》したものでしかなかったのだ。

「直義――」

「はっ」

「なぜ朕のもとに参った。伝奏を通じれば事足りたであろうに」

さっと直義は頬を引き緊《し》めた。瞬間、涼やかなものが香り立った。

「上皇さまに直接お目にかかってお詫び申し上げねば、武士の面目が立たないと思ったからにございます。直義の一存で参りました」

「尊氏は与《あずか》り知らぬと？」

「御意」

「武士の面目、か」

懐かしい言葉を聞いた。仲時がその言葉を幾度か口にすることがあった。そのたびに頰を涼やかに引き緊めるのが常だった。

「さよう、武士の面目でございます」

「直義――」

「はっ」

「朕は武士をもっと知りたく思う。これからも宜しく仙洞に祗候せよ」

「ははっ」

即座に頭を下げる直義を見やり、尊氏はともかく、この男とならば上手くやっていけるかもしれないと思った。

烈風《れっぷう》ノ章　むかひなす心に

後醍醐《ごだいご》の予期する能《あた》わざる吉野出奔《よしのしゅっぽん》。その正確な日付を記せば、年の瀬も押し迫った十二月二十一日のことであった。

まったく何という一年だったろうか。尊氏《たかうじ》の敗走に始まり、後醍醐の逃走で終わったこの一年。ではあれ、不穏の種は残しつつも戦乱が一応終熄《しゅうそく》したことは、やはり認め、寿《ことほ》ぐべきであろう。皇統《こうとう》がわたしたち嫡系《ちゃっけい》に戻ってきた決着も含め。

すぐにも新たな年を迎えた。

後醍醐によって引き起こされた戦乱はあらゆるものを破壊していた。二十五歳になったわたしが治天《ちてん》の君として手を着けるべきことは山積している。恒例の年中行事や臨時の宮廷儀式を再興し、叙位除目《じょいじもく》を執《と》り行ない、溜まりに溜まった雑訴《ざっそ》を裁くほか、神社祭祀《さいし》や武家への対応にも手抜かりなきよう心がけねばならない。

尊氏のほうでは引き続き義貞《よしさだ》攻略に余念がなかった。越前《えちぜん》における新田《にった》軍の拠点金ヶ崎城《かながさきじょう》を陥落させたのは、早くも三月のこと。義貞本人は逃げ延びたが、後醍醐が偽装譲位までして義貞に同行させた恒良《つねよし》親王は捕えられ、共に戦った尊良《たかよし》親王は落城時に自殺した。鎌倉で殺された護良《もりよし》親王に続き、父の野望の犠牲に供された悲劇の皇子がまた一人、というわけだ。

悲劇といえば、五月も半ばを過ぎる頃、悲報が伝わった。後醍醐の皇后である珣子《たまこ》内親王、すなわちわたしの実姉が崩御《ほうぎょ》したという。姉は後醍醐と行動を共にして比叡山《ひえいざん》に難を避けていた。その後は、尊氏との和議に応じ花山院《かざんいん》に蟄居《ちっきょ》した夫に従っておらず、行方《ゆくえ》が案じられていた。まもなく明らかになった消息によれば、腹心たちの手で比叡山から吉野に移されたとのことだった。吉野で再び後醍醐と暮らすことになったが、ほどなく病《やまい》を得、この世を去った。あまりに早い死だ。

姉の訃報《ふほう》はわたしを悲嘆の底に突き落とした。後醍醐の皇子を生むべく強制的に嫁がされた姉。しかし皇女しか生まず、後醍醐の企《たくら》みを粉砕した。もし姉が皇子を産んでいたら、今のわたしはない。その意味でも、最も感謝し、手厚く遇さなければならない一人だった。京を遥か遠く離れた吉野という辺陬僻邑《へんすうへきゆう》で、しかも敵である後醍醐一党のただ中で、孤独な死を迎えなければならなかったとは。そのような境遇こそが姉を悩ませ、病ませ、心身を蝕ませていったのではないか。

姉に報い、その死を無駄にしないためにも、治天の君として誠実に政《まつりごと》に臨んでゆくことをわたしは誓った。

年内ぎりぎりの十二月二十八日、弟豊仁《とよひと》の即位式を執り行なうことができたのは、せめてもの慰《なぐさ》めとなった。践祚《せんそ》から一年四か月も経過しての即位式だが、翌年のうちの実現をという宿願を叶え、わたしは少しく安堵《あんど》した。ゆるやかではあれ世上が安定に向かいつつあるのを実感する。あとは大嘗会《だいじょうえ》を残すのみ。これは来年の課題だ。

そして——。

秀子《ひでこ》のお腹には、新しい命が宿っている。

治天の君としての三年目は、北畠顕家《きたばたけあきいえ》率いる奥州《おうしゅう》軍来襲の急報で幕を開けた。遠く白河《しらかわ》の関《せき》の彼方にいる顕家が、吉野に逃れた後醍醐から、逆賊尊氏を討てと再度の指令を受けたであろうことは疑いを入れない。新たな下命に応じた顕家が再出陣の途についたのは昨年八月という。都では豊仁の即位式を目前にしていた年末、悠然《ゆうぜん》と南下してきた顕家は難なく鎌倉を陥落させた。留守を預かっていた足利支流の斯波家長《しばいえなが》は戦死したとのことだった。

顕家軍に関する詳報は次々に齎《もたら》されたが、あの北条時行《ほうじょうときゆき》が加わっていると聞いて、わたしは驚きを禁じ得なかった。何と後醍醐から朝敵赦免《ちょうてきしゃめん》の綸旨《りんじ》を受け取ったのだという。三年前、北条の残党に担《かつ》がれ叛乱《はんらん》を起こした時は確かに後醍醐にとって朝敵だったが、時局の変遷《へんせん》とともに両者は手を携《たずさ》えることになったわけだ。幕府は後醍醐を奉じた新田義貞に滅ぼされ、北条高時《たかとき》は腹を切った。高時の遺児が時行だ。だからこそ幕府再興をかかげて叛乱に踏み切った。その時行が今や後醍醐に馳せ参じるとは。敵味方の目まぐるしい入れ替えに目眩《めまい》がしそうだった。

顕家は鎌倉で越年し、年明け早々東海道《とうかいどう》を西に猛進《もうしん》して美濃《みの》に入った。都は浮き足立ち、避難を始める者も少なくなかった。二年前の、時も同じく一月、奥州から長駆してきた顕家軍は足利勢を鎧袖一触《がいしゅういっしょく》し、尊氏を敗走せしめた。その鬼神の如《ごと》き顕家の二度目の襲来なのである。畏怖《いふ》するのも当然だ。わたしとて、日増しに緊迫度を増してゆく事態の推移を憂《うれ》えずにはいられなかった。

尊氏の命を受け、麾下《きか》の高師冬《こうのもろふゆ》・師泰《もろやす》、細川頼春《ほそかわよりはる》らが京都を出陣、美濃《みの》守護の土岐頼遠《ときよりとお》とともに奥州軍を迎え撃った。両軍は伊吹山《いぶきやま》の東南麓に広がる青野原《あおのがはら》で激突した。結果、敗れたのは足利軍だった。

しかし、勝者の顕家軍はそのまま西進して京都を目指すことはなく、なぜか南下して伊勢《いせ》へと向かった。転進の理由は不明ながらも、結果的に足利勢は顕家から京都を防衛したことになり、洛中に帰還——いや、凱旋《がいせん》した。尊氏はこの機を逃さず追撃の軍を送り、顕家は形勢逆転、伊勢から大和《やまと》、河内《かわち》へと追われていった。

そのような最中、わたしには私的な慶事があった。三月、最愛の秀子が、里帰りした正親町三《おおぎまちさん》条《じょう》邸で無事出産した。わたしは二十六歳で二児の父になった。今度も男児だった。吉報を聞くや、興仁《おきひと》を連れて秀子のもとへ微行《びこう》した。母子ともに元気だった。

「よくやってくれた、秀子」

心からねぎらいの言葉をかけた。第二子も男というのは心強い。

「兄弟仲よく育ってほしいわ。あなたと今上《きんじょう》のように、お互いを支え合いながら」

そう答えて秀子は誇らしげにうなずき返した。

興仁は、秀子の腕に抱かれた赤子を不思議そうに見つめている。ほんの少し前までは興仁が赤子だった。人の誕生と成長というものに、父親として感慨深いものを覚えずにはいられない。

「おまえの弟だよ、興仁」

「おとーと？」

数えで五つ、生まれて四年足らずの興仁はまだよく回らぬ舌で問い返した。

「そう。おまえもこれで兄だ。お兄さまさ」

「おにぃしゃまっ」

「お兄さまなのだから、弟を大切にして可愛がってあげるのだよ」

「うん、そーする」

興仁はわたしの仕草を真似《まね》て、幼い丸々とした指で赤子の頬をやさしく撫《な》でた。わたしに愛撫《あいぶ》されても目覚めることなく寝息をたてていた赤子が、ぱっちりと目を見開き、声を上げて笑った。

「きっと仲のいい兄弟になるわ」

満足そうに秀子が微笑んだ。

弥仁《いやひと》と名づけた。弥生三月の弥であり、弥栄《いやさか》の弥。華やかな春三月が終わることなく、ますます栄えますようにとの願いを込めて。

弥仁も持明院殿で育てたかった。だが、一人ですら極めて例外で、まして二人など先例がないとのことであり、外に出さざるを得なかった。豊仁と同じく日野《ひの》家で養育させることにした。


顕家の訃報《ふほう》に接したのは、弥仁が生まれて二か月後の五月末だった。一時は河内から摂津《せっつ》に進出するも、敗れて和泉《いずみ》に追い詰められた挙げ句、堺浦《さかいうら》で決戦を挑み、利あらず敗死したという。二十一歳か、と嘆息する。軍団を率いている顕家など想像もできなかった。脳裏に映し出されるのは節会《せちえ》の舞台で優雅に舞を舞った乙女の如き可憐《かれん》な姿だ。討死《うちじに》という最期を聞いても、花びらが風に吹き千切られてゆく情景しか思い浮かべられない。

さらに一か月余りを経た閏《うるう》七月二日、ついに新田義貞戦死の報が入った。昨年三月、居城の金ケ崎を奪われ、越前国内を転々としていたが、足利方の藤島城《ふじしまじょう》を攻撃する味方の与力《よりき》に向かう途中、馬の足を取られて泥田に落ち、矢を射かけられ、今はこれまでと自害——聞くだに惨憺《さんたん》たる最期だったらしい。

追討の院宣《いんぜん》を出しておきながら当の義貞の顔を見たことがない。彼が幕府を滅ぼして上洛した得意絶頂の頃、わたしは無気力にうちひしがれて持明院殿に逼塞《ひっそく》していた。だから当然といえば当然だが、しかし何か不思議な気持ちもする。ともあれ、鎌倉を陥落させ、北条高時はじめ八百人以上を集団自殺に追い込んだ上州《じょうしゅう》の猛将が、鄙《ひな》ざかる越州《えっしゅう》で泥まみれになって自害する、それが彼の運命ではあったか——。

そうした感慨は別にして、吉野に拠《よ》る後醍醐にとっては、顕家、義貞の相次ぐ戦死が、このうえもない大打撃となったことは間違いなかろう。名だたる武将を一人残らず失ったのだから。勝ち負けをいえば、わたしの勝ちということになる。勝ちとは驕《おご》った言い方かもしれないが、後醍醐と戦うという気概を以《もっ》て再起に臨んだ以上は、勝利と呼んでいいはずだ。後は、後醍醐が自らの敗北を認め、抵抗の空しさを悟り、恭順してくれればそれでいい。事ここに到《いた》っても、なおさらの戦乱を求めてどうするというのか。しかし後醍醐はその気配をまったく見せない。それが実にもどかしかった。

そして尊氏だ。義貞の死を以て尊氏はわたしの院宣を完全に履行《りこう》した。すみやかに征夷大将軍《せいいたいしょうぐん》の叙任を求めてきた。拒む理由があろうか。最初から織り込み済みだった。院宣を下した者と下された者——一方の当事者であるわたしは、もうすでに受益して治天の君だ。天皇位には弟の豊仁が即《つ》いている。誰によってか。尊氏の力でだ。ならば当然、院宣を下された者が今は受益者となる順番だ。その時が来たまで。

義貞の死から一か月余りを経た八月十一日、わたしは尊氏を征夷大将軍に任じた。直義《ただよし》を左《さ》兵衛督《ひょうえのかみ》に補した。尊氏は幕府を開いた。

ここに幕府は復活した。

北条氏の滅亡から、わずか五年余りで。

今度は足利氏の幕府が。

鎌倉ではなく京都に幕府が成立してしまおうとは、想定外だった。五百四十四年前に桓武《かんむ》大帝が遷都《せんと》した、歴史と文化の伝統久しきこの平安京に武家が居座ることになろうとは。

朝廷と幕府、確かに共存してはきた。西の京都と東の鎌倉、空間的に近からざる距離を隔《へだ》てての共存だ。爾今《じこん》、場所も同じ京都での共存となる。ある意味、京都が武家に占領されてしまったことを意味する。

なぜそんなことに——。

言うまでもない。後醍醐の存在だ。吉野に在《あ》って今なお後醍醐は抵抗を続けている。隙あらば京都奪還を狙っている。顕家、義貞を失ったとはいえ、その軍事力は侮《あなど》れない。支援勢力は全国に潜在《せんざい》している。糾合《きゅうごう》すれば、それなりの兵団を組織することができるのは確実だ。対するに、自前の防衛力を持たぬわたしの朝廷は丸腰、丸裸だ。幕府に全面的に依存するしかない。

尊氏にしても鎌倉にいては京都の情勢が気になり、枕を高くして眠れないだろう。何かが起きた後に、鎌倉から駆けつけていては遅きに失しかねない。鎌倉では開府できない道理だ。京都に幕府を置くしかないのだ。

かつて——後鳥羽《ごとば》上皇の挙兵が失敗に終わった後、北条は朝廷を監視すべく探題《たんだい》を組織し、洛東の六波羅《ろくはら》に置いた。出先機関の新設だけで事足りた。それというのも朝廷対幕府という二極構造だったからである。今は、わたし、尊氏、そして後醍醐という三極構造が事態を複雑化する。尊氏は朝廷監視ではなく朝廷防衛のため自身が京都に残留し続けるしかない。望むと望まざるとにかかわらず、だ。尊氏はその存立基盤を我が朝廷に依存する。征夷大将軍尊氏の正当性を保証するのは我が朝廷だ。わたしと尊氏は互いを必要とする相互依存の関係にあった。

後醍醐に逃げられたことは、結局、このような本朝の歴史始まって以来、未曾有《みぞう》の局面を招いたのだ。この責任を負うのは、誰でもない、他ならぬこのわたしだ。尊氏に院宣を下すと決意した時、それが齎す結果のすべてを引き受けると自分に誓った。だからこそ、武家に京都を占拠されても治天の君として世の静謐《せいひつ》、民の安泰のため、持てる力を傾け尽くさねばならない——改めてそう誓った。

「心せねばなりませぬぞ、院」

院評定《いんのひょうじょう》が終わり、評定衆たちが引き上げた後、公賢《きんかた》だけが残った。

「幕府が京都に在るということの意味は、院がお考え以上に深刻と言わねばなりませぬ。どこまでおわかりでいらっしゃいますことやら。それがしはそれを申し上げたく――」

「いや、深刻さはわかっているつもりだよ」

わたしは公賢を遮《さえぎ》った。今更、言われるまでもないことだった。

「京都は武家の占領地も同然となった。認めたくはないが、そういうことだ。武士たちが大きな顔をして罷《まか》り通るのは目に見えている。今もそうであるし、これからはもっとそうなろう。公卿と武家の軋轢《あつれき》が懸念される。いや、頻発するだろうな。だが、これはもう幕府との意思疎通を明確にして、個々の事例に是々非々《ぜぜひひ》で対処してゆくよりあるまい。頭の痛いことだが。そのうちに上手く住み分けができてくればいい」

「やはり――」

公賢はわたしを見つめ、ため息をついた。

「おわかりではないようでございますな」

「何が言いたい、公賢」

「幕府が京都に在ることにより、京都は戦火にかかる不断の可能性を潜在的に帯びることになったということでございます」

「そのことか。確かに吉野は京都奪還を虎視眈々《こしたんたん》と狙っている。だが、それは幕府を相手にするということだ。京都に幕府がある限り、吉野は攻め入ることができない。むしろ京都に幕府があるほうが、京都は戦乱にかからないと言えるのではないか」

「いやはや。吉野のことを申しているのではございませぬ。院は歴史にお詳しいとお見受けいたすが、武家の歴史、殊《こと》に鎌倉の歴史はさほどご存じではないようでございますな。鎌倉はたびたび戦火にかかっております」

「新田義貞に落とされ、北条時行に占領されたことを言っているのかな」

「さにあらず。源頼朝が幕府を開いてまもなくより、鎌倉はたびたび戦火にかかっております」

「何と」

わたしは意外の念に駆《か》られた。平氏が滅び去った後、屈強な武士たちのいる鎌倉を襲うどんな勢力が他にあり得ただろうか。たびたび戦火にかかったなど、そのような話は聞いていない。

「それと申しますのも、武士同士の争いが頻発したからにございます」

「武士同士の争い？」

「さよう。まずは梶原景時《かじわらかげとき》の乱でございます。景時は頼朝の信任厚く、侍所《さむらいどころ》の所司《しょし》、厩別当《うまやのべっとう》などを歴任し、頼朝の死後は〝十三人宿老《しゅくろう》会議〟の構成員となるほどの権勢家でございました。しかし、図に乗り過ぎて弾劾《だんがい》され、失脚、追放されました。そして叛乱を起こし、討たれた。もっとも、この時は鎌倉に攻め入る手前の駿河《するが》狐崎《きつねがざき》で敗死しましたが、もし景時の一党が合戦に勝利し、鎌倉に討ち入っていれば、鎌倉は戦火にかかっていたことでございましょう」

「…………」

「頼朝の死の早くも翌年のことですが、景時の乱からわずか三年後には比企《ひき》の乱が起こります。比企能員《よしかず》は武蔵《むさし》比企郡の豪族で、養母の比企尼《ひきのあま》が頼朝の乳母《うば》であったことから取り立てられ、戦功を立てて幕府内の有力御家人となりました。第二代将軍の頼家《よりいえ》が重病となった時、第三代将軍の擁立を巡って能員は北条一族と対立します。北条が時政《ときまさ》の娘政子《まさこ》の生んだ頼家の弟千幡《せんまん》を立てようとしたのに対し、能員は愛娘が頼家との間にもうけた嫡男一幡《いちまん》の擁立《ようりつ》を図ったからです。時政が先手を打って能員を謀殺《ぼうさつ》し、合戦となりましたが、北条の勝利に終わり、千幡は第三代将軍実朝《さねとも》となりました。この時は実際に鎌倉が戦場となったわけです。それからすぐ二年後に、今度は畠山重忠《はたけやましげただ》の乱が勃発《ぼっぱつ》します」

「………」

「重忠は武蔵国《むさしのくに》男衾《おぶすま》郡《ぐん》畠山荘を根城とする豪族で、戦功を立てて、頼朝より同国留守所《るすどころ》検校《けんぎょう》職《しょく》に任ぜられました。比企能員と同じく北条時政と対立し、鎌倉に攻め入ろうとして討たれました。場所は武蔵二俣川《ふたまたがわ》で、鎌倉まであとわずかという距離でございます。もし重忠が攻め入っていれば鎌倉は火の海となっていたでありましょう。その八年後には――」

「まだあるのか」

「ございますとも。まだまだござる。重忠敗死から八年後に和田義盛《わだよしもり》の乱が起こります。義盛は頼朝の挙兵に当初から応じた有力御家人《ごけにん》で、侍所別当などを歴任して勢力を得ましたが、とある陰謀事件の処理をめぐって北条氏との関係が悪化し、兵を挙げたのです。この時は本当に鎌倉が火の海となりました。幕府の御所《ごしょ》は炎に包まれ、第三代将軍はかろうじて避難する有様でした。義盛は二日間にわたって戦いましたが、身内に裏切られて討死しました」

「………」

「それから三十四年後、三浦泰村《みうらやすむら》が乱を起こします。かつて身内の和田義盛を裏切って北条についたのが三浦一族でした。しかし、次第に北条氏と対立するようになっていったのですな。挙兵するも敗れ、三浦一族五百人は頼朝の墓所法華堂《ほっけどう》で集団自殺を遂げました」

「何と」

わたしは怖気を震った。番場蓮華寺《ばんばれんげじ》の惨劇が思い出される。とても人ごととは思えなかった。当事者だったのだから。蓮華寺の惨劇から十三日後には、鎌倉東勝寺《とうしょうじ》で北条高時以下八百人余りが集団自殺している。蓮華寺、東勝寺の原型を知った思いだ。

「さらに三十八年後、北条に味方して三浦一族を滅ぼした安達《あだち》一族が今度は叛乱に踏み切ります。この時も鎌倉は火の海となり、将軍の御所も焼かれたほどでした。安達泰盛《やすもり》は殺害されました」

「何とも凄《すさ》まじいな。これが武士というものか」

「御意。敵と味方で争うのみならず、味方同士でも血を流し合う。それが武士の本性でございましょう。謀殺、裏切り、だまし合い……吐き気がいたします。もちろん、我ら公家にも争いは絶えませぬ。武器を使わぬだけに陰湿《いんしつ》などとも言われますが、武家のように武器を使えば無辜の、無関係の大勢の民が殺され、町は焼かれる。戦乱となるのです。それら武士どもが京都にいることの危険性がおわかりになっていただけたでしょうか」

「………」

尊氏麾下《きか》の武将たちが京都で合戦を繰り広げる——そのさまを想像してみた。鎌倉は狭い、かつて仲時はそう言った。京都が被る被害は鎌倉の被害の比ではなかろう。その可能性を憂えつつも、わたしは公賢にどうにか反論した。

「尊氏と直義が味方同士の争いなど許さないだろう。今の話を聞くに、北条氏は最初から強大な権力はもっていなかったのだな。寧《むし》ろ、それらの叛乱を鎮圧することで北条氏は力を増していった。言い換えれば、北条氏が勢力を伸張するために政敵を挑発《ちょうはつ》し、乱を起こすよう仕向けたということではないか」

「さすがは院。その史観はそれがしも同様に存じます」

「それに較べて尊氏、直義の権力は絶対的だ。彼らは当面、倒すべき政敵を持たない。叛乱が起きるとは思えないが」

「鎌倉も――」

公賢は呆《あき》れたようにわたしを見た。

「頼朝が生きている間は、叛乱など一度もございませんでした」


尊氏を征夷大将軍に補した二日後、わたしはまだ五歳の息子の立太子《りったいし》を実行に移した。尊氏から異論は出なかった。弟の豊仁《とよひと》の後は息子の興仁が天皇となる――その流れがこれで確定した。皇統は後醍醐の系統との迭立《てつりつ》ではなく、我が持明院の嫡系一本にのみ帰した。「割れても末に合」ったのである。

十一月十九日、懸案だった大嘗《だいじょう》会《え》を無事に執り行なった。我が朝廷は、すべての面目を施し終えた、とわたしには確信された。後は、なすべきことをなすのみ――。


直義が年老いた禅僧をつれて仙洞《せんとう》御所《ごしょ》を来訪したのは、顕家討死の少し前のことだ。五月九日と日付まではっきり記憶しているのは、その日が仲時の命日だったからである。すっきりしない薄墨《うすずみ》色《いろ》の梅雨《つゆ》空を仰ぎながら、五年前に番場蓮華寺で真っ先に腹を切った盟友を偲《しの》んでいた。彼が今いればどんなに心強いだろうか、と。

「徳ある政《まつりごと》を目指しておりましたな。惜しい若者を亡くしたと、訃報に接して、痛恨の念に堪えませなんだ」

夢窓疎石《むそうそせき》と名乗る禅僧は仲時を知っていた。鎌倉にいた頃、参禅に来ていたうちの一人で、熱意を持って指導を受けていたという。仲時が禅についてわたしに語ったのは、あるいは夢窓疎石の影響だったのかもしれない。

ひとしきり仲時を話題に、話が弾むともなく弾み、それを通じて夢窓疎石の来歴を知った。年齢は六十四歳。わたしより三十八歳上だ。伊勢の生まれ。宇多《うだ》天皇九世の孫であるという。真言《しんごん》、天《てん》台《だい》を学ぶも飽き足らず、禅宗の門を叩いた。後醍醐に見出されて上洛、その後は鎌倉に戻り、北条高時の崇敬《すうけい》を受けた。幕府が滅ぶと京都に戻り、後醍醐から国師の尊号を下賜《かし》され、勅命《ちょくめい》で臨川《りんせん》寺《じ》を開山した。その時の勅使が尊氏で両者は結縁した。後醍醐の吉野潜幸《せんこう》には従わず京都に残り、今は尊氏と直義に師事されているとのことだった。一言でいえば、幕府の宗教顧問といったところか。高時、後醍醐、尊氏と時の権力者、それも敵対する相手を次々と渡り歩いた経歴にもかかわらず、わたしがこの老僧に好意を抱いたのは、仲時を知っていたということのほかにも、禅宗の普及にかける熱意に感銘を受けたからだった。新興の禅宗は旧来の仏教勢力に圧迫されている。これを何とかしたい、と老僧は若者のような熱意を込めて説いた。

仲時に関する話が一段落付いたところで直義が本題に入った。

「国師のお勧めを取り次ぐべく、本日は罷《まか》り越しましたる次第にございます」

いつもの涼やかさでそう言う。

「勧め?」

「はい。こたびの戦乱で命を落とした者たちの霊を押しなべて弔《とむら》うべく、寺と塔を一国に一基ずつ建立《こんりゅう》せばやとの発願にござる」

「敵味方の垣根を越えて、万人を平等に弔いたいのでございます。それが延《ひ》いては天下太平につながりましょう」

　夢窓疎石はその効能を説き、頭を下げた。

　敵味方の垣根を越えて、という趣旨に胸が震えるものを感じた。そうだ、死んで霊となったものに敵味方の区別などあろうか。それに、後醍醐が笠置山《かさぎやま》に挙兵してからの戦乱は、京都周辺ではなく鎌倉、奥州、北陸、中国、九州と全国規模に及ぶ。六十六州にそれぞれ寺と塔が遍《あまね》く建てられて然《しか》るべき。

「佳《よ》き発願なり」

　わたしは同意し、各国の上人《しょうにん》に対し修造の院宣を次々に下していった。寺の通号は安国寺《あんこくじ》、塔は利生塔《りしょうとう》と名づけられることとなった。

　個人的には、これを契機に、わたしは禅宗へと深入りしてゆく。

　一年は本当にあっという間に終わった。顕家が京都に迫り、次男弥仁が生まれ、実姉の訃報に接し、夢窓疎石の勧めで「一国一基塔婆《とうば》建立」の院宣を下した。顕家と義貞が相次いで討死、尊氏を征夷大将軍に叙任し、嫡男興仁を皇太子とし、とどのつまりに大嘗会を挙行し得た。

　しかし、二十七歳になった翌年は、これらのものを一切合切ひっくるめてもなお余りある重大事が発生した。

　後醍醐の崩御《ほうぎょ》である――。

　一報の伝わったのが八月十九日。その時は、信用してよいものかどうか、誰もが首を傾げた。しばらくの間は出所不明の怪情報が乱れ飛んだ。崩御の正式確認は二十八日のこと。例によって経顕と資明が連れ立って来訪し、その旨を告げた。

　わたしは立ち上がり、南側の縁側に臨んで、吉野の方角の空を眺めやった。ちょうど夕刻だった。日没を間近にした空は紅蓮《ぐれん》に染まり、雲という雲が烈風に吹き煽られた炎のように渦を巻き、そこに斜光が黄金色に妖々と輝いて、あたかも後醍醐の不気味な遺志を天象が布告するかのようだった。

――あの後醍醐が死んだ。

改めて思いを馳《は》せた。あらゆる意味で後醍醐は敵、宿敵だった。わたしから天皇位を奪い、即位すらなかったことにした。天皇親政の夢を実現するためなら戦乱をも厭《いと》わなかった。夢だった親政に結局は失敗し、再度の戦乱を齎した。尊氏の裏切りで復権し、尊氏の裏切りで京都を追われた男。細々したことを言いつのれば、姉を奪い、仲時という盟友を奪い、父と叔父にも番場蓮華寺の地獄を味わわせた男でもある。わたしはその男を敵として戦いを挑んだのだ。

天皇とはこの国のあるじ。事もなげにそう言い切った姿を思い出す。

その男が波乱の生涯を閉じた。この国のあるじが、吉野という僻地《へきち》で――。

後醍醐の死で、わたしの勝利は完全なものになったのか。

なぜだかそうは思えなかった。むしろ後醍醐という明確な敵を失ったためなのか、もっと漠然とした、不明瞭《ふめいりょう》な、それでいて敵であることは間違いようのない何かが、わたしの周囲にもやもやと拡散した感すらある。

「ともあれ、これにて安泰でございますな、院」

資明がわたしの背中に声をかけた。

「…………」

「――院？」

無言を訝《いぶか》しむ資明に、わたしは返す言葉を持たなかった。

崩御の詳細は公賢の口から聞いた。公賢はそれを、後醍醐を慕って吉野へ奔《はし》った息子の実世《さねよ》から届いた書状で知り得たという。

その書によれば、後醍醐は死に臨んでこう遺言したそうだ。

――妄執《もうしゆう》ともなるべきは、朝敵を亡ぼして、四海をして太平ならしめんと思ふことのみ。朕《ちん》が早逝《そうせい》の後は、第八の宮を天子の位に即《つ》け奉りて、忠臣賢世《けんせい》事をはかり、義貞・義助《よしすけ》が忠孝を賞して子孫《しそん》不義《ふぎ》の行なひ無くば、股肱《ここう》の臣として天下を鎮撫《ちんぶ》せしむべく、是を思ひき。

――故に、玉骨《ぎよつこつ》は縦《たと》ひ南山《なんざん》の苔《こけ》に埋《うず》もるといへども、魂魄《こんぱく》は常に北闕《ほつけつ》の天を臨まんと思ふ。

――若《も》し命を背《そむ》き義を軽んぜば、君も継体《けいたい》の君にあらず、臣も忠烈《ちゆうれつ》の臣にあらず。

「左手に法華経《ほけきよう》の第五巻を、右手には御剣をお執りになって、十六日丑《うし》ノ刻に崩御あそばしたとのことでございます」

公賢は神妙な面持ちで告げた。

わたしは心胆が冷える思いで後醍醐の最期の言葉を聞いた。朝敵を亡ぼす己の遺志を、あろうことか妄執と認めたうえで、なおその履行《りこう》を残された者たちに厳命している。さもなくば、後を継いだ新帝も天皇ではない、忠臣も忠臣ではない、とまで。何という恐るべき妄執、妄念か。いや、これはもはや怨念《おんねん》、呪詛《じゆそ》というべきであろう。死んで後醍醐は呪帝となったのだ。わたしだけではないはず。これを知れば、誰もが同じ思いを抱くに違いない。後醍醐はその死を以てこの世界に呪いをかけた、と。

頭を振って、その思いを払い落とした。怯《おび》えているばかりではいけない。

「第八の宮とは?」

「義良《のりよし》親王のことでございます。当年とって十二歳かと」

「顕家が奉じていた、あの皇子だな？」

他の兄弟たちとは違って、父の野望の犠牲にはならなかったわけだ。

「御意。幼年とは申せ、顕家卿の身近におわしたからには、戦いとはどのようなものか目で、耳で、肌でお知りでございましょう。顕家卿討死の後は吉野に戻り、皇太子の位にあったとか。父である先帝の臨終《りんじゅう》に際し、天皇位を譲られ、後村上《ごむらかみ》と号した旨、愚息は書状にて伝えております」

「後村上か」

皇統を遡《さかのぼ》れば醍醐帝の次が嫡男村上帝だった。

「後醍醐そして後村上――父の遺志を奉じるとの意志闡明《せんめい》か」

「間違いなくそうでございましょう」

後村上「天皇」。顔も見たことのない十二歳の「新帝」に、わたしは思いを馳《は》せる。わたしがその齢のとき、後醍醐は倒幕未遂事件を起こした。わたしはそれを人ごとのように聞いただけだった。同じく十二歳である少年は父の遺志を、怨念を、呪詛を、どのように受け止めたであろうか。

気になるのは遺児のことだけではなかった。

「義助というのは、義貞の――確か弟だったな」

公賢はうなずいた。

「新田義貞と脇屋《わきや》義助、姓は違えど兄と弟の間柄。兄が越前で討たれた後も、義助は吉野の股肱の武将として健在でございます。この公賢の見立てでは、兄よりも猛《たけ》く、兄よりも賢い」

「そなたの意見が聞きたい、公賢。後醍醐の崩御で吉野は凋落《ちょうらく》すると思うか」

公賢は首を横に振った。

「むしろ結束を強めましょう。散り散りにはなりますまい。先帝は崩御したことで、彼らの輝ける星に、象徴になったからです。弔い合戦という言葉もございます」

「朕もそれを怖れる。ともあれ、崩御を好機と見て、尊氏が吉野討伐に出兵してくれるとよいのだが」

「さて、どうなりましょうや」

公賢は賢人らしくもなく、藪睨《やぶにら》みの目をうつろに宙にさまよわせた。

わたしの望みを尊氏は叶えなかった。それどころか、思ってもみない対応に出た。まず、政務の七日間停止を申し入れてきた。朝廷も幕府と同じく後醍醐の喪《も》に服せというのである。天皇崩御に際しては、もちろん政務を停止するのが常だ。しかし後醍醐はその例に該当しないというのが朝議決定だった。これに対し幕府は異を唱えてきたわけであり、結局要求を容《い》れざるを得なかった。

――手強《てごわ》い。

幕府との関係が、考えていた以上に難しいと痛感せずにはいられなかった。もはやおのがままに、どころではない。こんなことででも幕府は朝廷を屈服させにかかってくるのか。

ただし、尊氏たちが服喪にこだわるのは、武家が後醍醐の呪いを怖れていることも理由の一つであるようだった。配流《はいる》先で恨みを呑んで亡くなった者は怨霊《おんりょう》となって自分を陥れた人物などを崇《たた》る。それが本朝の歴史だ。菅原道真《すがわらのみちざね》、崇徳院《すとくいん》……例を挙げれば枚挙《まいきょ》に遑《いとま》がない。裏切り者の尊氏は後醍醐に後ろめたさを感じているのだろう。わたしはそうではない。正面切って戦いを挑んだ。そして、勝った。後醍醐、恐るるに足らず――その違いだ。

さらに尊氏は、後醍醐の菩提《ぼだい》を弔うため寺院を造営することへの允可《いんか》を求めてきた。これは直義からの要請でもあるという。基本計画は尊氏と直義が既《すで》に決めていた。提示されたそれによると、後醍醐の祖父帝の仙洞御所だった亀山殿《かめやまどの》を寺院に改修し、開山は夢窓疎石とのことだ。戦火で天下を乱した者を弔うのに、どうして新たに寺院の建立が必要なのか、首を傾《かし》げざるを得ない。それも、かつてない規模の巨大伽藍《がらん》であるという。

しかし、表立って反対する理由は見つからず、院宣を下さざるを得なかった。わたしは不承不承院宣の筆を走らせた。

「一、亀山殿の事、後醍醐院御菩提に資せられんがため、仙居《せんきょ》を以て仏閣に改む、早く開山として管領《かんれい》を致され、殊《こと》に仏法の弘通《ぐつう》を専《もっぱ》らせしめ、先院の証果《しょうか》を祈り奉るべし、てへれば、院宣かくの如し、よって執達《しったつ》くだんの如し

暦応二年十月五日　按察使経顕奉

謹上　夢窓国師方丈」

かくて天龍寺《てんりゅうじ》の造営は始まった――。

後醍醐崩御の翌年五月、わたしの正室である懽子《よしこ》内親王が持明院殿を出奔《しゅっぽん》した。残された女官たちは、最初は知らぬ存ぜぬを貫いた。時間稼ぎだった。数日して、ようやく行き先について口を割った。はい、仁和寺《にんなじ》でございます、そちらにお入りになって、ご出家あそばすご意志を以前よりお持ちでございました、と。

人をやって調べてみれば、果たしてその通りだった。仁和寺の河窪殿《かわくぼ》ですでに落飾《らくしょく》していた。かける言葉もなかった。わたしは彼女をそのままにしておくことにした。父を失い、後ろ盾を失った立場だ。それが望みとあれば、他にわたしに何ができただろう。

中宮としたわたしの姉の珣子内親王といい、娘の懽子内親王といい、後醍醐は皇子のみならず自

他の皇女をも結局のところ己の野望の犠牲にしたのだ。

私事はともかく、政務についていえば、同じ五月、わたしは「雑訴法《ざっそほう》」を制定した。所領関係の訴訟を審理する法令の整備は急務だったが、それにようやく漕《こ》ぎつけられた。わたしの院政は少しずつではあったが、それなりに前進しているという実感が得られた。

その年、さらにその翌年と、戦乱はなく、穏やかな日々が重ねられていった。もっとも、戦乱がなかったのは、後醍醐亡き後の吉野側が力を失ったからではなく、むしろその逆で、当面は性急な京都奪還を手控え、まずは全国に勢力を扶植《ふしょく》すべく活動しているからだ――というのが、直義がわたしに告げるところだった。都を遠く離れた関東や九州では、小競り合い程度の戦いは絶えていないのだという。

また公賢の報告によれば、全国各地に吉野勢力を植え付ける、この急がば回れとでもいうべき作戦を立案し、実行の指揮を執っているのは後醍醐の信頼厚かった北畠親房《ちかふさ》とのことだ。親房は後村上の側近、師父ともなっているらしい。まだ自身で判断のつく年齢ではない後村上は、親房の言うなりになっているのではないか、とも公賢は言った。

この作戦が実を挙げれば、またも戦乱の時代となりかねない。憂うべきことが進行中というわけだが、軍事力を持たない我が朝廷としては幕府に対処を一任するよりなかった。

今上の豊仁が住まう内裏《だいり》へは、たびたび御幸した。ほとんどは微行《びこう》だったが。叔父の薫陶《くんとう》を受けて弟は学問に邁進《まいしん》していた。もともと学問を家業とする日野家で養育されたから、いわゆる勧学院《かんがくいん》の雀《すずめ》で、素地《そじ》はあったのだろう。

「おまえより土台がしっかりしているようだぞ」

師である叔父は冗談めかして言った。

それを聞いて、わたしは興仁のことを思った。あの子の学問もそろそろ始めねばならない。時はゆっくりと進んでいるようでいて、気がつくと年月が経つのは早いものだ。

「兄者、おれはまったく何も知らなかったよ」

豊仁はしみじみ述懐した。

「兄者が手渡してくれた『誡太子書《かいたいしのしょ》』の重みが、ようやくわかってきたところだ。見ていてくれ、おれは学問天皇を目指す。危うい、危うい、あのままでは筋肉天皇で終わるところだった」

真面目な顔で口にしながらも、直衣の上からも見て取れる頑健な肉体はさらに屈強さを増し、鍛《たん》錬《れん》を怠っていないことがわかった。わたしも日々筋肉増強を続けていたから、御幸のたびに弟と二人で汗を流し合うのも楽しみだった。

直義は、忙しい合間を縫って持明院殿に祗候するのを律儀にも欠かさなかった。幕府において直義は政務の最高責任者として多忙の身だった。将軍の尊氏は武家の棟梁であり、全国の武士たちの頂点に立ち、彼らを家臣とする支配を握ったが、統治、政務の権については直義に譲った。よって世間では、幕府に二人の将軍がいるとも称し、あるいは直義のことを副将軍と呼んでもいるらしかった。

「まさか自分がこのような立場になるとは、鎌倉にいた頃は、思いもよりませんでした。下野《しもつけ》は足利荘の土豪の次男坊として生きて、老いて、死んでゆくものとばかり」

直義は腹蔵《ふくぞう》なく言った。その表情に偽りの色は探し出せなかった。彼と話せば話すほど、誠実で真摯《しんし》で清廉《せいれん》な人柄が伝わり、わたしは信頼を寄せていった。直義には私利私欲がなく、統治者として天下万民を思い、その行動には筋が通り、考え方は理に裏打ちされていた。

「日々学ぶことは多うございます。自ら学び、人についても学ばねば、とても務まる仕事ではございませぬ」

その姿勢は、わたしと共通するところが多々あった。もちろん今は武家の世であるから、背負っているものは直義のほうがわたしとは比較にならないほど大きいのではあるけれど。

わたしは直義から学んだ。政務に対する直義の姿勢、技能、対応など、院政を執るに当たって参考にすべきところは多大だった。

「北条氏の頃は、何しろ京都と鎌倉の間が遠く離れておりましたから、距離の懸隔《けんかく》が疎通の懸隔につながり、とかく齟齬《そご》をきたすことが多かったと聞いております。今はこうして、恐れ多くも院に親しくさせていただき、思うところを包み隠すことなくお話しできることを冥加《みようが》に存じます。これからも、このようにして院とともに世を治めて参って宜しいでしょうか」

「こちらこそ頼む、直義」

わたしに否やはなかった。朝廷と武家の関係は円滑《えんかつ》が第一だ。武家と、それも武家の頂上に君臨する二人のうち一人と友誼《ゆうぎ》を結べたことを感謝せずにはいられない。

――仲時、おまえが引き合わせてくれたのか。

ふと、そんなふうに思った。

――ふん、虫のいいことだな、量仁。直義は仲時を死に追いやった側の人間ではないか。

と、もう一人の自分がわたしを嘲《あざわら》う。確かにそうだ。それなのに、なぜかそんな気がしてならなかった。仲時が生きていたら――執権になった彼と、天皇のわたしが手を結んで、共に治世する、そう幾度となく熱く語り合ったものだ。それを今、実現しつつあるのだと感じる。

治天の君となって七年目、わたしは三十歳の大台にのった。その一月も終わろうという頃、北山《きたやま》第《てい》に御幸した。母の実家である西園寺の家。従兄の公宗が当主を務めていたが、七年前、北条時行の乱に絡んでのことか斬に処され、密告した弟公重《きんしげ》の手に帰した屋敷だ。公宗の妻で、わたしの典侍を務めていた日野名子《なこ》は、生まれたばかりの男児を連れて身を隠した。後醍醐が吉野に潜幸すると、公重は後を追って吉野に奔《はし》り、北山第は主人なき館となった。そこでわたしの祖母の永福門院《えいふくもんいん》が、彼女にとっても実家であったことから、永年住み慣れた持明院殿を出て、当座の主人役を引き受けた。荒れ果てようとしていた北山第の修築と保持に務めたうえで、隠れ家から名子と男児を呼び寄せた。

実俊《さねとし》と名づけられた嫡男は、まだ八歳ながら北山第の、すなわち西園寺家の新当主となった。今回の御幸は、形式的ながら西園寺実俊からの正式な招きということになる。

「新院さま、こたびは、我が西園寺家の北山第にようこそお越しあそばしました。実俊、心より御礼申し上げます」

まだ幼い声音で実俊は立派に口上を述べ、当主としての面目《めんぼく》を施した。その後ろで、名子が涙を拭《ぬぐ》っていた。

「公宗が、夫が無惨な最期を遂げて、このような日が来るとは思ってもみませんでした。この子と死ねたらどんなに楽か、何度そう思ったことでしょう」

隠忍《いんにん》の日々を思い返してか、名子の涙はとまらなかった。

宴《うたげ》は雅やかに行なわれた。わたしは興に任せて和歌を詠み、琵琶を演奏して、西園寺家の復興を寿《ことほ》いだ。公宗はもういないが、その後を嫡男が継いで、旧に復したことは確かだ。傷つき、苦しみ悶《もだ》え、もう死んでしまえばいいと悲嘆の底に暮れるすべての者たちに、一陽来復《いちようらいふく》、この日の西園寺家のような再興の日が訪れますように。それを祈るのがわたしの責務だ。

宴が果てると、別室で祖母と対座した。久しぶりに祖母と会うことも今回の御幸の目的の一つに数えていた。物心ついた時から持明院殿には祖母がいた。会いたい時には回廊《かいろう》を渡っていつでも会いに行けた。呼ばれたら呼ばれたで、すぐにも飛んでいった。血は繋がっていないのに、実の孫のように愛してくれた。わたしには和歌の才能があるといって、森羅万象《しんらばんしょう》、いろいろなことを教えてくれた。

「世の中は落ち着いてきましたね。少しずつではあるけれど、昔のままが戻ってくる。あなたのお陰ですよ、量仁。治天の君としても立派にお務めのようで、胤仁《たねひと》も黄泉《よみ》の国で目を細めて息子の活躍を見守っておりましょう。あなたを育ててきた甲斐《かい》があったと」

宴を早々に中座した祖母は、その老いが誰の目にも明らかで、もう長くはなさそうに見えた。それでも、両脇を支えていた侍女を遠ざけ、わたしたち二人きりにしてくれた。

「このところ自分の力だけでできることが少なくなっているわ。日増しに少なくなっていって、そして何もできなくなるのね」

「何を気弱なことを。おばあさまにはまだまだ元気でいらしていただかなくては」

「量仁、わたしは充分に生きたわ。この頃はもう歌も詠めなくなりました」

祖母ははっきりと言った。

「さようなことは――」

「いいえ、事実です。事実から目を背けてはなりません。わたしの夫――あなたの祖父伏見院《ふしみいん》と、京極為兼卿《きょうごくためかね》が創始した新たな歌風は、花鳥風月《かちょうふうげつ》を愛《め》でる現実逃避ではなく、現実と向き合い、渡り合い、その中に見出される繊細で過酷な真実を歌として詠み上げるものです。あなたはね、それに長《た》けているの、幼い頃から。この先も現実から逃げてはなりませんよ」

「おばあさま、実は、そのことで——歌のことで、ご相談にあがったのです」

祖母はにっこりと笑った。

「勅撰《ちよくせん》和歌集を編もうというのね」

「はい。でも、どうしておわかりになったのですか」

「意気込みが顔に出ています。いいことよ。あなたにはそれがやれると思っていた。そのつもりで、あなたを教育したのだもの。でも、あんなことになって——あなたは天皇ではなくなり、胤仁も歌を捨てて、結局は若くして亡くなってしまった。もう無理ではないかと諦めていたわ。玉葉《ぎよくよう》に続くわたしたち第二の勅撰和歌集なんて。まさか、こんな日が来るとは。夢ではないかしら。あなたの口から勅撰和歌集編纂のことが聞けるなんて」

「おばあさまにも是非ご協力いただかなくては」

「言ったでしょ、歌を詠めなくなったって」

「そんなことはおっしゃらないで」

「わたしの力など必要ないわ。あなた一人でおやりなさい、量仁。そうするに足る歌人の器量には育てたつもりよ。あなたはわたしの一番の愛弟子《まなでし》ですもの。存分に腕をお振るいなさい」

「何を柱にすればいいか悩んでいます」

わたしは率直に心を打ち明けた。

「わたしに言えることは一つだけ。今、現実と向き合い、渡り合い、その中に見出される繊細で過酷な真実を歌として詠み上げると言ったけれど、その時に雅《みや》びを忘れてはなりません」

「雅び——」

「過酷な現実は、ただそれだけでは歌にならない。雅びによって歌になるの。雅びな心が現実を和らげ、現実に立ち向かってゆく力を育てあげる、それを忘れないようにすることよ。これまでの勅撰集はすべて雅びに貫かれていたわ」

「はい、それは肝に銘じます。でも、おばあさま、わたしの前にはお祖父さまと為兼卿がお編みになった『玉葉和歌集』という巨峰が聳《そび》えております。これを越えねば、新しく歌集を編む意味がありません。どうしたら――」

「あなたに越えられないものですか。伏見院と為兼卿のお二人は平穏な世に在って過酷な現実を見つめようとご苦労なさった。でも、あなたは実際に過酷な現実を体験したのでしょう。でしたら、それを基盤になさいな。これまでのどの天皇も体験したことのない地獄を見たあなた、そのあなたにしか編めない歌集を編むのです。地獄を雅びで包むのです。わたしに言えるのはそれだけ」

祖母は目を閉じた。その老いた顔に炎が陰影《いんえい》を落とし、この世のものならぬ表情に見えた。短いやりとりだったが、祖母が持てる力を振り絞ってわたしに伝えてくれたのだとわかった。


それから二か月ほどを経た三月二十日、法勝寺《ほっしょうじ》が火災に罹《かか》ったとの悲報に接した。とるものもとりあえず鳳輦《ほうれん》を急がせて白河《しらかわ》に着いた時、すでに炎は収まり、南半分のすべてが灰燼《かいじん》に帰していた。焼け落ちた残骸《ざんがい》から黒煙がくすぶっている。すでに大勢の人たちが駆けつけていたが、呆然《ぼうぜん》として声もないようだった。わたしとてその一人だ。

史上初めて院政を始めた白河院は寺名に「勝」字の入った寺を六つ建立し、これを六勝寺と称する。その中で最大の勅願寺が法勝寺だ。二百六十六年前に建てられた。白河院が持てる財力を注いで築いただけあって、その規模が空前絶後を誇る巨大伽藍《がらん》群となった。わけても八角九重大塔は京都のどこからでも目にすることができた。京都の象徴であり、院政の象徴でもあった。

六年前、太田判官全職《おおたほうがんたけもと》にあわや比叡山に拉致《らち》されそうになり、咄嗟《とっさ》の機転で腹痛を装って事なきを得たが、そうする勇気が出たのも、天空を摩《ま》する八角九重の巨塔が目に入ったからだ。仏法にさほど親昵《しんじつ》しないわたしだが、法勝寺だけは、その巨大さゆえか、頼りになる存在、心の拠《よ》り所として認めていた。

その法勝寺が半分を焼失した――。

立ち上る煙を呆然と目で追ううち、炎に包まれる法勝寺が幻視された。次々と真っ赤な炎の舌に舐《な》め取られ、包み込まれて炎と一体化し、凄まじい音をたてて崩れ落ちてゆく。噴き上がる火の粉が夜空に立ち昇る。

その情景が、九年前、苦集滅道《くずめじ》の峠から振り返って見た、六波羅の探題が闇の中に吹き上げていた炎と重なった。

あの時、わたしはもう終わりだと思った。自分の終わり、この世の終わりだと。しかし、そうではなかった。今こうして治天の君としてわたしはある。ならば、法勝寺が消えたことが何だというのだ。めげてはならない。怯《ひる》んではならない。わたしは自分をせいいっぱい励ました。炎では消せぬもの、それをこの世に残さねばならない。

この生あるうちに、わたしの勅撰和歌集を完成させねば――。

歌への思いは募りゆく一方だったが、治天の君としてそればかりにかまけていられないのは勿論《もちろん》のことだ。春が過ぎ去り、孟夏《もうか》四月の八日、嵯峨野《さがの》の南にある西芳寺《さいほうじ》へ御幸した。公家からは四条隆蔭、正親町三条実継らが、武家からは尊氏、直義らが扈従した。足利兄弟を伴うというところに、今回の御幸の特別な意味があった。

初夏の陽光きらめく桂川を渡り、緑濃い西山がそこだけ後退したように口を開けた狭い谷間に西芳寺は位置する。もとは聖徳太子《しょうとくたいし》の別荘だったのを聖武《しょうむ》天皇の勅願により行基《ぎょうき》が開いたものという。聖徳太子云々は後世の附会《ふかい》だろうが、行基の時代からでも六百年は経っている。当初は法相宗の寺院で、法然が浄土宗に改め西方寺と称したそうだ。本尊が西方極楽浄土に住まう阿弥陀如来《あみだにょらい》の像だったからであろう。以後、星霜《せいそう》とともに荒れ果てるがままになっていたのを、三年前、夢窓疎石が再興した。臨済宗の夢窓は阿弥陀如来の寺を禅院、すなわち禅宗の道場とした。寺号も西芳寺と改めた。

「遠いところへよくお越しくださいました」

柔和な表情を浮かべて老僧は山門に出迎えた。

「お疲れと存じまする。まずは茶など一服なさいませ」

「では、お言葉に甘えよう」

わたしたちは小さな庵《いおり》に導かれ、濃茶《こいちゃ》をふるまわれた。話題の方向は勢い、先月焼け落ちた法勝寺に向かった。

実継が火災の凄まじさを一同に語った。実継はたまたま近くを通りかかり、出火からまもない時から鎮火までを目撃していた。

「火の手は次々に回り、手の施《ほどこ》しようがございませんでした。法勝寺の半分が焼失するなど、地獄がやって来たとしか思えませせぬ」

実継は声を震わせ、肩をも震わせ、鞠のような身体が今にも弾み出すかのようだった。

「地獄？」

夢窓は穏やかな笑みで応じた。

「いいえ、さよう大袈裟《おおげさ》なものでは。すべてのものは火にかかります。荒《あば》ら屋《や》も寺院も差別はありません。形あるものはすべて滅びます。この寺すら例外ではございませぬぞ。それが釈迦《しやか》の説く無常でございます。その釈迦さえ、人間としては入滅を免れなかったのでございますから」

「はて、しかし……」

実継は要領を得ない顔になった。

直義が深くうなずいた。

「執着するよりは、すべてのものは無常と心得よ、そのほうが平らかな心で日々を送れるということでございますな、師よ」

感じ入った口調だった。直義が心から納得してそう言っているのが伝わった。尊氏も直義も夢窓の禅弟子になったと聞いている。

「仰せの通りでございます」

「それでは尊師、わたしが開いたばかりの幕府も、いずれは滅ぶ運命と仰せですか。北条の幕府がそうなったように」

尊氏が不安な口ぶりで訊いた。その顔は敬虔《けいけん》で、夢窓を心の底から敬い、師事していることが感じられた。初めて目にする尊氏の一面だった。思うにこの男は、対する相手や状況によって別人のような顔になるらしかった。わたしや公家に向かっては茫洋《ぼうよう》と底知れぬ表情を、東寺で新田軍に包囲された時は武士の総大将らしい凛乎《りんこ》とした顔を、そして今ここ西芳寺では師に忠実な仏弟子の相《そう》貌《ぼう》に変じている。この辺りに尊氏という人間を読み解く鍵がありそうだ。相手によって別人格になると言ったら言い過ぎか——。

夢窓はあっさりうなずいた。

「もちろん滅びます」

「ぐぇろろ」

尊氏は蛙《かえる》のようなうめき声をあげた。

「師よ、そ、それはあまりにつれのうございますな」

「思いつめすぎますな、将軍。とらわれてはなりませぬ。諸行は無常、その思いを胸底に秘めて力をお尽くしなされればそれでよいのです。日々、一歩一歩の歩みを確実にしてゆく。案外と、それが物事を長く続けてゆける秘訣《ひけつ》やもしれませぬぞ」

「そ、そんなものですかな」

力の抜けた声で応じる尊氏に、直義が励ますように言った。

「案じるな、兄上。この直義がついておる。何があろうと直義は兄上の味方だ」

たちまち尊氏の顔から不安の色が一掃《いっそう》され、明るい笑みが浮かんだ。弟の手を取り、しっかりと握った。

「そうだな、おまえだけはわたしの味方だ。兄弟二人、力を合わせてここまで来れたのだ。下野国足利郡足利荘から相州《そうしゅう》鎌倉を経て、ここ京都まで。思えば長い長い道のりだった。これからも宜しく頼むぞ、直義」

「やっ、兄上、何もこんなところで」

直義は尊氏の手を握り返し、爽やかに微苦笑した。

その様子を穏やかな笑みをたたえて見つめていた夢窓の目が、こちらに向いた。静まりかえった深山の湖を思わせる目だったが、そこにわたしは不敵な挑発《ちょうはつ》を感じた。

——さあ、院よ、お問いなされよ、天皇もか、と。天皇も諸行無常を免れぬのか。天皇もいずれは滅ぶのか、と。

もちろん、そんなことは夢窓のほうから口に出せるわけがない。あくまでわたしに問わせ、それへの答えとして断言するつもりなのだ。

――もちろん滅びます。

そう言うだろう。尊氏に対してもそうだったように。

しかし、わたしはそのような答えを夢窓に言わせるわけにはいかなかった。国土を創成した神々の末裔《まつえい》――国常立尊《くにのとこたちのみこと》、天照大神《あまてらすおおみかみ》の神統を継ぐ者として。天壌無窮《てんじょうむきゅう》の詔勅を受け継ぎ、後世に受け継いでゆかせる者として。

わたしは夢窓の挑発に乗らなかった。しかし、何かを言わないわけにはいかない。夢窓はこちらの反応を求めているのだ。

「諸行無常とは、これまでにも耳にした。だが、もっぱら仏家が説くのは、諸行無常の真理より仏の功徳《くどく》のほうかと思われるが」

「さ、そこでございます。旧来の仏教は仏を神の如く敬い、仏にすがれば願いが叶うのだと民を教え諭してきました。翻って申せば、願いを叶えさせるためには仏にすがらなければならないと教え諭してきたのです。それは仏への隷従《れいじゅう》を説くものです。いいや、もっとあからさまに申せば、仏の代理人である僧侶への隷従を説くものです」

「…………」

斬新な考えだったが、どこかに腑《ふ》に落ちるところもあった。わたしも日頃、仏教に対してはそう見ていたのだろうか。扈従の者たちの反応をうかがった。隆蔭と実継は度肝を抜かれた顔をし、尊氏と直義は神妙な表情を浮かべている。夢窓の弟子である足利兄弟はこれまでにも同じ話を聞いているのだろう。

「禅では、仏をそのようには考えません。仏とは、すがるものではなく、自らがなるものです。修行して仏になる、それが禅の教えです。というか、釈尊《しゃくそん》の教え。禅こそは釈尊のお説きあそばしたことに最も忠実であると申せましょう」

仲時がそのように言っていたことを思い出した。そういえば仲時も鎌倉で夢窓の弟子だったか。

「ですから、法勝寺に話をもどせば、それは地獄でも何でもない。よくある火事の一つです。火の用心を怠《おこた》った、ありふれた実例の一つです。凡夫《ぼんぷ》が修行して仏を目指すのと、寺の火事とは何の関係もございませぬ」

「面白い考えだな」

「それを皆にわかってもらおうと、拙僧はこの寺を再興し、禅院としました。そろそろご案内つかまつりましょう」

夢窓はわたしたちを庭に誘った。西芳寺の真髄《しんずい》は庭にあり、とは直義が言ったことだった。暦の上では夏だが、陽光は穏やかで、まだ春の延長と感じられた。広い庭は明るく、そして静謐《せいひつ》だった。中心に池を掘った回遊式の庭園で、黄金池《おうごんち》と名づけられたその池は、舟を幾艘《いくそう》も浮かべられそうなほど広大ながら、形状は複雑である。

「上から見ると、心の字を描いております。よって別名を心字池《しんじいけ》とも」

わたしは訊ねた。

「心？　仏ではなく？」

「心は、もろもろのものごとを作りだし、支配します。心がすべてであり、行動も言葉も心から発せられます。わたしたちは現実を見ているようで、心を見ているのです。仏像に向き合って合掌《がっしょう》するよりも、己の心に向き合う――それを禅は重視いたします」

心か。祖父伏見院と京極為兼卿が創始した新しい歌風は、まず第一に心をこそ優先させる。しかし二人が禅宗に没頭したとは聞いていない。これは偶然の一致なのだろうか。ともあれ、禅も心を重視するということは、わたしにとって単なる暗号を超越した、何か天啓ででもあるかのように貴重に思われた。

心字を象《かたど》ったという池には幾つもの島が浮かんでいた。植え込まれた松が気品を香らせている。池の周りには、幾つもの堂宇が立ち並び、本堂の西来堂《さいらいどう》、舎利殿《しゃりでん》の瑠璃殿《るりどの》、潭北亭《たんほくてい》、邀月橋《ようげつきょう》、合同船と順に経巡《へめぐ》った。

わたしは驚いた。いや、衝撃を受けたと言っていい。これが寺か。寺なのか。夢窓が再興、改修した西芳寺は、わたしが知るどの寺とも違っていた。隔絶していた。寺とは――そう、華美なものだった。仏の功徳《くどく》を視覚化するために、あるいは西方極楽浄土を目で確かめさせ、そのありがたみを感じさせるために、これでもかというほど贅《ぜい》の限りを尽くしていた。先月に半ば灰燼に帰した法勝寺もそうだ。荘厳《そうごん》、それが寺の役割だった。

西芳寺はあらゆる華美荘厳と無縁である。華やかな装飾、壮麗さをいっさい削ぎ落としていた。一見すると枯れ果てた庭にしか見えないだろう。しかし、次第に心を奪われてゆく。華美とも荘厳とも無縁の、枯淡《こたん》の庭に。今いる庭は自分の心の現実化とも思われる。夢窓の庭は心と向き合うことのできる庭なのだ。何と、己の心の中にわたしはいる――。

隆蔭と実継は面妖《めんよう》な顔になって小声で何やら囁《ささや》き合っている。彼らも驚いているのだろう。かたや尊氏と直義は庭の佇《たたず》まいに感じ入り、陶酔《とうすい》しているようだ。武士は、こういう庭に引きつけられるのか。禅の精神を具現化した庭に。なるほど、この庭のような心境になれば、すべての執着から解き放たれ、執着ゆえの争いもなく、静かな生を楽しめるのだろうか。命のやり取りをする武士だからこそ、この世界を求めるのか。

「では、上の庭に参るといたしましょう」

「上の庭？」

「我が西芳寺の庭は上下二段の構えになっておりまして――」

向上閣《こうじょうかく》から西山へ登る山道が続いていた。西芳寺の山号は洪隠山《こういんざん》というそうだ。唐土《もろこし》の禅僧である亮座主《りょうざす》が、洪州《こうしゅう》の、その名も同じ西山に隠棲したのに因み夢窓が命名した。

上段の庭は、西山の山腹にあった。わたしは息を呑んだ。下段の庭以上に削ぎ落としが徹底されていた。そこにあるのは大ぶりの石を幾つも配した石組だけである。池もない、樹木もない。苔《こけ》もない。仏像の一つだにない。それでいて石と砂だけで全世界が、宇宙が、そして人の心が再現されているかのようだった。衝撃の余り、しばらくの間、そこから動けなかった。それもそのはず、自分の心の中にいる。そうである以上、どこにゆく必要があろうか――。

「日頃は禅の修行の場として使っております」

夢窓は満足そうに言った。今日は、わたしが御幸するので入園を制限しているとのことだった。そのうえで、石組について解説していった。これは仏教の世界観を反映したものである、と。石はそれぞれが須弥山《しゅみせん》であり、九山八海《くせんはっかい》であり、閻浮提《えんぶだい》であり……云々。

その教学を聞いて、興醒《きょうざ》めというか、夢から覚めたように自分を取り戻した。仏教の説く世界観は、『古事記《こじき》』『日本書紀《にほんしょき》』が記す創世とは別物である。

夢窓は石段を登っていった。わたしたちは後に続いた。すぐ上に指東庵《しとうあん》と名づけられた簡素なお堂が建っていた。座禅堂だという。六人が入るとそれだけで余地はなくなった。

「如何《いかが》でございましたか、院」

「感じ入った。されば、受衣《じゆえ》を願いたい」

わたしは夢窓に弟子入りを申し出た。今、思いついたことではない。事前にその旨を伝えてあった。後ろで尊氏と直義が息を吞む気配が感ぜられた。足利兄弟にも、わたしの意志は通告済みだったが、目の当《ま》たり《あ》にしたことで彼らは改めて感嘆したのだろう。これを自らの目で確認させるために二人を伴ったのだ。治天の君である上皇が、禅僧に弟子入りをする。それも彼らが師と仰ぐ夢窓疎石に。それはわたしと足利兄弟を夢窓という膠《にかわ》でより強固に結びつけるものだった。つまり、わたしは宗教的にも彼らの陣営に立ったことを闡明《せんめい》したのである。

理由は極めて政治的なものだった。幕府には二人の将軍あり、という。そのうち直義とは上手くやってゆけている。公家と武家と領域は分かれているとはいえ、政務という共通点がある。尊氏となると、そうはいかない。武門の主従権を司る彼との間に接点は見出しがたかった。しかし尊氏との意思疎通は円滑《えんかつ》にしておきたい。そこで思いついたのが、尊氏が帰依《きえ》する夢窓を橋渡しにすることだった。わたしも夢窓の弟子となれば、何か厄介なことが生じても、夢窓という窓口を通じることができる。

それだけが弟子入りの理由で、宗教的な関心は露《つゆ》ほどもなかった。もとよりわたしは仏教とは一線を画していた。欽明帝《きんめいてい》の時代に百済《くだら》国の国王が仏像と経典を齎《もたら》して以来、仏教を信仰した天皇は多い。しかし、わたしには抵抗があった。神の末裔《まつえい》である天皇が仏にすがっていいのか、という意識が強かったからである。しかし、夢窓の説く禅ならば、仏にすがらずともよい。夢窓の弟子となることと上皇であることは両立し得る。そこまでを考えて、わたしは決断した。

そして今、西芳寺の庭園を目にして、自分の決断が間違っていなかったことを確信した。かつ、禅宗に対する新たな興味も湧いてきた。

治天の君であるわたしが禅僧に弟子入りしたことは、延暦寺《えんりやくじ》や興福寺《こうふくじ》、東大寺《とうだいじ》など旧来の仏教勢力の激しい反発を招くだろう。それは覚悟のうえだ。今は夢窓を通じて尊氏と距離を縮めることが優先する。旧仏教の顔はそれなりに立ててやればいい。


一か月を経た五月七日、九年前に六波羅の探題を脱出したのと同じ日に、祖母が薨《こう》じた。七十二歳だった。院号は永福門院と称する。

一月に北山第を訪れた時、祖母の哀亡ぶりを目の当たりにして胸がつまった。もう歌は詠めなくなったと言っていた。わたしの問いかけにも、答えは要を得たものではあったにせよ、こちらが期待したようには、長くじっくりと時間をかけて歌論を展開してはくれなかった。そうするだけの体力も気力も失われていた。

それでもわたしは一縷《いちる》の望みを捨てなかった。祖母は必ず回復して、わたしの勅撰和歌集に力を貸してくれる、と。

その望みが、ついに絶たれた。

――雅びを忘れてはなりません。

――地獄を雅びで包むのです。

それが遺言となった。

わたしは五か月の心喪《しんそう》に服し、祖母の霊前に勅撰集の完成を誓った。

九月になった。祖父伏見院の二十七回忌がやって来た。伏見院の中宮《ちゆうぐう》が祖母永福門院である。

祖父が編ませた『玉葉和歌集』で最も活躍した女流歌人の一人が祖母だった。その祖母の死と、引き続いての祖父の二十七回忌――この重なりは単なる偶然ごととは思われなかった。さあ、我が孫よ、と祖父と祖母から勅撰和歌集を編むよう背中を押されていると強く感じた。

わたしは豊仁と共に伏見へ赴いた。上皇と天皇の行幸である。伏見には、祖父がこよなく愛し、終焉《しゅうえん》の地となった離宮がある。眼下に巨椋池《おぐらいけ》の壮大な光景が望まれ、風光明媚《ふうこうめいび》なことこのうえもない。遠忌《おんき》はこの離宮で営むことにした。まだわたしが幼い頃、夫を亡くした祖母がここから持明院殿に移ってきて以来、長いこと主なき別荘だったが、管理保全は怠らなかった。

祖父の法要は二日間にわたって営まれた。盛大とはいえなかったにせよ、祖父ゆかりの公卿たちが集い、それなりの規模のものとはなった。祖父はわたしが五歳の時に亡くなり、記憶はほとんどない。どのような人柄だったかは祖母が、父が、温かな口ぶりで語り聞かせてくれた。わたし自身、長じて祖父の歌を読み込むことで、その歌人としての天賦《てんぷ》の才、繊細な感受性に大いに感銘を受けたものだ。

厳《おごそ》かな読経《どきょう》を聞きながら、わたしは祖父に祈り続けていた。孫であるわたしが、祖父の名を汚すことなく、新たな勅撰和歌集を完成させられますように、と。できることなら、祖父の『玉葉和歌集』をさらに純化させ、その高みを越える歌集を、と。

伏見離宮を後にしたのは、二日目の午後も遅くだった。牛車《ぎっしゃ》に揺られながら、屋形の中で一人わたしは勅撰和歌集の想を練るべく、和歌史を辿《たど》った。

最初の勅撰和歌集である『古今《こきん》和歌集』が完成したのは四百五十年ばかり前のことだ。以来、編《へん》纂《さん》事業は重ねられて、わたしの勅撰集が完成すれば、それは十七番目のものとなろう。

もっとも本朝では、和歌集よりは漢詩集の編纂が優先された。『凌雲集《りょううんしゅう》』『文華秀麗集《ぶんかしゅうれいしゅう》』『経国《けいこく》集《しゅう》』が編集されたのは、都が奈良から京都に移ってきてまもなくのこと。『凌雲集』『文華秀麗集』は桓武《かんむ》大帝の子である嵯峨天皇が、つづく『経国集』は嵯峨帝の弟の淳和《じゅんな》天皇が勅命した。当時はいかに唐土《もろこし》の文化を受容し、それに追随《ついずい》、肉薄するかが至上課題だった。その後、菅原道真《すがわらのみちざね》の建言で遣唐使が廃止されると、文化の国風化に目が向けられ、和歌の振興が叫ばれるようになった。『古今和歌集』は『経国集』からほぼ八十年後、嵯峨天皇の孫である醍醐《だいご》天皇の勅命で成った。

　第二の勅撰集『後撰《ごせん》和歌集』はそれから約五十年後、醍醐帝の子の村上天皇が編纂《へんさん》を勅命したことで成立した。さらに、ほぼ五十年後、第三の勅撰集『拾遺《しゅうい》和歌集』ができた。命じたのは村上帝の孫の花山院《かざんいん》だ。藤原道長が栄華を極めていた頃のことである。

　それからしばらくは行なわれず、第四勅撰集『後拾遺和歌集』が編まれたのは八十年ほども後になる。勅命した白河天皇は村上帝の孫の孫の子だ。白河帝は譲位して上皇となってからも『金葉《きんよう》和歌集』を編ませた。一人で二つの勅撰和歌集を下命した。

　続く『詞華《しか》和歌集』は、白河院の曾孫、実は子であるともいう崇徳院《すとくいん》が院宣で編纂を命じた。崇徳院は保元《ほうげん》の乱で同母弟の後白河天皇に敗れ、讃岐《さぬき》に流されて崩御したことで知られるが、実は歴代の天皇の中でも飛びきり抜きん出た才能を持つ天性の歌人であった。

　兄の崇徳院を配流した後白河天皇は、上皇になってから『千載《せんざい》和歌集』の編纂を命じた。平氏が壇《だん》ノ浦《うら》に滅び、源平争乱が終わって世が平穏を取り戻した三年後のことである。それが七番目の勅撰集で、だから後白河院の孫である後鳥羽院が下命した『新古今《しんこきん》和歌集』は八番目の勅撰集ということになる。新古今こそは、その唯美《ゆいび》的な歌風で後世に大きな影響を及ぼしたとして名高い。

　その後鳥羽院は承久《じょうきゅう》の戦乱に敗北し、隠岐《おき》に流された。幕府によって擁立された後継の後堀河《ごほりかわ》天皇は後鳥羽院の甥にあたり、藤原定家《ふじわらのさだいえ》をして『新勅撰《しんちょくせん》和歌集』を編ましめた。後鳥羽院の孫である後嵯峨天皇――わたしにとって祖父の祖父にあたる人だが――は上皇となって『続後撰《しょくごせん》和歌集』『続古今《しょくこきん》和歌集』と勅撰和歌集を二つ成立させた。

後嵯峨帝の子の亀山院《かめやまいん》が『続拾遺《しょくしゅうい》和歌集』を、亀山院の子の後宇多院《ごうだいん》が『新後撰《しんごせん》和歌集』をそれぞれ編ませ、つづく十四番目の勅撰集こそが祖父伏見院の下命により京極為兼が撰した『玉葉和歌集』である。今から三十年前、わたしが生まれる一年前のことだ。収録された歌の数は二千八百首と極端に多く、それまでは新古今の千九百七十八首が最高だったから、いかに膨大《ぼうだい》な歌集かわかろうというものだ。

そのわずか八年後、子の後醍醐を即位させて院政を執る後宇多院がまたしても勅撰集『続千載《しょくせんざい》和歌集』を編ませたのは『玉葉』への当てつけだったと評されている。さらにその六年後、親政を始めた後醍醐が『続後拾遺《しょくごしゅうい》和歌集』を作った。十六年前の、この通算十六番目に当たる勅撰集が、今のところ最新のものということになる。

こうして和歌史を辿りながら、自身が十七番目の勅撰集の下命者になるということに、わたしは改めて重責だと感じずにはいられなかった。しかし、臆《おく》してはいられない。怯んでなどいられない。和歌――やまとうたとは何か。最初の勅撰集である『古今和歌集』の序文に、はっきりと記されている。

「やまとうたは、人の心を種として、よろづの言の葉とぞなれりける」

――和歌は、人の心を種として、数多くの言葉となったものだ。

「世の中にある人、ことわざしげきものなれば、心に思ふことを、見るもの聞くものにつけて言ひ出せるなり」

——この世に生きる人は、関わり合う事柄がまことに多いので、心に思うことを、見るもの聞くものに託して歌にする。

「花に鳴く鶯《うぐいす》、水に住むかはづの声を聞けば、生きとし生けるもの、いづれか歌をよまざりける」

——花に鳴く鶯、水に住む蛙の声を聞くと、すべて生あるものは、どれが歌を詠まないなどということがあろうか。

「力をも入れずして、天地を動かし、目に見えぬ鬼神《きじん》をもあはれと思はせ、男女の仲をもやはらげ、たけき武士の心をもなぐさむるは歌なり」

——力も入れずに天地を動かし、目に見えぬ霊に感じ入らせ、男女の仲も打ち解けさせ、荒々しい武士の心も慰《なぐさ》めるのは、歌である。

そうなのだ。歌には神秘の力があり、歌によってこの世界を整えることができる、調和させることができる、秩序《ちつじょ》をもたらすことができる。だからこそ、鶯が花に、蛙が水に鳴くように、わたしたち人も営々と歌を詠み、天皇はその歌を選び集めて時代ごとに勅撰集を編む責務があるのだ。

「歌のこととどまれるかな。たとひ時移り事去り、楽しび悲しびゆきかふとも、この歌の文字あるをや」

——歌の道は今に伝わっている。たとえ時が移り、物事は去って、楽しみ悲しみが交々《こもごも》に往来しようとも、この歌の文字はあり続けるのだ。

ならば何を臆することがあろう、怯むことがあろう。治天の君としての責務を果たすのみ。新たな勅撰集を編ましめ、歌の力によってこの乱れた世の中に真の平和をもたらさなければならない。

心が、熱く、力強く、昂《たかぶ》ってゆくのを覚えた。

その時、前方よりざわめきが聞こえ、沈潜《ちんせん》していた歌の世界から、わたしは一気に現実へと引き戻された。馬蹄《ばてい》の響き、高歌放吟《こうかほうぎん》のだみ声が、次第に大きくなってゆく。

と、牛車が停まった。

「どうしたか」

車の外から答えがあった。

「はっ、騎馬武士どもと出くわしたようで」

実継だった。声が硬い。

「一同皆、酔っているやに見受けられまする」

「ここは？」

「樋口《ひぐち》東《ひがしの》洞院《とういん》の辻にございます」

ほう、いつのまにか五条大路《ごじょうおおじ》近くまで来ていたか、という小さな感慨は、次の瞬間、緊迫した叫び声に消し飛んだ。

「狼藉《ろうぜき》なり！」

わたしは牛車の前方の窓を開け、外の様子を窺《うかが》った。実継の言った通り、すっかり泥酔した騎馬武者の集団と四つ辻で行き逢っていた。着衣を乱した放恣《ほうし》な姿で馬に打ちまたがっているのが星明かりで見分けられる。その数、三十騎余り——。

「何者ぞ、狼藉なり」

「下り候《そうら》え」

彼らの前に駆け出して叫んでいるのは、警固に当たる我が北面の武士たちだった。

「下りろだと？」

集団の中から騎馬武者が一人、北面の武士の制止をものともせず傲然《ごうぜん》と馬首を進めてきた。

「ほほう、天下の土岐《とき》頼遠《よりとお》さまに向かって下馬せよという者があるとは思わなかったぞ。かく言うは、どこの馬鹿者だ」

髭面《ひげづら》。昂然《こうぜん》と張った胸元がはだけ、濃い胸毛が密生している。尊氏の幕下に列なる武将だが顔に見覚えがない。名前は記憶にあった。土岐頼遠——確か、北畠顕家を青野原《あおのがはら》で迎え撃ち、京都入りを阻んだ猛将の一人として。

「笠懸《かさがけ》の帰りじゃに。気分よく酔っているところを下りよとは、片腹痛いわ」

「こちらは院であらせられるぞ」

「院の行幸にてある」

「早う下りよ。院の御幸に対し、何者なれば狼藉つかまつる」

北面ばかりか前駆《ぜんく》、随身《ずいじん》の者たちまでが怒りを露わに応答した。

「何、犬？　犬とな？」

頼遠は馬上、大きく背を仰《の》け反《ぞ》らせ、夜空に哄笑《こうしょう》を響かせた。

「そうか、犬か。犬なれば——」

背にしていた弓を執り、ゆっくりとこれ見よがしに矢をつがえる。

「射て落とすまでのことよ」

北面の武士たちを蹴散らして牛車の近くまで馬を乗り入れてくると、わたしの周りを威嚇《いかく》的に駆け巡り始めた。狼狽《ろうばい》した従者たちは蹴散らされるがままだ。

「危のうございます」

実継が機敏《きびん》に牛車に飛びつき、その丸々とした身を挺《てい》して窓を塞いだ。

「ほれほれ、犬には蟇目《ひきめ》を喰らわせてやろう」

びゅううっという鏑矢《かぶらや》特有の大きな音が響き、悲鳴とともに誰かが落馬する音がした。扈従していた公卿の一人に命中したに違いない。わたしは自分が射られでもしたかのように全身に寒気を覚えた。

びゅううっ、びゅううっ、びゅううっ、と烈風の如く飛来音は連続する。そのたびに悲鳴、叫び声、馬の嘶《いなな》きがどっと湧き上がる。

「それっ、それっ、犬に逢うたからとて、仰々《ぎょうぎょう》しく下馬する阿呆がどこにいるというのだ」

頼遠が高らかに言った。同時に新たな飛来音がしたと思うや、凄まじい振動が伝わった。牛車が激しく鳴動する。メリメリ、バキバキという音とともに車体が大きく傾き始めた。矢が当たって、どこかが――軸か何か主要な部分が折れたに違いない。わたしは咄嗟《とっさ》に両腕を頭上に差し伸べて天井を押さえ、両足で床を踏みしめた。ここは日頃の筋肉鍛錬がものをいった。極度に傾斜した車内で、どこも打ちつけずにすんだ。

「わ、わわっ」

実継の動顛《どうてん》の叫び。傾いた車体に必死にしがみつく気配が伝わる。

何ということか――。

苦集滅道を逃げ落ちている途中、左肱に矢を射かけられた九年前のことが思い出された。あれがよもや繰り返されようとは。

しかも、所もあろうに京都の真ん中で、他ならぬわたし自らが征夷大将軍《せいいたいしょうぐん》に任じた尊氏麾下《きか》の武将の手によって。

さらに言えば、酔っているとはいえ、誰に向かって矢を射かけているのか重々承知のうえでの、これは大胆不敵な蛮行《ばんこう》、狼藉なのだ。

どうにか冷静に自分を保ち、恐怖せずにいられたのは、笠懸の帰りという言葉を聞いていたからだ。笠懸は、馬上から遠くの的に矢を当てる射芸で、的を傷つけぬよう鏃《やじり》は取り外し、代わりに蟇目と呼ばれる大型の鏑《かぶら》を装着する——というぐらいの知識は仲時から得ていた。射貫《いぬ》かれることはないのだ。現に頼遠が射ているのは、音から察する限り、いずれも鏑矢だった。だが蟇目とはいえ威力は相当なものがある。現に、わたしの乗る牛車は破損させられた。

「実継、降りろ。地面に身を伏せていよ」

声をかけて窓を閉じた。ややあって車体が振動したのは、呼びかけに応じて実継が飛び降りたからか。そのため重心が移動し、車体はさらに傾いた。ほとんど横倒しも同然となった。わたしは車内で身体をほぼ水平に突っ張らせ、宙に浮かんでいる状態を余儀なくされた。

「どうだ、これで犬小屋らしゅうなったわ」

頼遠の満足げな声が辺りに轟《とどろ》く。

矢音は途絶えた。蟇目の本数が尽きたのだ。牛車の周囲を傍若無人に駆ける馬蹄の響きと頼遠の笑い声はなおもしばらく続いた。

「ふはははははっ、これがまさに犬追物《いぬおうもの》じゃ。そういえば、いつぞや師直《もろなお》どのが申されておったな。内裏、院の御所の前を通る時は、下馬する面倒がある、天皇、上皇がいなくてはならぬ道理があるというのなら、木で造るか、金で鋳《い》るかして、生きた天皇や院などは、どこかへ流してしまえばいいのだ、と。うむ、まさに至言ぞ」

わたしは傾いた車体の中で身を突っ張らせたまま、唇をかみしめ、その耐え難い罵詈雑言《ばりぞうごん》を聴いているしかなかった。

「果報よのう、笠懸の帰りに犬追物まで楽しめたわ。者ども、ゆくぞ」

その声を最後に、騎馬武者たちが引き上げる気配が伝わった。馬蹄の音が遠のいてゆく。

わたしは全身の力を緩め、落下しないよう気をつけながら徐々に身を直立させていった。車体が横転しているので左右の扉は足元と頭上にある。右手で頭上の扉を力ずくに押し開け、よじ登って牛車の上に出た。飛び降りると同時に、車体がガラガラと音をたてて崩れ落ち、牛車の無惨な残骸の山と化した。横転《おうてん》したのも宜《うべ》なる哉《かな》だ。車輪の片方は軸から抜けており、御簾《みす》は外れ、轅《ながえ》の先端の軛《くびき》がへし折れていた。牛はいずこへか消え去っている。

辺りを見回した。落花狼藉《らっかろうぜき》とはこのことだった。扈従の列は乱れに乱れ、ほとんどの者は腰を抜かしているか、地に伏せっている。悄然《しょうぜん》と肩を落とす者、呆《ほう》けて夜空を仰ぐ者。うめき声があちこちから聞こえる。

わたしはこみ上げてくる吐き気をなんとか抑えようとした。地面が揺れているように感じられるのは、めまいに見舞われたからに違いない。かろうじて大地を踏みしめる。

「院、ご無事でございますか」

牛車のすぐ近くで身を伏せていた実継が立ち上がった。

わたしはうなずいた。うなずきはしたものの、声は出なかった。出せなかった。互いに暗澹《あんたん》と顔を見合わせるばかり――。

傷風《しょうふう》ノ章　世の色のあはれは

これまでも幾度か虚無《きょむ》の深淵《しんえん》に落ちこみかけ、そのたびに何とか切り抜けてきたわたしだ。とはいえ、さすがに今回は強烈だった。まさにあってはならないことが起きたのだ。そうとしか言いようがない。治天《ちてん》の君である上皇が武士に犬呼ばわりされ、剰《あまつさ》え矢を射かけられた。死者が出なかったのが不幸中の幸いだったが、それが何の慰めになろう。

もとより我が心を占めていたのは怒りではなかった。徒労感《とろうかん》、絶望感に打ちのめされていた。尊《たか》氏《うじ》の求めに応じ、院宣《いんぜん》を下した。それが奏功して争乱は熄《や》んだ。わたしの決断によって、そう自負していた。だが、間違っていた。尊氏に院宣を出した結果がこれだった。犬呼ばわり。今や権威は地に落ちた。何という世の中だ。しかも、これを招いたのは、あくまでもわたしなのだ。わたし自身が責めを負わなければならない。虚無の深淵が口を開け、わたしを誘惑する。さあ、何もかも投げ捨てて落ち込んでしまえ。楽になれ、量仁《かずひと》、と。その誘いと必死に闘い、何とか自分を支えようともがいた。

わたしを救ったのは、この時も筋肉鍛錬だった。当初はその気になれず、鍛錬どころか指一本動かすのも億劫《おっくう》な状態に陥った。芋虫のようにごろりと床に転がっていた。

「動け、量仁」

わたしは声に出して自分を叱咤《しった》した。声ならば出せた。

「動けよ、動くんだ。おまえは治天の君ではないか。このままだめになっていいわけがないだろう。自分が招いたことの責任は自分でとれ。――さあ、動け」

横たわったまま、のろのろ、もぞもぞと着衣を脱ぎ捨て、裸《はだか》になった。盛り上がった胸筋、くっきりと割れた腹筋の畝《うね》、肱《ひじ》を曲げれば硬い瘤《こぶ》となる二の腕の筋肉――鍛え上げた肉体を眺め、手でさすっているうち、不思議と心が落ち着いてくるのを感じた。この肉体は、この筋肉こそは、わたしが倦《う》まず弛《たゆ》まず鍛錬して作りあげ、丹精《たんせい》してきたものだ。これがわたしだ。であれば心も――心とても斯《か》くあらねばならぬ。

気がつくと、汗を流していた。身体のほうで勝手に動いていた。山嵐《やまあらし》、乾坤《けんこん》、衝天《しょうてん》……身体は知っているのだ、肉体に負担をかけることにより、心の負担を軽減することができる、と。わたしは限界まで鍛錬し、ついに身体が動かなくなり、床に伏せった。溜《た》まった汗がたてる水音を心地よく耳にした。

ぼんやりとした頭で、これまでもこうして乗り切ってきた、との思いを新たにする。ということは、そうか――今までも、あってはならないことを経験してきたわけか。確かにそうだ、抑《そもそ》もにしてからが、わたしが六波羅《ろくはら》を落ち延びて玉体に矢疵《やきず》を負ったことも、蓮華寺《れんげじ》における集団自殺の大流血のただ中にあったことも、隠岐《おき》を脱出した前帝の一声で天皇位を剝奪《はくだつ》されたことも、あってはならないことだった。あるいは他にも……そう、天皇家が二つに分裂したことも、天皇が島流しにされたことも、武士が京都に居座っていることだって、あれもこれも、どれもこれも、一切合切、もろもろすべてが、あってはならないことではないか。だとしたら、今さら何を。

今回だけではない、か――。

その思いがわたしを次第に冷静にさせていった。そうだ。あってはならないも何も、今さらあったものか。むしろ今回のことは起こるべくして起こったのではないか。わたしは驕《おご》っていた。尊氏に院宣を下したことで争乱を終わらせたと、心のどこかで自分を誇っていた。だから、いっそう落ちこむのだ。それだけのことに過ぎない。

あってはならないことは今までも起きてきたのだし、これからだって起こり得るだろう。そのたびに虚無に襲われてなどいられようか。心を強くしなければ。耐性をつけねば。心にも筋肉を。今回のことを乗り越え、新たな勅撰集の編纂に力を尽くさねばならないおまえではないか。そうだろう、量仁。

争乱は表面上、終熄《しゅうそく》したかに見える。が、争乱によって乱された秩序はまだ回復していない。今回の頼遠《よりとお》の狼藉《ろうぜき》はその証左だ。まだだ、回復はまだまだだ。その修復に当たるのがわたしの務めではないか。虚無に落ちこんでいる場合ではない。権威が地に落ちたなら、どん底まで落ちた今のこの時点から立て直してゆけばよい。這《は》い上がってゆけばよい。

とはいえ、今回の件はどう始末をつけるべき——。

その時、わたしの脳裏に思い起こされたのは神話だった。

「故ここに天照大御神見畏《みかしこ》みて、天《あま》の岩屋戸《いわやと》を開きてさし籠《ごも》りましき。ここに高天《たかま》の原《はら》皆暗く、葦《あし》原中国《はらのなかつくに》悉《ことごと》闇《くら》し。ここに萬《よろず》の神の声は、さ蠅《ばえ》なす満ち、萬の妖《わざわい》悉に発《おこ》りき」

——素戔嗚尊《すさのおのみこと》の暴虐《ぼうぎゃく》に際会《さいかい》した天照大神《あまてらすおおみかみ》は、怒って天岩戸に身を隠した。ために世が暗闇になった、という。

幼い頃、神話のこのくだりを読んだ時、わたしは疑問に思ったものだ。天照大神はなぜ自ら弟神を罰しようとはしなかったのだろう。なぜ岩戸に籠もるという消極的な行為を選んだのだろう。無責任ではないか、と。

自身が似たような立場に追い込まれた今、翻然と、身を以て天照大神の賢慮《けんりよ》を実感した。天照大神は自らが素戔嗚尊と事を構えてはならないのだ。これこそは臣下に取り計らわせるべき事案なのだ。取り計らわせた結果がどうあれ、それを了承し、すべての責任を引き受けるのが天照大神の、すなわち今回の狼藉について言えば、治天の君たるわたしがとるべき姿勢だった。

——処理は武家に一任しよう。

そう心に決めた。

もとより今は神代ではない。わたしが〝岩戸隠れ〟を擬《もど》いたところで、世の中から光が消えるわけでもない。ではあれ、これが最上最良の対処法だった。下世話に言えば、苟《いやしく》も治天の君たる者が、泥酔《でいすい》した一武将から沽《う》られた喧嘩を買うわけにはいかない道理だ。

公卿たちは容易に納得しなかった。土岐《とき》頼遠の処罰を幕府に厳重に申し入れるべきと口々に上奏してきた。彼らは公家対武家という図式で今回の一件を見ようとしていた。それはあながち間違いとまでは言えなかった。しかし、そのような図式に固定することこそ武家を利することになるだろう。あくまでも愚かな武将が仕出かした醜行《しゆうこう》として収拾を図りたい。だから、わたしは首を横に振りつづけた。武家の不祥事は武家の手で解決させる——その方針を貫き通した。

「武士どもに舐《な》められるだけです」

わけても幕府との連絡役を務める武家執奏《ぶけしつそう》の経顕《つねあき》は強硬だった。

「せめて院のお怒り、お悔しさ、その一端なりとも伝えておくべきかと」

「考え違いするな。わたしは怒ってなどいない。立腹しているわけではないのだよ、経顕。頼遠のようなやつばらをして、かかる狼藉を許さしめたのは、畢竟《ひつきよう》、わたしが至らなかったからだ。よって身を慎むのは当然のこと」

「院のご真意はまことにご立派です。しかし、それを武家は臆病《おくびょう》と受け取りましょう。ますますつけあがるは必定です」

「武家にも人はいるだろう」

わたしは取り合わなかった。

武家にも人は――幕府からはただちに直義《ただよし》が平謝りに謝るべく仙洞御所《せんとうごしょ》に飛んできた。拝謁《はいえつ》は許さなかった。岩戸に籠もっている身だ。会えるはずもない。むしろ会わないことでこそ直義にはこちらの思いが伝わるはず、そう信じた。

直義は電撃の如《ごと》く動いた。頼遠を捕らえ、死罪を申し渡した。尊氏と夢窓疎石《むそうそせき》が穏便な措置をと主張したのにも耳を貸さなかったという。尊氏と疎石はわたしにも取りなしを依頼してきた。だが、処理を武家に一任すると宣言した以上は何ができようか。結局、直義の方針が貫徹されて頼遠は六条河原《ろくじょうがわら》で首を刎《は》ねられ、速やかに一件は落着した。

公家たちの間には安堵の空気が漂った。秩序の守護者として直義への信頼が一気に高まった。果たして頼遠を極刑に処する必要はあったのか、死一等を減じてもよかったのではないか――それはわたしにもわからない。今さら容喙《ようかい》すべきことではなかった。何度も言うように、わたしを辱《はずかし》めた頼遠に対して個人的な怒りはない。頼遠が処罰されたことを武家たちが重く受け止め、弁《わきま》えてくれさえすればそれでよかった。

「賢明なご判断でございました、院。まるで天の岩戸にお隠れあそばした天照大神を見るような思いでございます」

そう言ったのは公賢《きんかた》だった。さすがは賢人、彼だけはわたしの意図を正確に見抜いていた。

「おかげで朝廷は巻き込まれずにすみました。すべて武家の内側で処理するようにお仕向けあそばされた院のお手際、おこがましいようですが、実に見事なものでございました。この公賢、例の如くに差し出がましい口をきくまでもありませんでしたな。畏《おそ》れ多くも院を犬呼ばわりした頼遠こそは狂犬。狂犬は駆除《くじょ》されて然るべき。しかし死罪とは、いささか行き過ぎの感を免《まぬか》れぬ、という声も考慮せねばなりませぬ」

「とは?」

「いえ、それがしとて死罪以外にはありえぬと愚考《ぐこう》する次第ではございます。首を刎ねるどころか、八つ裂きにしてやっても飽き足らぬ思い。行き過ぎと見るのは、あくまで武家の立場を思いやってのものでございます」

「武家の立場か。先を聞こう」

「土岐頼遠なる者、高師直《こうのもろなお》らと並ぶ戦巧者の武将と聞き及びます。その者が泥酔して犯した唯《ただ》の一度の失態で首を刎ねられる、理不尽なり——荒くれ者の武将どもには不満が高まりましょう。尊氏が取りなしを申し入れて参ったのも、その意を酌《く》んでのことだったに違いありますまい。つまりは尊氏も、こたびの処置で、貴重な戦力を手放したばかりか、己の面目と部下の信頼を失ったということになるわけで。直義は公家に贔屓《ひいき》し過ぎとの声もあがりましょう」

「難しいものだな」

「御意。死罪という直義の判断は、秩序回復には速効でありましょう。しかし効果というものは速ければ、そして高いほどに弊害も伴うものです」

「どのような弊害だろう?」

「さあて、それはまだ。しかし、武家内部の動向はけっして等閑《なおざり》にしてはならぬと考えます」

「肝に銘じおこう」

頼遠の死罪を嘉《よみ》する公卿ばかりの中で、こういうことをずばずばと注進してきたのは公賢ただ一人だ。何かと口やかましいこの賢人を、その実、辟易《へきえき》しながらも遠ざけられないわけだった。

公賢の懸念はともあれ、頼遠の処刑は武家たちにそれなりの衝撃は齎したと見え、以後この種の狼藉は激減した。公家と武家は賢明に住み分けをするすべを徐々に身につけていった。それもあってか翌年、翌々年と大きな事件はないまま世上は推移した。雨降って地固まるの喩《たと》え――世の中は平穏を取り戻しつつあるという確信が、ようやくわたしの胸に芽生えてきた。

さらなる正月を迎え、三十三歳になった年の八月、ついに天龍寺《てんりゅうじ》が落慶《らっけい》した。建立の院宣をくだしてから、ほぼ六年の歳月が経過していた。後醍醐の追善供養《ついぜんくよう》のための寺院を、という尊氏と直義の切なる願いは、その七回忌に当たる年にして叶ったわけだ。造営にかかる巨費を調達すべく大海原を越えて元《げん》に交易船を派遣までするという力の入れようだった。

八月二十九日に営まれた落慶法要《ほうよう》には、当然わたしも弟も臨幸する予定になっていたのを、直前になって取り止めた。それというのも、禅宗の巨大伽藍建造を計画当初から敵視してきた延暦寺が、落慶法要の中止を強硬に申し入れてきたからである。強訴《ごうそ》をも辞さぬ構えだった。

抑《そもそ》も天龍寺は、当時の年号である暦応《りゃくおう》を用いて「暦応寺」と号するはずだった。ところが延暦寺側が、年号を寺名に用いるのは当寺だけの特権であると横槍《よこやり》を入れてきたことから、やむなく天龍寺に改めた経緯がある。今度もそれに重ねての邪魔立てだった。

尊氏と直義は対応に苦慮《くりょ》した。かの白河法皇でさえ自分の手には負えないと嘆いた宗教勢力だ。征夷大将軍とはいえ、下野《しもつけ》から出てきてまもない成り上がり者がことを構えられる相手ではないと、そこは尊氏自身にもわかっているはず。まかり間違えば新たな火種となりかねないので、わたしが間に入った。

「ならば朕《ちん》らが臨幸せねばよかろう」

延暦寺が恐れているのは、上皇・天皇が落慶法要に出席すれば天龍寺が勅願寺も同然に扱われかねないという料簡、危機意識だ。わたしは豊仁《とよひと》とも意を通じ、落慶式への欠席を決めた。ここに延暦寺は中止を申し入れる根拠を失い、尊氏と直義も妥協した。

かくして落慶法要は、めでたくも盛大に行なわれたと聞く。

わたしにすれば、しかし、どうでもいいことであった。いや——ありていに言うと、後醍醐の冥《めい》福《ふく》を祈るための寺の落慶法要などに出ずにすんだことはありがたかった。もっとも翌日には出向いて、上皇も天皇も臨幸しないという妥協策を呑んだ尊氏と直義の顔を立ててやりはしたが。

宿願を果たして満足げな二人の顔を見やりながら、こちらも宿願をやり遂げなければ、と自分を奮い立たせた。

宿願、すなわち十七番目となる勅撰和歌集の編纂を、わたしはこの年から本格的に始動した。ただし——問題が一つあった。それも大きな問題が。

誰を撰者に命ずるか——。

撰者には、歌学の家から当代一流の歌詠みを抜擢して任ずるのが慣例だ。ちなみに最初の勅撰集『古今和歌集』の撰者は四人で、紀貫之《きのつらゆき》、紀友則《とものり》、凡河内躬恒《おおしこうちのみつね》、壬生忠岑《みぶのただみね》という実に錚々《そうそう》たる顔ぶれだった。今、歌学の家は三家ある。二条《にじよう》家、京極《きようごく》家、冷泉《れいぜい》家だ。少し前までは六条《ろくじよう》家と御子《み こ》左《ひだり》家の二家だった。六条家は崇徳《すとく》院の『詞花《しか》和歌集』を撰した顕輔《あきすけ》、後鳥羽《ごとば》院『新古今和歌集』の五人の撰者に名を列《つら》ねる有家《ありいえ》、後嵯峨院『続古今和歌集』の撰者の一人を務めた行家《ゆきいえ》らを排出して大いに家名が隆盛したが、やがて御子左家に圧倒されて振るわなくなった。

御子左家は、かの御堂関白《みどうかんぱく》こと藤原道長の六男長家《ながいえ》を祖とする。醍醐天皇皇子の左大臣　源《みなもとの》兼《かね》明《あきら》が所持していた邸宅の御子左第を長家が伝領したことから、この名で呼ばれるようになった。長家の曾孫が俊成《としなり》、俊成の子が定家だ。定家の子の為家は後嵯峨院の下命で『続後撰和歌集』『続古今和歌集』の撰定に従事したが、為家の三人の息子たちの間で家督争いが起こり、ここに御子左家は三つに分裂した。それが二条家、京極家、冷泉家で、二条が嫡流、京極と冷泉は庶流という扱いだ。

さて、わたしの意識としては、我が祖父伏見《ふしみ》院が下命し、庶流京極家の為兼《ためかね》が撰した『玉葉《ぎょくよう》和歌集』を継承する和歌集にこそしたい。よって撰者は京極家の歌人から擢《ぬ》くのが筋というものだが、如何せん為兼に子がなく、京極家は目下、断絶状態に陥っている。冷泉家はといえば精彩を欠き、となれば二条家の為定《ためさだ》しか他に適任者は見当たらない。しかし二条家は後醍醐、さらには後醍醐の父後宇多院が命じた撰者の家であり、その総帥たる当代の二条為定を抜擢することはできなかった。為定の祖父為世《ためよ》など為兼の創始した歌風を忌み嫌い、『玉葉』の成立を妨害しようと為兼に歌論の論争を挑んだ経緯すらある。孫の為定もこちらの歌風を目の敵にしていた。

初っぱなからわたしは窮地に立たされた思いだった。窮余《きゅうよ》の策で叔父に相談した。

「何を悩むことがある。そなたがやればよいことではないか、量仁」

叔父はあっさりと口にした。

「わたしが撰者を?」

「そうだ」

「お戯れはおやめください。わたしは真剣なんですよ。このままでは夜も眠れぬほど――」

「戯れとは何だ、戯れとは。こちらも真剣に申しておる」

「これが戯れでなくて何です。このわたしに撰者が務まると本気でお思いですか」

「量仁」

叔父は居住まいを正した。このところ元気がないのが気がかりだったが、その顔に闊然《かつぜん》と生気が甦り、学問の師としてわたしを指導していた頃の風格を取り戻したように見えた。

「そなたの才能は、わしも夙《つと》に認めるところであり、誰よりも亡き永福門院《えいふくもんいん》さまが激賞なさっておいでだった。そうではないか」

「しかし、そんな大役、わたしには」

「自分を過小評価する癖は相変わらずだな」

「ですが――」

叔父が冗談を口にしているのではないと知って、わたしは心底うろたえた。自分が撰者を務めるなど考えもしなかった。必死に返す言葉を探した。

「ですが……天皇、あるいは上皇、法皇が撰者になった勅撰集など前例が過去にありません。前代未聞です」

これはまったくの歴史的事実だ。天皇、治天の君は常に下命者であり、撰者を任命する者であった。ただし……。

叔父は目を細め、すかさずそこを衝いてきた。

「さにあらず。三番目の『拾遺和歌集』は藤原公任《ふじわらのきんとう》が撰したが、下命者の花山《かざん》法皇こそは真の撰者だとする説も根強い」

「あくまでも説でしょう」

「八番目の『新古今』は藤原定家《さだいえ》、藤原家隆《いえたか》ら五人が撰者ということになっているが、その実、後鳥羽院の親撰であることは誰もが知るところではないか」

「それはそうですが」

「ならば、そなたがそなたを撰者に任じて何の差し支《つか》えがある」

「そういうことでしたら、叔父上こそ適任ではございませぬか」

わたしが範とし、乗り越えようとする『玉葉和歌集』は、叔父の天皇在位中に成立した。今から三十三年前のことで、叔父は編纂の経緯を知る数少ない一人だ。

「わしはもう齢だ。疲れた。十年前ならば知らず、その気力はもはやない。若いそなたに託すばかりだ。よいか、そなたがやるのだぞ、量仁。古今の醍醐天皇に始まり、これまでに十三人の天皇、上皇が勅撰集を下命したが、今回のそなたほど過酷な経験を経た者が他にいようか。なるほど、後鳥羽、後醍醐は隠岐に流されたが、勅撰集の編纂はそれ以前のことだ。だから量仁よ、この乱れに乱れた世の中で治天の君として苦闘、奮戦するそなたの思いを、勅撰集の親撰にぶつけてみよ、見事結実させてみよ」

平素は物静かな叔父の、思いもよらぬ烈《はげ》しい気迫だった。渾身の気力を振り絞って言っているのがわかった。わたしは気圧《けお》されるようにうなずいていた。

三年ほども前になろうか、わたしはこれまでに詠んだ歌の中から、それなりの歌百六十五首を自ら撰び出し、私家版の歌集を編んだ。
新たな勅撰和歌集の撰者という前代未聞の重責を引き受けることになった今、改めて自撰集を読み直してみた。そして苦笑した。何とも暗い歌ばかりだ。
――舟もなく筏《いかだ》もみえぬおほ川にわれわたりえぬ道ぞくるしき
――憂きにたへず恨むればまた人も恨む契の果よたゞかくしこそ

祖父や父の歌が持っていた華麗さ、きらびやかさとは無縁だ。
春、夏、秋、冬、恋、雑、物名と七つの部を立てて自作を分類したが、いちばん多いのが冬部で四十九首。

――夜もすがら雪やとおもふ風の音に霜だにふらぬ今朝のさむけさ
――人はとはぬみやまの庵にあはれ猶《なお》ところもわかずふれる白雪

春部などその三分の一にも満たぬ僅か十三首で、これに夏部の十一首、秋部の十九首を合わせても四十三首。冬部一つに及ばない。どうやらわたしは冬が好きなようだ。歌詠みとしては、かなり特殊、偏奇《へんき》な嗜好《しこう》と言ってよかろう。

こんなわたしを、祖母はよくもまあ才能があると仰ってくださったものだと思う。祖母の和歌教育は、古今、新古今と時代順になされた。祖母もその一翼を担《にな》った、京極為兼が創始した革新的な歌風から始めたのではなかった。だから、ずっと後になって、為兼の代表作とされる、

――沈み果つる入り日のきはにあらはれぬかすめる山のなほ奥の峰

の一首を見せられた時、わたしは魂が震えるほど驚き、感じ入ったことを今も覚えている。透徹《とうてつ》した自然観察の歌でありながら、何か物事の根本原理を象徴、提示しているようでもある。そして落陽の黄金に荘厳《しょうごん》されたきらびやかさに彩られてもいる。古今、新古今にはない新しさ、美しさがあった。それがわかったのは、歌史の順を追って学んでいったからだが、ともかくそのようにして、自作を振り返ったり、自身の嗜好を見つめ直したり、あるいは祖母から受けた和歌教育の過程を改めて辿ったりしてゆくことで、わたしは撰者としての自覚と責任とを深めていった。

今回の勅撰集の部立ては、叔父とも相談したうえで、春（上中下の三部）、夏、秋（上中下の三部）、冬、旅、恋（一～五の五部）、雑（上中下の三部）、釈教、神祇《じんぎ》、賀の二十部立てとした。一

部が一巻だから全二十巻ということになる。従来は途中にあった賀の部を敢えて最後に置くことにしたのには理由がある。歌数は二千首前後を予定した。それだけの数量をわたし一人で捌《さば》きれるものではなく、歌の収集、選別にあたる寄人《よりうど》に正親町公蔭《おおぎまちきんかげ》、二条為基《ためもと》、冷泉為秀《ためひで》の三人《ひと》を任じた。公蔭はかつて京極為兼の猶子《ゆうし》だったことがあるから、二条、京極、冷泉の三家から斉しく抜擢したことになる。叔父は監修者という位置づけで相談に乗ってもらうこととし、和歌の提出先としては、勧修寺経顕が武家を、洞院公賢がその他を担当するよう命じた。これで一応の態勢は整った。

勅撰和歌集というものは、過去の名作も採録するが、その主眼はもちろん新作にある。時代に即した歌を載せなければ、新たに勅撰集を編む意味がないからだ。新作を得るには歌会、歌合《うたあわせ》を行なうに如かず。わたしは仙洞御所で幾たびも歌会、歌合を催行した。しかし、それでもまだ数が足りない。秀歌を獲得するには、より多くの歌が詠まれねばならない道理だ。慌ただしくその年が終わり、三十四歳になった年の四月、わたし自身をも含めて三十四人の歌人に改めて百首を詠出するよう命じた。『新古今』以来、当代の歌人たちに百首を提出させる〝応製百首〟は勅撰集編纂に際しての慣例になっている。

三十四人の歌人の中には尊氏と直義も入れた。彼らに阿《おもね》ったからではない。兄弟はそろって傑出した歌詠みだった。

――軒《のき》の梅は手枕《たまくら》ちかくにほふなり窓のひまもる夜はの嵐に

これは尊氏の歌だが、なかなかの詠みぶりだと思う。わたしはこれを「春」部に入れるのを躊躇《ためら》わなかった。最も気に入ったのは、「旅」部に配することに決めた、

――今向かふ方はあかしの浦ながらまだはれやらぬ我が思ひかな

の一首だ。彼が提出した百首の中に埋もれるようにしてあった。

「いやもう、数合わせの愚作でして。お目汚しにもほどがあろうというもの。汗顔《かんがん》の至りでございまする」

わたしの前で尊氏は顔を赤らめ、額に汗粒を浮かべ、しきりに謙遜《けんそん》してみせた。この歌は十年前、わたしの院宣を得るべく賢俊《けんしゅん》を派遣する直前に詠んだものという。ということは――。

「さようでございます。北畠顕家《きたばたけあきいえ》に敗れ申した時にものしたるもの。丹波路《たんばじ》の三草山《みくさやま》を通って、明石浦《あかしうら》を目前にした大蔵谷《おおくらだに》という所にて。つまり恥ずかしながら、九州へ落ち延びる途中の歌にございまして、はあ」

地名の「明石」と心の状態の「明かし」とがかけられている。他愛もない戯れ歌といえばそれまでだが、敗走中にこれだけの歌を詠める胆力は並大抵のものではない。どこかとぼけたおかしみと、だからこそ相手の隙を誘うような油断ならぬ剣呑《けんのん》さとが同居している。嘆き、余裕、韜晦《とうかい》。落武者の身でありながら、大胆といおうか不敵といおうか、ぬけぬけとよくもまあこんなふうに詠んだものだ。わたしが六波羅を追われ、苦集滅道《くずめじ》を、さらには琵琶湖の東岸を敗走している時がそうであったように、尊氏にとってもこれを詠んだ時は地獄の道行きであったろう。だのに、己を突き放して客観視し、面白がり、自嘲する余裕すら備えている。それに引き換え、あの時のわたしはといえば、歌の一首も詠めなかった。詠むこと自体を忘れていた。途中、老蘇《おいそ》の森や醒ヶ井《さめがい》といった歌枕の地を通過したにもかかわらず、それと念頭に浮かびさえしなかった。

――地獄を雅びで包むのです。

かつて祖母はわたしにそう言った。尊氏は実に自然に地獄を包んでいる。包んでいるものが果たして雅びかどうかは判者によって違うだろうが、この歌を前にすると、わたしには、地獄を包むという行為それ自体が雅びだと納得できる。何にせよ、公家には詠めぬ歌だ。いや、武家であっても詠めるかどうか。まさに足利尊氏という底知れぬ男の器量、その片鱗《へんりん》を見せつける歌だとわたしには感じられた。

「何と、これを旅部にか？　敗走が旅かと言えば、ううむ、まあ言えなくもなかろうが、しかし旅情もなければ旅愁《りょしゅう》もないな」

と叔父は呆れ顔だったが、こういう歌を採ることは勅撰集の刷新につながりもすると弁じて押し通した。

直義の歌に対しても叔父はいい顔をしなかった。雑部に入れるつもりでいる、

――しづかなる夜半《よは》の寝覚に世の中の人のうれへをおもふくるしさ
を目にするや、たちまち渋面《じゅうめん》をつくった。

「これが歌だと？　そのままではないか。何の技巧もない。童《わらわ》の作かと笑われようぞ」

「そのままとは、まったく以て仰せの通りです。直義というのは、この歌そのままの人間なのですから。実に素直な詠みぶり。童の作のようでありながら、直義でしか詠み得ない至誠《しせい》入魂《にゅうこん》の一首と申せましょう」

「ほ」

「純粋で、一途で、飾り気がなく、己を衒《てら》うことより、為政者《いせいしゃ》としてどうあるべきかを常に考えております、彼は」

「そなたの買いかぶりでなければよいのだが」

叔父は皮肉げに言ったが、少し沈黙し、柔和な笑みを浮かべた。

「少し言い過ぎたな。実を言えば、わしもそのような寝覚めを何度も重ねてきた。民を思うのは天皇の務め――その思いが、いつしか自負になり、民を思っているのは自分だけだと思い上がってい

た。武家がこのような歌を詠むのは許せぬという気持ちが湧いたのだ。自省せねば」

「民を思うに天皇も武家もありません。為政者の務めです。謹直《きんちょく》な直義が為政者としてあることの幸運をわたしは日々かみしめています」

「そうだな。げに時代は変わったものかな」

叔父の言葉にわたしは我が意を得たりの思いだった。新しい勅撰集は、まさに今のこの時代をこそ反映する歌集にしたかった。まだ幕府など存在もせず、聖代、聖君と仰がれた醍醐帝が編纂を下命した『古今和歌集』の時代ではもはやない。武士の世となり、天皇、公家は昔日の力を、面目を失った。聖代どころか、治まらぬ世だ。それでも――いや、それだから『古今集』が提示した歌の力、雅びの力は今なお、そしてこの先も保持してゆかねばならない。そんな歌集にしたい。それがわたしの切なる願いだった。

――をさまらぬ世のための身ぞうれはしき身のための世はさもあらばあれ
直義の歌の少し後に、わたしは自身の為政者としての姿勢を示す歌を配置した。

草稿のその辺りの部分に目を通した直義が、二人だけで対面した時に、こう言った。

「二句切れでございますか？　それとも三句切れでしょうか？」

そう問われたのは直義が初めてだった。それを訊ねること自体、直義が二句切れだと考えていることの証左と言える。殆《ほとん》どの人はこれを三句切れと読んで怪しまない。

「驚いたな。よくぞ見抜いたもの」

二句切れ、三句切れ、どちらにも読める。わたし自身は「うれはしき身のための世」と詠んだ。

「直義の歌人としての力量ゆえかな」

わたしは感嘆した。

「いいえ――」

直義は畏まって応じた。

「僭越至極《せんえつしごく》ながら、思いは同じだからでございましょう。治まらぬ世のための身。わたしも常にそのように考えております。そして、そのこと自体は別に憂うべきとは思っておりませぬので」


もちろん勅撰集にばかり専念しているわけにはいかなかった。治天の君として政務を執らねばならず、また父としては興仁《おきひと》の教育にも心を配る必要があった。

興仁はこの年、十三歳になっていた。亡き父はわたしの教育を叔父に委ねたが、わたしは自ら興仁を教えた。そのやり方は叔父の方法をそっくり踏襲《とうしゅう》した。連句から始め、詩作、琵琶《びわ》を手ほどきし、長じては学問所を設置した。

贔屓目《ひいきめ》に見ても、興仁は凡庸《ぼんよう》な子だった。傑出したと言える才能はなく、資質英明という言葉とは無縁だ。しかし、わたしは失望しなかった。わたし自身がそういう子だったたから。そう、七分の子だった。そんな男が欲を出して、息子にそれ以上を期待するのは愚かというものだろう。

凡庸ではあれ、興仁は素直という長所を備えている。明るく、優しい子でもある。それでわたしは満足だった。いずれ興仁は天皇になる。天皇に必要なのは、偏頗《へんぱ》で尖った才能ではなく、そういった天性の性格なのだ。

学問の核に据えたのは、言うまでもなく『誡太子書《かいたいしのしょ》』である。十三歳の興仁には難解な語が多いが、わたしは根気強く教えた。興仁は真面目な顔で聞いているが、どの程度まで理解できているか怪しいものだ。わたしは焦らなかった。多分、わたしだってそんな顔をして叔父の話を聞いていたことだろう。『誡太子書』は、繰り返し語り聞かせ、自らも不断に読み込むことによって、心身にじっくりと染みこませてゆけばよい。
夏が終わり、秋に入ると、秀歌の数がようやく揃い始めた。さて、巻頭には誰の、どの歌を置くべきか。ちなみに『古今集』でのそれは在原元方《ありわらのもとかた》の有名な一首だった。
――年のうちに春は来にけり一年をこぞとやいはむ今年とやいはむ
『新古今集』は九条良経《くじようよしつね》である。
――み吉野は山もかすみて白雪のふりにし里に春は来にけり
『玉葉集』は紀貫之だ。
――今日に明けて昨日に似ぬはみな人の心に春の立ちにけらしも
巻頭には京極為兼をと決めていた。あの「沈み果つる」の歌を据えたいところだが、さすがに先鋭すぎる。結局、これを選んだ。
――足引の山の白雪消ぬが上に春てふ今日は霞《かすみ》たなびく
革新者である為兼の歌としては物足りないことこのうえないが、実に大らかな詠みぶりで、巻頭歌には相応《ふさわ》しい。
最後に置く巻軸歌のほうは、実は、それに先だって決めていた。
――岩戸あけしやたのかがみの山かづらかけてうつしきあきらけき代は
八年前の豊仁の大嘗会《だいじようえ》に際し、九条隆教《たかのり》が悠紀殿《ゆきでん》に奉った神楽歌《かぐらうた》だ。治まらぬ世を反映する我が勅撰集の掉尾《ちようび》は、天の岩戸神話を主題とする賀歌で飾るのが宜しいと考えた。この歌以外にはありえなかった。賀部それ自体をそっくり最後に持ってきたゆえんである。
これはという歌を選んでゆくうち次第に欲が出た。序《じよ》を備えたいと望んだのだ。それも真名《まな》序と仮名《かな》序の両方を。これまでの勅撰集十六集のうち両方を持つのは『古今』『新古今』『続古今』の三集だけだ。『玉葉』も序なしの勅撰集だった。

とはいえ、浅学非才のわたしに序を書く力量などない。叔父を頼った。今年に入って叔父は病みがちになり、臥《ふ》せっている日が多く、煩《わずら》わすのは気が引けた。しかし、我が意を酌んでくれるのは叔父を措《お》いていなかった。

「他ならぬそなたの頼みだ、引き受けよう。撰者という大役を押しつけた引け目を晴らすいい機会でもある」

即座に請け合ってくれた。

わたしは謝辞を述べ、肝腎《かんじん》なことを告げた。

「つきましては、歌は政《まつりごと》の本《もと》となる、という言葉を是非とも入れていただきたいのですが」

「ううむ」

叔父は眉間にしわを寄せた。

「歌は政の本――それは歌詠みたち誰しもが含意することだ。今さら言うまでもあるまい」

「はっきりと文章にしたく」

「そなたの気持ちはわかる。わしも蓮華寺の惨劇の渦中に身を置いた。だが、さような剝き出しの言葉を用いては白けようぞ」

「もとよりのことです」

「序の品格を下げることになるが」

「かまいません。乱世に編む勅撰集なのですから、それをはっきりと序で打ち出したいのです」

叔父は腕組みをして長い間、考え込んでいた。ならばおまえが書けと言われるのを恐れたが、や

がてその口から出たのは、

「そうだな。闡明《せんめい》しておくべきか。宜しい、やってみよう」

の言葉だった。わたしは愁眉《しゅうび》を開いた。

あと残るは、勅撰集の題名をどうするか――。

『続新古今集』や『新続古今集』式の新や続の字を冠したものにはしたくなかった。あるいは「古今」「後撰」「拾遺」などを含むものも候補には挙げなかった。所詮は使い古しの順列組み合わせだし、それでは人の記憶に残らない。

何といっても「雅」の文字を入れたいと思った。祖母の言葉「地獄を雅びで包むのです」が常に耳に響いていたからだ。

考えに考えた末に『風雅和歌集《ふうが》』とすることにした。風雅とは、言うまでもなく詩歌文章の道のことであり、風流、雅びやかさを表わす時にも使われる、ごくごく普通の言葉だ。それだけに一般性があるが、わたしとしては「風と雅び」の意味を込めた。風とは、本来音声である和歌が風となってこの国に吹き渡ってほしいとの願いを封じたものだ。

さいわい、叔父の意にも適《かな》った。

「うむ、よい題だ。『詩経《しきょう》』の国風《こくふう》と大雅《だいが》・小雅《しょうが》の意だとも言える。実は『正風和歌集《しょうふう》』はどうかと考えていたのだ」

「正風？　ああ、確か詩経の国風にある詩のことでしたね。王道が正しく行なわれている時につくられたという」

「ただし、呉音《ごおん》で読むと傷風《しょうふう》に通じる。そこが難だったのだが、風雅ならば何も問題はない」

かくして題名も無事に決まり、叔父は病身を押して真名序と仮名序の両方を短い期間に仕上げてくれた。どちらも堂々とした格調の高い名文だった。わたしの要望も叶えられていた。冒頭は次の通りだ。

「やまとうたは、あめつちいまだひらけざるより、そのことわりおのづからあり。人のしわざさだまりて後、この道つひにあらはれたり。世をほめ、時をそしる。雲風につけてこころざしをのぶ。悦《よろこ》びにあひ、うれへにむかふ。花鳥をもてあそびて思ひを動かす。詞幽《ことばかす》かにしてむねふかし。おのづから人のこころをただしつべし。下を教へ、上をいさむ。則ち政の本となる」

実に『古今』の仮名序に引けをとらない出来映えではないか。「政の本」ということもはっきりと言挙げされている。

以下、和歌の起源と本質とが説き起こされ、時代が下るにつれて本来の精神が失われ、歌道が荒廃していったことが記される。だからこそ、今回この勅撰集が編まれる意義があるとして、最後はこう結ばれる。

「ふるきあたらしきことば、めにつき心にかなふをえらびあつめてはたまきとせり。なづけて風雅和歌集といふ。これ、色にそみなさけにひかれてめのまへの興をのみおもふにあらず。ただしき風、いにしへのみちすゑの世にたえずして、人のまどひをすくはむがためなり」

「このたびかくえらびおきぬれば、はまちどりひさしきあとをとどめ、浦のたまもみがけるひかりをのこして、あしはらやみだれぬかぜ代代にふきつたへ、しきしまのただしきみちをたづねむのちのともがら、まよはぬしるべとならざらめかも」

真名序の最後を示せば、こうだ。

「専《もっぱ》ラ正風雅訓ヲ挙ゲテ千載ノ美ヲ遺サント欲スル者ナリ」

読み終えたわたしの頬は濡れていた。

「……正しき風、古の道、末の世に絶えずして、人の惑ひを救はんがためなり……名づけて風雅和歌集といふ……」

この序を空文にせぬよう、撰者として秀歌を厳選することに全力を傾けねばならない。そう自身に固く盟約を立てた。

完成までには、しかし、少なくともあと三年の歳月は要すると思われる。それにつけても懸念されるのが叔父の健康だ。考えたくもないことではあったが、それまで叔父がもつかどうか――。

そこで窮余《きゅうよ》の策を思いついた。目下のところ完成している「春」上部（春部は上中下の三部立てとする予定である）の九十首を以て竟宴《きょうえん》を開催してしまうのだ。

竟宴とは本来、和歌集の勅撰、日本書紀や漢籍の進講などが終わったのを記念して設ける打ち上げの祝宴のことで、勅撰集の完成ならば、集中の歌などを臣下に読ませ、禄《ろく》を賜《たまわ》る。平たく言うと終了記念祝賀会だ。わたしの『風雅』の場合、まだ九十首しかできあがっておらず、全体の二十分の一の状態で竟宴などとても開けたものではない。しかし、それを圧《お》して催してしまえば、内容はともかく、名目上は『風雅和歌集』の公式な完成ということになる。わたしは叔父が存命のうちに「完成」としたかった。反対の声もあがったが、後鳥羽上皇が竟宴の後も孜々《しし》として『新古今』に手を入れ続けたことを前例に持ち出して押し切った。

竟宴は十一月九日に開いた。叔父、わたし、弟――つまり法皇、上皇、天皇が出御したが、叔父は体調が思わしくなく御簾《みす》の内側に控えた。関白二条良基以下の廷臣、公卿たちが顔を揃えた。賢人の洞院公賢は読師をつとめる。歌を朗詠する講師に懐紙や短冊などを整理して渡す役だ。季節は冬、時刻は深更《しんこう》、冷たい雨がそぼ降る夜だった。

わたしは亡き父のことを思った。崩じたのは十年前だ。蓮華寺での打撃から立ち直れず、抜け殻のようになって逝《い》った父。あの時がわたしたちにとってはどん底だった。今しばらく持ちこたえていたなら、わたしの院宣を得た尊氏が九州から凱旋《がいせん》したのに。後醍醐の手勢が制圧され、いま一人の息子である豊仁が践祚《せんそ》するのを目にすることもできたはずなのに。況《ま》してや、わたしが勅撰集を親撰し、不完全な形とはいえ今宵《こよい》このように晴れて竟宴を開くことができるなど、父には思いも寄らないことだったろう。

——春暮れし昨日も同じ浅緑今日やはかはる夏山の色

夏部の巻頭に置く予定でいる父の歌だ。

春は昨日で終わって夏を迎えたが、浅緑のままだった山の色は今日は変わるのだろうか——。

「変わります、父上。変わりましたとも」

わたしは小声で父に呼びかけた。そして十年という長くもあり短くもあった歳月に思いを致す。

この世を去ったのは父だけではない。歌の師でもあった優しい祖母、後醍醐に嫁がされた末に吉野で早逝した姉、蓮華寺の七卿の一人に列する日野資名も八年前に不帰の客となった。敵味方を問わなければ後醍醐が、新田義貞が、北畠顕家が、楠木正成《くすのきまさしげ》らが、もはやこの世の人ではない。十年前という枠を外せば、まず何といっても仲時であり、西園寺公宗《さいおんじきんむね》もしのばれる。

恩讐《おんしゅう》を越え、すべての亡き人々のためにこの宴よあれかし、とわたしは瞑目《めいもく》する。

十年。ともかくも十年で、ここにまで至ったのだ。目立った戦乱は絶え、新たな勅撰集を生み出せるまでに。これからも鋭意努力して、この世に春を齎《もたら》さなければならない。それが治天の君たるわたしの使命だ。

——足引の山の白雪消ぬが上に春てふ今日は霞たなびく

——霞たち氷もとけぬ天地の心も春をおしてうくれば

——わが心春にむかへる夕暮れのながめの末も山ぞかすめる

講師をつとめる若い正親町忠季《ただすえ》が朗々と歌を詠み上げてゆくと、周囲は一気に春めいた。歌の力である。

忠季の母は尊氏の正室と姉妹の間柄であり、だから忠季には北条氏の血が流れている。宴席に武家は一人もいないが、忠季を通じて北条と足利が臨席しているといえないこともない。すなわち公武の宴であった。もとより忠季の父公蔭は名うての歌人で、寄人の一人でもあるが、わたしがその子を講師に擢《ひきぬ》いたのは、そのような思惑もあってのことだった。公家と武家が、どうか調和のとれた関係を築いてほしい。

——力をも入れずして、天地を動かし、目に見えぬ鬼神をもあはれと思はせ、男女の仲をもやはらげ、たけき武士の心をもなぐさむるは歌なり

わたしは理想を追っているだけか。理想など現実によって粉微塵《こなみじん》に打ち砕かれる。それを身を以て経験したであろうに。

いや、だからこそ歌の力を信じ、春風駘蕩《たいとう》の世の中を実現せねば。

宴は滞りなく進行し、無事に終わった。我が『風雅和歌集』はここに「成立」した。

「楠木正行《まさつら》?」

わたしは鸚鵡《おうむ》返しに問い返した。楠木という名を耳にするのは久しぶりだった。

『風雅』竟宴の翌年、仲秋八月のことである。「成立」後も編纂作業を粛々《しゅくしゅく》と進め、春夏秋冬の四季部八巻の完成を目前にしていた。わたしは三十五歳で院政は恙《つつが》なく、直義の為政も順調で、嫡男の興仁は十四歳を迎えて勉学は深まり、平穏、かつ太平の日々が続いていた。楠木正行——その名

を聞くまでは。

彼の率いる軍団が、河内と和泉の大半を勢力下に収めたという。

「楠木と言うと、あの正成の？」

「遺児だそうで」

経顕が答える。武家にかかわる事柄は、さまざまな経路を通してわたしの耳に届くが、公式のものは役目柄、武家執奏の経顕から入ってきた。

楠木正成と言えば、後醍醐の忠臣だったが、最後には献策《けんさく》が容れられず、死を覚悟して出陣したと聞く。楠木軍もその時に潰滅したという話だったが――。

「遺児と申しましても、父正成の死から早くも十一年、二十二歳の青年に成長したと聞き及びまする」

「亡き父と同じく、吉野方の武将として仕えているのだな。配下の軍を再興して」

「御意。河州楠木一族の棟梁《とうりよう》にして、義良親王《のりよし》さまが最も信頼する武将だとか」

後醍醐の遺児義良は父から天皇位を嗣《つ》いだと自称しているが、わたしたちがそれを認めるわけもなく、経顕のように「義良親王」と呼び慣わしていた。義良を担ぐ吉野の公卿たちも、朝廷などではなく、一地方の抵抗勢力に過ぎないという位置づけだ。ここ数年、吉野の抵抗勢力のことは人の口の端にものぼらなくなっていた。わたしにしても、力尽き、そのまま凋落《ちようらく》してゆくものと、気に留めていなかった。

「このところ、表立った活動も見られなくなっておりましたゆえ、そろそろ命運も尽くる頃かと考えておりましたが、その実、雌伏《しふく》して力を溜めていたものらしゅうございます」

「幕府の対応は？」

「近く河内守護が討伐に向かうとか。まず大事ありますまいが、されど院、くれぐれも油断なきよう願いまする。乱世はいまだ終熄しておりませぬゆえ」

経顕は懸念の色を眉に刷き、硬い声で念を押すように言った。

河内の守護は細川顕氏《ほそかわあきうじ》が務めている。和泉守護との兼任である。顕氏は尊氏の股肱《ここう》の武将として夙《つと》に知られていた。かつ細川氏は足利の分家でもある。

討伐軍を起こした顕氏は、九月十七日に藤井寺《ふじいでら》で正行と合戦した。そして慮外の敗北を喫《きっ》したとの兇報《きょうほう》が、早くもその日のうちに京都に伝えられた。経顕の表情に滲《にじ》んでいた懸念の色を思い出しつつ、わたしは驚きを禁じ得なかった。

武門の棟梁たる尊氏にしてみれば、驚愕と狼狽《ろうばい》はこちらの比ではなかったろう。丹波と丹後の守護を兼ねる山名時氏《やまなときうじ》に命じ、直ちに顕氏の援軍として河内に向かわせたところに、受けた衝撃の大きさが如実に表われている、というのが経顕の分析だ。

山名氏というのは新田一族の分家の由だが、惣領《そうりよう》家である義貞には従わず、足利に与《くみ》した。それというのも時氏は、尊氏の母上杉清子《うえすぎきよこ》と従姉弟《いとこ》同士の間柄なのだそうだ。すなわち時氏の母と尊氏の母の父が同腹で、二人は鎌倉武将上杉重房《しげふさ》の子だが、上杉は元をたどれば経顕の同族、すなわち勧修寺流に繫がる。重房の父藤原清房《きよふさ》は勧修寺《かじゆうじ》清房ともいい、後鳥羽帝のもとで蔵人《くろうど》を務めた貴族だった。その子の重房は、宗尊《むねたか》親王――わたしの父の大伯父にあたる――が征夷大将軍として鎌倉に下る際に扈従し、そのまま武将になった。つまるところ山名時氏は父方が新田氏、母方が勧修寺流藤原氏であり、同じく母方を勧修寺流藤原氏とする尊氏とは上杉繫がりで紐帯《ちゆうたい》しているというわけだった。一概に公家と武家と言うが、ことほどさように両者は水面下で密かに、かつ複雑に絡み合い、混じり合ってもいる。

十一月二十六日、細川・山名の両軍は住吉天王寺《すみよしてんのうじ》で楠木正行と戦い、撃ち破られた。楠木軍は勢いに乗じて京都を衝《つ》く構えを見せているという。わたしは戦慄《せんりつ》した。十一年前、東寺に身を置いて新田義貞の手勢に肉薄された時のことが思い出された。戦乱はまだ終わっていなかった――それを頭では理解していても、現実のものとして納得したのはこの時が初めてだったかもしれない。

戦慄しつつ、怒りも覚えていた。ようやく世の中は落ち着きを取り戻している。勅撰集の編纂事業を遂行できるまでになった。それを粉々にする愚行としか思えない。楠木正行は何を考えている。父の仇討ちか。それならば献策を取り上げなかった後醍醐を恨めばよい。後醍醐が死してもなお亡霊となって吉野の人々に取り憑き、使嗾《しそう》し、戦乱の炎を再びかき立てようとしているとしか思えなかった。遺された人々は、後醍醐の亡霊に操られ、天皇親政という見果てぬ夢を、時代錯誤の夢を、いつまで見続けるつもりなのか。

「高師直と弟の師泰《もろやす》が新たに総大将に任ぜられた由にございます」

経顕がそう報告したのは十二月も下旬になってからだった。

「高兄弟は尊氏の軍団の中でも、とりわけ勇猛で知られておりますれば。尊氏もようやく事態の重大さを悟ったということでしょう」

師直の評判なら、わたしでも知っていた。九年前、北畠顕家を和泉石津浜《いずみいしづはま》で撃破したのが高師直だ。その名は土岐頼遠の口からも出たことがある。今や尊氏のもとで将軍執事を務め、その羽振りのよさは評判だった。

何にせよ緊迫した年の瀬となったものだ。年末から年始にかけ高兄弟の軍団は続々と河内に向かって進発していった。新年を祝う華やぎなどなかった。

正月五日、高兄弟と楠木正行は河内四條畷《しじょうなわて》で激突した。京都に届いたのは捷報《しょうほう》だった。終日に及ぶ激戦の末、討伐軍は楠木軍を降《くだ》し、正行は自刃して果てた。父正成と同じ最期だった。正成は弟の正季《まさすえ》と、正行も弟正時《まさとき》と刺し違えたという。

京都には安堵の空気が流れた。が、討伐軍はすぐには凱旋しなかった。それが尊氏の指示であるのかどうかなのか経題にもはっきりとしたことはわからないものの、さらに高兄弟は河内の奥深く軍を進め、楠木軍の残党狩りを始めた。その際、公家・寺社領を兵糧料所《ひょうろうりょうしょ》とし、米その他の必需品を強制的に差し出させたため、怨嗟《えんさ》の声があがったそうだ。傍若無人《ぼうじゃくぶじん》、やりたい放題の振る舞いである。聖徳太子の御廟《ごびょう》がある叡福寺《えいふくじ》も略奪されたと聞いた。

さらに討伐軍は吉野に向けて進軍した。「後村上天皇《ごむらかみ》」を僭称《せんしょう》する義良親王の拠る本営に。「行宮《あんぐう》」が置かれた金峯山寺《きんぷせんじ》の蔵王堂《ざおうどう》は焼き払われ、灰燼に帰したという。

蛮行だと公家たちは恐怖と怒りを隠さなかった。わたしは強いて思おうとした。後醍醐が京都を出奔して吉野に籠もった十二年前の時点で討伐軍が派遣されていなければならなかった。それを怠《おこた》ったから今回のことになった。尊氏はそのツケを今になって払っている。願わくは、吉野の抵抗勢力を完全に屈服させ、義良親王の身柄を押さえ、禍根《かこん》の根が絶たれんことを、と。

そのように思いこもうとして、しかし心底そうは思いこめないのは、討伐軍を率いているのが誰あろう、高師直だからだ——ということは自分でもわかっていた。あの夜、土岐頼遠の口から吐かれた言葉は、今なお一字一句忘れることができない。

——いつぞや師直どのが申されておったな、内裏、院の御所の前を通る時は、下馬する面倒がある。天皇、上皇がいなくてはならぬ道理があるというのなら、木で造るか、金で鋳《い》るかして、生きた天皇や院などは、どこかへ流してしまえばいいのだ、と。うむ、まさに至言ぞ。

畢竟《ひっきょう》、師直は頼遠と同類なのだ。己の力を信じ、伝統、古い権威などは歯牙《しが》にもかけない。それどころか嘲笑し、排除する対象である。わたしは思い出す。六波羅からの逃避行の途中、逢坂山《おうさかやま》の斜面に盤踞《ばんきょ》していた異形の者たちを。師直と頼遠は彼らと同じ根、同じ輩《やから》だ。そのような者たちを解き放って世に出したのは後醍醐である。後醍醐が秩序を破壊し、その裂け目から、彼らが出現し、そして解放者である後醍醐を脇へ押し退け、自分たちが勝者となった。

勝利を謳歌《おうか》する彼らは考える、この世は自分たちの世だ、と。日頃のその思いが当然のように狼藉となって発散されるわけだ。であるとしたら、師直が目下行なっているのは、あの夜の頼遠と同じだ。討伐ではなく狼藉。討伐を名目にして狼藉をこそ楽しんでいるのではないか。――その疑念が拭《ぬぐ》えない。

狼藉という想念に反応したか、直義の顔が脳裏に浮かんだ。頼遠の狼藉に極刑を以て臨んだ直義は、師直の所為をどう見るだろうか。もちろん頼遠の時と、今回とでは事情が違う。師直には征夷大将軍尊氏の下命により軍事行動を展開しているという立派な名目が立つ。多少の逸脱は仕方がないという弁明も成り立とう。しかし逸脱は逸脱というのが直義だ。

さらなる続報が入り、わたしは失望した。吉野に進駐し、蔵王堂まで焼き払いながら、師直は義良親王を捕らえそこねた。まさに画竜点睛《がりょうてんせい》を欠く、だ。義良は、吉野のさらに奥に位置する穴生《あのう》という僻地《へきち》に逃げのびたとか。

「そこまでわかっていながら、なぜ穴生に兵を進めないんだ」

わたしは憤懣《ふんまん》を公賢にぶつけた。武家の処置については、治天の君であっても容喙《ようかい》することはできかねた。師直は、穴生までは追撃をかけず、吉野で兵を返し、凱旋した。今や京都の危機を救った英雄、名将として赫々《かっかく》と名を上げている。

「穴生なる地は、その名の通り、暗い穴の底で生きるような奥地だと、拙息の書状には記されておりました」

公賢の子の実世は、義良親王に従って、今は穴生に侍《はべ》っているとのことだ。

「それゆえ追撃を諦めたのだと言えば、誰もが納得し、師直にとっては格好の引き揚げの口実になりましょう。抑も、今回の出陣の眼目は楠木正行討伐にあったのでございますから。そのうえ親王まで捕らえては、この先、自分たち武断派の武将の出番がなくなってしまう。わざと見逃したというあたりが本音でございましょうな」

わたしは舌を巻いた。さすがは賢人、こちらの思いもしないことを見抜くものだ。

「だが、困ったものだな。討伐軍の総大将がそんな心根では、いつまで経っても埒《らち》が開かないではないか」

どうしたことか、わたしはいつになく苛立っているようだった。なぜだ。自分でもその理由がわからない。

公賢は澄ました顔で応じた。

「未来永劫は続きませぬ。ま、今回は楠木一党を打ち砕き、吉野の抵抗勢力を穴生に——文字通り穴の中に生くべく封じ込めたのですから、それで佳《よ》しとすべきでありましょう」

公賢の言葉通り、義良親王とその一党は穴の中に逼塞《ひっそく》した獣も同然の状態となって月日は推移した。騒然としていた都はいつしか落ち着きを取り戻し、わたしも再び『風雅和歌集』の編纂に没頭できるようになった。

そして——。

もう一つの懸案を実行に移すには、今この時をこそ逃してはならなかった。譲位である。わたしがそれを切り出す前に、豊仁のほうから仙洞に微行してきて、あっさりと申し出た。

「兄者、どうだろうな、今がその時だと思うのだが」

「よいのか、豊仁」

期せずして二人の思惑が一致していたことに深い感慨を覚えずにはいられなかった。弟が天皇という役割をしっかりと務めてくれたおかげで今があるのだということに改めて感じ入る。

「よいも何も、おれは中継ぎ、つなぎということで天皇になったのでね。後醍醐のように天皇位に恋々《れんれん》とするのは柄じゃない。早く放り出すに越したことはなかった。おっと、放り出すというのは言葉の綾《あや》だよ。おれなりに神に祈り、国のために祈り、民のために祈ってきた、全身全霊で。その点では天を仰いで羞《は》じることは何もない。去年で十一年だった。『風雅和歌集』の竟宴も終わって、そろそろと思っていたんだが、楠木正行のことがあって、言い出しそびれてしまった。兄者、早いほうがいい。いつまたこんなことが起こるかしれない。そうなっては、遅い」

「おまえの言う通りだ。急ごう」

「あの子は？」

「興仁なら大丈夫だ。常に言い聞かせてある」

「引き続き兄者が治天の君を務めるのだから、何も心配はないな」

「あるものか」

もとよりそのつもりだった。年齢的にも問題はない。興仁は十五歳だ。目の前の豊仁は十六歳で践祚した。

弟の了解をとりつけた以上、話は早かった。わたしは迅速《じんそく》に動いた。直ちに興仁を呼び、今の件を伝えた。興仁の子供らしい顔が一変した。口を閉ざし、黙って話を聞いている間にも、みるみる大人の表情になっていった。父と叔父とを交互に見やり、居住まいを正すと、深々と頭を下げた。

「承知つかまつりました。興仁、慎《つつし》んでお受けいたします」

わたしは富仁《とみひと》叔父に伝えた。この頃、叔父は洛西の妙心寺《みようしんじ》に住んでいた。衣笠山《きぬがさやま》の南麓、花園《はなぞの》という洒落《しやれ》た地名を持つ一帯に寺はある。もとは萩原殿《はぎわらどの》という叔父所有の離宮だが、叔父は臨済僧の関山慧玄《かんざんえげん》を招いて開山し、禅寺に改めたのだった。慧玄は大灯国師《だいとうこくし》こと宗峰妙超《しゆうほうみようちよう》の弟子である。妙心寺の玉鳳禅宮《ぎよくほうぜんぐう》が叔父の終《つい》の棲家《すみか》だった。わたしは興仁を伴って花園に赴き、叔父と対面した。

「晴れてこの日が来るとは」

病床にあった叔父は涙を流して喜んだ。今上の豊仁から、その甥である興仁への譲位——それは、忌まわしい両統迭立《りようとうてつりつ》にようやく終止符が打たれたことを物語る。皇位継承の正常化は、叔父だけでなく、わたしたち一統の悲願であったが、とりわけ長年の変遷《へんせん》を経てきた叔父には感慨深いものがあるのだろう。

「どれ、東宮どの、皇位を継ぐ気概を聞かせてもらおうかの」

叔父は上体を起こし、試すような表情をつくって興仁を見た。

興仁は一瞬、途惑《とまど》いの視線を宙に泳がせたが、わたしに救いを求めるようなことはせず、静かに息を吸い、小さくうなずいた。

次の瞬間、わたしは危うく声をあげるところだった。興仁の口から出たのは、

「——余聞く、天は蒸民を生じ、之れに君を樹て、司牧するは、人物を利するゆえんなり」

何と、あの『誡太子書』の冒頭だったのである。叔父も目を瞠っていた。驚く二人の大人にかまわず、興仁はその先を続ける。

「苟《いやしく》も其《そ》の才無くんば、其の位に処《を》るべからず。而《しか》るに太子は宮人の手に長じ、未だ民の急を知

らず。常に綺羅《きら》の服飾を衣《き》て、織紡の労役を思ふこと無し。鎮《とこしな》に稲粱《とうりよう》の珍膳《ちんぜん》に飽き、未だ稼穡《かしよく》の艱難《かんなん》を弁《わきま》へず。請《こ》ふらくは太子自ら省みよ――』

どちらかといえば言葉少なで、訥々《とつとつ》とした話し方をする興仁だが、諳誦《あんしよう》には少しの淀《よど》みもなかった。わたしは次第に胸が熱くなっていった。『誡太子書』を座右にせよと厳しく教えてきた。まさか諳《そら》んじるまでに至っていようとは。興仁なりに天皇になる覚悟を固めていたのだ。

興仁は最後まで一字一句間違えずに諳んじきった。

「……これが、わたくしの気概にございます」

頬を赤らめ、やや気恥ずかしそうに興仁は訥々とした口調で言った。

叔父は曲げていた背筋を伸ばした。興仁の前に両手をつき、頭を下げた。そして、こう言ったのである。

「この国を頼みましたぞ、今上陛下」

十月二十四日、豊仁は譲位し、我が子興仁が践祚した。皇位の交替に当たっては、公家からも武家からも双方とりたてて異論は出なかった。これまで百年近くも両統から交替で天皇を出し合うという異常事態が続いて久しかったが、それがついに終わった慶事でもあった。

わたしは深く満足した。

仙洞で催した祝宴には次男の弥仁《いやひと》も呼んだ。兄の興仁より四歳年下の十一歳。ずっと日野家で育てられている。対面するのは久しぶりだった。

「兄者、弥仁にはもっと繁《しげ》く会ってやってくれ。他家で傅育《ふいく》される次男というのは、それはもう寂しいものなのだ」

豊仁からは、たびたびそう意見されていた。自らの経験からの忠告である。そのたびに、うなずきはしたが、日々の忙しさにかまけて、我が子でありながら弥仁とは疎遠だった。

興仁と弥仁は、父母を同じくする兄弟とは思えないほどに違っていた。純朴《じゅんぼく》な感じのする兄に較べ、弟のほうは才気走った顔立ちだ。人の顔色を読むのに長《た》けているようでもある。その夜の兄を見つめる弥仁の顔はまぶしげで、気後《きおく》れしているかに見えた。

「何やら兄上がますます遠い存在になったように感じます」

わたしの問いかけに、ぽつんとそう答えた。

「何を言うのだ。遠くなるどころか、近くならなければならないのだよ。重責を担う兄を助けてやるのがおまえの務めなのだから」

そう言い聞かせたが、弥仁は黙って俯《うつむ》いただけだった。

祝宴の席の片隅では秀子が嬉し涙を流し続けていた。彼女は新天皇の生母だが、国母としては扱われない。家格が高くないからだ。祖母——わたしの父を産んだ五辻経子《いつつじのつねこ》がそうだった。五辻家の家格は低く、祖父の正妃だった永福門院が母親ということにされた。同じく秀子も正妃にはなれず、前例を踏襲して、叔父の皇女である寿子《ひさこ》内親王が興仁の正式な母親となった。秀子にはいずれ女院号を授けて報いてやりたいと思っている。

宴が果てた後、わたしは秀子を誘って同衾《どうきん》した。二人とも四十歳前で、まだまだ若かった。

践祚から十六日が過ぎた十一月十一日、叔父が崩御した。享年五十二。奇《く》しくも後醍醐と同じであった。

追号は、終焉《しゅうえん》の地である妙心寺の地名にちなみ「花園」と決した。以後は花園天皇、花園院、花園法皇と称されることになる。花園天皇――学問の虫だった叔父にしては何とも可愛らしい追号《ついごう》となったものだ。

長く臥せりがちだったから、いずれはと覚悟していた。だが、やはり訃報《ふほう》はこたえた。わたしは身を窶《やつ》して野辺送りに加わった。そうしなければ気が済まなかった。学問の師であるという以上に人生の師と言っていい人だった。父亡き後は完全に親代わりだ。喪《うしな》ってみて初めて、自分が如何に叔父に頼りきっていたか、その存在の大きさが身にしみて思い知らされた。尊氏に院宣を下したのは、確かに自分一人の決断であって、相談はしなかったけれど、叔父が背後に控えているという安心感があったればこそ成し得たことではなかったろうか。

その叔父が、もういない。天皇家の男子ではわたしが最年長になった。この先、果たして何が待つのか――。

叔父の遺体を焼く煙がゆるゆると灰色の冬空に立ちのぼり、うっすらたなびき、春霞のように消えてゆくのを見送りながら、身体に戦《おのの》きが走るのを感じた。


新たな年を迎え、わたしは三十七歳になった。『風雅和歌集』は完成目前の段階に達している。あとは補訂作業を余すだけだ。世の中は平穏に推移している、と言いたいが、年明け早々、直義と高師直の対立が激化しているという風評が伝わり、わたしの気を揉《も》ませた。武家執奏の経顕、賢人の公賢らに仔細《しさい》を訊ねると、両者の政争は疑いようもなく事実であるらしい。直義は文治派で、師直は武断派だと経顕は表現し、公賢は、旧来の秩序を重んじる直義と、旧習を破壊して新たな世を謳歌《おうか》しようという師直は水と油である、と断じた。

「何とかならないか」

わたしは憂慮の問いを発した。武家内の問題であるからには、賢《さか》しらに口を出すべきではないとはわかっていた。同じ京都に、いわば「同居」しているだけに公武の関係には細心の注意が必要だった。下手に介入した結果、どちらかに肩入れしていると曲解され、事態を悪化させては元も子もないのである。

「おそらくは、このままではすまぬかと」

経顕も公賢も暗い顔色で同じ答えを返した。

そんな中、直義の養子の足利直冬《ただふゆ》が長門《ながと》探題《たんだい》に任じられ、備後《びんご》の鞆《とも》に下向する旨の通達が幕府から届けられた。直冬は尊氏の庶長子だが、どういう経緯でだか父に嫌われ、ゆえに本人も父を憎み、それを憐れみ憂えた直義が引き取って養育した。子供に恵まれない直義は不遇の甥を養子にしたのである。その直冬が都を離れるという。これが通常の人事なのか、それとも直義と師直の対立に何らかの形で絡んでいるのか――わからぬままに時は過ぎ、そして閏《うるう》六月十五日、直義が師直を執事職から罷免《ひめん》したと電撃的に発表があった。

師直は幕府執事として、つまり征夷大将軍である尊氏の片腕として権力を振るってきた。罷免とは穏やかではなかったが、表面化した政争に直義のほうから先手を打ったことになる。尊氏を後ろ盾とする師直がこのまま大人しく引き下がるとは思えない、というのが大方の見方だった。

果たせるかな、師直は反撃に出た。ほぼ二か月を経た八月十三日、師直が大軍を率いて直義の私邸を襲撃したという驚くべき急報が入った。直義は間一髪逃れ、兄のもとに難を避けたが、師直は矛を収めず何と主君尊氏の屋敷を包囲し、直義の身柄の引き渡しを迫っているとのことだった。

近衛《このえ》東洞院《ひがしのとういん》に新築なった尊氏の屋敷は、ここ仙洞御所から遠くない。騒ぎの様子は秋風に乗って伝わってきた。その日、仙洞御所は避難するかどうかで大騒ぎとなった。より近接する内裏ではなおのこと大騒動になっていよう。わたしは暗然と宙をにらんだ。興仁が臣下の者たちを引き連れて仙洞に避難してきたのは、それからまもなくのことだった。

「敵と味方で争うのみならず、味方同士でも血を流し合う。それが武士というものの本性でございましょう」

かつて賢人洞院公賢は、鎌倉の幕府草創期の度重なる内訌《ないこう》を縷々《るる》わたしに説き、京都にもそれが起こりうる可能性を指摘したことがあった。その時は半信半疑で聞いていたが、まさか現実になろうとは。わたしは自分の見通しの甘さを呪いたい思いだった。かといって、こうならぬためにこちらに何ができたかといえば、答えに窮さざるを得ないのだが。

その公賢が最新情報を持参した。

「尊氏の屋敷は十重二十重《とえはたえ》に囲まれております。彼我《ひが》の兵力の差は歴然。これでは勝負あったも同然でございまする、幸いなことに」

「幸い？」

「御意。もはや雌雄《しゆう》は決した、ということは、戦乱は避けられましょう」

公賢の洞察は的中した。事態はそれ以上には発展しなかった。尊氏の仲介により、直義と師直は手打ちをしたからである。しかし、これを「幸いなことに」と言っていいはずがなかった。師直が囲みを解く代わり、直義は政務から降りるという条件を呑んだのだから。

どこからどう見ても師直の一方的な勝利、直義の敗北に他ならない。直義の有力な側近武将だった上杉伊豆守重能《いずのかみしげよし》と畠山大蔵少輔直宗《はたけやまおおくらしょうゆうただむね》は配流処分とされ、越前《えちぜん》へ護送されていった。

あまりといえばあまりの結末ではないか。そうだ、夢窓だ、とわたしは閃《ひらめ》いた。疎石に動いてもらうのはこの時に如《し》かず。わたしの意を受けた夢窓は直ちに調停に乗り出してくれた。さすがは足利兄弟の禅師だけのことはある、師直は執事職に復帰し、直義も引き続き政務をとる——ということで新たな合意が成立した。

わたしも、公家たちも斉《ひと》しく安堵した。が、妥協はその年のうちにあっさり反古《ほご》にされた。上杉重能、畠山直宗が配流の途上で殺されたとの報せが伝わった。そして直義は左兵衛督の職を辞任させられ、さらには出家に追い込まれた。武力の差を背景にした公然たる背約劇であり、頼みの夢窓の力も及ばないとあっては、黙って成り行きを見守るより手はない。

直義に替えるべく、尊氏は義詮《よしあきら》を呼び寄せたという。尊氏の嫡男は鎌倉にあり、京都には一度も足を踏み入れたことがない。尊氏は義詮の代わりとして、手元に置いていた次男の基氏《もとうじ》を鎌倉に送った。

上洛してきた義詮にわたしは謁見を許した。まだ二十歳。父の権威をかさに着た傲慢《ごうまん》さと野心を隠さぬ若者だった。いずれは二代目征夷大将軍となることを自他共に任じている。その不遜《ふそん》な若い顔を見やりながら、昨年末の叔父の死と重ね合わせ、世代の代替わりが確実に忍び寄っているのをひしひしと感じた。自分はもう若くない、初めてそのことに思い至った。虚を衝かれるようだった。わたしは若くない、遅かれ早かれ治天の君たるを退く時が来るだろう。そうなれば、若い興仁はこの野心家とやっていかなくてはならず——。

とまれかくあれ、事ここに至って、わたしにも真相がようやくわかってきた。直義と師直の角逐《かくちく》と見えて、その実、尊氏と直義の兄弟対立だったのだ。弟か腹心か、そのどちらかを選ばざるを得ないところに追い込まれた尊氏が、肉親の直義を見限り、師直を選んだということなのかもしれないが、そうであっても要は同じこと。尊氏と師直は利害を同じくする一枚岩なのだから。

兄と弟の対立——あれほど仲のよかった二人がどうしてこのようになってしまったのか。思うだに脳裏にさまざまな場面が甦る。初めて直義と会った時、尊氏を見やる顔には信頼と敬愛の色があった。尊氏の目には弟を思いやる温かさが満ち溢れていた。西芳寺に夢窓疎石を訪ねた時には、幕府もいずれは滅びるという夢窓の言葉に尊氏は怯え、直義がこう励ました。

「案じるな、兄上。この直義がついておる。何があろうと直義は兄上の味方だ」

それが結局このていたらくだ。こうなった理由は余人の理解の及ぶところではなかろうし、隙は次第に生じていったものだろう。気づいた時には手遅れだったか。想起されるのは、源頼朝と義経《よしつね》兄弟の故事だ。平家追討に功績のあった義経は、狡兎《こうと》死して走狗《そうく》烹《に》らるの喩《たと》え通り、頼朝に疎まれ、奥州平泉《おうしゆうひらいずみ》で悲惨な最期を遂げた。その関係が尊氏と直義に重なる。尊氏が源氏の棟梁を自認しているからにはなおのことだ。

ほどなく、足利直冬に関する報せが入った。直冬は養父の失脚を認めず、叛旗《はんき》を翻したという。幕府は追討軍を差し向けた。直冬は鞆を逃れ、九州に落ち延びていったそうだ。

わたしは直義に会いたかった。会って、不運を慰めてやりたかった。だが廷臣たちはこぞって反対した。幕府との関係を悪化させる、と。その意見に理があるのを認め、当面は諦めざるを得なかった。

「これが武士か、仲時。武士というものなのか」

無意識のうちに亡き盟友に呼びかけていた。

わたしは自分を叱咤し、気を取り直した。なすべきことをなさねばならぬ。『風雅和歌集』の編纂終了を決然と宣言した。いつまでも補訂作業を続けているわけにはいかない。最後に置く歌は変えず、当初の意志を貫いた。

——岩戸あけしやたのかがみの山かづらかけてうつしきあきらけき代は

これをこそ巻軸の歌にしよう、そう思い定めた数年前と、何と今は状況が違ってしまったことか。だが、歌の通りになってほしいとの願いは変わらない。岩戸が開かれ、天照大神が再出現して世界に光が甦ったように、この歌集が世に出ることによって世に太平が齎されてほしい。

かくして二十巻、全二千二百十一首、十七番目の勅撰和歌集はここに完成した。

直義の歌は削らずにおいた。

――しづかなる夜半の寝覚に世の中の人のうれへをおもふくるしさ

この一首も含め十首すべて残した。

民を思う直義は、公家たちからも庇護者《ひごしゃ》として信頼を寄せられる存在だった。その失脚は彼らを落胆させ、恐怖させた。

「いやいや、案じるほどのことはありますまい」

ひとり公賢だけが泰然自若《たいぜんじじゃく》としていた。

「師直とて気づかぬはずはございませぬ。自由気ままな荒武者から為政者の立場になれば、これまでのような武威《ぶい》を笠に着た傍若無人《ぼうじゃくぶじん》な態度はとれなくなるということに」

「そのようなものか」

「自分で自分の首を絞めるようなものでございますからな。院をお慰めするために気休めで申しているのではありませぬぞ。政治の本質、またはその非情さについてでございます」

わたしと相対していながら、公賢の藪睨《やぶにら》みの目は何か超越したものを見据えようとするかのように冷たい光を帯びていた。

ある意味、公賢の言葉は正しかった。皮肉なことに師直が直義を失脚させてから凪《なぎ》のように平穏な月日が流れた。密かに案じていた興仁の即位式もその年のうちに、ぎりぎりの十二月二十六日ではあったが、無事に執り行なうことができた。何の問題もなく年は明け、わたしは三十八歳になった。昨年の正月は直義と師直の対立で世上が物騒だった。その前年は楠木正行の軍勢が京都を衝く勢いを見せていた。打って変わって今年は正月の宮中行事すべてを催すことができた。このぶんでは大嘗会《だいじょうえ》も今秋、支障なく挙行がかなうことだろう。

二月二十七日には代始《だいはじめ》の改元を布告した。貞和《じょうわ》六年は観応《かんのう》元年となった。出典は『荘子《そうじ》』で「玄古之君、天下無為也、疏曰、以虚通之理、観応物之数、而无為」から文章博士の藤原行光が勘申《かんじん》した。

わたしは仙洞で滞りなく院政を執り、しばしば歌合を挙行して太平の世を祝した。

「ご油断はなりませぬぞ」

早い段階で懸念を奏してきたのは経顕だった。

「嵐の前の静けさ、という言葉もございます。確かに直義は失脚いたしましたが、これを快く思わぬ武将たちは少なくありません。師直のやり方を元から嫌う者もおります。いわば直義派とでも申すべき者どもが」

「彼らが直義を担ぎ上げるかもしれぬ、と言うのだな？」

「あるいは――直義本人がそれらを糾合《きゅうごう》するということも」

「まさか。それでは再び戦乱になるではないか。戦乱は直義の最も厭《いと》うところだ」

「君子は豹変《ひょうへん》す、と申します」

わたしは措辞《そじ》を喪った。確かに直義にはそういう一面がある。妥協を嫌い、己の信じる道を頑《かたく》なに貫こうとするところが。

経顕のいう直義派の武将の中で真っ先に狼煙《のろし》をあげたのが養子の直冬だった。昨年、幕府から討手を差し向けられ、備後の鞆から九州へと落ち延びていた直冬は、少弐《しように》氏、阿蘇《あそ》氏らの地元勢力と手を結び、かつて長門探題だった時に誼《よしみ》を結んだ山陽道方面の武士たちをも従えて、再挙に踏み切ったとのことだ。

その報せを聞き、わたしは肩を落とした。またも戦乱の種を抱え込むことになった。しかも直冬の勢いは侮れず、今にも九州全域を手中に収めそうだという。

尊氏と師直が直冬を討つべく遠征の陣触《じんぶ》れを行なったのは、秋も深まった頃だった。師直だけでなく征夷大将軍の尊氏も直々に出陣するというところに彼らの危機感がうかがえた。京都は義詮が留守を預かる、遠征軍の出発は十月二十八日であると知らされ、わたしは泣く泣く大嘗会を延期せざるを得なかった。年内にと望んでいたが、それを許す情勢ではなくなった。

出陣の前々日、直義が姿を消したという報せが伝わり、わたしの胸をさらに騒がせた。何をしようというのか。もしや――。

しかし尊氏は予定を違えず、二十八日に進発していった。

十一月三日、直義の居所が判明した。大和《やまと》にいた。師直を討つと呼号し、兵を挙げた。畠山国清《くにきよ》、細川顕氏《あきうじ》、吉良《きら》貞家、石堂頼房《いしどうよりふさ》、桃井直常《もものいただつね》、今川範国《いまがわのりくに》らの有力武将たちが応じたという。その報せを聞き、直義に対して覚えたのは底知れぬほどの深い失望だった。彼も所詮は武士であったか、と。わたしが直義に望んでいたのは挙兵などではなかった。養父として直冬を諫《いさ》めてほしかった。

直義からの使者が密かに仙洞に参上したのは、それからすぐのことだった。直義は密使を通じ、挙兵という手段を採らざるを得なかったことをまずは言葉を尽くして詫びたうえで、

「必ず兄はわたしに対する追討の院宣を下すよう要請して参りましょう。お躊躇いあそばすことな

く、院宣をお下しくださいませ」

と言う。こちらへの配慮のつもりだろうが、わたしは心を動かされなかった。密使の伝えるところを冷ややかに聞いていた。次の言葉には耳を疑った。

「義良親王さまに降伏《こうふく》を申し入れるべく交渉を進めております」

「何と」

「いえ、あくまでも方便でございますれば、ご懸念には及びませぬ。お驚きになるといけませんので、こうして事前に申し置く次第です。兄尊氏には院宣がございますので、こちらも官軍にならねばなりませぬ。親王さまに背後を衝かれないようにするためでもあります。もちろん師直めを討ち果たした暁《あかつき》には、降伏など反古《ほご》にし、これまで通り院にお仕えする所存でございます。天地神明《てんちしんめい》に誓ってお約束いたします」

密使は直義になり代わってそれだけを言伝し、去った。

わたしは虚脱した。怒りを通り越し、もはや笑い出したい気分だった。なぜいつもこうなのだ。結局は同じ事の繰り返しではないか。かつて尊氏は後醍醐の官軍と戦うためにと、わたしに院宣を求めた。今また直義は兄の官軍と戦うため、義良親王方へ寝返るという。戦いには手段を選ばぬ、そんな言葉があるそうだが、不快感を覚えずにいられない。あの潔癖《けつぺき》で廉直《れんちょく》な直義のすることとあってはなおのことだ。

直義の差し当たっての見通しは的中した。遠征途上にある尊氏から直義追討の院宣を下してほしいとの要請があった。わたしは応じた。密使《みつし》を通じてなされた直義の要請さえなければ、兄弟の争いに官軍も賊軍もあるかと言ってやりたいところだった。それにしても、よもや直義追討の院宣を書くことになろうとは――という感慨など、もはや改めて湧きもしなかった。心は冷めていた。直義のほうでも義良親王方との和議が成立し、勅免《ちょくめん》の綸旨を手にしたと聞いた。義良はどのような思惑を秘めて綸旨を発給したのだろうか。

かくて情勢は武力対決への一途を辿ってゆくばかりとなった。事態の進行を止められない自分が歯がゆい。何が治天の君か。

なすすべもなくその年は暮れた。翌年——観応二年は戦乱とともに始まった。雅やかに年頭の儀を祝すどころではなかった。朝廷は機能不全に陥っているといってよい。備前福岡まで進軍していた尊氏と師直が山陽道を引き返しているという報せが伝わり、ついで直義方の武将が続々と京都に攻め入ってきた。留守将を務める義詮は支えきれず、京都を脱出した。後に判明したところによれば、義詮は父尊氏から最後まで朝廷を守るようにと厳命されていたという。敵わなければ、お連れして逃げろ、とも。それを失念するほどの慌てた遁走《とんそう》ぶりだった。

桂川《かつらがわ》を渡って西に逃げた義詮は、戻ってきた尊氏と大原野《おおはらの》で合流した。父子は時を移さず師直らとともに京都に兵を入れた。わたしは戦慄を禁じ得なかった。洛中で戦端が開かれてしまう。最も恐れていた悪夢が現実のものとなる。

合戦の音は持明院殿にまで聞こえてきた。勝敗はほどなく決した。敗れたのは尊氏側だった。尊氏、義詮、師直らは西へ撤退し、丹波、播磨へ落ち延びていったという。直義は京都留守役に斯波高経を残し、自身は麾下《きか》の武将たちを率いて追撃した。

最終決戦は、一か月後の二月十七日、摂津打出浜《せっつうちでのはま》で行なわれた。直義が勝利を手にした。報せは早くもその日のうちに仙洞に届いたが、直義軍の圧勝だったという。わたしは密かに安堵の溜め息をついた。そして我ながら驚いた。直義には失望させられたが、心のどこかでは彼が勝つことを願っていたようだ。

三日後、尊氏と直義の間で交渉が持たれた。直義が義詮を後見して政務を執る、直冬を鎮西探題に任ずる、師直は引退、出家する――そうした条件で和議は成立したとのことだ。もっとも帰京中の二十六日、師直とその一族は、かつて師直により命を奪われた上杉重能の養子能憲《よしのり》の軍勢の手にかかって殺戮《さつりく》されたそうだが。

その月の終わり、直義は錦小路《にしきこうじ》堀川《ほりかわ》の私邸に戻った。四か月前に京都を去った時は逐電《ちくでん》だったが、帰還は凱旋だ。ただちに仙洞に祗候《しこう》した。わたしは謁見を許した。

霜風《そうふう》ノ章　あすともなしの

「こたびは図らずも世上をお騒がせいたすこととなり、直義《ただよし》、慚愧《ざんぎ》の至りにございます。起《た》つか、起たざるか――苦渋の末の決断でございました。重ね重ねお詫び申し上げまする」

まずは殊勝《しゅしょう》に頭を下げてきた。謝罪の言葉を口にもし、挙兵についての弁明も怠《おこた》りない。そのうえで、

「しかし、お喜びください。師直《もろなお》とその一党は滅び去ってございます」

勝ち誇った声を響かせ、昂然《こうぜん》と胸を張る。

「世の静謐《せいひつ》を乱すやつばらが当然陥《おちい》るべき末路をたどったのです。戦時ならば知らず、きゃつらの僭上千万《せんじょうせんばん》な振る舞いは到底許されざるものでした。あのような者どもが上にいては悪弊《あくへい》が蔓延《はびこ》るばかり。それを成敗し得た結果を以《もっ》て、どうか我が罪をお許し願わしう存じまする」

「………」

直義の言葉は空虚に響く。その思いが顔に出てしまわぬよう努めた。彼と相対する時の慣例で御簾《みす》を下げてはいない。

風貌《ふうぼう》が一変している。およそ別人だ。爽《さわ》やかさが失われ、何やらどす黒いものが顔の皮膚の裏側に、ぺったりと薄膜のように貼りついているかのようだ。権謀術数《けんぼうじゅっすう》を行使した者の、これは報いなのか。一気に老け込んでもいる。心労が溜まっているのだろうとは察せられたが。

「これよりは直義、不惜身命《ふしやくしんみよう》、以前にもまして気を引き緊《し》め、平穏な世にすべく力を竭《つ》くして参る所存でおります」

「大義であった。まずは休むがいい、直義」

彼をねぎらう自分自身の言葉も、我ながら虚《うつ》ろに聞こえた。

「そなたにとっては、まことにつらい一年半であったろう。察するに余りある。心と身体を早く癒やし、また世のために働いてほしい」

「ありがたきお言葉」

深々と直義は頭を下げた。

不毛で、しらじらしくさえある、そんなやりとりは扨措《さてお》き、訊いておかねばならぬことがあった。

「あれはどうなっている、賀名生《あのう》のことだが」

義良《のりよし》親王が吉野を逐《お》われ、這々《ほうほう》逃げ込んだ先の穴生《あのう》は、字面が宜《よろ》しくないからと、嘉字《よみじ》を宛てがい「賀名生」に改めたとか。その賀名生の義良親王に直義は降伏を申し出た。こちらの件は師直との対決とは別問題である。経緯と、目下《もつか》の現況とを本人の口から聞いておきたい。

「先般、当方の使者が申し伝えました通り、あれはもとより方便でございますれば」

「それは理解している」

わたしという玉《ぎよく》を擁《よう》する尊氏《たかうじ》と戦うため、喫緊《きつきん》の、已《や》むを得ざる、あくまで便宜上のものだった、と。そして今や兄を降《くだ》し、玉を手中に収めた直義に、もう一つの玉である義良親王は無用、無価値の存在となった。その始末をどうつけるつもりなのか。まさか正面切って、あれは嘘でございましたと突き放すわけにもいくまい。

「交渉のほうは今なお続いております。されど、先方の要求は王政復古、天皇親政、後醍醐《ごだいご》皇統の正統認定と、その一点張りでございますれば、こちらとしてもそれは容れざるところ。いずれは決裂いたしましょう」

つまるところ引き延ばしか。まるで過去のことを話すような直義の口ぶりだ。

「……ならばよし。ともあれ尊氏とはこの先、上手くやっていってもらいたい」

「御意。これまで通り兄を立てつつ、万事宜しく取り計らって参りまする」

わたしに対する答えというよりは、自分に言い聞かせるような重い口調だった。

果たして五月も半ばになり、直義から連絡があった。賀名生の使者が訪れ、交渉の打ち切りを通告してきたという。なるほど直義の見通しの如くなったわけだ。しかし欺《あざむ》かれていたと知って義良はこの先どのように反応するだろうか。それを思えば一件落着とはならない道理だ。親王側でも直義の真意は方便、嘘と最初から見抜きつつも、兄弟争いの隙に付け入る気で降伏に応じたのかもしれないが、たとえその思惑《おもわく》だったにせよ、直義の〝背信〟は確実に何かの種を植え付けずにはおかなかったはずなのだから。

そんな中、ささやかな慶事に恵まれた。興仁《おきひと》が嫡男を得た。生母は宇多源氏庭田重資《うだげんじにわたしげすけ》の娘で、資子《すけこ》という。典侍《ないしのすけ》として仕え、興仁と愛し合う仲になったものらしい。ともかく、わたしにとっては初孫だ。三十九歳にして祖父となる。同じく祖母となった秀子《ひでこ》と顔を見合わせ、笑みを交わした。秀子の目には光るものがあった。

丸々と太った男児だった。元気な泣き声を聞けば、興仁が生まれた十七年前を思い出さずにいられない。あの頃、わたしは天皇として在ったことを否定され、失意の底に深く沈んでいた。愛する秀子の存在だけが支えだった。そんな意気地無しの父など知ったことかと言わんばかりに力いっぱい泣く赤子にどれほど救われたことか。

この子が興仁の後を継げば、ようやく皇統は安定する――。

将来の天皇たるべき我が初孫に名づけるに栄仁《よしひと》を以てした。繁栄、共栄の栄である。

しかし、いつまでも手放しで喜んでばかりはいられなかった。七月に入ると、楠木《くすのき》勢が和泉《いずみ》の各地に出没し、幕府の所領に襲撃をかけているとの兇報《きょうほう》が頻々《ひんぴん》と齎《もたら》されるようになった。率いるのは亡き正成《まさしげ》の三男で、高《こうの》師直に敗れて自刃した正行《まさつら》・正時《まさとき》兄弟の弟正儀《まさのり》だという。四條畷《しじょうなわて》の合戦から三年半余り、楠木党のしぶとさ、底力は端倪《たんげい》すべからざるものがある。賀名生方の軍事力、今なお侮《あなど》れずということだ。直義が降伏を申し出た理由の一つが、背後を衝かれないためだったというのも宜《うべ》なる哉《かな》だ。とまれ、これに幕府はどう対応する。戦《いくさ》に長《た》けた高師直はもういないのだ。

十九日になって、耳を疑う一報が飛び込んできた。対楠木討伐軍を編制するどころか、何と直義が辞任したという。義詮《よしあきら》との不仲が原因とのことだった。これを尊氏は受け容れ、以後は義詮が政務を見る、云々《うんぬん》。

――結局、かくなったか。

わたしは、あの時の直義の妙に重い口ぶり思い出し、拳《こぶし》を握りしめた。

幕府の内情把握を経顕《つねあき》に命じたが、事態は急展開の最中にあり、さしもの経顕にも詳しい経緯が摑《つか》めないらしい。こちらがやきもきする間にも尊氏の股肱《ここう》の武将である仁木頼章《にきよりあき》、土岐頼康《ときよりやす》らが京都を相次いで離れ、それぞれの本拠地に急ぎ下ってゆく波瀾含みの展開となった。彼らの思惑は不明にせよ、いよいよ事態が動き出したとの感が拭《ぬぐ》えない。杞憂《きゆう》に終わってほしいが、一触即発の状況と思えてならなかった。

公賢《きんかた》を召し、この先の展望と対応を諮詢《しじゅん》した。

「さてもさても、しばらくは様子を見るに如かずかと。たとえこの先、避難することになりましょうとも、今はまだそこまでには及びますまい」

落ち着き払って公賢は応じた。賢人の凡庸《ぼんよう》な答えはわたしをいたく失望させた。

二十八日、尊氏が東へ――近江《おうみ》へと出陣していった。佐々木道誉《ささきどうよ》が叛《そむ》いたという。にわかには信じ難かった。道誉といえば、尊氏になくてはならない存在だ。叛乱《はんらん》の兆候などなく、噂の一つだに耳にしていない。一夜が明けると、今度は義詮が西へ――播磨《はりま》に向かって急遽進発した。赤松則祐《あかまつのりすけ》が賀名生に通じ、その平定に向かうとのこと。これまた唐突な話だ。そして翌日の八月一日には直義までもが卒然と京都を去った。真夜中の出奔《しゅっぽん》だった。股肱の斯波高経《しばたかつね》、桃井直常《もものいただつね》、畠山国清《はたけやまくにきよ》、山名時氏《やまなときうじ》らが従ったという。

三日、たった三日の間だ。何という慌ただしさ。あれよあれよという間に京都から有力武将たちが挙《こぞ》って姿を消してしまった。いったい何が起きている、何が起ころうとしている。尊氏の不在、直義の不在――これは昨年十月の再現だ。いや、あの時はまだ義詮が留守役として残っていた。ともかく町の辻々からは武士の姿が一人残らずかき消えたというのだ。

武士なき京都――もとより、それがあるべき姿だ。しかし、本来の京都に戻ったことを手放しで歓迎するわけにはいかない。侮れぬ軍事力を擁する義良親王が賀名生に潜み、京都奪還の志を捨てていないからだ。尊氏と直義の兄弟対決という本来は単純明快な二極構造を、賀名生の叛乱勢力の存在が、隠微《いんび》かつ複雑怪奇なものにしている。

直義からは今回、使者どころか、密書による伝言すらなかった。尊氏と義詮に東西から挟撃されるのを恐れて取るものも取りあえず急遽脱出したのでは、というのが経顕の見立てだった。攻めるに易《やす》く、守るに難《かた》き――それが京都の軍事上の地勢的宿命であるらしい。

経顕の推測を裏書きするように、二日後の八月三日には義詮が、つづいて尊氏が京都に舞い戻ってきた。佐々木道誉と赤松則祐の討伐など端からなかったかのように。これはつまり、挟み撃ちすべき獲物に逃げられ、当てが外れたというわけだろう。あるいは直義に京都を離れさせることが目的だったか。

直義の居所はまもなく判明した。北——越前守護斯波高経の居城である金ケ崎城《かねがさきじょう》に拠《よ》っていた。かつて新田義貞《にったよしさだ》の籠もった城で、城主の高経は桃井直常と並ぶ直義派の最右翼だ。一年前、京都を脱出した直義は南の大和《やまと》へ奔《はし》ったが、今回さすがに賀名生と手を結ぶことはできかね、北の越前に向かったのだろう。

尊氏と義詮は八月十八日、手勢を残らず引き連れ直義討伐に向かった。またも京都は武将不在の都となった。都は無防備都市と化した。禁裏警固《きんり》の武士までが出陣してしまったため、やむなく興仁は仙洞《せんとう》に移って来た。仙洞が内裏を兼ねる——嘆かわしさの限りだ。この状態で楠木正儀が進撃してくれば一体どういう事態になるのだろうか。尊氏も直義も何を考えている。兄弟喧嘩に余念がなく、それどころではないというわけか。朝廷もないがしろにされたものだ。これが現実といえば、それまでにせよ。

直義から使者が派遣されてきたのは、八月も下旬に入ってからだった。心ならずも朝廷を捨て置く形になり、院の御身《おんみ》が案じられる。ついては山門臨幸《りんこう》——比叡山《ひえいざん》に宜しくご避難あそばさるべし、と言う。

直義の献言は、わたしの心の奥底の危機意識をかき立てた。受け容れていい、受け容れるべきでは、と。ある種の直観というべきものだった。六波羅《ろくはら》を落ち延び、蓮華寺《れんげじ》で惨劇の渦中に巻き込まれ、後醍醐の手の者に連行されるのを辛《から》うじて逃れ得た。天皇にあるまじき苦難の経験を積んできたことにより、忍び寄る危機への臭覚が人一倍に鋭敏になっていると自覚していた。

その一方で、よくよくのことがない限り治天《ちてん》の君が都を捨てるべきではないという責務への自負もあった。

廷臣たちに諮《はか》った。意外や反対する者が多かった。今ここで一方の策に従っては直義に与《くみ》したと尊氏に見做《みな》されてしまいましょう、と。確かに理屈ではある。あるいはまた、延暦寺《えんりやくじ》は至近であり、難を避けるにせよ、その難が実際に起きてからでも決して遅くはない、との声もあった。

かくして山門臨幸は否決された。

「分からず屋どもめっ」

衆議の結果を聞いて実継《さねつぐ》が怒りを露わにした。

「今がどれほど危ない状況か、連中、ちっともわかっていないらしい。喉元《のどもと》過ぎれば熱さ忘れる、だ。事勿《ことなか》れにもほどがある。院、危険をお感じあそばしたら仰《おつしや》ってください。負ぶってでも比叡山を登ってみせますから」

「いつもながら頼もしいな、実継は」

心から言った。かつて矢を射る土岐頼遠《ときよりとお》の前に立ちはだかり、身を挺して牛車《ぎつしや》の中のわたしを守ってくれた勇姿を思い出した。

結局、引き続き仙洞に留まり、事態の推移を見守ることとなった。が、わたしとて手を拱《こまぬ》いていたわけではない。このままおめおめと座視して、またしても兄弟開戦を許すようでは、治天の君の沽券《こけん》に関わるというものだ。夢窓疎石《むそうそせき》の再度の担《かつ》ぎ出しを図った。夢窓による前回の調停は失敗に終わったが、尊氏を焚《た》き付けていた強硬派の師直はもういない。そこに一抹《いちまつ》の希望が見出せよう。夢窓に「心宗国師《こくし》」の号を贈り、彼の立場を一段と格上げした。そのうえで出馬を求めた。

老齢の夢窓は心身の衰弱が激しかった。疾《と》うにこちらの要請に応えられる状態ではなくなっていた。九月七日には重篤《じゅうとく》になったとの報《しら》せが入り、豊仁《とよひと》を伴って洛西へ急いだ。豊仁は譲位後、持《じ》明院殿《みょういんどの》に同居し、もっぱら筋肉鍛錬に明け暮れている。声をかければすぐに届くところに弟が常在しているというのは心強いものだ。

住持《じゅうじ》を務める天龍寺《てんりゅうじ》を退《しりぞ》いた夢窓は、近傍の臨川寺三会院《りんせんじさんねいん》に朽木《くちき》のようになった老身を横たえていた。筆を握ることもできないらしい。豊仁と視線を交わし、暗然と、言葉もなかった。もう長くはなかろう――誰の目にもそうとわかる衰《おとろ》えきった姿だった。

二日後の九月九日は重陽《ちょうよう》の節句。慣例の観菊宴《かんぎくえん》は開けなかった。さもありなん、ゆっくり菊を愛《め》でてなどいられない状況だ。翌日には尊氏・義詮軍と直義軍が琵琶湖《びわこ》の北岸でいよいよ交戦状態に突入したとの凶報が飛び込んだ。直義は越前金ヶ崎城を進発して南下、今浜《いまはま》の北、八相山《やあいやま》に布陣中という。わたしはいてもたってもいられない気持ちだった。両者の争いもそうだが、それにもまして気がかりなのは賀名生の叛乱勢力である。依然として京都は無防備状態に置かれ続けている。兄弟には一日も早く戈《ほこ》をおさめ、帰洛してもらわねばならない。

九月三十日、夢窓の訃報が入った。享年七十七。何ということだろう、よりにもよって肝腎《かんじん》のこの時に入寂《にゅうじゃく》とは。すべてが悪い方向へ、より悪い方向へと時代の歯車は軋《きし》っている――そんな忌まわしい思いを、わたしは歯を食いしばって頭から叩き落とした。使者を尊氏と直義の双方に送り、夢窓の死を急報した。兄弟の和解が老師の遺志だったと懇《ねんご》ろに言い添えて。

その甲斐《かい》あってか、尊氏と直義は近江の興福寺《こうふくじ》で対面した。その報を聞いたのは、二日後のことである。心に小さな希望の火がともった。期待して続報を待つこと暫し、だが和議には至らず終わった。最終的に交渉は決裂し、十月十日、直義は越前へ引き返していった。尊氏と義詮も京都に戻ってきた。禁裏警固の武士が再び配備され、興仁は持明院を出て御所へ帰った。

事態は先延ばしされたに過ぎない。直義は金ヶ崎城に腰を落ち着けることなく、北陸道をさらに北上しているという。道筋の越中《えっちゅう》、越前には直義の旗下に参じた武将らが守護職に名を列ねている。目指す先は――。

「鎌倉《かまくら》でございましょうな」

と経顕が言う。彼個人の分析だけでなく、武士たちの間からも斉《ひと》しくそういう声が出ているとのことだった。今や経顕も幕府の内情に通じるようになっていた。それなりの情報提供先を確保したということだ。

「鎌倉は頼朝《よりとも》の開府以来、源氏の棟梁《とうりょう》にとっては発祥の地、いわば武門の聖地です。それゆえ尊氏は自分は京都にいても、当初は弟の直義、次に嫡男の義詮を、そして今は次男の基氏《もとうじ》を関東公方《かんとうくぼう》として鎌倉に置いております。遠方ゆえ指示の及び難い関東の地の代理支配という事情もありましょうが、象徴的な意味合いでも、それほどまでに重要な地であるのです、鎌倉とは。よって直義としては確実に鎌倉攻略に乗り出すに違いありません。武家の理屈では、天皇を担ぐ者よりも、鎌倉を制した者こそが武門の棟梁なのですから」

「直義対甥の基氏か。勝算は？」

「直義と基氏では格が違い過ぎます。勝負にすらならないだろうというのが大方の見方です。鎧袖一触、鎌倉は間違いなく直義の手中に帰しましょう」

もぞもぞ、ぞわぞわと、記憶の奥底で何やら蠢《うごめ》くものがあった。

「それでは――まるで、あの中先代《なかせんだい》の乱だな」

「まさしく。歴史は繰り返す、です」

経顕は力を込めた。

息が詰まるほどの胸苦しさに襲われた。誰が想像したろう、北条高時《たかとき》の遺児が挙兵した十六年前、鎌倉を守っていた直義が今、時行《ときゆき》の役回りを演じることになろうとは。息が詰まったのは、その歴史の皮肉に思いを巡らせたからばかりではなかった。中先代の乱、それがすべての始まりなのだ。時行が挙兵して鎌倉を占拠しなかったら、尊氏が直義を救うべく後醍醐の制止を振り切って京都から鎌倉へ進軍することはなく、延《ひ》いては両者が対立することにもならなかった。わたしたちは異なる歴史を歩んだはずだ。さなり、治まらぬ世の原点は、中先代の乱にこそある。そして今、直義が時行の役を務める〝第二次中先代の乱〟ともいうべき事態になれば、今度はどのような悪夢が待っているか――そこまで思いを馳《は》せて、胸が苦しくなったのだった。

「鎌倉が直義のものとなれば――」

経顕は先を続けた。

「尊氏は直義を征伐《せいばつ》するため鎌倉に向けて京都を出陣せざるを得ません」

「だろうな」

わたしはうなずいた。こちらは十六年前に尊氏本人が演じたのと同じ役、再演だ。いよいよ以て中先代の乱の再現である。あの時、京都からは尊氏を追討せよとの綸旨《りんじ》が下された。今回は――。

「また京都は無防備になる。賀名生はこれを絶好の機会と見よう」

「いいえ、さすがに義詮は残してゆくでしょう。昨年もそうだったではございませぬか。尊氏が息子を同行させた今回は、あくまで戦場を琵琶湖という近場に想定し、何かあれば直ちに京都へ引き返せるという目算があったればこそ。これが鎌倉遠征ともなると、そのようには参りません。義詮が京都にいる限り、賀名生が軍事行動に出る可能性は高くないと考えますが」

「…………」

納得はできなかった。昨年、京都を守るべく留守を任されながら、直義軍の侵入をいともやすやすと許し、朝廷をあっさり見捨てて遁走《とんそう》したのが義詮だ。己れの責務に無自覚、無頓着なそんな男が、もし万が一にも、賀名生の叛乱軍が尊氏不在の隙を衝いて進軍してきたならば、果たして京都を持ちこたえられるだろうか。

わたしは来る日も来る日も考えつづけた。考え抜いた。

この治まらぬ世には今、四つの極が存在する。対立する尊氏と直義、賀名生の叛乱勢力、そして我が朝廷だ。いや、尊氏、直義、賀名生、この三極に絞ってよかろう。今は武の世の中であり、武力を持つ者だけが覇権争奪戦の出場資格者たり得る。客観的に見て、こちらは出場権を持たぬ存在と自認せざるを得ない。

三つの極のうち、目下動いているのは直義だけだ。北陸を経て南下に転じ、鎌倉を目指し進撃中。その動静は日々刻々と京都に伝えられている。対するに尊氏も賀名生も鳴りを潜めている。目立った動きを見せていない。だから、動いていない両者にこそ目を向け、その思惑を看破すべきではないか。そう方向性を定めた。

などて賀名生は動かざる――。

答えは簡単明瞭だ。待っているのだ、尊氏が京都を去るのを。直義討伐のため鎌倉に向かうのを。それこそ虎視眈々《こしたんたん》と。

では、なぜ尊氏は動かない。先んずれば即《すなわ》ち人を制し、後《おく》るれば則ち人の制する所と為る。先に鎌倉を押さえ、直義を迎え撃つのが兵法としては常道のはず――。

こちらも答えは一つ、それこそ賀名生の存在だ。ゆえに京都から動くに動けない。

どうする、尊氏――。

賀名生と尊氏、両者の思惑の合致点に考えが至った時、わたしは息が止まりそうな衝撃を受けた。身体が震え出し、一気に極寒に冷え込んでゆくのを感覚した。

――よもや、さようなことを？

そんな莫迦《ばか》な。およそ信じ難い。だが、それ以外に答えはないように思われる。そうだ、尊氏ならば、あの尊氏ならば充分にあり得ることだ。

――そう来るか、尊氏！

居ても立ってもいられなかった。経顕を召すべく使いを出した。この疑いは正か否か、武家執奏《ぶけしっそう》の彼に至急探ってもらう必要がある。すでに十月も終わりに近づいていた。

使いが出発する直前に経顕のほうからやって来た。息せき切ってわたしの前に祗候《しこう》した。その蒼白《そうはく》な顔色を見るや、自分の導き出した途方もない考えが、どうか間違いであれかしと祈りに祈った疑いが、不幸にも裏付けられたのを瞬間的に悟った、胸を抉《えぐ》られる鋭い痛みとともに。

「尊氏が、賀名生と通じているとの由《よし》にございまする」

乱れる息を整える間も惜しい、と言わんばかりに経顕は震える声を搾《しぼ》り出した。

「確かなのだな」

今の自分にしては冷静な声が出た。

「御意。複数の筋から確認いたしました。双方より使者を交わしているとのこと。それも八月上旬からと申します」

「…………」

直義が京都を脱出したのが八月一日、尊氏が近江に出撃したのが十八日。弟を討つ準備を着々と進める一方で、賀名生にもこっそりと使者を送っていたわけだ。

「交渉の内容までは摑めておりませぬが、大方――」

「降伏を申し出たということであろうな。直義の流儀を真似《まね》たのだ」

賀名生に降伏するとは、今後は義良親王を天皇として担ぐということだ。すなわち、わたしたちの朝廷を見捨てる――。

経顕はまじまじとわたしを見た。

「院、ずいぶんと落ち着いておわしますが、ご存じあそばしましたので？」

「そういうことも、と思い至ったところだ。あの尊氏のことゆえ、あるいは、と」

わたしたちはしばらくの間、無言で互いを見つめ合うばかりだった。

裏切り男、足利尊氏――。

北条氏を裏切って後醍醐に寝返り、後醍醐を裏切ってわたしに寝返った。次に裏切られる番が、わたしに回ってきたということになる。順当に、というべきだろうか。

「何という卑劣千万《ひれつせんばん》。尊氏が今日あるのは、院がお下しになった院宣《いんぜん》ゆえではございませぬか。大恩ある院を裏切るなど――」

なおも言い募ろうとする経顕を遮《さえぎ》って訊いた。

「交渉は、まだ成立していないのだろう？」

成立すれば、直ちに尊氏は鎌倉に向けて京都を出陣するはずだ。

「はい。妥結に至ったとまでは聞いておりませぬ」

「直義によれば、賀名生の要求は王政復古、天皇親政、後醍醐皇統の正統認定――その一点張りだったそうだ。尊氏はどう出るだろうか。受け容れるか否か。交渉が三か月近くもかかっているのは、そのためだろう」

「切羽詰まれば、尊氏はなりふりかまいますまい。文書にしようが空約束など平気でございましょう。どんなに条件を下げても降伏の勅許《ちょっきょ》を取り付けるはず」

わたしは同意せざるを得なかった。

「朕《ちん》もそう見る」


まことに由々しい展開と言わねばならなかった。交渉を不首尾に終わらせてやりたいが、どんな方法があるというのか。経顕にもこれといった策はないようだった。下手に騒ぎ、藪蛇《やぶへび》になっては元も子もない。

経顕が退出すると、わたしはなおも考えを巡らせた。熟考の果ての果てに芽生えた、小さな小さな、あってはならない疑惑——尊氏と義良親王が和睦《わぼく》するのではという疑いは、経顕の情報収集により遺憾《いかん》にも事実と裏付けられた。何とも最悪だった。最悪ではあるが、よろしい、これを一歩前進と考えることにしよう。土壇場《どたんば》で知って、見苦しく慌てふためくよりはましだ。これからの進展と、対処とを考え抜かねば。

詮《せん》ずるに、この先わたしは——いや、わたしたちは、というべきか——十八年前、尊氏が幕府を裏切り、後醍醐が隠岐《おき》から帰還した往事の自分たちと再び同じ立場に置かれることになる。あの時、尊氏は幕府を裏切ったが、延《ひ》いてはわたしたちをも裏切った。ゆえに、これ以後の展開はほぼ予想がつくというもの。そう、これは二度目だ。慌てるな、量仁《かずひと》。感情に身を任せてはならない。尊氏の変節を罵《ののし》り、背信を嘆いたところで時間の無駄に過ぎない。

豊仁を呼んだ。

「ふん、骨の髄《ずい》まで裏切り者だな」

その口から出た罵詈《ばげん》はそれだけだった。たちどころに事態の深刻さを冷静に把握した。御所にも使いを出し、今上を仙洞に微行《びこう》させた。わたしの話に耳を傾けるうち興仁の顔色はみるみる変わった。

「つまり、わたしは、その時の父上と同じ――」

「案じるな。そなたには父がついている。動揺せぬが肝腎。心しておくのだ」

興仁は蒼白の顔でうなずき返すのがせいいっぱいのようだった。十八年前、自分もこうだったのだろうか。わたしの心は危うくも乱れかけた。


十一月に入ると、尊氏が賀名生と手を結んだという噂が、武家の間に、時を移さず公家社会にも瞬《また》く間《た》に広がった。経顕、実継らが相次いで知らせてきた。果然、事は露《あら》わになったのだ。

事ここに至っては、朝廷として早急かつ公然と対策を立てる必要がある。廷臣たちを急ぎ招集した。だが、関白の二条良基《よしもと》はじめ殆《ほとん》どの者たちが欠席するというありさまだった。院評定にも洞院《とういん》公賢ら評定衆の多くが顔を見せなかった。どちらも病が理由である。わたしは唖然《あぜん》とした。病、病、病……にわかに公家の間には病が蔓延《まんえん》しはじめたらしい。日和見《ひよりみ》という名の流行病《はやりやまい》が。

十一月四日、尊氏が動いた。待ってましたとばかり軍団を率い、京都を出立していった。賀名生との間で降伏交渉が成立したのだ。仁木頼章、畠山国清、千葉氏胤《ちばうじたね》、武田信武《たけだのぶたけ》らの武将が従った。尊氏は今回、形ばかりにもせよ直義追討の院宣をわたしに求めなかった。露骨千万《ろこつせんばん》なことだ。わたしは尊氏にとって無用、不要の存在となった。鎌倉を目指す彼の懐中には、義良親王という自称天皇、吉野の〝天皇〟が筆を執った直義追討の綸旨が後生大事に温められているに違いない。

義詮は留守将を命ぜられ京都に残留した。

尊氏からも義詮からも、出征に関して何も申し越しては来なかった。こちらをもはや朝廷と見なしていないという、これもまたあからさまな意思表示だった。

思えば十六年前の中先代の乱の際、尊氏は直義を救うべく後醍醐を裏切って鎌倉へ向かったのだった。それが今回は直義を討つべく、わたしを裏切って鎌倉へと征《ゆ》く。何という皮肉――しかし尊氏の胸中に思いを馳せている余裕などありはしなかった。賀名生の動きは、こちらの予想を超えてあまりに素早いものだった。尊氏の進発からわずか三日後の十一月七日、ほとんど入れ替わるようにして四条隆資《しじょうたかすけ》と洞院実世《さねよ》の二卿が〝天皇〟の名代として京都の地を踏んだ。どちらも十五年前、後醍醐の後を追って吉野に奔《はし》った筋金入りの忠臣だ。公賢は実世を不肖の息子と呼んで義絶したが、今やその不肖の子が大手を振って京都に舞い戻ってきた。聞くところでは義詮は、隆資と実世の二人を主君に対する臣下の如く恐懼《きょうく》して迎えたという。

同日、取り次ぎ役として持明院殿に臆面《おくめん》もなく姿を見せたのは、病に臥《ふ》せっているはずの男だった。実世の父を通して申し伝えられたのは次の三点である。
一、今上《きんじょう》を廃位とする
一、現行の官位をすべて無効とする
一、観応《かんのう》の年号を廃する
「それだけかね」

わたしは冷ややかに訊いた。驚きは微塵《みじん》もなかった。興仁は天皇であることを否認され、朝廷は解体、観応二年は賀名生側の年号「正平《しょうへい》」六年となる――いずれも想定されたことだ。心構えはできていた。

「廃位と申しましても、そもそも天皇ではなかったとの意味にございます」

「公賢よ、朕を誰だと思っている」

怒るよりも苦笑が出た。他ならぬわたし自身が、天皇でなかったことにされた当の経験者なのだ。父子二代で同じ運命を背負わされたという点では、笑っているわけにもいかないのだが。

公賢は特に表情を変えなかった。事務的な声で続けた。

「失礼つかまつりました。あくまでも念のためでございますれば。して、これもまた念押しではございまするが、今上が天皇ではなくなったということは――」

「朕も治天の君でなくなった、と」

「御意」

「なるほど、理屈だな」

「ご返答は何と」

「返答？　十五年前は返答などしなかったがね。すべて後醍醐帝のなすがままだった。今度もそういうことでいいだろう」

「そのお言葉通りお伝えいたします。されば、これにて」

公賢は一礼して腰を浮かしかけ、しかし再び座り直した。

「院、こたびのことは――」

さすがに何か言っておかねばならぬと思ったのだろう。だが、すぐ言葉に詰まった。

「よい、公賢」

わたしのほうから言った。

「これまでの精勤《せいきん》、大義に思うばかりだ。至らぬ朕を常に助け、よく務めてくれた。忘れはせぬ」

「天皇がどなたであれ、皇位者にお仕えするのが我ら公卿の本務にございます。天皇を選ぶことはできませぬゆえ」

わたしは本音を口にしたし、公賢のほうでも嘘偽りのない包懐の吐露《とろ》だったろう。臣たる自身の才覚が生かせれば君は誰であってもかまわない。そう自負する公賢は、わたしにとって余人に代え難い賢臣かつ忠臣だった。それでよい、よしとしよう。この先のことは、さもあればあれ、だ。

公賢の退出と前後して、仙洞御所には我が方に忠誠を誓う公卿たちが人目を忍ぶように密かにやって来た。蓮華寺《れんげじ》の七卿である勧修寺経顕、日野資明《ひのすけあき》、四条隆蔭《たかかげ》ら、正親町三条《おおぎまちさんじょう》実継ら譜代《ふだい》の持明院派の者たち——その数は十数人に過ぎなかったが、彼らを広間に集め、一人一人の顔をしっかりと見回してから、口を開いた。

「ゆくりなくも、わたしたちは尊氏に裏切られた。だが、それを怒っても何の益もない。何より今は状況を的確に判断し、非常の事態に正しく対処してゆくことが肝要だ。向後《こうご》、仙洞に出入りするのは控えよ。もはやここは院評定の場ではなくなった。卿らがなすことは何もない。その代わり、できるだけ広く情報を集めてほしい。事態はまだ流動的だ。この先、どのように変転するか予断を許さない。上手く切り抜けるには、ともかく幕府と賀名生、双方の動きに通ずることだ」

「当方には武家執奏として培った人脈がございますれば、引き続き武家の動向を探ってまいる所存です」

己のなすべきことを弁《わきま》えた者ならではの、落ち着き払った口ぶりで経顕が言えば、

「聞けば、二条関白は先刻、大急ぎで賀名生へ向かったとか。節操なき御仁《ごじん》ですな」

資明が含羞《がんしゅう》の微笑を浮かべて後を継ぎ、

「関白だけではございませぬ、賀名生詣《もう》でとも言うべき無様な動きが早くも始まっております。こ

の資明めも、恥知らずと後ろ指を差さるるを覚悟のうえで、節操なしどもの列に加わり、向こうの内情を窺《うかが》って参るといたしましょう」

「賀名生より入京した四条隆資は、わたくしの遠戚でございます」

と四条隆蔭も続けた。奇しくも隆資も賀名生の〝朝廷〟では隆蔭と同じ権大納言の官職にあるとのことだった。

「それを伝手《つて》に何がしかの情報でも得られるよう努めて参ります」

「皆、頼んだぞ。浮かぶか沈むかは卿らの働きにかかっている」

わたしは懇《ねんご》ろに言った。

十五年前、尊氏が鎌倉を裏切って、六波羅勢が蓮華寺に潰滅《かいめつ》し、後醍醐が隠岐から戻り、わたしが廃位された時、治天の君だった父は精神的な打撃を蒙《こうむ》り、衝撃から終生立ち直れなかった。打ちのめされ、打ちひしがれ、出家し、世捨て人も同然になった。今はわたしがその父の立場で、息子の興仁がわたしの立場である。若い興仁のためにも、かつての父のようになるわけにはいかなかった。あらゆる手を尽くしても事態の打開を図らなければならない。それが治天の君たる者の務めでもある。

わたしは己の責務をまっとうすることを自分に誓った。

散会した後、その場に実継を残した。彼には特別にやってもらわねばならぬことがある。

翌日、興仁が二条富小路《にじょうとみのこうじ》の内裏《だいり》から仙洞に遷ってきた。天皇でなくなった以上、御所を立ち退かねばならぬ道理だった。十五年前のわたしも、伊吹山《いぶきやま》の太平護国寺《たいへいごこくじ》から連れ戻された先は、土御門東洞院《つちみかどひがしのとういん》の内裏ではなく、この持明院殿だった。

「父上、わたしはどうしたらよいのでしょうか」

「興仁──」

見るからに打ち萎《しお》れた我が子の姿に、親として胸が詰まった。

「いいかね、おまえはまだ天皇だ」

「でも──」

「廃位とは、先方の勝手な言い草に過ぎぬ。事態はまだ流動的だ。今の天皇は誰だ？　賀名生の穴の中に籠もっている男か？　誰が京都にいる？」

「………」

「誰だ？　答えよ、興仁」

わたしは語気を強めた。

「……わたしです、この興仁です」

「なれば、今もおまえが天皇だ。早朝の神事をこれまで通り続けよ。父もかつておまえと同じ立場に置かれた。だが、太平護国寺では早朝神事を欠かさなかった。おまえもそうあれ」

「肝に、銘じます」

興仁は頰を引き緊めてうなずいた。

我が子を鼓舞《こぶ》しながら、わたしは自分自身を励ましていたのかもしれない。折れるな、逃げるな、挫《くじ》けるな、背を向けるな、諦めるな、顔をあげて立ち向かえ、応戦せよ、攻めろ、量仁、と。

わたしを支えているのは、尊氏に裏切られた怒りや悔しさといった私的な感情ではなかった。

──治まらぬ世のための身ぞ
かつて詠んだ歌の決意を実行に移すのは今この時だった。治天の君としての使命感といえば気取りすぎだろうか。かつて六波羅勢数百人の壮絶な集団切腹を目の当たりにし、天皇を廃され、裏切り者に院宣を下すことで治天の君となった。そんなわたしがなすべきは、治まらぬ世に自身を捧げること、捧げきること、捧げ竭《つ》くすこと――それ以外に何があろう。

事態はまだ流動的だ。それをわたしは繰り返し人に言い、自分に念じ続けた。天皇廃位も、朝廷閉鎖も、未だ確定したわけではない。あくまでも向こうの一方的な主張であり、百歩譲っても暫定《ざんてい》的なものにすぎなかった。正平六年？　そのようなものは鬼にでも喰われてしまえ。

尊氏が賀名生と手を組んだからには、こちらには――必然的、自動的にというべきか――直義がいるということになる。

尊氏と直義の激突はどちらの勝利で決着がつくだろうか。直義が勝てばそれでよし。勝った直義は〝玉〟を手にすべく京都に進撃してくる。こちらは義詮のいる京都を至急脱出し、直義と合流しなければならない。

あるいは尊氏が勝ったとせんか。賀名生への降伏は一時の方便であろうから。直義の先例がそうであったように、いずれ必ず両者は決裂する。そうなれば、これも必然的、自動的に、尊氏と義詮は臆面もなくわたしたちを再び担ごうとするだろう。つまり、わたしたちの側に戻ってくる――。

ただし、降伏が一時の方便であることぐらい賀名生のほうでも見破っていようから、義良親王らがどう動くかを予想しなければならない。それに対して、わたしたちはどのように行動すればよいか。情報を怠《おこた》りなく収集し、臨機応変、事態の急変に即座に対応できるよう備えておくのが何より肝要だ。かつてないくらい厳しい切所に立っていることを認識しないではいられなかった。

強いて言うなら、わたしとしては直義が勝者になることを望んではいる。だが尊氏、直義そのどちらが勝者となろうとも、畢竟《ひっきょう》わたしはその者と手を組むことになる。興仁は復位し、わたしも治天の君に復帰する。今の最悪の状況を指して流動的、暫定的と言えるのは、そういう見通しを持っているからだ。危うい刹那《せつな》に注意を払い、それを回避できたらばの話ではあるが。

「豊仁、そなた持明院殿を出て、叔父が住んでいた萩原殿に入ってはどうか」

わたしは勧めた。何かあった時のため分散していたほうがいい。

弟は首を横に振った。

「いいや、残ろう。ここにいたほうが兄者の力になれる」

押し問答を交わし、結局わたしのほうが折れた。一緒にいれば素早く行動を共にできる利点もあるという豊仁の言い分は否定できなかった。分散か一体か——難しい判断だったが、今の状況では是非を決めかねた。

今回の事態が鮮明にしたのは、賀名生の抵抗勢力こそは、わたしの主敵であり、真の敵であるという正当な認識、その再確認だった。悪いのは、わたしを裏切った尊氏でもなければ直義でもない。そんなことはもはや問題ではなかった。脳裏を圧していた足利兄弟の顔が遠く後方に退いてゆき、後醍醐の顔が醜悪《しゅうあく》に歪みつつ大きく顕現《けんげん》する。決着をつけねばならぬ相手——それは後醍醐の遺志を、呪いを受け継ぐ者、義良親王である。

このことは、うっすらとは認識してきた。だが、何と言っても相手は遠方の吉野にある。楠木正行らの軍事活動を稀少な例外とすれば、京都に直截的な脅威が迫ったことなど殆どなかった。幕府の軍事力で堅固に防衛された京都で、治天の君たるわたしにはなすべきことが山ほどある。武家、宗門など手強い交渉相手にも事欠かなかった。距離的にも時間的にも吉野に意識を向けることは勢い少なくなっていった。

しかし、尊氏の今回の裏切り行為が、ありとあらゆる雑事を削ぎ落とし、戦乱の基本骨格を剝《む》き出しにした。畢竟、義良親王とわたしの対立、天皇家と天皇家の対決であるという忌まわしい二極構造が露骨にも明確にされた。白日《はくじつ》のもとに晒《さら》された。

皇統が二つに分裂していること、それこそが問題の根源なのだ。朝廷が二つある、つまりは選択肢が二つある。だから尊氏も直義も、機に臨み、変に応じて、どちらかを選択し得る。どちらでも選択し得る。いや、選択を迫られるのだ。選択せざるを得なくなるのだ。彼らの立場では所詮そういうことだ。これを裏切りと非難することは一方的に過ぎよう。一統であるべき天皇家が分裂していることこそが、そのような選択肢を、いわば裏切り御免の選択権を彼らに〝下賜《かし》〟したわけなのだから。

――非は、わたしたち天皇家にあり！

武家に、すなわち幕府に担がれたほうが天皇である――思えば、この百年というもの、それでずっとやってきた。それこそが常態だった。前回の直義も、今回の尊氏も、かつての北条氏の幕府の方針を踏襲《とうしゅう》しているに過ぎない。天皇を決めるのは幕府であるとの慣習、慣例を受け継いでいるだけだ。その幕府が尊氏と直義に分裂したからには、分裂している天皇家のどちらかを取り合うのは当然の流れだ。結局、天皇家が二つに分裂していることが、今回の事態を招いた根本的な原因であると言える。

なぜ、そんなことになったのか。ざっくり言えば、わたしの高祖父――祖父伏見院《ふしみいん》の祖父である後嵯峨《ごさが》上皇が、二人の息子、後深草《ごふかくさ》帝と亀山《かめやま》帝、そのどちらを後継者とするか定めず、幕府に後事を託して逝ったからだ。なぜ後嵯峨院がそのような無責任極まりないことをしたかといえば、天皇になるはずのなかった自分を皇位に即けてくれた幕府への遠慮《えんりょ》からだったと、真偽はもはや不明ながら、そう語り継がれてはいる。では、天皇になるはずのなかった後嵯峨院がどうして天皇になったのかといえば、その祖父後鳥羽院《ごとばいん》が幕府を平定すべく挙兵し、敗れたことに起因する。後鳥羽院。院は時代を読み違えた。既に武士の世となっていたのを肯《がえ》んぜず、今も天皇がこの国のあるじであるとの時代錯誤にとらわれた。武力を以て武士に対抗し、一敗地に塗《まみ》れた結果が、今に繋がるこれだ。尊氏の裏切りは、淵源《えんげん》すれば後鳥羽院の時代錯誤の産物である。尊氏が悪いのではない、直義が悪いのでもない、武家という種族が悪いのでもない、悪いのは、天皇家である。すべては天皇家の不徳の致すところだ。

その認識に想到《そうとう》して、わたしは戦慄《せんりつ》し、暗澹《あんたん》たる思いに沈んだ。認めたくはない。だが、今こそ認めなくてはならない真実だ。

とすれば、わたしのなすべきは――。

十一月十八日、経顕が使者を遣わし、最新情報を齎《もたら》した。直義が十五日、鎌倉に入ったという。尊氏は直義に先んじられた。これが勝敗にどう影響するかはわからない。しかし直義にとって寿《ことほ》ぐべきことではあろう。

二十四日には、賀名生から新たな使者として頭中将《とうのちゆうじよう》の中院具忠《なかのいんともただ》が入洛した。公賢を左大臣に任じる旨の勅命を伝えたとのことだった。わたしは気にしなかった。公賢のような優秀な廷臣は向こうでも喉から手が出るほど欲しいに決まっている。京都を離れて十五年、吉野、賀名生の暮らしが長い先方の公卿たちは、いきなり実務を執《と》ることになり、不慣れで勝手がわからないだろう。公賢は公賢で、自分の有用性が認められたことに大いに満足し、これぞ臣下のあるべき姿、我こそ忠臣の鑑《かがみ》とばかり、張りきって精勤を尽くすに違いない。そういう男だ、洞院公賢という賢人は。

中院具忠は、わたしたちの処遇は元のままであるから安心するようにとも伝えたそうだ。元のままとは、十五年前の通りということだろう。所領もすべて安堵《あんど》するとのことだった。

十二月に入り、半ばにもなると、戦報が頻頻《ひんぴん》と入り始めた。東海道を進む尊氏を、直義は本拠地の鎌倉から出撃して迎え撃った。が、駿河《するが》の薩埵峠《さったとうげ》における緒戦に敗れたのを手始めに、同じく駿河蒲原《かんばら》で、伊豆国府《いずこくふ》でと、ずるずる負け続け、後退に次ぐ後退を余儀なくされているという。状況は圧倒的に直義に不利のようだった。

十八日には、公賢を通じて三種神器の引き渡し要求が突きつけられた。

二十三日、わたしは求めに応じ三種神器を引き渡した。滑稽千万《こっけいせんばん》な話だった。賀名生側は、こちらが所有する神器を偽物と呼び続けていたのだから。

神器譲渡への返報でもあるまいが、豊仁と興仁に上皇の尊号宣下《そんごうせんげ》があった。興仁は天皇ではなかったが特例で上皇号を認める、という。何のことはない、かつてわたしに対し適用されたのと同じ理屈だ。豊仁に関しては、それに輪をかけて莫迦《ばか》げた話というしかなかった。というのも弟は興仁に譲位して既に上皇の身であり、この三年間、上皇として遇されてきた。それが賀名生の論理では、豊仁の践祚《せんそ》も正式なものではなく、興仁と同じく今回特例を以て上皇にしてやったという理屈なのである。わたしへの言及がないのは、他ならぬ後醍醐によって既に上皇宣下がなされている身だからということであろう。

「愚かしさにもほどがあるな。上皇など、やってられるかよ」

豊仁は憤然《ふんぜん》と言い放ち、その日のうちに落飾《らくしょく》して法皇になってしまった。わたしは引き留めた。白河《しらかわ》法皇、後白河《ごしらかわ》法皇、後鳥羽法皇の昔は知らず、現今は出家すると、上皇としての権威が著しく低下する。今は少しでも力が欲しい時だ。しかし豊仁は耳を貸さなかった。

「このままでは十八年前と同じく上皇が三人だ。父上がご出家あそばし、三上皇を一法皇二上皇になさった。で、結果的に兄者の復権に繫がったのだと思う。つまり仏の功徳《くどく》さ。よって今回は、このおれが父上の役回りを務めよう」

自棄《やけ》になったのではなく、豊仁なりの思惑あっての決断だった。その口から仏の功徳という言葉を聞くのは意外だったが、この乱れた世に、彼は彼で思うところがあるようだ。

これが十二月二十八日のこと。すぐに大晦日《おおみそか》となり、わたしの三十九歳の一年はかくして激動のうちに終わった。まったく何という年だったろうか。振り返るだに気が滅入る。尊氏と直義の兄弟対決が前年から持ち越されて年頭を迎え、それが再度の兄弟対決で年越しになろうとは。その間、高師直が殺され、わたしは祖父になり、夢窓疎石は涅槃《ねはん》に入り、興仁が天皇を廃位され、豊仁は髪を剃《そ》った。まさに有為転変《ういてんぺん》だ。結末の時は間近に迫っているとの予感があった。わたしは心して新しい年を待った。

年初は何も起こらなかった。廃絶された朝廷が年賀の儀を執り行なえるわけもなく、留守将の義詮は沈黙を守り、賀名生側も目立った動きを見せない。義良親王は賀名生に座したままという。新年早々、精力的に動いているのは、遠路を厭《いと》わず必死に賀名生詣でに汗を流している京都の公家諸卿だった。彼らに年末年始はなかった。

わたしは待った。義詮も待ち、そして義良親王も待っていた——尊氏と直義の戦いの帰趨《きすう》を。

正月八日、それは義詮のもとに届けられた。ただちに経顕経由でわたしも知るところとなった。尊氏は箱根早川尻《はやかわじり》の合戦で決定的な勝利を手にした。直義はその軍門に降った。五日、尊氏は直義を従え鎌倉に入った、云々。

直義が敗れた……。

わたしが望んだ結末ではなかった。とはいえ事態が進展したという小さな安堵感は湧いた。これで兄弟仲の修復となればいいのだが、さて、この先どう動く──。

　正月が過ぎ、二月も終わり近くに入った。それは、わたしの読み通り、義詮と賀名生の不協和が次第に表面化してくる期間であった。ともかく何であれ後醍醐が吉野入りする以前の状態に戻すというのが賀名生の基本方針だ。興仁を廃し、豊仁に屋上屋を架す上皇宣下をしたのがいい例だが、幕府にもその方針を適用、貫徹《かんてつ》しようと臨んだ。尊氏は後醍醐が朝敵から没収した地頭職を旧主に返還して信望、支持を得たが、それを無効にして元に戻すという。すなわち、尊氏に安堵された本領を武士たちは今になって突然没収されるわけである。これを認めてしまっては幕府の面目は丸潰れになる。面目が立たないどころではない、存立基盤を揺るがす大問題だ。

　義詮の必死の抗議にもかかわらず、賀名生は歯牙にもかけていないという。ずいぶんと強気な姿勢だった。

　そして二月二十六日、義良親王が賀名生を出たとの一報がその日のうちに京都に届いた。

　敵の首魁《しゆかい》が動いた──。

　わたしは気を引き緊めた。

　義良が住吉《すみよし》に到着した二十八日の翌々日、鎌倉から直義の訃報が齎《もたら》された。黄疸《おうだん》による病死とのことだ。わたしは衝撃を受けるとともに、即座に疑いを抱いた。毒殺ではないか、と。直義の死は二月二十六日という。一年前の同じ日に高師直が殺されている。尊氏は、直義に恨みを抱く師直の一党に弟の命を委ねたのでは──陰惨すぎる想像に、わたしの胸は烈《はげ》しくかき乱された。

　思えば、直義となら上手くやってゆける、戦乱のない世を築いてゆけると夢見たのは、あまりに儚《はかな》かった。まさに歳々年々人同じからずだ。是非のないこととはいえ、直義は誠実な為政者《いせいしや》から変貌《へんぼう》して戦乱の主役に躍り出、二度にわたる争乱を引き起こした。その挙げ句、尊氏が愚かにも模倣した賀名生に降るという悪しき先例をも残し、非業《ひごう》の最期を遂げたのだ。その死に際に、彼の心に去来したものは何であったろう。

——しづかなる夜半の寝覚に世の中の人のうれへをおもふくるしさ
そう詠《うた》った直義は去った。永遠に寝覚めぬ人となり果てた。だが、わたしはこの世にいる。まだ残っている。世の中の人の憂いを思い続けなければならない。わたしが直義のためにしてやれるのは、その苦しみを受け継ぐことだけだ。

直義を降して戦乱に決着をつけた尊氏は、しかし京都に戻って来なかった。経顕が入手した情報によると、直義派の武将たちが叛旗《はんき》を翻し、残党の平定に追われているのだという。

尊氏が帰洛し、義良親王も京都入りし、両者の間で頂上会談を行なわれ、されど結局は折り合いがつかず、決裂するだろう——わたしはそう見越していたが、その雲行きが怪しくなってきた。

この年は二月が二度あった。

半月ほどが経過した閏二月十五日、義良親王は住吉から四天王寺《してんのうじ》にまで輿を進め、京都には北畠顕能《あきよし》の軍勢が進駐してきた。人目を忍んで持明院殿に自ら祗候した経顕の報告によれば、顕能は親房《ちかふさ》の三男で、かねてより伊勢国司に任ぜられ、賀名生方の有力武将として力を蓄えていたという。

「弟か、顕家《あきいえ》の」

微かな感慨ぐらいはあった。それにしても後醍醐の遺志に忠実な者たちの何と多いことだろう。

顕能の手勢は伊賀・伊勢の精兵三千余騎とのことだった。

「それほどまでか」

経顕は首を横に振る。

「公称にございます。実数はやや下るかと。されど、義詮は大いに慌てふためいているそうです。

予想を遙かに超える人数だったのでしょう」

「案じられるな。このまま一気に衝突――ということになりはすまいか」

「今上の還幸《かんこう》にあたって警固に必要な数、顕能はそう弁明したやに聞き及びます。しかし、院のご懸念もごもっとも。賀名生の動きは不穏、不測です。ご要慎《ようじん》あそばされますよう」

尊氏不在のうちに、幕府と賀名生が決裂する可能性が高まってきたということだ。こちらの想定を上回る速さで状況は変転しつつある。

だとしても、義詮のほうから仕掛けることはあり得ぬはず。留守を預かる彼にその権限はなく、鎌倉にいる父尊氏の指示、承認が必要となるからだ。いわば義詮は守勢だ。一方的に受け身の立場だった。

すべては賀名生の出方一つにかかっている。事態の展開への、よりいっそうの注視が必要だった。両者の手切れともなれば、どちらの陣営も至急わたしたちの確保に動くのは必定である。義詮としては担ぐ〝玉〟を取り替えるため、賀名生は義詮に〝玉〟を担がせぬため。わたしたちは如何に素早く義詮の庇護下に走るかが肝腎となる。

その算段は経顕がすでに工作していた。経顕は尊氏の宿将細川頼春《よりはる》に渡りをつけ、賀名生との間で戦端が開かれれば即座に――義詮の了解を取り付けるまでもなく――頼春が持明院殿に警固の兵を差し向けることで合意ができている、と言った。

細川氏は足利氏の支族で、三河国額田郡細川郷《みかわのくにぬかたぐん》が本領の地と聞いていた。和氏《かずうじ》、頼春、師氏《もろうじ》、頼貞《よりさだ》、顕氏《あきうじ》、直俊《なおとし》、定禅《じょうぜん》、皇海《こうかい》ら一族を挙げて尊氏の挙兵に従い、各地に転戦した。中でも頼春は、新田義貞の拠った越前金ヶ崎城を攻略して落城させ、楠木正行が敗死した四條畷合戦でも目覚ましい手柄を立てるなど尊氏の信任が厚く、今回は義詮の後見役として京都に残された。その頼春と、そこまで踏み込んだ関係を結んだ経顕の手腕は大したものだと言える。

ただし問題は、頼春の立つ瀬としては先に動けないということだ。先手をかければ義詮側から破談を仕掛けたことになる。あくまで賀名生が動いてからの、いわば後手の対応を余儀なくされる。

おそらく際どい状況になるだろう。場合によっては、仲時《なかとき》に従い六波羅から落ち延びた時のように、頼春の軍勢と共にこの持明院殿を、さらには京都からも脱出しなければならなくなるかもしれない。その覚悟も準備もできていた。母は早くに伏見離宮《ふしみりきゅう》に移した。秀子《ひでこ》はこれまで通り実家の正親町三条家へ避難させた。次男の弥仁《いやひと》は養育先の日野家の屋敷に、孫の栄仁《よしひと》は外祖父庭田重資《にわたしげすけ》のもとで育てられている。今この持明院殿にいる皇族は、豊仁、興仁、わたしの三人だった。

四日が過ぎた。

閏《うるう》二月十九日、四天王寺を出た義良親王が石清水八幡宮《いわしみずはちまんぐう》に入ったという報せが届いた。わたしもかつて滞在した場所だ。八幡宮に本陣を布いていた尊氏に招かれ、戦場となる洛中から避難して。あれから十六年か――。

義良は、明日にも迎えに来るよう義詮に命じたそうだ。十九年前、隠岐を脱出した後醍醐は尊氏らを従え京都に還幸した。その輝かしい嘉例《かれい》に倣《なら》おうというのだろうか。八幡宮の目の前の淀川《よどがわ》を渡れば、そこはもう京都である。義詮は応じ、いそいそと迎え支度にかかっているという。

「やれやれ、後醍醐の息子が京都に乗り込んでくるのか」

豊仁が、剃り上げた頭をつるりと撫で、げんなりしたように唇を歪《ゆが》めた。

翌日――二十日の昧爽《まいそう》、経顕の許《もと》より急ぎ遣わされてきた使者に、暁《あかつき》の春眠を破られた。一刻余り前、鎌倉からの早馬が義詮の屋敷に飛び込んだ。新田義貞の遺児義興《よしおき》、義宗《よしむね》、さらには中先代こと北条時行が挙兵し、鎌倉は彼らの手に落ちた。尊氏は支えきれず脱出した、云々。三日前、十七日のことという。

「しまった」

わたしは思わず声をあげていた。

鎌倉攻略という大きな企《くわだ》てが義興らの独断で行なえるはずがない。疑いなく賀名生の指令を受けての作戦行動だろう。攻略先が鎌倉だけということは考え難い。東西同時攻撃――それを目論《もくろ》んでいるに違いなかった。

使者の報告によれば、義詮は出迎えの準備を取り止め、大慌てで戦準備を布達《ふたつ》した。屋敷は目下、大混乱に陥っているという。

急ぎ家宰《かさい》を呼び、豊仁と興仁を起こすよう命じているところへ、経顕からのさらなる使者が駆けつけた。

「七条《しちじよう》河原《かわら》で合戦が起こりましてございます」

思った通りだ。やんぬるかな、京都でも始まった。

のっそりと起きてきた豊仁が歯軋《はぎし》りした。

「南無三《なむさん》、京都入りとは芝居だったわけか。油断したな、おれたちは」

顔からは眠気が吹き飛んでいる。しかし動顛《どうてん》はしていなかった。

「ま、いつかは始まることだったのさ。今日がその日というわけだ、なあ、兄者」

つづいて現われた興仁も落ち着いていた。

「おはようございます、父上。早めに始まったようですね。やるものだなあ」

口調は幾分か硬かったが、すっきりとした表情だった。

「されば興仁は、これより早朝神事を執り行なって参ります」

一礼して、わたしの前から退出した。

「いつもと変わらぬな、興仁は。いや、見上げたものだ」

感心した口ぶりで豊仁が言った。

わたしたちは朝餉《あさげ》を摂《と》った。細川頼春が警固の兵士を差し向けてくるのを待つだけだった。落ち延びる場合の準備もできていた。屋敷の者たちの立ち居振る舞いも普段と変わりがない。いずれこうなると日頃から言い聞かせてあった。

「遅いな」

豊仁の声に苛立ちが混じったのは、正午を過ぎた頃だった。確かに遅い。経顕の話では、戦端が開かれればすぐにも頼春は駆けつけるとのことだったが。賀名生と手切れになれば、幕府にとっての最優先事項はわたしたちを手中に収めることだ。征夷大将軍《せいいたいしようぐん》を任命できるのは唯一天皇だけなのである。その重要性を理解していないはずがない。それとも目下の合戦で手一杯ということなのだろうか。

豊仁の一声が呼び水になったように、ほどなく兵士たちの参着が告げられた。わたしたち三人は安堵の顔を見交わした。

すぐに応対から戻ってきた家宰の顔は血の気が引いていた。

「――き、北畠伊勢守の手の者、と申しております。当お屋敷をお守りすべく参上つかまつった、と」

この日――閏二月二十日昼過ぎ、持明院殿はゆうに五百騎を超える北畠顕能《あきよし》の大部隊によって完全に包囲、封鎖された。出てゆくことはもちろん、入ってくることも禁じられた。外部と完全に遮断された。合戦の帰趨がどうなったのかも含め、事態の推移はまったく不明だった。現われたのが細川頼春の兵でなかったということは、つまりは賀名生側の有利で戦局が進んでいると見るよりほかなかった。

夜も更けて、四条隆蔭が祗候した。その表情は憔悴《しょうすい》しきっていた。遠戚の隆資を口説き落として連絡役を認められたということだった。

「合戦は幕府が敗れました。義詮は近江に逃れたとの由にございます」

隆蔭は無念をたぎらせた声を搾りだした。

――またか！

わたしは天井を仰いだ。またもか、義詮よ。一昨年も父尊氏から京都の留守を任せられながら直義に敗れ、持明院殿を顧みる遑《いとま》もなく遁走した。それを尊氏から猛烈に叱責されたと聞いてはいたが、よもや同じ失敗を繰り返そうとは。いや、一昨年の再現どころではない、京都を占拠したのは身内の直義ではなく王政復古を呼号する義良親王なのだから。

隆蔭によれば、京都に駐屯していた北畠顕能の軍団が暁の奇襲をかけ、さらに南の河内から楠木正儀、和田正武ら五千余騎が、西の丹波《たんば》からは千種顕経《ちぐさあきつね》の五百余騎が突入し、衆寡敵《しゅうかてき》せず義詮の手勢は京都を落ち延びていったとのことだ。正武は楠木一族の与党で、顕経は後醍醐の忠臣だった千種忠顕の遺児という。

「頼春は――」

「讃岐守《さぬきのかみ》は、合戦の早くに討死を遂げたそうでございます」

「…………」

わたしは暗然と声を呑んだ。いくら待っても彼の兵が来なかったわけだ。さまでの激戦とあっては、残された家臣たちは総大将の義詮を守るのに精一杯だったろう。

「顕能の兵はいつまでここを取り囲んでいるつもりであろうな。義詮が去ったとあっては、朕らに逃げ込む先などないのだが」

「暫《しば》くは警戒を続けましょう。状況はいつ覆《くつがえ》るか知れないのですから。とは申せ義詮が盛り返すのを待っているわけには参りません」

その先を隆蔭は言い淀んだ。わたしは彼の言わんとすることがわかった。

「このままでは手遅れになってしまう、か」

いや、もう手遅れかもしれぬ、という不吉な予感をわたしは脳裏から追い払った。

隆蔭はうなずいた。

「早急に院をお逃しいたす手配がなされるはず。どうかお待ちくださいませ」

逃すといっても、武力を持たぬわたしたちにどのような手段、算段があろうか。眠れぬ夜を過ごした。虎口に落ちたも同然だった。わたしたちの命運は義良親王の一存に委ねられている。隆蔭は辞さず、持明院殿で一夜を明かした。何かあった時のために傍らにいると言って譲らなかった。

翌日――閏二月二十一日の朝早く、北畠顕能が来訪した。ものものしく鎧《よろい》を着用していた。公家でありながら武士そのものに見えた。わたしと興仁が御簾《みす》越しに応対した。豊仁は頭痛がすると称して出座しなかった。

「今上におかれましては――」

顕能は甲高い声で言った。兄の顕家は十四年前、二十一歳の若さで死んだ。生きていれば三十五歳になるだろう。三十歳前後かと見える顕能は、美少年だった兄に似て、目鼻立ちの整った顔をしていた。しかし表情は厳しく、その口調同様に冷たくさえある。

「今また洛中が戦乱の巷《ちまた》となり、三院のご不安は如何《いか》ばかりかと、ことのほかご案じあそばされてございます。よって、当方の行在所、八幡《はちまん》へ御幸あそばしますようにと」

興仁が息を吞む気配が伝わった。額面通りには受け取れぬ言葉だった。御簾の前に座している隆蔭の背筋が強張るのもわかった。

わたしはしばし沈黙した。息を整え直す必要があった。

「ご配慮は忝《かたじけな》いが、その要には及ばずとお伝え願おう」

「このお屋敷も、いつ火の手にかかるか予断を許しませぬ。牛車《ぎっしゃ》、鳳輦《ほうれん》は用意して参りましたので、早急にご準備くださいませ。では――」

顕能は一礼すると、こちらの返事を待つことなく、するすると退出した。

「父上っ」

興仁が腕を伸ばしてきた。震える手でわたしの手首を摑んだ。

いつ火の手にかかるか――おとなしく従わなければ屋敷に火を放つとの脅《おど》しだった。

「ま、待たれよ、伊勢守」

我に返った隆蔭が、顕能の後を追おうと立ち上がった。

時ならぬ騒々しい物音が伝わってきた。鎧の札《さね》と札とが擦《こす》れ軋《きし》り合う特有の音、憚《はばか》りなく床を踏みしめる音――大勢の者たちが屋敷に乱入してきたようだ。お待ちをっ、お止めくださいませっ、ご無礼でございましょう、と女官たちが口々に叫び声を上げている。

わたしが咄嗟《とっさ》に脳裏に甦らせたのは、後醍醐の手の者によって比叡山に連行されかけた十六年前の夏の記憶だ。あの時も武士の一団がここに踏み込んできた。我が物顔で家捜しを行ない、叔父とわたし、まだ即位もしていなかった弟の豊仁の三人を強制的に輦に押し上げた。比叡山へと向かう途上、腹痛を偽ることで辛うじて難を逃れることができたが、果たして今回その手が通用するかどうか――。

室内に鎧姿の武士たちが雪崩《なだ》れ込んできた。顕能の手の者だった。早々と実力行使に出たものらしい。

廊下に出た隆蔭を腕ずくで押し戻した先頭の武士が、床板を踏み抜かんばかりに足音も高く部屋を突っ切って、こちらに進んできた。土足だった。

「御免つかまつる」

荒々しい声と同時に、籠手《こて》をはめた手で御簾を乱暴に引き千切った。

その武士の顔を間近に見た瞬間、わたしは最後の望みも絶たれたことを悟った。

「お久しぶりでございまするなあ、院」

それなりに年月を経てはいたが、鍾馗髭《しようきひげ》を生やしたその顔は、紛れもなく、あの太田判官全職《おおたほうがんたけもと》のものだった。

「こちらが新院さまとお見受けつかまつる」

興仁に視線が向く。

「前回は巧みにお隠れでしたが、ようやくお目通りが叶い、感激至極でございます」

すぐまた、こちらに視線を戻して、

「別室におわします院は、我が手の者がお迎えに参上いたしておりますゆえ、お呼びになるまでもございませせぬ。あの時と同じく、奇しくもまたお三方とは。こたびは何があろうと、務めを果たす覚悟でございますぞ」

引き攣《つ》った、狂おしげな響きの声で笑う。長い憂さを今こそ晴らしたと言わんばかりの顔だ。

その笑い声が途中ですぐ止んだのは、さらなる叫び声が伝わってきたからだ。狼藉《ろうぜき》に抗《あらが》っていた女官衆の弱々しくも懸命な声に、闖入者《ちんにゅうしゃ》たちの新たな喚《わめ》き声が重なった。恐怖の叫び——悲鳴と言っていい。

「やっ、何事ぞ」

全職が慌てて頭を巡らせる。

「仁王《におう》だっ」

「仁王像が動いたぞっ」

叫び声が一段と明瞭になった。廊下で入り乱れる足音が近づいてくる。と、十数人の武士たちが何かに押し込まれるように後ずさりで部屋に入ってきた。皆こちらに背を向け、へっぴり腰の姿勢だ。怯えた声をあげ、刀の柄《つか》に手をかけている。

「どうしたのだっ」

全職が前に出た時、入り口から、ぬうっと仁王が出現した。着衣を腰脱ぎにし、筋骨隆々《きんこつりゅうりゅう》とした裸の上半身からは白い湯気が朦々と立ち昇っている。裾が割れて繰り出される左右の脚も、筋肉が岩石の如くに逞《たくま》しく盛り上がり、恐れ戦く武士たちを踏み潰さんばかりの力強さだ。前方にいた武士たちが悲鳴とともに次々と将棋倒《しょうぎだお》しになって顚倒《てんとう》した。仁王が両眼をカッと見開いて後方の武士たちを睨《にら》みつけると、それだけで昏倒する者が続出した。

ずんっ、ずんっ、ずんっ、と足を踏み鳴らして仁王は進撃してくる。

全職までもがフラフラと尻もちをついた。

それには目も呉《く》れず、わたしの前まで仁王は進むと、どっかと腰を降ろし、傍若無人に胡座《あぐら》をかいた。

「やれやれ、これはもう万事休すだな。そうであろう、兄者」

豊仁は振り上げた右手を床に叩きつけた。めりりっと音がして、床板が割れた。

追い立てられるも同然にして、用意された鳳輦に乗ったわたしたち三人は、女官らの泣き声に見送られながら、持明院殿を後にした。

豊仁の居室に踏み込んだ武士たちが、早朝鍛錬中の彼を、あろうことか仁王と見間違え周章《しゅうしょう》狼《ろう》狽《ばい》の極みに陥るという一幕の笑劇がなかったなら、護送されるわたしの気持ちはもっと惨《みじ》めなものとなっていたことだろう。

三基の鳳輦の周りは警固の鎧武者たちが二重三重に取り巻き、天翔《あまか》ける翼でも生えぬ限りは逃げ出す余地などどこにもない。天を仰げば、陰鬱《いんうつ》な灰色の雲が低く垂れ込め、今にも降りだしそうな空模様だった。これから先のことはつとめて考えないようにした。

従う公卿はいなかった。供奉しようにも許されなかった。持明院殿を出るに際して隆蔭が同行を訴えたが拒絶され、道中も、急を知った公卿たちが護送の列に駆けつけ、護送の指揮を執る顕能に掛け合ったが、顕能は断乎として取り合わなかった。鳳輦の周りに犇《ひし》めく大勢の武士たちは、わたしたちの逃走だけでなく公卿たちの扈従《こしょう》をも阻む厚い壁として作用していた。

そう、これは紛れもなく拉致《らち》であった。囚われの身に堕ちたことに間違いなかった。賀名生側は、交渉の決裂を待って戦端を開くのではなく、戦端を開くことで交渉を決裂させた。そして、ただちにわたしたちの身の確保に動いた。そこまで策を巡らせていたとは思いも寄らなかった。迂闊《うかつ》だった。こちらの見通しは甘かった。

その夜は東寺《とうじ》で一泊し、翌二十二日、再び輦に乗せられた。東寺を出れば洛外。舟に乗り替えて巨椋池《おぐらいけ》を横断し、淀川を渡った。夕刻までに、目的地である男山《おとこやま》の石清水八幡宮に到着した。東寺から八幡宮へは十六年前とそっくり同じ行程の辿《たど》り直しだった。その時は腹痛を偽る機転が奏功して後醍醐《ごだいご》の爪牙《そうが》を逃れ得た。そして東寺に入ったところを尊氏に呼ばれ、前途に曙光《しょこう》を見る思いで淀川を渡河し、意気揚々と八幡宮に乗り込んだものだった。それが今は、その尊氏に裏切られ、義詮にも見捨てられ、敵である義良親王の座す石清水へ連行される身になろうとは。

八幡宮の境内に入ると、わたしは一瞬、十六年の時間を遡《さかのぼ》ったような感覚に見舞われた。ほとんど同じ光景だった。殺気立った鎧兜の武士たちが犇《ひし》めき、あちこちで号令、伝達の声が飛び交い、軍馬が嘶《いなな》いている。風だけは穏やかだが、やはり汗と馬糞の臭いを濃厚に含んでいた。あの時は尊氏の兵士たちだった。今、目の前を埋めつくしているのは義良親王の叛乱軍である。

八幡宮の神宮寺である極楽寺《ごくらくじ》の一僧坊に閉じ込められた。ここでも外部との接触は遮断された。これは十九年前の再現だった、蓮華寺から醒ヶ井《さめがい》を経て連行された太平護国寺の。その当時に擬《なぞら》えれば、父が今のわたし、叔父が弟の豊仁、わたしが息子の興仁と、人数ばかりか、係累関係も一致している。忌々《いまいま》しいばかりの暗合、附合、照応ではないか。

かかる状況に陥ったことを、しかし今はまだ嘆かぬよう自分を強く誡《いまし》めた。何と言っても事態は流動的だ。すべてが決したわけではない。近江に逃れた義詮はいずれ反撃に転じようし、尊氏が鎌倉を追われたまま終わるはずもない。そう自分に言い聞かせ、豊仁と興仁を励ました。

こんな状況下でも豊仁は相変わらず筋肉鍛錬を怠らずにいた。興仁は衝撃に耐えつつ背筋を伸ばしている。

幽閉されはしたが、同じ敷地内だけに賀名生軍の動静は自ずと洩《も》れ伝わってくる。義良はなおも石清水八幡宮に留まっているらしかった。淀川を渡れば対岸は京都だというのに。故地、天皇の座すべき地、還幸の地、それを咫尺《しせき》の間に望みつつ、なぜ入京せざる。

いや、しないのではない、できないのだ。義詮は駆逐したものの、京都を完全に手中に収めてはいない。危険を排除できたと言うにはほど遠い現状を彼らが正しくも認識している証左であろう。つまり事態が流動的であることの何よりの証左だ。

義良に会わせるよう訴えた。わたしは義良の顔を見たことがない。後醍醐の怨念の申し子とも言うべき義良こそ、わたしの敵すべき相手。敵の顔を知らなければという一心に突き動かされた。遠く吉野、賀名生ならばともかく、義良は今ここに、この石清水八幡宮に、同じ敷地内にいる。ひと目、その顔を見てみたい。見てやりたい。

願いは、しかし叶えられなかった。幾度か訴えたが拒まれた――というか、返答がない。無視だった。宿願の京都還幸がなるかならぬかの瀬戸際で、わたしと会っている余裕などないというわけか。

幽閉所の壁一枚通しても、賀名生軍が極度の緊張状態にあることは濃厚に伝わってきた。京都を完全に奪還する作戦は依然として継続中であるらしい。夜になっても物音が、軍馬の嘶きが、人語の呼び交わしが絶えることはなかった。幾日も幾日も臨戦状態が続き、月を越えて三月三日、わたしたち三人は突然、幽閉所から引き出された。男山の斜面に山桜が夢幻のように開花しているのが目に入った。それを愛でるまもなく、またしても輦に追い上げられた。京都へ返されるのではなかった。行く先は河内東条《とうじょう》だと聞かされた。

京都からさらに遠く、南へ。その措置は衝撃という以外の何物でもなかった。淀川を挟んでいるとはいえ石清水八幡宮の地はまだ許容範囲だ。同じ山城国《やましろのくに》だからである。しかし、その先の河内ともなると――。

古の例を尋ねれば、仲哀帝《ちゅうあい》は遠征先の筑紫《つくし》で歿《ぼっ》し、安徳帝《あんとく》は平家と運命を共にして長門《ながと》の海中深くに沈んだ。淳仁帝《じゅんにん》は淡路《あわじ》、崇徳院《すとくいん》は讃岐、後鳥羽院は隠岐、土御門院《つちみかど》は自ら望んで土佐、後《のち》には阿波《あわ》に、順徳院《じゅんとく》は佐渡《さど》に流され、後醍醐は自ら出奔した先の大和吉野で、それぞれ崩じた。しかし、わたしたちのように他国に拉致される天皇、上皇など本朝開闢《かいびゃく》以来いなかったはずだ。

ではあれ、これは義良側が劣勢に立たされたことを物語るものでもあった。彼らが恐れるのは、わたしたちを奪回《だっかい》されることだ。だから洛外にまで連行し、抑留《よくりゅう》した。にもかかわらず石清水の地さえ危ぶまれる状況になったのだ。事実、後に知ったが、京都を落ち延びた義詮は、和議が破談になった旨を周知して直ちに兵を募った。その際の書状に賀名生の私年号「正平」でなく従来通り公年号の「観応」を用いたという。二十八日には鎌倉を占拠していた新田軍が撤退した。そうした情勢に鑑《かんが》み、義良ら賀名生の首脳陣はわたしたちの東条移送を早々に決めたものと思われる。

三基の鳳輦は生駒山地《いこまさんち》を左手に見つつ、その西麓を南下していった。警固の陣容は持明院殿から石清水八幡宮までの道行きの時と変わらない。北畠顕能が指揮を執っていることも含めて。本来なら義詮を対手にすべき貴重な戦力であるはずの顕能をこの任に充てたことに、如何に賀名生側がこちらの身柄を押さえておくのを重要視しているかが表われていた。わたしたちは断じて奪われてはならない貴重品なのだった。

「ご不便をおかけいたしまする」

出発してまもなく、わたしの輦に馬を寄せてきた顕能が甲高い声で言う。

「それもこれも、院におかれましては、あの尊氏めに院宣をお下しになるというお戯れを二度とお繰り返しあそばしませぬよう、そのための主上の格別なご配慮にございます。綸旨、院宣がなければ、尊氏も義詮も所詮は賊軍。勝敗は知れておりましょう」

言わずもがなのこと。慇懃《いんぎん》な言葉遣いの裏に、揶揄《やゆ》の響きが聴き取れる。辱《はずかし》める魂胆だ。無視すれば事足りようが、この先もまといつかれてはかなわない。蠅《はえ》は追い払うに如かず。

「顕能よ」

「――はっ」

ぎくり、とばかりに頰が強張った。言い返されるとは思っていなかった顔だ。

「北条《ほうじよう》陸奥守《むつのかみ》も賊軍であったぞ」

義時のことだ。ややあってそれに思い当たったのだろう、顕能の顔にみるみる朱が奔騰《ほんとう》した。

「な、何ということを……」

「陸奥守には綸旨も院宣もなかった」

「院ともあろうお方が、そ、それを仰せあそばしますかっ」

「今になって、わたしたちは均しく後鳥羽院の不徳の責めを負わされているのだ」

「………」

「そう皇子に伝えよ、懇ろにな」

「………」

顕能の全身が震えた。眦《まなじり》を裂かんばかりに眼を剝き、眼光鋭く睨みつけてきた。だが、かろうじて自制したらしく、むっつりと馬首を返した。わたしはそっと息を吐き出した。

石清水八幡宮から先は、初めての道である。見知らぬ光景が蜿々《えんえん》とつづく。天も地も穏やかな晩春の気配に満ちていた。風は花の香を含んでやさしく吹き、麗《うら》らかな陽射しが四囲に降り注ぐ。春光きらめく川を幾筋わたったことだろう。左手には生駒の山並みが果てるともなく聳《そび》え立ち、右手になだらかな平野が広がる。前後左右どちらを見ても若々しい緑の中に、色とりどりの花々が遠目にも鮮やかに揺れている。しかし、わたしの胸中には春風ならぬ霜風が冷えびえと吹き渡ってゆく。

この日、三月三日は上巳《じょうし》の節供《せっく》、いわゆる雛祭《ひなまつ》りである。通常ならば内裏で節宴が行なわれ、闘鶏《とうけい》や曲水《きょくすい》の宴などが催される。昨年もそうだった。直義が高師直らを降し、戦乱が収まったばかりの頃で、宮中の宴では上巳祓《じょうしのはらえ》が行なわれただけでなく太平が言祝《ことほ》がれもした。それがどうだろう、一年後の今、わたしはこうして虜囚の身となり果て、京都から辺陬《へんすう》の地へと強制的に連れ去られてゆく。

景色を楽しむ余裕のあるはずもなかった。十九年前、六波羅を脱出し、逢坂山《おうさかやま》を越え、琵琶湖《びわこ》の東岸を北上した時のことが、いやでも思い出された。またも同じことが繰り返されるとは。あれも初めての道のりだった。その先に大量死の蓮華寺があり、幽閉所の太平護国寺があった。今この行く末に待つものは――。

知らず知らずのうちに、物思いの深淵へと沈潜《ちんせん》していった。わたしはこれまで何をしてきたのだろうか。弟を即位させて自身は治天の君となり、尊氏に征夷大将軍職を授けて幕府を開かせた。院政を執りつつ『古今《こきん》和歌集』から通算十七番目となる勅撰集を親撰した。その結果がこれか。総決算が、この道行きなのか。

――命運、尽きたかな、なあ仲時。

冥府《めいふ》の盟友に呼びかけた。眼を閉じ、返事を待った。応えはなかった。揚《あ》げ雲雀《ひばり》の可憐《かれん》な鳴き声が聞こえてくるばかり――。

雲雀、雲雀、大伴家持《おおとものやかもち》が詠んでいたはず。そう、うららに……うららに……その先は、どうしたものか思い出せなかった。うららに、さて、何であったろう。いつもなら、すぐにも出てくるはずだが。

――疲れているからだ。

自分を納得させた。それも当然か。歌どころではない今の状況だった。尊氏が敗走中に一首をものしたという逸話《いつわ》を思い出す。凄まじい胆力だと改めて感心した。武家の棟梁たる者、ああでなくてはならないのか。わたしはどうだろう。この道行きを歌に詠んでみては？　だめだ。今はとうていそんな気にはなれない。

尊氏のあの歌は、確か……。

こちらも不思議と出てはこなかった。わたしは頭を巡らせた挙げ句、溜め息をつき、思い出そうとする努力を放擲《ほうてき》した。よほど疲れているものらしい。

午後も遅くになり、生駒の高い山並みが二つ瘤《こぶ》の低い稜線《りようせん》に変わった。印象的な山容《さんよう》だ。万葉集に詠まれた二上山《ふたがみやま》だろうか。二上山を詠んだ歌を思い出そうという気力は、しかしもはや湧いてこようともしなかった。

やがて山並みは再び高くなった。葛城《かつらぎ》の連山に違いない。かくするうちに陽は落ち、眉の如くに細い三日月も後を追うように沈んで、周囲は深い闇に閉ざされた。

夜も更ける頃、わたしたちの輦は葛城山麓の寺の中へと入っていった。この辺りが東条という名の地であるらしい。近くの山腹には楠木氏の居城の赤坂城《あかさかじよう》、山上には千早城《ちはやじよう》があって、その山麓に広がる東条は賀名生側の最前線という位置づけのようだった。寺は大規模な結構で、あちこちに篝火《かがりび》が焚かれ、出入りする武士たちの鎧を耀《かがや》かせている。この寺が常時の最前線本営であり、かつ戦時の今は男山石清水八幡宮まで進出した本陣の後背地としても機能しているのだろう。

寺の名は弘川寺《ひろかわでら》と伝えられた。

「おお、ここが、あの――」

豊仁の感に堪えた声が耳に入った。

「ここが、何だ」

わたしは訝《いぶか》しんだ。こんな状況なのに豊仁の声は弾んでいるように聞こえた。

「おいおい、兄者。何だも何もないものだ。弘川寺といえば、それよ、訪ね来つる宿は木の葉に埋もれて――」

豊仁は頭を巡らせ、促すようにわたしを見た。

「…………」

「ええい、煙を立つる弘川の里、ではないか」

「…………」

「どうしたのだ、兄者」

確かにどうかしていた。本来のわたしなら弟に促されるまでもなく下の句を続け、さらに今の自分たちの境遇にこそ相応《ふさわ》しい、

――月の行く山に心を送り入れて闇なるあとの身をいかにせんの一首なりとも返していたはず。

けれども、豊仁が何を言っているのか、何を言わんとしているのか、その時は本当にわからなかった。わかるようでわからない、実に何もわからない、もどかしさの海に溺《おぼ》れかけている息苦しさの感覚、それだけがあった。

「父上、いかがなさいました」

わたしの異常を察したかのように。興仁が不安げな表情で歩み寄ってきた。

「願はくは――」

豊仁は、怪しむように口にし、わたしの様子を窺って、おそるおそる続けた。

「花のしたにて――」

「…………」

「春死なむ。その如月《きさらぎ》の――おっと、残念ながら今は如月に非ず、弥生《やよい》の、望月ならぬ三日月のころ、だがな」

「…………」

「兄者、どうしてしまったのだっ」

豊仁の声は悲鳴に近かった。駆け寄ってくると肩を摑んで揺すぶった。

わたしは呆然と、されるがままになっていた。

弘川寺は、円位上人《えんいしょうにん》こと漂白の歌人西行《さいぎょう》が歿《ぼっ》した地だ。彼は去んぬる百六十二年前、奥河内のこの寺で亡くなった。

――願はくは花のしたにて春死なむその如月の望月のころ
と詠んだ通りの二月十六日に。

豊仁の説明を受けても、わたしは何の感慨もなかった。

――そうか、西行の。

ただそれだけだった。どうでもよかった。西行の歌など一首だに思い出せなかった。西行だけではない。他の歌人の歌も記憶から綺麗さっぱり消え去っていた。それればかりか、自身で歌を詠もうという意志、衝動すらなくなっていた。歌というものが、もはや自分とは何の関係も持たない、それこそ路傍《ろぼう》の石か何かのように思われるだけだった。その状態が来る日も来る日も続き、改善の兆《きざ》しは少しも見られない。

「兄者、疲れているのだ。ゆっくり休んでくれ」

豊仁は悲痛な顔でそう繰り返す。休め、休めばよくなる、と。歌を忘れたのは自分のほうであるかのような狼狽《ろうばい》ぶりだった。

「わたしもそう思います。治天の君を連れ去るなど無体に過ぎる。お心に衝撃をお受けになったのも無理はありません。お察しします。父上、どうかお気を確かに」

興仁も自身をそっちのけで案じてくれた。

しかし、口にはしないが、わかっていた。わたしにとって歌は死んだのだ、と。心の中に占めている歌に関する領域、歌に感応する部分が枯死《こし》した。壊死《えし》した。死滅してしまった。何ともあっけないものだった。一気に死んだ。だから、死にゆく過程で感じるはずの苦痛、焦り、悲嘆、まだ死にたくないという思いなどは一切覚えなかった。そして今は、死んだ部分の――自分から切り離された乾涸《ひか》らびた腐肉を、無感動に、無関心に、見下ろしているような気分だ。未練すらもない。なぜああも歌などに拘《こだわ》っていたのだろうと、他人事のように感じられる。

思うに、これは自衛のなせるわざだったろう。興仁の言う通り、心に受けた衝撃が烈《はげ》しすぎたのだ。心全体が壊れてしまわなかったのを、せめてもの幸いとしなければならない。大切な歌を切り捨てることで、犠牲に差し出すことで、わたしは何とか自分を衛《まも》ったのだと思う。歌を身代わりにすることにより、残りの部分の命脈を保ち得た。かつての父のように生ける屍《しかばね》にならずにすんだ。この途方もない試練を乗り切るためには、そうするしかないと、心のほうで勝手に判断したに違いなかった。

かくするうちに日を重ね、弘川寺での幽囚は三か月近くに及ぼうとしていた。わたしたちが押し込められたのは狭い堂宇《どうう》だった。監禁されているわけではなく、出入りは自由だが、厳しい監視の目があり、逃走することは不可能である。境内には昼夜を問わず武装の兵士たちが犇めいている。そこを通り抜けることなど無理な相談だ。

戦いの帰趨《きすう》は、おいおいわかってきた。わたしたちが弘川寺に移されて十日ほどの後、義詮が京都を奪い返したという。洛中から叩き出された賀名生の叛乱勢力は、男山に踏みとどまり、淀川を隔てて京都再奪還の機会を窺った。が、態勢を立て直した義詮が大軍で包囲し、不利な籠城戦に持ちこまれた。それが二か月近く続いた。

落城の時を迎えたのは五月十一日。中院具忠、四条隆資らが戦死を遂げ、義良親王は賀名生へ退却したとのことだった。尊氏の降伏要請に乗じ、わたしの朝廷の停止、廃止を一方的に宣言し、それを一統だと豪語し、さらに義詮を出し抜こうとしたものの、結局のところ逆襲された〝後村上天皇〟こと義良は、京都の地を一歩だに踏むこと叶わず、虚しく辺陬の地へと引き返していったわけだ。

事態は、半年前に、尊氏が鎌倉に向かって京都を発した昨年十一月四日の時点にほぼ復した。義詮は京都に、義良は賀名生に。ただし今の京都には天皇も上皇も不在だ。天皇、上皇がいなければ尊氏と義詮は武家の棟梁としての正統性を主張できない。何としてでもわたしたちの取り戻しを図るだろうし、かたや賀名生側は断じて渡すまいとするはずだ。

六月二日、わたしたち三人はまたしても輦に乗せられ、弘川寺を出た。行く先は、賀名生と告げられた。

賀名生——。

名のみに聞く賀名生。思いもよらざりき、自分が賀名生へ連れてゆかれることになるなど。東条からさらに遠く南方に位置する。さしもの葛城連山も果てとなって尽き、河内と紀伊《きい》を南北に分かつ吉野川を渡って東へ遡り、途中、南に折れてなおも山中深く分け入った先の、そのまた先の賀名生は、山腹の一角を切り開いた小さな群落というに過ぎなかった。

字面を改めるまで穴生と書いたのも宜なる哉、鬱蒼《うつそう》と生い茂る巨木が四囲を暗く遮り、息苦しいまでの閉塞感に耐えきれず視線を上に逃しやれば、空は遙か彼方に小さく狭まり、地中に穿《うが》たれた深い穴の底に蠢き生きる感覚。ここに義良親王の〝行宮〟はあり、わたしたちも連行されたのだった。自分の手元に置いておく、京都には返すまじ、一蓮托生《いちれんたくしよう》、すなわち死なば諸共《もろとも》という義良の凄まじいまでの強烈な意志、執念、怨念を感じさせた。

居住の場所として今にも崩れそうな小さな苫屋《とまや》があてがわれた。その狭い空間に三人で寝起きしなければならなかった。それぞれの居室などというものは夢のまた夢だった。伊吹山の太平護国寺でも、石清水八幡宮の極楽寺でも、そして弘川寺の一堂宇でも、これほどまでに酷い環境ではなかった。虜囚の身になったということが痛いほど実感される。

「食事が出るだけましでございましょう」

興仁が口では気丈なことを言ったが、声に力はなく、表情は強張っていた。

確かに文句は言えなかった。わたしたちだけではなく、賀名生の公卿たちの住まいも似たり寄ったりなものであったからだ。屋敷というより小屋でしかなく、家紋入りの幔幕《まんまく》を巡らして、かろうじて体裁を整えている。義良親王の〝行宮〟にしても、黒木——皮付きのままの丸木——を組み上げた、おそろしく粗末な建物だった。奇しくも、隠岐に配流されていた父後醍醐のそれと同じく

「黒木御所《くろきごしよ》」と称されていた。

この地に立て籠もって、かくも逆境を耐えしのび、長く抗戦を続けている彼らは、天皇親政を首唱する時代錯誤の徒輩《とはい》ではあれ、その志操《しそう》の堅固《けんご》さは認めざるを得ない。病と称して出仕せず、首鼠両端《しゅそりょうたん》を持して憚《はばか》らなかった我が廷臣たちのていたらくと較《くら》べるにつけ、そう思う。ならば、わたしとてこの地で挫《くじ》けるわけにはいかない。虜囚の状況がどれほど続くのか不明にせよ、耐え抜いてみせると自分を鼓舞した。

接伴使《せつばんし》という大層な役名を帯びたその公卿も、志操堅固な一人だった。

「権中納言、日野邦光《くにみつ》にございます」

三十歳を過ぎたほどに見える彼の顔を、わたしはなにがしかの感慨を込めて見つめた。邦光は亡き資朝《すけとも》の遺児だった。わたしが十二歳の時、後醍醐が蜂起《ほうき》の未遂事件を起こした。その身代わりのような形で寵臣の資朝ひとりが責めを負わされ佐渡に流された。七年後、後醍醐が笠置山《かさぎやま》で二度目の蜂起に踏み切ると、資朝は幕府の命により配所で斬られた。その忘れ形見が邦光で、資名や資明、名子の甥にあたる。端正な顔立ちは、学問の家柄である日野家に特徴的なものだった。

阿新丸《くまわかまる》の幼名で呼ばれていた頃、敢然《かんぜん》と佐渡へ渡り、父の仇討ちを遂げたという噂がある。真偽はわからない。十数年の星霜《せいそう》を閲《えつ》して、彼もまた賀名生の忠臣に成長していた。真っ黒に日焼けし、闘志が全身から噴き出るようだった。石清水八幡宮の戦いには参加しておらず、九州に〝勅使《ちょくし》〟として下向し、勢力扶植の工作活動に従事していたという。戻ってきたばかり、と言った。

「こたびは、大層ご不便をおかけいたしますること、衷心《ちゅうしん》よりお詫び申し上げます。吉野でしたら、もっとましな御座所をご提供できたのですが」

非はわたしにあり、と言っている。吉野を焼き払ったのは、そちらの高師直ではないか、と。

「何かございましたら、わたくしめに遠慮のうお申し付けくださいませ。接伴使の役儀にございますれば」

客人をもてなすことを接伴と言うが、要は監視役であろう。かつ、訴えがあれば申し伝えようというわけだ。それなりの地位にある公卿が連絡役になってくれるのは助かることだった。賀名生に連れてこられてからも外部との接触は一切禁じられていて、世の中がその後どのように動いているのか、まるでわからない状況に置かれている。邦光との話を通じて、その一端なりとも窺い知ることができるだろう。

「お言葉はありがたいが、いつまでも厄介になっていては申し訳ない。客人の接待は何かと面倒であろう。早急に帰京できるよう取り計らってもらえないかね」

「さてと、いつ頃になりますことやら」

わたしを凝視する邦光の眼は憎悪の光が鈍く輝き、口調には捕らえた獲物を弄《もてあそ》ぶ愉悦《ゆえつ》の響きが聴き取れた。

「京都の逆賊どもからも、早くお戻しをとの交渉役が相次いで派遣されてきております。当然それには条件がござるが、色よい返事をいたしませぬ。ま、いずれ折れて参りましょう。次なる偽帝を立てようにも、肝腎のお三方がこちらにおわしては、なすすべもない道理。頭を下げて主上の還幸を乞うて参るは必定なれば、そう長くはかかりますまい」

黙って聞いていれば長広舌《ちょうこうぜつ》になりそうな気配だった。わたしは遮った。

「邦光よ」

相手は口を開けたまま声を止めた。

「武家を甘く見てはならぬぞ」

「…………」

「かつて平将門は新皇を称した。尊氏がその顰《ひそ》みに倣わぬという保証がどこにあろう」

「…………」

　邦光の頬が強張った。

「また、高師直はこう嘯《うそぶ》いたそうだ。内裏、院の御所の前を通る時は、下馬する面倒がある、天皇、上皇がいなくてはならぬ道理があるというのなら、木で造るか、金で鋳《い》るかして、生きた天皇や院などは、どこかへ流してしまえばいいのだ、と」

「ほほう、犬呼ばわりなされたとやらの一件でございまするな」

「…………」

　知っていたか。やれやれだ、こんなところまで伝わっているとは。

「それなる師直はどうなりましたでしょうか。吉野を焼いた悪行の報いを受け、命を落としたではございませぬか」

「そなたの申す通りだ」

　わたしは苦笑した。負けぬ気の強い男だ。

「それはそれとしよう。取り計らってもらいたいことが、あと二つあるのだが」

「何なりと仰せを」

「義良親王に目通りしたい。こちらとしては客分の礼を尽くさねば」

「ご意向は、お伝えいたすべく」

　心なしか邦光は怯んだかに見えた。急ぐように言葉を継いだ。

「して、もう一つとは？」

「落飾所望《らくしょくしょもう》なり」

出家の希望が叶えられるまでに二か月を要した。山奥の賀名生には大寺がない。こと上皇の出家とあっては授戒《じゅかい》の師に高僧が必要で、そのための準備に時間がかかる。人選などはすべて先方に任せた。こちらから下手に希望を出して、叶える叶えられないの不毛な応酬に時間を浪費したくはなかった。なるべく早くに、というのが心中期するところだった。二か月とは思いのほか短い期間で、わたしは密かにほくそ笑んだ。

出家はこの世を捨て去ることだ。この世を捨てた上皇、すなわち法皇は権威が著しく弱まる。賀名生側としては、わたしが世をはかなんだ末に出家を望んだと思っているはずだ。準備に時間がかかってわたしが心変わりすることを恐れ、大至急、事を運んだに違いない。偽帝呼ばわりしているとはいえ、わたしは京都で十五年間余りも治天の君としてありつづけた。それなりの存在感、威圧感は彼らとて覚えていよう。そのわたしが出家することは、彼らにとって大歓迎の慶事、溜飲《りゅういん》の下がる痛快事に他ならない。京都にも自慢げに伝えやったはずだ。見ろ、おまえたちの総大将は心を折ったぞ、と。

賀名生に招かれたのは西大寺《さいだいじ》の長老、光耀上人《こうようしょうにん》だった。八月八日、わたしは上人の手から戒を授けられ、正式に出家した。立ち会ったのは豊仁と興仁、接伴使の邦光の三人だ。法名は勝光智《しょうこうち》と決まった。ただし髪は剃らなかった。形だけ僧服をまとった。

「こたびは祝着至極《しゅうちゃくしごく》に存じまする。主上におかれましても、ことのほかお慶びあそばされ――」

邦光は満面の笑みを浮かべて、わたしの出家を言祝いだ。してやったり、それが義良をはじめ賀名生側の総意だったろう。

「ご出家のご意向にあらせられることは早いうちに京都へ伝えてありますが、本日ご落飾あそばされたことも改めて報じることにいたします。彼らの落胆は如何ばかりか。あとは主上の還幸を願い出てくるのを待つばかりでございます」

落胆――治天の君であるわたしが世を棄《す》てたからには、武家の望む朝廷の再建は絶望的になった。かくなるうえは〝後村上天皇〟に泣きつくしかない、という算段だ。

「親王に、よしなに伝えよ」

わたしは素っ気なく応じた。

ほどなくして、わたしたちは賀名生のさらに奥に移された。黒淵《くろぶち》と呼ばれる集落があり、そこが新たな幽閉先となった。義良親王の黒木御所から距離を置かれ、彼らの動静がなお伝わりにくくなった。

九月に入ろうという頃、邦光がわたしたちの前に姿を見せた。その顔は、怒りというより憎悪を剝き出しにして、醜《みにく》く歪んでさえいた。

「京にて愚かな動きがあった由、伝えられて参りました。何と思し召されまする？」

「さて？」

邦光の表情を目にした瞬間、おおよそのことは察せられた。わたしは何食わぬ顔で小首を傾げてみせた。

邦光はしばし宙をにらんでいたが、

「新たな偽帝が即位したとやら」

と忌々しげに伝えた。すなわち八月十七日に、わたしの次男の弥仁が践祚したことを。

「いやはや、まったくふざけた話でござるよ。笑止千万。呆れてものが言えぬとはこのことかと」

「…………」

臨席する豊仁も興仁も口を閉ざしている。沈黙するわたしたち三人の前で、邦光一人が憤懣《ふんまん》やるかたなさを訴えている、という図式だった。

「新帝の即位には、三種神器、および先帝の譲位宣命、もしくは治天の君の院宣が必須でございましょう。新たな偽帝にはそのどれもございませぬ」

言われるまでもないこと。三種神器は昨年末、義良親王に奪われ、先帝すなわち興仁も、治天の君たるわたしも、京都を遠く離れたここ賀名生にいるのだから。

「にもかかわらず即位を強行したというのでございますよ。どのような屁理屈をつけてそのようなことをとお思いあそばしまするか」

「さあ？」

わたしは空とぼけた。

「おわかりあそばさぬも道理。前代未聞のことなれば。これが驚く勿《なか》れ、こともあろうに広義門院《こうぎもんいん》さまを治天の君の御代役に立てたとのことでございます」

「ほう、我が母が代役を」

「許されましょうや、さようなことの」

「許さるるも許されざるもなかろう。現に弥仁は践祚したのだろう」

「正式な手続きを欠いた践祚など践祚に非ず。このような邪道は――」

「邦光よ。抑《そもそ》も、そなたらにとって所詮は偽帝なのだろう。偽帝の即位手続きを論じて正式も邪道もあるまい」

今度も邦光は負けてはいなかった。

「偽帝ではあれ、向こうでは正式な帝と言い張っております。であれば、手続きの正当性はやはり問題にされなければなりませぬ。そうではございませぬか。かかる前例なき即位を認めるわけにはいかぬ道理でございます」

「前例と言うがな、上皇が院宣――譲国詔《じょうこくのみことのり》を発して践祚が正当化されるという今のありようも、たかだか百六十年余り前に後白河院がお始めになったものだ。時の安徳天皇は都落ちする平氏に連れ去られた。ちょうど今のわたしたちのように」

傍らで豊仁がくすりと笑った。

「京には天皇が不在となった。天皇なくして朝廷なし。そこで、治天の君だった祖父の後白河院は、もう一人の孫で、安徳帝には異母弟にあたる尊成《たかなり》親王を新たに践祚させようとした。しかし平氏が三種神器を奪っていってしまっていた。ちょうど今のそなたらのようにな」

またも豊仁が笑った。

「窮した後白河院は譲国詔なる院宣を下し、それを以て尊成親王を位に即けるという前代未聞のはなれわざをやってのけた。前例と言っても、畢竟そういうことだ。今回のことも、また新たな前例となるやもしれぬ。いや、それはともかく、今はそういう時代なのだ。新たな流れには棹《さお》を挿さなければならない。前例を持ち出している限り、時代の流れに取り残されてゆく。舟に刻みて剣を求むるようなものだ。手続きが邪道といくら言い立てたところで、所詮は遠吠え、京都の者たちは実際のところ少しの痛痒《つうよう》も感じてはおるまいよ」

「ぐぐっ」

邦光は顔を朱に染めて歯軋《はぎし》りした。

ここで彼に明かしてやるまでもないことだが、弥仁の擁立を画策したのは実はこのわたしだった。もちろん京都から連れ去られる以前の段階でだ。

尊氏の裏切りによって興仁が廃され、京都の公卿たちの賀名生詣でが始まった頃、経顕、資明、実継らわたしと心を同じくする忠臣たちと、これからのことを突っ込んで協議した。幾つもの展開を考え、それぞれについて一つ一つ細かな対策を立てた。遅かれ早かれ尊氏側と義良側の交渉決裂は必至ということで全員の意見が一致したが、その際の最悪な展開は、わたしと豊仁、興仁がそろって義良側の手に落ちるということだった。そうなった場合、弥仁を践祚させるようにと、わたしは主張した。もちろん、わたしたち三人の拉致など、その時点では数ある可能性の中のあくまでも一つ、それもごく小さな可能性の一つだった。そうなると考えていた者は、わたしも含め誰一人いなかったと思う。であるにせよ、可能性が少しでもあれば対策を立てておくというのがわたしたちの姿勢だった。弥仁を絶対に賀名生側に渡さぬよう、叔父でもある実継に命じた。弥仁が日野家で養育されていることは周知の事実だから、それを賀名生側に察知される前にどこかに匿《かくま》うように、と指示した。

『命に代えましてもやり遂げまする』

実継は請け合った。

治天の君の代役に母を、と発案したのもわたしである。

『なれど、果たして広義門院さまがご承引くださいますかどうか』

と言ったのは資明だ。確かに母の性格からして容易に肯んずるまい。あくまでも仮定のうえでの論議ではあるが、息子二人と孫一人を義良側に捕らえられたとすれば、あの気丈な母のこと、尊氏と義詮、さらには二股をかける廷臣たちに裏切られたとの思いを強くし、彼らに協力する気など起こさないに決まっている。母のいる伏見離宮に赴き、わたし自身の口から事前に説得することも考えたが、話が洩《も》れるのを恐れた。それに、あくまでも小さな可能性の一つに過ぎなかったから、そこまでする必要はないという意見が多数を占め、わたしも従ったのだ。

『では、こうしよう』

と、わたしは言った。

『万が一にもそのようなことになれば、わたしは出家せんか。連中はそれを嬉々として京都に伝えてくれるだろう。言ってみれば、それが合図だ。わたしが出家したと聞けば、いくら母でも、わたしの意図が弥仁践祚にあると察してくれよう。あとは卿らの説得次第だ』

『出家などと、よろしいのですか』

忠臣たちは驚き、かつ危ぶんだ。

『是非もなかろう。あちら側の人質になれば、もはや治天の君でも上皇でもない。我らの朝廷を復活させるためには弥仁の践祚しかないとなれば、どんなことをしてもそれを実現しなければならない。それがわたしの務めとなる』

話はそこで終わった。その時点では、あくまでも可能性の低い、およそ現実味の感じられない論議でしかなかったが、結局はそれが功を奏したわけだ。

「さぞやお悔しうございましょう」

邦光の血走った目がわたしを離れ、興仁に向いた。

「悔しくないはずございませぬな。弟君に天皇位を奪われたのですから」

「異なことを申すものかな」

興仁は呆れた口調で応じた。

「朕から皇位を奪ったのは、そなたらであろうに」

邦光は絶句した。

「これ、阿新丸」

豊仁がからからと笑って言った。

「さぞや悔しかろう。悔しくないはずがあるまい。朕らを奪ったのは無駄手間になったのだからな。肝腎の京都を奪えず、奪った三人は無用になった。早う我らを返すよう義良に伝えよ」

邦光は憤然《ふんぜん》と座を立ち、退出した。

わたしたち三人はしばし無言のままだった。京都に朝廷が再建された。無事に、そしてわたしたちのまったく関与しないままに——その両様の意味を帯びた事実を各人それぞれに嚙み締めていた。

やがて豊仁が口を開いた。

「我ながら愚かな振る舞いをした。あのような者をからかったとて益体《やくたい》もないことであった」

羞じるように言い、ふんっと鼻を鳴らした。それから興仁に顔を向け、

「気を落とすな。今は耐えるしかない」

叔父として甥を気遣う心情が滲《にじ》んでいた。邦光の言葉は当たっていなくもなかった。興仁が弟の弥仁に皇位を奪われたことになるのは厳然たる事実だからだ。

「叔父上、わたしは大丈夫です。今回のことは是非もなきことですから」

興仁は応じたが、その声にはやはり力がなかった。

つづいて豊仁はわたしの様子を窺った。

「兄者もだぞ」

「そうだな、自分が立案したこととは言え、いざ現実になると、それなりに辛くはある」

　わたしは率直に思いの丈を吐いた。

　三人の中で、受けた打撃が最も軽いのが豊仁だといえた。弥仁が践祚したところで法皇だった彼の立場には何の変化もない。興仁とわたしは違う。義良がわたしたちの朝廷の廃止を宣言しても、それは一方的なものであり、あくまでも流動的だった。しかし弥仁が践祚したことにより、変化は決定的なものとなった。興仁は決定的に天皇でなくなり、わたしも決定的に治天の君ではなくなったのだから——。

「無駄手間だったと邦光に言ったな、豊仁。それはその通りだが——しかし、わたしたち自身、無駄な存在となってしまったようだ」


　無駄な存在。無用の存在。無意味な存在。そういうものに、わたしたちは、なった。なり果てた。この辺境の地、賀名生で。わたしたちがいなくても、わたしたち抜きで、この国は、この世の中は動いてゆく。残酷な現実だ。いや、それはそれでよい。わたしの身は、治まらない世のためにこそあったのだから。戦乱がなくなり、太平へと向かってゆくなら、それに越したことはない。退場するだけのことだ。

　だが、まったく理不尽な状況で突然、このような存在になってしまったという衝撃、それは如何ともし難かった。

　今頃、二条良基、洞院公賢ら二股をかけたわたしの廷臣たちは、何食わぬ顔で、弥仁の朝廷に出仕していることだろう。せめて経顕、実継らの忠臣たちがそれなりの地位を占めていてほしかった。そうであると信じたい。

　尊氏が鎌倉から京都に戻ってきたかどうかは知らぬが、彼にしても後醍醐、わたし、そして弥仁と天皇を渡り歩き、征夷大将軍の地位は不動だ。

義良親王は、石清水八幡宮まで進出して淀川の対岸に洛中を望みながら、還幸の夢を果たせなかった。これまた変化はない。

彼らに限っては原状が回復されたわけだ。しかし、わたしは違う、豊仁も、興仁も、違う。賀名生の苫屋に押し込められ、何の変化もなく時間が経過してゆくにつれ、わたしは次第に打ちひしがれていった。

わたしの朝廷がすみやかに再建されたこと自体は歓迎すべき展開だった。新たな天皇はわたしの息子なのであり、後醍醐ではなくわたしたちの皇統がこれまで通り維持されたのだから。だが弥仁には帝王教育を施していない。弥仁は『誡太子書《かいたいしのしょ》』を読んでもおらず、天皇になる資格を欠いたまま突然、践祚ということになった。わたしの策したことにせよ、最悪の展開を想定しての弥縫策《びほうさく》であったから、それが現実になるとは当のわたしも信じてはいなかった。

原状の回復。それがわたしたちにも適用されるのならば、京都に戻り、興仁が重祚《ちょうそ》するという流れが妥当であるべきだ。いったん弟に位を譲った皇極《こうぎょく》天皇が斉明《さいめい》天皇として再度即位したように。そうなったからといって、義良親王らには何の影響もないはずである。

それなのに、依然として賀名生に留め置かれた。無駄な存在、無用な存在となって、なおも抑留され続けている。なぜなのか。義良としては、新たに成立した京都の朝廷が、不当、不正規な手段で践祚した天皇を戴《いただ》くがゆえに安定を欠き、いずれは行き詰まるだろうと見て、そうなるのを期待しているのかもしれない。

朝廷も、幕府も、わたしたちを帰還させようと手を尽くしているのか、あるいは諦めたのか、それもわからない。諦めたのだとしたら、わたしたちは見捨てられたことになる。用済みとして。

何とも耐えがたいことだった。せめて歌が詠めれば慰《なぐさ》めになったであろうが、心の一部であった歌は、わたしからもぎ取られてしまっていた――おそらくは完全かつ永久に。

わたしは考えることを放擲《ほうてき》し、筋肉鍛錬に励んだ。経験から、そうすることが最もよいとわかっていた。興仁にも勧めた。失意の彼は素直に従った。義良親王の黒木御所から遠ざけられたことで、皮肉にも、わたしたちは人目を気にせず、どのようなことでもできる自由を得たようなものだった。逃げ出すことを除いては。

いつしか十二月になっていた。上旬、邦光が京都からの書状を持参して黒淵にやってきた。手紙類はほとんどが握りつぶされていたが、今回の訃報《ふほう》のように特に重要なものだけは、選別されて渡される。

秀子《ひでこ》が死んだ。

その死は、実継からわたしに宛てて出された書状に記されていた。それによれば、わたしが持明院殿から拉し去られた直後より秀子は病がちになり、床《とこ》に臥せり、十一月二十八日に卒したとのことだった。

秀子が死んだ。わたしの秀子が――。

まだ四十二歳の若さではないか。昨年末、大事をとって持明院殿から実家の正親町三条邸に戻らせたのが秀子を見た最後ということになる。あれが永遠の別れになると誰が思っただろう。六波羅から落ち延びた時も、後醍醐によって危うく比叡山に連れ去られかけた時も、わたしたちは後に再会することができた。こうして賀名生に拉致された今回も、いずれはと信じて疑わなかった。もうそれと三度再会を果たすという思いが、この過酷な環境で生きるうえでの支えになっていた。もうそれも叶わない。

数日間、魂を抜き取られたような虚脱状態に陥った。食事もほとんど喉を通らず、筋肉鍛錬をする気にもなれなかった。最愛の秀子の死に目に会えず、このようなところで自分は何をしているのだ、と。

――隼人《はやひと》の名に負ふ夜声《よごゑ》いちしろくわが名は告《の》りつ妻と恃《たの》ませ

歌を忘れたわたしが、秀子がかつて贈ってくれた万葉集の一首だけはかろうじて思い出せた。それがせめてもの慰めだった。

――妻と恃ませ

慰めともなり、しかし別離の悲しみが深まる一方ともなった。わたしは秀子を恃んで生きてきた。蓮華寺の惨劇を経て、皇位を奪われた失意の夫を励ましてくれたのは妻の秀子だった。秀子がいなければ、今のわたしはなかった。その秀子が、あの時以上の苦境にある今、この世を去ってしまおうとは。恃むべき妻はもういない。秀子と積み重ねた歳月、さまざまな思い出を追想しながら日々を送った。

母を亡くした興仁の落ちこみようも酷いものだった。見ていて、こちらまでつらくなった。それゆえ自分を取り戻すことができた。わたしは危うくあの時の我が父のような廃人に堕《お》ちるところだった。今は自分が父親として息子を励まさなければならない時だ。思い崩れてなどいられない。その気概がわたしを立ち直らせた。

この異常な状況下で、何事もないような普通の顔をして一日を送ることを自分に課した。できれば上機嫌で過ごそうと心がけて。それは戦いだった。歯を食いしばり――歯を食いしばっていることなど興仁の前ではおくびにも出さぬよう努めつつ――日々戦い続けた。わたしを冷笑して無気力の深淵に引きずり込もうとする虚無との戦いだった。自分自身との戦い。

今のわたしは何者でもない。治天の君たる立場を奪われ、国の政《まつりごと》にも関与せず、供奉する廷臣たちもおらず、京都からは見捨てられ、義良親王にさえ置き捨てられ、無視されている。辺陬の地である賀名生の、そのさらに奥まった黒淵に逼塞している。何者でもないうえに最愛の秀子まで亡くし、夫ですらなくなってしまった。

だが、わたしは父ではあったのだ。父親であるということは実に不思議なものだ。興仁が誕生したことで生きる気力を奮い立たせられた。今また、落ちこむ興仁の姿に父親としての責務、使命に駆り立てられている。興仁を励まし、励まされ、わたしは生き続けた。

人生で最大の激動の年が終わり、明けて四十一歳となった。春、夏、秋、冬と、大和の片隅で忘れられた存在となって、わたしたち三人はなおも生き延びた。

五月九日、仲時をしのんで一日を過ごした。二十年前のこの日、仲時は腹を切った。わたしの目の前で。平然と。彼の享年は疾《と》うに越えた。仲時のいない二十年。もうそんなになる。歳月が過ぎるのは早いものだと改めて思う。

「友よ、わたしはこうして見捨てられている。誰からも必要とされない存在になったよ。どうだ、こんなわたしの命運など、もう尽きているのではないかね」

仲時に呼びかけた。わたしの胸の中でだけは生き続けている仲時に。だが、応えはなかった。

六月、賀名生の叛乱勢力が京都に侵攻した。が、占拠は二か月ともたず、またも賀名生に敗退してきた。そんな経過も、かなり時間が経ってから、悔しげに語る邦光の口から耳にしたものだ。義詮は弥仁を連れて美濃《みの》へ脱出し、勢力を回復してから、京都に戻ったという。ようやく義詮も学んだようだ、天皇を置き捨てて逃げるという愚を。九月には尊氏が鎌倉からほぼ二年ぶりに帰洛したとのことだ。わたしたちを取り残して世の中は動いている。わたしたちと関係のないところで時代は続いていた。

　邦光に会うたび訴えた。義良に会わせるように、と。だが一向に取り合ってもらえなかった。わたしは虚無とばかり戦っていたのではなかった。何よりも戦うべき相手は義良だった。義良と対面し、このような時代錯誤の抵抗を続けている愚を説き、彼の志を折る――。後醍醐にかけられた呪いを解く。それが、それこそが、かつて治天の君だったわたしに残された最後の使命だと任じていた。ここでの暮らしは、まるで配所のそれのようだった。後醍醐、後鳥羽、順徳、崇徳ら配所に流された天皇とわたしが違う点といえば、ここが敵の本陣ということだ。隠岐や佐渡、讃岐などの遠地、絶海の孤島にいるのではなく、敵である義良親王のすぐ近くにいる。つまり敵の懐に飛び込むのに、これ以上格好の条件はない。

　だが、義良はわたしに会おうとしない。

「兄者を恐れてのことだろうな」

　と豊仁は言う。

「恐れる？　わたしの何を？」

　義良を倒さずんばおかじ、というわたしの決意、宿志、気迫が先方に察知されてしまっているということだろうか。豊仁の言わんとするのは、しかし、少し違っていた。

「何しろ兄者はさ、他ならぬ治天の君として十五年間、京都に君臨したではないか。天皇として大嘗会を催し、上皇になって院政を執行した。いや、君臨という言葉を兄者が嫌いなのはよく知っているが、あくまで義良視点での話だよ。義良にすれば、それに引き換え自分は辺境の吉野、賀名生で天皇だと自称しているに過ぎないのでは――そんな焦り、疚《やま》しさ、不安のようなものが無意識の裡《うち》にあるんだよ。兄者と対面して、そいつを自分自身で感じ、自ら認め、怯んでしまわないかと、それを恐れているのさ」

豊仁の推測が当たっているかどうか、わたしにはわからない。何にせよ、これだけの至近にいながら、会えないのは不可解であり、もどかしいの一語に尽きた。

大晦日を迎えた。それなりの感慨があった。洛中を離れて二十二か月、賀名生に連れてこられて十九か月、そして今年丸まる一年間、霜風の賀名生で過ごしたという感慨が。


年が明けると四十二歳だった。

三月二十二日、つまり賀名生に来て二十二か月が経過しようという頃、わたしたち三人は輦に乗せられた。輦は賀名生に来た道を逆に辿り、北へと向かった。行く先は、しかし京都ではなかった。いったん東条の弘川寺に留まった後、方角を変えて西南西に進んだ。やがて山間の平地は尽き、山道を辿った。

天野山金剛寺《あまのさんこんごうじ》――。

新たな幽閉先である。聖武《しょうむ》天皇の勅願で行基が開創、弘法大師空海《こうぼうだいしくうかい》も修行したと伝わる真言宗《しんごんしゅう》の寺で、その後、衰微に向かっていたのを、高野山《こうやさん》の阿観《あかん》上人が後白河法皇と皇妹八条院暲子《はちじょういんあきこ》の帰依《きえ》を受け中興したという。八条院が伝領した莫大な荘園群、いわゆる八条院領は亀山帝を経て後醍醐に受け継がれたから、その経緯で河内のこの寺も賀名生の叛乱勢力の拠点の一つとなっているらしかった。堂宇、伽藍が建ち並ぶ山間の寺域は広大なものだが、境内を行き交うのは僧侶よりも武士の数が多かった。

なぜ大和の賀名生から河内の金剛寺に遷されたのか説明はなかった。わたしたちは人質としてはもはや無価値な存在で、抑留していても意味がないはずだが、なおも京都に戻されない。その理由もわからなかった。義良らに何か考えがあってのことか、それとも単なる腹いせに過ぎないのか。

観蔵院《かんぞういん》という名の瓦葺《かわらぶ》きの巨大伽藍がわたしたちに与えられた。各自の居室も用意されて、賀名生の苫屋での惨憺たる暮らしから一気に文明世界に帰還を果たしたかのようだった。京都との手紙の遣り取りも許された。依然として虜囚の身であることに変わりはないが、待遇が格段に良くなったのが身にしみて実感された。母からの手紙、弥仁、経顕、隆蔭、実継らからの手紙を次々と読み、返事を書くことに明け暮れた。長く情報から遮断されていたが、ようよう世の中の情勢に通じていった。

弥仁の朝廷は特段の波風もなく順調に運営されているらしく、安堵した。二条良基が関白に任じられて重用され、意外にも賢人洞院公賢は疎んじられているとのことだった。

弥仁は、母の秀子に、亡くなる直前、陽禄門院《ようろくもんいん》の院号を授けていた。本来はわたしがなすべきことだったが、先延ばしにしてきた。弥仁が父に代わって務めを果たしてくれたことに感謝した。秀子が准三宮《じゆさんぐう》として逝ったと思えば、せめてもの慰めになろうというものだ。

持明院殿が焼失したという報せは、わたしの胸を痛ませた。戦火にかかったのではなく単なる失火が原因であるという。この先、帰京できたとしても、生まれ育った懐かしい屋敷に憩《いこ》うことは叶わない。母は伏見離宮にいて無事という。

幕府では義詮が前面に出ているとのことだ。尊氏は直義の死の後も鎌倉で後始末に追われ、昨年九月に帰京するまでの不在の間、京都では二年近く義詮が采配を振るっていた。弥仁が即位した時も京にいたのは義詮だ。代替わりが進んでいるのを感じずにはいられない。

直義は死んだが、養子の足利直冬、桃井直常、斯波高経、山名時氏ら直義派の有力諸武将は未だ帰服せず、賀名生の叛乱勢力と呼応しかねない形勢であるともいう。戦乱は収まってはいないのだった。

訃報も少なからずあった。経顕と並ぶわたしの股肱の臣で、同じく蓮華寺の七卿の一人である日野資明が昨年七月二十七日に亡くなった。享年五十七。死因は赤痢《せきり》という。

中先代、あの北条時行までもが昨年の五月二十日にこの世を去っていた。賀名生側に降った時行は二年前、新田義興らと共に尊氏を破って鎌倉を占拠した――というところまでは、わたしも知るところだ。しかし、すぐさま尊氏に逆襲されて逃走し、一年後には捕らえられ、龍ノ口《たつのくち》で斬られたという。最後の最後まで足利への抗戦を貫いた北条の貴種の意地と哀れな最期に、わたしは暫し《しば》瞑目《めいもく》したものだった。

かくして二年間の空白を補うべく頻繁な手紙の遣り取りに没頭し、ほぼ半年を費やした。その間には、京都に残した自身の文庫から『万葉集』を取り寄せもした。亡き秀子がわたしに贈った「妻と恃ませ」の歌を改めて我が目で確認したかった。そのためだけだった。試しに他の歌にも眼を滑らせてみたが、何の感興も湧きはしなかった。すぐに返却した。手元に置いたところで何にもならない。歌は、そういうものに成り果てていた。

金剛寺の学頭は真言僧の禅恵《ぜんえ》だった。後醍醐の護持僧を務めた文観《もんかん》の弟子ながら、わたしたちの境遇を慮《おもんばか》り、懇意にしてくれた。こちらの要求は、接伴使とは名ばかりの監視役、日野邦光よりも禅恵を通したほうがすんなり叶えられることが多かった。彼からは『般若心経秘鍵《はんにゃしんぎょうひけん》』などの講義を受けた。が、真言宗の秘教的な教義は到底わたしの受け容れられるところではなかった。大日如来《だいにちにょらい》なる超越神の存在が信じられないのだから、それも当然だろう。わたしが信じる神は国常立神《くにのとこたちのかみ》、天照大神《あまてらすおおみかみ》を始めとするこの国の天神地祇《てんじんちぎ》、八百万《やおよろず》の神々である。仏とは縋《すが》るものではなく自らがなるものだという禅宗の教義は、天神地祇信仰と抵触せず、どこか惹かれるものがあった。

かつて夢窓疎石《むそうそせき》の弟子になったのも、それがゆえだったことを思い出す。禅恵も察したようだ。

「法皇さまにおかれましては、禅のほうによりご関心がおありとお見受けいたします」

そう言って、和泉国大雄寺《いずみのくにだいゆうじ》から夢窓疎石と同じ臨済宗の禅僧孤峰覚明《こほうかくみょう》を招いてくれた。孤峰は元《げん》に渡って参禅したという経歴の持ち主で、義良親王から三光国師の号を賜《たまわ》っているとのことでもあった。亡き夢窓より四歳年上で、この年八十四歳。枯淡《こたん》の風貌を漂わせていたが、見るからに矍鑠《かくしゃく》としていた。わたしは彼の教えを受けて、改めて禅を学び直していった。

季節は風のように過ぎ、秋ともなれば奥山だけあって金剛寺は紅葉が美しかった。色づいた山を平地から遠望する京都と違い、紅葉のただ中にわたしはいる。見つめる瞳がいつしか紅葉に浸され、肌までが染まってしまいそうなほどだ。賀名生の紅葉は記憶になかった。二秋を過ごしたというのに不思議なことだ。さぞ見事だったろうと思うが、彼の地では紅葉を愛でる心の余裕がなかったのだ。それを思えば、今は人心地ついているということになろうか。とはいえ、歌を詠もうという気はまったく起こらない。自然はそのまま愛でていればそれでよく、なぜことさら歌になど詠むのだろうというのが率直な思いだった。

寒さが深まりゆく孟冬十月二十八日、厳しい木枯らしの到来とともに義良親王が金剛寺にやって来た。短期的に滞在するのではなく、行宮自体を賀名生から遷《うつ》すという。観蔵院から遠くない摩尼《まに》院《いん》に義良は着御し、食堂《じきどう》を「天野殿《あまのどの》」と呼んで政庁にした。廷臣たちも同行して堂宇を屋敷とした。堂宇の数には限りがあったから、割り振りに洩れた下級公家たちは寺域外の民家に間借りしたとのことだ。

義良と至近に接するのは、最初が石清水八幡宮、二度目が賀名生、そして今回が三度目だ。わたしは対面を申し入れた。またも梨の礫《つぶて》だった。義良も孤峰覚明に師事していることから、孤峰を通じても図ったが、これも無駄に終わった。義良は頑《かたく》なという他なかった。

とまれ同じ寺の敷地内に、二つの皇統の行宮と仙洞とが同居することになった。何とも奇妙な状況と言わねばならない。しかも両者の間に何の交流もないとは。

十一月十一日は亡き叔父、故花園院《はなぞのいん》の七回忌に当たった。わたしは京都の縁《ゆかり》の人々に呼びかけ、法華経《ほけきょう》の要文《ようもん》に因む歌を詠じて供養することとした。ただし問題は、言い出した当の本人が歌を詠めなくなっていることだった。豊仁がわたしの請いに快く応え、代作を幾首かものしてくれた。

――秋霧の迷ひもはるゝやまの端に傾くよなき有り明けの月
の一首は、法華経「薬王菩薩本事品《やくおうぼさつほんじほん》」の中の要文を題材にしたものだ。出来？　その善し悪しを判断する能力は、わたしには久しく失われていた。

年末に向けて寺域がものものしい雰囲気を帯び始めた。軍馬の往来が繁くなり、武士たちの出入りがひっきりなしとなり、それも甲冑姿《かっちゅうすがた》が増えた。またも京都奪還に乗り出すのだと察せられた。

叛乱勢力は年末から年始にかけて京都に侵攻した。これが三度目を数える。今回は義良麾下《きか》の武士団よりも直冬、直常ら直義の残党たちが主体とのことだった。尊氏が弥仁を連れて近江に逃げたという報せが入っても、義良親王は慎重にも金剛寺を出ようとしなかった。なお戦いの帰趨を見極めようとしたのだろう。果然、態勢を立て直した尊氏と義詮の軍勢が京都に戻って合戦に勝利し、三月には結果が明らかになった。京都奪回は今回も失敗に終わった。

「ふん、愚かしいにもほどがある。集合離散、莫迦と阿呆の絡み合いだ。なあ兄者、おれたちは、そこから図らずも弾かれてしまったわけだが、むしろ勿怪《もっけ》の幸いだったかもしれんなあ」

と辺り憚《はばか》らず減らず口を叩いていた豊仁に帰京が許されたのは、その年八月のことだった。わたしは四十三歳、豊仁は三十五歳で、興仁は二十二歳になっていた。

「何、おれ？　おれだけだと？　なぜだ？」

豊仁は仁王の形相になって荒れ狂った。

「勝手にこんなところへ連れてきておいて、帰ってよいも何もないものだ。おれ一人でおめおめと帰れるかよ。兄者と甥御《おいご》も一緒でなければ、このまま居残ってやるわ」

驚いたことに弟は本気だった。本心から単独帰京を拒んでいた。

「京都にいようがどこにいようが同じことだ。ならば、ここにいたいのだ」

兄であるわたしの身を案じてであることが伝わった。思えば豊仁は、持明院殿を出よというわたしの勧めを断って、今日のこの境遇を招いたのだが、それとて兄を一人にはしておけぬと覚悟を決めたればこそだったろう。これまで豊仁がいなければ、幽囚の辛さに耐えきれず、崩れてしまっていたかもしれない。持ちこたえられたのは、常に傍らに弟がいたからだ。それだけに、豊仁にはこの機会を逃すことなく帰京してほしかった。

わたしは懇ろに説得した。帰京して、その目で見た今の正確で客観的な情勢を伝えてほしい、伏見離宮で寂しい思いをしているであろう母を安心させ、慰めてほしい、帝王教育を受けないまま天皇になってしまった弥仁に会い、できれば上皇として後見してやってほしい、そして、わたしと興仁が帰る時に備えて素地をつくってほしい、と。

そこまで言葉を尽くして、ようやく帰京を承認させた。

「まあな、所詮おれは治天の君でなく、今上でもなかった。人質としての価値はいちばん軽い。だから真っ先に返されるのだろうさ。義良にすれば食い扶持が一人減って大助かりというわけだ」

豊仁は最後の最後まで減らず口を叩くのを止めず、しぶしぶ輦に乗った。

「さらばだ、兄者。京で待っているぞ。興仁、筋肉鍛錬を怠るな」

それが別れの言葉だった。見送ったのは、日野邦光ら監視役の公卿、禅恵とその僧侶たち、興仁、わたし。義良は摩尼院の行宮から出てこなかった。輦から大きく手を振る豊仁の姿は、すぐにも深い樹木の蔭に入って見えなくなった。

豊仁がいなくなると、寂しさが勝った。わたしは筋肉鍛錬と禅の修行に黙々と打ち込み、興仁もそれに倣った。

興仁の心の状態がおかしくなったのは、その年も終わろうかという頃だった。最初、言葉数が減り、次第に鬱《ふさ》ぎがちになっていった。京都からの手紙におざなりに眼を通すだけで返信せず、参禅を止めた。筋肉鍛錬も怠るようになった。体調不良ではなく、心が蝕《むしば》まれているとわかった。わたしにも経験のあることだから。

思うに、豊仁が帰京したことで、興仁は期待を抱いたのだろう、自分たちもほどなく、と。しかし一向に沙汰《さた》はなく、年末が迫ると、その反動が一挙に押し寄せて絶望感に駆られたに違いない。最初のうちは彼のなすがままにしておいた。あまりに興仁が不憫《ふびん》だった。天皇位から強制的に逐《お》われ、敵陣営に捕らえられ、若さの盛りで幽囚《ゆうしゅう》を強いられている。こちらも身に覚えのあることとはいえ、わたしの場合、伊吹山《いぶきやま》の太平護国寺に監禁されていたのは短い間で、その後は閉門に近い形ではあっても京都の屋敷で元通り過ごすことができた。何よりも傍に秀子がいてくれた。興仁は石清水八幡宮、河内東条の弘川寺、大和賀名生、河内金剛寺と未知の土地、鄙離《ひなざか》る辺境を転々とさせられ、その期間はすでに四年近くに垂《なりな》んとする。

心を病み始めた興仁は挙げ句の果てに布団から出てこようともしなくなった。もはや手を拱《こまぬ》いてはいられない。わたしの大切な息子を、その若さで廃人にしたくはなかった。

「放っておいてください。そう仰る父上は、如何にお乗り越えになりましたか」

わたしの叱咤に、興仁は物憂げな調子で言葉を返した。

「おまえだよ、興仁。おまえがいたから、わたしは自分に打ち克てた」

「父親として、というわけですか。そうか、残念だなあ。こんなところにいては、わたしなんか親になれない」

「忘れたのか、興仁。おまえだって父親ではないか」

わたしにとって——わたしと秀子にとって初孫となる栄仁。彼が生まれて一年と経たずして、父たる興仁は虜囚《りよしゆう》の身となった。しかし、親として子を忘れていいはずがない。栄仁は五歳に育っていよう。

「あっ」

興仁は小さく声をあげた。ぼんやりとしていた瞳に次第に焦点が合ってきた。

その夜、興仁は布団を抜け出した。背筋を伸ばして机前に座した。手元を燈火で照らし、長い間、考えあぐねつつ筆を走らせていた。

十日ほどが過ぎ、

「ご覧ください、父上」

一枚の紙を差し出した興仁の声は興奮に弾んでいた。その顔には以前のような生気が、いや、これまで以上の生気が甦っている。京都から届いた便りだった。まだ字とも呼べないような大きな文字が紙いっぱいに記されていた。

「栄仁からです。返事をくれたんです。ほら、お父さまのご無事をお祈りしますと書いてある。早くお目にかかりたい、とも。それから、ここです、お母さまは元気だから心配なさらないでください、とも。もう読み書きのできる齢になっていたのですね。わたしは何と愚かだったんだろう。息子がいることも忘れかけていたなんて。本当にどうかしていた。でも父上、わたしは、もう負けませんよ。何に負けないって、自分に、自分の運命にです。自分に打ち克《か》ってみせる。栄仁に笑われたくはありませんからね。あの子を失望させたくはない。そして、いつか京都に戻ったら、わたし自ら『誡太子書』を手ほどきするつもりでいます。父上がわたしにそうしてくださったように。それが天皇だった者の務めですから」

わたしは新たな気持ちで次の年を迎えることができた。

季節は移ろい、仲秋八月。豊仁の帰京から一年が過ぎた。豊仁は京都の情勢を伝える手紙を定期的に送ってくる。母を始めゆかりの人々は健勝であり、政情はおおむね穏やかに推移しているとのことで安心した。直義派の斯波高経が一月、尊氏に帰服したという報せも朗報と受け止めた。叛乱の種が一つ消えたわけだ。

憂慮されるのは、弥仁についてだった。弥仁は頑なになり過ぎていると、警告を発するかのように豊仁はたびたび書いて寄越した。正式な手続きを踏まない践祚だったことで、臣下の公卿たちに何かと軽んじられているらしく、それが弥仁の態度を硬化させ、公家よりも武家に親昵《しんじつ》する傾向が認められる、と豊仁は繰り返し記していた。自分が天皇であることに必要以上の自負とこだわりが認められる、とも。

弥仁の置かれた困難な立場に思いを馳せれば、興仁だけでなく弥仁に対しても不憫《ふびん》の念を禁じ得なかった。弥仁にしたら、天皇になるなど降って湧いた話だったろう。何の心構えもないまま、ある日突然、天皇になってしまった、いや、させられてしまった。その困惑は如何ばかりか。天皇になることへの不安はわたし自身がよく知っている。皇太子の期間を通じて天皇になる覚悟を練り上げてゆくものだ。

せめて豊仁から適切な助言をと望んだが、その後の手紙によれば、何と弥仁は豊仁に会うのを避けているという。『誡太子書』を授けたが、目を通した形跡すらなく送り返してきたそうだ。自分は自分なりのやり方でやってゆくという意志表明だろうか。だとしたら危うい。花園院《はなぞのいん》がわたしのため筆を執ってくれた『誡太子書』は、これからの時代の天皇のあるべき姿を説いたもの。だからわたしは豊仁にも興仁にも伝えた。この先の皇統は『誡太子書』を受け継いでこそ、との思いからだ。それが何ということか、早くも断たれかねないとは。

最悪の状態を切り抜けるため、弥仁擁立策を事前に立案したのは確かにわたしだ。が、この展開までは思い至らなかった。そして今、その危うい事態に対して何もできずにいる。治天の君だった者としても、父としても、弥仁に何もできない、してやれない。もどかしさが募るばかり。

もどかしさ、そして苛立ちだ。義良親王に会えていないことにも、それは深まる一方だった。十月は義良が金剛寺に遷《うつ》ってきて二年になる。二年間、同じ寺で過ごしながら一度として顔を合わさないのは異常としか言いようがない。

月が改まってすぐ、わたしに禅を説く孤峰覚明が首をひねりながら言った。

「法皇さまは、まことによく禅をお学びでいらっしゃる。参禅もお見事でございます。しかし、何と申しますかな、ご出家なさっておいでという感じがまったくございませぬなあ。それがつくづくと不思議でなりませぬ」

その言葉に、悟るものがあった。義良はわたしを恐れている、と豊仁は言っていた。では、誰の目から見ても一介の僧侶になりきったなら、その時こそは、義良も何恐れることなく安心して対面してくれるのでないか。

十一月六日、わたしは孤峰から禅衣《ぜんえ》を受けた。髪を剃り、法名「勝光智」を「光智《こうち》」に改めた。光智、いや狡知《こうち》というべきだろう。これも欺誑《ぎきょう》であったから。四年前の出家が、遠く京都へ合図を送る通信手段としての偽装であったように、今回は義良に近づくための方便だった。

わたしが禅衣を着御したと知って、人は皆こう考えるだろう。――ようやく俗世への一切の思いを拭い去ったか、すべてから身を引き、心静かに禅の道に進む覚悟を決めたか、と。ついに世をはかなんだのか、と。そうだ、そう見るのが普通だ。苟《いやしく》も治天の君としてあった者が敵の虜囚に堕し、一転して世の中に不要、無用、無意味の存在となり果てた、見捨てられたとなれば、心が折れて当然というものだ。

わたしはそうならなかった。心が折れるのではなく、心を折ってやらねばならなかった、自分の心ではなく義良の心をこそ。それが密かに自らに課した使命だった。治天の君ではなくなった、それが何だ。治天の君だった者としての責務、やるべきことは残されている。後鳥羽帝の愚挙の結果として生じた皇統の分裂、それを一つに再統一する。そのことだけのために、わたしはこれからを生きる。

帰京の沙汰がないまま新年を迎え、四十五歳となった。興仁は二十四歳である。その口から、いつ帰れましょうやという泣き言が聞かれなくなって久しい。筋肉鍛錬に打ち込み、端座《たんざ》して手紙を書き、書を読む。彼もまた心に期すべきものがあるようであった。

冷え込みの厳しい一月が過ぎ、二月半ばの昼下がりのことだった。その日は前夜からの陰雨があがらず、昼であっても薄暗かった。広間に入ったわたしは、目の覚めんばかりに華麗な緋縅《ひおどし》の鎧に身を固めた武将が下座に平伏しているのに気づき、足を止めた。

拝謁者――。

軽い驚きがあった。金剛寺に来て、やがて三年になろうとするが、謁見を求めてくる者などまずなかった。ごくたまに、二三の物好きな公卿が祇候することがあった程度で、武士となると絶無だ。謁見は事前にその旨の通告がなされ、接伴使の日野邦光が同席するのが通例だ。緋縅の鎧武者の傍らに邦光の姿はない。

「何者か」

わたしは声をかけた。奥の一段高い玉座には赴かず、武将のやや前に腰を下ろしたのは、好奇心に駆られてのことだったか。

鎧武者は春風駘蕩《しゅんぷうたいとう》たる挙措《きょそ》で顔をあげた。三十歳になるやならずやの年齢であろう、おっとりと穏やかな顔立ちで、口元にはほのかな気品が漂っている。武張ったところなどどこにも見当たらないが、それでいて緋色の鎧が絶妙に似合って、絢爛と咲き誇る紅蓮華《ぐれんげ》を思わせた。

「お名乗りいたして宜しゅうございましょうか」

声もやさしげで、微風に蝶が舞うかのようだ。

「差し許す」

「手前、北条相模守時行と申しまする」

雅風《がふう》ノ章　おのが色なき雪の深山べ

今度こそ、わたしは正真正銘の驚きに声を呑んだ。それも二重の驚きに。一つには、彼があの中《なか》
先代《せんだい》であるということ。もう一つは、もちろん時行《ときゆき》の訃報《ふほう》に接していたがゆえの――。

気持ちを落ち着けて応じた。

「されば、朕《ちん》は亡霊に拝謁されていることになるのかな、時行とやら」

「お怪しみはごもっともにございます」

武将は白い歯を見せて笑った。あでやかで、清潔で、ぱあっと明るくなるような笑顔だった。

「法皇さまにおかれましては、もしやご存じあそばしませぬか、この時行の異名を」

「異名？」

わたしは首を横に振った。

「逃げ巧者の若殿――と呼ばれております。あるいは、逃げの相模二郎《さがみじろう》とも」

「ほう」

「幾度も危地を逃れて参りましたので。もっとも、もう若殿という齢ではございませぬが。このたびのこともまた――四年前、鎌倉龍ノ口で斬首《ざんしゅ》された時行なる者は、わが影武者が見事に務めを果たした次第にございます。次なる京都侵攻に加わるべく、今上《きんじょう》のお召しに応じて金剛寺《こんごうじ》に馳せ参じましたが、こちらに法皇さまがおわすと耳にし、ご挨拶せばやと推参つかまつった次第にございま

す」

「なぜ朕などに？」

過去の人となった自分に、敢えて目通りするどんな価値があるというのだろうか。

「法皇さま」

時行は目をしばたたいた。

「先帝が隠岐《おき》でのお暮らしをまっとうあそばしましたなら、尊氏が上京することも、況《ま》してや裏切ることもなかったでありましょう。わたしは長じて得宗家《とくそうけ》を継ぎ、幕府の大権を将軍に代わって執る執権職《しっけんしょく》に就いていたに違いありませぬ。執権たるわたしが仕えるお方は、法皇さま、時の天皇であらせられたあなたさまにございましたはず」

「そうであったやもしれぬな」

考えても詮なきことながら、当の北条時行がそれを述懐すると、そして、京都ではない土地で聞くと、やはり何がしかの感慨を覚えずにはいられなかった。なるほど、そうか。確かにそういう未来もあり得たのだ、と。

「面白いことに――」

時行の口ぶりは依然としてたおやかだった。

「新田義貞《にったよしさだ》が鎌倉を攻め落としました時、三人の幼児が攻め手と守り手それぞれの陣営に参戦しておりました」

「幼児の参戦？」

「参戦と申しましても、年齢が年齢ゆえ、ある種の象徴、旗印として大人たちに担がれていたわけですが。一人は新田義貞の嫡男義興《よしおき》、三歳。一人は足利尊氏の嫡男義詮《よしあきら》、四歳。義詮は京都に出陣した父の代役でした。それを知った義貞が、ならば我が子もと義興を戦場に強引に伴ったのだとか。義興本人から直接聞いた話にございます。そして守り手の側には、相模二郎と呼ばれていた五歳のわたしがおりました。義興は義詮と連合してわたしを攻める立場、それが今ではわたしと手を組み盟友の間柄にて、義詮に敵対する構図となっております。いや、歴史とは、まったく先が見通せないものでございますな」

「時行、実を言えば、朕もそなたに会いたいと思っていた。廃帝と呼ばれても仕方のない立場から復権できたのは、そなたが挙兵したからだ」

　時行はしばらく沈黙し、歴史の流れを反芻《はんすう》しているようだったが、やがてうなずいた。

「考えてみたこともありませんでした。法皇さまのお立場からすれば、確かにそのようなことになりましょうか。わたしとしては、北条を滅ぼした裏切り者の尊氏を誅したい一心でした。その尊氏に院宣をお下しあそばしたことで、皮肉にも、わたしと法皇さまは立場を異にすることになったわけでございます。さらには、五年前、義興とわたしが尊氏から鎌倉を束の間取り戻した時、間接的ではあれ、法皇さまをこのような境遇に陥らせるのに一枚加わったことにもなります。それを――」

「気にせずともよい。すべては、朕の判断にかかることだ」

「恐れ多いことにございます」

「時行、この先も戦い続けるつもりか、義良の側に立って」

「どちらの側に立つかを選ぶ、そのようなつもりは寸毫《すんごう》もございませぬ。わが敵は足利尊氏、それだけのこと。尊氏に味方する者は敵、尊氏に敵する者は味方――単純にして明快至極」

「それでは戦乱は止まぬ。朕は太平を望んでいるのだが」

「まことに相済まぬことながら、武士には意地というものがございます」

「………」

「意地なくしては武門の義が立ちませぬ」

「時行、昔話をしに参ったか」

わたしは突然、疲れを覚えた。時行を見た時に覚えたときめきのような感情はかき消えていた。

「実を申しますれば、仲時《なかとき》のことを伺うべく推参《すいさん》いたした次第にございます」

「仲時の？」

「御意。仲時は、幼いわたしの遊び相手になってくれました。わたしは彼が好きでした。仲時が近江蓮華寺《おうみれんげじ》で果てたと聞いた時、実の兄を失ったように悲しかった。法皇さまもその時、蓮華寺にいらせられたとか。どのような最期でございましたでしょうか。差し支えなくば、お聞かせ願わしゅう存じまする」

そうか。そういうことであったか。ならば、こちらも昔話に甘んじようではないか。死者は、その死を語る者がいる限りは生き続けるというからには。

わたしは語っていった。仲時との出会いからを。交誼を深め合い、互いの夢を語り合う仲にまでなっていったことまでも。時行は微笑を絶やさず、時にうなずき、時に相槌を入れ、終始楽しげに聞き入っていた。仲時が腹を捌《さば》く直前でわたしは話を止めた。その先は語るに忍びなかった。

「ありがとうございまする」

時行は両手をつき、深々と頭を下げた。

「仲時こそは真の武士。心晴れる思いで傾聴つかまつりました。これにて思い残すことはございませぬ」

「思い残す？」

「されば吉左右《きっそう》をお伝えいたしましょう。今上がお許しあそばしてございます、法皇さまと新院さまのご帰京を」

「何」

その時、左袖が強く引かれた。首を振り向けると、興仁《おきひと》が傍らにいた。その顔は強ばり、睨み付けるようにわたしを凝視していた。

「父上、何者とお話しでございますか」

緊迫した声音で言った。

視線を向け戻した。わたしの前には誰もいなかった。昼なのに薄暗い、その陰気な翳《かげ》りが、おぼろおぼろとわだかまっているばかりだった。

朝霧が境内に渦巻いている。乳白色の流れの向こうに多宝塔《たほうとう》の朱が滲《にじ》んで映じている。円形の塔身に四角形の柿葺《こけらぶ》き屋根を載せた優美な姿に、幽囚の身のわたしはずっと慰められてきた。

出立の見送りは一年半前の豊仁《とよひと》の時と同じく簡素なものだった。やはり義良親王は姿を見せず、ほとんどの公卿たちも出てこなかった。これが接伴使としての最後の仕事になる日野邦光《ひのくにみつ》はどこか放心した表情だ。わたしは懇ろに礼を述べた。金剛寺で三年間、賀名生《あのう》も含めれば五年間、彼には世話になった。彼なりに誠実に対応してくれていた。負けん気の強い性格で、冷たい態度を崩さなかったが、嫌がらせを受けたことは一度もない。

「親王に、いや——そなたの今上に伝えよ。ついぞお目にかかれず残念であった、と」

邦光は目をしばたたかせ、神妙な顔でうなずいた。

学頭の禅恵、孤峰覚明《こほうかくみょう》にも頭を下げた。立場を超えて彼らが各種の便宜を図ってくれた。その恩義には感謝の言葉もない。孤峰は今朝早く金剛寺に着いたばかりだった。突然決まった帰京の報せを聞くや、急ぎ和泉大雄寺から見送りに駆けつけてくれたのだ。

「もろもろの事象は過ぎ去るものなり。怠ることなく汝《なんじ》の修行を完成させよ」

禅の師として、仏陀の最後の言葉を餞《はなむけ》に贈ってくれた。

正門の前に輦《てぐるま》が二基用意されていた。最後にもう一度境内を振り返り、合掌した。天野山金剛寺。虜囚《りよしゆう》の場所、獄舎ではあったが、これきりとなると不思議と愛着のようなものを感じた。ここで三年の長きを過ごした。擬態とはいえ禅僧となり、髪も剃った。朝廷で居場所を失い、もはや必要とされなくなったわたしが、心を落ち着け、この先なすべき使命を闡明《せんめい》し、決意するに至った場所であった。

「輦には乗らぬ」

「何を仰せになります」

邦光が驚きの声をあげた。

「歩いて京都に戻る。この光智《こうち》は一禅僧なれば、輦など必要であろうか。これも行脚《あんぎや》と心得る」

この言葉は、邦光を通じ必ず義良の耳に入るはずだ。

「さこそ。よき心がけじゃ」

と孤峰が破顔した。

何か言いかけようとした邦光は口を噤《つぐ》み、興仁《おきひと》に視線を移した。

「朕は輦にて還幸いたすぞ」

興仁の力強い声は、さわやかに響いた。打たれたように邦光は頭を下げた。

そうだ、息子よ。それでよい、おまえはそうでなくてはならぬ。わたしは興仁を見やり、無言でうなずいた。

二月十八日夜、わたしたちは帰洛した。五年前の閏《うるう》二月二十二日、洛中から石清水八幡宮《いわしみずはちまんぐう》に強制的に連れ出されて以来となる。帰るべきところに帰ってきたという感慨はもちろんあった。だが別人になって戻ったからには、思いは複雑だった。興仁は御所に入れなかった。そこには今、弟の弥仁《いやひと》が天皇として位に即いている。わたしもまた、院政を執っていた持明院殿《じみょういんどの》に行けなかった。建物自体が焼失してしまっていたからだ。

母が住まう伏見殿《ふしみどの》に入った。火災で持明院殿を失った後、母は壮麗な伏見離宮の半分を割いて大光明寺という名の巨大伽藍を築造し、残り半分を伏見殿と称してそこで穏やかに暮らしていた。六十六歳。老いが目立ったが、足取りはまだだしっかりとして、元気そうだった。

久しぶりの再会を果たした翌日、興仁を残して伏見殿を後にした。帰京の一報を聞きつけ、ぬけぬけと顔を見せに来るであろう公家たちには参入を禁じている旨返答してほしい、母にそう頼んだ。母は大悦《おおよろこ》びで承諾してくれた。経顕《つねあき》、隆蔭《たかかげ》、実継《さねつぐ》ら、心から会いたい股肱の臣には勿論こちらから連絡するつもりだった。

この帰洛について、わたしは広く公表しなかった。平たく言うならば、興仁と二人でこっそりと舞い戻ってきた。帰京して元通りになるなら、それなりの迎えがなされて然《しか》るべきだろうが、五年間も捨て置かれた身である。忘れ去られた身である。もはや用のなくなった身である。拗《す》ねているのではなかった。いじけているのでもない。居所を喪失した者は当面、身を慎《つつし》んでいるのが相応《ふさわ》しいと思ったまでだ。世の流れに追いつき、新たな居場所を探さなければならない。二股をかけた公卿たちの面を今さら見たくもないという気持ちがなかったと言えば嘘になるが。

伏見から向かった先は深草《ふかくさ》だ。豊仁のいる金剛寿院《こんごうじゅいん》にまずは身を寄せることにした。この先のことをじっくり落ち着いて考えるには、一足先に戻っていた豊仁の元より好都合な隠れ家はない。

一年半ぶりの兄弟対面だった。豊仁はまったく変わっていなかった。僧衣の上からでもわかる逞《たくま》しい肉体は、筋肉鍛錬を怠っていないことを物語っている。強いて言えば僧形がますます板についてきたことぐらいか。

「兄者、待ちくたびれたぞ」

「世話をかける、豊仁」

わたしたちは抱き合い、剃り上げた頭を撫で合い、声をあげて笑った。


積もる話は自ずと今上——弥仁に向かう。

「兄者は興仁の重祚《ちょうそ》を考えているのだろう」

「できればだが」

興仁は強制的に天皇の座を奪われた。帰京したからには旧に復するのが当然だが、それでは弥仁の立つ瀬がない。都合よくお払い箱にされるも同然だからだ。兄の受けた痛みを、さらにまた弟に強いることともなる。現実問題としては難しいだろうというのがわたしの判断だった。

「弥仁のほうから持ち出してくれるといいのだが」

豊仁は首を横に振った。

「まず無理だな。弥仁は天皇位に執着している。おれのように端から代役と思って引き受ければ、あっさり投げ出せるんだが、あいつはあいつで強い思い入れがあるようだ」

「そこまでか」

「兄者の帰還を聞いて、神経を尖らせているはずだよ。恐れているんだ。さすがに帰ってこなければいいとまでは思っていないだろうが。ともかく迂闊《うかつ》に重祚のことなど口にしたら、それこそ臍《へそ》を曲げかねぬ。虎の尾を踏むようなものだ」

「困ったものだな」

「それにな、義詮とて承諾すまいよ。手紙にも書いた通り、このところ尊氏は病みがちで、若君が万事采配を振るっている。弥仁と義詮の仲は、存外上手くいっているんだよ。義詮にすれば、自分が即位させた天皇だという思いがあるんだろう。そこへゆくと興仁は、義詮のせいで五年間も虜囚の艱難《かんなん》を舐めさせられたようなものだからな」

「上手くいっているとは、要するに弥仁が義詮の言いなりということなのでは？」

　豊仁は渋面をつくった。

「そういう面はある。大いにね」

「下手をすると兄弟対決になりかねない、か」

「後深草《ごふかくさ》院と亀山《かめやま》院のように。まさに歴史は繰り返すだな、兄者」

「冗談じゃない」

　後深草院が興仁、亀山院が弥仁という図式だ。後嵯峨《ごさが》院の二人の息子が皇位を争ったことで今の両統分裂状態を招いた。その解決を目指すわたしが、ここでさらなる皇統の分裂の火種を興《おこ》すわけにはいかない道理だった。自分の立場、無力さを改めて思い知らされる。

「わたしの出る幕はなしか。だが是非もない。興仁には泣いてもらおう」

「不憫だがな」

　豊仁はほっとしたようにうなずいた。

「とはいえ、弥仁はあくまで一代限りの天皇ということでゆく。その点では譲る気はない」

こちらの説得も相当難しいことになるだろうと思いつつ、わたしは自分に言い聞かせるように言った。

「うむ、そればかりは釘を刺しておかねばな。しかし兄者も苦労の絶えぬことだ。せっかく京都に戻ってきたというに、気の休まる暇もないとは」

「休むために帰ってきたのではないよ。義良に会うという使命を果たさねば。そのためには、禅僧になりきったと周囲に思わせねばならない」

禅に帰依したのは擬態――わたしの真意を知るのは賀名生、金剛寺で長い苦しみをともに味わったわが弟と息子の興仁だけだ。

豊仁は呆れ顔になった。

「少しは休んだらどうだ。そもそも義良に会えたとして、後醍醐から受け継いだ王政復古の志をへし折れるかどうかわからないのだろう」

「その通りだが、ともかく会ってからの話だよ」

「それでなくとも兄者はもう充分よくやってきたじゃないか。蓮華寺の後、世をはかなんだ父上と一緒に出家してもよかったのに、そうはしなかった。尊氏に院宣を下せたのは、法皇にならず太上天皇に踏みとどまっていたればこそだった。そうして後醍醐の時代錯誤な野望を粉砕したし、治天の君として院政を執り、おれと興仁を即位させた。幕府を新たに立て直しもした。勅撰和歌集まで世に出した。尊氏、義詮の裏切りで五年間の辛酸を舐めた。治まらぬ世のための身ぞ――治まらない世のため身を粉にしてきたじゃないか、兄者は。もう休んでいい頃だ。このうえ義良の志を打ち折ろうだなんて、高望みだよ。やり過ぎもいいところだ。いい加減のんびりしたらどうなんだ」

切々懇々《せつせつこんこん》と説かれた。

「ありがとう、豊仁。だがね、決着をつけたいんだ、わたしは」

「決着？　何の決着だ？」

「戦ってきた、ずっと。後醍醐が死んでも戦いはまだ続いている。だから――」

「兄者は生真面目すぎる」

「自分をまっとうしたいだけさ」

「兄者みたいのを生真面目と言うんだ。まったく、そうくるだろうと思ってはいたよ。だから、そんな生真面目な頑固者のために、とっておきのものを用意した」

「何だね」

「中巌円月《ちゆうがんえんげつ》を招いた」

「おお」

中巌円月は臨済宗《りんざいしゆう》の禅僧で、元《げん》に渡って曹洞禅を学び、帰国して臨済禅に転じた。五山文学僧の第一人者としての名声は夢窓や孤峰からもたびたび耳にしていた。

その月のうちに中巌から『大慧普覚禅師語録《だいえふかくぜんじごろく》』の講読を受けた。周囲の目にはこう映じたことだろう、京に戻った法皇は公卿らの挨拶もはねつけ、ひたすら禅の道に邁進《まいしん》している、と。

その間にも、経顕、隆蔭、実継らを召した。これまでのこと、これからのことを語り合った。興仁の重祚については絶望的だということで彼らの見通しは豊仁の見解と一致していた。

「このまま今上陛下を奉戴《ほうたい》して参るのが何より上策です。事を荒立てるべきではございません」

経顕は現状に即して率直に意見を述べ、

「ご立派にお務めあそばしておわします」

と隆蔭は具体例を挙げて保証した。

実継に至っては弥仁の立場に同情的でさえあった。

「突然のことだったにもかかわらず、天皇たろうと、それはご努力なさいました」

興仁も弥仁も、実継にとっては同じ甥だが、とりわけ弥仁は自分が匿《かくま》い天皇位に送り出したという思い入れが強いのかもしれなかった。そうではあれ、わたしの股肱の臣たちが、弥仁の朝廷を支える忠臣として引き続き活躍、奮闘中であるのは嘉《よみ》すべきことだった。彼らにとっては興仁も弥仁も、どちらもこのわたしの皇子であることに変わりはないのだ。

皇統を興仁に、嫡男であり『誡太子書《かいたいしのしょ》』を授けた興仁の皇統をこそと望むのは、わたしの個人的な思いに過ぎないのか――。


翌月、御所に赴き、弥仁と対面した。弥仁は二十歳になっていた。よくぞ立派に成長したものだという、親としての情が真っ先に湧く。

かたや弥仁の態度は慇懃《いんぎん》で、よそよそしかった。父の苦難に対する慰撫《いぶ》の言葉を鄭重《ていちょう》に述べながら、覚えこんだことを諳誦《あんしょう》しているだけという冷ややかな印象を受けた。表情は不安を隠さず、こちらの出方を警戒してさえいるようだった。

それに応じるかのように、即位を言祝《ことほ》ぎ激励するわたしの言葉も、次第によそよそしいものとなった。心がすれ違った父と子の、上辺だけは麗しい、虚しい対面。それに終始した。

重祚の申し入れはおろか皇統の今後についてもわたしは一言だに言及せず、対面が終わった時、弥仁は明らかにほっと安堵の表情を浮かべた。その時、はっきりとわかった。弥仁はわたしを見ていない。幕府に顔を向けている。

重祚の見込みはなくなった、そう興仁に告げやらねばならなかった。気が重かったが、誰に代行を頼めるものでもない。わたしが直接なすべきことなのだ。

興仁は引き続き祖母のもと——伏見殿に起き伏ししていた。持明院殿が焼失したからには、この伏見殿が我が皇統の拠点、つまり正殿である。屋敷の主人は皇統の長たるわたしであって、その嫡男が住まうことに何の不思議もない。伏見殿は仙洞御所ともなったのだ。

重い足を運んで廊下を進むわたしの耳に、興仁の室内から子供の朗らかな笑い声が聞こえてきた。栄仁《よしひと》が遊びに来ていた。興仁の嫡男、わたしの嫡孫は七歳児に成長していた。眉のくっきりと濃い、興仁によく似た顔立ちだが、表情は明るく快活で、笑顔が弾けんばかりだった。

「おじいさまだよ」

興仁が言うと、たちまち正座して、両手を支えて挨拶した。「栄仁でございます」と、はきはきした声で言った。躾《しつけ》が行き届いている。緊張しつつも自然な笑顔が消えないところがいい。孫の相手をする祖父——いい加減のんびりしたらどうなんだという豊仁の言葉が一瞬、頭の中に響く。

「二人だけで話がしたいんだがね、興仁」

「このまま栄仁も交えてよろしゅうございますか。この子にも関係するお話のようですから」

「なぜそうと？」

「父上の如何にも気鬱なお顔を拝見すれば、それぐらいのことは」

「これはしたり。齢のなせるわざかな」

自分の感情を表情に出さぬよう努めてきたのだが。父子の仲であっても。ともあれ興仁のほうから切り出してくれた。わたしはほっとする思いだった。

「栄仁、父はこれからおじいさまと大切なお話がある。おまえはそこで大人しく聞いているのだよ」

「はいっ」

父親の指示に栄仁が素直にうなずく。

祖父、子、孫――この部屋に三代が顔を揃えていることに言い知れぬ感慨があった。皇統は、わたし、興仁、そして栄仁へと伝えられてこそ、との思いが改めてこみあげる。

「すまぬ、興仁」

「何を仰せになります。わたしが重祚する見込みは、もうないということなのでございましょう」

「父もな、治天の君に復帰できぬ身だ」

次の天皇を指名するのは治天の君の権限。それがわたしからは失われてしまっている。

「わかっております」

興仁は静かな口調で続ける。

「ここで殊更《ことさら》に皇位への復帰を申し立て、弟と不毛な争いを演じることにでもなれば、皇統のさらなる分裂を招く――それぐらいわからぬわたしではない。さこそは父上が最も忌むべき事態でありましょうから」

「まさに断腸《だんちょう》の思いなのだ、興仁。皇統の統一に腐心せねばならぬ時に、よもや自分の足元に新たな分裂の種が蒔かれようとは」

「ご安心ください。この興仁、さような見苦しき振る舞いは構えていたさぬ所存です。ただ――」

「……………」

わたしは興仁の言葉を待った。興仁は穏やかな微笑をたたえ栄仁を見やる。柔和に細められた目の奥には強い光があった。

「栄仁には、わたしが自ら『誡太子書』を講読するつもりでおります。他にも、わたしが父上から教えを賜りました一切を」

それは帝王教育を施す――勝手に、私的に――ということである。将来的に栄仁を皇位に即ける意向である、との宣言だった。ではあれ、今ここで栄仁の立太子に向けて尽力を約束してほしいとまではわたしに求めない。口が裂けても興仁は言わない。それすら今は事を荒立ててしまうと承知しているからだ。私的な帝王教育の了承さえ求めることなく、父に一方的に告げやることのみで、興仁は不退転の決意を伝えたのだ。今は時を待つしかなかった。しかし、待っている間も、ただ手を拱《こまぬ》いているわけにはいかないのである。


皇統の重い柵《しがらみ》から離れ、量仁という一人の人間に戻ってみれば、治天の君でなくなった運命よりも、歌詠みでなくなった悲劇よりも、秀子の夫でなくなった喪失感のほうが、わたしには酷《ひど》くこたえた。仮寓《かぐう》する深草の金剛寿院に、正親町三条公秀《おおぎまちさんじょうきんひで》を招いたのは三月六日のこと。五年前――三上皇の拉致後、弥仁の擁立に向けて奮闘する実継は姉を見舞う時間が殆どなく、秀子の最期について彼から詳しい話を聞けていなかった。秀子を看病し、看取ったのは父の公秀だった。公秀は細かに語ってくれた。秀子は臨終に際しても、賀名生にあったわたしの身を案じ続けながら息を引き取ったという。

「最良の生涯だったことでありましょう」

天皇を夫とし、二児ともに皇位に即いた娘の一生を公秀は果報と称して涙を流した。

「いいや、果報者は秀子を娶《めと》ったこのわたしのほうだよ。なぜというに――」

思い出は汲《く》めども尽きず、悲しみも尽きず、時間の経過とともに夜だけが尽きていった。

閏七月二十三日、母が崩御。享年は六十六であった。元気な様子からまだ先だと思っていた。息子のわたしと孫の興仁が戻ってきたことで、不在中に背負わされていた上皇の代役という重荷を降ろした思いだったのだろうか。父が逝き、祖母が、叔父が、そして今また母も。もう上の世代はいない。わたしが天皇家の最年長者になった。世の中は治まっていない。義良親王は抵抗を止める様子を見せず、こちらも新たな皇統分裂が危ぶまれる火種を抱えた。生みの親の死を悲しみつつ、この先にしっかりと視線を据えなければならない。

母の葬儀をすませてほどなく、わたしは豊仁と天龍寺《てんりゆうじ》に赴いた。夢窓疎石の七回忌法要に臨むためだ。法要の導師は、その法統を継ぐ甥の春屋妙葩《しゆんおくみようは》が務めた。予想されたことではあったが、尊氏と義詮も参列していた。尊氏と直義の対決となった六年前、兄弟の和解が夢窓の遺志であった旨を伝えたが、それを尊氏は無視した。どの面下げて参席したか。

会場となった広い堂内で彼我の席は離れていた。妙葩の配慮によるものだろう。こちらには気づいたであろうに、尊氏は視線を合わせようともしなかった。それどころではなかったのかもしれない。遠望するに尊氏は、見るからに病み衰え、臨席するだけで如何にもつらそうだった。往事の精彩は残滓《ざんし》すらも感じられない。法事が終わると、義詮に抱きかかえられるようにして急ぎ去っていった。

その天龍寺が年明け早々に焼失、巨大な伽藍はすべて灰燼《かいじん》に帰した。四月には尊氏がこの世を去った。享年五十四。死因は背中にできた癰瘡《ようそう》であるという。

そして仲秋《ちゆうしゆう》八月も終わろうという頃、わたしが発病した。弟の住まう深草の金剛寿院を出て、嵯峨小倉の光厳院《こうごんいん》という小堂宇《どうう》を新たな住まいとして半年余りが過ぎた頃である。その朝、高熱が出て、布団から起き上がれなくなった。熱は下がらず、九月に入ると人事不省《じんじふせい》に陥った。意識を失っていたのは一昼夜のことで、気がつくと枕頭には豊仁、興仁、それに栄仁の青ざめた顔があった。危篤《きとく》と見られていたらしい。原因について思い当たることは何もなく、

「ようやく疲れが出たんだよ、兄者」

豊仁が言ったが、案外そんなところであったのかもしれない。すぐには床上げとならず、全癒《ぜんゆ》するまでなお一か月を要した。豊仁の言う通りまさに休むべき時だったのだろう。筋肉は多少落ちていた程度で、徐々に鍛錬を再開した。前にも増して頑強な身体が戻ってきた。療養が休息を兼ねたに違いなかった。頭の中にわだかまっていた痼《しこ》りのようなものが高熱で溶かされてしまったかのようで、不思議とすっきりした気分だった。

わたしは光厳院で禅の修行に明け暮れた。禅僧は擬態ではあるけれど、そうと悟られないためにも手を抜くわけにはいかなかった。その一方で伏見殿の手文庫から司馬遷《しばせん》の『史記《しき》』を取り寄せた。今さら古代漢土の歴史を学ぼうという殊勝な心がけからではなく、魯《ろ》の曹沫《そうかい》、呉《ご》の専諸《せんしょ》、晋《しん》の豫譲《よじょう》、韓《かん》の聶政《じようせい》、衛《えい》の荊軻《けいか》、この五人を叙した「刺客列伝《しかくれつでん》」を熟読するためだ。自身をわたしは義良を標的とする刺客に擬《なぞら》えた。標的にどのように接近し、目的を達するか——それが真の課題だった。

かくするうちに二年が過ぎ、四十八歳となった。

尊氏歿後《ぼつご》は義詮が征夷大将軍を襲職するも、戦乱は収まる気配を見せない。特に九州では昨年、筑後川《ちくごがわ》一帯で大規模な合戦があり、義良の異母弟懐良《かねよし》親王を総大将に戴く叛乱軍が、幕府側を撃ち破ったとのことだ。

叛乱軍の攻勢は畿内においても顕著に強まってきた。これに対処すべく義詮は、関東執事の畠山国清ら東国勢を呼び寄せて大軍を編制、自ら陣頭に立ち河内へと出撃していった。半年間かけて各地を転戦し、金剛寺、賀名生、赤坂城ほかの重要拠点を焼き払ったという。義良親王は御座所を観心寺《かんしんじ》に移して無事と聞いた。

凱旋した幕府軍で内紛が起こり、有力武将の仁木義長《にきよしなが》が義詮に叛《そむ》いて義良親王の元に奔《はし》った。畠山国清も京都を追い払われるようにして鎌倉へと戻った。尊氏亡き後も、武将たちの間で熾烈《しれつ》な権力闘争が繰り広げられている。

そのような中、ゆかりの者が次々と世を去っていった。日野資明《すけあき》の弟で、わが院宣を尊氏にもたらした賢俊《けんしゅん》の逝去は、金剛寺から帰洛した年である三年前のことだったが、二年前の十月には中先代北条時行の盟友だった新田義興《よしおき》が武蔵矢口渡《やぐちのわたし》で謀殺されたと伝えられた。かの賢人洞院公賢《とういんきんかた》の死去は今年四月のことである。賢俊は五十九歳、義興は二十八歳、公賢は七十歳であった。

年が改まっても、情勢は依然として落ち着かなかった。

仁木義長に続いて細川清氏《ほそかわきようじ》までもが叛いた。清氏は、持明院殿からわたしを救出するはずだった頼春《よりはる》の甥で、執事の要職にあったが、佐々木道誉《ささきどうよ》の讒言《ざんげん》を信じた義詮に疑われたのだという。義良親王側に寝返った清氏は、十二月になって楠木正儀《まさのり》らとともに京都に侵攻した。義詮は弥仁を連れて近江に逃れた。戦火は、洛中を西に離れた嵯峨小倉までは及ばず、わたしの参禅の妨げとはならなかった。

すぐに義詮が反攻し、清氏、正儀は京都をあっさり抛棄《ほうき》した――またしても。義良軍は京都を占領はするものの、そう長くは持ちこたえられず、あえなく撤退する、その繰り返しだ。これで四度目を数え、もはや恒例となった感すらある。茶番としか言いようがない。しかも次第に規模は小さくなってゆくばかりだ。こんなことをいつまで続けるつもりなのか。かくも愚かなことは、もう終わらせなければならない。焦りにも似た気持ちで、そう強く思う。

清氏、正儀の京都撤退とともに年が明けると、わたしは五十歳——ついに知命《ちめい》となった。天命を知る齢である。かねてより心に秘めていたわが使命をいよいよ実行に移す時が来た。賀名生にて西大寺《だいじ》長老光耀上人《こうようしょうにん》より戒を授けられて十年、天野山金剛寺で孤峰覚明《こほうかくみょう》に禅衣を受けて六年、嵯峨小倉に光厳院《こうごんいん》という自前の小さな堂宇を構えて四年、わたしは誰がどう見ても一禅僧になっていた。今や数名の弟子まで抱える身である。鏡を見やれば、若き日の自分と同じ人物とは思えない飄々《ひょうひょう》とした風貌の初老の男がこちらを皮肉げな眼差しで見つめかえしてくる。

参禅だけでなく山林抖擻《さんりんとそう》の修行も積んでいた。抖擻、あるいは頭陀《ずだ》とも言い、山野に寝起きし、不自由に堪えながら仏道修行に励む。若い頃から筋肉鍛錬を怠らなかった身に、さしたる苦行ではない。ないどころか楽しくさえあった。四百年近く前、藤原兼家《ふじわらのかねいえ》と息子の道兼《みちかね》に欺かれ退位を余儀なくされた花山《かざん》天皇は、出家後に比叡、熊野などの峻険地で山岳修行を積み、その巡礼の行程は後に西国三十三所札所となったことでも知られるが、わたしは花山院に次ぐ歴代二人目の抖擻法皇となったわけだ。光厳院を空けても、法皇はまた抖擻かと誰も怪しまないまでに。

その年の晩秋、弟子の順覚《じゅんかく》のみ連れて抖擻に出た。行く先は摂津の住吉社。義良親王は二年前に河内の観心寺を出て、住吉社の一角を行宮としていた。敵方のそのような情報が筒抜けになっているからには、当然わたしの境遇についても確実に向こう側の知るところとなっていると見て宜しかろう。

義良——。

後醍醐《ごだいご》の七男にして後継者、自ら〝後村上天皇《ごむらかみ》〟を称するわたしの敵。

わたしが戦ってきた対手は後醍醐だった。笠置山《かさぎやま》蜂起に失敗し、代わってわたしが即位。その蹉跌《さてつ》は自滅、自爆だったにもかかわらず、わたしに皇位を奪われたと思ったろう。隠岐を脱出するや、わたしから天皇位を奪い返した。いや、わたしの即位を認めないという驚天動地の所行に出た。わたしは後醍醐に叛いた足利尊氏に院宣を下すことで、彼を再び天皇位から逐った。後醍醐は吉野に逃れ、三年後に崩御。七男の義良が後を継いだとは聞いたが、それだけのことだった。治天の君として京都にあるわたしにとって、辺陬《へんすう》の地吉野に逼塞《ひっそく》する後醍醐の忘れ形見など、ことさら意識しないですむ存在だった。楠木正行が京都を窺った時も、さらには直義が義良に降参した時でさえ、さほど義良を念《おも》うことがなかった。尊氏の裏切りで我が身に火の粉がふりかかって、ようやく思い至ったのだ——義良こそ真の敵であるということに。

父、後醍醐を後継して早くも二十三年。義良の抵抗なかりせば、世の中は今より良からまし、だ。戦乱は常に義良が寝返りの渦を誘発し、裏切り者を引き寄せることで長引いている。今日まで続いている。だからわたしは、治天の君の座にあった者として、義良を倒さなければならない。

尤《もっと》も、武士、刺客のように命のやり取りをするという話ではなく、

義良を言向《ことむ》け和《やわ》す——。

それが自分に課した使命だ。

言葉によって、対話によって、義良を簡単に折伏《しゃくぶく》できるとは寸毫《すんごう》も考えていない。

——そもそも義良に会えたとして、後醍醐から受け継いだ王政復古の志をへし折れるかどうかわからないのだろう。

いつぞや豊仁がそう言い、

——その通りだが、ともかく会ってからの話だよ。

と応えた時と事情は何ら変わっていなかった。禅僧になった今のわたしになら義良は会ってくれるだろうというだけのことだ。

それでも一歩前進はした。抖擻の行脚を一歩、また一歩と踏みしめながら、わたしは未だ見ぬ義良を念《おも》う。その人物像を分析する。

義良はわたしと世代を同じくする。年齢は向こうが十五歳下。今年三十五歳だ。苦労知らずで育った二代目などでは断じてない。父の後醍醐が隠岐から戻って新政を始めると、北畠親房《きたばたけちかふさ》・顕家《あきいえ》父子に奉じられて遠く陸奥国《むつのくに》に向かった。国府と鎮守府《ちんじゅふ》の置かれた多賀城《たがじょう》に入り、東日本を統括する奥羽将軍府《おううしょうぐんふ》を創設するためだ。この時、義良はわずか六歳だった。もちろん、お飾りであり、実質的な手配は親房、顕家らが采配を振るったが、子供ながらこの経験があるとないとでは違う。六歳の頃のわたしといえば、持明院殿で父と母に甘やかされて育っていたのだ。

中先代《なかせんだい》の乱が起き、後醍醐に叛旗を翻した尊氏が京都に迫ると、義良は親房、顕家、結城宗広《ゆうきむねひろ》、伊達《だて》行朝《ゆきとも》らの諸将からなる奥羽将軍府軍を率い多賀城を進発した。これも実質上の総指揮官は顕家だったはずだが、お飾りとはいえ十歳に満たない年齢で遠路の行軍に加わり、尊氏を九州に逐った顕家の傍らで戦場に臨んだことになる。その齢のわたしは、連句を学び、詩作を始めた頃で、仮元服さえ迎えてはいなかった。

十歳の時、後醍醐による尊氏追討の呼びかけに応じ、顕家とともに再度、奥羽将軍府軍を率いて出撃、美濃青野原《あおのがはら》で足利軍を撃破するも、上洛を断念、伊勢に転進し、大和の吉野行宮へ送られた。その後、顕家は転戦の末に和泉《いずみ》堺浦石津《さかいのうらいしづ》で高師直《こうのもろなお》・師泰《もろやす》兄弟に敗れ去り、戦死した。船で陸奥に戻ろうとして暴風雨に阻まれた義良は、父のいる吉野に辿り着き、〝皇太子〟となった。譲位を受けて〝践祚《せんそ》〟したのは十二歳だった。

爾来《じらい》、後醍醐の遺志を継いで抵抗を継続、十一年前、わたしを裏切った尊氏と結んで興仁を廃位に追い込んだ。翌年、男山の石清水八幡宮に行宮を移し、淀川の向こうに京都を臨むも、渡河し得ず、撤退。二十五歳の義良はさぞ無念であったろう。その後は賀名生、金剛寺、観心寺《かんしんじ》、住吉社《すみよししゃ》と行宮を転々として今に至っている。

以上が、わたしが敵とする男の素描《そびょう》である。苦労知らずどころか、苦労しか知らないと言ってよかろう。戦乱の中に育ち、今なお戦乱のただ中にいる。七男として生まれたが、兄たちが軒並み父の野望の犠牲となって消えていったことで、思いもかけず父の後を継いだ。どのような心構えで今なお抗戦を続けているのか。彼の内面に迫ろうとわたしはひたすら想像を巡らせる。

すぐには義良のもとに向かわなかった。あくまでも抖擻の途中、ふと立ち寄ったということにしたかった。秋風に誘われるように摂津難波の浦を過ぎ、紅葉美しい聖峰高野山《こうやさん》へと登り、冬枯れの吉野の奥地を経巡《へめぐ》った。そうして一か月ばかりが過ぎ、京都への帰路という態で住吉に足を踏み入れたのは、寒さが厳しさを増した十一月も半ばの頃である。住吉はかつて墨之江《すみのえ》と呼ばれた歌枕の地だが、歌を失ったわたしには単に敵の所在地、叛乱軍の本拠地という意味合いしか持たない。

辻々の警戒は厳重で、たちまち武士たちに囲まれた。

誰何《すいか》に応えて言った。

「日野中納言にお伝えあれ。賀名生、金剛寺で世話になった光智と申す禅僧が、久闊《きゅうかつ》を叙《じょ》しに参ったと」

住吉社に引き立てられたわたしの顔を、日野邦光はしげしげと眺めた。五年の歳月が過ぎ去っている。一禅僧に成り果てたこちらの変貌ぶりに途惑っているようだった。疑わしげな表情に驚きの色が浮かぶまで、わたしは辛抱強く待ち続けた。

正面に御座所があった。

御簾《みす》は降ろされている。衣冠を正した〝廷臣〟たちが左右に居並ぶ中をゆっくりと膝行《しっこう》した。彼らは一様に敵意のこもった目を向けてくる。こちらも彼らの顔を注視した。何も睨み返そうというわけではなく、義良が素知らぬ顔で紛れこんでいるのでは、と他愛もない考えが頭の片隅を過《よぎ》ったからだ。術策の限りを尽くした後醍醐の息子なのである。そのような奇計を用いないとも限らなかった。しかし、御座所に近づくと、愚かな妄想は霧散した。御簾の内側からは疑いようもなくやんごとなき気配が放たれていた。

所定の位置にわたしは座した。一礼し、口を開く。

「光厳院の光智でございます」

望んだのは二人での対面だが、彼らが強要したのは拝謁だった。一禅僧になら主上が謁見を許してやる、という形式だ。わたしは法皇ではなく、あくまでも禅僧光智としてお目見えしなければならない。形式はどうあれ義良に会うことにこそ意味がある。わたしの望みは叶ったのだ。

「光智上人、何しに参られましたか」

御簾の中からではなく、傍らに座す〝関白〟二条教基《のりもと》の口から、その言葉は放たれた。「上人」の尊号を付したのは、一禅僧という扱いではあれ、〝偽帝〟だったにせよ当の先帝後醍醐がお墨付きを与えた上皇ではある、という立場を憚《はばか》ってのことだろう。教基は、後醍醐に追随して吉野に奔った権大納言二条師基《もろもと》の子で、弥仁の寵臣二条良基とは従兄弟の間柄になる。

「宿望したる御意を得て、恐悦至極に存じまする。拙僧は今年、五十歳の知命となり申した。敬愛する我が叔父花園院も、先の後醍醐帝も、どちらも同じく五十二歳で崩御なされた。ひょっとして拙僧もと思えば、残された時間は余りに少ない。拝顔の栄に浴さばや。――人の情でござろう」

ここまでは、取次役の日野邦光にも告げたことだった。

「かつは、此度《こたび》の抖擻の途次、吉野の御陵《ごりよう》に参りましたれば、それなるご報告も兼ねて――」

御簾が微かに揺れた。教基は声を呑んだ。ざわめきが〝廷臣〟たちの間に起きた。このわたしが後醍醐の陵に詣でたのが、彼らにはよほど意外であるようだ。衝撃でさえあったらしい。あるいは許せないというのか。鋭い視線が矢の束となって背中に突き刺さるのを感じた。

「吉野の御陵にお眠りあそばす主上の父君と、拙僧の父とは又従兄弟同士の間柄なれば、その縁にて参拝いたせし次第でございます。いや、拙僧自身も先帝とは浅からぬ因縁を結んでおりますること、主上におかれましても先刻ご承知でありましょう。伝え聞くところでは、かの西行法師が讃岐白峰陵《しらみねりよう》を訪ねた際、崇徳院《すとくいん》の亡霊が現われ、深い恨み言を縷々《るる》述べたとか。されば、大和吉野陵を訪ねし拙僧の眼前にも先帝が――と身構えましたが、さような異変は起こりませなんだ。夜は深まり、風もなく、深閑《しんかん》と静まりかえり、すべては闇に沈み、御陵の形も定かならず、頭上に冷え冷えと星が輝くばかり。拙僧は泉下の先帝に呼びかけました――」

教基の口が開きかけたが、言葉は発せられなかった。わたしは先を続けた。

「地獄を二度も見た――拙僧をそう呼ぶ者がおります。先帝、あなたに味方した足利尊氏の裏切りで蓮華寺《れんげじ》の大惨事のただ中に放り込まれ、皇位を剝奪《はくだつ》されたのが一度目の地獄。あなたのご子息に味方した足利尊氏の裏切りで治天の君たるを剝奪され、賀名生、金剛寺で虜囚の五年間を送ったことが再度の地獄。地獄を二度も見た天皇、しかしそれはわたしだけではない。先帝、あなたも二度、地獄をご覧になっておいでだ。一度目は笠置で志が破れ隠岐に流されたこと、二度目は足利尊氏の裏切りで新政の夢が破れ、吉野に逃れたこと。どちらもあなたにとっては地獄以外の何物でもなかったことでありましょう。ゆえに、地獄を二度も見た天皇などという特権的称号は拙僧の独占物ではないのです。いいや、わたしたち二人だけの独占物というわけでもない。人間、誰だって生きていれば自分なりの地獄を一度や二度は経験するものだ、ということが、わたしにもわかる年齢になった、ということでもある。天皇とて例外ではない。そして地獄を二度見ようが三度見ようが、そんなことは天皇だったわたしたちには問題ではない。戦乱でこの世を地獄にしている責任、民に地獄を見せている責任、それは天皇だったわたしたちが負わなければならぬ——大切なのはこのことです」

御簾の向こうで、息を詰めている気配が感じられる。

「先帝、拙僧は勅撰和歌集を編みました。『風雅《ふうが》和歌集』、そう題しました。雅の文字を入れたのは、地獄を雅びで包めという祖母の教えに従ったものです。その中で、あなたの歌とわたしの歌を並べ置きました。意図してそうした。あなたの歌は——覚えておいでてでしょう、これです。

——をさまれる跡をぞしたふおしなべてたがむかしとはおもひわかねど

治まれる跡をぞ慕う、誰が昔とは思い分かねど。——つまり、世の中を安らかに治めていた古《いにしえ》の聖代の跡を慕うというのがあなたの姿勢です。前代の天皇をこそ模範にするのだとの高らかな宣言です。範は古にあり、と。そのあなたの歌に続けて、わたしは自分の歌を並べました。

——をさまらぬ世のための身ぞうれはしき身のための世はさもあらばあれ

あなたは『をさまれる』と歌い始め、わたしは『をさまらぬ』とした。治まっていた古の理想を慕うあなたと、治まっていない今の現実を直視するわたしとを対比したのです。あなたとわたしの違いはここにあり。その——」

言葉を切ったのは、教基がわざとらしい笑い声をあげたからだ。

「治まらぬ世のための身ぞ憂わしき、か」

あからさまな冷笑だった。

「何かと思えば、我が身を憂い憐れむ自己憐憫《じこれんびん》の歌ではおじゃりませぬか。さぞ憂わしいことでありましょう。古の聖帝たちを追慕し、その聖代に倣わんとお歌いあそばされた先帝の御気概、気高き志とは、ふふ、これはもう比較になりませぬのう」

背後でも笑い声がさざ波のように広がる。

「教基」

御簾の中から声がかかった。

「二句切れぞ」

「は?」

するすると御簾が巻き上がってゆく。

まばたき一つの後に、わたしたちは何の隔てもなく直に対面していた。かくもあっさりと、実にあっけなくも。

義良は黄櫨染《こうろぜん》の袍《ほう》に身を包み、垂纓冠《すいえいかん》をかぶった正装だった。垂纓冠の下は目を疑わんばかりの完全な白髪に変じている。

「…………」

「…………」

しばらくの間、無言の時間が流れた。言葉を交わすことなくお互いを見つめ合う。彼はどのような思いでわたしを凝視しているのであるか。その目にわたしはどう映っているのか。なぜこの期《ご》に及んで顔を合わせる気になったのか――。

わたしはわたしで、彼の繊細な顔立ちの中に後醍醐の面影を追おうとした。引き締まって、精悍《せいかん》で、今にも紫電を発しそうな眼をしていた希代の龍顔《りようがん》を。しかし義良は父にあまり似ていなかった。傲慢《ごうまん》と不安が同居した表情だった。待ちに待った敵の顔をついに見ることができたという感慨は不思議と湧いてこない。それどころか、思いがけずも義良の顔に弥仁の顔が重ね合わさり、そのことにわたしは狼狽《うろた》え、動揺した。

「――続きを、御坊《ごぼう》」

義良にうながされ、気を取り直す。

「さよう、先帝と拙僧の違いでしたかな。その先はこう申し上げたのです。先帝、あなたは古の聖帝を範にしようとなさった。だが、もう時代が違う。違う時代に古と同じことをすれば、当然軋轢《あつれき》が生じ、軋轢は戦乱を招き、この世は地獄となる。徒《いたずら》に古の聖帝を追慕し、真似るのではなく、今の世の、この先の世の、聖帝のあり方を考えなければならない。それが天皇としての責務ではないでしょうか。生きているうちに、あなたとこの話をしたかった、と」

「泉下で父はさぞ不興であったろうな」

「ならば、先帝を継いだご子息と話せませぬかな、今この場で」

せめて『誡太子書』の精粋なりとも披露に及びたかった。学問天皇のありようを。

白霜を戴く頭が横に振られた。

「御坊がよい見本ではないか。この先の世の聖帝のあり方を考えた結果が、つまるところ禅僧となれば、話す値打ちもない。朕は父の遺志を継ぐ者なり。どこまでも、治まれる跡を慕って参る所存。光智どの、墓参、大儀であった」

御簾が下げられた。上がった時と同じく、唐突に。かくもあっさりと、実にあっけなくも謁見は、終わった。

「お見送りいたさん」

声に振り返ると、義良であった。あと少しで住吉社の境内を出るところだ。目の前に大鳥居が迫っている。従者の順覚が、わたしたちを二人だけにすべく、その場をそっと離れていった。義良の後方には、彼を追って小走りに駆けてくる公卿たちの姿が見える。

「あれなる者どもは、朕が量仁《かずひと》どのと話すのを喜ばぬのです」

その言葉で、大方の事情は察せられた。さすれば臣下の意に逆らって義良がここまで来たのは、恩讐《おんしゅう》を越え、同じ皇族としての血のなせるわざであったに違いない。義良とわたしは、高祖父を同じくする血族なのだ。同じ血が、義良を駆り立て突き動かした。

「一つだけ――一つだけ、どうしてもお聴かせ願いたいことがあって」

先ほどとは打って変わっての懇願口調だった。

「何なりと、義良どの」

「天皇とは、何でありましょうや」

叫ぶように義良は言った。

わたしは微笑が浮かぶのを禁じ得なかった。

「その昔、そなたの父上に同じことを訊いたものだ」

義良はうなずいた。

「父から聞いております。日本国のあるじだ、そう答えたということも。朕は、量仁どのの答えが知りたいのです」

「さても――」

頭を巡らした。予期せぬ突然の問いだ。だしぬけにもほどがあろうその問いを、しかし後醍醐はあの時、即答してくれた。なあんだ、そんなことかと言わんばかりに。天皇とは日本国のあるじなり――彼にとって自明の理であったろう。今度はその息子が、時空を超え、今わたしの答えを欲している。どうしても知りたいと言う。なぜだ。単なる好奇心からか。父の答えには飽き足らないのか。

いや、こちらがまず先に答えるのが順序だ。さても、さても――わたしにとって天皇とは何だろう。何だったのだろうか。

義良が焦るように背後に目を呉《く》れる。公卿たちは近づいていた。もう先頭の顔が二条教基だと見分けがつく。

「痩せ我慢だな」

咄嗟《とっさ》にその言葉が口を衝いて出た。言った当人が驚いた。答えになっていないのではないか。いや、間違ったことは言っていない。わたしの本意、本音である。だが、義良に伝わっただろうか。去《い》なされた、あしらわれたと思わなかったろうか。

驚くなかれ、伝わっていた。義良の表情が崩れ、今にも泣き出しそうになっている。

「主上」

追いついた教基が叱責めいた声を浴びせた。

「泣くな」

わたしは顔を近づけ、耳元でささやいた。

「痩せ我慢と言っただろう」

「主上、お慎みを。かようなことをあそばしてはなりませぬ」

教基が言い募る。

義良は歯を食いしばった顔になった。

「拙僧は近く洛中を出る心づもりでおります」

教基の手前、わたしは言葉遣いを改めた。

「丹波《たんば》の山奥に適当な小寺を物色中ですので、いずれはそこへ――。気が向きましたら、ぜひ足をお運びあそばしませ」

「戯《ざ》れ言はお控えあれ」

教基は大きく舌打ちした。強引に主君の前に出てわたしとの間を隔てると、憤然とした顔を向けた。その姿は威嚇する痩せ犬を思わせた。

「さあ、どうぞ早々にお立ち退《の》きを」


嵯峨小倉の光厳院に帰り着いた時は、季冬十二月になっていた。年齢のせいか寒さがことさら身に沁《し》みる。

成果はあったのだろうか、と繰り返し自問してみる。義良とその〝朝廷〟のありようを、一端、一瞬なりとも垣間見《かいまみ》ることができたのは収穫だった。年月をかけて入念に一禅僧に身を窶《やつ》したからこそ成し得た首尾ではある。義良の置かれた立場もある程度は推測がついた。

しかし、所期の目的だった、義良を言向け和すということが成し得たかと言えば、どうにも心《こころ》許《もと》ない。時間にしても内容にしても、あの程度の対話ごときで義良の心の梁《はり》をへし折れたはずがなかった。成程《なるほど》、双方の心が通い合ったかに思える瞬間もなくはなかったが、それとて束《つか》の間のことに過ぎず、わたしだけの一方的な思い過ごし、希望まじりの前のめりな思い込みと言われたら、もうそれまでだ。

では、まったくの徒爾《とじ》だったかと問えば、そうとも思えない。

――朕は父の遺志を継ぐ者なり。

義良はそう言った。その闡明に偽りはないだろう。この先も彼の姿勢が揺らぐことはなかろう。継ぐ。継ぐべきもの――。

わたしには叔父から託された『誡太子書』がある。すでに興仁には受け継がせた。この先もさらに代々の天皇が受け継いでゆくことになるのを切望している。だからこそ当今《とうぎん》の弥仁が受け継いでいないのは遺憾千万なのだ。

翻って、義良はどうであろう。

――朝敵を亡して、四海をして太平ならしめんと思ふ
それが義良の継ぐべきものだ。父後醍醐帝のその激烈な遺志を、呪いを、今度は自身が父として我が子に継がせるだろうか。なぜかその可能性は低いように思われた。何の根拠もないが、そう思われてならない。わたしがへし折らずとも、義良の心は半ば折れかかっているのではないか。白髪にして涙眼の義良をこの目で見ての直観だ。あれこれ言葉で理由を説明することは難しい。

とまれ、わたしにできるのはここまでだった。もう区切りをつけてもいいだろう。やるべきことはやった。やるだけのことはやったのだ。義良のことで思い煩うのはやめにしよう。

それにしても、初めて見た義良の顔に弥仁を重ね合わせてしまったとは、一体どういうことなのだろうか。泣くな、と声をかけた時、同じ血族という紐帯《ちゅうたい》の思い以上に、何やら父親めいた感情で義良に接していた。

考えてみれば、義良と弥仁の立場は似ていなくもない。どちらも嫡男ではなく、その即位は流動的な状況のしからしめる偶然の所産だった。義良は十二歳、弥仁は十五歳で天皇になった。若年の未熟者が親政を余儀なくされる。父親と接していた時間が短いという点でも共通している。京都から切り離されて在る義良は、父後醍醐の熱烈な支持者である遺臣たちに取り籠められ、弥仁は在京するものの、治天の君だった父親から切り離され、幕府に取り込まれてしまっている。

いいや、切り離されたのは、わたしのほうか――。

深く重い溜め息が出た。

避けるわけにはいかないようだ、弥仁との対決を。

五十一歳になった。

盟友の仲時を喪《うしな》った近江番場蓮華寺の惨劇から三十年目の年だ。それほどの歳月が過ぎ去ったとは我ながら信じられない。三十年か。治天の君として、治まらない世のために身を捧げてきたつもりが、結果として、歌を失い、息子の弥仁から切り離され、政治的に何の影響力も持たない無用の存在として洛西嵯峨小倉の片田舎で生き延びる一禅僧に成り果てたとは。後醍醐と戦い、尊氏と渡り合い、義良とも勝負した。最後の最後に待っていたのが、何と我が子との対決である。意《おも》わざりき、息子との対決が我が人生の総決算になろうとは。

春麗の光が淡々と目にやさしい一日だった。わたしは禅僧の身なりのままふらりと宮中に入ってゆき、今上と対面した。久しぶりに相見《まみ》える弥仁は貫禄を増していた。二十六歳、皇位について十一年になるのだ。父を迎え入れる所作にも余裕があった。若さ漲《みなぎ》る風貌からは、かつて翳《かげ》っていた神経質そうな不安の色など一掃されている。

「なすべきことをなし終えたゆえ、京を遠く離れ、一介の禅僧として生涯を閉じようと思っている。いろいろ探していたが、丹波の山中に適当な小宇が見つかってね。今秋にも居を移そう。それを告げに参ったのだ」

「さようなお心づもりでいらっしゃるということは人づてに聞いておりましたが、よほどのご覚悟、ご決心かと感じ入ります。父上、寂しうなりますするな」

そつなく言う。本心か、世辞か。それを表情に見せない器量まで身につけているのは、心強いと言えば心強い。

「それにつけても心残りなのは――」

「はい」

弥仁は鷹揚《おうよう》に目を細める。父が何を言うか見当がついていように、不安の翳《かげ》りも刷《は》かなければ、身構えようともしない。

「皇太子不在のことだよ。都を去る前に父を安心させてはくれぬかな、弥仁。おまえの甥、栄仁を立坊《りつぼう》させることで」

「そのことでしたら、わたしも考えぬではありません。なれど、さほど緊急の課題というほどのものではございませぬので」

「緊急ではない？」

「はい。まずは、わたしが善政を敷き、この治まらぬ世の中を安定させることが先決です。それからでも遅くはありますまい」

「東宮の座が十一年も空位なのだ。あってはならぬことだが」

「ご覧の通り、わたしはまだ若い。これからも長く天皇として世を治めてゆくつもりです。父上、戦乱は次第に去りつつあるとはお思いになりませぬか。叛乱軍の京都侵攻は二年前の細川清氏主導のものを最後に絶えております。その規模たるや、取るに足らぬほど小さなものでした。直ちに蹴《け》散《ち》らされました。叛乱武将の帰服、討滅《とうめつ》の動きも相次いでおります。大内弘世《ひろよ》がこの春、帰順いたしました。山名時氏の降伏も近く許される見込みです。わたしを京都から逐った細川清氏は昨年、従兄弟の頼之により讃岐白峰の合戦で討ち取られました。これぞ幕府が武威、武力に盤石の重みを加えつつある何よりの証左。盤石というなら、わたしだってそうです。四年前、父上もご存じのように『新千載《しんせんざい》和歌集』を編みました。来年にはさらなる勅撰集をと考えております」

わたしは苦いものをこらえてうなずいた。弥仁は撰者に二条為定《にじょうためさだ》を擢《ひきぬ》いたのだ。人もあろうに、かつて後醍醐が下命した『続後拾遺《しょくごしゅうい》和歌集』の撰者を起用した。当然、最多入集歌人は為定の祖父である為世《ためよ》となった。為世は、我が祖父つまり弥仁にとっては曾祖父にあたる伏見院の『玉葉《ぎょくよう》和歌集』の編纂を妨害しようとした張本人である。弥仁は、曾祖父が京極為兼と創造した詠みぶりを弊履《へいり》の如くに棄て去り、伝統的な二条派の歌に回帰した。いや、帰服、帰順したと言うべきか。それは『風雅和歌集』を編んだわたしへの背叛に他ならない。

「惜しいことに為定が亡くなりましたので、今度は従兄弟の為明《ためあき》を撰者にと考えております。わたしはやりますよ、父上。勅撰和歌集の編纂こそは天下太平の証でなければなりませんから」

意気込みを見せているが、その実、こう言っているに等しい。

——父上から学ぶものなど何もありませぬ。

——受け継ぐものだってないのです。この天皇位もそうだったではありませんか。

——そんなわたしですから、わたしなりのやり方でやってゆきます。悪しからず。

——それが何か？

わたしは努めて穏やかに言った。

「おまえの手腕は認めているんだよ、弥仁。何もない状態からよくぞここまで務めてきた。父として何の力にもなってやれなかったことを恥ずかしく思う」

「何を仰せになります。父上不在の京都を衛《まも》らねばと、弥仁はただただ精一杯だった、それだけにございます」

「そのうえで言うのだがね、父が案じるのは皇統の分裂なのだ。かつて――」

「興仁の兄上を後深草院に、このわたしを亀山院にお擬《なぞら》えあそばしなのですね」

弥仁はこちらの口を封じるように先回りした。

「ご懸念には及びませぬ。後深草流と亀山流に皇統が分裂したことこそが今日の戦乱を招いた遠因であること、このわたしとても重々承知しております。その愚を繰り返すつもりは金輪際ございませぬ。分裂は断じてさせませぬ。どうか心おきなく丹波へお旅立ちあそばされますよう」

「…………」

どう分裂させぬというのか。我が嫡孫の栄仁を立坊せず、つまり次の天皇にはせず、己の子孫に皇位を継がしめてゆけば、それはそれで皇統の分裂を回避したという名分は立とう。四年前、弥仁は典侍《ないしのすけ》の広橋仲子《ひろはしなかこ》から緒仁《おひと》という嫡男を得ている。ここで思い起こされるのは、またしても後醍醐の所行だ。後醍醐は一代限りの中継ぎ天皇という条件下で即位しながら、亡き兄帝の子である皇太子の邦良《くによし》親王に譲位しようとはしなかった。

よもや弥仁はそれに倣うつもりではあるまいか。訊きたいのはそれだが、単刀直入に問うには生々しすぎ、また問うたとしても素直に答えてもらえる性質のものでもあるまい。まして言質《げんち》、証文を取るなどとなると、事を荒立て、さここそ逆に分裂の火種ともなりかねない。わたしが恐れるのはそれなのだ。

「我が叔父のことは知っていよう。わたしが生まれるまでの一代限りの天皇として践祚した。我が弟豊仁だってそうだ。興仁がまだ幼かったので、成長するまでの一代限りの天皇として登極してくれた。おまえも――」

「興仁の兄上を先帝といたしますこのわたしも、大叔父花園院さま、豊仁の叔父さまと同じ立場にあることは重々弁《わきま》えております」

「ならば栄仁の立太子を――」

「ああ、これほどまでに言葉を尽くしてもまだご納得いただけませぬか。弥仁は嘆かわしうございます。わたしは譲位の詔《みことのり》もなく三種神器もないという異例異形の即位を余儀なくされました。それがゆえに正当性を疑われ、廷臣たちに見くびられ、軽んじられ、疎《うと》んじられてきました。劣等感を抱かされ、彼らの陰口、冷笑、蔑視に耐えつつ、皇統を絶やすまじ、父上不在の京都を衛らずにはおかじと、未熟で不甲斐《ふがい》ない自分を励まして今日まで天皇としてやって参りました。再度、勅撰和歌集を編纂するまでに漕ぎつけたのです。もしここで甥の栄仁を皇太子につければどうなります。わたしの立場はなくなってしまう。十年余りの歳月をかけてわたしがようやく回復させた天皇の権威、積み上げた実績、育ててきた求心力といったものは、瞬時に失われてしまいます。最終的に失われるのは安定なのです。だからこそ、今はまだ栄仁の立坊は時期尚早だと考えるのです」

弥仁は大熱弁を振るった。目にうっすらと涙を盛り上げて訴えた。泣き落とし。それに対し、どんな言葉を返せたろうか。中継ぎの分際を外れているという一点を除けば、弥仁には弥仁の言い分があり、それは誰が聞いても正当なものと思うだろう。

わたしの完敗だった。最後の最後に我が子に競《せ》り負けた。わたしは老いた。弥仁のほうが一枚上手だった。

「おわかりいただけましたか、父上」

「わかった」

わたしは短く応じた。弥仁は栄仁に譲位する気の寸毫《すんごう》もない、それがわかった。

「ご懸念には及びませぬ」

興仁は興仁で、弥仁と同じことを言う。

後日、わたしは伏見殿に赴き、弥仁との対話をあらまし興仁に告げた。それに黙って耳を傾けていた興仁の第一声だった。

「父上が存命中は、弥仁は皇太子問題に手をつけぬつもりでしょう」

「わたしが死ぬのを待つわけか」

「次なる天皇の候補は、わたしの栄仁か、向こうの緒仁か、二人に一人。裁定は当然の如く、幕府に委ねられましょう」

「そうなろうな」

苦いものがこみ上げる。幕府が天皇を決める。これぱかりは鎌倉に幕府が置かれていた時と変わらない。もっとも、幕府に裁定を委ねるわたしたちに隙があるのだ。

「弥仁は幕府に擁立されました。弥仁有利にことが展開するのは目に見えています。わたしが必要以上に騒ぎ立てれば、かつての後深草院と亀山院の再現となるは必至。よって、わたしは誓ってそのような振る舞いは慎みましょう。ご懸念無用とは、この意にございます」

「指を咥《くわ》えて引き下がると？」

「ねえ、父上」

興仁は微笑し、わたしの思いも寄らぬことを口にした。

「お気づきではございませぬか。こうと決めたらやり抜かずにはおかない一途で頑固なところといい、良い意味で術策に長《た》けていて人の意表を衝くところといい、弥仁は兄のわたしなどより、よほど父上に似ておりますよ」

返す言葉が見つからないわたしから、祖父と父のやりとりに黙って耳を傾けている栄仁に柔和な目を注いだ。

「指を咥えて引き下がるのか、とのお問いでしたね。そう、何と申しますか——引き下がるというのでもありません。こちらは正真正銘の嫡系、嫡男家ですからね。嫡男家は嫡男家として由緒正しき嫡系を引き継いでゆく使命がございましょう。

——宗廟祀を絶たざるは宜しく太子の徳にあるべし……不孝の甚だしきは祀を絶つに如《し》かず。慎まざるべけんや、恐れざるべけんや。

わたしは今、栄仁に『誡太子書』を手ずから教え、帝王教育を施しておりますが、いずれ栄仁が同じことを自分の子に、その子がさらに己の子にと受け継いでゆくこととなりましょう。頼んだぞ、栄仁」

「はい、父上」

栄仁が神妙かつ決意をにじませて答える。

「それぞ」

わたしは手を打った。

天皇位の相続は父子間が原則であるが、何らかの事情により系統が途絶することもないではない。近くは、後鳥羽、土御門《つちみかど》、順徳《じゅんとく》、仲恭《ちゅうきょう》と続いて承久《じょうきゅう》の大乱により断絶した例だ。後を継いだ後堀河《ごほりかわ》天皇は、後鳥羽の同母兄守貞《もりさだ》親王の子で、僧籍にあったのを鎌倉の幕府が強引に還俗させて即位させた。まだ十歳と幼かったため、我が子を後見すべく、同じく僧籍にあった父の守貞親王が太上天皇の尊号を贈られて法皇となり、皇位を踏まぬまま院政を敷くという、異例といおうか、もはや異常にもほどがある展開となった。

遠い例を持ち出すなら、平安京を築いた桓武大帝の孫の仁明《にんみょう》天皇から文徳《もんとく》、清和《せいわ》と続くも、次の陽成《ようぜい》天皇の〝乱行〟で廃位、断絶し、文徳帝の弟が五十五歳の老齢で即位する。その七男は臣籍降下し源《みなもとのさだみ》定省を名乗っていたが、父光孝《こうこう》天皇が皇太子を立てぬまま危篤に陥ったため、後に関白となる藤原基経が急遽かつ強引に親王に復籍、践祚させた。宇多天皇である。

事情はどうあれ見苦しい即位であることには間違いない。わたし、興仁で途絶えた嫡系をはしくも継ぐことになった弥仁とて、その例に洩れるものではないのだ。

興仁が言うように、帝王教育を連綿と受け継ぐ皇統が予《かね》て備えて存続すれば、何かあった際には正統的に交替できるというもの。いわば常備の準天皇家、予備天皇家とでもいうべきものだ。

わたしは置文《おきぶみ》を作成した。屋敷の伏見殿をはじめ父後伏見《ごふしみ》院から相続した財産は悉《ことごと》く興仁に継がせる旨を明記した。興仁は嫡男なのである。すべては興仁が相続すべき筋合いのものだった。弥仁は今の天皇だが、天皇家のあるじは依然としてこのわたしだ。弥仁に口出しはさせなかった。伝来の文庫も一切を興仁に譲ることとした。以上、これこそは天皇家の嫡流が興仁、栄仁の系統にあることを天下に示すお墨付きともなる措置だった。

七月二十二日、春屋妙葩を大光明寺の住持とし、母の七回忌法要を営んだ。早いものだ。母の死から、すなわち幽囚先の河内金剛寺より京都に帰還してから、六年も過ぎていた。春屋は再建され

しい。

以上で、俗世でのことはすべてなし終えたようである。わたしにできるのは、ここまでであるらしい。

八月二日、秀子と実継の父、正親町三条公秀《きんひで》が薨去《こうきょ》。葬儀に参列した。

た天龍寺の住持となることが決まっている。

住吉で義良に告げ、内裏で弥仁にも言った通り、丹波の山奥に終《つい》の棲家を見つけていた。法皇として京都に居残れば未練は消えない。何かと俗事にも煩わされることが少なくなかろう。このうえはきれいさっぱり一切のこだわりを棄てて隠棲《いんせい》したかった。

各地を抖擻し、丹波国山国庄に適当な小宇が見つかった。洛北の仁和寺《にんなじ》辺りから北山に分け入り、神護寺《じんごじ》を過ぎて、さらに北へと向かう。清滝川《きよたきがわ》の清流沿いに九十九《つづら》折りの山道を登り、幾つも峠を越える。もはや完全に山の奥だ。さらに先を進めば若狭小浜《わかさおばま》へと出るが、周山《しゅうざん》という集落で東に折れる。この辺りは山中の盆地で、穏やかな低山に囲まれている。大堰川《おおいがわ》を併行してゆけば、やがて寺山と呼ばれる小山の中腹に成就寺《じょうじゅじ》という名の小さな寺があった。

寺と言ってもすでに廃寺になって久しかったが、その落魄枯淡《らくはくこたん》のたたずまいが気に入り、ささやかながら手を加えて住持することにした。順覚ら数人の弟子を連れ、嵯峨小倉の光厳院から遷り住んだのが仲秋はじめの頃である。寺名は改め「常照寺《じょうしょうじ》」とした。この寺名に込めたわたしの真意に気づく者は、天下広しといえど、おそらく誰一人いまい。あるいは洞院公賢あたりになら見抜かれたかもしれないが、彼は三年前にこの世を去っている。

——国常立神

——天照大神

『日本書紀』の記す天地開闢《かいびゃく》の根源神と、高天原《たかまがはら》の主神にして皇祖神、その二柱の神の二文字目を組み合わせたものだ。すなわち常照寺は仏教の寺であって仏教の寺であるのみに非ず、神代からの皇統を継いだわたしの終の棲家という意味なのである。

とはいえ、わたしは禅に入れ込んではいた。禅は超越的な神の如き仏など措定しない。自力で仏に成るを目指すものだ。その仏というのも、超越的な神の如き存在ではなく、あらゆる執着から自由になった形態である。これならば神の末裔《まつえい》であると禅徒たるとは両立し得る。

そして——。

今さら仏になろうがなるまいがどうでもいいことだ、ただ執着から自由になれればそれで結構だと考えていたから、わたしは仏になるという執着からも自由でいられた。これぞ悟りの境地に近からずして遠からずというものではなかろうか。

常照寺では無範《むはん》和尚と称した。後醍醐は古の聖帝に範を求めたが、もはや範を求めるという執着をも顧みはしない身だ。

とはいうものの、執着からは完全に自由になれなかった。天皇として、治天の君として、戦乱を治めることができなかったという生涯の悔い、心の染みともいうべき無念の思いは、拭い去れなかった。絶えずつきまとった。治まらぬ世のための身を、後はこの山間の地で朽ち果てさせてゆくだけなのか、本当にそれでいいのか、ほかになすべきことがあるのではないか——そうした自問から自由ではなかった。

だからこそ禅を必要とし、参禅に打ち込んだのかもしれない。

禅室を「碧巌《へきがん》」と名づけたのは『碧巌録』にちなむ。

——猿、子を抱いて帰る青嶂《せいしょう》の裏《うち》

――鳥、花を啣《ついば》みて落つ碧巌の前
なぜかこの対句に心を慰められた。
すぐに秋は過ぎ去り、冬が到来し、丹波の山中は深い雪に閉ざされた。雪は自分の色を持たない。白く清らかな静寂の中に安らぎがあった。賀名生での無為の日々が頻《しき》りと思い出される。我が意志に反して連行され、幽閉された深山の奥地、思い出したくもなかった忌まわしい日々の記憶が、不思議と穏やかに懐かしまれるのはなぜなのだろうか。かつては好んで冬の歌を詠んだ。わたしにもう歌は要らない。自然とともにあるだけで、自然と一体化しているだけで満足だった。

年が明ければ五十二歳。叔父花園院、宿敵後醍醐帝が世を去った年齢にわたしも達した。視力に多少の衰えを感じ、時に筆が乱れることはあっても、まだまだ身体は頑健で、筋肉鍛錬も怠りなく続けられる。

雪が溶け、幾筋もの清流となって大堰川に注ぎ込み、山々に緑が芽吹き、花が咲いた。何と里人がわたしの法話を求めて常照寺を訪れるようになった。村の子供たちが遊び相手を欲して小雀の群れのように出入りするようになった。何とありがたいことだろう。わたしは努めて、心から、仏の功徳《くどく》を彼らに説き、体力の続く限り村童たちとの遊びに打ち興じた。こちらが心底楽しまなければ、子供たちは満足してくれなかった。

京都とは手紙の遣り取りを続けていたが、ここは遠隔の地、それも深山の中とあって、さすがに訪れて来る者はいなかった。仲春二月、四条隆蔭がやって来たのが最初である。

「髪を下ろそうと思いまして――」

わたしを戒師に出家したいと言う。そのためだけに遠路山道をものともせずに訪ねてきたのだった。わたしより十六歳年上の隆蔭は六十八歳だ。

「そなたの齢で、ここまでの道中はさぞ辛かったであろう。戒師を求めるなら、洛中には名僧高僧が綺羅星《きらほし》の如くだろうに」

隆蔭ほどの権臣であれば選び放題のはずである。

「院を措《お》きまして、何者の手で落飾などいたしましょう。千里の道も遠しとせずです」

わたしの手で髪を下ろして満足げな隆蔭と、夜が更けるのも忘れて語り合った。三十一年前、わたしを衛って番場蓮華寺まで供をした七人の公卿のうち、生きているのは勧修寺経顕と隆蔭の一人だけになっていた。十二年前、豊仁、興仁と義良陣営に連行される前日、万難を排して持明院殿に駆けつけてくれた前後のことなど、改めて詳しく聴き入った。

「人の一生は何と長く、そして何と短いものでございましょう。院にお仕えして、力及ばずながらも新しい時代づくりに参じられたことは、それがし生涯の誉《ほま》れでございます。ありがとうございました」

そう言って破顔した隆蔭は、翌日、さっぱりとした態で、ずっと以前に出家したかのように板についた僧体で常照寺を後にした。――一か月後、訃報《ふほう》が届いた。


次なる訪問者は正親町三条実継だった。

「これはまた何というご不便な地にお住まいあそばします」

季夏六月なかば、残暑の盛りで、白い入道雲が盆地の低山を圧しつぶさんばかりに湧き立ち、地面に伸びた影は焦げ跡のようにくっきりと黒い。実継は気息奄々《きそくえんえん》、滝の如く流れ落ちる汗を拭きふき常照寺の門前に立った。随身《ずいじん》たちも全身汗まみれだ。わたしと同い齢の実継は、五十二歳になってもこれまで通りの体型を維持していた。その鞠《まり》のように丸々とした身体でここまで来たのだから大変だったろう。

実継は一人ではなかった。

「おじいさま――」

栄仁が、やや恥ずかしげな、緊張した顔で進み出た。一年ぶりに見る孫は背丈が伸びていた。

「無理を言って大叔父さまに連れてきていただきました。お邪魔ではありませんか」

「興仁がおまえを遣わしたのかな？」

いいえ、と栄仁ははにかみつつ首を横に振る。

「わたしのほうから父上に願い出たことです。おじいさまのところへ是非ゆきたい、と」

「で、それがしがお供を仰せつかった次第で」

息も絶えだえに横から実継が言った。


まずは庫裏《くり》の横で行水《ぎょうずい》をさせた。

栄仁は十四歳になる。その裸身はほっそりとしながらも少年らしさを脱しかけ、薄く筋肉が盛り上がってもいる。訊かずとも父の興仁に倣い日々鍛錬をしていると察せられた。

「さあ、大叔父さま、お供のお礼に、栄仁がお背中を流して進ぜます」

「こ、これは親王さま、恐れ多いことでございます。それがしのほうこそ」

「わっ、山の中の水って冷たいんだね」

二人は仲良く水を互いの身体にかけ合う。

その特異な体型上、実継は自分の背中に手が届かない。太っているのではなく、膨脹《ぼうちょう》していると表現したほうが正確だろう。肉は少しの弛《たる》みもなく内側から張力を以て膨らみ、肌には張りがあって老い皺の一本だにない。栄仁が大叔父さまと言った通り、実継の亡き姉秀子が栄仁の祖母に当たるわけだが、こうして年齢も体型も違う二人の血縁者が嬉々として水を使っているのを眺めるのは何とも楽しいものだった。眼福というほかない。

栄仁はわたしの話を聴きに来たのだと言う。

「おじいさまのことは、幼い頃より父上がお語りになってくださっています。河内金剛寺の父上から手紙をもらった時、どんなに嬉しかったことか。五歳でしたが、一生懸命返事を書きました。わたしに手紙を書くようにと、おじいさまが父上に仰ってくださったのですってね。栄仁は、おじいさまご自身の口から直接お話をお聴きしたいと焦がれるように思うようになりました。わたしの役目、使命は、決して絶やさぬこと、伝えてゆくことです。

——宗廟祀を絶たざるは宜しく太子の徳にあるべし……不幸の甚だしきは祀を絶つに如《し》かず。慎まざるべけんや、恐れざるべけんや。

花園院のこと、おじいさまのこと、我が父のことを、わたしも自身の子や孫に伝えてゆかねばなりません」

「よろしい。時間の空いた時にでも話してあげよう。わたしはこの寺の住持だから参禅、修行、作務と、何かと忙しい」

「お邪魔にはなりません。同じことをわたしたちもいたします」

「わたしたち？」

ぎょっとした顔になる実継にはかまわず、

「おじいさまのなさることは、すべて吸収したいのです」

ぴんと張った声で栄仁は言った。

わたしは合間をぬって自分の生い立ちを話すことから始めた。まずは祖父や祖母、父、母の思い出をじっくりと。話はすぐにも中断する。参禅の時間が来れば栄仁と実継にも座禅を組ませ、作務が迫れば水汲み、薪割り、掃除、食事の準備などを手伝わせた。法話を乞う里人が訪れれば聴衆の席に二人を据え、遊びに来る村童たちの相手もさせた。実継など「鞠入道《まりにゅうどう》」の仇名《あだな》をつけられ、たちまち人気者になったほどだ。里の子供たちにとっては正二位権大納言の肩書きなど何ほどの価値もない。ものをいうのはその珍奇な体型だ。実継は怒るどころか心から楽しそうだった。

「鞠入道、それっ、弾め」

子供たちに命じられ、

「御意でござーるっ」

狭い境内を嬉しげにあっちに転がり、こっちに転がった。


自分の生涯を孫にせがまれて話すなど、祖父としてこれ以上の冥加《みようが》があるだろうか。自分自身を振り返ることにもなり、何ともありがたかった。義良に告げられず終わり、弥仁にも拒まれた、これからの天皇のありよう――学問天皇――についても、自分の思いを余すところなくすっかり伝えることができた。

栄仁の滞在は半月余りにも及んだ。すべてを話し終えたのは七月六日のことである。翌日には帰洛するよう促した。

「せめて、あと数日。おじいさまがお生まれになった日を一緒に祝いとうございます」

七月九日の生まれ。数えで五十二歳だが、満年齢だと、あと三日で五十一歳になる。

「おまえの気持ちはうれしいが――」

わたしは首を横に振った。

「もうお帰り。話すことは何もない。ここはおまえが長くいる場所ではないのだ」

実を言えば、一日でも長く栄仁に傍にいてほしかった。世捨て人になって、初めて訪れた至福の半月余だった。しかし明日は七月七日、七夕だ。牽牛星《けんぎゅうせい》が織女星《しょくじょせい》に逢うべく天の川を渡る夜を、わたしは最愛の秀子をしのびながら独り過ごしたかった。

「はい」

栄仁は素直にうなずいた。その目に涙が盛り上がり、きらきらと銀河のように頬を伝い流れた。本堂の隅で、鞠のような身体が小刻みに――見た目に、これは弾んでいた。

その夜、わたしは寝床を抜け出し、居室の燭台に火をともした。眠れぬうちに、突然、遺書を書こうという気持ちがこみ上げてきた。遺書のことは、常々準備しておかねばならぬと、気にはかかっていた。しかし、さて何を書くとなると、頭を巡らすばかりだった。置文も作成し、俗事はすべて成し終えている身である。それが今ならば書ける気がした。そうだ、遺書というより遺誡《いかい》を。わたしの死後についての指示を記せばよい。

墨を摺《す》り、筆を執った。

――老僧の滅後、尋常の式に倣ひ、以て荼毘《だび》の儀式に煩ひ作することなかれ。只《ただ》すべからく山阿《さんあ》に就いて収瘞すべし。

（わたしが死んだら、しかるべき葬儀を行なって人手を煩わせてはならない。山陰に葬ってくれるだけでいいんだよ）

——松柏《しようはく》自ずから塚上に生じ、風雲時に往来するは、予の好賓《こうひん》として、甚だ愛する所なり。

（松や柏《かしわ》が塚の上に自然に生え、時に風や雲が往来するのは、賓客が訪ねて来てくれるも同じ、嬉しい限りだ）

——もし其れ山民村童等聚砂《しゆうさ》の戯縁《ぎえん》を結ばんと欲し、小塔を構ふること、尺寸に過ぎざれば、またこれを禁ずるに及ばず。

（もしも山民村童が戯れめいた気持ちで小さな塔を建ててくれるというなら、それもよし。ただしあくまでも小さなものをね）

——此の一節、只衆人を動かして其の労力を労するを欲せざるが為なり。ただ省略を要するのみ。其れあるいは力を省するに便なれば、則ち火葬また可なり。一切の法事はこれを為すをもとめず。

（こう記すのは、ただ皆の労力を省きたいからだ。だから火葬でかまわない。一切の法事は不要である）

一気呵成《いつきかせい》に書き上げた。

快晴で翌朝を迎えた。

夜の闇が薄れゆく暁天に、薔薇《ばら》色の彩雲が紗《しや》のようにたなびいている。低山の頂きには早くも入道雲が巨大な頭を擡《もた》げ、蟬の声も相変わらず喧《かまびす》しい。七夕の今日も暑くなりそうだった。

「おじいさま、また参ります」

栄仁はさわやかな笑顔で別れの挨拶を口にした。もう泣いてはいなかった。

「何しに参る。話すことは尽きた」

「栄仁は、おじいさまが大好きですから。お話をお聞かせくださり、おじいさまのことがもっともっと好きになりました」

「ええい、早くゆけ」

わたしは東に顔をそむけた。朝陽がまともに瞳に刺さり、目を細めた。

「――さよなら、鞠入道さま」

「――鞠入道さま、お達者で」

どこから聞きつけたのか、こんな早朝に、村童たちが総出で声を揃えている。

栄仁と実継は随身《ずいじん》たちを従え出発した。時々振り返っては手を振る。見送るわたしと、村童たちに。

すぐにはその場を離れ難かった。一行は次第に遠ざかってゆく。街道の先、西の彼方、峠の向こうへと。

小指の先ほどの小ささになった時、その姿が突如まばゆく光り耀《かがや》いた。わたしは驚きに目を瞠《みは》った。光はますます強くなってゆく。逆に、わたしの周囲がすっかり暗くなっていることに気づいた。闇に、真っ暗に、恐ろしいほどの暗黒に。どうしたことだ。なぜこんなにも暗いのだろう。まるで意識までもが暗く混濁するかのようだ。

その時、遠のいてゆく意識に、歌を忘れて久しいわたしの脳裡《のうり》に、或《あ》る一首が曙光《しょこう》のように甦った。我が『風雅和歌集』の末尾に置いた、あの、

――岩戸あけしやたのかがみの山かづらかけてうつしきあきらけき代は
の奉祝歌が――。

卒然と理解した。暗黒と化した此所は、岩戸の中だ。わたしは黄泉《よみ》の……いや、わたしのことなどどうでもいい。皇孫の栄仁が今まさに岩戸を開けて出てゆくところを見送っているのだ。治まら

ぬ世を「明らけき世」とするために。
ゆけ、わたしの光よ！

付　ながれの末は

量仁《かずひと》法皇は貞治三年（一三六四）七月七日に崩御した。享年を花園《はなぞの》、後醍醐《ごだいご》と同じくすることは、この三天皇の深い因縁に思い致せば「奇《く》しくも」のほかに言葉が見つからない。丹波《たんば》常照寺《じょうしょうじ》に旅立つ前の住まいであった嵯峨小倉の堂宇の名にちなみ「光厳《こうごん》」と追号された。以後は光厳天皇、光厳院の表記となる。

春屋《しゅんおく》妙葩《みょうは》の沙汰で常照寺にて葬儀が執り行なわれ、「只すべからく山阿に就いて収瘞すべし」の遺詔に則り火葬に付された。遺骨は常照寺裏山に埋葬された。「山国陵《やまくにのみささぎ》」がこれである。小さな盛り土としか見えないその外観は、墓、陵ではなく、まさに「塚」と呼ぶに相応しい。

光厳院の崩御から四年、〝後村上《ごむらかみ》天皇〟こと義良《のりよし》親王が住吉で崩じた。こちらは享年四十一。〝皇位〟は息子の寛成《ゆたなり》、熙成《ひろなり》兄弟へと受け継がれてゆく。光厳院の「気が向きましたら、ぜひ足をお運びあそばしませ」の誘いに、義良が応じることはなかった。ただ、院の遺骨は、かつて幽囚の身としてあった河内の天野山金剛寺に分骨され、陵まで作られている。立場上、常照寺を訪れることのかなわなかった親王の、せめてもの配慮、心尽くしによるものではなかろうか。

皇孫栄仁《よしひと》親王は結局のところ皇位に即けなかった。光厳院の崩御から七年の後、弥仁《いやひと》は子の緒仁《おひと》に譲位し、治天の君として院政を開始したからである。すでに足利義詮《よしあきら》は世を去り、三代将軍義《よし》満《みつ》の時代を迎えていた。

十四歳で即位した緒仁は父弥仁の死で十七歳から親政を開始、即位十一年後に六歳の我が子幹仁《もとひと》に位を譲り、形ばかりの院政を執った。光厳院の弟で「光明《こうみょう》」と追号された筋肉仁王の豊仁《とよひと》が大和《やまと》長谷寺《はせでら》で崩御するのは緒仁の親政下であり、〝後村上〟の次男熙成が力尽きて降《くだ》り「南北朝合一」が成るのが一三九二年、緒仁の院政下においてであった。

翌年、緒仁は崩御、幹仁が親政を始める。

幹仁親政の下では、足利義満が武家としては平清盛以来となる太政大臣《だじょうだいじん》に昇りつめて位人臣を極め、興仁は皇統奪回の志を果たせぬまま六十五歳で崩御した。追号は「崇光《すこう》」で、その死は弟弥仁の崩御から二十四年後のことであった。

幹仁は〝とんち坊主〟一休禅師宗純《そうじゅん》の父としても知られる天皇だが、三十年にも及ぶ長期在位の後、十二歳の息子実仁《さねひと》に譲位し、そのうえさらに二十年以上も院政を敷いた。一四一四年、義満が歿し、その二年後に栄仁親王が六十六歳で崩御するのは幹仁の院政下のことである。

栄仁親王は天皇にこそなれなかったが、父崇光上皇から莫大な伏見領を相続、光厳院の「常備の準天皇家、予備天皇家とでもいうべきもの」の目論見に適う宮家を創出し、伏見宮初代となる。二代目は宮家相続後に急逝した嫡男治仁《はるひと》王、その弟が三代目で、室町前期を知る貴重な史料とされ自筆本も現存する『看聞御記《かんもんぎょき》』を記述した貞成《さだふさ》親王である。

幹仁院政下で天皇位にあった実仁は、不幸にも精神異常の徴候があり、一四二八年、二十八歳で早逝する。「地味で薄幸な生涯」と評せられる。男児がおらず、兄弟もなかったため、跡継ぎに苦慮した父幹仁は、万已《ばんや》むなく伏見宮家から貞成親王の子、すなわち亡き栄仁親王の孫である十歳の彦仁《ひこひと》を親王宣下もないまま急ぎ即位させた。ここに光厳院崩御から実に半世紀余りを経て、光厳、崇光の嫡系が天皇位に復帰した。

彦仁は幹仁の死後、三十年余の長きに渡って親政を執る。頻発する土一揆や嘉吉《かきつ》の乱などで政情が不安定な中、遊興に耽《ふけ》り奢侈《しゃし》に流れる第八代将軍義政《よしまさ》を諫言するなど「近来の聖主」と称えられた。子の成仁《ふさひと》親王に譲位して院政を敷き、応仁の乱勃発の一四六七年、にわかに出家、三年後に崩じた。

彦仁は高祖父（祖父の祖父）に当たる光厳天皇を厚く崇敬していた。光厳と反目した弥仁がすでに「後光厳《ごこうごん》」と追号されてしまっていたことは、さぞ切歯扼腕《せっしやくわん》の思いだったろうと推察される。いったん「後文徳《ごもんとく》」と追号されたが、漢風諡号《しごう》に「後」字を付する追号例は前代未聞との反対意見が出され「後花園《ごはなぞの》」に改められた。泉下で面映《おもは》ゆい思いをあそばされておいでに違いない。火葬された遺骨は遺勅により常照寺裏山の光厳天皇陵傍らに葬られた。高祖父と玄孫――世代、年代を超えて天皇陵が併置されるなど空前にして絶後のことである。光厳追慕の念に加え、祖父栄仁親王の思いを遂げようともしたと考えられる。五百五十年余りを過ぎた今も二つの小さな塚が、大雄山常照寺改め大雄名山常照皇寺《だいおうめいざんじょうしょうこうじ》の裏手で慎ましやかに並んでいる。

「建武《けんむ》の新政」は「建武の中興」とも称され、挫折、失敗、崩壊したとの評価を受けている。だが改めて「中興」の文字に着目すれば、分裂していた皇統を一統すべく後醍醐を対手に果敢に戦いを挑んだ光厳天皇こそ天皇家中興の祖といえよう。院宣を足利尊氏《たかうじ》に下した建武三年二月からすべては始まった。まさしく建武の中興である。

光厳天皇から後花園天皇への流れが令和《れいわ》の今上陛下へ脈々とつながる。『誡太子書《かいたいしのしょ》』も連綿と受け継がれている。今上陛下は皇太子時代より『誡太子書』を愛読していることを折りに触れ公になさっていらせられる。

当今は第百二十六代。

光厳天皇は歴代天皇に数えられていない。

（完）

主要参考・引用文献

『風雅の帝　光厳』松本徹　鳥影社
『地獄を二度も見た天皇　光厳院』飯倉晴武　吉川弘文館
『光厳天皇　をさまらぬ世のための身ぞうれはしき』深津睦夫　ミネルヴァ書房
『光厳院御集全釈』岩佐美代子　風間書房

執筆にあたって終始、力強い〝杖〟となり、長い苦難の道程をゴールまで導いてくれた五書のうち、まずこの四冊を真っ先に掲げ、満腔《まんこう》の謝意を奉《たてまつ》る。

各作者の光厳《こうごん》天皇評を引用しよう。

「時代を越えた若々しい感性に恵まれた歌人であり、かつ、苛酷すぎる時代のただ中を、自らの内向性を手放さず、誠実に生き通した畏《おそ》るべき帝であつた」（松本徹）

「中世の皇位継承と公家武家の抗争の真ったた中に生きて、最高権威の座も反対にこの世の生き地獄も味わった、そのはてに自ら学び追求した仏道に人間として悟りを得た」（飯倉晴武）

「誠実に政務に励むと同時に、意外なほどにしたたかな為政者《いせいしゃ》であり、また、確かな歴史認識の目を有する指導者でもあった」『民』を、治める対象としてではなく、心を通わせ得る一人ひとりの人間として見ることのできる境地に至っていた」「貴種として生まれ、生涯にわたってその責任を果たそうと努めつつ、一人の人間としても見事に生を全うした人であった」（深津睦夫）

「生れながらにして、この国の天皇たるべく教育され、不幸にも土崩瓦解《どほうがかい》の乱世の中に立って、誠実にその天命を果さんとし、類《たぐ》い稀《まれ》な流離《りゅうり》と幽囚《ゆうしゅう》を味わい、最後に民の不幸を我が責任として戦死者の慰霊贖罪《いれいしょくざい》を果した上、身分も愛憎も全てを捨て去って、山寺の一老僧として生涯を閉じた。我が国歴代中、自らの地位に対して明白に責任を取る事を、身をもって実現した天皇は、光厳院一人であったと言っても過言ではない」(岩佐美代子)

なお、本書の章題は『光厳院御集全釈』から適宜《てきぎ》抜粋したものである。

『北朝の天皇 「室町幕府に翻弄された皇統」の実像』石原比伊呂 中公新書
読んだのは脱稿後であり、執筆には間に合わなかったが、加筆修正の際に活用させていただいた。先の四氏の光厳天皇評が概ね「誠実」の語で語られているのに対し、石原氏は「トリッキー」のキーワードを三箇所もご使用なさっている(深津氏も「したたたか」とご指摘である)。誠実なだけでは後醍醐《ごだいご》と戦えず、足利尊氏《あしかがたかうじ》とも渡り合えるはずがない。光厳天皇はしたたかでトリッキーな戦略家でもあった。

『花園天皇』岩橋小弥太 吉川弘文館
時代錯誤な王政復古を掲げて世を乱し、結局はしくじった失敗のイデオローグ後醍醐に対し、学問天皇という新たな天皇像のグランド・デザインを創出した不世出のイノベーター花園天皇について描いた唯一の評伝。『誡太子書《かいたいしのしょ》』の全文も収録されている。

『日本中世史』原勝郎 講談社学術文庫
『鎌倉幕府の滅亡』細川重男 吉川弘文館
『鎌倉北条氏の興亡』奥富敬之 吉川弘文館

『南朝の真実　忠臣という幻想』亀田俊和　吉川弘文館
『帝王後醍醐　「中世」の光と影』村松剛　中央公論社
『異形の王権』網野善彦　平凡社
『後醍醐天皇　南北朝動乱を彩った覇王』森茂暁　中公新書
この三冊を読めば、左であると右であるとを問わず、後醍醐というしくじり天皇に寄ってたかって下駄《げた》を履かせ、帝王だの、異形だの、覇王《はおう》だのと厚化粧が塗り施されていったことが窺《うかが》える。

引用は以下の史料、古典籍に依拠した。
『増鏡』井上宗雄訳注　講談社学術文庫
『太平記』兵藤裕己校注　岩波文庫
『竹むきが記全注釈』岩佐美代子　笠間書院
『日本外史』頼山陽著　頼成一・頼惟勤訳　岩波文庫
『平家物語』梶原正昭・山下宏明校注　岩波文庫
『神皇正統記』北畠親房　岩佐正校注　岩波文庫
『古事記』倉野憲司校注　岩波文庫
『日本書紀』坂本太郎・家永三郎・井上光貞・大野晋校注　岩波文庫
『新訓万葉集』佐佐木信綱編　岩波文庫

事典・辞書は以下のものを用いた。

『鎌倉武家事典』出雲隆編　青蛙房
『日本史諸家系図人名辞典』小和田哲男監修　講談社
『日本系譜綜覧』日置昌一編　講談社学術文庫
『歴代天皇・年号事典』米田雄介編　吉川弘文館
『歴代天皇総覧　皇位はどう継承されたか』笠原英彦　中公新書
『和歌と日本語　万葉集から新古今集まで』篠田治美　藤原書店
和歌に不調法なわたしが、何とかもっともらしいことを書けたのも、この書のおかげである。篠田先生には、是非とも京極派について一冊お書きになってくださることを願う。
最後に、五本目の〝杖〟を掲げる。
『大穴』ディック・フランシス　菊池光訳　ハヤカワ・ミステリ文庫

本書は、書き下ろし作品です。

〈著者略歴〉
荒山 徹（あらやま　とおる）
1961年、富山県生まれ。上智大学卒業後、新聞社、出版社勤務を経て、朝鮮半島の歴史・文化を学ぶために韓国に留学。99年、『高麗秘帖』で作家としてデビュー。『魔岩伝説』『十兵衛両断』『柳生薔薇剣』で吉川英治文学新人賞候補となる。2008年、『柳生大戦争』で舟橋聖一文学賞を受賞。17年、『白村江』で歴史時代作家クラブ賞を受賞。同作で「週刊朝日2017年歴史・時代小説ベスト10」第1位となる。主な著書に『徳川家康（トクチョンカガン）』『禿鷹の城』『神を統べる者』などがある。

装丁　bookwall
装丁写真　Agoeng／Adobe Stock

風と雅《みやび》の帝《みかど》

2023年9月26日　第1版第1刷発行

著　者　荒山　徹
発行者　永田貴之
発行所　株式会社PHP研究所
東京本部　〒135-8137　江東区豊洲5-6-52
文化事業部　☎03-3520-9620（編集）
普及部　☎03-3520-9630（販売）
京都本部　〒601-8411　京都市南区西九条北ノ内町11
PHP INTERFACE　https://www.php.co.jp/
組　版　有限会社エヴリ・シンク
印刷所　図書印刷株式会社
製本所

ISBN978-4-569-85550-9

PHP文芸文庫

白村江《はくそんこう》

荒山 徹 著

「週刊朝日 歴史・時代小説ベスト10」第1位！「白村江の戦い」の真の勝者とは——激動の東アジアを壮大なスケールで描く感動巨編。

六つの村を越えて髭をなびかせる者

西條奈加 著

江戸中期。蝦夷地に降り立ち、その自然とアイヌを心から愛した男がいた――直木賞作家・西條奈加が贈る感動の歴史巨編。

定価 本体一、八〇〇円（税別）

パシヨン

川越宗一　著

人はなぜ争うのか――禁教下での最後の日本人司祭・小西マンショを軸に、迫害する側、される側、双方について描いた圧巻の歴史小説。

定価　本体二、二〇〇円（税別）

PHPの本

朝星夜星《あさぼしよぼし》

朝井まかて 著

長崎で日本初の洋食屋を始めた草野丈吉と妻ゆきは大阪へ進出し、レストラン＆ホテルを開業する。夫婦で夢を摑む姿を描く感動的な物語。

定価 本体二、二〇〇円（税別）